国家社科基金
后期资助项目
GUOJIA SHEKE JIJIN HOUQI ZIZHU XIANGMU

清代晏欧三家词研究与传承史论

On the Study and Inheritance History of
Yan-Ou Ci-Poetry in the Qing Dynasty

顾宝林　著

北京大学出版社
PEKING UNIVERSITY PRESS

图书在版编目(CIP)数据

清代晏欧三家词研究与传承史论/顾宝林著. —北京:北京大学出版社,2018.12
国家社科基金后期资助项目
ISBN 978-7-301-30054-1

Ⅰ. ①清⋯ Ⅱ. ①顾⋯ Ⅲ. ①宋词—诗词研究 Ⅳ. ①I207.23

中国版本图书馆 CIP 数据核字(2018)第 260994 号

书 名	清代晏欧三家词研究与传承史论	
	QINGDAI YANOU SAN JIA CI YANJIU YU CHUANCHENG SHILUN	
著作责任者	顾宝林	
责任编辑	徐 迈 蒲南溪	
标准书号	ISBN 978-7-301-30054-1	
出版发行	北京大学出版社	
地 址	北京市海淀区成府路 205 号 100871	
网 址	http://www.pup.cn 新浪微博 @北京大学出版社	
电子信箱	pkuwsz@126.com	
电 话	邮购部 62752015 发行部 62750672 编辑部 62756467	
印 刷 者	北京宏伟双华印刷有限公司	
经 销 者	新华书店	
	730 毫米×1020 毫米 16 开本 28.75 印张 500 千字	
	2018 年 12 月第 1 版 2018 年 12 月第 1 次印刷	
定 价	78.00 元	

国家社科基金后期资助项目
出版说明

后期资助项目是国家社科基金设立的一类重要项目,旨在鼓励广大社科研究者潜心治学,支持基础研究多出优秀成果。它是经过严格评审,从接近完成的科研成果中遴选立项的。为扩大后期资助项目的影响,更好地推动学术发展,促进成果转化,全国哲学社会科学工作办公室按照"统一设计、统一标识、统一版式、形成系列"的总体要求,组织出版国家社科基金后期资助项目成果。

全国哲学社会科学工作办公室

序 一

当我提起笔来,为两年前毕业的我的博士生顾宝林君的优秀学位论文的修改稿《清代晏欧三家词研究与传承史论》写序时,我的心情是十分愉快的——因为,他的踏实肯干和诚恳朴实,既在 2012 年使他的论文获得了基本成功,赢得了答辩委员们的一致肯定;工作两年以来,他又边搞教学工作边挤时间精心修改打磨这篇论文,还好几次打电话恳切地向我请教一些专业问题,这又使论文增加了理论深度,提高了学术水平。

现在让我为大家简略地回顾一下,当初宝林君这篇论文为什么要确定这么个选题,文章论述了一些什么东西,解决了一些什么有意义的问题。

记得早在十四年前,我就在国内学术刊物上(记得是《暨南学报》哲学社会科学版)发表一篇论文,向词学界倡言:当前我们词学研究的"重要工作之一就是通过总结和撰写词学学术史,来实现理论的升华和超越",只有这样才能把我们的词学研究和当代曲子词的创作推向前进。而我们的词学研究过去几百年一直到今天大都集中在唐五代两宋词上,那片熟土地其实已经没有什么可以开垦的了,"创新"基本上无从谈起,因此我建议同行们从那片熟土地上"撤军",转到元明清领域,尤其是到有大片荒地待开垦的清词领地上去耕作!

宝林君是积极响应我的呼吁的词学界新兵之一。记得他刚到北京上学不久,就在来我家客厅听我讲课时对我说,江西在宋代是文艺发达、名家辈出的文化区域,除了古文大家欧阳修、曾巩、王安石和诗歌的江西诗派之外,曲子词的大家、名家一数就是一大串。他自我介绍说,他就是江西(赣西南萍乡地区)人,他在我门下搞词学,能不能就搞他的这些江西先贤的词? 将来博士论文能不能就往这方面考虑? 他的这番自我表白,我听了觉得"正中下怀"——因为我自己就是一个祖籍江西高安的贵州人! 不但如此,我自己前一阶段的词学研究,就是以宋代江西籍词人辛弃疾、韩元吉等以及江西土生土长的诗人、词人姜白石、刘辰翁、文天祥等为主,并已出版了一些成果,正好可以给顾君讲课和辅导他写这方面的论文。

自那以后,顾君边学习边考虑博士论文选题,并不时来我家讨教。我向他介绍了我有关研究的情况,说明宋词的江西大家已有若干人研究过并有许多研究成果问世,只是似乎北宋初中期的晏殊父子和古文大家、诗人兼词人欧阳修,他们在北宋前期算一个有成就和在当时与后世颇有影响的江西词人群体,还没有人对这个群体进行过系统研究。我说完这些话,就拿出我刚出版的《唐宋词流派史》一书翻给他看,指明我那本书已经将晏氏父子和欧阳修一起定性为"北宋江西词派",并说明那是一部"通史",比较简略,不可能对每个流派与群体深透地研究,全面仔细地描述,他正好补我之缺,写出点新东西来。终于,顾君全面采纳了我的意见,确定了今天我们看到的这个选题。

看了我介绍的这些情况之后,读者就基本明白了顾君这部书稿的选题意义。本书是在其博士论文基础上加以修改的,记得当初我所给的博士论文指导评阅书曾这样写道:

> 顾宝林同学读博以来,专业学习刻苦努力、认真踏实,学术水平大幅度提高,已经具备了能够独立完成词学领域科研项目的能力。他的这篇博士学位论文,从学术研究与词学传承的视角切入,以清代词学发展为观照背景,以清代词学的流派交替演进活动为研讨中心,以北宋前期的晏欧(二晏一欧)这个词人群体为解剖个案,结合词学批评与接受问题,较好地描述、探讨这二百多年的二晏一欧词学术研究及传承状态,评述其对当时词学风尚产生的影响以及传承接受态势和规律、原因等,也借此一窥清代词学承续与超越前代词学的发展历程和传统词学演变终结而走向现代化之前夜的轨迹。此文不但基本观点正确,材料翔实可靠,而且内容与研究方法两个方面也有所创新。……尽管还有不少不足之处,总体而言是一部花费了诸多心力可称优秀的博士学位论文。

两年后,可以对照此书,看看他到底在里边论述了一些什么东西,解决了哪些有意义的问题。作为顾君的第一本学术专著①,本书当然是一部好书,不过客观地说,顾君此书仍存在某些不足,比如,有的语句不够简洁明了,个别结论有待商榷,等等。这是一个年轻学者出版书籍都容易出现的问题。

我祝顾君以此书为一个好的开端,在学术研究的道路上不断创新,胜利前进!

刘扬忠

2014 年 7 月于北京东郊望京东园寓所

---

①　按,2014 年 7 月,刘先生抱恙写此序;2015 年 10 月,我的第一本专著《〈须溪词〉遗民心态研究》已经出版,但 2015 年 4 月,刘先生已离世,故本书实为第二本专著。

序　二

　　做学问,要有根基,有渊源。根基,在于自身的修为努力;渊源,则依赖于师门传授、师友切磋。古人做学问,就很重视师友渊源,所谓"学问精深,得师友渊源之正","非若庸庸无模范者可比"。宋代词人,早有师承门派的意识,滕仲因跋郭应祥《笑笑词》就说:"词章之派,端有自来,溯源徂流,盖可考也。昔闻张于湖一传而得吴敬斋,再传而得郭遁斋,源深流长。故其词或如惊涛出壑,或如绉縠纹江,或如净练赴海,可谓冰生于水而寒于水矣。"说一代胜过一代,不免溢美,但所言词人代有承传,张孝祥一传至敬斋吴镒,再传至遁斋郭应祥则是事实。20 世纪以来的词学界,更是渊源有自,谱系分明。二三十年代,词学界有两大龙门。

　　一是"朱门",即晚清四大词人之一的朱祖谋师门。其门下高第有龙榆生、杨铁夫及夏承焘、刘永济等。龙榆生更嫡传朱氏衣钵,朱氏去世前将遗稿和校词朱墨双砚悉数相授,一时成为词坛佳话。当时著名画家夏敬观、吴湖帆、徐悲鸿等绘有《受砚图》以表彰其事。20 世纪 30 年代,龙先生主编《词学季刊》,领袖词坛,无愧师门,颇像苏轼接举欧阳修的大纛而主盟文坛。同龄的夏承焘、唐圭璋先生与之鼎立而三,共同创造了三四十年代词学研究的辉煌。杨铁夫追随朱祖谋研治吴梦窗词,著有《梦窗词笺》。据说朱祖谋曾授予他"多读"二字真经。他初注梦窗词,不懂,请教朱氏,朱告之"多读"。一年后,还是不懂,再问朱先生,朱仍然说:"多读!"两年后,杨铁夫还是有些不懂,又请教朱先生,得到的回答依然是"多读"。古人读书,强调多读感悟。多读其实是做学问的不二法门。我读大学时,曾请教任课老师张国光先生如何做学问,他也只告诉我两个字:"多读。"我当时有些不理解,以为老师是搪塞应付,不想传授真经秘诀给我。后来读的书渐多,才悟出"多读"二字,就是真经秘诀。初学者要多读,老于学问者也要多读。读的书越多,越发感觉自己读的书少,知道本专业或相关领域有好多书要读可读而未读,并常常为此而焦虑不安。

　　二是"吴门",即词曲大师吴梅先生师门。吴先生先后在北京大学、东南大学等高校教授词学,受业的门生有任中敏、唐圭璋、卢前、王季思、赵万里、蔡桢及万云骏等先生。任中敏原为吴先生在北京大学任教时的学生,后追随吴先生到南京,长住他家一两年,足不出户,饱读吴先生家中藏书。任先生后来著《唐声诗》《唐戏弄》等力作,就是这个时候打下的文献基础。卢、唐、王、蔡,都是在东南大学亲承吴先生的教泽,虽同出一门,然后来专攻不一,卢前与王季思先生专攻戏曲,唐先生、赵万里与蔡桢专攻词学。30 年代,蔡先生在河南大学任教授,著有《柯亭词论》《词源疏证》等,可惜得年不永,40 年代即去世。其《词源疏证》深得夏承焘先生的首肯,夏先生曾准备笺释《词源》,及闻蔡有《词源疏证》,就搁笔不作。赵万里先生在东南大学时师事吴梅先生,未及毕业,就被王国维请到清华研究院担任助教。他长于版本之学,在北京与著名藏书家、目录版本学家郑振铎齐名,当时有"郑龙赵虎"之誉。他辑著的《校辑宋金元人词》,为词作辑佚的名著,大得胡适的称赏。后来供职于北京图书馆,曾任善本特藏部主任。

其后朱门、吴门的高第,又各开山门,成为一代山斗。

夏承焘先生在 20 世纪五六十年代就招收研究生,吴熊和、刘乃昌、喻朝刚等先生都出其门下。90 年代前后,吴熊和先生门下又培养出了多位第三代词学传人,如沈松勤、沈家庄等。刘乃昌先生门下有崔海正等专家。

唐圭璋先生门下,人丁更旺。五六十年代跟他研习词学的有曹济平、常国武、潘君昭诸先生。80 年代,他先后培养了杨海明、钟振振、王筱芸、王兆鹏、肖鹏、刘尊明等词学硕士、博士。不仅众位门生都相继成为词学研究的中坚,再传弟子中也有数十人成为词学研究的骨干。

万云骏先生,80 年代在华东师范大学执掌教鞭,培养了邓乔彬、方智范、周圣伟和高建中等词学硕士。邓乔彬更长期致力于词学研究,后与施议对、杨海明、刘扬忠并称为"词坛四杰",培养的词学博士甚多。

龙榆生、刘永济等先生因离世较早,没能赶上 80 年代研究生招生的热潮,所以传人不多。60 年代初,龙先生曾在上海戏剧学院授课,复旦大学毕业的徐培均先生有幸亲聆教海。受其影响,徐先生后由编剧而专攻词学,对秦观和李清照词研究尤精深,成果丰硕,是龙门传人的佼佼者。刘永济先生60 年代虽然招收研究生,但招生人数有限,如今刘庆云先生是其硕果仅存的嫡系传人。任中敏先生虽不以治词著称,但其高足李昌集却以治词曲名家,并培养了多名词学博士。王季思先生门下多专攻戏曲,但也有词曲兼治者,如黄天骥先生,就颇留意清词,对纳兰词造诣尤深,并培养了不少专攻词学的博士。

与夏先生、唐先生同一辈分的吴世昌先生,既是"红学家",也是词学家。他的学问,主要是自学而成。但他早年在燕京大学读英文系时,旁听过顾随先生的词学课(后来叶嘉莹先生也在燕京大学师从顾随,终身服膺感恩)。

90 年代,吴先生在中国社会科学院培养了四大弟子:施议对、董乃斌、陶文鹏和刘扬忠,人称"吴门四杰"。其中施议对、刘扬忠专治词学,陶文鹏诗词兼治,董乃斌则治唐诗与小说。四大高第又各立门户,薪火相传,蔚为大观。

本书的作者顾宝林君,学殖深厚,渊源有自。他读硕士时,师从广西师范大学的沈家庄先生。工作几年后,又负笈京华,师从刘扬忠先生,既传承有"夏(承焘)门"一脉的学术基因,又承继着"吴(世昌)门"一派的学术传统。家庄先生与扬忠先生,都是既富学养又饶才情的词学家,创作与研究兼擅,感性体悟与理性阐释并长。宝林受他们的熏陶,对词作艺术感悟深细,对词人词作接受史的研究路径和理论架构了然于心,故其书写来如行云流水,清晰地勾勒出晏欧三家词千年以来接受传承史的变化轨迹,新意层出。

宝林君是江西人,研究生毕业后一直在江西井冈山大学任教。长期受江西文化的浸染,像其先贤欧阳修一样,对故乡文化有一种解不开的情结。欧阳修虽出生于四川绵阳,成长于湖北随州,进士及第之后游宦四方,从来没有在父母的故居、家乡庐陵长住过,但他无处不以江西庐陵人自居:"庐陵欧阳修也。""庐陵",对欧阳修来说,绝不仅仅是一个地域性标签,而是一种乡土情怀、家园记忆、文化认同。宝林对江西文化,也是情有独钟,硕士论文探究的是宋末庐陵词人刘辰翁,博士论文则专攻宋初抚州的二晏父子和庐陵欧阳修,学术视野逐步拓展深入。词学界习称的是"二晏"或"晏欧",今宝林将晏殊、晏几道父子和欧阳修三家作为一个整体来观照阐发,体现的又不仅是视野的扩大,更是一种融合性思维的深化,宏通的词史意识的延展。先由宋末而回望宋初,再由宋初词顺流而下,寻绎宋词的发展流向,就更有一种凭高望远的优势。晏殊和欧阳修作为宋初政坛重臣、文坛泰斗、士林领袖,晚辈文人墨客、诗家词手多出其门,或得其亲炙,或受其提点。以晏欧为视点,来考察千年词脉的承传变化,可谓得其枢纽关键。本书题为《清代晏欧三家词研究与传承史论》,实际是上溯北宋,历南宋,沿金元明顺流而下,再分段梳理清代三大时段的晏欧三家词的传承历程。所以,本书呈现的不仅仅是有清一代晏欧三家词的传承史,也是北宋以来晏欧三家词生生不息的千年传承史。词人的生命史,不仅存在于自己的作品中,更存在于别人的作品中。在这部晏欧三家词的传承史中,我们看到了词人生命力和影响力的延续与变化。此书为词人生命史的传承变化研究,提供了一个具有实操性的典例。

学统学源,很少是单向一线单传的,而是复向多线传承。一代山斗的龙榆生,不仅传承朱祖谋的衣钵,早年曾师从国学大师黄侃。蔡桢是吴梅先生的受业弟子,也曾追随晚清大词人郑文焯研习词乐,故对词乐别有会心胜解。施议对先生 20 世纪 60 年代是夏承焘先生的研究生,因政治变化而未能卒业,80年代,再投考吴世昌先生门下习词。我本人是唐门弟子,但硕士阶段是跟曾昭岷师学习,是曾师激发了我的词学兴趣,引领我进入词学研究领域。而曾师的词学又是渊源于四川大学的缪钺先生。我的学统中自然就潜含着缪先生的学术因子,虽然我平生无缘拜识缪先生,只是读过他的《诗词散论》《灵谿词说》,却十分服膺他的学识学问。本书作者顾宝林,先后师从厦门传人沈家庄先生、吴门传人刘扬忠先生,期间也到武汉大学做访问学者,从我问学,自然也就受到唐门学风的影响。他在井冈山大学工作期间,又深得欧阳修研究的大家刘德清先生的器重与真传,并合作笺注欧阳修诗文。而刘先生是北京师范大学郭预衡先生的弟子。如此一来,宝林不仅传承着词林学谱,也与文统诗统结缘。

词脉诗脉的传承,与学源学谱一样,是多向度交叉型的。如果我们能像考察20世纪词林学谱这样,探究复原出千年词史的传承谱系,那将是一种何等壮丽而诱人的学术图景。滕仲因说的张于湖一传至吴敬斋再传至郭遁斋,是一线单传。本书厘清的哪些人学过晏欧三家词、评论过晏欧三家词,也还是一线单传。什么时候我们能够探索出词史多向度交叉型辐射型的传播史图景呢? 比如苏轼的词,既传承着欧阳修的脉理,又吸收了柳永词的技法,更有花间、南唐词的神韵。任何一位词人,都不是单向单一的接受。同样的,晏几道幼承庭训,自然禀承着晏殊的家法,但他也充分融汇了花间的词径和父执欧阳修词的法乳。期待宝林君和词学诸同道的努力,共同探讨词史多向度交叉型辐射型的接受史图景。

很显然,词史包括诗歌史、文学史的传承,大多是隐性的。就像我们读一篇论文、读一本书,有时深受其思维方式或研究方法的启迪,而写出新的论著。但因为我们没有直接引用其观点或史料,在自己的论著中并没有注明所受启发的那篇参考文献,于是后人就比较难以寻觅一篇论文或一部专著的思想渊源和方法来源。文献来源是显性的,思想来源、方法来源往往是隐性的。同样的道理,文学创作中,艺术技巧、章句、句法的借鉴与传承是隐性的,语词来源是显性的、追和用韵是显性的。比如黄庭坚公开宣称是学杜甫的,但要在他的作品中明确指称哪一篇哪一句是学杜甫的,却并非易事。目前我们只能据词人有形的文字表述确定他的师承渊源。词史、诗史的隐性接受与传承,虽然困难,却并非不可能。友人尚永亮教授的大著《中唐元和诗歌传播接受史的文化学考察》在这方面已导夫先路,做了有益的尝试和成功的探索。

除了依靠学者的学识来发现揭示隐性的文学接受史事实外,我们还可以利用计算机的人工智能来识别分析。目前计算机的人工智能水平已能进行初步的语义分析和语词结构分析。计算机经过学习,可以分析出不同作家作品中语义近似、结构类似的诗句词句。如果投入专门的人力物力,将历代词作"本体化",将原本固化的词作变成结构化、关系型数据,计算机就可以挖掘出词作文本之间的关联,并将结果进行可视化呈现。到那个时候,词史多向度交叉型辐射型的接受史图景,就不再是构想中的愿景,而是一种实实在在的学术成果了。

技术的进步必然带动学术的进步。期待宝林君今后在技术与学术的结合方面也有新的斩获!是为序。

王兆鹏
2017 年 8 月 15 日于武汉南湖之滨

目　　录

导　言

　　"历史每走过一段时间,都会回头看看身后的影子,历史每翻过一页,都会回头看看走过的路,不断重新理解和解释,是知识和思想更新的过程,过程也就构成了历史。"①当今天聆听着晏殊"一曲新词酒一杯"般的美妙宋词,徜徉在现代化高科技打造的古典轻音乐的 CD 声响中,再想想上述这段话,我们的思绪会飘荡于晏欧三家词诞生近千年来的时空,很想知道如此曼妙的经典乐章是怎样历经千年的风霜,走进人们雅俗共赏的欣赏视野。透过历史的云烟,拨去覆盖其上的层层尘埃,仿佛看见晏欧三家词承载着近千年的荣光与绝响、怀疑与理解、批评与爱赏、研究与接受,终于跨过了千年的门槛而走向新的诠释与传承时代。而回首晏欧三家词这段研究与传承历史,清代则是一个极其重要的标段。

第一节　选题缘由和意义

一、"晏欧三家词"范畴及选题缘由

　　本文所论的"晏欧三家词"是北宋著名词人晏殊、欧阳修以及晏幾道三人词作的合称,具体于文中即指晏欧词人群体的词作,有时因为行文习惯也省称"晏欧词"。为免误导,本书"晏欧三家词"或"晏欧词"主要表示研究范畴,不强调其词体或词派的意义。之所以将三者当成一个共同的研究对象,是因为他们具有诸多的共性,具备合并研究的条件。

　　(一) 晏欧三家词合并研究的可能与正当性

　　首先,二晏父子和欧阳修均是宋代词坛上的佼佼者,也都是宋代江西词人的杰出代表。这是三者合并研究的可能条件。

　　晏殊(991—1055),字同叔,北宋江西临川(今抚州)人,官至宰相。死后被谥元献。有词集《珠玉词》流传。欧阳修(1007—1072),字永叔,号醉翁,

---

① 葛兆光:《中国思想史·导论》,复旦大学出版社 2001 年版,第 66 页。

又号六一居士,北宋吉州永丰(今江西省永丰县)人,官至参知政事。死后被谥文忠。有词集《近体乐府》和《醉翁琴趣外篇》两种版本,存词约 240 首。晏几道,字叔原,号小山,与其父晏殊号称二晏。有词集《小山集》存世。总体而言,晏欧三人词上承南唐花间余绪,又各有出新之处,共同影响宋词学的发展走向,其中欧阳修和晏殊词,在宋词发展演变史上更具有开创之功。如清代的冯煦认为晏殊词是"北宋倚声家初祖"①,而欧阳修"疏隽开子瞻,深婉开少游"②。至于小晏词,早在宋代的王灼就给予高度评价:"如金陵王谢子弟,秀气胜韵,得之天然,殆不可学。"(《碧鸡漫志》卷二)薛砺若将晏欧三家和张先认同为宋词"四大开祖"③。晏欧三家不仅当时声名在外,诞生近千年来,一直被后人接受传承,对中国词学影响深远。据王师兆鹏先生统计,在历代的词学研究和接受中,排名前 30 位宋代著名词人群中,晏殊、欧阳修、晏几道均名列其中,而欧阳修、晏几道还属杰出词人群成员④。袁行霈先生主编的《中国文学史》也肯定晏欧词具有一定的创新和进步价值,认同冯煦的评价,并指出欧阳修相比晏殊"新变的成分要多些",而晏几道"创造了新的艺术境界"。⑤ 由此可见,晏欧三人词不仅当时就是名家,一千年后仍然是影响当代学界和社会生活的著名词人。

以地域而论,晏欧三人又是宋代江西词坛的翘楚。据《全宋词》粗略统计,有宋一代籍贯明确的词家 1493 人,其中占籍今天江西的有 188 人⑥,仅次于浙江,名列第二。然而在文学史上称得上有名的江西籍文人仅有晏欧三家、王安石、黄庭坚、刘过、杨万里、胡铨、姜夔、刘辰翁、文天祥数人,其中词学成就高、词坛贡献大、影响长久的除了姜夔即是晏欧三家。如果从文学、政治、哲学、史学等文化综合影响力来说,晏欧又居头把交椅,其余诸人无可相比。晏欧与其他江西名人一道,长久以来是江西民众的骄傲,激发了地方学人积极向学的热情,甚至影响了地方的民风习气。据载,"临川自晏元献公、王文公加盟本朝,由是诗人项背相望"⑦,而庐陵吉安"是邦学者,世修欧周之业,人负胡杨之气"⑧,即是鲜明的例子。晏欧的词作长久以来冲出了江西的范围而被天下士子争以学习模仿与传播。清代汪懋麟《棠村词序》论道:"晏

---

① [清]冯煦:《蒿庵论词》,见唐圭璋编《词话丛编》,中华书局 1986 年版,第 3585 页。
② [清]冯煦:《宋六十一家词选例言》,见其辑《宋六十一家词选》,清宣统二年(1910)扫叶山房石印本。
③ 《宋词通论》第二章,上海书店 1985 年影印出版。
④ 参王兆鹏、刘学:《宋词作者的统计分析》,载《文艺研究》2003 年第 6 期。
⑤ 《中国文学史》第三卷,高等教育出版社 2005 年版,第 29,90 页。
⑥ 邱昌员:《历代江西词人论稿》,百花洲文艺出版社 2004 年版,第 29 页。
⑦ [宋]周必大:《跋抚州邬邸诗》,《文忠集》卷四十八,文渊阁《四库全书》版。
⑧ [宋]文天祥:《吉州州学贡士庄记》,《文山集》卷十二,文渊阁《四库全书》版。

元献、欧文忠为宋名臣,其所建树与所著作,自古罕匹。而《珠玉》《六一》之词,歌咏人口至今不废。"也正是在地域的基础上,清代的冯煦才将晏欧词标举为"西江词派"①。当然,江西籍的晏欧三家及其词早已超越了江西和文学领域的影响而走向全国,文化影响力亦非凡人能比。

其次,晏欧三家词之所以能以小集体称呼冠名,从词学角度上讲关键在于三者词作风格的近似。这是三者可以合并的先决和根本条件。

欧阳修和晏氏父子词均属文人士大夫词,都以小令词为擅长,风格总体婉丽和雅,属于后世所谓的"婉约派"。晏殊作为生活在北宋前期承平时段的文人学者,身居高位,生活无忧而又太平无事。这种优渥的生活用他自己的话来说即如"太平无事荷君恩"(《望仙门》),都感觉有点对不住皇帝。在此背景下,晏殊的日常休闲娱乐生活,如"绮筵公子,绣幌佳人"便成了自觉追求。这个时候俗称曲子词的宋词尚未脱离歌台酒宴的传播场所,仍然保持着南唐五代以来的那种香艳色彩。曲子词在晏殊之类的士大夫视野中主要承担"遣宾娱兴"的功能,偶尔也可捎带个体生活情思的吐露。文学是社会生活的反映。晏殊的生活环境和曲子词的这种传播接受命运决定了晏殊的词作必然承袭南唐五代以来的特色:词情绵蛮,风格婉约。当然,晏殊作为上层文官领袖,在实践创作时多少对曲子词作了一些改造,至少减少了南唐五代以来的那种香艳俗气,从而使得词作变得较为清雅。"他的艺术创新和借以显示其士大夫雅词风貌之处,在于他的相当一部分抒情之作对传统的庸滥题材作了典雅化、含蓄化和'以理节情''情中有思'的审美处理。试看他的不少写男欢女爱和离情别绪的精美短章,已经没有了晚唐五代同题材作品的那种轻佻浅薄的情趣和色情描写,也没有同时期的柳永那种直白俚俗和一泻无余的作风,而是表现得乐而不淫,哀而不伤,风流蕴藉,清丽雅洁。"②检视《珠玉词》随处可见诸如"多少襟怀言不尽,写向蛮笺曲调中。此情千万重"(《破阵子》)这类蕴藉风流、婉约玲珑之作。

晏殊的词学认识和词体创作一直深深影响着出其门下的欧阳修。欧阳修仅比晏殊年少十六岁,因此欧阳修时代曲子词的生态环境与晏殊时期几乎没有差异。尽管欧阳修的人生进退和仕途要比晏殊复杂得多、困顿得多,然而在欧阳修看来,曲子词仍然充当"敢陈薄伎,聊佐清欢"的娱乐休闲工具——这是早期宋代士大夫的共同认识,正如他在《采桑子·西湖念语》自述作词动机时表白道:"虽美景良辰,固多于高会;而清风明月,幸属于闲人。并游或结于良朋,乘兴有时而独往。鸣蛙暂听,安问属官而属私;曲水临流,

① 《蒿庵论词》,唐圭璋编《词话丛编》,中华书局1986年版,第3689页。
② 刘扬忠编著:《晏殊词新释辑评·前言》,中国书店出版社2003年版。

自可一觞而一咏。至欢然而会意,亦傍若于无人。乃知偶来常胜于特来,前言可信;所有虽非于己有,其得已多。因翻旧阕之辞,写以新声之调,敢陈薄伎,聊佐清欢。"①欧阳修自言作词为"敢陈薄伎,聊佐清欢",至少说明"词体"在他看来还是一种雕虫小技,属于"小道",不能与诗歌散文之类的正道、大道相比,它的功用也仅仅是为娱乐消遣,与诗文"言志"功能还有距离。有专家认为,欧阳修对词体的这种认识说明他具有明显的"诗词有别"的文体观,但不代表他对词体的轻视,只是持一种平和态度看待②。另外,欧阳修所说的"清欢"也指明他认为词体可以用来歌唱助兴,但相配的舞乐应该是清丽的雅乐而不是唐五代那种追求视听感官的俗乐,说明欧阳修作为一个政治家和朝廷命官,明白欣赏词乐,创作词体有一个不违自身士大夫官员身份的底线,尽管在实际生活里他可能难以一一规避,但至少在他的头脑中具有这种思想意识。在词体创作中,由于欧阳修和晏殊一样首先是政治高官,只能以业余时间来填写词作,所谓"以余力作词,胡浪游戏尔"。词体观念上深受传统"词为艳科""词为诗余""诗庄词媚"的影响,因而早期的创作基本上一倚前人窠臼,多写男女风情,传播场所也多是歌宴酒席。这种局面导致他的词作在流传过程中与其他人的艳情俗词不可避免存在相混的景况,以至后世文人围绕欧阳修部分情词真伪问题产生数百年持续不断的争辩——这是宋词近千年传播史上少有的奇观。晏欧词虽"承南唐余绪",但在词风上做过改造,减少了柔媚俗艳的色彩而变得清雅温丽,情感上也渐有文人士大夫个体色彩——这是晏欧词进一步发扬后主李煜抒情词作的贡献——所谓"变伶工之词而为士大夫之词"。这种"吟咏性情"的转变,相较晏殊,欧阳修着力尤多,成就也更大。欧阳修由于历经宦海沉浮和人生的失意困顿,因而阅人阅世更多,也更深,有关的人生感受当然也更复杂,渐渐地所发的主题之情突破了"词为艳科"的藩篱,一发而为人生体验,"人生自是有情痴,此恨不关风与月"(《玉楼春》),或发为怀古咏史,"往事忆开元"(《浪淘沙》)。欧词对词作抒情主体的专注与深度开掘极大地影响了此后的大词人秦观。李清照《词论》说秦观词"即专主情致,而少故实",这种对人生情致的关注特质正是源于欧阳修词,所谓"深婉开少游"。另外,欧词与抒情主题变化相适应的是,不少词作的风格也逐渐疏离婉约蕴藉的面貌,而带有疏朗清旷的格调,于是豪放风起,直接推动了苏轼豪放词的诞生——所谓"疏隽开子瞻"。

　　生于北宋晚期的晏幾道也是一个钟情之徒。这里的"钟情"具体言指其词体写作的两个方面。一是小晏词钟情于父辈的小令词体式和柔婉风格,一

---

① 《全宋词》第 1 册,中华书局 1999 年版,第 153 页。
② 徐安琪:《唐五代北宋词学思想史论》,人民出版社 2007 年版,第 120 页。

是词题内容特质上钟情于各种抒情主体,尤其是发展了个体士大夫的人生况味之情。晏幾道出生的时代,正是北宋矛盾突出的晚期,也是小令词市场衰落而长调慢词大势兴盛的时代。在柳永和苏轼创词的影响下,北宋晚期的词客以写中长调慢词为能事,而出生于擅长小令词家庭的晏幾道不为词坛时务所趋,仍然保持对玲珑瑰丽小令词的坚守。而国家的衰落使晏幾道目睹了社会的凌乱、民生的困苦,家道中落更让他体会到世道险恶人心不古的凄凉。晏幾道尽管感受到人世的堕落,但始终以一腔痴绝之心对待身边的朋友,并以满腔赤诚作小歌词。因此晏幾道词的最大特征正如黄庭坚所说的"清壮顿挫"(《小山集序》),又如况周颐所谓的"哀感顽艳"(《蕙风词话》),尤其是后者,更能见出晏幾道词的个人风格。笔者以为这种特色都是对晏殊、欧阳修词情辞迤逦风格婉约和部分欧词清旷疏朗特色的进一步发扬。什么是"哀感顽艳"? 重点在于"顽"字的释义。对此笔者认同王双启的评价:"顽"是词人最难达到的境界,意味着"用心专注,执著不变"①。晏幾道正是以这样纯真诚挚的态度去填写词作,以这样的痴心绝恋去观察世事。这样的词情特色使令词达到当时的艺术最高峰,他对小令词的挚爱也征服了历代读者。晏幾道词作集名叫《乐府补亡》,从其题名即可以看出晏幾道希望自己的小词具备"资以世道"有补人心的社会现实功能。这个社会功用在其自序中明白无误地指出不仅希望能够"析酲解愠""叙其所怀",还兼有"写一时杯酒间闻见,所同游者意中事"②。由此可见,晏幾道对词体功能的期待已经超越父辈晏殊和欧阳修,他对词体的抒情特性、词体的文学价值有了全新的认识,甚至露出词可记载历史事实的朦胧概念,对清代词学"寄托说""词史说"不无启迪意义。

总体而言,晏欧三家词渊源同一,都源于南唐五代的小令词,都将令词经过适合自己表情达意的改造。尽管各自词风并非完全一样,总体上仍属于以写情为特色范围,应划归为婉约词派,被后世大部分文人目视为词之婉约正宗体派的代表之一。

再者,晏欧三人不仅具备相近的风格特色,在词学研究史上已有并举的历史先例和基础。这是三者可以合并研究的历史条件和现实基础。

早在宋代的李之仪在《跋吴师道小词》时论道:"晏元献、欧阳文忠、宋景文则以其余力游戏,而风流闲雅超出意表。"此外,元代赵文《吴山房乐府序》中有"观晏欧词,知是庆历嘉祐间人语"③之说;清初的邹祗谟有"欧晏蕴藉,

---

① 　王双启编著:《晏幾道词新释辑评·前言》,中国书店 2007 年版。
② 　《小山集·自序》,《晏幾道词新释辑评》附录一,第 329 页。
③ 　《赵文词话》,邓子勉编:《宋金元词话全编》下册,凤凰出版社 2008 年版,第 1914 页。

秦、黄生动"①之说。至于晏殊和晏幾道因为父子的关系,更以"大小晏"或"二晏"并称于世而受人关注、研究。今人陶尔夫、杨庆辰合撰的《晏欧词传》②中的"晏欧"便是包括晏欧三人。邱昌员的《历代江西词人论稿》中也以晏欧三人当成书中"晏欧词人群体"的核心③。既然三者在历史上具有两两并称或三人合并研究的先例,说明三者词之间确实有诸多共性,具备历史和现实合并论述的条件。

有鉴于上述原因,本书将晏殊、欧阳修及晏幾道词合并统称"晏欧三家词"并加以研究便是自然正当之事。

(二) 晏欧三家词在清代词学发展中之地位与影响

解决了将晏欧三人合并研究的理由后,再来看看为什么选择清代这个时段来考察研究三家词。换言之,清代词学有何特色,晏欧三家词在清代词学环境中居什么地位,对清代词学发展有何影响与意义。

清代是中国古代词学的复兴与繁盛时期,无论是词学创作还是理论批评与词籍校勘研究,都为中国古代词学的发展做出了极其重要的贡献,尤其是后二者,其成就超越了此前的宋元明时期,达到传统词学研究的最高峰。清代词学发展史,相较此前的各代词学史,最大的区别特点在于它的目的性、系统性和有序性。详而言之,清代词学发展的状况与其他时段演变态势不同,近三百年间始终有一个依托的核心,有一条发展主线。这个核心或主线即是从明末清初到清末民初贯穿全程的前后此起彼伏交替演进的各词学流派和群体。因此清代词学发展史在某种程度上即是一部词学流派与群体发展交替、争鸣演变的历史。从明末清初的云间词派到清末民初的常州词派,前后相继,交错发展,这种"如此鲜明、如此成熟以及有着很强自觉意识的众多流派和群体"④正形成了清代词学有别于其他时段词学演变的主要特征,是此前时期无法具有的。因此说,清代词学的发展相对有序——以特色鲜明的流派群体为主导力量,派外个性词人为副翼,多种词学研究力量的参合最终推动了清代词学发展的进程。另外,清代词学发展还具有目的性、系统性特征。与其他朝代词学发展的零散性或自发性不同,清代词学研究者和传承者一开始就接过宋元明以来词学发展遗留的任务,在以词学流派为主要驱动作用下

①　[清]邹祗谟:《远志斋词衷》,《词话丛编》本,第651页。
②　吉林人民出版社1999年版。
③　参《历代江西词人论稿》第一章,第50页。
④　严迪昌:《清词史·绪论》,江苏古籍出版社2001年版。

自觉观察考索历代词学遗存，探究清代词学发展的前途方向。尤其是越到后期，这种自觉性意识越强，直到学词论词体系在常派手里建构完成。所以说，清代词学发展具有目的性，围绕词体风格体性、词体地位、南北宋词接受、雅俗、正变、创作等诸多命题进行系统认识与辩论，由此具有系统性。其间，有的词学命题是前代的遗存，如正变问题；有的是清代词学发展中自觉产生的，如两宋词学之争问题等。清代词学发展的具体路径和批评手段是各种词选、词谱、词话、序跋、词论、词籍校勘以及实践创作等形式。必须指出的是，清代词学的发展还与国家文化政策的导向息息相关，这一点对于清代词学的发展也至关重要①，反映在词学运动过程中，词人主体的推动与外部力量的合流最终成就了清代词学的发展面貌和高峰地位。

清代作为中国传统词学复兴与终结的特殊时期，词学流派众多，内涵丰富，理论繁荣，成果特出。研究中国传统词学的发展与流变，无论从哪个角度观察，清代词学都是极其重要的参考段落。

清代词学的发展主要是以两宋词学的发展为基础②，清代词学的研究与传承内容则以两宋词人和词学成果批评传播为主要对象。客观而言，若以两宋词人研究为参照对象，苏轼、辛弃疾、姜夔、张炎、吴文英数人才是清代词学关注的重心。然而这样说，并不意味着北宋令词大家晏欧三家词在清代词人视野里可有可无。与此相反，晏欧词是清代研究传承前人词学不可缺少的一部分，研究晏欧词是清人词学体系构建的一环节。晏欧三家词对清代的影响，几乎参与了每一个词学进程。

首先晏欧词是清代宋词史论的构成部分。这里所说的"词史"指宋词的发展历史，而非"以词证史"。这是清代词人在追溯宋词发展历史，考察宋词发展过程中必须面对的问题。

曹明升指出，清代的宋词史研究包括理论上的批评研究和实证上的文献稽考，而在具体建构框架上分为三种模式：第一种以宋代词人为基点；第二种以"正变"为骨力；第三种以"风格"为中心③。晏欧三家词是清人建构宋词史体系不可或缺的一部分。

① 有关利害关系的论述参孙克强《清代词学》，中国社会科学出版社2004年版，第6—10页。
② 孙克强指出，清代词学理论的成就是以两宋词学作为基础，清代词学是两宋词学的发展。（见《清代词学》第一章）明代词学虽然向来被人不屑，但事实上也对词学有过贡献，无论理论批评还是文献积累，都为清代词学的发展打下了基础。不过明人的这些研究成果还是基于宋代的。
③ 《论清人的宋词史研究》，载张宏生编《传承与创新：清词研究论文集》，南京大学出版社2014年版。

　　在理论批评上,不少清人的词话专著辟专门辞条评骘三家词。如沈谦《填词杂说》有评价晏殊词:"'夕阳如有意,便伴小窗明'不若晏同叔'一场愁梦酒醒时,斜阳却照深深院'更自神到。"①王士禛的《花草蒙拾》有三处谈及欧阳修词:欧柳词本韩句、欧石词工拙悬殊、欧苏平山堂词②。沈雄收辑整理的《古今词话》涉及晏欧三家词多处。在词学史上,词话一般具有批评传承功用。以唐圭璋先生的《词话丛编》为例,该书收辑清人(含晚近)整理或撰写的词话书 68 部,其中涉及晏殊 21 部、欧阳修 33 部、晏幾道 22 部。可见仅从批评传承渠道观察,三分之一的清代词话中有晏欧三家词的身影。这还不包括批判色彩浓郁的各种词籍序跋。

　　在词作校勘方面,晏欧词也是清人研究的对象。如前期张宗橚《词林纪事》含有勘正辨析词作部分,其中辨析勘正三家词不下 10 首。晚近的词学校勘大家王鹏运精校《草堂诗余》本晏欧词 22 首,朱祖谋《彊村丛书》本校勘晏幾道《小山词》242 首,等等。

　　由上可见,假如晏欧三家词缺席,清人的理论批评和文献收辑考证成果将缩水不少,清代的词学研究工作仅从研究对象角度看就要损失许多。何况不少理论批评问题绕不开三家词,特别是宋词史的构建。

　　若以词人和风格为基点,明末清初云间词派的宋徵璧《倡和诗余序》中指出:"吾于宋词得七人焉:曰永叔,其词秀逸;曰子瞻,其词放诞;曰少游,其词清华;曰子野,其词娟洁;曰方回,其词新鲜;曰小山,其词聪俊;曰易安;其词妍婉。"③包括欧阳修和晏幾道在内的这七个人构成的词史就是宋徵璧的宋词史观——尽管这是一部残缺的词史。在这里,宋氏不仅指出了宋词史代表,还对于各自的风格特征作了归纳,都与晏欧词息息相关。即使一些以时间分期为纵线,以词人为横线的宋词史叙述中,也少不了晏欧词。如尤侗《词苑丛谈序》中指出:"词之系宋,犹诗系唐也。唐诗有初盛中晚,宋词亦有之。唐之诗由六朝乐府而变,宋之词由五代长短句而变。约而次之,小山、安陆,其词之初乎。淮海、清真,其词之盛乎。石帚、梦窗,似得其中。碧山、玉田,风斯晚矣。"④尤侗先以唐诗史分期为参照对象,将宋词史分为初、盛、中、晚四个时期,其中的晏幾道(小山)和张先(因曾任湖北安陆知县,世称张安陆)被他认为是宋词初期的代表。晏幾道越过晏殊和欧阳修,在尤侗视野中

---

① 《词话丛编》本,第 633 页。
② 同上书,第 676、679 页。
③ 见[清]宋存标等:《倡和诗余》(合订本),辽宁教育出版社 2000 年版。
④ [清]徐釚:《词苑丛谈》,人民文学出版社 1988 年版,第 3 页。

被当成北宋初期词的代表,时间上看似有错位,但显然尤侗是以令词成就而论,这种说法也不为过。

晏欧三家词是清人关于宋词之"正变"论的重要对象。

明人已经提出"词体以婉约为正"的命题,但明人仅停留于以风格为正变的范畴,没有以此建构词史的意识。清人接受了这种以婉约艳丽为正、为本色当行的词体传统认识,并进一步发挥到以此观照词史的进程。如清初大儒王士禛不仅认可这一规范,还将宋词划分体派作为他的宋词史建构模式。他指出:"语其正,则景煜为之祖,至漱玉、淮海而极盛,高、史其大成也;语其变则眉山导其源,至稼轩、放翁而尽变,陈刘其余波也。有诗人之词,唐、蜀、五代诸君子是也;有文人之词,晏、欧、秦、李诸君子是也;有词人之词,柳永、周美成、康与之之属是也;有英雄之词,苏、陆、辛、刘之属是也。"①在正变问题上,王士禛虽然没有直接点名批评晏欧词,但从其认可南唐二主词为正体之祖的表述中,不难推测接踵南唐词的晏欧词也属于词之正体的判断。王士禛先从正变角度建构一个宋词史体系,然后又根据各自词之特性重新确立另外一个宋词体模式。在这个模式中,晏欧词被当成文人词的排头兵。于此可见,晏欧词在王士禛的词史意识里是不可或缺的,否则与之同类的秦、李诸人词将失却渊源的基础。晏欧词作为正体词被绝大部分清人接受认可,并纳入到宋词史的建构中,直到晚近的谢章铤不仅肯定晏欧词的正宗地位,还将它们带入平衡南北宋词的论述中:"北宋多工短调,南宋多工长调;北宋多工软语,南宋多工硬语。然二者偏至,终非全才。欧阳、晏、秦,北宋之正宗也。柳耆卿失之滥,黄鲁直失之伧;白石、高、史,南宋之正宗也。吴梦窗失之涩,蒋竹山失之流。"②这种重视晏欧词在北宋词坛地位的看法直到近代的梁启勋还有明确的表述:"北宋初期,如晏氏父子、范仲淹、欧阳修等,犹有五代遗风。过此以往,则渐趋柔靡,拚个日下矣。"③梁氏论词重北宋轻南宋意味鲜明,而晏欧三家词即是其推重的北宋词的主要部分。

由上可见,晏欧词不仅是清人正变论中常见的对象,也是清代词学批评中南北宋词议题时常涉及的角色。舍其,则许多表述无法完成。

晏欧词是清人词学创作统系中隐含的一个环节。

常州词派摸索总结出的词学创作统系是清代词人探索学词径向的最大

---

① ［清］王士禛:《倚声初集·序》,《续修四库全书》集部 1729 册,上海古籍出版社 2002 年版,第 164 页。

② 《赌棋山庄词话》卷十二,《词话丛编》本,第 3470 页。

③ 《词学》,学海出版社 2000 年版,第 124 页。

成果。清代中后期的常州词派张惠言、周济等论词强调词中微言大义,主张词中"寄托说"。他们通过选词论词的方式弘扬自己的理论主张,并用以指导创作实践。在观照宋词史的过程中,周济等人最终为学词论词找到一条康庄大道,这就是周济《宋四家词学目录序论》中提出的"问途碧山,历梦窗、稼轩以还清真之浑化"的指导途径,旗帜鲜明地提出了常州词派关于学词宗尚的对象和方向,标志着传统词学发展到清代后期,在创作取向上完成了学词谱系的构建。在这个途径中,晏欧三家词虽然没有直接被作为学习对象予以揭示,但稍微分析常州词派这个谱系的内涵就明白,晏欧词是构成其中的一个环节,晏欧同样是他们学词论词的北宋名家。无论是张惠言的《词选》,还是张琦的《续词选》,都或多或少地选择了晏欧词,作为研词论词学词的对象。即使周济提出谱系关键依赖的《宋四家词选》,晏欧也以19首的数量被作为周邦彦附选作家名列其中。从词学批评角度看,常州词派之所以认为学词当从南宋开始而达北宋南唐,这是因为他们认为晏欧等北宋词作"蕴藉深厚",是正声,尽显当行本色,具"无穷高深之曲",是"无门径,故似易而实难"①,因而不适宜作为初学者入门的对象。周济认为只有从南宋词作开始,由浅入深,由易至难才是正确的学词态度和方法。可见,晏欧词作也是常州词派认可的学词谱系中的一环,只是被安排在学词径向的后端,并没有排除在外。

晏欧词是清代词选(谱)词话选取辑录的对象。

清代词选,林林总总,数量巨多。据李睿统计不下100部,远超宋明两代所存的总和(13 + 24)②。清代词选大多数是词派词群主张词学理论的阵地,也是选词存史的文本和学习词体写作的范本,因此清代词选在词学活动中充当重要的角色。至于特殊的可以充当词选之用的词谱还是按谱填词资以写作的重要工具。在清代的通代词选(辑录历代词作)中,从清初的《古今词选》到晚近的《宋词三百首》至少有17种影响较大的词选中包含晏欧词作。这些被选的晏欧词作与其他词作一样,参与到清代词学发展的诸多领域。或为开宗立派所用,如《词综》;或为标明学词研词宗尚,如《宋四家词选》;或为以词存史所用,如《心日斋词录》;或为观察历代词史规律,如《词轨》,如此等等,不一而足。至于《钦定词谱》所选晏欧词69调72首,其中作为正体之用的达30首,反映清初对部分晏欧词作思想与艺术成就的认可和重视,揭示出

---

① [清]周济:《宋四家词选目录·序论》,《宋四家词选》,古典文学出版社1958年版,第4页。
② 李睿:《清代词选研究·绪论》,安徽大学出版社2011年版。

晏欧词对于帮助清人辨析词体、指导填词写作具有不可替代的作用与意义。

晏欧三家词还是清代词人学习模仿、追和前代词作的重要对象,三家词参与了清代词人的词体创作实践进程。据笔者统计,仅清初的顺康时期,被清人追和模拟的宋词1742首,涉及宋词家92人,其中平均被效仿追和20首以上的仅有19人,而欧阳修一人占有152首,仅次于苏辛两人;晏殊父子也有30首。这个数字既已超越宋明总和,反映清代词人在词体写作中对晏欧词作的接受传承达到新的高度。

总体而言,晏欧三家词是清人批评、传承、研究词学对象的一部分。它们以各种身份和原因参与了清代宋词史构建、理论批评和词选(谱)择取、词集校勘,以及实践创作等诸多环节,在清代词学发展史上具有一定的影响地位和不可替代的作用。这是促成本选题的关键因素。

(三)　时代呼唤词学学术史研究的开展

20世纪以后,随着西学东渐和社会文明程度的日益增加,文化研究和学术探讨也得到快速发展。尤其是步入21世纪以来,传播媒介的大势发展,如新型电子媒介的出现、刊物的大量发行、出版业的繁荣兴旺,极大地改变了研究视野和研究进程。词学的研究也日益升温,晏氏父子和欧阳修也日益受到学人的关注,并出现了新的特点和新的走向,从词集文本的编选考订、词人生卒生平的釐定、词作艺术的探讨到词作文本的评论欣赏等等,几乎每一个关乎词学研究的方面都有晏欧词的身影,构成浩浩荡荡百年词学研究史的一个组成部分。近十年来,随着新世纪文学研究的现代化发展,词学研究也日益深化并出现新的面貌,除了开掘新的路径和新的研究对象,经典词人词作也被纳入新的研究范畴,转换研究视角,并启用新的研究方法对他们进行观照。

先师刘扬忠先生曾经指出当前词学研究的"重要的工作之一就是通过总结和撰写词学学术史,来实现理论的升华和超越"[①]。而有关晏欧三家词的研究与传承史长久以来亦乏人光顾,直到进入21世纪初期,这种贫乏荒芜的局面有所改变,不少论著已经涉及有关晏欧三人词作的传播接受或研究史。即便如此,真正有创见的作品不多,尤其是尚无人对晏欧三人的词作流传与研究状况进行专门的论述总结和思索。

因此,笔者出于对刘扬忠先生倡言撰写学术史的呼应,基于清代词学发展的特性,以及自身对晏欧三家词的兴趣和认识,认为有必要对流传近千年的三家词之传承与研究史作出梳理和总结。

---

① 刘扬忠:《二十世纪中国词学学术史纲》,载《暨南学报》(哲学社会科学版),2000年第6期。

二、研究意义

晏欧三人的词作渊源同一,词风接近,被刘扬忠先生称为"北宋江西词派"①。他们是宋代词学发展的杰出人物,尤其是晏殊和欧阳修,上接南唐词风遗绪,下传苏轼、晏幾道、秦少游等人,承前启后,开北宋文人词之先风,影响此后千年的词学演变和研究面貌。那么三家词是如何承续并影响后世词坛的? 各自在词学史上的传承接受面貌怎样? 有何差异? 与之有关的词学命题有哪些? 选题对象本身即是一个富有意义和值得探讨的命题。

清代是中国传统词学终结和现代词学开端的特殊时期。清代词学也是传统词学的复兴繁荣时期,它的发展流变包含了所有与词学有关的命题。晏欧三家词基本参与了清代词学发展的所有领域,在一定程度上影响了清代词学的发展进程,体现出不可替代的作用和价值。本书所要阐述和讨论的正是这批宋词巨匠在词学复兴的清代近三百年研究传承的历史过程中,究竟是怎样参与清代词学的发展进程的,其间充当什么角色,起了什么作用,留下什么影响,等等。全文着重结合清代词学发展的主线——词学群体与流派的词学争鸣运动,分析清人对三家词的研究、接受传承风貌和其间可能存在的特征、规律、原因以及差异等,从而考察晏欧三家词所处的地位和影响。从这个角度切入,既可以看到动态的、立体的清代晏欧三家词研究传承过程,也可以借此一窥清代词学承续与超越前代词学的发展历程和中国古代传统词学演变终结而走向现代词学之前夜的进程轨迹,因而具有一定的理论认识意义。

另外,若从地域文学研究的角度考虑,晏欧三家是宋代江西词人的佼佼者。研究分析三者词作在清代的传承批评历史,不仅可以为观照江西词人的历史影响和贡献提供参照,同时也可以为探讨宋代以后江西词学衰落的原因提供解读视角。因此,本成果无论是从考察三家词在清代词学领域的影响状况,还是从江西地域文学研究角度,都具有一定的研究意义和参考价值。

第二节　近百余年晏欧三家词研究述评

进入 20 世纪以后,词学抵达清末以后最为繁荣的阶段,晏欧三家词也随之步入词学研究现代化历程的新时期。

---

① 刘扬忠:《唐宋词流派史》第三章,中国社会科学出版社 2007 年版,第 145—165 页。

根据中国重要报纸全文数据库(2000—2015)、中国知网期刊全文数据库(1980—2015)、《二十世纪全国报刊词学论文索引》(1908—2007)(杜海华编)、《宋代文学研究年鉴》(2006—2007、2008—2009、2010—2011、2012—2013)附录索引(刘扬忠、王兆鹏编)、全国报刊索引(1833—1949)以及国家图书馆中文图书网络检索系统,对 20 世纪以来的有关晏欧三家词的出版文集和专论专著进行检索,得出数据,绘成各类图表,并对这百余年的研究状况进行统计分析与述评①。

一、近百余年晏欧三家词研究总览

20 世纪以来关乎晏欧三家词研究的百余年中,根据研究的进展和演变面貌,可以分成四个时段:(一) 1900—1949,这是晏欧三家词研究的近现代转型与开端时期;(二) 1950—1979,这是晏欧三家词研究的低潮与重构时期;(三) 1980—1999,这是晏欧三家词研究的繁荣与寻求突破时代;(四) 2000—2015,这是晏欧三家词研究的新变与总结时期。这四个历史时期对应的晏欧三家词文集出版和研究面貌数据值,分别参表 1、图 1、图 2。

由表 1 可知,20 世纪以来的一百一十余年里,有关晏欧三家词研究的专门文献有 1118 项,除却刊刻出版的词集 57 项外,学术分量较重的一般论文、硕博学位论文及研究评判著作亦有 1061 项。换言之,这 1000 多项文献资料占本期晏欧三家词研究与出版的各类文献的 94.9%,是考察评判晏欧三家词研究史的主要依据和评述主体。

从横向角度来看,20 世纪的三个阶段中,以末期的 80—90 年代研究量为最多,总达 382 项,年均 19 项,占整个 116 年研究史中的 34.2 个百分点(382/1118),其中尤以一般论文为著,总量 303 篇,约占同期研究项目中的 79.32%(303/382),也在全段百余年的研究中占三分之一强。20 世纪 50 年代至 70 年代,这是整个中国文学研究相对曲折低潮时期,有关晏欧词研究的一般论文只有 35 篇,仅相当于 80—90 年代一般论文的 11.55%,同期总数量也只有 59 项,年均 2 项,略高于第三个阶段年均量的十分之一。本期研究数值在 20 世纪的研究总数量中占 11.99 个百分点(59/492)。而 20 世纪前半期的 50 年中,虽然跨越时间最长,然而研究量最低,总量 51 项,年均约 1 项,占全段研究份额的 4.6 个百分点(51/1118)。

---

① 　本文网络数据除另有说明外截至 2015 年 12 月 2 日 10 时。

表 1　近百余年晏欧三家词研究论著统计总表

时间段 (单位:年)	词集与论文、论著出版数量(单位:项)					
	一般论文	学位论文	词集(选)	论著	总计	年均
1900—1949	27	0	20	4	51	1
1950—1979	35	1	14	9	59	2
1980—1999	303	11	13	55	382	19
2000—2015	512	50	10	44	616	38.5
总　计	887	62	57	112	1118	9.6

说明:(1) 本文收集的数据只包括晏欧词研究专论或与晏欧有关的生平事迹和评传等资料,这是占研究和评判晏欧词的绝大部分文献,若含其他涉及晏欧词作的成果,则更复杂,文献亦更多、数据更大。

(2) "词集"是指单纯的文集出版或经简单的标点不作评注的词集文本,只具流传与存史价值,学术研究价值较小。

(3) "年均篇数"取整数。

(4) "百分比"精准到小数点后一位。

新世纪以来的 16 年中,晏欧三家词研究的各种成果数量大有增加,总量达 616 项,占全段研究成果中的 55.1%(616/1118),年均量上升至 38 项,是 20 世纪研究规模最大的八九十年代的 2 倍,也是 20 世纪以来晏欧三家词研究时间最短、成果最多的时期,其研究势头之强劲、研究成果之多非常可观。21 世纪的晏欧三家词研究刚刚开始,而头 16 年取得的成果量让人有充足的理由相信,这一个世纪的晏欧三家词研究总量完全有可能超越 20 世纪的研究总量。

如果将 20 世纪晏欧三家词百年研究史包含的三个阶段和新世纪开始的 16 年研究成果量所占的比例绘成饼状图,它们各自在一百一十余年的研究史中的所处位置和份额就显得更加直观清晰(详参图 1)。

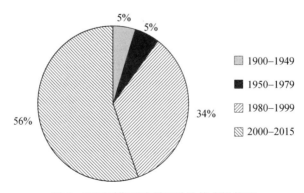

图 1　不同时期研究量百分比构成饼状图

从图1中,可以明白无误地观察到,20世纪以来的一百一十余年晏欧三家词研究史中,四个研究分期的比例面积各成扇形状态分布。1900—1949年的50年中其百分比构成为5,与此后的30年(1950—1979)数值近似;而20世纪八九十年代——晏欧三家词研究的繁荣时期,其成果总量所占的份额与21世纪开初的16年份额相对要多,而后者竟高于前者20个百分点,尽管二者相差的数值远远超于前两个研究时期之差,不过结合表1数据评测,此也正说明纵观整个116年晏欧三家词研究史,21世纪的开初阶段才是研究最为繁多的时期,其研究成果量和研究手段、研究角度和成果形式大大不同于前几个阶段——可参图2,有关具体分析详后。

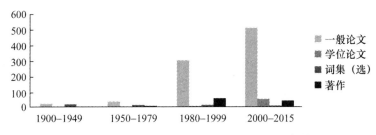

图2 四个阶段的晏欧三家词研究成果量对比柱状图

二、20世纪两个研究高峰

20世纪晏欧三家词研究与传承主要始于1902年《欧阳文忠公全集》153卷的刊刻①,因此如果对20世纪百年晏欧三家词研究史分年加以统计,其数值的分布和可揭示出来的现象与规律将呈现另一番样貌。考虑到逐年分布过细而难以用图表呈示,本文尝试以10年为一个年代的计量单位,将20世纪的百年分成10段,并将各段统计数据绘成折线图,各时段的研究量分布如图3所示。20世纪的晏欧三家词研究史研究主体主要贯穿新旧两个时期的中国,倘若以1949(图标代码:E)为界,不难发现这两个时期各出现一个高峰时期。参图3。

(一)20世纪三四十年代:晏欧三家词研究初现兴盛局面

由图3可知,20世纪晏欧三家词百年研究史中,以1949年为界,分成前后两个50年。前一时期的头20年(1900—1919)数据线呈平直状,大约从1920年开始略有上升,至第4个10年(1930—1939)峰值达到最高端26项,此后回落至1940—1949年间的14项上,仍比20年代(1920—1929)的7项多

①　周氏慕濂山房本,清光绪二十八年(1902)刻。

一倍。据此可以认为 20 世纪 30、40 年代(时间跨度为 20 年),是 21 世纪以来晏欧三家词研究的第一段较为兴盛时期。

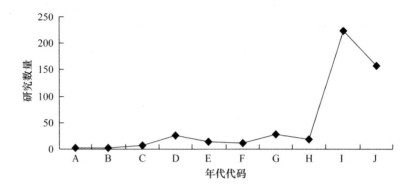

图 3 20 世纪晏欧三家词研究量逐年代变化曲线示意图

说明:A,1900—1909,2;B,1910—1919,2;C,1920—1929,7; D,1930—1939,26;
E,1940—1949,14;F,1950—1959,11;G,1960—1969,28;H,1970—1979,19;
I,1980—1989,224;J,1990—1999,157。(单位:项)

而对于整个 20 世纪中国古典文学研究而言,尚永亮先生认为"最初的二十年(时间断限可适度向后延伸)与最后二十年最具代表性,一个是大气磅礴的开头,一个是浩乎沛然的结尾"①。晏欧词的研究状况显然与此有所偏离,不是出现在最初的 20 年,而是属于"断限可适度向后延伸"的三四十年代,亦即 1930—1949 年这个 20 年,与尚永亮先生所谓的整体古代文学研究情势的断限存在较大的差距。

由前统计可知,20 世纪的头 50 年(1900—1949)研究成果总量为 51 项,而本时段的 20 年成果量即达 40 项,约占前 50 年成果总量的 78.43%,超过了同期的其他任何两个年代的总和,其中尤以 30 年代(1930—1939)这一个 10 年最为显著,各类研究文集论著量 26 项,是民国晏欧三家词研究量最多的 10 年,堪称黄金 10 年,是故本期的 20 年称之民国时期晏欧三家词研究的繁盛时期是基本合乎事实的。

这一个 20 年不仅出现了第一篇专力考证欧词变迁的文章——储皖峰之《欧阳修〈忆江南词〉的考证及其变迁》②,第一部选注二晏的词作专著——夏敬观选注之《二晏词》③,而且还有第一批与词作关系密切的年谱文献——

---

① 尚永亮:《中国古典文学研究的两个二十年》,李浩主编:《中国古代文学研究高层论坛论文集》,中华书局 2004 年版。

② 参《吴淞月刊》1930 年第 4 期。

③ 参上海商务印书馆 1931 年 8 月印行"学生国学丛书本"。

宛敏灏的《晏同叔年谱》①、夏承焘《晏同叔年谱》②,第一篇着力探讨晏幾道词艺术风格的论文——雨樱子的《小山词风格与艺术》③,以及第一部笺注专著——上海商务印书馆 1947 年出版的王焕猷之《小山词笺》,如此等等,使晏欧三家词研究不仅在数量上成为民国期间最多的 20 年,而且在研究质量、开辟领域方面也是此前无法比拟的。

20 世纪 30、40 年代固然是民国时期晏欧三家词学研究较为兴盛之际,然而总体上作为晏欧三家词研究的现代转型与开端时期,此前的 30 年也有可圈可点之处。20 世纪前 20 年,真正的晏欧三家词学术研究基本处于空白状态,直到 1925 年才被胡云翼打破,其撰写发表的第一篇以理论述评欧阳修词的论文《北宋四大词人评传:欧、柳、苏、秦》④率先敲开了用现代词学眼光分析晏欧三家词的大门。胡肇椿于两年后发表了第一篇探讨晏幾道词的论文《评晏叔原幾道词》⑤,直至 1930 年储皖峰于《吴淞月刊》第 4 期刊发《欧阳修〈忆江南词〉的考证及其变迁》一文,宛敏灏的专著《二晏及其词》1935 年于上海商务印书馆印行,尔后有关的论文论著才随着现代传媒印刷的发展而大量出现,尤其是诸如《词学季刊》《同声月刊》等刊物的发行传播,使晏欧词的研究进入了现代词学研究的序列。从此意义上分析,将 20 世纪前 50 年视为晏欧词研究的现代转型与开端阶段,更加合乎晏欧词研究的发展实际。

(二) 20 世纪八九十年代:晏欧三家词研究渐趋高涨期

20 世纪的后 50 年中,晏欧三家词研究在 80 年代以 224 项研究成果高居整个百年研究史的榜首,而 90 年代也以其 157 项研究量紧随其后,这个 20 年总量达 382 项,无疑是新中国建立以来晏欧三家词研究最为繁盛的时期,是前述 30、40 年代的 9.55 倍,也大大超越了民国时期的研究总量(约 49 项)而成为整个 20 世纪研究史中成果最多、影响最大的 20 年。其情状与尚永亮先生所论 20 世纪 80、90 年代是整个古典文学研究的"浩乎霈然的结尾"正相吻合,笔者冠之以研究"高涨"期亦是恰如其分。

这一个 20 年中,相较民国期间的研究高峰,不仅成果量大大超越,更重要的是出现了新的研究形式和研究方法与观念,譬如 10 部学术研究含量较大的学位论文的出现即是最明显的代表,这是民国期间 30、40 年代未曾有过的研究现象。此外 55 部论著的蜂拥呈现更使民国时期望尘莫及。而 303 篇

---

① 参《安徽大学月刊》1934 年第 1 卷第 6 期。
② 参《词学季刊》1934 年第 2 卷第 1—2 期。
③ 参《国艺》1940 年第 2 卷第 4 期。
④ 参《晨报》(增刊)1925 年 12 月第 7 期。
⑤ 参《燕大月刊》1927 年第 1 卷第 3 期。

的一般论文基本渗透晏欧词研究的各个方面,像天女散花般,以不同的理论维度、观察视角笼罩晏欧三家词,使得 20 世纪关乎词学研究的方方面面,几乎都在晏欧三家词研究上得到体现,极大地推动了晏欧三家词的研究深度和研究进程。相较而言,在以下三大领域尤有创获。

1. 词集文献整理有了长足进展。二晏故里江西抚州临川于本期成立了二晏研究所,1986 年开始出版专门刊物《二晏研究辑刊》,有关二晏词籍版本及词作的考校多出自于该刊。如:朱槿的《珠玉词和小山词版本考》(1986)、杜华平的《谈小山词的校勘》(1987)和《毛刻小山词校记》(1987)、梓祯的《珠玉词校笺、小山词校笺》(1989)、邹自振的《两种珠玉词小山词校笺之比较》(1989)、文亦心的《二晏词版本一览表》(1989)等,使晏氏《珠玉词》和《小山词》的版本研究上升到新的水平。另外一些词作得到进一步地考辨与补遗。有代表性的论著如谢桃坊的《欧阳修词集考》一文,根据欧阳修《近体乐府》《琴趣外篇》及《平山堂集》3 个词集版本渊源流传加以对比辨析考证有关"伪词",认为有"五十五首,皆非欧公所作",也即欧阳修真正可靠的词作"应为一百四十二首"①。该文论证详尽,逻辑严密,结果可信。

2. 词作思想及意义的探讨。代表作品有张富华的《浅论晏幾道词的思想意义》和李华的《简论晏殊词积极因素》②。张作不同意历史上贬低小山词之思想陈见,认为小山词的最重要的思想意义在于歌颂了歌妓具有的反封建思想。文中反对既有的错误,认识固然可敬,然而张氏应用阶级分析法论证文学,似乎又夸大了小山词作之思想价值,明显带有时代观念遗留下来的印记。李华则在全面分析历史认知的同时对晏殊词的积极方面作了一些探索,认为大晏词主要集中于乡村生活和恋情的描绘,表现了人间种种真情。此外,吴林抒的《二晏词与宋初理学》、黄振林的《论晏幾道的痴狂心理》、萧庆伟的《珠玉词与死亡焦虑》③等积极探讨了晏欧三家词的不同思想与意义所在。

3. 词史地位的探析。随着晏欧三家词研究的逐步推进,本时期有较多的学人开始总结评述晏欧三家词的词史地位与价值。如林汝津《江西词派首领人物晏殊》在引用清人厉鹗论宋末词坛所谓"岂知词派有江西"之说后,旗帜鲜明地指出宋代不仅有江西词派而且其首领即是晏殊④。宋末之江西词派除了成员基本上和晏殊同属赣籍作家外,二者不存在文学联系,这一点

① 参《文献》1986 年第 2 期。
② 分别参《新疆大学学报》1986 年第 2 期、《江西社会科学》1988 年第 5 期。
③ 分别参《二晏研究辑刊》1989 年第 9 辑、第 10 辑和《河北大学学报》1999 年第 1 期。
④ 参《抚州师专学报》1987 年第 2 期。

现代有学者已经阐明,然而晏殊之开创之功却是不掩的事实。柏寒的《论欧阳修词的历史地位》①较全面地总结了欧阳修在题材、词调等方面的开创之功。吴相州的《欧阳修对豪放词的开拓之功》一文侧重欧词对于豪放词风形成的影响,指出"欧阳修对豪放词的开创不是偶然的,而是与诗文革新运动相伴而生,是诗文革新运动的一部分"②。其他类似探析晏欧三家词作词史地位的不下5篇,某些论述今天看来依然是不刊之论。

此外,本期海内外还出现了11部硕士学位论文,如香港珠海学院黄美珍《欧阳修的文学与事业》、韩国李奭炯《晏殊词研究》等③,都对晏欧三家词作思想与艺术特色有所分析和评判,无论是研究视角还是研究手段和形式,都大大推进了晏欧涉及词研究的进程。

三、20 世纪 50—70 年代:晏欧三家词研究的低潮与重构时期

1950 年至 1979 年是晏欧三家词研究的低潮与重构时期。这个时期由于特殊的时代背景导致相关的研究成果甚少,仅有 59 项,比 1949 年前略多 8 项而处 20 世纪后半期的末尾,因而谓之研究"低潮"时期。以晏欧三人而论,本期却是研究欧阳修词独盛的时期,59 项文献中有关欧词研究竟达 40 项,占全部成果的 67.8%。

1. 版本校勘与词集出版。北京文学古籍刊行社于 1955 年 1 月率先重印刊行了《六一词》等古籍书册。全书以《汲古阁》本为底本,参资其他版本,补录欧词 95 首,共选词 172 首,共 117 页,重在词集文本的"选择、版本的审定、断句和校勘"等整理工作。此外一些欧氏词集重新得到刊印出版。如:香港商务印书馆 1960 年出版的《六一词》;吴昌绶、陶湘编选,上海中华书局 1961 年出版的《醉翁琴趣外篇》6 卷本;上海中华书局 1961 年发行的《欧阳文忠公集近体乐府》3 卷本,以及台北世界书局 1962 年版的《六一词》、香港商务印书馆 1973 年版的《六一词》等,为研究欧词作提供了较多较好的词集版本。另外蔡茂雄以其硕士论文《六一词校注》1969 年于台北嘉新水泥公司文化基金会印行,台北文津出版社 1978 年再版。

---

① 参《文史哲》1989 年第 2 期。

② 参《锦州师院学报》1993 年第 3 期。

③ 黄美珍:《欧阳修的文学与事业》,香港珠海书院 1980 年;〔韩〕高仁德《欧阳修词研究》,延世大学 1982 年;〔韩〕宋龙准《晏幾道词研究》,首尔大学 1982 年;〔韩〕张秀烈《欧阳修研究》,成均馆大学校 1983 年;〔韩〕金贞贤《欧阳修词研究》,淑明女子大学 1984 年;〔韩〕刘玉珂《晏幾道及其研究》,檀国大学 1984 年;〔韩〕李奭炯《晏殊词研究》,首尔大学 1985 年;〔韩〕郑恩真《欧阳修词研究》,启明大学 1985 年;梅兴柱《欧阳修思想初探》,河北师范学院 1985 年;黄琼谊《二晏词研究》,台北政治大学 1989 年;〔韩〕金兰英《欧阳修研究》,岭南大学校 1989 年。

2. 词作选释。黄玉笙的《欧阳公近体乐府校注评释》一书,于1950—1978年在台北陆续出版,促进和提升了台湾的欧词研究和传播。北京作家出版社1958年出版发行黄公渚译注的《欧阳修词选译》,同年于香港大光出版社出版。该书选注欧阳修词从《采桑子》至《青玉案》,共录调21个、作品69首。其中《渔家傲》18首、《蝶恋花》12首、《玉楼春》11首、《采桑子》9首,基本包含所有欧词的经典之作。该书由于选词精当,阐释富瞻,在50年代欧词选注本并不多见的时期引起了较大反响,修章、冯其庸及姚文元等陆续发表书评①,进一步促进了欧词的影响和研究进程。

3. 生平思想研究。叶庆炳的《晏幾道及其小山词》、林明德的《晏幾道及其词》、杜若的《大小晏》、李里的《晏殊与其子晏幾道》等文章都对词人的生平事迹作了简要的叙述和概观②。

本期还出现了第一部学位论文即江正诚的博士学位论文《欧阳修的生平及其文学》③。该文以生活年代为纲,以文学创作为目,全面展现了欧阳修的人生经历与文学之关系,欧词创作及其思想特色也穿插其中。

此外,夏承焘先生和怀霜先生的《冯延巳和欧阳修》④、叶程义的《论晏欧与张柳词之本质》⑤,从比较的视角研究晏殊和欧词,给人耳目一新之感。

必须说明的是,上述研究成果大多是中国香港、台湾学人的治学成绩。这个时期,大陆由于持续不断的政治运动,使古代文学研究者的积极性严重受到挫伤和冲击,导致晏欧三家词作研究领域异常沉寂,成果寥寥。

四、21世纪头16年(2000—2015):晏欧三家词研究的新变与多元化时期

21世纪的开初,据笔者检索统计,有关晏欧三家词的研究以短短的16年时间创造了616项研究成果⑥。这个骄人的成绩从数量上看是20世纪晏欧三家词研究以来最多的一次,而其年均38项成果也是其他任何年份无法企及的。可见新时期的晏欧三家词研究出现了如火如荼的大繁荣局面。同时这个时期也是新变与多元化研究的重要关头,主要表现在新观点和接受史、研究史等研究新方法新思维的应用。

1. 新观点的推出——晏欧词体论。晏殊和欧阳修词渊源同一,词风之

---

① 分参《欧阳修词选译读后感》,载《光明日报》1958年8月2日版;《评黄公渚著欧阳修词选译》,载《光明日报》1958年10月12日版;简评《欧阳修词选译》,载《读书》1958年第16期。

② 分别参《文学杂志》1957年第2期、《人文学报》1975年第4期、《合肥月刊》1976年第4期、《自立晚报》1963年5月25—27日。

③ 台湾大学中文研究所1978年。

④ 参《文汇报》1962年5月19日版。

⑤ 参《文海》1970年第18期。

⑥ 此数据统计截至2015年12月2日。

相似性前人多有论述,但是专从词体学角度阐述二者同构,木斋的《论晏欧体》①一文还是首次。该文通过从晏欧并称的过程及其原因、晏欧之间的词风相似性、称为晏欧体之因由、两者之间特质之异同以及晏欧体在唐宋词史上的地位和影响等多个角度阐述得出:"晏、欧所共同构成的晏欧体,是北宋士大夫词人的初祖。从晏欧体开始,词这种原本是艳科小道的歌词形式,才真正为宋代士大夫阶层所接纳。"从词体学视角进一步辨清了晏殊和欧阳修词之内涵特质以及二者之间的内在联系,给晏欧词的研究注入了新鲜的血液。

2. 新方法新视角的应用,主要表现五个方面。

(1)传播接受。研究晏欧三家词的传播接受史是新时期词学研究方式新探索的体现,代表词学研究方法与理论的一个有益尝试和贡献。这些代表性的文章主要体现于一些硕士学位论文,如王卿敏的《〈小山词〉的接受史》②、王丽琴的《欧阳修词在宋代的传播接受研究》③、曾春英的《欧阳修词接受史研究》④等等。这些学位论文从传播接受的角度在一定范围考察了晏欧三家词的传承接受状况。而刘双琴所著之《六一词接受史研究》⑤则是近年第一部从历年传承接受的视角评判欧阳修词在宋元明清四代际遇的力作。

(2)定量分析。文学计量学之定量分析方法是新近以来又一种值得瞩目的研究手段和考察方法。如张丹《欧阳修词创作主体介入与情感流向定量分析》一文(2007)从计量学视角,按情感流向指示,对二百余首欧词统计分析,指出"创造主体介入作品共 22 首,情感流向为多维者为 10 首,其余者情感流向均为单一;客观性描述作品共 24 首;普泛化抒情作品共 53 首,情感流向多维者仅一首,其余皆为单一;抒情主体间接介入作品共 143 首,情感流向多维者 5 首,余者为单一"⑥。该文的方法论意义大于内容的论述,虽然文学研究不能依赖于数字的量化,一些学人对此方法的应用颇有看法,然而某些文学现象和规律从统计出发,定量分析论证对象之特点、意义和影响价值等论题,不仅具有可操作性,也对日臻困境的词学研究理论和方法未尝不是一种有益的补充和尝试。

(3)研究史的维度。受 20 世纪末学术研究史探讨的影响,一些学人开始留意和总结学术研究史,而真正从研究史角度涉及晏欧三家词这一课题的

---

① 原刊《中州学刊》2006 年第 3 期,后收入其专著《宋词体演变史》,中华书局 2008 年版。
② 华东师范大学 2006 年。
③ 湖北大学 2007 年。
④ 南昌大学 2010 年。
⑤ 中山大学出版社 2011 年版。
⑥ 参《内蒙古师范大学学报》(哲学社会科学版)2007 年第 6 期。

是刘靖渊、崔海正合著之《北宋词研究史稿》①。该书将晏欧三家词置于整个北宋词千年研究的宏观背景下,粗略地提及了从宋代至 21 世纪初不同时期的晏欧三家词研究成果,对于查考晏欧三人词作在不同时期的影响与传播不无参考作用。然而该书因为着眼的是整个北宋词的研究历程,因此对于晏欧三家词的评论只是简单地列举叙述而没有细致考察篇中的具体内容及评议各个时期的不同词学风尚对之研究与接受态度的影响,另外观照视角、研究手段及征引的文献也有限。

（4）比较论述的视域。新时期以来,有关晏欧三家词的研究更加走向了综合性道路,其中从比较的视域观照便是其中一大亮点。研究的形式既有单篇论文,也有学位论文以及个别著作;就比较的对象而言,既有晏欧三家词内部比较,也有同其他词人比较,甚至还有以词与诗文比较的。如硕士学位论文有杨晓丽《二晏园林词研究》②、杜晓燕《二晏词比较研究》③、连超凡《晏殊诗词比较研究》④,一般论文如姚念等人的《论晏殊与姜夔词的异同》(2011)、房日晰之《晏殊欧阳修词之比较》(2014)、肖亚楠之《浅论白居易与欧阳修后期词相近特质——以〈忆江南〉、〈采桑子〉为例》(2015)、张娜《论李商隐梦诗与晏几道梦词的异同》(2015),以及黄玫娟的著作《晏几道与秦观词之比较研究》(2012)等等,在风格、情韵、语言、主题等诸方面比较辨析异同,全方位地考察了三家词的艺术特质和影响地位,推动了晏欧三家词研究的进展。

（5）心态、女性形象、意象等特定细微视角。晏欧三家词研究在新时期走向多元繁荣还表现在研究视角的细化,促使考察思维由宏观走向微观,进行深度开掘,尤其是近几年趋势明显。如一般论文马里扬《欧阳修词与政治心态的内在转向》(2012)、郭艳华《论晏殊〈珠玉词〉中的"臣妾心态"》(2012)、曹章庆《论晏殊词生命美学的精神向度》(2014),白银银的硕士学位论文《论欧阳修词中的女性形象》⑤以及李蔚《论晏殊词中的女性形象》(2012)、杨萍萍《浅谈晏几道词中的楼意象》(2015)、褚心月《从词语意象看晏几道词的苦情世界》(2015)、何宜蔚《试析欧阳修词花意象的内涵》(2015)等等单篇文章,从较为细微的视角考察晏欧词的写作特色和词人的情感心理世界,大大提升了研究的力度和深度。

此外,各种晏欧三家词的笺注本大量涌现,有的甚或是重版,为词学知识

① 齐鲁书社 2006 年版。
② 中南大学 2011 年。
③ 内蒙古大学 2012 年。
④ 福建师范大学 2013 年。
⑤ 山东师范大学 2011 年。

的普及和词体的鉴赏与批评提供了重要的阅读文本。而数量巨多的单篇论文则从各方面对之进行了评论,为新时期晏欧三家词研究与传承的多元繁盛局面做出了贡献。

五、晏欧三家词研究的内部分布差异

百余年来,对晏欧三家词所做的整体研究无疑取得了丰硕的成果,但是,如果再具体考察单个研究对象的研究成果,便发现有关晏欧三人词作的研究其实存在不小的差异,也即 1000 余项成果中关乎三人的具体成果量是不一致的,尤其是欧阳修与晏氏父子,成果数量差异较大。而且即使是针对同一个人的研究,其关乎的研究类型也并非一致。

(一) 欧阳修词研究独步

据笔者统计,20 世纪以来的 887 篇一般论文中,有 292 篇(不包括三人综论的文章)专力关注欧阳修词,占同期一般论文的 33%。在此方面欧阳修可谓与晏氏父子平分秋色。而 62 部学位论文中有 26 部专门研究欧阳修词,占全部学位论文的 41.9%,并且独以"欧阳修词"命题的就有 12 部,其中还有两部博士学位论文如韩国洪炳慧之《欧阳修词的理解》①、欧阳明亮的《欧阳修词研究论稿》②。另有一部博士论文也关注到欧阳③,反映欧阳修虽然不是专以词家面目出现于文学史,然而相对于二晏父子,他的词作成就和文学面貌还是远比二晏更能引起关注。就词集出版与词作笺注、研究而言,有 87 部著作关注欧阳修词,占整个同期著作总数(112)的 77.7%。晏欧三人词集文献的笺注和研究著作中,欧词无疑是其构成的主要部分和研讨对象的生力军。这些以欧阳修文学成就为研究对象的编著,或专力研讨欧词思想艺术,或对欧词版本校勘、词集补遗和笺注,或研究包括词作在内的总体文学成就等方面。

(二) 二晏研究并辔分镳

20 世纪以来,直接以"二晏"命题的各类文献有 111 项,占整个晏欧词研究文献的 9.9%。以出版的编著为例,从 30 年代夏敬观选注的《二晏词》到 21 世纪唐红卫的《二晏研究》、黄琼谊的《二晏词研究》④、宛敏灏的《二晏及

① 韩国外国语大学 2002 年。
② 华东师范大学 2012 年。
③ 陈湘琳《欧阳修的文学世界与生命情境》第九章,复旦大学 2010 年。
④ 参唐红卫《二晏研究》,南开大学 2010 年版;黄琼谊《二晏词研究》,台北:花木兰文化出版社 2010 年版。

其词》再版①，晏氏父子同时纳入一书中考察的著作约有 16 部，其中尤以二晏词作选注选评为最，约有 11 部侧重于此。如 30 年代巴龙编选的《二晏词》、陈永正《晏殊晏幾道词选》，2013 年诸葛忆兵选编的《晏殊晏幾道集》等即是。至于同时述评二晏词的一般论文篇数则更多。

上海商务印书馆 1947 印行的《小山词笺》(王焕猷笺)大概是第一部单独笺注晏幾道词作的著作，此后至少有 6 部(篇)晏幾道研究著作陆续出版②。郑骞的《珠玉词版本考》③则是第一篇专力考证晏殊词作版本的论文。单独考察晏殊词作的著作则仅有 5 部：蔡茂雄的《珠玉词研究》、吴林杼校笺的《珠玉词》、先师刘扬忠编著的《晏殊词新释辑评》及其《晏殊词》、署名梅边吹笛的《今生最爱晏殊词》④。二晏之间，小晏的关注度远胜其父，尤其是文章的研究质量，亦略高一筹。譬如，学术创新度较高的 35 篇学位论文中，只有 8 篇单独研究晏殊词。看来清俊凄美的小晏词尤其受人赏识。

20 世纪以来，学术成分含金量高的有关欧词的学位论文和研究著作，数量和质量都是研究晏氏父子者未能比及的。有关欧阳修的词作研究成果仅是欧阳修研究成果的很小一部分，而绝大多数以词人面貌出现的二晏，其单个的研究数量和研究广度及质量都稍逊欧阳修，足以证明欧词对于后世的影响与意义之深远重大。

六、晏欧三家词研究展望

20 世纪以来晏欧三家词研究成果是丰富多样的，留下可开垦的空间不多，然而在以下方面仍有发挥与改进的余地。

其一，二晏和欧阳修词应被视为一个整体进行综合研究。晏氏父子词和欧阳修词可以称之为广义上的"晏欧词"范畴，理由即在于三者之间的相似性或相关性，在古代评论史上也习惯被连并一起。如前面已例举清王文简(王士禛)《倚声集序》谈及宋词分流时云："有文人之词，晏、欧、秦、李诸君子

---

① 2011 年文昕阁图书有限公司出版。
② 如杨继修《小山词研究》，台北，黎明文化事业公司 1980 年版；李明娜《小山词校笺注》，台北，文津出版社 1981 年版；吴林杼校笺《小山词》，江西人民出版社 1988 年版；王双启《晏幾道词新释辑评》，中国书店 2007 年版；紫陌的《晏幾道与情的绝世传奇》，凤凰出版社 2011 年版；上玄月《小山词传》，时事出版社 2015 年版，等等。
③ 参《大陆杂志》，大陆杂志社，1967 年 35 卷第 12 期。
④ 分别为台北文津出版社 1975 年版、江西人民出版社 1985 年版、中国书店 2003 年版、中华书局 2014 年版、首都经贸大学 2012 年版。

是也。"①句中的"晏欧"虽然指代晏殊、欧阳修，但从词风传承和地域角度讨论，小晏也包括在此流派中。词学研究专家陶尔夫先生的《晏欧词传》不仅将晏欧三家词并置研究，而且强调指出三家是"令词繁盛期的三大词人"，在中国词史上具有独特贡献②。这是从词体发展与影响角度得出的结论。事实上，晏欧三人词之所以可归为一范畴，这不是后人的随意肆为，而是当时词史的事实和历史的体认结果。作为北宋前期词体代表，三家词是以婉约玲珑的令词为特色出现在词坛上的，而这种特色在雅俗文学发展道路上显然相异于柳永的慢调俗词，在词体和词风上也不同于张先词。北宋的李之仪《跋吴师道小词》的一段论述或可作证。他在讲述词史发展过程中说道:（词）"至唐末，遂因其声之长短句，而以意填之，始一变以成音律，大抵以《花间集》中所载为宗，然多小阕。至柳耆卿始铺叙展衍，备足无余，形容盛明千载如逢当日，较之《花间》所集，韵终不胜，由是知其为难能也。张子野独矫拂而振起之，虽刻意追逐，要是才不足而情有余。良可佳者，晏元献、欧阳文忠、宋景文则以其余力游戏，而风流闲雅，超出意表，又非其类也"③。李之仪指出词在发展之初，以《花间集》为正宗，以婉约小令为主要体式，而柳词长于体制而"韵终不胜"，张先有意模仿终究"才不足而情有余"，唯独晏欧词才情俱佳而"风流闲雅，超出意表"。由此可见，北宋的文人就已经认识到晏欧词的共通性，因此被当作同一范畴来论述批评。

　　清代文人不仅继承了宋元以来关于晏欧词的同一性，也能见出三家词的差异性，因而对待它们的评判态度也非完全一致。如有的词家能够认识到欧词渐有豪放先声的一面，从而影响苏轼词风气的转变，而大小晏基本局限在婉约小令一途。所以在清人的体派意识中，有的人观察到欧词与二晏词这种细微差异，持有不同的意见。如晚近的杨希闵在其《词轨》中指出"二晏"是接"温、韦为宗"的"嫡裔"，而欧阳修词与苏黄同列，"别为世庙"④，即是看到三家词的差异而得出的体派分殊的结论。而陈廷焯指出"文忠思路甚隽，而元献较婉雅"⑤，也是认识到欧词与晏词在风格上的细微差异之论。如此等等，不一而足。因此研究晏欧三家词在清代的传承影响状况，最佳方式是将三人同时纳入考察范围，既便于整体观照，又见研究个性，基本还归其历史的传承评论状貌。

①　[清]王士禛:《倚声初集·序》，《倚声初集》卷首，《续修四库全书》集部 1729 册，上海古籍出版社 2002 年版，第 164 页。

②　陶尔夫:《晏欧词传·序言》。

③　《姑溪居士前集》卷四十，《宋金元词话全编》上册，第 133 页。

④　《词轨·序》，清同治二年（1863）抄本。

⑤　《白雨斋词话》卷一，彭玉平导读，上海古籍出版社 2009 年版，第 13 页。

　　其二,研究内容还可进一步充实,涉及材料还可进一步丰富。已尝试用接受、研究史方法观照晏欧三人个体词作的文章,其关注区域一般限定在流派的前后交替领域,且征引文献不足,材料多于分析,论述主体内容单薄。比如《六一词接受史研究》一书关于清代欧阳修词的接受状况着重论述了流派视域中的欧词。这样的研究显然不足以多面展示晏欧三家词的真实传承接受面貌。以清代晏欧三家词研究而论,各流派对待他们的态度固然是一个很重要的关注点,但其他非流派词学中的传承状况也不应忽略。如清初卓然成家的纳兰性德,朱庸斋评论其词"学南唐二主,学欧、晏,均得其神理"①,等等,因此有关研究论题还可拓宽、充实,考察角度还应扩大。

　　其三,以清代研究而言,有关晏欧三家词的追和拟仿、论词绝句等批评与传承状况,仍有研究的必要和书写空间。对于晏欧三家词的追和拟仿是清代有关晏欧词传承接受的重要侧面,是清人在创作实践上对晏欧三家词的研究接受。这是以往同类著作忽略过多的地方,有待进一步增补。事实上,仅清代顺康时期追和模拟晏欧三家词至少有 185 首,其中欧词 152 首,居被和宋词的第三名。而晚近王鹏运与张祥龄及况周颐等人追和二晏词即成《和珠玉词》《和小山词》词集两本数百首,这是词史上少有的现象。此外清代还有不少论词绝句——一种特殊的批评研究形式。从有关晏欧词存疑辨伪,到有关词风传承和风格艺术影响诸方面——用诗歌形式加以咏叹批评,成为清代晏欧词文学批评的一道独特风景。

　　其四,其他新视角新方法观照晏欧三家词的有关特点和创作风貌。如近年兴起的文学地理批评方法等,或亦可为晏欧三家词研究带来新的面貌。文学地理学是近年兴起的一种新学科理念和批评方法,旨在探索文学与地理环境、空间区域的关系,而晏欧三家词有关的文学景观、风格特色与作家生长地域是否存在关联等等,还值得去挖掘探索。

　　总之,仅以晏欧三家词研究史而言,从学术研究和传承相结合的角度,整体探析、观照晏欧三家词在清代的研究传承历程,涉及词学批评及传播接受等多方面的学科命题,或可部分弥补当下三家词研究的不足,为后来的词学学术史研究积累可资参考的经验和探索路径,以便承前既往,开启将来。

---

① 朱庸斋:《分春馆词话》卷三,见刘梦芙编校《近现代词话丛编》,黄山书社 2009 年版,第 416 页。

第三节　研究方法和内容编排

一、研 究 方 法

宏观上,融合研究史和接受史研究方法,注重对晏欧三家词研究与传承史的展现,同时也附有对研究历史的再评论,做到既尊重"事实的历史"和"编著的历史""传承的历史",也顾及"评论的历史"①。其中以史的展现为主,评论为辅,史论相接,有主有次。

微观上,主要以阅读文献为基础,将叙述、考证和理论阐释相结合。个别地方借用定量分析方法,结合图表处理文字,增强问题解说的可信性和说服力。有的采用比较分析法,以见出研究与传承个性。全文既重视基本文献的搜罗、解读,也重视有关词学理论的阐释和分析,牵涉有关晏欧三家词的词话、词选、序跋、笺注校勘、追和拟作等诸多方面,详细评阅晏欧三家词在清代研究传承的沉降命运。

二、内 容 编 排

(一) 清代分期之划分

为了论述的方便,将有清一代的晏欧三家词研究过程大致分为前期(明末清初——雍正时期)、中后期(乾隆——道光前期)及晚近(道光后期——民初)三个阶段,这是根据清代词学的发展事实和晏欧三家词研究与传承的特点加以区隔的。晏欧词的研究与传承在历经了清初各流派和名家的较多关注后,到了乾隆年间相对进入一段较为平淡的时期,有关成果不多。道咸以后关注程度又开始回升,进入了传统词学的大总结时期。晏欧三家词的研究与传承因此也到了历史的拐点,有关理论观点、传播方式超越了前面两个阶段,并且伴随着现代词学的来临,完成了由传统词学向现代词学华丽的转身。

(二) 有关内容的编排

文稿纵向安排上以清代词学发展的先后顺序分三个时期构建全文,各时段在横向上基本按照理论批评与词籍编校和实践创作与接受三大线索,连接各章内部。具体展示以名家词论、词选活动、词话手段、追和拟仿形式等方

---

① 曹辛华:《中国古代文学研究史·词学卷》,东方出版中心 2006 年版,第 11 页。

面,试图全方位展示晏欧三家词的研究与传承面貌。最后对晏欧三家词在清代的传承影响与地位做总体论述。全文导言之外共分五大部分:

第一章,清代以前晏欧三家词研究与传承的回顾。主要介绍宋金元明四代的晏欧三家词研究与传承状况。因为清代三家词研究与传承内容不是无中生有,而是建立在这四代基础之上的。清前有关晏欧三家词的批评观点、研究方式、手段和关注重点,甚至词集文献等诸多方面,都被清人加以吸收整合和延续利用。因此本部分重在奠基之用,史的展现为多,相关评论较少,解决清代晏欧三家词研究与传承的前提与基础问题。

第二章,清代前期晏欧三家词研究与传承的递变。主要介绍和评述明末清初至雍正时期的晏欧三家词的研究与传承状况。清代词学发展是以词群流派的交替演进为核心,所以本部分根据清代前期云间、阳羡、前期浙派词学流派的演变状况和词学统尚,分名家理论批评、其他有关词选词谱、词话及词体创作数节,选取王士禛、朱彝尊等大批学人的研究批评成果,阐述清前期词学之演变发展与晏欧三家词的研究与传承之关系,讨论清前期词人对待晏欧三家词的取舍和评价态度。“递”的是承袭前代词学,“变”的是清代产生的新词学问题,讨论“递变”即是解决三家词在此前研究传承的基础上,是如何结合本时期的词群流派活动呈现其所处地位与影响的演变问题,以及考察三家词对于推动清代词学体系建构所具作用等问题。

第三章,清代中后期晏欧三家词研究与传承的过渡。主要介绍乾嘉至道光前期的晏欧词研究与传承状况。清代词学的中后期,词学总体趋势由盛转衰,而有关三家词的研究状况相比此前此后处于渐趋平缓的过渡阶段。此时期群体流派活动主要表现为浙派后期与常州词派前期的交替演变。本部分选取厉鹗、郭麐以及张惠言、周济等名家词人的词学批评,并结合其他有关词选、词话的选评和词体创作与传承活动,分析并论述他们对晏欧三家词之批评传承态度,考察晏欧三家词在浙常交替变动中的影响及其地位,解决清代中后期晏欧三家词的研究接受状况和特点问题。

第四章,晚近晏欧三家词研究与传承的多元与新变。主要介绍道咸以后至 20 世纪初的晚近时期三家词的研究传承状况。道咸以后,清代进入大动荡时期,传统词学进入了结获期。在常州词派宗风主导下,词学批评和词籍校勘及创作日益繁多,浙派的余响也没有完全消息。王国维一出,标志词学研究进入现代阶段,有关晏欧三家词的研究与传承也由此进入更多元的活跃期。本时期的研究内容主要结合代表传统词学的常派后劲谭献、陈廷焯以及清末四大家和有“现代词学开山之祖”之称的王国维两阵营对三家词的批判与传承接受,解决传统词学裂变之际,三家词处于何种地位和影响的问题。

　　第五章,清代晏欧三家词研究与传承的总结。主要通过 10 数部词选抽样讨论晏欧三家词在有清一代的词作地位和影响,解决三家词的经典化问题。

　　需要说明的是,在涉及清代有关章节材料的具体取舍安排问题上,词学大家名家,以流派中的个人研究为中心,包括所编词选、词话、词谱及序跋,非名家以研究传承形式为中心安排,这样尽量既照顾词派词群和大家的词学活动,又兼顾其他词家的理论观点。

　　总之全文基本上按照以时间为线索的研究接受史结构法式,根据清代词学发展的特点和对晏欧三家词研究传承的侧重安排,分为三个时期五大部分,按照研究基础、递变、过渡、多元及总结的逻辑发展顺序,有详有略,前后相继,多视角地展现并评论有清近三百年来的晏欧三家词研究与传承历程,分析了诸多与之有关的词学命题,为清代词学学术史的研究拓宽了门径,提供了案例。

　　另外,必须说明的是,这种按帝王顺序的分期方式并非表示三部分之间决然分裂,事实上也不可能,仅是为便于论述和考察,以及宜粗不宜细的划分原则。

第一章 清代以前晏欧三家词研究与传承的回顾

清代晏欧三家词研究与传承是在宋、金、元、明诸代研究与传承的基础上发生进行的。从千年词学研究史的角度看,由宋至清是晏欧三家词研究的古代时期,20世纪以来才揭橥进入现代研究的序列。宋代文人是晏欧三家词的第一批接触者、研究者和传播者,宋代是晏欧三家词研究的发端时期。金元时期,由于"苏学北传"和"苏辛风"盛,婉约玲珑的晏欧三家小令词几乎没有什么流行市场,因而是研究局面的萧条时期。明代词学成就总体平平,但因为词选(词谱)颇有起色,这也使晏欧三家词有更多的机会参与词史的进程。清代伴随着词学复兴,晏欧三家词才相对较多地进入各派词家的视野,有关研究态势相对进入热闹场面。从整体研究进程言,晏欧三家词研究与传承局面经过北宋的开端至南宋的稍有起色,没来得及繁荣就被时代文运的更替转换所削弱,至明代稍有复苏,直到清代才随着词学的复兴走向多元与繁荣。

第一节 两宋时期晏欧三家词研究与传承的起步与发展

一、北宋时期晏欧三家词研究与传承的发端

北宋晏欧三人词作,从一产生就存在传播与研究的现象,这种现象无疑是北宋词学发展的一部分,与当时整个词学生态息息相关。

(一)北宋词学研究生态

北宋词学的研究生态与北宋的词体生存状态密切相关。由唐末五代流传下来的曲子词,在北宋初期并没有引起更多人的关注,无论是其词体本身艺术质性还是价值地位,基本上处于一种一任天然的自发状态,在传统的文体视域中也不受重视。这种卑微状况,可从钱惟演关于读书"三上"理论将

"小词"置于"厕上"的观点中得以窥见①。词体地位低下的文体观念影响并反映于文学创作实绩的萧条冷淡。先师刘扬忠先生曾对北宋前期约六十年的词坛沉寂状况做了一个统计，认为北宋前期总共约有 17 位词人，词作仅 45 首②。这种较为清冷的创作态势直到进入北宋中期仁宗朝后才渐有改变并日趋繁盛。此后随着北宋三大文人集团③的先后出现，加之穿插其间的柳永、张先、贺铸、周邦彦、李清照等大词人的纷次登场，整个北宋的词体创作才达到高潮和繁荣："词人队伍壮大，词人作品数量急剧增多，词作质量极大提高，以词酬唱在词人的交游中明显成为风气。"④与词体文学创作相辅相成的词学研究于北宋中后期也得以一改宋初荒芜落寞之状态，尽管这个时期的主要词学研究形式"还不是专著与专文，而是以笔记、小说、诗话、序、跋的零星记载与评论为主，但从内容上看，已涉及有关词的一些重大问题，如词的起源、词的本色、词的社会功用、作家风格、作品鉴赏等"⑤。晏欧三家词也随着北宋词学研究的渐有声色而得到一定程度的关注与推扬。然而由于词人自身的原因及词体文学发展的内外部因素的影响，晏欧三家词并未能成为北宋词坛研讨议论的中心。这是因为"北宋词论的中心议题是探讨柳永、秦观、周邦彦等为代表的婉约词特点，总结其审美要求及艺术经验"⑥。除了这三人，元祐时期的苏轼词也是北宋词坛流布评议的重点。大多数场合中，晏欧三家词也是被词人批评、论析的对象。

　　北宋中后期上述这种词学生态决定了晏欧三家词的研究局面和研讨烈度不会过于宏大集中，这倒与三人的词作特性相一致，总体上温文尔雅。至于三人词作的传播，因为早期词学传播的生态场域多是在酒楼歌宴以及文人的创作当中，因而借助歌妓的传唱和文人唱酬形式以及词集结撰途径，也在平缓当中渐有开展。

　　（二）晏欧三家词的批评接受

　　1. 词学地位与影响论说
　　晏欧三家词第一批接触者、阅读者和研究者，必定是与三人生活圈接近

---

① 参欧阳修《归田录》卷二，《欧阳修全集》，李逸安点校，中华书局 2001 年版，第 1931 页。
② 《唐宋词流派史》，第 106 页；又日人村上哲见有类似的论述，可参《唐五代北宋词研究》，杨铁婴译，陕西人民出版社 1987 年版，第 147 页。
③ 天圣时期以钱惟演为中心的西京洛阳幕府文人群体，嘉祐时期以欧阳修为首的东京文人群体，元祐时期以苏轼为首的人文群体。参王水照《北宋的文学结盟与尚"统"的社会思潮》，载《国际宋代文化研讨会论文集》，四川大学出版社 1991 年版。
④ 廖宏泉：《北宋前期词研究》，华东师范大学 2003 年博士学位论文，未刊稿，第 33 页。
⑤ 刘庆云：《词话十论》，岳麓书社 1990 年版，第 1—2 页。
⑥ 徐安琪：《唐五代北宋词学思想史论》，第 19 页。

或有过交游的文人。从现有的文献看,对晏殊词较早进行批评、品赏的人物正是欧阳修。

据魏泰《东轩笔录》记载:"欧阳文忠公素与晏公无它,但自即席赋雪诗后,稍稍相失。晏公一日指韩愈画像语坐客曰:'此貌大类欧阳修,安知修非愈之后也。吾重修文章,不重它为人。'欧公亦每谓人曰:'晏公小词最佳,诗次之,文又次于诗,其为人又次于文也。'岂文人相轻而然耶?"①《东轩笔录》记载史料较为可信,也是欧阳修少见的评判晏殊及其诗词的史料。欧阳修的观点包含两层意思:一则诗词文三者之中,晏殊之词为最佳,而诗次之;第二将文品与人品对比,指出晏殊人品之低。欧阳修于此公允地指出了晏殊词的独特价值与贡献,而对于晏殊之人品似抱有不敢恭维的态度。结合本资料的前半段分析,推测出二人曲折隐幽的复杂关系②。而欧阳修晚年结撰的《六一诗话》云:"晏元献公文章擅天下,尤善为诗。"③欧阳修对晏殊诗词均冠以最高认定,"尤善"或"最佳"的说法是他对晏殊诗词成就不同侧面不同时期感触认识的结果,其中,"尤善为诗"或基于晚年对晏殊总体文学成就而言,而推尊"小词最佳"或许源于对宋前期词学演进之认识及晏殊小令词能够在一定程度突破南唐五代词的牢笼而显新质,"表现出一种理性之反省及操持,在柔情悦感之中,透露出一种圆融旷达之理性观照"④。毋庸讳言,在婉约词的发展历程中,晏殊之词无疑具有传承与开拓之功。

杨绘(1032—1116)编撰的《时贤本事曲子集》认为"欧阳文忠公,文章之宗师也。其于小词,尤脍炙人口"⑤,是历代欧词评议中最早作总体性评价之论语。杨绘于此首先肯定了欧阳修一代文宗之地位,而后着重点出欧阳修曲子词"脍炙人口"深入民心之效应,反映了欧词广泛传播与接受的状况,寓含欧词不同凡响的艺术特质与思想情感。或许,为了印证欧词这种为人关注的小词,该书还特地辑录了欧阳修的 12 首《渔家傲》词,虽然作者表示"此未知果公作否"⑥,客观上却成为最早选录欧阳修词作之文本,为欧词的传播提供了案例。

2. 写作特色与鉴赏评点

刘攽(1023—1089)较早对晏殊词的写作特色发表见解。其《中山诗话》有云:

---

①　[宋]魏泰:《东轩笔录·佚文》,李裕民点校,中华书局 1983 年版。
②　参张再林:《欧阳修与晏殊的恩怨》,见《阅读与写作》2005 年 09 期。
③　欧阳修:《六一诗话》,引清何文焕辑《历代诗话》,中华书局 1981 年版,第 269 页。
④　叶嘉莹、缪钺:《灵谿词说》,上海古籍出版社 1987 年版,第 94 页。
⑤　《词话丛编》本,第 6 页。
⑥　同上书,第 7 页。

晏元献尤喜江南冯延巳歌词。其所自作,亦不减延巳。乐府《木兰花》皆七言诗,有云"重头歌咏响琤琮,入破舞腰红乱旋。"重头、入破,皆弦管家语也。①

本段中,刘攽首先认识到晏殊词与冯延巳词之关系,并认为晏殊之词与冯词不相上下,较为符合词学史实。此外,刘攽还对晏词《木兰花》进行例证言说,指出该阕在形式上俨然为七言律诗:上下七言 4 句,共 8 句 56 字,表明宋初的小令词在体制形式仍保有唐律诗的惯常模式。另外,刘攽指出"重头歌咏响琤琮,入破舞腰红乱旋"两句之"重头、入破"是"用乐语"入词的表现手法,在选词遣语上别出匠心,亦可一窥小令词与音乐无法分割之联系。

苏轼对欧词的辩证式评点也颇有意义。作为元祐文人②领袖与教主的苏轼,一生受欧阳修影响最大,受益最多,以至于欧氏有意将文学革新的大纛自动传承给苏轼:"我老将休,付子斯文。"③撇开诗文不论,仅就词学而言,欧词亦是"疏隽开子瞻"④,对苏词多样风格的开掘具有重要影响。苏轼在学习、评点与模拟追和等各方面,也对欧词心有戚戚焉。

今存苏轼评析欧词文献不多,如其《醉翁琴趣外篇序》有云:"散落樽酒间,盛为人所爱尚,犹小技,其上有取焉者。"⑤根据句意当是一则残篇,尽管如此,仍然可以一窥苏轼对欧词之评析态度及其看法。苏轼于此认为欧词"散落樽酒间",意即欧词主要与宴席相连,或为歌姬所用,或为酒令酬唱之用,大部分盛行于酒宴歌舞之中,广为人所接受和喜爱,揭示了欧阳修小令词的活跃空间和流行程度。但是,苏轼同时认为,欧词虽为"末道小技"却"上有取焉者"。在词体称呼上,苏轼并没有超越时代局限,依然认可小词、余技之称法。苏轼指出欧词上乘之作也别有可取,不能仅以诗酒流连相论,是较为合乎欧词事实的。

作为元祐文人群的另一名干将,黄庭坚以评议晏幾道词为著名,见于其

---

① 《历代诗话》,第 292 页;今人邓子勉《宋金元词话全编》上册将本段作"刘攽词话",第 76 页。

② 萧庆伟:《元祐文学》一节即指苏轼及黄庭坚等人的群体文学。详参《北宋新旧党争与文学》第七章,人民文学出版社,第 209 页。

③ [宋]苏轼:《祭欧阳文忠公夫人文(颍州)》,《苏轼文集》卷六三,中华书局 1986 年版,第 1956 页。

④ [清]冯煦:《宋六十一家词选·例言》,清宣统二年(1910)扫叶山房石印本。

⑤ 《苏轼佚文汇编》卷一引《吴礼部诗话》,《苏轼文集》附,第 2417 页。

《小山词序》。鉴于学界对该文研究者甚多①,笔者无意重复,于此只想申明以下两点:

第一,《小山词序》透露黄庭坚重学养的诗文观点,一切好文章均应以深厚的学识为根基。山谷评晏幾道"潜心六艺,玩思百家",不仅是对晏幾道为人为学的概括,更是黄庭坚主张以学养为重的文艺观的自然流露。黄曾言:"词意高胜,要从学问中来"②。观览小山词,篇中穿插点化的前人诗词句,不绝如缕。这是小晏对令词的创造。龙榆生先生曾说,"北宋令词,发扬于晏殊、欧阳修,而极其致于晏幾道"③,或许包含这种意味。

第二,黄庭坚于此序中还以自身创作作比,指出晏幾道词前后呈现的不同倾向和特色。"余少时,间作乐府,以使酒玩世",道出黄庭坚俗词的创作动机和背景。不过,在《序》末,黄庭坚以较为诙谐幽默的语调指出"近知酒色之娱;苦节臞儒,晚悟裙据之乐:鼓之舞之,是宴安酖毒而不悔,是则叔原之罪也哉?"小晏并没有一生一致追求孤高和清醇,在世风的熏染下,他也亲近酒色,游戏美女,一度沉迷于此而不知反悔。黄庭坚认为,如果按照道人法秀的看法,晏幾道简直也是"以笔墨劝淫,于我法中,当下犁舌之狱"。此外,黄庭坚还对晏殊词用语蕴藉表示赞叹,奉劝朋友学习之。如《书王观复乐府》云:"观复乐府长短句清丽不凡,今时士大夫及之者鲜矣。然需熟读元献、景文笔墨,使语意浑厚乃尽之。"④

苏门四学士之一的晁补之(1053—1110)则对欧和小晏词的用字别有赏鉴。他的《评本朝乐章》主要关注了北宋柳永、晏殊、张先、欧阳修、苏轼、黄庭坚、秦观七家词,除却生于后的周邦彦,北宋诸大家一一过目,堪称北宋词人总评。晁氏对晏欧词的点评主要两处:

一评欧阳修《浣溪沙》词:"'堤上游人逐画船。拍堤春水四垂天。绿杨楼外出秋千。'要皆绝妙,然只一'出'字,自是后人道不到处。"

一评晏幾道词:"晏元献(按,实为晏幾道)⑤不蹈袭人语而风调闲雅,如

---

① 《中国词学批评史》认为黄庭坚《小山词序》重从"性情着眼",参该书第二章《北宋词论》,中国社会科学出版社1994年版,第50页;日人青山宏于《苏轼与黄庭坚的词论》一文中指出黄庭坚认为小山词之所以优秀是因为不沾尘俗气,故而"潜心文艺,玩志百家",参《苏州大学学报》1990年第1期,范建明译;徐胜利则认为"黄庭坚《小山词序》标志着宋代词学寄托观念的产生",参《〈小山词序〉看宋代词学寄托论的产生》,载《九江学院学报》2005年第4期。

② 《黄庭坚全集》,四川大学出版社2001年版,第1684页。

③ 《中国韵文史》,上海古籍出版社2010年版,第82页。

④ 《山谷题跋》卷七,《宋金元词话全编》上册,第118页。

⑤ 南宋胡仔已有纠正。参《胡仔词话》,《苕溪渔隐丛话后集》卷三十三,《宋金元词话全编》中册,第715页。

'舞低杨柳楼心月,歌尽桃花扇底风',知此人不住三家村也。"①

两则评语都道出了欧、晏词匠心独运,不同流俗的艺术特性。前者着重从遣词造句的角度,以一窥全,感悟欧词艺术技巧之妙;后者则从风格用语的视角指出了晏幾道小令词出俗入雅的审美特色。

苏门文人群成员②李之仪《跋吴师道小词》一文中也涉及对晏欧词的看法:

> 长短句于遣词中最为难工,自有一种风格,稍不如格,便觉龃龉,唐人但以诗句,而用和声抑扬以就之,若今之歌《阳关》是也。至唐末,遂因其声之长短句,而以意填之,始一变以成音律,大抵以《花间集》中所载为宗,然多小阕。至柳耆卿始铺叙展衍,备足无余,形容盛明千载如逢当日,较之《花间》所集,韵终不胜,由是知其为难能也。张子野独矫拂而振起之,虽刻意追逐,要是才不足而情有余,良可佳者,晏元献、欧阳文忠、宋景文则以其余力游戏,而风流闲雅,超出意表,又非其类也。谛味研究,字字皆有据,而其妙见于卒章。语尽而意不尽,意尽而情不尽,岂平平可得仿佛哉?师道覃思精诣,专以《花间》所集为准,其自得处,未易咫尺可论,苟辅之以晏、欧阳、宋,而取舍于张、柳,其进也将不可得而御矣。③

李之仪于本文中首先提出了一个关乎词学体性的观点:长短句的词"自有一种风格"。这种"风格"到底意指什么,李没有明说,但是透过文中的表述,无疑是强调词的音乐属性。正如有论者指出李之仪的"自有一种风格"说和稍后的李清照"别是一家"说"十分接近",其实质都属于"乐本位"的词学体性观点,是与苏轼的"以诗为词"观相对立的北宋中后期的主流观点④。正是基于这种词学认识,李之仪而后才提出词要以讲究音律的《花间》为标准,进而以之品评晏欧等诸家词学得失。

李之仪对晏欧词的评判态度是充满矛盾的。一面能充分认识到晏殊、欧阳修等相较柳永而言,"以其余力游戏",秉持业余词人的填词态度,然而这

① 以上二则赵令畤(1061—1134)《侯鲭录》卷七、卷八分别有援引,字句略有出入。参《宋金元词话全编》上册,第243页,第244—245页。
② 薛颖:《元祐文人集团与元祐体·附录》,天津古籍出版社2009年版,第309—310页。
③ 《姑溪居士前集》卷四十,《宋金元词话全编》上册,第133页;又张惠民编:《宋代词学资料汇编》,汕头大学出版社1993年版,第200页。二者标点略有不同。
④ 朱惠国:《"苏李之争":词功能嬗变的迷局与词家的困惑》,见《文艺理论研究》2009年第1期。

种游戏之词却达到了较高的艺术水准,"风流闲雅,超出意表",所以与张先"才缺情余"的词又有所不同——"非其类也",显示李氏对晏欧小令词有着细察体微的切身认识和感悟。李之仪非常欣赏晏欧词的遣词造句与词作含蓄韵味。他论道:"谛味研究,字字皆有据,而其妙见于卒章。语尽而意不尽,意尽而情不尽,岂平生可得仿佛哉?"或许,吴师道词缺少这种令人回味无穷的艺术旨趣,因此,李之仪希望吴师道能在学《花间》的同时,多多参益晏殊、欧阳修、宋祁及张先、柳永等人的长处,以便提升词作水准。

李清照对晏欧词体性特色的论述影响甚大。正如前述,从晁补之词评到李之仪词论,基本上宣扬或暗示的词学观点与李清照《词论》相承一脉,换言之,李清照的"别是一家"词说"正反映了北宋时期一般人对词的看法"①,"表现部分词学家对音乐本位的坚持"②,而与苏轼的"以诗为词"、陈师道及李之仪的"自有一种风格"的本色当行说"应有内在的逻辑联系"③。明白了这种词学环境,才能一一解读她的作家评论,发表对《词论》的各种看法。

笔者以为李清照对晏欧词的解读有以下问题值得再思考。

研究者关于《词论》对晏欧词的评述内容是否完整,是否有删节而不合乎原作者本意尚无定论。《词论》关于晏欧词的直接评论主要集中于此段:

> 至晏元献、欧阳永叔、苏子瞻,学际天人,作为小歌词,直如酌蠡水于大海,然皆句读不葺之诗尔,又往往不协音律者,何邪? 盖诗文分平侧,而歌词分五音,又分五声,又分六律,又分清浊轻重。且如近世所谓《声声慢》、《雨中花》、《喜迁莺》,既押平声韵,又押入声韵,《玉楼春》本押平声韵,又押上去声,又押入声,本押仄声韵,如押上声则协,如押入声则不可歌矣。王介甫曾子固文章似西汉,若作一小歌词,则人必绝倒,不可读也。乃知别是一家,知之者少。后晏叔原、贺方回、秦少游、黄鲁直出,始能知之。又晏苦无铺叙,贺苦少典重,秦即专主情致而少故实,譬如贫家美女,虽极妍丽丰逸,而终乏富贵态。④

李清照于此文中首先指出晏欧与苏轼作词基本上都是以余力而作,所

---

① 钱鸿瑛等:《唐宋词:本体意识的高扬与深化》,广西师范大学出版社 2000 年版,第 120 页。

② 朱惠国:《"苏李之争":词功能嬗变的迷局与词家的困惑》,载《文艺理论研究》2009 年第 1期。

③ 徐安琪:《唐五代北宋词学思想史论》,第 354 页。

④ 《胡仔词话》,《苕溪渔隐丛话后集》卷三十三,《宋金元词话全编》中册,第 716 页。

以相较其创作成就犹如"酌蠡水与大海"。就词体特性言,李清照直言不讳地指出晏殊、欧阳修的词和苏轼的词一样,皆是"句读不葺之诗尔,又往往不协音律"。苏轼有意倡导"以诗为词",削弱词的音乐属性,走与传统本色当行词不同的词学道路,其词本身往往以诗人句法入词,亦是词坛公认。李清照概之以"句读不葺之诗",不谐音律,虽有偏颇之处,但大体符合苏词的实情。然而对于晏殊、欧阳修之词,此论是否也是合乎实情,当值得质疑。

北宋前中期,词的音乐属性依然强烈,大部分小令词的产生都是倚调而填,且其目的主要用之于"佐酒佑觞",供歌儿舞女或宴席所用。词的传播与接受在很大程度上依赖于词体属性的音乐因素而非文辞句意,是故,创作、流行于此时期的晏殊、欧阳修词,大部分应该是能歌能唱的。事实上,晏殊、欧阳修本人也"精于辨音,熟知乐律,有较高的音乐修养"①。很难想象精通音律之人,又生活于讲究律而小歌词流行的北宋前中期,他们的创作会是一派"句读不葺之诗,往往不协音律"? 对于此,先师刘扬忠先生也表示怀疑,他说李清照此论"当属苛求与妄评,不可轻信"②。完全有理由质疑:现传《词论》中晏欧词论极有可能是不合乎事实的。造成这种不可忽略的错误的原因,无非两个:一则,李清照未能了解晏欧词真面貌而轻率发浅见之论;一则现传《词论》中关于晏欧词的记载有脱漏或删节,与原貌不符。对于前一个问题似无需多费词章,能够对北宋以来的词学及词坛的诸多重要角色(除却周邦彦)一一发表具有系统性的论述和个性识见的看法,作者本人未能了解、阅读议论对象的词章应该是很难想象的,何况作者是"熟读诗书礼仪"的李清照。或许《词论》在流传过程中出了问题才是可解释的缘由。对于此,笔者很赞同马兴荣先生的推测。马先生早在 20 世纪 80 年代就提出质疑。他说:"从世传李清照的《词论》的出处来源、流传情况以及词论本身存在不应有的疏失和《词论》的主张并不指导李清照的词作三个方面来看,可以说《词论》的作者不是李清照,它是一篇托名伪作。如果是李清照作品的话,那就一定是经过别人的严重篡改,或者在流传中,产生了严重的脱误。"③笔者认为现传《词论》关于晏殊、欧阳修和苏轼词的有关评述的话语遭到删节或脱漏是可能的,否则难以解释对其他人的评论较为客观可信,唯独有关

---

① 徐安琪:《唐五代北宋词学思想史论》,第 116 页。
② 《唐宋词流派史》,第 156 页。
③ 马兴荣:《李清照〈词论〉考》,《词学论稿》,华东师范大学出版社 1986 年版,第 206 页。

此三人的论述与事实出入较大的现象①。

总之，在文献缺乏的现有条件下，上述两种缘由均可能存在。如果是他人伪托，作者或许未能深究晏欧词特性，故出错讹之语。如果是李清照作，那一定是遭到他人篡改或在流传过程中严重脱节。因为除却内容的评判严重失实外，作为一个晚辈的她似也不可能对前辈晏殊、欧阳修等名流文豪的评判持这种"语带嘲讽，刻薄尖酸"②的过激言论。

《词论》对晏幾道词的评述较为中肯到位，论者已夥，本文不赘。但作为一种"研究的历史"，还是有必要略及之。对于词的当行本色，李清照认为晏幾道和贺铸、秦观、黄庭坚等算是知之者。撇开贺铸不论，在宋代词学史上，秦观与黄庭坚往往并称。熟悉的如陈师道所谓"今代词手，惟秦七、黄九尔，唐诸人不逮。"③他们的词在宋人眼里，多被认为是别于苏轼"以诗为词"，属于本色之词的范畴。今人认为黄庭坚是夹在苏轼与秦观之间，其词"诗话与词话登波共扬"④，成了过渡性人物。然而晏殊、欧阳修之后的晏幾道，在父辈们渐趋宋调而苏轼词风上扬时，却选择了词风的回流，依然坚守小令词的宛美阂约，以致"文体清丽婉转如转明珠于玉盘，而明白晓畅"⑤，被李清照认可。情韵丰满是小晏词的特色和优点，至于如柳永般善于以赋法作词而铺排开张，则的确不是小晏胜场。

此外，理学家程颐对晏幾道词《鹧鸪天》(小令尊前见玉箫)一阕的末句"梦魂惯得无拘检，又踏杨花过谢桥"认为是"鬼语也"，极为赞赏⑥。

3. 晏殊、欧阳修词品与人品的论争

北宋的词学批评中，不乏词品与人品的讨论，甚至有因言行的不慎而招致贬斥和放逐的，柳永"奉旨填词柳三变"之说就是词界耳熟能详的一个极端案例。晏欧三人中，有关词品与人品的问题，主要涉及晏殊与欧阳修，尤其是欧阳修的"伪词"公案，掀起一股品评风潮，流风所及，早已跨越了时空界限而影响至今，不能不说这种道德评判具有巨大的震撼力和穿透力。

---

① 朱崇才认为：文学批评应该"攻其一点，不及其余"，虽然这类批评是片面的，却是深刻的，并提出所谓的"深刻的片面性"理论观点。参《词话史》，中华书局2006年版，第68页。对此笔者不敢苟同。作为一种文艺批评形式，文学批评毕竟不等同审判大会，要"攻其一点，不及其余"。文学批评是一种与文学创作相辅相成的文学活动。它的职责是客观公正地对作家作品进行评述，既评述成就也评判错误，阐发某种观点和看法，以引起注意。如果离开客观公正，再"深刻的片面性"也是无足为取的。

② 邓子勉：《〈词论〉作者为李格非说》，《宋金元词籍文献研究》，上海古籍出版社2008年版，第443页。

③ [宋]陈师道：《后山词话》，《宋金元词话全编》上册，第213页。

④ 孙虹：《北宋词风嬗变与文学思潮》，上海古籍出版社2009年版，第220页。

⑤ 吴世昌：《词林新话》，燕山出版社2000年版，第134页。

⑥ 《邵博词话》，《宋金元词话全编》上册，第486页。

　　较早对晏殊的词品与人品进行议论的,或许源于柳永与晏殊的一次对话。据宋人张舜民《画墁录》记载:"柳三变既以调忤仁庙,吏部不放改官,三变不能勘,诣政府,晏公曰:'贤俊作曲子么?'三变曰:'只如相公亦作曲子。'公曰:'殊虽作曲子,不曾道"彩线慵拈伴伊坐"。'柳遂退。"①这也是一桩老生常谈的词坛轶事,关乎北宋两位大词家,在貌似平静的对话中,实质暗含一场词品与人品论争的较量。柳永的本意是为自己作艳曲而辩解,客观上却留下一个以晏殊的人品身份其不应作艳曲小词的道德评判的证据。当然事情的结果是柳永惭而退,原因是晏殊找到了柳词猥亵的把柄:"彩线慵拈伴伊坐。"在涉及人品与文品的重大原则问题上,有贤相公之称的晏殊丝毫没有马虎,他当然也要举起道德评判的大旗为自己辩护。

　　无独有偶,对于晏殊词品与人品的话题,王安石两兄弟的一次对话也可见端倪。据魏泰的《东轩笔录》记载:"王荆公初为参知政事,闲日因阅读晏元献公小词而笑曰:'为宰相而作小词,可乎?'平甫曰:'彼亦偶然自喜而为尔,顾其事业岂止如是耶!'"②这个事例再次充分证明,不少人认为身当朝廷命官的晏殊是不应该作俗词艳曲的。责言之,晏殊好喜小词,使人对他的文品、官品不由大大质疑。虽然王安礼以晏殊事业有成,为词纯属业余爱好回复乃兄的诘问,替宰相晏殊的光辉形象作维护,仍然无法否认王安石以词品与人品相连的拷问。

　　相比晏殊,欧阳修因小词招致的人品的评议和麻烦更多,也更深入持久,以致于迫使自己一度亲自出场辩白。这场事关欧阳修人品与仕途的词学公案源于《醉翁琴趣外篇》中两首词的艳情书写及所有权真伪。

　　一为《醉蓬莱》:

　　　　见羞容敛翠,嫩脸匀红,素腰袅娜。红药阑边,恼不教伊过。半掩娇羞,语声低颤,问道有人知么。强整罗裙,偷回波眼,佯行佯坐。更问假如,事还成后,乱了云鬟,被娘猜破。我且归家,你而今休呵。更为娘行,有些针线,诮未曾收啰。却待更阑,庭花影下,重来则个。

　　一为《望江南》:

　　　　江南柳,叶小未成阴。人为丝轻哪忍折,莺嫌枝嫩不胜吟。留着待春深。　　十四五,闲抱琵琶寻。阶上簸钱阶下走,恁时相见早留心,

　　① 《宋金元词话全编》上册,第82页。
　　② 《宋元笔记小说大观》第3册,上海古籍出版社2001年版,第2711页。

何况到如今。

这两首词作,从书面看来,无非都是与男女两性有关。前者是一首典型的青年恋情词,后者则以隐喻的手法描写对一个年轻女孩的倾心。正如前面所论,这样的词作尽管是当时风行的艳情词的一种,然而作为一个政治人物写此类作品难免遭受非议,尤其是在党争群起的北宋中后期,这无疑是授以政敌攻击的把柄和口实。

据《资治通鉴长编》记载,庆历五年(1045)八月,欧阳修一生中第一次遭遇"帷簿不修"诋毁的"张甥案"①。各种史料已经证实"张甥案"实质是由一场家庭伦理纠纷而转变为一场被政敌抓住把柄施加报复的冤案。

在这场案中,在朝为官的吴越钱氏后人钱惟(时官翰林学士)为报私人恩怨,竟举出欧阳修上述《望江南》词作为状告弹劾的证据。钱世昭所撰《钱氏私志》记载:欧阳修曾任钱惟演洛阳幕府推官时就"有才而无行",且与当地歌女打得火热,而钱惟演不以为恶,宽以处置。后来"欧当少戢,不惟不恤,翻以为怨。后修《五代史·十国世家》,痛毁吴越。又于《归田录》中说先文僖数事,皆非美谈。从祖希白常戒子孙毋劝人阴事,贤者为恩,不贤者为怨。欧后为人言其盗甥,表云:'丧阙夫而无托,携孤女以来归。'张氏此时年方七岁,内翰伯(即钱惟)见而笑云:'年七岁,正是学簸钱时也。'欧词云:'江南柳……(略)'"②。尽管"张甥案"的爆发并非由《望江南》一阕直接引起,然而本词的描写内容却给了对方攻击欧阳修家庭乱伦、品行不端的借口,加重了政敌打击迫害欧阳修的力量,欧阳修最终罢守滁州。

另一首《醉蓬莱》词,《钱氏私志》认为是落第举子刘辉为报私怨而炮制的伪作③。这样两首艳曲引起了长达数千年的欧阳修伪词辩说。在这场辩说中,宋人为欧阳修辩护者出于对欧阳修文品、人品的信仰和推尊,基本一致肯定《望江南》和《醉蓬莱》非欧公所作而是刘辉或他人伪作。如曾慥《乐府雅词序》云:"欧公一代儒宗,风流自命,词章窈眇,世所矜式。当时小人或作艳曲,谬为公词。今悉删去。"陈振孙《直斋书录解题》卷二十一:"《六一词》一卷……其间……亦有鄙亵之语一二厕其中,当时仇人无名子所为也。"王奕清《历代词话》卷四援引《词苑丛谈》后按云:"欧公此词出《钱氏私志》,盖钱世昭因公《五代史》中多毁吴越,故丑诋之。其词之猥亵,必非公作,不足

---

①　刘德清:《欧阳修纪年录》,上海古籍出版社 2007 年版。
②　《宋金元词话全编》上册,第 378—379 页。
③　同上书,第 379 页。

信也。"对于《钱氏私志》所载和欧阳修这些艳词伪说,今人已有详细的考论①,本文不赘述。

笔者于此指出北宋晏殊和欧阳修"词品与人品"的案例意在说明,在北宋晏欧词的研究与传播中,词品好恶于考察、评价人品及前途走向至关重要。这种道德评判是词学诠释中有别于审美研究与评价的词学解读。因为"在诠释者们看来,宋词作品中所蕴含的道德观念、道德行为,既是词人现实生活(政治生活、爱情生活)中的道德观念的反映,也是其所处的时代风尚乃至以后的社会风尚的导向标"②。晏殊和欧阳修作为北宋的股肱之臣,他们的言行和文字尤为人所关切,一旦发现语涉艳情或所谓淫亵之词,即刻陷入舆论的围剿,甚至授人以柄而遭受政敌的攻击。

在北宋,有关晏欧词品与人品问题,尤其是欧阳修艳情词的真伪问题引起千年词学史上的各方争辩,其中否定欧作者居多,认同者和持论中允者也不少,形成一道欧词影响与接受的特殊风景。

(三) 词体创作对晏欧三家词的借鉴与吸收

北宋文人对晏欧三家词的传承还表现在词体实践创作上,对某些词作直接因袭模仿,或词调,或风格,或成句,或次韵,等等,均体现了晏欧三家词作对于北宋词体创作实践的价值和影响。这主要体现于苏轼、晁端礼以及秦观和李清照的词体中。

1. 晁端礼对晏幾道词的仿拟

晁端礼(1046—1113)略比晏幾道小十余岁,算是晏幾道的同时代人。他对小山词的仿拟和作,是北宋较早集中追和步韵一人词作的杰出代表,主要表现为 10 首效仿之作《鹧鸪天》。其题序云:"晏叔原近作《鹧鸪天》曲,歌咏太平,辄拟之为十篇。野人久去辇毂,不得目睹盛事,姑诵所闻万一而已。"③根据题序所称,晏幾道的词当指《鹧鸪天》(碧藕花开水殿凉)阕。黄昇《花庵词选》对其有进一步的确认,其词选所载晏幾道《鹧鸪天》(碧藕花开水殿凉)一阕词下云:"庆历中,开封府与棘寺同日奏狱空,仁宗于宫中宴集,宣晏叔原作此,大称上意。"④这首歌颂太平之作,王双启认为是词人为神宗向太后献寿之作,几无意义⑤。晁端礼自认离开京都皇城许久,无由目睹贺寿盛事,特仿小山词 10 首,一览万一。晁氏所仿之作,也属粉饰太平之词,对于词作艺

---

① 参谢谦《欧阳修艳词绯闻辨疑》,载《四川大学学报》(哲社版)2006 年第 4 期。
② 李剑亮:《宋词诠释学论稿》,人民文学出版社 2006 年版,第 120 页。
③ 《全宋词》第 1 册,第 563—565 页。
④ [宋]黄昇编选:《花庵词选》,上海中华书局 1958 年版,第 66 页。
⑤ 王双启编著:《晏幾道词新释辑评》,中国书店 2007 年版,第 77 页。

术与思想几无可取之处,对词史唯一有贡献的或是为晏幾道词的传播与研究提供了例证和史料依据。

2. 苏轼词体创作中对欧词的受容

苏轼学习揣摩欧阳修词的作词艺术与风格,并消解融化于己作当中,所谓"疏隽开子瞻",则是苏词深受欧词影响的结果。苏词对欧词的接受,论者已多①,但苏词对欧阳修及其词的别样情怀有必要重新拈出并加以强调。

苏轼于词中对前辈欧阳修词的承传最典型者有三处:

一是作于元丰六年(1083)十一月之《水调歌头·快哉亭作》②。该词虽然为张怀民"快哉亭"而作,词中上阕却有语云:"长记平山堂上,欹枕江南烟雨,杳杳没孤鸿。认得醉翁语,山色有无中。"平山堂本是欧阳修于庆历八年为宦扬州时建,其景据叶梦得《避暑录话》卷一云"壮丽为淮南第一"③,后成为纪念欧阳修的一个具有文化内蕴的高雅场所。苏词于张怀民"快哉亭"之形胜位置联想到欧阳修筑于扬州而掩映山色之中的平山堂,亭、堂由不同的主人创建,然而因为苏轼的中介作用而跨越时空在词中碰撞会面,二者相得益彰,构成一种独特优美的意境,疏俊平快的言语之中,既承袭了欧阳修《朝中措·送刘原甫出守淮扬》之风格,更包含对欧阳修的无比怀念。

二是作于元丰七年十月之《西江月·平山堂》④,时欧阳修离世约13年,苏词故有云"十年不见老仙翁"之语。全词无论在语句上(文章太守、杨柳春风)还是在语境、意趣上,对欧阳修原作《朝中措》的借鉴痕迹明显,充分反映欧词对苏轼词影响传承的印记。

三是作于元祐六年(1091)闰八月之《木兰花令·次欧公西湖韵》,时苏轼知颍州军州事,而欧阳修亦谢世43年。据王文诰《苏轼总案》卷三十四载,当年八月二十四日,苏轼"游西湖,闻歌者唱《木兰花令》,词则欧阳修所遗也,和韵"⑤。这是今存苏轼词中明确标明追和欧词之作。欧阳修原词为《玉楼春》:"西湖南北烟波阔。风里丝簧声韵咽。舞余裙带绿双垂,酒入香腮红一抹。   杯深不觉琉璃滑,贪看六幺花十八。明朝车马各西东,惆怅画桥风

① 如倪胜先:《略谈苏轼对欧柳词的继承与开拓》,载《安庆师范学院学报》1993年1期;王岚:《欧阳修词研究》第二章,华东师范大学2002年硕士论文;韩珊珊:《欧翁领路人,疏隽开子瞻——浅析欧阳修对苏轼词风的影响》,载《赣南师范学院学报》2003年第1期;廖宏泉:《北宋前期词研究》第七章,华东师范大学2003年博士学位论文;刘双琴:《六一词接受史研究》,中山大学出版社2011年版。

② 有关纪年参邹同庆、王宗堂编注的《苏轼词编年校注》,中华书局2002年版,第483—484页。

③ 《宋元笔记小说大观》第3册,上海古籍出版社2001年版,第2582页。

④ 《苏轼词编年校注》,第533页。

⑤ 同上书,第699页。

与月。"对比苏词:"霜余已失长淮阔。空听潺潺清颍咽。佳人犹唱醉翁词,四十三年如电抹。　草头秋露流珠滑,三五盈盈还二八。与余同是识翁人,惟有西湖波底月。"苏词在韵脚、气格、意度上全面效仿欧词,正如傅干《注坡词》卷十一引《本事曲集》云:"二词俱奇峭雅丽,如出一人。"

3. 秦观、李清照对欧词的吸取

晚清冯煦曾说欧词"深婉开少游",可见以抒写凄婉见长的秦观词也深受欧词影响,并进一步在词境与情韵方面发扬了欧词深婉特色①。不过这种传承相较追和与成句入词方式显得尤为隐蔽,更需要高超的借鉴技巧才能做到。李清照虽然对晏欧词颇有微词,但私下里对欧阳修某些词还是颇为欣赏的,并直接以欧词成句入词。如其《临江仙并序》云:"欧阳公作《蝶恋花》,有'深深深几许'之语,予酷爱之。用其语作'庭院深深深'数阕,其声即旧《临江仙》也。"秦李二人对欧词神韵的深度吸收取用,使得清代词人在考察宋词史时,凭此将他们与欧阳修划归同一词派。本文后续章节将有提及。

(四) 晏欧词集刊刻与传承

词籍文献是词作品评、词集序跋、词选编纂等词学活动的物质基础。理论的批评与建构固然是词学研究的重点,然而文献的收辑整理和刻印也是词学探讨不可缺少的一面。如果从词集版本的刊刻与传播角度看,晏欧三家早在北宋时就有词集刊刻流行。据谭新红《宋词传播方式研究》一书对宋人词集版本辑录刊刻制表统计可知,晏殊、欧阳修和晏几道三家词在宋代的各种版本有 12 种之多,其中北宋约有 5 种②。这些刊刻规模较小、流传范围有限的个人词集,尽管在主观上是为"存史"之用,客观上却在一定程度上为词人词集的研究与接受提供了阅读的文本。当然有些词作因为文本稀见、传播有限,有时会造成诸多的遗憾。宋本《欧阳文忠公集·近体乐府》卷二后有宋无名氏和朱松跋语二条,则透露这样的信息:

　　荆公尝对客诵永叔小阕云:"五彩新丝缠角粽,金盘送,生绡画扇盘双凤。"曰三十年前见其全篇,今才记三句。乃永叔在李太尉端愿席上所作十二月鼓子词。数词人求之,不可得。呜呼!荆公之没二纪,余自永平幕召还,过武陵始得于州将李君谊。追恨荆公之不获见也。谊,太尉犹子也。□□□□年中秋日,金陵□□□记。③

---

① 刘双琴:《六一词接受史研究》,第 51—56 页。
② 参《宋词传播方式研究》第三章《宋词书册传播》,第 162—165 页。
③ 《景宋金元明本词》,第 31 页;又《宋代词学资料汇编》,第 193 页,个别字有出入。

根据文中所记"荆公之没二纪",可以推知本文写作的大致时间。王安石殁于元祐元年(1086)丙寅①,"二纪"一般指24年,由1086年下推24年,约为1110年,则为宋徽宗大观年间,离北宋灭亡尚有十余年之久,故属于北宋时期的序跋。文中提到的欧词为《渔家傲》十二月鼓子词之五。王安石当年为了求得欧阳修这12首鼓子词,想方设法,但终身未能获见。从传播学角度分析,北宋时期,由于缺乏词选的收辑,一般词人词集的流传范围又极其有限,一些零散的作品靠口耳相递流传。王安石之憾,在所难免。本文无名氏也是数十年之后偶然获于李君谊才得见。

另则朱松的跋语也表达了相近的意思:

> 政和丙申冬,余还自京师,过歙州大守濠梁许君颂之席上,见许君举荆公所记三句,且云此词才情有余,他人不能道也。后十二年,建炎戊申,偶得此本于长乐同官方君。后四年,辛亥绍兴二月朔,自尤溪避盗宿龙爬以待二弟,适无事,谩录于此。吏部员外郎朱松乔年。②

朱熹的父亲朱松,曾于偶然的机会,在一朋友处获见王安石所记的欧阳修端午节鼓子词3句。该友评述云"此词才情有余,他人不能道也",话语之中,对该词褒奖有加。仅此3句,就获得如此殊誉,亦可见出欧词之艺术魅力。朱松从看见3句到最终见到全词,已经是12年之后的事。或许出于自身的经历,为免后人难见欧词之憾,4年之后,朱松又将全套词作加以记录,以益来者。南宋罗泌在协助周必大编选欧阳修文集时,便将这套欧词校录并附无名氏及朱松跋语于后。

另外,在北宋的词作传播接受中,还有一种特殊的途径即歌妓的传唱。无论是从词体的产生还是传承接受,歌妓都是一个重要的环节。晏欧三家词,尤其是欧阳修词与歌妓的互动关系非常密切,说明歌妓也是早期词体传播的重要媒介③。

由上可知,北宋时代的晏欧三家词研究与传承重在理论批评和词体传播,关注的重心是晏欧三家词的词体特性、语词运用、艺术特色以及词品与人品的关系,批评传承方式主要是印象式的点评和散见序跋词话以及词集刊刻,此外不能忽略歌妓传唱这种特殊的活态传播。晏欧三家中,晏殊和欧阳

---

① 詹大和:《王荆文公年谱》,《王安石年谱三种》,中华书局1994年版,第9页。
② 《朱松词话》,《宋金元词话全编》上册,第544页。
③ 刘双琴的《六一词接受史研究》对此有专门章节介绍,非常详细中肯,本文无以补充。《六一词接受史研究》第一章,第32—43页。

修因为官高位重影响大,致使其词受到的关注度也大,而尤以欧阳修为最。相较而言,晏幾道词引起研究接受的热度较低。

二、南宋晏欧三家词研究与传承的渐增和发展

南宋词坛上,词学的发展二水中分,一派继承发扬苏轼所开创的"以诗为词"的词学精神,向"以文为词"的道路开掘前进,辛派词人的出现则是这场词学运动的结果并成为中坚力量。这种结果既有词学本身发展规律的导向因缘,又是时代风会转移的结果,直至宋末刘辰翁、文天祥等为核心的江西词派的登上词坛,算是为这场词学大戏于有宋一代作了尾曲。另一派则沿着周邦彦精于音调格律的路数,进一步将词的唯美与体制发挥到极致,至姜夔则达到巅峰,而后吴文英、王沂孙、张炎等则是这股词学波流的殿军。南宋的词学研究与批评基本上也是围绕这两条道路开展,而白石一派尤为人所重,成了时人研讨追摹的典范。晏欧三家词不过是夹在这些词学活动中偶尔涉及的对象。然而,由于南宋总体的词学研究成果较之北宋丰硕,尤其是词话、词选、词集大量的结集刊印,为词品、词评、词论的兴盛提供了充分的文本条件,使得晏欧三家词研究与传承的规模相应地渐有增加和发展。

(一) 南宋词话与晏欧三家词理论批评与传播

宋词经过北宋百余年的涵养发展,至南宋已达繁荣,无论是词体观念,还是词学群派和词学活动,以及词集刊刻等,都比北宋要发达昌盛。南宋词话的大量涌现即是南宋词学繁荣的一个表现。据邓子勉《宋金元词话全编》云:该书收集南宋词话 370 余家,涉及词话 2980 余则,是北宋词话的 5 倍多①。不仅数量多,而且还出现成本成卷的词话专著,这也是北宋词学史上难以概见的现象。南宋词话的大量刊印,对晏欧三家词的研究与传播无疑具有推波助澜之用。

1. 词作掌故及本事的记载

南宋较早记载晏欧词作掌故或有关本事是杨湜的《古今词话》②。该书是最早以"词话"命名的专著。现传《古今词话》67 则,其中收录晏殊词林掌故 1 则:

> 庆历癸未十二月十九日立春,甲申元日,丞相晏元献公会两禁于私第。丞相席上自作《木兰花》以侑觞曰:

---

① 《宋金元词话全编·前言》上册,第 11 页。
② 《词话丛编》本,第 15—54 页。

东风昨夜回梁苑。日脚依稀添一线。旋开杨柳绿蛾眉,暗折海棠红粉面。　　无情欲(集作一)去云间(集作中)雁。有意飞(集作归)来梁上燕。无(集作有)情有(集作无)意且休论。莫向酒杯容易散。

于时坐客皆和,亦不敢改首句东风昨夜四字。今得三阕,皆失姓名。

其一曰:

东风昨夜吹春昼。陡觉去年梅蕊旧。谁人能解把长绳,系得乌飞并兔走。　　清香激滟杯中酒。新眼苗条江上柳。尊前莫惜玉颜酡,且喜一年年入手。

其二曰:

东风昨夜传归耗。便觉银屏寒料峭。年华容易即凋零,春色只宜长恨少。　　池塘隐隐惊雷晓。柳眼初开梅萼小。尊前贪爱物华新,不道物新人渐老。

其三曰:

东风昨夜归来后。景物便为春意候。金丝齐奏喜新春,愿介香醪千岁寿。　　寻花插破桃枝臭。造化工夫先到柳。镕酥剪彩恨无香,且放真香先入酒。《岁时广记》七引《古今词话》。①

《古今词话》所记本事并不一定真实可信,今人认为"评论这一类的词话价值,不能仅仅用真实性的标准衡量,而应考虑到词话者当时的心态与背景,以及这种心态、背景对于词学史的意义。"②笔者以为《古今词话》所记内容虚实参半、半真半假,其间有的信息还是可资参酌。晏殊的这个词坛掌故尽管没有评论之语,仍然具有一定的阅读讨论价值。它至少提供给读者这样的信息:其一,晏殊好与群臣词作唱和;其二,北宋中期,仍有不少词作诞生于歌舞酒宴之上;其三,这种宴集作歌的方式促进了词艺的发展,有助加速词作的流传。这三种信息可以被其他史料一一佐证,是故不能看成不可信的无稽之谈。

有的词话纯粹是记录时人对词人的风节品评。如《邵博词话》云:"晏叔原,临淄公晚子,监颍昌府许田镇,手写自作长短句上府帅韩少师,少师报书:'得新词盈卷,盖才有余而德不足者,愿郎中捐有余之才,补不足之德,不胜门下老吏之望'云。一监镇官敢以杯酒间自作长短句示本道大帅,以大帅之严,犹尽门生忠于郎君之意,在叔原为甚豪,在韩公为甚德也。"③邵博《闻见

---

① 晏殊词今本《全宋词》参用括号内字句。其余3首除其二外,均见该书中,作无名氏。
② 《词话史》,第59页。
③ 《宋金元词话全编》上册,第486页。

后录》内容大部分收辑记录朝政、经义史话和诗话,也有不少文坛掌故,较为可信。该文的叙述为参评晏幾道其人其词多了一个侧面。

曾季貍《艇斋诗话》中则记载了一则与晏殊词有关的待客之道:"予家空青喜晏元宪(邓按:一本作献)词:'可惜月明风露,长在人归后。'每作郡处燕客,多令歌者以此为汤词,亦取其说得客散后风景佳故也。"①文中提到的晏殊原词今《珠玉词》中已佚,不过曾季貍生活于南宋,迄与张栻、陆游同时,那个时候尚有人好喜晏殊小词,足见晏词之魅力。

2. 词作整体印象述评

南宋词话中,真正具有较大理论价值的词话则是那些对词史作过论述,对词家做过品评(或点评赏析,或指出处,或考证真伪,或兼而有之的)并散见于词话专书和诗话、小说、笔记中的话语。王灼的《碧鸡漫志》卷二对晏欧三家词有过整体上的点评及考述②。

《碧鸡漫志》首先对晏殊、欧阳修词的总体特征作了概述:"晏元献公、欧阳文忠公,风流缊藉,一时莫及,而温润秀洁,亦无其比。"文中的核心词汇是"风流缊藉""温润秀洁"。王灼是从总体把握的角度概括晏欧两家词的印象,这样的评判,大体是不错的。笔者以为这 8 个字其实概括了晏欧词四个方面的特色。"风流"着重从词作情感思想的视角,认为晏欧词承南唐诸部之余绪,词作内容上以大量描写男女风情为主,或抒发士大夫一己之幽思别情;"缊藉"指在表达方式上,显得含蓄蕴藉,温文儒雅,没有强烈的情感起伏,在行文上,不用突兀的字眼,也没有浓墨重彩,更没有艰涩的典故;"温润"则强调词的色调以平滑温润为底色,不会产生一种视觉冲突感,而整个诗意的画面显得淡雅晴朗;"秀洁"主要指用语简洁干练、清净秀洁。实际上,上述四方面往往是融会贯通的,使词作语意显得通畅明快,表现出来的风格也显得较为平淡而不萧瑟。同出于南唐的欧阳修词,实质与晏殊词还是有较大的区别的,不过这句评语确实适合欧的某些词。比如《踏莎行》(候馆梅残)等显得"绵远有致"③,韵味无穷。

《碧鸡漫志》卷二还对欧集中的艳词作了一番考证,认为"欧阳永叔所集歌词,自作者三之一耳。其间他人数章,群小因指为永叔,起暧昧之谤。"欧阳修与别人相混的艳词,有的至今无法遽断归属,王灼所谓"自作者三之一耳"估计也是出于维护欧阳修声名荣誉的立场而发的率性之言,并非经过严格的考证辨析之语。正如前文阐述,欧阳修某些艳曲有可能是"小人为攻击而起

① 《宋金元词话全编》中册,第 837 页。
② 《词话丛编》本,第 85—86 页。
③ [清]陈廷焯编:《词则·大雅集》卷二,上海古籍出版社 1984 年影印本。

的暧昧之语",也可能是己作而被他人利用,这无需赘言。不过王灼的批评态度于斯还是可见一斑。

对于晏幾道词的评价,《碧鸡漫志》将自己的观点夹杂、隐藏在引用晏幾道自己的《小山词自序》及黄庭坚《小山词序》中。王灼援引此段的目的是说明晏幾道词取名《乐府补亡》的来由:"晏叔原歌词,初号《乐府补亡》……其大指如此。"接下来,王灼进一步解释道:"叔原于悲欢合离,写众作之所不能,而嫌于夸,故云,昔人定已不遗,第今无传。"指出晏幾道有感于自己天上人间的悲欢身世——这是前辈词家少有的面目,为了避免引起别人的过分猜测而只得以表明所写之类无非重复前人而已。王氏还指出晏幾道词中多次出现的"莲、鸿、蘋、云"其实是叔原好友沈廉叔、陈君龙家的歌女并非他物,这为后人理解晏幾道词提供了帮助。

陈振孙《直斋书录解题》也对晏欧三家词有过整体性印象评价。如卷二十一以《花间》标准论晏幾道词:"其词在诸名胜中,独可追逼《花间》,高处或过之。"①而对于欧阳修的艳情词,则认为"其间多有与《花间》《阳春》相混者,亦有鄙亵之语一二厕其中,当是仇人无名子所为也"②。罗大经引杨东山称赞欧阳修词:"虽游戏作小词,亦无愧唐人《花间集》。"③以上论述都从比较的角度,认为晏欧词是《花间词》后的一大文学进步。而尹觉则道:"词,古诗流也。吟咏情性,莫工于词。临淄、六一,当代文伯,其乐府犹有怜景泥情之偏。岂情之所钟,不能自已于言耶?"④从诗词同流的角度,尹觉认为词更胜于言情。晏殊、欧阳修作为当时的大文豪,所作的乐府歌词充满着丰富的情感,这难道不是情动于中而自发于外吗?尹觉的看法是合乎道理的。诗言志,词擅言情,这不是晏殊、欧阳修两人的问题,而是一个普遍的文学现象。"观山则情满于山,观海则意溢于海。"所谓情景交融,一切景语皆情语,溢满喷薄之至,自然而发。晏欧写景述情之词也不例外。

南渡期间的徐度《却扫编》卷下却有以柳氏家法与欧词比较之论:"柳永耆卿以歌词显名于仁宗朝……其词虽极工致,然多杂以鄙语,故流俗人尤喜道之。其后欧、苏诸公继出,文格一变,至为歌词,体制高雅,柳氏之作,殆不复称于文士之口,然流俗好之自若也。"⑤徐度此文颇含有词流词派的意味,即柳永俗词与欧苏雅词体制风格迥然不同。这种观点的实质是北宋以来词学领域中雅俗流变争议的表现。欧阳修的词风尽管与苏词有异,然而苏轼倡

---

① 《宋金元词话全编》中册,第1265页。
② 同上书,第1264页。
③ 《罗大经词话》,《宋金元词话全编》中册,第1380页。
④ [宋]尹觉:《赵师侠坦庵词·序》,《宋金元词话全编》中册,第951页。
⑤ 《宋金元词话全编》上册,第436页。

导的"以诗为词"其实早在欧阳修词中已经出现。欧词之意气风发、疏荡隽爽的词风是苏词的先导,大大区别于柳永之鄙俗艳曲,自然体制高雅而为士大夫所接受。

　　3. 名篇名句的出处及评议

　　有的词话偏重对某些句子、字词进行赏析与批评,或指出渊源所自。如南渡时期的陈岩肖有云:"王摩诘《汉江临泛》诗曰:'江流天地外,山色有无中。'六一居士《平山堂》长短句云:'平山栏槛倚晴空,山色有无中。'岂用摩诘语耶? 然诗人意所到而语偶相同亦多矣,其后东坡作长短句曰:'记取醉翁语,山色有无中。'则专以为六一语也。"①对于欧阳修此词,历来评价颇多,就此两句的用法与来源,后人的说见也不少。绍兴年间的严有翼所著的《艺苑雌黄》有记云:"(欧阳永叔)送刘贡父守维扬,作长短句云:'平山栏槛倚晴空,山色有无中。'平山堂望江左诸山甚近,或以谓永叔短视,故云'山色有无中'。东坡笑之,因赋《快哉亭》道其事云:'长记平山堂上,欹枕江南烟雨,杳杳没孤鸿。认得醉翁语,山色有无中。'盖'山色有无中',非烟雨不能然也。"②

　　陈岩肖对欧词《平山堂》"山色有无中"语句是否出自王维诗句未能肯定,他认为或许是"语偶相同"之故罢。应该说,这是一种较为可取的审慎态度,因为对于相同的文字表达,在没有足够证据之前,没有必要一定认为是取自他人。当然对于欧词这两句,一般还是认为语出王维诗的。如陆游已经明确告知"'水流天地外,山色有无中',王维诗也。权德舆《晚渡扬子江》诗云:'远岫有无中,片帆烟水上。'已是用维语。欧阳公长短句一云:'平山阑槛倚晴空。山色有无中。'诗人至是,盖三用矣。然公但以此句施于平山堂为宜,初不自谓工也。东坡先生乃云:'记取醉翁语,山色有无中。'则似为欧阳公创始此句,何哉?"③陆游不仅指出欧词"山色有无中"句本出王维诗,而且提到欧自认为此句置入于词中较为适宜,其实起初有人认为并不合适。对于苏轼词句的理解,陆游与陈岩肖的感觉类似,均存在一定程度的认识误差。不过,在此问题上,陈氏显得更为确定,一个"专"字可以说明;而陆似乎心存疑惑,因此谓之"似为"。

　　晏欧三家词对于前人尤其唐诗句的继承是明显的,因此不少南宋词话以此为话题,找出某些词句的出处,其实也是揭示了晏欧三家词对前人诗歌接受的现象。如曾季貍《艇斋诗话》有不少条目指出了晏欧三家词对唐诗句的

---

　　① 《陈岩肖词话》,《宋金元词话全编》上册,第440页。
　　② 《胡仔词话》,《宋金元词话全编》中册,第709页。
　　③ [宋]陆游:《老学庵笔记》卷六,《宋元笔记小说大观》第4册,第3507页。

接受状况：

其一，晏叔原小词："无处说相思，背面秋千下。"吕东莱极喜诵此词，以为有思致。此语本李义山诗云："十五泣春风，背面秋千下。"①所指的词句出自晏几道《生查子》(金鞍美少年)一阕末句，而曾氏指出这两句正源于李商隐《无题》(八岁偷照镜)五言诗。李诗主要抒写少女怀春的心事，而晏几道此词写的也是思妇难言的相思之情，二者有共通性，因此在描写语句上存在学习、模仿、借鉴的可能。晏几道借用李商隐成句"背面秋千下"入词，在句中的写法及表达含义还是有细微差别。

其二，晏元献"春水碧于天"，盖全用唐韦庄词中五句②。该词句今本作出于韦庄词《菩萨蛮》，而晏殊词集中不见有。此处录于晏殊名下，正说明晏殊词与韦庄词相混处。

其三，欧公词云"杏花红处青山缺"，本乐天诗"花枝缺处青楼开"③。"杏花红处青山缺"本是欧阳修词《玉楼春》(洛阳正值芳菲节)下片开头句；"花枝缺处青楼开"为白居易古风《长安道》诗开头句。从构思境界角度看，欧词本句承袭白诗句痕迹明显，不过二者在细微之处的审美境界略有差异，其中欧词"更开阔些，意味也更悠长些"④。

宋末俞琰则指出："杜少陵诗云：'夜阑更秉烛，相对如梦寐。'晏小山之词乃云：'今宵剩把银釭照，犹恐相逢是梦中。'谈者但称晏词之美，不知其出于杜诗也。"⑤仿佛是在为此二名句的所有权而替杜甫叫屈。

此外不少词话拾人牙慧，录下别人早已记载的言语，作为品赏、传播晏欧三家词的一种方式。这些记录文字，批评研究的价值不大，但在客观上却推广了晏欧词的影响。如《陈应行词话》记载援引了韩存中所谓："山谷称晏叔原'舞低杨柳楼心月，歌尽梅花扇底风'定非穷儿家语。"⑥魏庆之《诗人玉屑》卷六援引《侯鲭录》语："欧阳永叔词云：'堤上游人逐画船，拍堤春水四垂天。绿杨楼外出秋千。'此等语皆绝妙，只一'出'字，是后人着意道不到处。"⑦等等。

(二) 南宋词选对晏欧三家词的选录与批评

南宋词学比北宋词学进步繁荣的另一个表现就是词学选本的大量增加。

---

① 《宋金元词话全编》中册，第 834 页。
② 同上书，第 835 页。
③ 同上书，第 837 页。
④ 邱少华编著：《欧阳修词新释辑评》，中国书店 2001 年版，第 112 页。
⑤ 《俞琰词话》，《宋金元词话全编》下册，第 1757 页。
⑥ 《陈学士吟窗杂录》卷四十，《宋金元词话全编》下册，第 916 页。
⑦ 《诗人玉屑》，上海古籍出版社 1978 年版，第 142 页。

这种承载着词人词作的文学选本,"无论歌本词选,还是读本词选,都是一种重要的传播媒介"①,加速扩大了被选词家作品的传播与影响。另一方面词选也是选家选词标准的反映,是其词学观参与审美评判的结果,因此词选不仅具有传播与接受价值,同时也具有研究与批评意义。目前保存下来的"唐宋词选十三部"②,其中流传至今专属宋人选宋词选本约 10 部,基本上都是南宋选词产物。最早留存欧词的是北宋杨绘的《时贤本事曲子集》,其中无意收录了 12 首欧阳修鼓子词。而元祐间由孔方平编录的《兰畹曲会》据说收有北宋晏欧三家词及寇准、张先二人词,可惜原本已经失传③。其余南宋词选中,含有晏欧三家词的有 5 部:《梅苑》《乐府雅词》《草堂诗余》《花庵词选》《阳春白雪》。

1. 《梅苑》选词与晏欧词选

《梅苑》是宋室南渡以来的第一部词选。作者黄大舆,字载万,自号岷山耦耕,生活于南北宋之交。对于此词选的目的及用意,王灼《碧鸡漫志》卷二说黄载万"所居斋前,梅花一株甚盛,因录唐以来词人方士之作,凡数百首,为斋居之玩,命曰《梅苑》"。选梅词数百首,用作日常斋居之玩,这不过是表面之说。真正的用意诚如黄氏自序所谓:"目之曰《梅苑》者,诗人之义,托物取兴。屈原制骚,盛列芳草,今之所录,盖同一揆。"④换言之,黄氏此选看重的是词中咏叹的梅花被赋予的高尚情操及品性,如同屈原笔下的芳草美人,自有一股独标于世不可侵凌之气。

《梅苑》全文 10 卷,所选词作包含南唐、北宋及南宋初咏梅词作,原本选词目 508 首,实收 412 首。今据唐本共收录词目 522 首,实际存词 490 首,大部分不知名姓,殊为可憾。是选卷内基本以词调编次,起于宋徽宗《声声慢》,终于北宋中期王晋卿(诜)《撼庭竹》。全书体例较为散漫,难以成一。

《梅苑》选晏幾道 5 首、晏殊 4 首、欧阳修 2 首,共计 11 首,主要分布于卷七至卷九,其中部分词句与《全宋词》用语不同,如晏幾道《菩萨蛮》首句"江南未雪梅先白",《全宋词》作"江南未雪梅发白",等等。从流传角度看,这些当选之作均非当下流行、经典之作。

晏欧三家词中,写歌咏梅花的词当然不止 11 阕,如晏殊《滴滴金》(梅花漏泄春消息)、欧阳修《渔家傲》(十月小春梅蕊绽)、晏幾道《浣溪沙》(唱的红梅字字香)等等,都是与梅花有关的词作,且艺术准也较高而《梅苑》没有

---

① 肖鹏:《群体的选择:唐宋人词选与词人群通论》,凤凰出版社 2009 年版,第 5 页。

② 《群体的选择:唐宋人词选与词人群通论》,第 505—506 页。

③ 同上书,第 192 页。

④ [宋]黄大舆:《梅苑·序》,许隽超校点,引唐圭璋等点校:《唐宋人选唐宋词》,上海古籍出版社 2004 年版,第 195 页。

入选。究其因，《梅苑》毕竟不是梅词大全。宋代咏梅之词作，约有 1000 多首，远多于其他歌咏花卉的作品数量①，《梅苑》才区区四五百首，难以尽概，这是事实。另则，与黄大舆编选态度有关。诚如前言，黄氏摘录《梅苑》是为了"斋居之玩"，即仅仅是为了给自己的日常生活增添一些品赏诗词的趣味，并非为了研究，也非为了存史之用。这种较为漫不经心的态度决定了作者收辑作品无意求数量，也无意求精达到他预期设想的"诗人之义，托物取兴"目的或审美标准。

尽管《梅苑》缺乏一种精准的艺术淘选眼光和选词存史的历史责任感，仍然不能否认它的产生并非全然是个人行为和偶然斋玩的结果。《梅苑》一方面改变了过去为歌唱选词的面貌，变为以文字玩赏为主的词选方式，这无疑是词史发展中，由饮酒佐觞的歌者的词向文人士大夫案头的词转变的一个表现。然而它的主要价值，不仅是作为一本宋人词选读本，"而在于它折射了某种时代审美追求，体现了当日文人士大夫的特殊心态，与词坛的声音共鸣，与词人的脚步共振"②。这种时代的审美旨趣的转变是随着社会发展到南宋初期，文学对复雅呼声的高涨而日渐兴起的。如和黄大舆同时的王灼主张词体向诗教的靠拢，便是这种呼声的反映："经夫妇，成孝敬，厚人伦，美教化，移风俗。诗至于动天地，感鬼神，移风俗，何也。正谓播诸乐歌，有此效耳。"③"或问雅郑所分。曰，中正则雅，多哇则郑。至论也。"④因此，《梅苑》的编选及其"与风骚接壤"的主旨不是偶然的产物，是当时整个词学环境熏染氤氲而成的结果。这种表现在南宋的词选中还是较为微弱的选择，直至后来的《复雅歌词》《乐府雅词》等词选明确打出了呼唤雅词的大旗，南宋词坛对雅词复归、重视的呐喊才真正怒涛滚滚，破空而来。

晏欧各以其三五首梅词入选，从数量看，于四五百阕中只占一极小部分，但这个微量数值也是南宋人对晏欧部分雅词品评认可的结果，亦可一瞥晏欧三家词在南宋初期文人案牍中的传承轨迹与地位。

2. 《乐府雅词》：入选欧词最多的选本

《乐府雅词》共 3 卷，《拾遗》2 卷，宋曾慥选辑。⑤

据笔者对唐圭璋主编本统计，是书雅词部分正文共选 31 家词人 696 首，拾遗 2 卷 168 首。全书前 10 位词家分别是：欧阳修，83 首，高居榜首；其次叶梦得 55 首，舒信道 48 首，贺铸 46 首，陈克 36 首，曹组 31 首，周邦彦 29 首，晁

---

① 许伯卿：《宋词题材研究》，中华书局 2007 年版。
② 《群体的选择：唐宋人词选与词人群通论》，第 218 页。
③ 《碧鸡漫志》卷一，《词话丛编》本，第 73 页。
④ 同上书，第 80 页。
⑤ 本节资料除说明外据陆三强点校本，辽宁教育出版社，1997 年 3 月版。

补之28首,李清照、赵令畤、苏庠三人均23首。词坛大家、南渡时期深受欢迎的苏词竟然一首不选,南渡初期苏派词人词作一首不选,而名声一般的叶梦得、舒亶道、陈克等反而进了前列,让人感觉《乐府雅词》的选域群体颇为诡异。

《乐府雅词》是宋代真正意义上的第一部宋人选宋词,也是宋代词坛复雅风声中率先祭出以雅词为收录标准的词选,其意义非前《梅苑》可比。在《乐府雅词》这部传世词选中,欧阳修词以83首(除去混淆之作,其中误认晏殊词1首,实际78首)座居榜首,几近占存世欧词的三分之一。这种高入选率在整个南宋词选词坛,的确是少见的盛况,也是北宋中后期以来,欧阳修词第一次受到如此集中的关注。

被选的83首欧词中,涉及11个词调,尤以《蝶恋花》《玉楼春》《浪淘沙》为多。每一本词选都是选家精心挑选的结果,同时也是选家某种词学观念、词学理论的投射。而被选词人排列位置怎样、选词多少,往往倾注选家的选词标准或词学观念的投影。那么作为高彰雅词的《乐府雅词》,曾慥为什么将欧阳修词列为词选的主将? 是不是如肖鹏所说:"在许多情况下,词选的主盟者往往就是当时词坛的最高精神偶像。作为这一规律的意外,《乐府雅词》限于家藏书,它的主帅本应该是苏轼,却仓促中没有选及,留下了不可原谅的遗憾。"①

《乐府雅词引》云:"欧公一代儒宗,风流自命,词章窈眇,世所矜式;当时小人或作艳曲,谬为公词,今悉删去。"序中,曾慥首先肯定了欧阳词的不同凡响,指出作为一大学问家、一代儒学宗师的欧阳修,其文章一贯以"六一风神"而自命,为后人瞩目;但所写的词作却显得那样的小巧玲珑情谊绵眇,常被当成学习模仿的写作范式而为世人所珍惜推重。笔者以为曾慥之所以看中欧阳修词,将其列为北宋词家榜首,首先应是被其大儒学传人的光环所吸引,钦服欧阳修文章那种广为流传的六一风神,或许还令曾慥意想不到的是,这样一位醇儒所写的小词风格迥然异于流光溢彩的长篇大论,显得那样的婉转绵蛮、娇小柔婉,并为世人所重。然而前面已论,欧阳修的不少词雅俗并陈、艳曲不少,这一点引起不少人的反对,对于作为以雅词为选编标准的词选,绝对是犯了大忌,是以曾慥出于维护欧阳修儒宗的面貌以及编选词选的目的,不惜大刀阔斧,"当时小人或作艳曲,谬为公词,今悉删去"。从曾慥的口吻,不难体会到他对俗词艳曲的鄙视与愤恨,对雅词的维护与决心。

欧阳修入选的词作,是否均满足曾慥的选词要求或词学观呢? 不妨抽样

---

① 《群体的选择:唐宋人词选与词人群通论》,第20页。

做个分析。譬如《长相思》:"深花枝。浅花枝。深浅花枝相并时。花枝难似伊。玉如肌。柳如眉。爱著鹅黄金缕衣。啼妆更为谁。"从其主题看,无疑是描写美人的情态,以花枝来比拟人的美丽。然而从描写对象的细微之处看,写了美人的肌肤,光滑白嫩似玉石,美人的眉毛,弯弯似柳叶,以及美人的衣着颜色是鹅黄金色的,甚至还有悲切的哀容和伤感。今天看来,只不过把一个美丽多情而又善感的少女写得那样逼真生动,在古人看来却有伤大雅。如清初金圣叹就感叹道:"后半阕,偏有许多'玉肌'、'柳眉'、'鹅黄'、'金缕'、'啼装'等字,便觉丑拙不可耐。"①思想前卫的金圣叹都觉得描写过当,俗不可耐,于此可以想见本词在宋人眼中又是怎样的出格。按照曾慥遴选雅词的标准也应删去,然而却留存下来,说明曾慥对待欧阳修词的态度是双重的,或者是矛盾的。他只对那些与别人相混的艳词不予认同,至于原本就保留在欧集中的艳词则可能网开一面。当然,欧词80余首中,像这样带有俗艳之色的词作毕竟是极少的,绝大多数都是艳而不俗、情而不淫,符合乐而不淫哀而不伤的儒家诗学主旨——这是不容否认的。

在南宋雅歌高涨、苏辛词劲的时期,欧阳修一人之词能居榜首,着实是词坛的一种意外,毕竟苏轼出后,词坛上再论晏欧者并不多见。不过,浏览《乐府雅词》的选阵名单,发现与欧阳修词风接近的晏殊没有选入,令人喜爱的晏几道词亦然,而那个出人头地、几乎牢笼北宋中后期词坛、首倡词应向诗的雅化复归并对南宋词坛影响颇大的苏轼,竟也没有一首入选。确实难以置信,难怪数百年来不断有人质疑并尝试做出自己的推测和解释。对此问题,笔者十分赞同肖鹏的推论:曾慥并非对苏轼词有偏见或者其他想法而不录,完全是因为当时编选词集时无法找到有苏词的版本集子②。无论如何,《乐府雅词》体现了对欧作雅词的尊重,客观上保存了部分欧词,并推进了欧词的流传步伐。

3.《草堂诗余》与晏欧三家词选

《草堂诗余》③是一部南宋无名氏选、何士信增编的词选,其中词作以宋词为主,兼收一小部分唐五代词。从选词性质看,属于选歌体——应市井选歌说唱需要而编选的词选④。

《草堂诗余》选词以婉约风格为主,主要表现在对词人、词作的选择样态上。该书录周邦彦词共47首,为全书的第一个入选词家,也是入选数量最多

① 《金圣叹全集》第4册,江苏古籍出版社1985年版,第757—758页。
② 《群体的选择:唐宋人词选与词人群通论》第五章相关论述,第239—243页。
③ 本文有关词作信息据中华书局上海编辑所1958年点校本,并参唐本(杨万里点校)。
④ 《群体的选择:唐宋人词选与词人群通论》,第267页。

的词家。其余入选较多的有:苏轼 22 首,柳永 18 首,秦观 17 首,欧阳修 12 首,康伯可 10 首,辛弃疾 9 首,黄庭坚 8 首,李清照 6 首,晏幾道、胡浩然各 5 首。

根据吴世昌先生的说法,《草堂诗余》的成书经过三次选编才变为如今所见面貌,即初编、新添和新增三个过程①。数据说明,原作者第一次选编时,秦观、欧阳修都有 10 首以上选入,而柳永才 10 首。柳之所以能居前三甲,完全是后来不断增添的结果。这一点在编选辛词上尤为明显。初编时辛弃疾只有一首词入录,经过后人新添才使数量急剧增加,达 9 首而入前十。从所选词人词作特色看,除却苏轼和辛弃疾所属豪放词派,其余基本都是婉约词人的阵营,由此奠定《草堂诗余》以婉约为主的选词标准和词作特色。而苏轼的豪放词其实也有《念奴娇·赤壁怀古》和《水调歌头·中秋》两阕可纳入,其余一概以婉约风格为主。尽管如此,《草堂》的艺术旨趣和风格并非如此简单,若以词人而论,他们并没有一个统一的身份证系统,从而也不可能拥有统一的风格而成为一个抱团的群体:"柳永、胡浩然、康与之为一系,晏殊、晏幾道、欧阳修、张先为一系,苏轼、黄庭坚、晁补之为一系,张元幹、辛弃疾为一系,江湖词人宋自逊辈为一系。"②确实如此。

有着南宋江湖词人背景的《草堂诗余》,它的审美观念自然折射出江湖游士的草根文化情结,那就是以追求山林隐逸为人生乐趣,以孤标旷世为美学旨趣。现实是《草堂》并非限于此,而是多种姿态的风格与题材均有呈现,甚至一些俗词艳曲也一一入选,黄庭坚、胡浩然等人的俗词入选,就是明证。可谓大雅小俗,殊而无一。正是这种"俗"构成了《草堂诗余》最具民间特色的因素,也是最引起后世非议的一个表现。清代黄苏的《蓼园词选》就是以《草堂诗余》俗词为杀伐目标的再选。在这种艺术氛围中,晏欧三家词幸运入选,而且除了晏殊只有 3 首,其余二人入选数量均居前列,尤其是欧阳修,以 12 首居第五位,仅次于苏门四学士的秦观。这是一个了不起的表现,揭示出南宋中后期,在苏辛词风与周姜词风占据词坛统治地位的背景下,晏欧词仍有传播品读的一席之地。不过,从选编过程看,相较其他词人不断有所增添,而晏欧三家词基本上都是初编时期的作品,后期除了晏幾道增词一首外,其余没有变化。晏欧三家词是否已经凝固化,定型化了,或是晏欧词缺少艺术流传的张力,在历来的研究传播中缺乏新的艺术元素来增加附加值,所以只能原地踏步固守疆土。这一点是极不利于一个作家作品的艺术生命力传承与发扬的。晏欧词究竟哪些词作受到编选者留意呢?

---

① 吴世昌:《词林新话》,北京出版社 2000 年版,第 56—57 页。
② 《群体的选择:唐宋人词选与词人群通论》,第 273 页。

　　标榜入选的 20 首晏欧三家词中，除了欧阳修《瑞鹤仙·春情》（《全宋词》作陆淞）和《浣溪沙·春闺》同见于晏殊词外，其余基本均无著作权的争议。原题 13 首欧词中，见诸《乐府雅词》者有《蝶恋花》（庭院深深深几许）、《渔家傲》（十月晓春梅蕊绽）、《临江仙》（池外轻雷池上雨）、《浪淘沙》（把酒祝东风）、《浣溪沙》（湖上朱桥响画轮）等两首、《踏莎行》（候馆梅残）、《生查子》（含羞整翠鬟），共 8 首；而《雅词》不入而进入《草堂》之《玉楼春》（妖冶风情天与措）一阕，则是两本词选雅俗之别的最好区隔。晏幾道 5 首词中，《菩萨蛮》（哀筝一弄湘江曲）一词相对较为陌生，而词题"咏筝"显然是编选者加的，以引起听者、阅读者注意。晏殊的 3 首词：《玉楼春》（绿杨芳草长亭路）、《蝶恋花》（帘幕风轻双燕语）、《浣溪沙》（一曲新词酒一杯），基本都是精品，如算上与欧阳修互见的《浣溪沙》（青杏园林煮酒香）一阕，则有 4 首。数量虽少，都是经典——这是不容置疑的。

　　总之，在雅俗共赏的《草堂诗余》中，晏欧三家词能够以 20 首入选，至少证明，在江湖词人群体活动的背景下，当时流行歌本的《草堂诗余》没有忘记北宋初期小令词的先锋晏殊、欧阳修、张先等人的词，他们的词仍是可歌可读的经典之作。另外，南宋中后期词坛上，北宋的周邦彦在某种程度已经超越了欧阳修、苏东坡这些曾经的词学大腕，而晋升为新的词学偶像（这当然与美成词集的大量刊印有关），预示着词坛风向的转变。晏欧三家词能在这种词学变化中占据词选一席之地，足以证明他们的词学魅力。

　　4.《花庵词选》与晏欧三家词选

　　黄昇的《花庵词选》①由两部分组成：《唐宋诸贤绝妙词选》十卷和《中兴以来绝妙词选》十卷。据黄昇自序，其选词目的是为博观约取，聊备存史之用。序有云："况中兴以来，作者继出，及乎近世，人各有词，词各有体，知之而未见，见之而未尽者，不胜算也。假日搜集，得数百家，名之曰《绝妙词选》。佳词岂能尽录，亦尝鼎一脔而已。"②而胡德芳的《花庵词选序》亦可进一步佐证此词选的功用："博观约取，发妙音于众乐并奏之际，出至珍于万宝毕陈之中，使人得一编可以尽见词家之奇。"③

　　根据两词序，可知是书编订刊刻于宋理宗淳祐九年（1249），时大部分士人中兴的豪气早已湮灭，而复振的梦想亦被无情的现实击碎，南宋已全面走向衰落。在这种国家颓势之下，身为词人的黄昇对于日渐丰富的词作心生一种搜集整理的愿望，这既是外界环境变化触发的结果，更是出于一个文人词

---

① 本节除注释外据王雪玲、周晓薇点校本，辽宁教育出版社 1997 年版。
② 邓子勉点校本《花庵词选》，第 685 页。
③ 同上书，第 686 页。

客保护以往文化遗产的责任自觉。基于这种因素,《花庵词选》的选词眼界较为宏通,没有局限于一家一派或某种风格,也没有像曾慥那样被家藏词集所限制,而是尽可能地参资前人词选成果,一阕二阕地摘抄钩录——编辑之认真敬业,超过了曾慥,以及《草堂》的编辑者。肖鹏认为黄昇至少参考了《乐府雅词》《花间集》《尊前集》以及五代时的《遏云集》等前人词选①。

在上述选词视域的影响下,《唐宋诸贤绝妙词选》十卷主要着眼唐五代北宋词,其中唐词 1 卷,共 26 人 104 首,以温庭筠(10 首)、韦庄(7 首)、孙光宪(6 首)、李询(8 首)、李煜(6 首)为多。对北宋初期词坛影响较大的冯延巳却只有 2 首(《谒金门·风乍起》《更漏子·夜初长》)。宋词 9 卷中,共 108 人 416 首。选词 10 首以上的词人为:欧阳修 18 首,苏轼 31 首,晏幾道 12 首,秦观 16 首,贺铸 11 首,柳永 11 首,谢逸 13 首,周邦彦 17 首,万俟雅言 13 首,陈子高 13 首②。

《唐宋诸贤绝妙词选》10 首以上的词家刚好 10 人,不知是黄昇有意凑足北宋十大词家,还是这 10 个词人基本上代表了北宋的词学创作成就,其中有三个面孔相对陌生:谢逸、万俟雅言和陈子高。这三个位置按照词史影响而言,应该是张先、黄庭坚和李清照。他们分别有 7 首、9 首和 8 首,对比《草堂诗余》,他们的入选词作有所增加(《草》分别为 4 首、8 首和 6 首)。当然黄昇选词重在存史之用,所以并不一定参酌词的流行度与后世影响度来选择,而是按照词史的基本进程及词人身份分类编排的,如李清照归为"闺秀"类即是。虽然如此,数量的多少还是能见出词人的影响与地位——至少在选家认为"佳词"的审美视域中。苏词居首位,自是应当。在南宋,随着苏文、苏诗、苏词及苏东坡的人格魅力的传播与影响,苏轼在文坛之地位如日中天,几乎无人可撼。《草堂》中的榜首周邦彦已经被挤出前二位居第三,多多少少反映黄昇对雅音格律一派的周词似乎热度不高。晏欧三家也有 36 首词作入选,且欧阳修和小晏入列前十——这个排名与《草堂诗余》基本相似,但是所选词增多了近 16 首。这或许是存歌体的民间本《草堂诗余》与存史体的专业词选《花庵词选》的选词标准和审美观念之差异。

欧阳修词 18 首,其中有 15 首附加了词题,这是原作极少见的现象。据笔者查阅,除却《朝中措》一阕原本就有词题外,其余诸作都是后来者添加的,尤其是《草堂诗余》的编选者。另外还发现,晏欧三家词中,唯独欧阳修词添加词题,这是选家有意为之还是完全依袭前人成果?不得而知。或许相较而言,欧阳修词更具艺术魅力和消费市场吧。《草堂》与《花庵词选》均有

---

① 《群体的选择:唐宋人词选与词人群通论》,第 284—285 页。
② 有关数据统计据邓子勉点校本。

的欧词有 8 首,而晏殊词 1 首,晏幾道词 2 首,明显都带有参资承袭的印记,但欧阳修词尤甚。另外,黄昇虽然自觉有以"佳词"存史的目的,然而入选的结果并非称心如意。如晏殊脍炙人口的《浣溪沙》(一曲新词酒一杯)却没有入选,窥见黄昇的漏眼之处。而晏幾道入选的《鹧鸪天》(碧藕花开水殿凉)一阕是地地道道的应制词,其思想性和艺术性乏善可陈,有违黄昇所谓"命意造语工致处,盖语简而意深,所以为奇作"的选词标准,与"佳词"相距甚远。

总之,《花庵词选》编选包括晏欧三家词在内的唐宋词家 200 余人,编选词作 1200 余首,是宋代现存规模最大的一部词选。黄昇对宋词的保存之力,功不可没。

5.《阳春白雪》与晏幾道词

《阳春白雪》①是南宋后期赵闻礼所编辑的一部宋人词选集。今传本《阳春白雪》八卷、外集一卷。全书共选词 671 首,除 18 首为无名氏作,涉及词人 231 人,其中前 3 卷多北宋词,卷 4 以下多南宋词。宋末江湖词人之作也多有搜集于此,保持了时代的风貌。北宋所录以周邦彦为多,南宋以辛弃疾、史达祖、吴文英、胡翼龙、谭宣子五家为最。

《阳春白雪》的选词标准和词风宗尚与南宋词坛密切相关。词风中的雅正婉约一派始终占据宋词坛主流,而苏辛一派尽管也有不小活动能量和活动影响,终未能撼动婉约一途的正宗地位。编选者赵闻礼为了呼应书名"阳春白雪",所选词作基本都是"高雅精妙"之作②,以别于鄙俗淫俚之词。在处理两大词派问题上,特将全选分为正集和外集两大类,其中置于前卷的正集 8 卷以"妍雅、深厚"为主③,代表词家有柳永、晏幾道、秦观、周邦彦、姜夔等,间有所谓豪放派词家也以温厚蕴藉的作品为主。真正的豪放大气之作则置于外集,如张元幹《贺新郎·寄李伯纪》《送胡邦衡谪新州》等。

《阳春白雪》录南北宋大家共计 17 人,词作 116 首,其中北宋以周邦彦(20 首)、康伯可(9 首)、贺铸(7 首)为多,南宋以史达祖(15 首)、吴文英(13首)、姜夔(12 首)及辛弃疾(12 首)为多。苏轼仅一首,且也是声名并不怎样的《江神子》(翠娥羞黛怯人看),晏幾道入选 4 首,而欧阳修、晏殊无一首入选。如果说,这多少反映赵闻礼对苏轼及晏欧词的偏见,倒不如说《阳春白雪》选词婉约中更看重的是词的音乐性或可歌性。晏、欧、苏选词绝少,笔者以为完全是受李清照《词论》所谓晏、欧、苏三人之词"皆句读不葺之诗尔。

---

① 葛渭君校点,上海古籍出版社 1993 年版。
② 王兆鹏:《词学史料学》,第 334 页。
③ 《阳春白雪》葛渭君点校语。

又往往不协音律"的荼毒,因为更侧重选歌的《草堂诗余》选苏轼词 30 余首,
而晏殊、欧阳修也有 20 余首。赵闻礼放弃诸大家词不选,而自己的几首词却
侧入其中,这种做法倒不如黄昇将自己所作放在最末。于斯可见,赵闻礼对
待己作及他人词作之态度。《阳春白雪》选仅散见卷一、卷三的晏幾道 4 首
词入选:《临江仙》(梦后楼台高锁)、《玉楼春》(小怜未解论心素)、《扑蝴蝶》
(风稍雨叶)、《南乡子》(绿水带春潮)。相较前选,这 4 首小晏词除了《临江
仙》,其余三者都是第一次入选,对于推动晏幾道词的传播还是有功劳的。

(三) 晏欧三家词籍文献的刊刻与序跋

晏欧三家词的批评与接受离不开词籍的刊刻与传播。前面已论,晏欧三
家词早在北宋时期就至少有 5 种词集刊印,相对较多的刊印活动还是出现在
南宋。因为词集刊印较多,与之相关的序跋出现机会也多,为晏欧词的理论
批评带来新渠道,这是北宋所缺乏的研究现象。

1. 编辑与刊刻

词集的刊刻与编纂,从版本学角度看,一般有两种类型:一为全集本,一
为别集本。全集本,是指词集附在全部文集中,按照任德魁的说法包含 3 种
形式:"独自成集,即于诗文集外另编成集,附于全集后;独自成卷,一般位于
全集末或诗卷后;与诗文混编,多位于某诗、或文后,合成一卷。"①宋词的全
集本一般是南宋以后的事,伴随着词体地位的升高和词体认识的增强,词体
可以诗文一样当作一种抒情言志的文体时,词体才可能与诗文集附在一起。
今见欧阳修词的全集本,源于宋庆元二年(1196)周必大刻《欧阳文忠公集》
一五三卷(今藏国家图书馆、北京市文物局、江西省图书馆)本,其中卷一三
一至卷一三三为《近体乐府》3 卷,收词 178 首(乐语除外):10 行 16 字,白口,
左右双边。对于这次刊刻,周必大有过较详细的记载:

> 《欧阳文忠公集》自汴京、江、浙、闽、蜀,皆有之。前辈尝言公作文,
> 揭之壁间,朝夕改定。今观手写《秋声赋》凡数本,《刘原父手帖》亦至再
> 三,而用字往往不同,故别本尤多。后世传录既广,又或以意轻改,殆至
> 讹谬不可读。庐陵所刊,抑又甚焉,卷帙丛脞,略无统纪。私窃病之,久
> 欲订正,而患寡陋,未能也。会郡人孙谦益老于儒学,刻意斯文,承直郎
> 丁朝佐博览群书,尤长考证,于是遍搜旧本,傍采先贤文集,与乡贡进士
> 曾三异等互加编校,起绍熙辛亥春,迄庆元丙辰夏,成一百五十三卷,别

---

① 任德魁:《词文献研究》,南开大学出版社 2010 年版,第 23 页。

　　为附录五卷,可缮写模印。①

　　周必大于此指出,鉴于欧阳修文集版本在当时杂而多、讹谬不可读的现状,才会同郡人孙谦益、丁朝佐及曾三异等人,参订前人版本加以编校,历时6 年(1191—1196)方才告竣。该本因为刻校甚工,流传亦广而被现代学人目为"第一部详细撰写校记、载录不同版本异文的词集"②。后世全集本基本以此为递刻祖本。

　　此后另有宋刊本一五三卷(今藏国家图书馆)。编排篇目次序一依周本,惟校刻文字略与周本有异,"应是周本的续校本"③。其本面貌,傅增湘《藏园群书经眼录》有记云:"《欧阳文忠公集》一百五十三卷,附录五卷,宋欧阳修撰,卷三至六、三十八至四十四、六十一至六十三、九十五、一百三十四至一百四十二配明钞本,凡二十四卷。宋刊存一百三十四卷。"根据记载,傅氏所见欧阳修的《近体乐府》3 卷依然(全集卷一三一至卷一三三)保存宋刊本原貌。傅增湘对此本也称誉有加,认为"盖在公集为最后之定本,亦元明诸刻之祖本。七百余年之古刻,三千余叶之巨编,世传欧公全集当以此为最矣"④。

　　欧阳修词的别集本,主要有两大系统,一为《六一词》一卷本,一为《醉翁琴趣外篇》六卷本。《六一词》词单行本,仅见于陈振孙《直斋书录解题》卷二十一著录的南宋嘉定间长沙书坊刻《百家词》本,惜已失传。《醉翁琴趣外篇》有南宋即有传本。宋末元初的吴师道《吴礼部诗话》载曰:"近有《醉翁琴趣外篇》,凡六卷,二百余首所谓鄙亵之语,往往而是,不止一二也。"⑤据目前能见的《醉翁琴趣外篇》本,亦作 6 卷,存词 203 首,与吴师道所见同。⑥

　　晏殊的词集只有《珠玉词》本,晏幾道词集自名《乐府补亡》,或《小山集》,或《小山词》。二晏的词集南宋本,仅见《直斋书录解题》著录长沙书坊刻《百家词》本,已佚。

　　2. 序跋与校勘

　　词选词集的收辑刊刻无疑为后来的校勘者提供了第一阅读文本,也为词学研究上升为理论性的探讨提供了物质基础,词集序跋即是这样的产物。谭新红指出词集序跋一般"以简洁经济的方式记叙作品的本事、品评词人的优

---

①　《欧阳文忠公集·跋》,《欧阳修全集·附录五卷》,中华书局 2001 年版,第 2759 页。
②　任德魁:《词文献研究》,第 212 页。
③　《欧阳修全集·前言》,中华书局 2001 年版,第 27 页。
④　傅增湘:《藏园群书经眼录》(1—5),中华书局 1983 年版,第 1148—1149 页。
⑤　《历代诗话续编》,中华书局 1983 年版,第 620 页。
⑥　《词学史料学》,第 168 页。

劣、议论词体的功能及文本的得失,进而影响词体文学的流播"①。

二晏词的词集序跋,已在北宋时出现过。如朱熹《名臣言行录》曰:"晏同叔⋯⋯词名《珠玉集》,张子野为之序。"不过这篇题序却未能保存下来。而前述的黄庭坚《小山词序》也算是晏几道词较早的一篇题序了。

南宋有关晏欧三家词的词集序跋主要体现有二:

(1) 罗泌的《欧阳文忠公近体乐府跋》及校勘词例

罗泌(1131—1189),字长源,南宋庐陵(今江西吉安)。庆元年间,周必大等人编成《欧阳文忠公集》卷一五三附录五卷时,罗泌一度参与欧阳修《近体乐府》校稿。

今传周本欧阳修《近体乐府》三卷后附罗泌跋文 1 则:

> 情动于衷而形于言,人之常也。诗三百篇,如"俟城隅"、"望复关"、"摽梅实"、"赠芍药"之类,圣人未曾删焉。陶渊明《闲情》一赋,岂害其为达?而梁昭明以为白璧微瑕,何也?公性至刚,而与物有情,盖曾致意于诗,为之本义,温柔宽厚,所得深矣。吟咏之余,溢为歌词,有《平山集》盛传于世,曾慥《雅词》不尽收也。今定为三卷,且载乐语于首。其甚浅近者,前辈多谓刘辉所伪作,故削之。元丰中,崔公度跋冯延巳《阳春录》,谓皆延巳亲笔,其间有误入六一词者,近世《桐汭志》、《新安志》亦记其事。今观延巳之词,往往自与唐《花间集》、《尊前集》相混,而柳三变词亦杂《平山集》中,则此三卷,或甚浮艳者,殆非公之少作,疑以传疑可也。郡人罗泌校正。②

罗泌此跋先从诗歌为人之性情的宣泄载体说起:"情动于衷而形于言,人之常也",认为孔子编定《诗经》时对于重情者诗篇予以保留,说明诗歌的言情之作自是人之性情的正常表现,无须多虑。第二指出欧词为欧阳修吟性情咏之余的结果,并说明有些篇章《乐府雅词》未能尽收,殊为遗憾。第三,罗泌阐述欧词三卷本的编定原则及编录方式:乐语至于卷首,疑为刘辉所作者一律削去,另外指出欧词有和《阳春录》、柳永词相混者,而对于集中轻浮俗艳者,罗泌持包容怀疑态度,认为"殆非公之少作,疑以传疑可也",可酌情删削。

卷三罗泌校正的欧阳修词涉及 8 个词调、10 首词作,且增添 1 首,如:

---

① 谭新红:《宋词传播方式研究》,第 227 页。
② [宋]罗泌:《欧阳文忠公近体乐府・跋》,《宋金元词话全编》中册,第 914—915 页;又张惠民:《宋代词学资料汇编》,第 193—194 页。

《浪淘沙》第 1 篇(按首句"把酒祝东风")"可惜"一作"料得";第 3 篇(按首句"五岭麦秋残")"囊裹"一作"囊裏","一从"一作"自从","关"一作"前"。

……

《应天长》3 篇①:并载《阳春录》;第一篇(按首句"一弯初月临鸾镜",今不见欧词)"弯初"一作"钩新";第 2 篇(按首句"石城山下桃花绽",今作冯延巳)"三遥"一作"天遥""燕度"一作"忍泪";第三篇(按首句"绿槐阴里黄莺语",今作韦庄),《花间集》作皇甫松词,《金奁集》作温飞卿词,"莺语"二集并作"梅雨","日正午"一作"春昼午","问君知也否"诸集并作"断肠君信否"。

《芳草渡》(按首句"梧桐落",今作冯延巳)又载《阳春录》,"澄波"一作"清江"。

《更漏子》(按首句"风带寒",今作冯延巳)又载《阳春录》,"情悄悄"一作"云杳杳"。

《夜行船》第 2 篇(按首句"满眼东风飞絮")"人去去"一作"人又去"②。

《景宋金元明本词》本另有"续添"两处,而《四部丛刊》影印元翻刻周本无,断非罗泌语而是宋本他编者所为。附录于下:

续添《浪淘沙》第 3 篇(参上)"麦秋残""残"一作"寒"。

续添《水调歌头·和苏子美〈沧浪亭词〉》(万顷太湖上),并校云:此词载《兰畹集》第五卷,重押"凉"字。(按,本词今作尹洙)

2. 其他与晏欧三家词有关的序跋

南宋尹觉的《题坦庵词》中论其师赵师侠词时曾涉及晏殊、欧阳修词。跋云:"词,古诗流也,吟咏性情,莫工于词。临淄、六一,当代文伯,其乐府犹有怜景拟情之偏,岂情之所钟,不能自已于言耶?坦庵先生,金闺之彦,性天夷旷,吐而为文,如泉出不择地,连收两科,如俯拾芥。词章乃其余事,人见其模写风景,体状态物,俱极精巧,初不知得之之易,以至得趣忘忧,乐大知命,兹又性情之自然也……"③尹觉此文虽为乃师而发,但为了突出赵师侠词情之特征,阐述了晏殊、欧阳修词的钟情特色,客观上增加了一则评述晏欧词的史料。尹觉的这种论述方式与罗泌的跋文有点类似,都是主张诗词主情说,不过罗氏为了论述欧词之情,从诗经言情承起,而尹觉为了阐述赵师侠词亦

---

① 此 3 篇今均不作欧阳修词。
② 《景宋吉州本欧阳文忠公近体乐府》卷三,《景宋金元明本词》,上海古籍出版社 1989 年版,第 42—43 页。
③ 《尹觉词话》,《宋金元词话全编》中册,第 951 页。

出自我性情,则直接将词当作诗之一流,并进而论为"吟咏性情,莫工于词",极为推尊词体的言情特色。继而,尹觉认为,晏殊、欧阳修作为当代的文坛大家,他们的乐府词都偏向写景抒情、情景互涉,仅此一点见出尹觉的看法是较为合符晏殊、欧阳修词某些历史原貌的。当然,尹觉指出这一特征,其根本目的是为建立"情之所钟,不能自已"的论题服务,在这个前提下,才进一步阐述赵师侠之词亦为情之所迫而张本开径,而晏欧词于其间则起了桥梁嫁接作用。

与尹觉的论述方式有点接近的是南宋王称(绍兴中为实录修撰)之《书舟词》序,其中也涉及晏幾道词。《书舟词》是南宋词人程垓的词集。王称该序有两处言及晏幾道,全文如下:

> 程正伯以诗词名,乡之人所知也。予顷岁游都下,数见朝士,往往也称道正伯佳句,独尚书尤公以为不然,曰:"正伯之文,过于诗词。"此乃识正伯之大者也。今乡人有欲刊正伯歌词,求予书其首,予以此告之,且为言正伯方为当涂诸公以制举论荐,使正伯惟以词名世,岂不小哉?则曰:"古乐府亦文尔,初何损于正伯之文哉?"予用是乐为书之。虽然,昔晏叔原以大臣子,处富贵之极,为靡丽之词,其政事堂中旧客尚欲其捐有余之才,亦未至之德,盖叔原独以词名尔,他文则未传也。至少游、鲁直则兼之,故陈无忌之作,自云不减秦七黄九,是亦推尊其词尔。予谓正伯为秦黄则可,为叔原则不可。绍熙甲寅端午前一日,王称季平序。①

王称以晏幾道和秦观、黄庭坚为例,认为晏幾道作为台阁大臣之子,也善作艳词,当时有人非议他有才无德,这都是因为他的文章未能流传而仅见其靡丽之词的结果。而北宋的秦观、黄庭坚,二人均擅小词与文章,因此相较晏幾道,程垓的所作所为应该与秦黄类似,既善诗词,又兼具文章之才,而不是像晏幾道一样,世人仅见其词,应该诗词文均有名才是。总之,王称为了推举乡人程垓,将晏幾道以词行世而招致非议为反面例子,认为保存、传播程垓之文不应只是编定词集,应该像秦观(现亦多以词名世)、黄庭坚一样,诗词文在内的各体均有发扬,唯此才不掩程垓真名。

上述两则词集序跋都提到了晏欧三家词,所不同的是,尹觉之文是以晏殊、欧词为正面例子,论述词情自出的理论主张;而王称之序,则以晏幾道词为反面例子,说明如果未能以诗词文各体均有编辑刊行,则恐怕难以真正反

映作家的创作实绩,实属遗憾。

三、南北宋晏欧三家词研究的联系与区别

作为研究与传承的早先时期,南北宋对晏欧三家词的关注既有联系相似之处,也有区别相异的地方。

首先在传播渠道上,南北宋的传承同中有异。北宋的词作传播出现了歌妓传唱的形式,尤其是欧阳修词,歌妓的当时代传唱为欧阳修词的传播拓开了渠道,提高了词人和词作知名度。比如欧阳修的十二月鼓子词《渔家傲》便是典型例子,这充分揭示早期词作娱乐文学的特性。而南宋随着词作音乐属性的淡化和雅化,词体创作成为文人的案头文学之后,歌妓的传唱相较渐趋没落。与词集传承相关的是,北宋由于印刷业相较落后以及文人刻印文集的意识淡薄,晏欧三人词集的刊刻较为零散,仅有 5 种。到了南宋,不仅有了别集本,还有全集本,如周必大《欧阳文忠公集》便是例证,这是北宋时期是不可想象的。在词学创作实践领域的传承接受中,南北宋都有词人吸收借鉴模仿晏欧词的现象,不过北宋自觉学习借鉴模仿接受的规模要大,南宋局面颇为凋零。以欧词为例,北宋既有苏轼对欧阳修词句的吸纳改造,也含有对欧阳修文采风流意蕴的融合;秦观词也是深受欧词蕴藉风流的影响变得情深而多婉;李清照则直接吸收欧词字句入词,表现出对欧词的别有爱赏。至于姚端礼则以模拟 10 首《鹧鸪天》来表达对晏幾道及其词的追慕与敬仰。北宋时期,体式短小而意境深婉的小令词还有较大的接受市场,到了南宋由于词的雅化色彩日益受到重视,词艺技巧也随之精湛,格律词或醇雅派成了词坛主角。这种新局面反映到创作领域,吸取模拟晏欧词的作品更少了,仅有欧词《朝中措》《生查子》两调受到周紫芝、王之道、曾觌等人的追和模拟[1],且这些人也仅是出于一时兴致对欧词豪宕风格的步武,并没有真正将欧词的风神技巧融会贯通到他的词体创作当中。再者,在词作选本传播途径,南北宋差异甚大。北宋作为三家词的产生时期,除了杨绘的《时贤本事曲子集》无意当中选辑了 12 首欧阳修鼓子词,基本没有其他选本传播的现象。到了南宋随着词学创作的日益繁荣,与之相关的选本大量出台,其中有《梅苑》等5 部选本收录三家词 150 余首,为三家词的传播接受提供了渠道和机会,扩大了影响。这也是北宋无法比拟的。

其次,南北宋对三家词的研究与批评领域也是有异有同。南北宋批评手段和形式既有联系也有区别。晏欧三家词研究与批评形式中,南北宋都有诗

---

[1]   参刘双琴《六一词接受史研究》,第110—116 页。

话、词话批评形式。不过相较而言,南宋的批评手段不局限于这两者范围,还包括词选批评和序跋批评形式,丰富多样。南北宋批评关注点也同中见异。对于三家词的某些经典词句,南北宋都有过批点,但具体对象和关注点有异。如北宋的刘颁激赏晏殊词句"重头歌咏响璁琤,入破舞腰红乱旋",认为其"'重头''入破'皆管弦家语",是从写作特色入手批评的,而南宋的文人多从词句的源头与影响角度进行评骘。如曾季貍指出欧阳修词句"杏花红处青山缺"来源于白居易诗歌,等等。再者,南北宋对于欧阳修艳情词真伪问题上的评判态度也有区别与联系。纵观整个词史,欧阳修《望江南》(江南柳)和《醉蓬莱》(见羞容敛翠)艳情词是否是伪词一直争论不休。南北两宋不少文人也曾发表见解,提出自己的看法,关注态度同中稍异,见出当时某些词学风尚痕迹。从北宋时期文莹《湘山野录》到南宋时期陈振孙《直斋书录解题》,前前后后约有十五人就此问题发表论见,其中无论南北,都一致认可伪作说。对于伪作原因,绝大部分认为是他人恶意攻击欧阳修借名所为,唯独南渡词人曾慥及南宋文人罗泌的看法有异。曾慥在《乐府雅词序》中指出"谬为公词"的原因亦推测或为他人假名所为,但是他还提出另一种假设,即是传播当中的无意混淆,而不是小人有意攻击假托。罗泌在《近体乐府序》中肯定曾慥说法,直接说"疑以传疑可也"。无论哪一种态度和评价,总体上都否认欧阳修艳情词作者的身份。这是南北宋诸多文人的一致态度,共同揭示出传统文人遵从"为尊者讳"的习俗原则,反映到词学领域则是宋代文人"崇雅黜俗"词学理论的显现。至于原因,曾慥和罗泌没有一味地从众,而提出可能是词作传播过程产生混淆的结果。这种看法不仅具有合理性,而且侧面反映了早期词作在歌宴酒席传唱相混的生态事实,为欧阳修艳情词证伪提供了另一种解读。

总之,作为词学发展的早先时期,两宋出现了诸多研究体式与批评理论,诗话、词话、词选与专题的词集序跋纷自迭来,丰富了两宋的词学理论和词学成果,其后的各个朝代仍有继承和发扬。而这个时期的寻章摘句式的批评鉴赏也是一大批评与研究特色。但两宋期间,尽管出现那么多词话,尤其是南宋,然而真正就词论词的却甚少。晏欧三家作为令词先锋和行家,或许只具得风气之先的意义,而对于开拓宋词境界和繁荣宋词理论体系,他们的小词和词学成就显得有些局促和不力。尽管后世也有"晏欧体""小晏体"之说,他们创制的词学范式蕴含再生复制的能量太有限了,特别是在慢词大量出现的时代。是故,时代的变换没有将晏欧三家词纳入批评与模拟追和的中心,尤其是当苏轼和周邦彦登场之后,他们的背影愈发显得暗淡,在纷纭的词家评论中,只一笔带过便消失无迹。这种局面,或许正如欧阳修早年曾有意将文学领军的大纛交给苏轼时的预期一样:30 年后没人知道我欧老夫子的文章了! 相比其他容易引起后人争论的苏轼、周邦彦、辛弃疾、姜夔及吴文英等人的词,晏欧三家词的研究状况平淡得多,不仅两宋,其他时代大体也如此。这样的现实并不是说晏欧三家词与词学无甚意义,相反,他们无愧于那个时代。一代之有一代文学。北宋中后期的词学领域中,晏欧三家于小令词的大家地位是不能抹杀的,即使对于后来的慢词与豪放风气,欧阳修仍然是开拓者之一。作为词学创作的先导者,他们的词达到了那个时代的最高成就,因此,尽管在词学批评与研究领域中,晏欧三家词未能占据最高峰或得到最多的关注,他们依然不失北宋词学大家的身份,依然无损他们词学成就的荣光。

第二节　金、元晏欧三家词研究与传承的衰歇与沉寂

中国词学历经两宋的辉煌与繁荣,于金元明三代便陷入了沉静期。金元二代除了本身词学底子较为薄弱的先天不足外,本身朝代的短促也是词学无法发达的原因。加之,与宋对峙时期兴盛起来的宋金杂曲和后来的金元杂剧,削夺了一部分文人创作词体的热情,从而相应缩减了对词体的需求市场。金元时代与词学创作关系紧密的词学批评与研究也无甚凸显之处,而苏辛风盛进一步促使晏欧三家词研究与传承进入了衰歇时期。

一、苏辛风浓的金元词学生态

金元先后统治中原以后,原摄有汉文化质性的少数民族文化便与本地的中原汉文化迅速交汇融通,奠定了这两个政权的统治基础,取得了不少士民的信任,获得了生息发展的机会。以文学接受为例,可略微窥见金元时期的文学风尚。北宋中后期,元祐文学的盟主苏轼声名鹊起之时,北境的辽金也开始注意这个文中贯穿一种疏荡豪爽之气并屡受打击而不屈的文人官僚。而南宋以后,苏学北行已经成了金元学习吸收宋文化的重要表现和途径。据宋荦《漫堂诗说》云:"金初以蔡松年、吴激为首,世称'蔡吴'体。后则赵秉文、党怀英为巨擘,元好问集其成,其后诸家俱学大苏。"[1]赵翼亦云:"宋南渡后,北宋人著述,有流播在金源者,苏东坡、黄山谷最盛。南宋人诗文,则罕有传至中原者,疆域所限,固不能即时流通。"[2]如金代著名的文艺理论家王若虚(1174—1243),以知东坡自命,对苏轼的文学成就推崇至极。他曾云:"东坡之文,具万变而一以贯之者也。为四六,而无俳谐偶俪之弊;为小词而无脂

---

① 张璟:《苏词接受史研究》,光明日报出版社 2009 年版,第 96 页。
② 《瓯北诗话》卷二十"南宋人著述未入金源"条,人民文学出版社 1963 年版,第 181 页。

粉纤艳之失;楚辞则略依仿其步骤,而不以夺机枢为工;禅语则姑为谈笑之资,而不以穷葛藤为胜。此其所以独兼众作,莫可端倪。而世或谓四六不精于汪藻,小词不工于少游,禅语、楚辞不深于鲁直,岂知东坡也哉?"①丁放认为金元"近代学术文化源于北宋,受苏轼影响尤大。"②从文学接受的角度看,金元是苏词接受的高峰期③,而由北南来的辛弃疾,继承苏词精神而创立的辛派词风,在南宋因音韵格律词派的挤兑俨然也有回流北方的迹象,在金元几近获得与苏词同等的地位。金遗民元好问曾记录一士人语可证:"岁甲午,予所录《遗山新乐府》成,客有谓予者云:'子故言宋人诗大概不及唐,而乐府歌词过之,此论殊,然乐府以来,东坡为第一,以后便到辛稼轩,此论亦然。'"④而宋末辛派殿军的文天祥、刘辰翁等凤林书院词派唱出的激昂慷慨之音也直接影响到元初的南方词坛。金元文学本身夹带的北地朔刚之气与苏辛之疏宕豪放血脉相融汇,奠定了金元词学创作的底色;或清旷超脱,或豪迈雄壮,或沉抑悲慨,使词学根柢薄弱的金元呈现些许亮色。婉丽多姿的晏欧三家词在这种词学批评与研究的背景下,要想获取较大的研究成果与影响是很难的,其所处的角色也是尴尬的。尽管如此,在金元词学理论主雄浑悲抑的腔调中,词坛上依稀能见晏欧三家词传承的踪迹。

二、苏辛风下晏欧三家词之局促流播命运

(一)元好问词与晏几道等北宋词

元好问(1190—1257),字遗山,无疑是金元时期最伟大的文学家、词人和史学家。他为学为文多向苏轼追步,其380余首《遗山乐府》则在诸多方面带有苏辛词风印记。元人郝经《祭遗山先生文》云:"乐章之雄丽,情致之幽婉,足以追稼轩。"⑤元人刘敏中《江湖长短句引》则说乐府乃诗之遗音余韵:"迨宋而大盛,其最擅名者,东坡苏氏,辛稼轩次之,近世元遗山又次之。三家体裁各殊,然并传而不相悖,殆犹四时之气律不同,而其元化之所以斡旋未始不同也。"⑥

作为词学圣手、集大成者,元好问词以苏辛为主导,并不乏转益多师,其词也有周秦贺晏之色。张炎谓之曰:"风流蕴藉处,不减周、秦。"⑦据说有一

---

① 《王若虚词话》,《宋金元词话全编》下册,第1801页。
② 《金元词学研究》,中国社会科学出版社2002年版,第140页。
③ 张璟:《苏词接受史研究》第四章。
④ 《元好问词话》,《宋金元词话全编》下册,第1815页。
⑤ 《郝经词话》,《宋金元词话全编》下册,第1894页。
⑥ 《刘敏中词话》,《宋金元词话全编》下册,第1944—1945页。
⑦ 《张炎词话》,《宋金元词话全编》下册,第1752页。

客访元遗山时,曾说:"东坡、稼轩即不论,且问遗山得意时,自视秦、晁、贺、晏诸人为何如?"元好问闻而大笑,拊客背云:"那知许事,且噉蛤蜊。"客听说后亦大笑而去①。这是元好问自己记录下来的词话,可信度是相当高的。对于客人的发问,虽然没有直接回答,但从遗山的话语和举动中,依然可以感受到他自视可超越晏几道等人的词作水平。明人李宗准《遗山乐府跋》:"遗山所著,清新婉丽,其自视似羞比秦、晁、贺、晏诸人,而直欲追配于东坡、稼轩之作"②,正是这个意思。事实上,元好问的不少小令词确实写得活色生香,颇有北宋诸大家的流风余韵。譬如《遗山乐府》中有 37 首《鹧鸪天》组词,约占其词总数的十分之一,而晏几道也有 17 首,比例也较高,从艺术精神上看与晏几道小词极其相通,由是,可否说元好问对晏词有过暗中师事与模拟呢?否则没有研讨对方怎能自视甚高对方呢? 因此,从这个角度看,元好问一生以苏辛为创作膜拜对象,但对于晏几道的小令词似也有学习吸取。

(二) 赵文以儒家诗教观论晏殊、欧阳修词

赵文(1239—1315),字仪可,另字惟恭,号青山,江西庐陵(今吉安)人。赵文为文"皆自抒胸臆,绝无粉饰"③。论诗则重儒家功用及主性情之论。如《陈竹性删后赘吟序》:"诗之为教,必悠扬讽咏乃得之,非如他经可徒以训诂为也。古之学诗者,必先求其声,以考其风俗,本其情性,后世学诗者不复知所谓声矣。"④认为诗歌必须声调悠扬情含讽咏才能够达到教化民众之目的,而不是仅从字面考古训诂可以得到的。赵文主张诗歌与风俗性情相关联,诗必须考风俗人情而后作,观诗亦可以知民风人情之得失。赵文的论诗观,其实是深受传统儒家诗教的影响,一方面注重人的自然才情,另一方面又强调不要违背儒家礼仪。

赵文的诗论直接影响了他的词学观,铸成其对词的认识也带有儒家诗教的痕迹。今《青山集》诸多题序中,唯有一篇涉及曲子词,即《吴山房乐府序》。该序涉及晏殊、欧阳修等词人,现不避烦琐,移录如下:

> 观晏、欧词,知是庆历、嘉祐间人语;观周美成词,其为宣和、靖康也无疑也。声音之为世道邪? 世道之为声音邪? 有不自知其然而然者矣。悲夫! 美成号知音律者,宣和之为靖康也,美成其知之者乎?"绿芜凋

① 《元好问词话》,《宋金元词话全编》下册,第 1815 页。
② 参《景刊宋金元明本词》,上海古籍出版社 1989 年版。
③ 《四库全书·青山集提要》。文渊阁《四库全书》本。
④ 《青山集》卷一。文渊阁《四库全书》本。

尽台城路"、"渭水西风,长安乱叶",非佳语也。"凭高眺远"之余,"蟹
螯""玉液"以自陶写,而终之曰:"醉翁[倒]山翁,但愁斜照敛"。观此
词,国欲缓亡,得乎?渡江后,康伯可未离宣和间一种风气,君子以是知
宋之不能复中原也。近世辛幼安跌宕磊落,犹有中原豪杰之气,而江南
言词者宗美成,中州言词者宗遗山,词之优劣未暇论,而风气之异,遂
为南北强弱之占,可感已。《玉树后庭花》盛,陈亡;《花间》《丽情》盛,
唐亡;清真盛,宋亡。可畏哉!吾友吴孔瞻所著乐府,悲壮磊落,得意处
不减幼安、遗山,意者其世道之初平,天地间能言之士骎骎欲绝,后此十
年作乐歌,告宗庙,示万世,非老于文学,谁宜为?①

　　赵文此序的核心观点是移用儒家诗教主张观瞻评判一代宋词的发展脉
络,认为曲子词是世道声音的直接反映,通过感触词体可以窥见社会盛衰的
现实状况。为了阐述这一观点,作者从北宋中期的晏殊、欧阳修词说起,一直
到南宋后期的词坛风气,认为词体蕴含的精气神都与社会兴衰存亡息息
相关。

　　儒家经典《礼记·礼仪》指出"治世之音安以乐,其政和;乱世之音怨以
怒,其政乖;亡国之音哀以思,其民困:声音之道,与政通矣。"曲子词作为一种
音乐文学,既有声律的谐婉,亦有文字的叶韵,作为来自社会的产物,自然与
社会生活息息相关。因此赵文所谓曲子词"声音之为世道、世道之为声音"
实质与儒家的"声音之道,与政通"一脉相承,只不过更进一层:声音不仅可
以观世道,世道同样可以影响、决定声音。在这种观念指导下,赵文才开始论
道:"观晏、欧词,知是庆历嘉祐间人语。"要理解这句话,必须明白三点:晏欧
词的气格特质是什么;北宋庆历、嘉祐年间的社会情形怎样;二者是否具有对
应关系。晏欧词作最大的特点是风流华美,词气安详,或平易畅快之中有冲
逸之气,前者尤指晏殊词,雍容有度,颇有富贵气象。如他的《浣溪沙》《采桑
子》等词大多表现从容闲淡的台阁士大夫文人生活以及些许的人生思致和
感喟。这种词作特色是与晏殊生活的北宋前期,文人士大夫正享受着历经山
河整顿、经济正处恢复而上升的承平社会现实休戚相关。正如他《望仙门》
自言"太平无事荷君恩",社会的安定平淡,仕宦的稳健无虞,北宋台阁高待
遇的宰辅生活和皇家倡导的娱乐休闲方式,以及他自身具备的文化教养,足
以使他"能以从容淡雅的词笔,自写其富贵之态,写得雍容而典雅,神清而气
远,风流而蕴藉"②。而稍后的欧阳修词则与之同中有异,有所区隔。欧词中

---

① 《赵文词话》,《宋金元词话全编》下册,第1914页。
② 刘扬忠编著:《晏殊词新释辑评·前言》,第4页。

也有写男女恋情、相思离别的词作，这是晚唐五代以来小词题材的通病，也是当时社会生活和词体文学功能的实际反映。文人雅会，佐酒佑觞，歌女唱词，宴席题咏，基本都是这一类所谓"普泛化"的词作。当然欧词还是别有意致的，写的男女人物更富有生活气息和情调，比如《南歌子》(凤髻金泥带)即是。而对大自然景物的精心结撰与描绘，也是欧词的一大特色，这主要体现于对颍州西湖无限风光的赞美与怀念，譬如《采桑子》。这种词刻画了欧阳修对大自然的深情拥抱和热爱，也相应地陶冶作者情操、调节了他的心胸气度。现代人所谓"面朝大海，春暖花开"，只有一个热爱大自然的人，热爱生活、享受生活的人才会有这种幡然醒悟，才会有这种人生真谛的体味与感叹。认真体会欧阳修对大自然的精心描绘，或许才会懂得晚年的他退居颍州西湖畔的真实缘由。当然欧词对宋词最大的贡献是加强了词的士大夫抒情特质，注重主观情感的发抒与表露。这也是他对苏词影响最大的地方。主要生活于北宋中期的欧阳修，没有如晏殊那样幸运——无论京内京外基本可以过着闲适自在的生活，毕竟彼时的日子确实没有多大的波澜，社会正处欣欣向荣一派和气的面貌(当然各种问题和弊端也在滋生暗长，为后来的时代埋下了隐患)，但是到了欧阳修进入权力中枢之时，北宋前期这种雍容闲度的宦海生活已经成了历史——党争急剧增加而且明显地带有朋党意气。这种党争超越了国家利益之争而演变为帮派团体的政治斗争，从北宋庆历年间前后一直持续到南宋末年。欧阳修恰恰生活于其间，他的人生进退、宦海沉浮基本都带有党争的影子，从欧阳修后期的不少词章中能感受到他的这种人生况味和命运悲叹。"世路风波险，十年一别须臾。"(《圣无忧》)只有一个饱经挫折岁月、体味人生悲凉、屡睹友朋离散之人才会发出这种深深的感喟。这种人生悲叹和后来辛弃疾的"江头未是风波恶，别有人间行路难"(《鹧鸪天》)同等深重；"聚散苦匆匆。此恨无穷。今年花胜去年红。可惜明年花更好，知与谁同。"(《浪淘沙》)在残酷的现实斗争中，曾经志同道合的朋友一个个贬谪遣散或老去，茕茕孑立形影相吊的词人不得已发出知交零落的苦叹。此外，他的6首组词《定风波》等等无一不寄寓感怆世路、哀叹生命的心绪情感。

　　按照儒家的说法：诗可以兴、可以观、可以群、可以怨。晏殊、欧阳修词作为诗歌之一余，自然也具有"兴观群怨"的实用功能。从文学创作的角度分析，一切文学作品都是作家主观情感与社会生活的反应。"在心为志，发言为诗"。儒家的诗教观是基于这个道理而建立的，是具有一定的合理性的。晏欧这种词作特色酝酿于个性，发源于生活，当然可以像一扇窗口，以之观测民风民情和社会现实。晏殊、欧阳修生活的庆历嘉祐前后的北宋社会文化生态、政治生态,正如前面所述:经济上较为富庶,文化上走向繁荣,社会秩序较为稳定,政治党争激化,官僚处贬常态化。因此,赵文从这个角度说,"观晏、欧词,知是庆历嘉祐间人语"是颇有道理的。其实何止晏欧词?正如赵文所说周美成、康伯可、辛弃疾之词又何尝不与当时社会环境紧密相连?

赵文的这种儒家诗教观及声音与世道之对应关系的看法在元初并不是孤立的腔调,而是当时诗学观念的普遍反映。如元李好文有言:"声音与政通,文章与时高下。原其始,则理与气合,道与时合。"①赵孟頫(1254—1322)则说得更直接:"夫词章之于世,不为无所益,今之诗,尤古之诗也,苟为无补,则圣人何取焉?繇是可以观民风,可以观世道,可以知人,可以多识草木鸟兽之名,其博如此。"②对诗词的实用功能看得尤为通达,不仅可以知人观世道,还可以识草木。

在上述诗学背景下,赵文以儒家诗教的理论审美、观瞻晏欧等宋代词作及其与社会现实之关系,便是水到渠成之事,是诗学批评在词学领域中的一次反映,也是宋元以来"诗词一理"观念的一次表现。

(三)《文献通考》与晏欧三家词考

宋末元初的马端临(1254—1323)所撰《文献通考》共涉及《花间集》等110部词集的考释,基本上都是短小介绍,拾人牙慧,偶一作考校,其中有关晏欧三家词的考释工作主要有四个方面。

1. "《阳春录》一卷:陈氏曰:南唐冯延巳撰。高邮崔公度伯易题其后,称其家藏最为详确,而《尊前》、《花间》诸集往往谬其姓氏。近传欧阳永叔词亦多有之,皆失其真也。"③欧阳修词集中与冯延巳词相混者甚多,据唐圭璋先生考证《阳春集》和欧词,有《玉楼春》(雪云乍变春云簇)误作冯词、《阮郎归》(东风吹水日衔山)误作欧词等17首(含和第三人相混者)互混者④。马端临认为欧集中多有词是"皆失其真"显然是较为精准之语。

2. "《珠玉集》一卷:陈氏曰:晏元献公殊撰。其子幾道曾言:'先公为词未曾做妇人语。'以今考之,信然。"⑤晏幾道基本上是出于对乃父的维护,马端临似没有完全考校晏殊词,实际上《珠玉词》中并非没有涉及女子的词作,其间关于歌妓和妙龄少女的形象刻画还是有的,如《破阵子》(燕子欲归时节)等。晏幾道回护中的"妇人语"大概专指柳永般鄙俗侧艳之语,而不是指

① [元]李好文:《程钜夫〈雪楼集〉序》,《宋金元词话全编》下册,第1960页。
② 《松雪斋文集》卷六,《宋金元词话全编》下册,第1986—1987页。
③ 《文献通考》卷二四六,《宋金元词话全编》下册,第1992页。
④ 《宋词互见考》,《宋词四考》,凤凰出版社2009年版。
⑤ 《宋金元词话全编》下册,第1992页。

描写女性之语,否则,马端临的认可又有偏差。

3. "《六一词》一卷:陈氏曰:欧阳文忠公修撰。其间多有与《花间》、《阳春》相混者,亦有鄙亵之语一二厕其中,当是仇人无名子所为也。"①纯粹拾人牙慧,照旧而录。

4. "《小山集》一卷:陈氏曰:晏幾道叔原撰。其词在诸名胜中独可追逼《花间》,高处或过之。其人虽纵驰不羁,而不苟求进,尚气磊落,未可贬也。山谷黄氏《小山集序》曰……(黄庭坚小山词序语,今略)。"尽录他人语,无所创见。

总之,马端临的晏欧三家词考,几无学术研究新价值,但对于了解晏欧三家词的传承面貌,扩大晏欧三家词的传承途径具有一定的促进作用。

(四)陆友论晏幾道词

金元之际,涉及晏欧三家词批评与研究的材料甚少,除了上述零星的篇章得见外,陆友《研北杂志》还保持一条不多见的史料:"晏十五叔原志文,晁四以道作,今不见其集中。世称叔原长短句有六朝风致,是未见诗文高胜处也。"②陆友认为晏幾道词的风致其实远不如他的诗文高妙处,言下之意如果还原再现晏幾道的文学历史原貌,相比小词,其诗文更富有六朝文学的含思集韵。所谓六朝文学风致,依笔者的理解,是指六朝文学最主要的审美特质,即向外发现了大自然之美,向内开掘了人的心性之美,因此六朝文学是主情的文学、人的文学,是中国文学的第一次自觉。从"梗概而多气,志深而笔长"到二谢之模山范水,陶渊明之自我情志的抒发,江淹之恨别赋,甚或于南朝之小品文,人的情感和自然风物之美第一次以二元对立协和的方式展现在中国文学之中。写景则语言上多表现为清词丽句,抒情也是自然真挚,风格上基本趋向含蓄柔美,直到南朝宫体诗的盛行,才一变而为浓艳铺张、词藻华美而风格浅薄的面目。晏幾道词的最具生命力和美感特质的就是在清词丽句中蕴含的那种人性美——真纯淳情,以致能具夺人心魄、动摇人心之艺术张力。王灼所谓"词情婉丽"③,绝非虚语,而清陈廷焯评曰:"风流绮丽,独冠一时。"④这种艺术魅力和六朝文学的美学主旨极其类似,因此世人所谓小晏"长短句有六朝风致"殆如斯意义。至于晏幾道之诗文,因未能流传下来,其风貌也只能从陆友之语中想象感受一番了。

---

① 《宋金元词话全编》下册,第 1993 页。
② 《研北杂志》卷上,《宋金元词话全编》下册,第 2130 页。
③ 《碧鸡漫志》卷二,《词话丛编》本,第 83 页。
④ 《词坛丛话》,《词话丛编》本,第 3722 页。

三、金元两代三家词研究与传承的特点

相比南北两宋,金元两代晏欧三家词研究的态势呈现衰歇与沉寂局面,这是两代研究趋向的最大特征。这个"衰歇与沉寂"局势,一方面表现在有关传承途径和手段的匮乏,另一方面也表现在研究人员的数量少和研究领域的狭窄。

从第一个方面说,相较两宋,金元既缺乏新刊印文词集文本的传播,也缺乏在创作领域对三家词的追和拟仿,还缺乏词作选本的传播。元好问虽有接受晏幾道词的可能,但毕竟仅是创作风格和某些词作意趣与小晏词相似而已,与那些真正模拟追和的学习借鉴之作还是有差别。如果要说创作接受上有与前宋相同的一点,那就是元代的欧阳玄模仿欧阳修《渔家傲》作词 12 首。这或许是词作实践承袭欧词中唯一称得上的亮点。欧阳玄(1273—1358)撰有《圭斋文集》,收《渔家傲》词 12 首。词前有序说道:"余读欧公李太尉席上作十二月《渔家傲·鼓子词》,王荆公呕称赏之。心服其盛丽,生平思仿佛一言不可得。近年窃官于朝,久客辇下,每欲仿此,作十二阕,以道京师两城人物之富,四时节令之华,他日归农,或可资闲暇也。"[①]12 首模仿之作,主要表现在词调、词题和词作内容学习吸取欧阳修之作,也别有意趣。由此,三家词之所以能够越金元而流传至明代,基本上是依赖两宋时期文(词)集版本和词选传承的结果。金元二代几乎毫无贡献,仅是依靠两宋词学成果才使词作流传于后。这对于晏欧三家词的传承和影响而言无疑是一大灾难,因而只能走向衰落的命运。至于个中原因,正如前文所言,是因为从南宋至金元二代,整个词坛的主导角色与三家词无关。换言之,晏欧小令词的流传市场芳华不再,而金元时期苏辛词当道,三家词更是被边缘化。

第二方面,整个金元二代,有影响的词家,也就三五诸人,能在词坛上占有一席之地的主要是"吴蔡"和元好问,而对于词学理论有过贡献且富有识见的批评家更是寥落晨星。金元词学不仅从事研究的队伍规模小,论题也多半集中在苏辛词风之上。这毕竟是金元文风与苏辛词风找到了契合处的表现,即使元一统江南,南宋给元初带来的词风也主要是格律风雅一派的流风余韵。晏欧词风不适合当时人的审美趣味。这种状况决定了关注晏欧词的文人甚少,关注词作和具体批评内容的范围自然也非常狭窄。这是词学发展的事实。尽管如此,作为千年词史的一段,金元晏欧三家词的研究与传承仍是无法割裂的一环。

---

① 唐圭璋编:《全金元词》下册,中华书局 1979 年版,第 868 页

第三节　明代晏欧三家词研究与传承的复苏

宋承唐制,明承宋制。文化领域中的曲子词却无法对接唐宋,这是明代词学的一大缺憾。或许国家政策影响,或许文人创作的不自觉倾向,或许最根本的乃文体代变,兴废有常。不过就晏欧三家词研究与传承而言,各种词选的大量涌现算是弥补明代理论批评的不足。

一、明代词学生态

明代词学一般认为创作水平与研究质量均不尽人意,有分量的词学大家和建设性强的词学理论都较为少见,清吴衡照曾感叹,“盖明词无专门名家,一二人才如杨用修、王元美、汤义仍辈,皆以传奇手为之,宜乎词之不振也”①,同时也缺少像样的词学群体队伍。究其因,明代“科举以制艺取士,挤压词学创作空间”②,部分文人忙于科举制艺,苦读四书五经,没有工夫和心情光顾词这种消遣娱乐的小东西。再者,词学高潮已过,新兴文学蓬勃发展,尤其是南北戏曲和《三言二拍》之类小说俗文学的繁荣分割了部分作家的创作热情——大家都是凡客,越俗的东西凡人越喜欢,也越有生产消费市场,那种按谱填词之事明人疏于经营。因此正如丁放先生所言明词衰敝的主要原因“还是与明人的词体观念有关”③。然而客观而言,明朝文学还是颇有起色的。作为一个后起的朝代,明代的文学总体成就不亚于前代的,只是对于词,无论创作还是理论批评,明人较为随意和漫不经心,但也“不能说明代的词学理论批评只是一片荒芜的园地”④,至少明词“在衰敝之中也孕育着生机,为清代词学的复兴做了铺垫。许多命题均由明人提出,他们解决得不够完善,却提供了可供参照的思路和经验”⑤。如关于词的体性、正变、创作问题,明人都做过较为系统的探讨和认识。是故,“如果与盛极一时的清代词学相比,明代词学自不足道;然而以宋元词学作为背景或起点,明代词学确有较大的发展与贡献”⑥。这个发展与贡献除了前述的有关词的体性、派别的理论创建,还体现于词籍丛刻和词选,尤其是后者,数量之多,非前可比。这种蕴含了不同词学观点的词选(谱)和丛刻是明代累积的一笔词学财富,因此明

---

① 《莲子句词话》卷三,《词话丛编》本,第2461页。
② 凌天松:《明编词总集丛刻述评》,上海古籍出版社2014年版,第27页。
③ 丁放、甘松、曹秀兰:《宋元明词选研究》,商务印书馆2012年版,第242页。
④ 方智范等:《中国古典词学理论史》,华东师范大学出版社2005年版,第138页。
⑤ 江合友:《明清词谱史》,上海古籍出版社2008年版,第1—2页。
⑥ 张仲谋:《明词史》,人民文学出版社2002年版,第329页。

代的词学选本研究与批评是明代词学的一大可观处,在明代词学总体成就不高的大环境中好比"一榻胡涂的泥塘里的光彩和锋芒"①。考察明代晏欧三家词的研究与传承状况也主要以词选(谱)为主兼及其他。必须说明的是,一些与词选相关的词学观点,尽量放在词选时论述。

二、明代词话与晏欧三家词评

明代有价值的词话并不多。唐圭璋先生的《词话丛编》收明人专集性词话4部,施蛰存的《词集序跋萃编》收有一些明人所作序跋,由于分散至宋金元明四代,不便统计。目前收录明代词话最全的资料莫过于邓子勉的《明词话全编》。该书涉及明人"七百五十余家之词话",搜罗范围几乎包含所有与词学有关的文献,数量不为少②。明代词话虽较多,但真正具有理论价值或创新意义的词话不多,在词话内容及表现形式上,"有很大一部分是宋金元词话的翻版,许多条目直接钞录前代词话"③。尽管如此,明代的词话还是有讨论主题和自我特色,如关于词学倾向的"主情论",词的本质、起源、价值与功能、风格、流派等问题的考察,以及对于诗词曲三者文体特性的区隔等④。明代词话有关晏欧三家词的评论也夹杂其中。

(一) 篇章用语的接受与激赏

不少词话对晏欧三家词用语进行评骘,或赏析,或指出渊源出处和影响。如王世贞(1526—1590)《艺苑卮言》云:"永叔极不能作丽语,乃亦有之。曰'隔花暗鸟唤行人',又'海棠经雨胭脂透'。"⑤《艺苑卮言》的论词主旨是重视词作用语的婉转绵丽,"一语之艳,令人魂飞,一字之工,令人色飞,乃为贵耳",认为遣词造语艳丽工致与否,直接影响到词作艺术魅力的高低。本段中,王世贞论及的"隔花暗鸟唤行人"出自欧词《浣溪沙》(湖上朱桥响画轮)一阕,《全宋词》作"隔花啼鸟唤行人";而"海棠经雨胭脂透"一语,今《全宋词》作无名氏《锦缠道》及王雱《倦寻芳慢》语,非欧词之语。王世贞都断为欧词或所据有误。王氏认为欧阳修"不能作丽语",这种看法本身值得怀疑。欧阳修《浣溪沙》本词,主要写春景之美和游春之乐。在写法上,上阕重视觉的铺彩设色,朱桥、画轮、春云、碧瓦,这些词句的应用,既有颜色的冲击,更有景的享受;词的下阕则偏重抒发情景交融的人物感受,"游丝""啼鸟"句采用

---

① 鲁迅:《小品文的危机》。
② 邓子勉编:《明词话全编》,凤凰出版社2012年版。
③ 《词话史》,第191页。
④ 同上书,第197—198页。
⑤ 《词话丛编》本,第390页。

拟人的手法,凸显了景语与情语的转换,把非人的事物写得有情有感,活色生香,令人咀嚼流连,影响至深。因此全词景物之描摹与个人之感受融为一体,可谓一切景语皆情语,是本词的最大成功和艺术魅力之处。欧阳修类似的词作还是不少的,譬如同调的"叶底青青杏子垂"等阕,均可谓善用景语情词来构思画境与意境。王世贞之所以断言欧阳修"不能作丽语",是因为他主张的"丽语"非清丽脱俗之语,相反言指艳丽之语,具有夺人眼球的词汇,达到他说的"一语之艳,令人魂飞,一字之工,令人色飞"的最好境界。对照欧阳修词,他认为缺乏令人眼前一亮的艳丽之语,从而缺乏引人入胜的艺术魅力。

杨慎的《词品》对晏欧三家词的篇章用语做过评判。如卷一:"欧阳公词'草薰风暖摇征辔',乃用江淹《别赋》'闺中风暖,陌上草薰'之语也。苏公词'照野泝泝浅浪,横空暖暖微霄',乃用陶渊明'山涤余霭,宇暖微霄'之语也。填词虽于文为末,而非自选诗乐府来,亦不能入妙。李易安词'清露晨流,新桐初引',乃全用《世说》语。女流有此,在男子亦秦周之流也。"①杨慎认为词体的地位于各文体中当属最末,并且强调词中诗语要来自古乐府诗,否则艺术魅力要大打折扣。欧阳修名作《踏莎行》一阕历来受人爱赏,词中"草薰风暖摇征辔"一语,杨慎指出化自江淹《恨赋》是可能的。如果穷根究底,杨慎在《艺林伐山》卷五中进一步指出,江淹用语实质又源出佛经语"奇草芳花能逆风闻薰",欧阳修不过直接取自江淹句而已②。

对于欧阳修该词用语,杨慎又认为"平芜尽处"两句与石曼卿诗句:"水尽天不尽,人在天尽头"存在互为所取之用:"欧与石同时,且为文字友,其偶同乎,抑相取乎。"③

另外,杨慎对欧阳修《渔家傲》咏莲花词两阕甚为激赏,认为首句"叶重如将青玉亚"阕尤为工致,而首句"楚国纤腰元自瘦"阕则"情思两极,古今莲词第一也。"④欧词中咏莲之作不下 10 数首,基本上都以清新明快的语言风格获胜,而作者的疏隽之气也满溢其中。杨慎称可的前首,作者从色、香、形及情 4 个角度,重笔抒写了莲花的清新、洒脱与多情的美感特质,赞美莲花胜过花中之王的牡丹。杨慎论词颇重情致,此首所谓"情思两极",颇有见地。

杨慎作为状元词曲作家,对词体写作与审美的体味表现尤为细致。论词讲究出处渊源与接受影响,审美注重情致,因此他对欧词的批判也关注这方面,正体现他的词学批评态度与重心。

---

①　《词话丛编》本,第 438 页。
②　转引《欧阳修词新释辑评》,第 28 页。
③　《词话丛编》本,第 440 页。
④　《词品》卷二,《词话丛编》本,第 465—466 页。

相比杨慎,陈霆也关注欧阳修《踏莎行》词句,但着眼的是其对明代词作的影响。如《渚山堂词话》卷一指出“平芜尽处是春山,行人更在春山外”两句曾被时人陈铎袭用作《蝶恋花》末句“千里青山劳望眼,行人更比青山远”。陈霆认为陈词“虽面目稍更,而意句仍昔。然则偷句之钝,何可避也”。陈铎之沿用,未能出新,抄袭痕迹明显。是故,陈霆举出自己的化用之句“欲将归信问行人,青山尽处行人少”,并自认为虽然同出于欧词,“而用意则别。此与大声之钝,自谓不侔”①。陈霆之作不同欧词及陈铎之处,在于同写是相思离愁,但陈霆写得更为曲折,着眼处也不一样,反映出来的情致自然深浅有异。前二者写得幽思绵长,而后者显得沉着痛彻。或许正是因此,陈霆自认为与陈铎生搬硬套不同。

（二）词作特征及词史地位的论述

明代不少词集序跋涉及对晏欧三家词的整体感受、写作特色、流传影响,以及词史贡献与地位的探讨。这一类相较一般的赏析而言,理论性较强些,而批评视角和论述特色也别于宋元。如夏树芳《刻宋名家词序》:

> 兹刻《宋名家词》,凡十人。捃摭俊异,各具本色。余得而上下之。辘轳酣畅,若同叔之玄超,小山之流媚,柳屯田之翻空广调,六一居士之清远多风,几最按拍。加以坡翁之卓绝,山谷之萧疏,淮海之搴芳,东堂之振藻,亟为引商。至于幼安之风襟豪上,睥睨无前,放翁之不伦不理,乾坤莽荡,又勃勃焉欲搴裳濡足以游之。数公者,人各具一词,词各呈一伎俩,好事者或于皓月当空,淡烟初放,春花欲醉,秋叶可餐,命童子执红牙板,对良朋浮白,随抚一阕歌之,慨焉慷焉,划然长啸而低徊焉。若欬唾九天,不自知明河之落衣袖也。或谓柳枝团扇,桃叶钗头,有戾乖正则之骚经,似设泥犁之种子,其然乎,其不然乎?则濮上桑间,胡以不删,而殷勤诏世哉?且也,元献、文忠、稼轩、泽民诸君子,立朝建议,大义炳如,公余眺赏之暇,讽咏悲歌,时为小令,时作长吟,孰知其所以合,孰知其所以离,固风雅之别流,而词坛之逸致也。②

夏氏指出:

第一,晏欧等10人词作各具特色,风格不一。其中晏殊词“玄超”、欧阳

① 《词话丛编》本,第353页。

② ［明］毛晋编:《宋名家词》,毛氏汲古阁刻本,《四库全书存目丛书》集部422册,第711—713页。

修词"清远多风"、晏幾道词"流媚",其余诸人也各有千秋,各有所擅。晏欧三人词,用诸如此类词概括词作风格特色,此前闻所未闻,除却小山词"流媚"尚可与通行艳词特色挂钩外,晏殊、欧阳修之评论确实为新颖独见。然而因为都是个人感悟式、印象式的评语没有展开并举例,所以难以遽断其是否评述客观、合理得当。依笔者的理解,所谓"玄超"者,大概指晏殊词有一种玄思遐想而超乎词作之外的意味,也即理解晏殊词不能仅盯着表面的文字,而应该深入文字背后,细细揣摩、体会其间的真正意蕴和美感所在。这种隐藏于字面之下的意蕴是什么呢?大概就是写宴酒酣歌中对人生命运的玄想,对生命意义的哲理性追思。这种异乎寻常的审美体验和写作特色是否就是夏氏所谓"玄超"呢?笔者以为恐怕正是如此。

至于欧阳修词"清远多风",也是对词作意蕴与审美内涵的认识。"清远"或许意指欧词清旷疏远的审美风格,而"多风"则是进一步确认修饰"清远"的艺术感觉,认为阅读欧词仿佛有种清风拂面、沁人心田的艺术风范。对前者的理解恐无什么大碍,与通常所说的"清隽疏朗"之气应该是相通的,而"多风"者,依笔者的体验则指欧词中清隽疏朗的审美风范或风致。这种欧词独有的艺术风范与欧阳修文章一贯有之的"六一风神"一脉相通。因此,夏氏所指"清远多风",即是特指欧词那种清旷超远的艺术旨趣和风格,是与欧阳修散文之"六一风神"精神内核密切相关的欧词风范的审美观照。比如《渔家傲》(四纪才名天下重)等篇章就是这种寓含清刚之气、清远多风的词作代表。

而对于小晏词的"媚俗"之论,只能说夏氏看到的是晏幾道词艳的一面,却没有看到晏幾道词艳而不俗的一面。因为所谓"媚俗"者,当然不是指通俗,而是指极力向粗俗、鄙俗和艳俗靠拢的词作倾向。小山词中当然不乏侧艳情词,如《蝶恋花》(笑颜秋莲生绿浦)写女子的闺怨,名篇《鹧鸪天》(彩袖殷勤捧玉钟)等篇什,均有对女性的外形情态的描写,然而这些所谓的艳情词读来却一点也不感觉鄙俗、艳俗而浅露的味道,反而有种曲折深婉、真挚动人的艺术魅力。王国维评晏欧词云"虽写艳词,终有品格",可借为小山词注脚。

第二,晏殊、欧阳修等人立朝处事,大义凛然,刚节有声,政事之余所写歌词小令长调,没必要认真纠缠是否合儒家雅词标准,权当成其兴会所至的闲情逸调,雅词别格。夏氏认为《诗经》都能保留有悖风雅的男女风情之作,以是宋词中的某些无关诗骚的艳词大可不必以儒家诗教来衡量评定。而晏殊、欧阳修等朝中重臣,能在政事之余歌咏一些小词慢调,这些词作是他们偶尔为之,可能与儒家雅词无涉,甚至含有艳情的成分。夏氏似乎暗中认为,对待这一类的词作,无需担惊受怕,也无需苛骂指责,权且当成别于雅词中的另格,徒能给宋词增添一些闲情逸致而已。前述在词品与人品之关系评论中,晏殊、欧阳修之所以曾遭人非议,原因即是被人纠结于此等艳情词而大做文章。夏氏之论似可较为通达,认为像晏欧诸等高官大儒,只是偶尔手痒填词做文字游戏罢了,所以不必以是否合乎雅词标准论及。扩而大之,夏氏这种豁达之见是明代中后期俗文学日益发展而雅文学渐趋退缩形势下的产物。

署名钟石费案实为薛应旂之《玉堂余兴引》一文肯定欧阳修等人的慢词创调之功。其云:"唐自李白而下,率多填词,慢调追宋益靡,厥能引括风雅,以不失乎古之遗音,则自永叔、子瞻、希文、元晦之外,不多见也。"①

从词调发展史看,薛氏认为慢词长调"追宋益靡",这是词史发展的事实。但不失风雅遗音者中,薛氏认为唯欧阳修、苏轼等寥寥数人。作为宋后之人,薛氏对于宋词的进展还是能站在历史的高度观瞻,所评较为客观真实。慢词的发展至宋荦荦大端,而北宋欧阳修、范仲淹、苏轼等均有添砖加瓦之功,尽管从创调的角度言,三者均不如柳永,也不如周邦彦,但是既创慢词又不脱雅词气格,则北宋张先、范仲淹、欧阳修诸辈为先锋。南宋理学大家朱熹亦有《满江红》《水调歌头》之慢词,可见理学家小词之风范。

另有序跋认可欧阳修等人的词坛大家地位。如陶汝鼐:"诗余肇于唐,推太白两词为祖。然当时绝句,佳者辄入梨园,一语入情,动人魂魄,不特清平调奏之天上矣。至于宋,文章之士竞为之,则创为格调殊体分曹,一代争鸣,互矜绝唱。大家如范希文、欧阳永叔、王介甫,并有传篇。"②陶氏指出唐之诗余乐府与宋略有不同。前者率多绝句,辅之乐音,唱遍梨园后宫;宋时大部分变成文人雅士的好尚,甚至自创长调慢词而一变为案头文字游戏,雅俗分镳并辔,互竞天下,蔚为大观。群英竞豪之中,陶汝鼐认为范仲淹、欧阳修和王安石乃其间词坛大家。范仲淹今存词5首,而王安石存词也不过30首,他们之所以屡屡被人引为词坛瞩目,除了自身特殊的政治身份之外,重要的有奇绝之篇为世人称赏。范仲淹之《渔家傲》(塞下秋来风景异)历来当成豪放派之先声,而王安石之《桂枝香》(登临送目)一阕亦得到向来认为是新党政敌苏轼的称赞。从词风格而言,二词均有沉郁雄豪之气,二宋以来,少有其匹。必须留意的是,陶氏认可欧阳修等三人为北宋词坛大家,是从创制豪放风格而言的,于斯可见,自明初至明末,推崇豪放词风一直曲行于明代俗文学竞相发展的潮流之中,而对欧阳修等人的词坛贡献和地位有着较为一致的

---

① 赵尊岳编纂:《明词汇刊》。另见薛应旂:《方山文录》,《丛书集成续编》116册卷之九。

② [明]陶汝鼐:《陈长公选刻名家诗余·序》,《荣木堂合集三十五卷》,清康熙刻世探堂汇印本。

认识。

前述的王世贞从词体正变角度提出晏殊、晏幾道词为正宗的说法："李氏、晏氏父子、耆卿、子野、美成、少游、易安，至矣，词之正宗也。温、韦艳而促，黄九精而险，长公丽而壮，幼安辨而奇，又其次也，词之变体也。"①显然，王世贞主张词之婉约为正宗，尽管这个正宗之说涉及的词人风格并非完全一致，内部细微区分更是差别尤甚，对于所谓的"变体"也与同时期的何良俊、张綖所论的内涵有异，正如有论者说王世贞"从强调词体主情的特性出发，认为婉约词还须'浅至儇俏''柔靡而近俗'"，认为婉约词除了婉转柔丽还向浅易轻艳方向发展②。王氏没有论及永叔词，或目为变调。

明末清初的邱纬屏根据欧阳修"诗穷后工"的理论，提出"词达而后工"的词学观，并论及晏欧诸人，令人耳目一新。这个观点出于为同时期的曾灿词作序：

> 诗余为诗之别派，与乐府歌曲为原流者也。诗之义，不专主于怨而非怨者不能工，其说盖莫详于六一居士之论梅圣俞也。至诗余，则作者大率多出于春花秋月，闺房怨恨之辞，诸如东野之寒、阆仙之瘦、梅翁之清绝，使屈而为之，或反有骨形牙聱之病，故予常欲反居士之言，谓必达者而后工也。如余所心喜晏同叔、寇平叔、欧阳永叔之词是也。然秦淮海、辛稼轩或以处身流俗，忧时愤切而皆领袖词场，世终以为词之最工者，盖亦自怨生。
>
> 余友曾青黎，则非有二人之遇者，其所为诗余，工妍绰约，亦多近晏寇欧阳诸家，至其悲怨之音，盖往往有焉。余乃谓诗词皆有自然之款曲，得之于心者，应之于手口，虽作者，不得而自知。苟以其穷达，而实其工拙之所在，无有是处也。且夫天下有可怨者，不必在饥寒困阨之所遭，方晏寇诸公所作怨恨等词，必有以写其中之难言而道宣其湮郁，其于花月之形容、闺房之情致，毋亦在有意无意之间而已，岂必尽达者之言耶。③

邱纬屏，近人赵尊岳谓之"短调卓越清绵，渐窥北宋门径，长调亦间有矫健处"，某些小词与晏幾道词极其相似④。

邱文将词的源流上溯到古乐府是明代论词认祖归宗的一种流行看法。

① 《艺苑卮言》，《词话丛编》本，第385页。
② 岳珍：《明代词学批评史》，社会科学文献出版社2014年版，第168页。
③ ［明］曾灿青黎：《六松堂集》，见《豫章丛书》集部第10册，余让尧点校，江西教育出版社2007年版，第111页。
④ 《明词汇刊·六松堂词·提要》，《词集序跋萃编》本，第517页。

这种认识的偏差本文姑且不论①。诗穷后工,是欧阳修论梅尧臣诗时提出的著名论点,意味诗人必处人生困顿偃塞之时方可写出感人心魂而致工致胜的诗歌。而词章,大多数所写的是花前月下和闺妇离愁之类的内容,与诗歌所谓关乎社会穷愁、关乎人生进退的诗旨有所不同。因此,邱氏认为,唐诗学领域中有苦寒瘦硬之风的孟郊、贾岛,以及宋诗学中以"清绝"之态著称的梅尧臣,若将诗学风格发挥到词学创作中,则恐有"骨形牙聱"之病,与善写恋情与离人怨怼的词作极不协调,正如此,才反居士之言,提出词"必达者而后工"的命题。

为什么词学创作有着与诗学不同的道路呢? 或许与二者承担的社会功能和主题情调不同密切相关。只有当苏轼以后——所谓的以诗为词、词的诗化得到加强,诗词基本除了形式的差异,在表情达意的主题上几无二致。而在宋代前中期,词与诗的差别是明显的。诗歌自从中唐以后徒诗的增强,它的可歌性和音乐性基本转移到词章了。这个时期的词学创作对象集中于民间歌者或一般文人雅士,它的主要任务是"以清绝之词,用助娇娆之态"(赵崇祚《花间集序》),即是用来演唱倾听的。而宋前期词体的功能依然没有改变这种"娱宾遣兴"和"聊佐清欢"的娱乐消费习惯,犹如当今流行的 KTV 唱歌,权为博听者或唱者一笑。当然不可否认,宋初的 50 年,文人的写作意识里已经潜藏诗词一体的想法②,此后的晏殊、欧阳修等人在词的创作上也增添了文人抒情言志的成分,然而总体上还是没有改变词体的传统功用和地位。对于真正关于国计民生或有关风教之类的命题,诗歌与文章才是他们的首选。所谓"诗余乃长短句谑浪游戏耳"就是他们自己的一般看法。这时词作的生态场主要集中于酒宴歌舞中,能够出入于此的人群当然也绝非一般的平民百姓,诸如晏欧之类的文学之士,又是朝廷股肱之臣,才有可能是这些场合的常客。他们既是词体的主要创作者,同时也是主要的消费者、传播者。社会生活是文学创作的源泉。产生于兹的词体,其关注的主要命题当然是歌儿舞女的悲欢离合及其士大夫自身的某些生活感悟,表现出来的特色自然也是以婉约缠绵、细腻深闳的情词见长。当大部分人还在"饥者歌其食,劳者歌其事"时,这些仕途非一般的达官文人已经开始懂得用词体来抒写、寄托他们的种种精神需求和人生感受,而且创作出诸多脍炙人口的名篇和佳句。所以,从此角度言,"词达而后工"与"诗穷而后工"一样,在诗词发展的进程中都包含一定的认识道理,然而也不是固定的、僵化的规律或欣赏准则。正如作者自言甚喜欢的晏殊、欧阳修、寇准之人的词,可谓"达者而后工"之作。

---

① 参岳珍:《明代词学批评史》,第 149—150 页。
② 参徐安琪:《唐五代北宋词学思想史论》第二章相关论述。

像秦观、辛弃疾他们的词体创作基本可以认为是"词穷而后工",因为这个时期的词人词作几乎与"诗穷后工"一致,作者个人的处世遭遇和词体发抒的忧时愤切之情紧密联系,相辅相成,且他们的最终成名也来自于词体,所以在他们心中,词体和诗体一样,尤其是辛弃疾,长短句成了他宣泄愤懑不平和个体穷愁遭遇的载体和通道,也成就了一代词作领袖的辉煌。是故,"世终以为词之最工者,盖亦自怨生"也。

此文中,邱氏还指出晏殊、欧阳修等人词作对曾灿之词的影响,后者亦以工妍绰约、曲折柔婉的本色词为擅。为此,作者认为,曾灿的人生进退和遭遇与晏殊、欧阳修等人不同,所作词章却与他们近似,其间也有个人穷愁怨怼之音,这是为什么呢? 曾灿的这种身世和词学现象引起了邱纬屏对此前提出的"词达而后工"的进一步思考。他认为,诗词都是作者自我心胸情感的自然发抒和写意,所谓"穷""达"之论,实质是词体表达是否且到好处、词作艺术水平高低而已。其言下之意指出词体是否穷达与词作者之人生处境没有必然的联系,好言愁怨之作也不一定产生于人生困厄之时,就像晏殊、欧阳修等人,也时常借助词章来宣泄他们内心的抑郁与幽恨之情,并非全是豁达欢心之语。

邱氏于此文中提出所谓诗词穷达,关键体现于诗(词)人的表达需要和文学表现是否工拙,至于人生处境困顿与否,和诗词穷达、工拙没有直接的关系。处境顺畅、乐观豁达者,亦有作穷愁之慨言;生活困厄、悲苦偃蹇者也会发闺房之情致。如是而已。

另一个词人刘节则以词论欧阳修影响地位,颇为新颖。其《西江月·读六一词》云:"作赋汉推扬贾,撰词唐擅温皇。宋人藻翰重欧阳,山谷东坡皆让。班固马迁史传,昌黎子厚文章。古今评亦有低昂,莫画葫芦依样。"①本《西江月》词中,刘节对欧阳修包含词学在内的文学才能极力推扬,认为黄庭坚、苏轼皆不如。客观而言,欧阳修、苏轼同属唐宋八大家之一,散文成就旗鼓相当。至于二人诗词各有擅长,就影响力而言,苏子还是要略胜乃师欧阳修,毕竟后出转精。刘节此词论虽题为"读六一词",却非专门论词,且这种文学批评的形式确实独到罕见,此前少有;另外作者还提出一种批评观念:"莫画葫芦依样"。即对待既往的文人作家,评判好坏优劣各各不一,然而千万不要依葫芦画样人云亦云而丧失自己的评价标准。换言之,文学批评者要有自己独到的眼光去感受、发掘批评对象,而不是亦步亦趋鹦鹉学舌。这种

① [明]刘节:《梅国前集四十一卷(存二十四卷)》,国家图书馆藏明刻本,可参《全明词补编》下册。

观点是具有进步意义的①。

<h2 style="text-align:center">三、晏欧三家词集汇编和刊刻</h2>

明代词学一个可称道的现象是词集文献的编印与刊刻较多,所收多为宋元人词集,传递保存之价值,古今为善。据邓子勉介绍,明代大型的词集汇编主要有 4 种:吴讷的《唐宋名贤百家词》、题李东阳的《南词》、紫芝漫抄本《宋元名家词》和毛晋的《宋名家词》②。除《宋元名家词》本不收晏欧三家词,其余 3 种均包含。另外明代欧词还有全集本刊刻流传。本文以吴氏和毛氏本为例,考察晏欧三家词集的汇编与刊抄状况。

（一）吴讷的《唐宋名贤百家词》与晏欧三家词

《唐宋名贤百家词》又称《唐宋名贤百家词集》《四朝名贤词》《唐宋名贤词》《宋元名家词》,一般简称明本《百家词》,以区别宋长沙书坊《百家词》本。是书约成书于明正统六年(1441),汇编唐宋金元明人词集 100 种,其中宋代总集 1 种,别集 83 种。该书现存版本主要有 4 种③,笔者寓目所见的天津图书馆藏明抄本④,据邓子勉考证亦非吴氏原稿本,而是大约吴讷卒后五十余年传抄而成⑤。词目 100 家,实际除却有目无词 10 种(《坦庵词》《姑溪词》《友竹词》《逍遥词》《虚斋词》《虚靖词》《抚掌词》《半山词》《沧浪词》《嬭窟词》),共收词人 107 家,词集 98 种,"实存 90 种"⑥。全书分 40 册,朱丝栏,行 12,字 20。首页附有唐圭璋影印出版序言。

晏殊《珠玉词》,不分卷,分属该本第 13 册,与石孝友的《金谷遗音》同为一册。据目录收词 141 首,实际收词 138 首,重复《采桑子》3 首。个别词作有影印校勘。如:

《喜迁莺》(歌敛黛)下片倒数第 2 句"曲终休解画罗衣"注云:"画"一作"畫"。今《全宋词》作"画"。

《踏莎行》(绿树归莺,按,《全宋词》作"绿树啼莺")上片第 4 句"当时对酒""时"字,有依毛晋本校为"歌"字。今《全宋词》从毛本。

《渔家傲》(荷叶初开犹半卷)上片第 2 句"犹"字,旁注:下"犹"字一作

---

① 张仲谋认为"莫画葫芦依样"费解,"是说不亦步亦趋效仿名家呢,还是说不必矮子观场人云亦云呢? 这里似乎没有说清楚"。参其《明代词学通论》,中华书局 2013 年版,第 362 页。

② 《宋金元词籍文献研究》,第 217 页。

③ 以上参《词学史料学》,第 119 页。

④ 天津古籍出版社 1989 年影印本。

⑤ 《宋金元词籍文献研究》,第 218 页。

⑥ 《词学史料学》,第 120 页。

"须"。今《全宋词》作"犹"讲。

《渔家傲》(宿蕊斗攒金粉闹)下片首句"软"字,旁注:"软"一作"嫩"。今《全宋词》作"软"讲。

……

欧阳修《六一词》4 卷,附录《乐语》5 篇,分属该本第 32 册。目录收词 172 首。

实际上,卷一中的《瑞鹧鸪》(楚王台上一神仙),乃吴融律诗,《全宋词》不录,《阮郎归》(南园春早踏青时)及同调的(角声吹断陇梅枝),《全唐五代词》作冯延巳;《阮郎归》(东风临水),《全宋词》作晏殊。

卷二《蝶恋花》(六曲栏干偎碧树),今《全宋词》作晏殊,但首句"栏杆"作"阑干";《蝶恋花》(遥夜亭皋闲信步),今《全宋词》作李冠;《蝶恋花》(几日行云何处去),《全唐五代词》今作冯延巳。

卷三《渔家傲》(十月小春梅蕊绽)与前重复。卷末附词话二则,一为宋金陵无名氏撰,一为朱松撰。

卷四《一丛花》(伤春怀远几时穷),旁注:此篇注云张先子野词。今《全宋词》作张先。《千秋岁》(数声鶗鴂),今《全宋词》作张先。《清平乐》(雨晴烟晚),亦作冯延巳。《应天长》三首,亦作冯延巳。《行香子》(舞雪歌云),今《全宋词》作张先。

卷末附罗泌跋语及各卷校对。

晏幾道《小山词》不分卷,首页附黄庭坚序跋,末附晏幾道自序。属该本第 6 册。目录收词 257 首,词调以《临江仙》始,《燕归来》终,实际存词 256 首,除却《胡捣练》《扑蝴蝶》和《谒金门》3 阕外,词数量、顺序与《全宋词》收词同。

相比晏殊、欧阳修词,晏幾道词保存最为干净完善。吴本《小山词》没有一个旁注或校订也说明了这一点。当然并非没有错误。衡之以今本《全宋词》,个别地方还是有缺失错异之处。比如《鹧鸪天》(斗鸭池南夜不归)上片第 4 句"雪绕红琼舞袖回",缺一个"琼"字;同调起句"当日佳期鹊误传"阕上片第 3 句"桥成汉渚星披外"之"披"字,《全宋词》本作"波",当是;《浣溪沙》首句"唱唱梅花字字香"第 2 个"唱"字,《全宋词》作"得"字,等等。笔者以为吴本《小山词》比毛晋汲古阁本《小山词》保持原作面貌较好,错讹脱误处也较少,殊为可贵。

总之,吴讷《唐宋名贤百家词》本,其价值自然非同一般,正如唐圭璋先生序云:"时近迹真,足资校勘订补诸本之异同阙佚","对研究宋代词学批评与版本源流,皆有莫大价值"①。不过,作为抄本,未经校勘,错讹较多,多少令人遗憾。

(二)《宋名家词》与晏欧三家词集的刊刻

明代的词集刊刻,无论是质还是量,毛晋无疑居功甚伟。"自明万历至清初四十余年,共刻书六百余种。"②清以来的有关词集的传抄和刻印,其母本大都源自毛氏刻板或藏本。毛晋所刻词集众多,与晏欧三家词有关的主要有《宋名家词》和《词苑英华》。后者主要是词选总集,本文姑且不评,而影响最大的还是《宋名家词》,又名《宋六十名家词》,被认为是现存刊刻最早的词集丛编。该书共分6集,共91卷,实际收61家词。其价值远比此前的吴讷本《百家词》要大得多,流传亦更广。上海古籍出版社1989年版据毛晋汲古阁本剪贴影印,并附朱居易《宋六十名家词勘误》一卷,是故参考价值较大。本文信息均依此本。

1. 晏殊词刊刻状况

晏殊之《珠玉词》、欧阳修之《六一词》和晏幾道之《小山词》均列第1集中,是毛晋首批10家刊刻对象。

《珠玉词》1卷,是第1集第1部刊刻词集。目录收词131首,实际收词131首,含混入欧词。末附毛晋《〈珠玉词〉跋》。

朱居易《宋六十名家词勘误》根据毛晋子毛扆《珠玉词》校勘辑收,有6首存在差异,现据《全宋词》本和朱居易校处对照,胪列如下:

《清平乐》第3首(按,首句"春来秋去"):"草草"应作"忡忡"。今《全宋词》本从。

《喜迁莺》第4首(按,首句"烛飘花"):"掩炉","炉"应作"烬";"残照","照"应作"点"。朱按,"点"字,毛校,沿误。兹系从《历代诗余》正。今《全宋词》本从之。

《少年游》第4首(按,首句"谢家庭槛晓无尘"):"芳晏","晏"应作"宴"。朱按,此□毛校沿误,兹亦系《历代诗余》正。今《全宋词》本从之。

《渔家傲》第10首(按,首句"粉面啼红腰束素"):"相过","过"应作"遇"。今《全宋词》本从之。又第13首(按,首句"嫩绿勘裁红欲绽"):"有恨","恨"应作"限"。朱按,兹亦系从《历代诗余》正。今《全宋词》本从"恨"。

《蝶恋花》第6首(按,首句"槛菊愁烟兰泣露"):"影笺","笺"下空格,承接"无"字。朱按,毛校,兹亦系从《历代诗余》补正。今《全宋词》本作"兼",调名《鹊踏枝》,又作张先词。

除上外,衡之以《全宋词》本,还有与欧阳修互见者。比如《玉楼春》(池塘水绿风微暖)阕又见《六一词》中。等等。

至于毛晋《珠玉词跋》主要介绍晏殊的生平事迹,与词学批评和研究意义不大。从略。

2. 欧阳修词刊刻状况

欧阳修《六一词》不分卷,前附罗泌跋,词末附宋无名氏和朱松词话各1则,毛晋《六一词跋》1则。据词目收词171首,重复1首《渔家傲》(十月小春梅蕊绽),以及误收冯延巳、张先、晏殊词作共7首,实际收欧词165首。

朱居易据吴氏《双照楼影宋本》校词5首,对比《全宋词》本,引入如下:

《渔家傲》第7首(按,首句"花底忽闻敲雨桨"):"雨桨","雨"应作"两"。今《全宋词》本从之。

又第17首(按,首句"露裛娇黄风摆翠"):"人开","开"应作"闲"。今《全宋词》本从之。

又第25首(按,首句"七月新秋风露早"):"尚折","折"应作"拆"。今《全宋词》本从之。

《虞美人影》第2首(按,首句"莺愁燕苦春归去"):"小年","小"应作"少"。今《全宋词》本从之,调名作"桃源忆故人"。

《圣无忧》第1首(按,首句"世路风波险"):"千年","千"应作"十"。今《全宋词》本从之。

《定风波》第1首(按,首句"把酒花前欲问他"):"烂喷","喷"应作"赏"。今《全宋词》本从之。

《贺圣朝影》第1首(按,首句"白雪梨花红粉桃"):"香醪","醪"粤刻本作"膠",误。今《全宋词》本从之。

以上只是粗略地将朱居易的校勘和《全宋词》本对校,词句中定有不少和今天通行本存在误差之处。

毛晋收辑欧阳修词作的态度还是较为谨慎的。他的《六一词跋》云:"庐陵旧刻三卷,且载乐语于首,今删乐语,汇为一卷。凡他稿误入,如《清商怨》类,一一削去。误入他稿,如《归自谣》类,一一注明。然集中更有浮艳伤雅,不似公笔者,先辈云,疑以传疑可也。""庐陵旧刻三卷"即是周必大庐陵吉州本《欧阳文忠公近体乐府》三卷。毛晋删去的《清商怨》(关河愁思望处满)阕,今《全宋词》本作欧阳修词。《归自谣》3首,毛晋注明"并载《阳春集》,名

《归国谣》①。今《全宋词》本作冯延巳词。对于罗泌等"先辈"所怀疑的"浮艳伤雅"者,如《江南柳》等诸什,毛晋依然当成存疑之作,照收不误,给后人提供鉴别校勘的余地和空间。

3. 晏幾道词刊刻状况

晏幾道《小山词》,不分卷,集末附黄庭坚词序及毛氏序跋。词目收词255,实收253首,比今本《全宋词》少6首②。《玉楼春》前8首,《全宋词》作《木兰花》8首;少收《浣溪沙》(飞鹊台前晕翠娥)1阕;《采桑子》词目作26首,实际25首;毛本无《丑奴儿》3首(其中1首与《采桑子》同)。另缺《胡捣练》《扑蝴蝶》《谒金门》3首。

朱居易据《彊村丛书明钞本》校毛本词句异同,涉及词作42首。衡之以《全宋词》本,举例数端如下:

《临江仙》第4首(按,首句"浅浅余寒春半"):"蕊闭","闭"应作"闹"。今《全宋词》从之。

《蝶恋花》第6首(按,首句"碾玉钗头双凤小"):"□□罗裙□",应作"罗裙胜碧草"。今《全宋词》从之。

又第10首(按,首句"金剪刀头芳意动"):"缈缈",上"缈"字应作"缥"。今《全宋词》从之。

又第14首(按,首句"梦入江南烟水路"):"无别","无"应作"歌"。今《全宋词》从之。

《鹧鸪天》第4首(按,首句"守得莲开争伴游"):"争尚","尚"应作"奈",今《全宋词》作"向";"奈秋","奈"应作"耐",《全宋词》从之。

如此等等,还有38首词作的字词被予以校勘,为后人的版本校勘研究提供了重要的参考资料。

《小山词》因为晏幾道自己先前编辑过,因此相对保存得较为完整纯洁,他人混入者较少。毛晋所刊也较为谨严,正如他自谓"诸名胜词选,删选相半"(《小山词跋》)。毛氏对晏幾道词似情有独钟,称赏特佳。其《跋》云:"独小山集直逼《花间》,字字娉娉袅袅,如揽嫱施之袂,恨不能起莲、鸿、蘋、云,按红牙板唱和一过。晏氏父子真足追配李氏父子云。"毛氏认为晏幾道的艳情词深得《花间》神韵,确切地说,应该是南唐情词的精髓。这种观点并非是他的首创,南宋陈振孙早在《直斋书录解题》就已经说过。小山情词描写细腻传神,抒写婉温之至,"高处或过之"(陈振孙语),绝非虚语。从父子

---

① 《宋名家词》,上海古籍出版社1989年版,第14页。
② 《全宋词》本《采桑子》"昭华风管知名久"与《丑奴儿》"昭华风管知名久"重复,故实际存词259首。

均能创造出引人流连入胜的词体角度看,晏氏父子词确实和李璟、李煜父子类似。从词史贡献分析,李氏父子在当时遍是"莺歌燕语"词作的大背景下,加注了个人主观的感受,增添了词作的雅化特色,"一扫浮艳,以自抒身世之感与悲悯之怀",使"词体之尊,乃上跻于《风》《骚》之列"①。作为二李及冯延已词风的后续,晏氏父子继续加强词体的士大夫文化色彩,即使作艳词,也是艳而不俗,自有高格,从而使北宋小令词创作达到最高峰。父子均为词人,且出身贵家之门,这样的词客在中国词史上并不多见。毛晋所谓四人相配是有一定的道理的。

另外,据李逸安介绍,明代还刊刻欧词在内的全集本《欧阳文忠公集》12个版本:洪武六年永丰县学蔡行素刻本,正统间重刻本,天顺六年程宗刻本,弘治四年顾福刻本,正德七年刘乔刻本,嘉靖十六年季本、二十二年李冕本、三十四年陈珊本、三十九年何迁本,隆庆五年邵廉刻本,万历元年雷以仁本②。

三家词校勘本的出现是明代晏欧词研究与传承的一大特色,既保留了词作的流传,也为后世进一步校勘提供了版本对象,意义非同一般。

四、"花草"牢笼下的词选与晏欧三家词选

明代词学最突出的一个现象即是词选特多,而且基本上都是《花间集》《草堂诗余》(后人合称"花草",或省称《花》《草》)牢笼的天下。明末徐世俊所言"《草堂》之草,岁岁吹青。《花间》之花,年年逞艳"③,便是生动注脚,尤其是后者,刊刻翻印之多,流行传播之广,令毛晋都感到不可思议:"宋元间词林选几屈百指,惟《草堂》一编飞驰……不知何以动人一至此也。"④据肖鹏《历代唐宋词选版本数量比较表》,《花间集》在明代有 19 个版本;而《草堂诗余》有 22 个版本⑤,二者分别占其版本总数的 41.3%(19/46)和 50%(22/44)。

明代的词选数量巨多,种类单一,基本限定唐五代北宋词的选辑范围,自有其局限性和不足,然而在有明一代亦具不可小视的价值与意义。王兆鹏先生曾论词选至少具有辑佚、校勘、考证和理论价值⑥。明代词选之多,围绕词选的有关序跋、词评、词论、词考也相应增加,构成了明代原本较薄弱的词学

---

① 龙榆生:《南唐二主词叙论》,《龙榆生词学论文集》,上海古籍出版社 2009 年版。
② 参李逸安点校《欧阳修全集》,中华书局 2001 年版,第 25 页。
③ [清]冯金伯:《词苑萃编》卷八引,《词话丛编》本,第 1940 页。
④ 《草堂诗余跋》,《词苑英华》本,引《词集序跋萃编》,第 670—671 页。
⑤ 《群体的选择:唐宋人词选与词人群体研究》,第 416 页。
⑥ 《词学史料学》,第 304—308 页。

理论和词学研究的重要组成部分。另外，必须说明的是，明代的词选大都出于坊中市场消费之需，选家关注的是它的可读性和流行性，而不是词作的本身学术价值和版本价值，因此明人的选家往往缺乏严谨的淘选眼光和认真负责的操选态度，这必使它本身的价值大打折扣。它的自觉编选和评判的理论色彩远逊宋清词选。然而明词选无论是出于盲从还是商业的诱惑，一个不可更改的史实就是它们在某种程度代表、映现明代的审美风尚和词学进程，何况其间的词谱类词选对于考定音律、按谱填词还是别有意义的，围绕词选而生发的诸多的词品、词评、词论则多少交织渗透当时的词学主张和词学观念，甚至于明末清初成了云间派词学活动的舆论阵地和宗风标志。这也是明代词学发展的一个表现。

明代词选的宗风"花草"，为晏欧三家词提供了更多的展示机会，这是令人欣喜的一种现象。因为明代的前中期，无论词学创作还是词作评论，基本上以晚唐五代和北宋词作为创作借鉴的范式和评论研究的中心，直到明末词坛才转向宗风南宋。在这种词坛风会中，晏欧三家词，尤其是赏阅性强、甚至带有艳情色彩的小令词得到选家青睐。它们一而再地被选入各种"花草"等选本中，大大加速了晏欧三家词的流布与传播，同时也承载明人对词学发展的某些观念和思考。以下挑选一些值得检视探讨的词选，分一般词选和词谱类词选，观察晏欧三家词的选词状况及隐含的明代词学生态和风景。

（一）《增修笺注妙选草堂诗余》与晏欧三家词

这个选集又名《增修笺注妙选群英草堂诗余》，源自南宋何士信参编的分类选词本，分前集二卷，后集二卷。洪武本算是明代最初的版本，可惜上海中华书局 1958 年翻印版将有关评语、注释删去，而这个遗憾在《四部丛刊》初编本中稍微能得以弥补。王兆鹏考云，《四部丛刊》初编本是据明嘉靖末年安肃荆聚校刊本影印，该本题名、分类与洪武本同，但仅分上下卷，无前后集，收词 364 首。原稿藏上海图书馆①。而笔者检阅《四部丛刊》本，封面题"增修笺注妙选草堂诗余"，内页题"草堂诗余前后集"，总目录题"前集""后集"；正文最右侧行题"增修笺注妙选群英草堂诗余"，前后集内又分上、下卷，分法与南宋本同。晏欧三家词实际收入 21 首，比南宋本多 1 首：晏殊 3 首，欧阳修 14 首（实际 13 首），晏幾道 5 首。多出的 1 首为欧阳修的《蝶恋花》（海燕双来归画栋）。

欧词 14 首中，误题欧作者 1 首：《瑞鹤仙·春情》②，《全宋词》作陆淞词。

①　《词学史料学》，第 323 页。
②　《增修笺注妙选草堂诗余》，《前集·卷上》，《四部丛刊》本，第 16 页。

另有 4 首原无名姓,现据《全宋词》补为欧阳修词:《蝶恋花》(海燕双来归画栋)①、《浣溪沙·春闺》(青杏园林煮酒香),又作晏殊词②。《桃源忆故人》(碧纱影弄东风晓)③、《生查子》(含羞整翠鬟)④。

晏幾道《菩萨蛮·咏筝》(哀筝一弄湘江曲)⑤1 首,原误作张先,后据《全宋词》改正。

晏欧三家词附加的笺注主要指出某些语词于唐诗等前人文集书籍的出处或对当时人之影响,如欧阳修《浣溪沙·春游》:首句"湖上朱桥响画轮",注云:"韩诗湖上新亭好,李诗金鞍曜朱轮。""溶溶春水浸春云。碧琉璃滑净无尘。"注云:"杜诗波涛万里碧琉璃。"下片"当路游丝萦醉客",注云:"杜游丝白日净。"⑥

这种注释方式其实可看作欧词对唐诗的接受,或唐诗对欧词的影响,并非"平庸不足论"⑦而悉删去,毕竟这是一种事实存在的历史现象。再者从文学的接受角度看亦不无研究意义,不能一概否认。比如上阕首句中,编者认为语出韩愈、李白诗句。韩愈的原诗为《奉和虢州刘给事使君三堂新题二十一咏·新亭》:"湖上新亭好,公来日出初。水文浮枕簟,瓦影荫龟鱼。"(《全唐诗》第 343 卷)而李诗为《相和歌辞·门有车马客行》首两句:"门有车马客,金鞍曜朱轮。"从语源分析,二者确实存在联系。而以下两句选注者认为关乎杜甫诗歌。今查,现《全唐诗》杜诗中无"波涛万里碧琉璃"句,而元稹之《去杭州·送王师范》有"波涛万里酬一言"之句,但与本词无关。笔者以为该句语出白居易《题新馆》之第 6 句:"碧琉璃水净无风。"欧词只改动了两字,承袭意味明显。至于"当路游丝"句注释了无意思,因为唐宋诗中,有关"游丝"句很多,何况今《全唐诗》中也不存"游丝白日净"句。

欧阳修的文学创作不乏对唐诗的借鉴,特别是早期的诗歌,"学李商隐,学韦应物,学韩愈,学宋初承继唐音探索宋调的晚唐体、白体与西昆体。模拟唐诗,师法多门,是早期欧诗的基本特征"⑧。诗词相通。欧词不仅沿袭唐五代以来的词风,词中用语也深受唐诗影响。唐诗丰富的语料和词语是欧阳修等宋人文学创作的重要语言素材宝库。据本选者给欧词 13 首注释中,指出语词与韩愈诗歌有关的 4 处,而李白诗 5 处,杜甫诗 6 处。如:《浪淘沙》(把

---

① 《前集·卷上》,第 10 页。
② 《前集·卷下》,第 26 页。
③ 同上书,第 27 页。
④ 《后集·卷下》,第 84 页。
⑤ 同上。
⑥ 《前集·卷上》,第 5 页。
⑦ 唐圭璋等点校:《唐宋人选唐宋词》,第 492 页。
⑧ 刘德清:《欧阳修诗歌编年笺注·序言》,中华书局 2012 年版。

酒祝东风)"垂杨紫陌洛城东"句,注云:"杜'野寺垂杨里',韩'尘埃紫陌
春'。"①杜诗指《奉陪郑驸马韦曲二首》其一之第9句(《全唐诗》第二二五
卷),韩诗为长篇《县斋有怀·阳山县斋作,时贞元二十一年顺宗新即位》之
第39句(《全唐诗》第三三七卷)。

当然二晏词中也有唐诗的印记。如晏殊《浣溪沙》"一曲新词酒一杯"
句,注云:"敏捷诗千首,飘零酒一杯。"②所注诗句乃杜甫《不见(近无李白消
息)》之颔联两句(《全唐诗》第二二七卷)。晏幾道词《生查子》"金鞍美少
年"句:注"杜诗'后边簇马立金鞍',又诗'潇洒美少年'。"③前诗今不存,后
诗指《饮中八仙歌》之句。

有些注释说明与宋人诗词之渊源关系。如晏殊《玉楼春》(绿杨芳草长
亭路)"无情不似多情苦"句。注云:"坡词'笑渐不闻声渐悄,多情却被无情
恼'。"④作为晏殊的后辈,很难说苏词没受晏词影响。晏殊《蝶恋花》(帘幕
风轻双语燕)"百尺朱楼闲倚遍"句,注:"杨亿诗'危楼高百尺'。"⑤宋初西昆
体的主将杨亿有诗《登楼》,有云:"危楼高百尺,手可摘星辰。不敢高声语,
恐惊天上人。"(《全宋诗》第一卷)晏幾道词《蝶恋花》(庭院碧苔红叶遍)"雁
字来时"句,注曰:"山谷诗'雁字一行书上霄'。"⑥黄庭坚与小山关系甚笃,
诗词用字,互相取用也是极可能之事。

从学术角度分析,这些注释确实研究价值不大,率多只不过指出了某些
语词与晏欧词之关系,不一定是因袭继承、模仿创造。然而作为一种诗词笺
注,对其中的句子和语汇渊源进行适当的解释和求证,或者列举相同的词语
的用法也是必要的功课,即使不能肯定它们之间有沿用的痕迹,这些资料的
添加本身也是文献的一部分,或有助于原诗主旨的理解。现代学者在做古诗
文集子笺注时,仍会用到这种传统的方式,因此不无应用与研究的价值。

(二)《词林万选》与晏幾道词选

《词林万选》四卷,杨慎编辑。杨氏不仅著有理论著作《词品》四卷,还编
辑词选,如《百琲明珠》等7种⑦。该书善本以毛氏汲古阁刊《词苑英华》本为
通行,今藏国家图书馆。而《四库全书存目丛书》有据《词苑英华》影印本,亦

① 《前集·卷上》,第10页。
② 《前集·卷下》,第27页。
③ 同上书,第28页。
④ 《前集·卷上》,第8页。
⑤ 《前集·卷下》,第18页。
⑥ 同上书,第41页。
⑦ 《词学史料学》,第344页。

是世人较为易得版本。今人有刘崇德、徐文武点校本,河北大学出版社 2006 年版,是现代参资便捷的版本。本文即以此为据,后不注版本。

该选前附"嘉靖癸卯"(1543 年)任良幹序。序云:杨慎"暇日取其尤绮练者四卷,名曰《词林万选》,皆《草堂诗余》之所未收者也。间出以示走。走骤而阅之,依绿水泛芙蓉,不足为其丽也;如九畹之灵芝,咽三危之瑞露,不足为其甘也;分织女之机丝,乘鲛人之绡杼,不足为其巧也。盖经流水之听,受运风之斤者矣。随假录一本,好事者多块见之,故刻之郡斋,以传同好云"。该序道出了录词范围及入录词作的词情特色。选家有意要把《草堂诗余》遗漏的词作入选,同时又限定这些词的入录标准,即"绮练""丽""巧"之作,揭示杨慎选词重视词作词藻形式和表达技巧的词学观。当然,此序也说明《词林万选》最初是杨慎选辑而任良幹出资刻印的本子。

全书起于温庭筠《蕃女怨》,终于白玉蟾《越江吟》,共收唐五代宋金元词人 73 人,词作 233 阕。宋词人中,录词居多者前 10 名为:苏轼 15 首、柳永 13、黄庭坚 10 首、贺铸 8 首、晏幾道 8 首、李清照 5 首、辛弃疾 7 首、张孝祥 7 首、张元幹 8 首、蒋捷 11 首。所取范围大大超越了《草堂诗余》,而对南宋词的收录范围较有扩大,反映了明代论词从专取唐五代北宋向南宋转移的倾向。

晏欧三家词中,仅有晏幾道入选 8 首,且都在卷一中:《临江仙》(梦后楼台高锁)、《生查子》(远山眉黛长)、《诉衷情》(长因蕙草记罗裙)、《少年游》(离人最是)、《采桑子》(年年此夕东城见)、《采桑子》(双螺未学同心绾)、《采桑子》(红窗碧玉新名旧)及《西江月》(愁黛颦成月浅)。对于《生查子》末句"不似师师好"之注"此李师师也"①,该本四卷《内府藏本》云:"幾道死靖康之难,得见李师师,犹可言也。"②按,《少年游》首句今《全宋词》作"离多最是"。

从仅有的小山词 8 首看,可以管窥杨慎有意要摆脱《草堂诗余》的影响。这种思想在他的下一个词选中也有体现。

(三)《百琲明珠》与晏欧词选

《百琲明珠》五卷本,是杨慎仅存的两部词选之一。该选善本为明杜祝进补,明万历四十一年刻本,清叶志诜跋,10 行 20 字白口四周单边,现藏上海图书馆。上海古籍出版社 1992 年 7 月版的赵尊岳《明词汇刊》本,是目前较为易见本。

---

① 《词林万选》,第 25 页。
② 《词林万选》,第 4 页。

全本基本上按词人年代先后顺序排列,起于梁武帝《江南弄》,终于明李文正《雨中花》。是书 5 卷共录词家 104 人、词作 155 首。晏欧三家词仅 6 首,原标欧阳修 4 首,实属 3 首,晏殊标录 1 首,实属欧词,晏幾道 1 首。详参下图表。

表 2

姓名	卷次	词牌(词题)	首句	校注
欧阳修	卷二	瑞鹧鸪	楚工台上一神仙	《典雅词》和吴讷《百家词》中出现,非欧词。
欧阳修	卷二	越溪春	三月十三寒食日	选集中首次入选
欧阳修	卷二	蓦山溪	新正初破	《典雅词》和吴讷《百家词》中出现
欧阳修	卷二	渔家傲	红粉墙头花几树	选集中首次入选
晏殊	卷二	清商怨	关河愁思望处满	《全宋词》作欧阳修词
晏幾道	卷二	泛清波摘遍	催花雨小	选集中首次入选

题录欧阳修 4 词中,《瑞鹧鸪》和《蓦山溪》两阕已在曾慥《典雅词》和吴讷《百家词》中出现,而《瑞鹧鸪》实非欧词,其余除了全集本亦是第一次入选。晏殊之《清商怨》阕,据唐圭璋先生考证当为欧词,而非晏殊词[1]。

《百琲明珠》最明显的特征就是和《词林万选》一样,所选词作异乎《草堂诗余》,具有明确的另标一格的意识和做法,或者也可说具拾遗补阙的意味。

总体而言,笔者认为《词林万选》和《百琲明珠》,是杨慎妄图别开词学宗风的一种努力尝试。尽管这两部词选都存在诸多的问题,明清以来也时时受人批评与訾议,然而此两部词选的问世除了于明代词坛花草风景之中有让人一见亮色之喜外,对于词学的总体历史贡献也是不能抹杀的。据人统计,《词林万选》中有 120 首入选此后的《花草粹编》中,有 139 首入选《御选历代诗余》,有 51 首入选朱彝尊的《词综》[2]。可见杨慎所选之词自有认同传播之价值,并非滥竽之作。而《百琲明珠》因为规模较小,词作质量自视过高而不具有引领时代风骚之魅力,不过它与《词林万选》一样,都是杨慎用来推扬词学理论的工具,明显具有以词选贯彻自我词学主张的色彩。明王世贞谓之"词家功臣"[3],正是对杨慎词选贡献的肯定。

---

① 《宋词四考》,第 234 页。
② 岳淑珍:《从〈词林万选〉到〈百琲明珠〉:杨慎词选论》,载《绍兴文理学院学报》2008 年第 5 期。
③ [清]冯金伯:《词苑萃编》卷十六引《乐府记闻》语,《词话丛编》本,第 2100 页。

（四）《天机馀锦》与晏欧三家词选

《天机馀锦》四卷，题明程敏政编。据王兆鹏先生考证，书中所署的程敏政（1445—1499）并非实际编选者，而是明嘉靖年间的书商或牟利的士人所编，且托名于大名鼎鼎的程敏政①。

全书分调编次，收唐宋金元明词共 1256 首。其取材资源，主要源于题宋何士信编选的《增修笺注妙选群英草堂诗余》、枫林书院辑刊的《精选名儒草堂诗余》等总集和周邦彦、刘过、曾揆等宋、金、元、明词人的别集。今传版本除明蓝格抄本藏台湾"国家图书馆"外，王兆鹏等人点校的则是通行本。以下信息则据此本，不注。

该选收江西词人 47 人，词作共 187 首，其中晏欧三家词 30 首（实际 29 首）。

从传播角度看，这些入选之作大部分是来自《草堂诗余》，也有不少是此前少见的新面孔。如晏殊《浣溪沙》（玉腕水寒滴露华）、欧阳修《蝶恋花》（百种相思千种恨）和《少年游》（去年秋晚此园中）、晏幾道《蝶恋花》（卷絮风头寒欲尽）等 3 首。三人当中，欧阳修选词最多，但新增的词作也较少；晏殊选词最少，新增也最少；晏幾道新增最多，说明随着历史的变迁，人们对小山词的认识逐渐加深，其词的认可度也越来越高，也越来越受到接受者欢迎。

（五）《花草粹编》与晏欧三家词选

《花草粹编》十二卷，陈耀文编撰。《花草粹编》流行的版本较多，现代通行的有龙建国、杨友山点校本，河北大学出版社 2006 年版。

《花草粹编》的选录依据和背景，陶子珍认为有二：一则据《花草新编》而改编，一则铨粹《花》《草》以备一代典章②。明代世俗对"花草"崇拜之心理，深刻影响有明一代的词坛趋向，当然也是促使此后清代词风改变之关键。陈耀文《花草粹编序》云："然世之《草堂》盛行而《花间》不显，故知宣情易感，含思难谐者矣。"

《花草粹编》是明代规模最大的一部唐宋词选集，肖鹏誉为"明代最有学术价值的一部词选"③，同时也是一部饱受批评之著，如张仲谋认为其"淆杂纷繁，和一般选本重在品藻鉴赏的定位相去太远"④。其书据陶子珍统计，录

---

①　以上参《天机馀锦·说明》，王兆鹏校点，辽宁教育出版社 2000 年版。

②　参《明代词选研究》，台北秀威资讯科技股份有限公司 2003 年版，第 208—210 页。

③　《群体的选择：唐宋人词选与词人群通论》，第 430 页。

④　《明代词学通论》，第 436 页。

"701 个词调,3702 阕词"①。选录词人除无可确考者,包括"晚唐、五代 62 人,北宋 125 人,南宋 376 人,金代 22 人,元代 32 人,时代不详者 6 人……共计选录词家 626 人。"②

选词 50 首以上者有:晚唐五代 2 家,词 133 首;冯延巳 82 首,温庭筠 51 首。北宋 9 家,词 757 首:柳永 155 首,周邦彦 104 首,晏幾道 102 首,张先 76 首,秦观 70 首,晏殊 69 首,欧阳修 65 首,苏轼 61 首,黄庭坚 55 首。南宋 2 家:程垓 62 首,史达祖 50 首,计 112 首③。宋代词人中,柳永、周邦彦、晏幾道居前三甲,体现了陈耀文雅俗并蓄、广为选辑的选词标准和态度。对于全书的总体格局,肖鹏认为"以选唐宋词为主导,形成了一个常见之词以佳词入选、不常见之词以搜逸入选、元词则以备调入选这样一个三位一体的格局"④。

笔者据龙建国点校本统计,是选收:欧阳修 68 首(实际 66 首)、晏幾道 90 首(实际 85 首)、晏殊 64 首(实际 65 首),总数量比陶氏所计少了 19 首,但三人仍属宋代入选词人前五名,是讨论词选以来,晏欧三家词入选总规模最大的一次。

晏欧词 200 余首中,不少作品是再选之作,即认可或依据前人的选辑结果而抄录传承,这些辗转多次的作品变成了后人眼中所谓的名作。欧阳修因为历次选辑入录最多,变成名作的机会也更多,数量约有 20 余首;其次晏幾道,10 余首;晏殊也有 11 首左右属于再选之作,且对后世的词选、词评和赏析有一定的影响。也有的纯属备调或存史之用。依笔者的理解,备调是指某一词调在词史中罕见或少见,选录的目的是为了给后人提供一份词调存在的历史,以免失传,所以备调之选一般具有存史的意味。如晏殊仅有《酒泉子》两阕,《全宋词》也只不过 8 个人(另 7 人为潘阆、张先、晁补之、王灼、曹勋、管鉴和辛弃疾)存有该调。也有的是该词调某词人仅存 1 首,入录是为了尽可能保全该词人词作之历史面貌。诸如晏殊的《谒金门》《点绛唇》,《珠玉词》中仅各存两首。《全宋词》小山词中一调一词的情形总共 21 首,而《花草粹编》中选入 11 首之多,对小山词孤篇具有一定的保存之功。欧阳修《全宋词》中有 40 余首属一调一阕,本词选中也录有 11 首。该选强调"花草"之风,一些具有个性特色和词史意义的名篇却没有选入,如欧阳修之《朝中措》,原本也是欧集中单调单篇,或许因为词风与陈耀文取录标准重花草柔婉之色不

① 《明代词选研究》,第 197 页。
② 同上书,第 198 页。
③ 同上书,第 218 页。
④ 《群体的选择:唐宋人词选与词人群通论》,第 431 页。

一而落选。

（六）《古今词统》与晏欧三家词选

《古今词统》十六卷，附徐卓晤歌 1 卷。卓人月选辑、徐士俊参评。

该书始刊于崇祯六年（1633），为明末大型词选。全书收词起隋唐至明，词人 486 家（隋 1 家、唐 33 家、五代 19 家、宋 216 家、金 21 家、元 91 家、明 105 家），词依字数多寡为序，凡 329 调，2030 首，词后多笺注征引及圈点眉批。书前录何良俊《草堂诗余序》、黄河清《续草堂诗徐序》等旧序 8 篇。又录《杂说》1 卷为张炎、杨万里、王世贞、张綖、徐师曾、沈际飞六家词话。卷末附《徐卓晤歌》1 卷，为卓人月、徐士俊二人唱和之词，其中收徐词 69 首，卓词 67 首。是书将隋唐至作者当代元明历代词汇于一编，故名之"古今词统"，是清初朱彝尊《词综》之前规模最大的一部历代词总集①，体现了"以传情为贵的晚明词坛风尚与论词主流"②。

该选收晏欧三家词 56 首：晏殊 8 首（实际 7 首）、欧阳修 18 首（实际 14 首）、晏幾道 30 首，主要分布于卷四至卷十四。

《古今词统》的价值，不仅在于它的广罗搜选词作，还在于它附带的词论词评及词话资料具有一定的理论批评与研究价值。以晏欧三家词为例，试分析这种研究价值何在。

其一，词作艺术技法的评点。

50 余首词中，有 31 处附带徐士俊评语。其间有不少是评论词作艺术技法的得失妙处。如评晏殊名篇《浣溪沙》（一曲新词酒一杯）下片头两句："'无可'两句实处易工，虚处难工，对法之妙无双。"徐氏评语之所以值得一提，是因为从虚实角度观照，此前少见。虚实相间，是宋代词人惯用的手法。然而，一般而言，实处易写，虚处难工确是写作者的甘苦之言。晏殊词此两句中，"无可""似曾"两句虚实的转换自然、平易，没有大起大落的突兀之感，顺接之中更见对法之工。

徐士俊对欧词的技法也有欣赏处。如评《踏莎行》（候馆梅残）："'春水'、'春山'，走对妙。"原词句为"迢迢不断如春水"和"平芜尽处是春山，行人更在春山外"。这首欧词世人亦多有称赏。词中以可见的青山绿水喻写难以言说的愁思，正是该词艺术上最为成功之处。徐氏所评"春水""春山"两句是作者用来形容思妇离人无尽无穷之愁绪陪借物。写法上不仅具有空间的厚重性，还具有时间的流动性，使抽象的忧愁形象化，为突出人物形象增添

---

① 参《词学史料学》，第 348 页。

② 谷辉之：《古今词统·说明》，辽宁教育出版社 2000 年版。

了画面感。两处都有因物象的变动而刻画愁思的无穷增加,复沓循环之中,此情此景也渐渐感染了读者,难怪评曰:"走对妙。"

类似的如卷四评《清商怨》(关河愁思望处满)云:"音节之间,如有所咽而不得舒。"对该词的音节设置技巧极有心得;卷六评《相思儿令》(昨日探春消息):"'无奈'两句,'春来依旧生芳草'何其毕肖。"从遣词用语与词情词境关系看,"无奈绕堤芳草,还向旧痕生"两句不外乎"春来依旧生芳草"的化用与延展。

其二,考校词句的接受和影响。

《古今词统》中不少评语侧重词句的考证校勘,包括对前人词句的承袭和对后人诗词的影响。如卷九评晏幾道《临江仙》(梦后楼台高锁)云:"'落花'两句,晚唐丽句。"今考,"落花"两句正是晚唐五代诗人翁宏《春残》诗之句:"又是春残也,如何出翠帏。落花人独立,微雨燕双飞。寓目魂将断,经年梦亦非。那堪向愁夕,萧飒暮蝉辉。"(《全唐诗》第七六二卷)翁诗主要于残春暮景之中发抒告老伤愁的流年之叹。在中对景伤情的描写中,清词丽句的"落花"两句倒使读者得到孤独的审美感受。颇有意味的是,这么一对好句子在他的原诗中几乎无人知晓,而一入小晏词中,却别有洞天,成了名句,也成全了名篇,真是历史的造化,正如清代的谭献云:"名句千古,不能有二。"①再者卷四评欧词《浣溪沙》(湖上朱桥响画轮)云:"'日斜'句,汤若士'良辰美景奈何天'本此。"汤显祖《牡丹亭》著名的"良辰"唱词,与欧词中的"日斜归去奈何春",在语源和词意上具有相关性及同一性。尽管古代诗词中,感叹春光已逝、年华不再的词句比比皆是,但语意与语词如此接近的句子还是少见,因此可以认定汤句受欧词影响不为妄言。

此外还有卷八评晏幾道词《玉楼春》(旗亭西畔朝云住)云:"'柳阴'两句极似'红豆啄残,碧梧栖老'一联,于此可参活句。"关于"红豆"两句,胡仔引《漫叟诗话》云:"前人评杜诗云:'红豆啄残鹦鹉粒,碧梧栖老凤凰枝',若云'鹦鹉啄残红豆粒,凤凰栖老碧梧枝',便不是好句。余谓词曲亦然。"②必须说明的是,杜甫的原诗乃"香稻啄余鹦鹉粒,碧梧栖老凤凰枝"(《秋兴》八首其八,《全唐诗》第二三〇卷),上文中的"红豆"一律应为"香稻"传讹之误。杜甫此联之所以受到交口称赞,是因为该两句的词语采用了不同寻常的位置排列,从而带来了特殊的审美效果。其原意是指"鹦鹉啄余香稻粒,凤凰栖老碧梧枝。""柳阴"两句:"柳阴分到画眉边,花片飞来垂手处。"小山词中,原本是将"画眉"和"垂手"置于描写的前位,然而作者改变了这一平常的语

①　《复堂词话》,《词话丛编》本,第3990页。
②　《胡仔词话》,《宋金元词话全编》中册,第692—693页。

言顺序。但他的做法与杜诗相反，把核心语词置后，目的是以他物作陪衬而婉转突出中心语之美态。因此，本词构句之法与杜诗大同小异，都是破坏普通的写作顺序而贯之以耳目一新的语词排列位置之法，不仅句法新，其审美意境也别具韵味。老杜之法，小山似得其遗神乎。

其三，以情评词。

明代中晚期，文学的主情已是形势所向，一片汪洋而呈泛滥之势。文学研究与批评亦复如此。以情评文，以情衡文成了当时流行的景象。《古今词统》中即贯穿这种思想潮流。孟称舜序云："两家（婉约与豪放）各有其美，亦各有其病，然达其情而不以词掩，则皆填词者之所宗，不可以优劣言也……词无定格，要以摹写情态，令人一展卷而魂动魄化者为上，他虽素脍炙人口者，弗录也。"①徐士俊之评词观点无疑也深受此种主情论的熏染，评点晏欧词作，亦有表现。如卷九评欧阳修词《渔家傲》（楚国纤腰元自瘦）："情思两极，古今莲词第一手。"客观而言，这种看法是杨慎《词品》卷二评欧词语，前面已经论述过。徐氏或许借助他人之语，表示对该词评的认同，将词的写情特色推许如此之高，未免不带有主情思潮的色彩。对《古今词统》颇有研究的丁放先生说："它高举'情'的旗帜，公正客观地评价了婉约与豪放两种词风。"②衡之所选和点评晏欧词作，信然。

肖鹏曾说《古今词统》的学术价值"远不能与《花草粹编》相比"③。从其附带的词评资料和晏欧三家词而言，《古今词统》的研究价值自有《花草粹编》所乏处。清初邹祗谟《远志斋词衷》云："卓词月，徐野君《词统》一书，搜奇葺僻，可谓词苑功臣。"是识见之语。

明代的词选，林林总总，数量繁多，然绝大多数围绕"花草"而选，因"花草"而论词。对于这种别样的词学生态，肖鹏从古籍流传与明人学风、复古溯源意识的影响、社会道德观念和审美情趣等角度，有过独到而精辟的原因诊断④。而花草独霸词坛局面的改变则有赖于后来明末清初云间派的出场，那是词学发展的新篇章。晏欧三家词也由于《草堂诗余》的遴选而进入明代各选家的视线，成为他们选词评词校词，甚或表达词学主张的对象之一。

五、创作范式与批评模式：词谱与晏欧三家词例

明代是格律谱中兴的发端与前奏，兼具词选与律谱性质的词谱问世是

---

① 《古今词统·序》，第 3 页。
② 《宋元明词选研究》，第 361 页。
③ 《群体的选择：唐宋人词选与词人群通论》，第 437 页。
④ 参《群体的选择：唐宋人词选与词人群通论》，第 440—448 页。

"明代词学的最大贡献"①,也是考察明代晏欧三家词研究与评判不可缺少的一部分。据江合友收辑整理,明代的词谱文献有 17 种之多②,不过除却讨论过的略带词调性质的一般词选外,实际符合的以格律选词的词谱类词选的也有 10 种。其间,周瑛《词学筌蹄》、张綖《诗余图谱》、徐师曾《文体明辨·诗余》、程明善《啸余谱》号称明代四大词谱,最具有代表性和研究性。下文即以之为例,结合有关资料阐述四大词谱与晏欧三家词作之研究与传播关系。

（一）明词谱的词选批评与传播价值

词谱在文学传播与接受的过程中,"可以专为填词者选成词法门径体,而非词法门径体的普通词选也能够被当作词法门径之选来阅读来接受"③。词谱作为一种特殊的词选,编选者的初衷当然是使所选之词成为"专为填词者选成词法门径体",也即词谱当中的词作是被编选者依照他的选词理念和标准来当作依谱填词的模式和范本,这些模式范本无疑打上了选者的批评印记而具有评价的功能。

不仅如此,词谱作为选本,当然同时具有传递作者之词作、承载选者之意图的传播价值。这种传播价值不仅仅体现在词体语言之特色、词作思想之内涵,更突出地表现为章法结构之法则和平仄韵律之要旨。这种作词法则不是静止的而是流动的,不是作者感性辞藻之显现,而是选家理性思维之宣扬。当一种词谱得到别人评议,甚至翻刻续选,哪怕是订正错误,从研究史意义而言,也包含传播与研讨的行为。

（二）明四大词谱的选词范式与晏欧三家词评价

晏殊、欧阳修作为接续南唐五代词风、开启宋代词坛新风的大家,明代几部有名的词谱中都有不少作品入选,作为审格定律之模版、依韵填词之范式。小晏之作也有入选。

1. 晏欧三家词在词谱中的具体分布

（1）周瑛《词学筌蹄》八卷,弘治七年（1494）编迄。《续修四库全书》1735 册影印清抄本,全书录调 176 个,词人 93 家词作 354 首。其中书录晏欧三家词 32 首,实际 16 首。

晏殊 2 首:《玉楼春》(绿杨芳草长亭路)、《蝶恋花》(帘幕风轻双语燕)。

欧阳修 11 首:《玉楼春》(妖冶肢肤天与措)、《蝶恋花》(谁向椒盘簪彩

---

① 张仲谋:《明代词学通论》,第 15 页。
② 《明清词谱史》附录《明代的词谱文献》,中国社会科学出版社 2008 年版。
③ 《群体的选择:唐宋人词选与词人群通论》,第 7 页。

胜)、《蝶恋花》(庭院深深深几许)、《踏莎行》(候馆梅残)、《临江仙》(柳外轻雷池上雨)、《浣溪沙》(湖上朱桥响画轮)、《浣溪沙》(堤上游人逐画船)、《浣溪沙》(小院闲窗春已深)、《浣溪沙》(雨过残红湿未飞)、《千秋岁》(楝花飘砌)、《渔家傲》(十月小春梅蕊绽)。

晏幾道 3 首:《玉楼春》(秋千院落重帘幕)、《蝶恋花》(庭院碧苔红叶遍)、《鹧鸪天》(彩袖殷勤捧玉钟)。

(2)《诗余图谱》六卷,补遗六卷,明万历二十七年(1599)谢天瑞刻本:全书录词 217 首,江西词人共计 8 家 43 首,其中:晏殊 12 首(实际 11 首),欧阳修 12 首(实际 6 首),晏幾道 7 首。其中谢天瑞补遗本 6 卷录词 194 首,补录晏殊 1 首。

晏殊 12 首:《望仙门》(玉池波浪碧如鳞)、《相思儿令》(昨日探春消息)、《滴滴金》(梅花漏泄春消息)、《玉楼春》(绿杨芳草长亭路)、《玉堂春》(斗城池馆)、《破阵子》(海上蟠桃易熟)、《瑞鹧鸪·咏红梅》(越娥红泪泣朝云)、《殢人娇·上寿》(玉树微凉)、《连理枝·庆寿》(绿树莺声老)、《山亭柳》(家住西秦)、《拂霓裳》(乐秋天)、《西江月·春情》(愁黛颦成月浅)。

欧阳修 6 首:《清商怨》(关河愁思望处满)、《朝中措》(平山栏槛倚晴空)、《洞天春》(莺啼绿树声早)、《雨中花·饯别》(千古都门行路)、《蝶恋花》(庭院深深深几许)、《摸鱼儿》(卷绣帘梧桐秋院落)。

晏幾道 7 首:《秋蕊香》(池苑清阴欲就)、《少年游》(绿勾栏畔)、《少年游》(雕梁燕去)、《临江仙·忆旧》(斗草阶前初见)、《解佩令》(玉阶秋感)、《两同心》(楚乡春晚)、《临江仙·饯别》(东野亡来无丽句)。

(3)《文体明辨·诗余》,万历建阳泥活字本:标录晏殊 11 首,实际 9 首;欧阳修 19 首,实际 14 首;晏幾道 8 首。

晏殊 9 首:《相思儿令》(昨日探春消息)、《玉堂春》(斗城池馆)、《望仙门》(玉池波浪碧如鳞)、《连理枝》(绿树莺声老)、《山亭柳》(家住西秦)、《滴滴金》(梅花漏泄春消息)、《殢人娇》(玉树微凉)、《瑞鹧鸪》(越娥红泪泣朝云)、《拂霓裳》(笑秋天)。

欧阳修 14 首:《蝶恋花》(帘幕风清双语燕)、《清商怨》(关河愁思望处满)、《梁州令》(翠树芳条颭)、《鹤冲天》(梅谢粉柳托金香)、《浣溪沙》(小院闲窗)、《洞天春》(莺啼绿树声早)、《越溪春》(三月十三寒食日)、《忆汉月》(红艳几枝轻袅)、《雨中花》(千古都门行路)、《玉带花》(青春何处风光好)、《贺圣朝影》(白雪梨花红粉桃)、《圣无忧》(世路风波险)、《朝中措·平山堂》(平山栏槛倚晴空)、《夜行船》(忆昔西都欢纵)。

晏幾道 8 首:《解佩令》(玉阶秋感)、《生查子》(金鞍美少年)、《鹧鸪天》

（彩袖殷勤捧玉钟）、《临江仙》（斗草阶前初见）、《秋蕊香》（池苑清阴欲就）、《少年游》（雕梁燕去）、《少年游》（绿勾栏畔）、《临江仙》（东野亡来无丽句）。

　　（4）《啸余谱·诗余》二十五卷，原书《啸余谱》卷二至卷四，明万历四十七年编迄，怀荫堂汇刻《明词汇刊》本：全书录词 579 首，词人 129 家，其中晏殊 11 首，实际 9 首，欧阳修 19 首，实际 12 首，晏幾道 7 首。

　　晏殊 9 首：《相思儿令》（昨日探春消息）、《玉堂春》（斗城池馆）、《望仙门》（玉池波浪碧如鳞）、《蝶恋花·春感》（帘幕风轻双语燕）、《连理枝·庆寿》（绿树莺声老）、《山亭柳》（家住西秦）、《滴滴金》（梅花漏泄春消息）、《瑞鹧鸪》（楚娥红泪泣朝云）、《拂霓裳》（笑秋天）。

　　欧阳修 12 首：《清商怨》（关河愁望处满）、《梁州令·东塘石榴》（翠树芳条覗鹤冲天）、《鹤冲天》（梅谢粉）、《洞天春》（莺啼绿树声早）、《越溪春》（三月十三寒食日）、《忆汉月》（红艳几枝轻袅）、《雨中花·饯别》（千古都门行路）、《御带花·元宵》（青春何处风光好）、《虞美人影》（碧纱影弄东风晓）、《圣无忧》（世路风波险）、《朝中措》（平山阑槛倚晴空）、《夜行船》（忆昔西都欢纵）。

　　晏幾道 7 首：《生查子》（金鞍美少年）、《鹧鸪天》（彩袖殷勤捧玉钟）、《临江仙》（斗草阶前初见）、《菩萨蛮》（哀筝一弄湘江曲）、《少年游》（雕梁燕去）、《少年游》（绿句阑畔）、《临江仙》（东野亡来无丽句）。

　　2. 晏欧三家词作入选原因及其特色

　　四大词谱共收晏欧三家词作 110 首（含重复），晏欧三家存词约有 640 首，选家又为什么要选这 110 首作为订谱填词之范呢？其实数字"110"仅是一个累计数，除去其间被选家重复辑录者实际选录 59 首：晏殊 14 首，欧阳修 30 首，晏幾道 15 首。这个数字基本与其词史贡献一致。为什么会是这样一种结果呢？笔者拟从以下两角度申述之：选家的取词标准和晏欧三家词作特色符合标准。

　　（1）明词谱的选词标准及范例

　　《词学筌蹄》作为"从《草堂诗余》脱胎的词谱萌芽"①，其草创之旨即要改变当时词坛被"花草"一手遮天的局面，为赏律填词者提供一个初级的范本："且逐调为之谱，圆者平声，方者侧声，使学者按谱填词，自道其意中事，则此其筌蹄也"②。书中所选之词大多源于《草堂诗余》，但原书只不过是一本普通的词选，没有格律词调之类的注释和说明，在词谱缺失的当时能够风行内外，亦见明词不振之其一端也。周瑛编选的初衷即是为弥补《草堂》之缺

---

① 江合友：《明清词谱史》，第 8 页。
② ［明］周瑛：《词学筌蹄·自序》，《续修四库全书》集部 1735 册，第 392 页。

陷，"以调为类"，取将相同或相近的词调编排一起，希冀给学词者提供一份以调识词、依调填词的更直观的蓝本。全书先具图式，后附例词，其效果恐非前本可比，"后学程度，较胜旧本"①即为明证。遗憾的是该本未能刻梓刊行，仅以抄本流传，世人多难以获见，故流传影响受到限制，然而以调取词的做法成了后来者纷起惯用的陈式。观览该书，周瑛在取词选域上，较为宽泛，从西蜀南唐至南宋后期，选词有姓名可查者 93 人，其中 60 余家为北宋词人，选词居首的周邦彦，计 51 首，其次秦少游 23 首，再次是苏轼录词 19 首左右，柳永与之大致相近，均为北宋词家，由此可见选者以北宋词为主的宗旨。《词学筌蹄》尽管在图式体例、词谱对应、漏调僻调等诸多方面存在不完善之处②，然词谱草创的文献之功不可忽视。

张綖的《诗余图谱》、徐师曾的《诗余》、程明善的《啸余谱》，此三大词谱的编撰刊刻、梓印流行，是明代中后期词学渐起复兴的征兆。至于三者的编选动机，陶子珍有过很好的考察，认为主要源于"循声定谱"之依本和"确保词之独特性"之目的③。而施议对先生在阐述"词谱"之功用时也表示："无论在词乐盛行之时，或是在词乐失传之后，讲究声律，注重词的形式美与音乐美，才能确保词在文学史上的独立存在的地位。词史上，总结词的这一声音规则的专门著作是'词谱'。"④

明人论词，好探求词史。一方面他们能正确地看到词与音乐之关系，"乐府、诗余，同被管弦"⑤，但是又走入另一个误区——把词的源头上溯到汉魏。明人林俊云，"词始于汉，盛于魏晋、隋唐而又盛于宋"⑥，显然把词和乐府诗混为一体，歪曲了词的起源和历史。明代中后期词坛，受诗文复古运动的影响，明人对词史的认识贵古贱今，甚至盲目崇古，认为词体是源出六朝乐府者的人很多，如王世贞"词者，乐府之变也"，并进一步申述道："昔人谓李太白《菩萨蛮》、《忆秦娥》，杨用修又传其《清平乐》二首，以为词祖。不知隋炀帝已有《望江南词》。盖六朝诸君臣，颂酒赓色，务裁艳语，默启词端，实为滥觞之始。"⑦当然作为自觉选词订谱的编者，一些人还是有超乎常人的眼光，比如张綖《草堂诗余别录》卷首题识云："诗余者，唐宋以来之慢调也。""诗余"与"慢调"画上等号，是没有明晰曲子词体式发展由小令至慢词的流

---

①　[明]林俊：《词学筌蹄·序》，《续修四库全书》集部 1735 册，第 391 页。

②　张仲谋：《明代词学通论》，第 26—28 页。

③　陶子珍：《明代词选研究》，第 251—253 页。

④　施议对：《词与音乐关系研究》，中国社会科学出版社 1985 年版，第 293 页。

⑤　[明]徐师曾：《文体明辨·诗余·序》，《四库存目丛书》集部 312 册，第 545 页。

⑥　[明]林俊：《词学筌蹄·序》，《续修四库全书》集部 1735 册，第 392 页。

⑦　[明]王世贞：《艺苑卮言》，《词话丛编》本，第 385 页。

变进程。然明乎词源于唐,已比"汉魏""六朝"说者前进了一步。不仅如此,一些词谱选者还能用辨析的思维分辨词与乐府之区别。前述的徐师曾不仅看到了乐府、诗余都有音乐之特点,还能指出二者之差别:"特乐府以曒径扬厉为工,诗余以婉丽流畅为美。此具不同耳。"①于是又派生出比较自觉的词体意识:诗歌以铺张扬厉为善,词体以妩媚婉转为尚,张綖则明确提出,"按词体大略有二:一体婉约,一体豪放。婉约者,欲其词情蕴藉;豪放者欲其气象恢弘……大抵词体以婉约为正"②。张綖不仅指出词分"豪放""婉约"二体,更明示"词以婉约为正"之看法,对后续词的发展影响深远。稍后的徐师曾进一步发挥云:"词贵感人,要当以婉约为正,否则虽极精工,终乖本色。"③因此在这些词学评价观的影响下,他们希望词谱所选之词既合词调规范之要求,又具"婉约"本色之面目,唯如此才能作为按谱填词之模本范式,才能确保词体之独特性,因而在取词标准上,"今所录为式者,必是婉约,庶得词体又有惟取音节中调,不暇择其词之工者,览者详之"④。取范北宋词为多便是当然的选择。

《词学筌蹄》取北宋词家 60 余人,且以周邦彦为最 51 首。南宋仅辛弃疾 10 首,其余皆不足 5 首。《诗余图谱》和《啸余谱·诗余》两书据陶子珍统计,前者录词 5 首以上的 9 家计词 86 首悉属北宋;后者选词 10 首以上的有 7 家 143 首,亦以北宋为多⑤。徐师曾《文体明辨·诗余》收南唐五代至金元 82 家(不含姓名残缺者。宋代词人 51 家,唐五代 29 家,金元 2 家)词作 458 首,约占全部词选(575 首)的 80%。其中 10 首以上的有十五家:周邦彦 44 首、辛弃疾 40 首、柳永 28 首、秦观 27 首、毛文锡 21 首、孙光宪 21 首、欧阳修 19 首、苏轼 17 首、韦庄 15 首、张先 15 首、康与之 14 首、温庭筠 13 首、顾敻 13 首、晏殊 11 首、和凝 10 首。北宋七家词作 161 首,南宋两家 54 首,唐五代六家 93 首。四大词谱综合析之,选入词数最多的前 10 名中北宋词人占了六家:周邦彦 143 首,辛弃疾 95 首,柳永 87 首,秦观 82 首,苏轼 62 首,欧阳修 56 首,张先 51 首,孙光宪 43 首,毛文锡 42 首,康与之 37 首。取词倾向权重北宋,形势判然。

词学史上多以豪放而论的辛弃疾虽跻身前列,然细观其入选词作,率多亦是清新婉丽之体。如《文体明辨》卷九《诗余》卷二十二上《乌夜啼》(山行,约范廓之不至)即是。

---

① ［明］徐师曾:《文体明辨·诗余·序》,《四库存目丛书》集部 312 册,第 545 页。
② ［明］张綖《诗余图谱·凡例》,《续修四库全书》集部 1735 册,第 473 页。
③ 同注①。
④ 同注②。
⑤ 陶子珍:《明代词选研究》,第 255 页。

（2）晏欧三家词符合依谱填词之要求

词谱之作，不仅仅是为存世存史，更重要的是因符合选者对词学的认识和评价，从格律是否符合词体词调规范，到作为审美鉴赏的对象是否具备引起审美愉悦的美感特质，从而决定能否以之为作词的范式，以期引起从学者的瞩目留意。我们不否认，由于选家主客观的原因，某些谱体图式、音韵结构本身就存在错讹，或者范例词作实际上因偏离了选家选词的标杆和准则，以至失了范本的意义。然而一般而言，绝大多数范式还是作者的精品之作，值得学习和参考。所选晏欧之词基本符合这些词谱作词范式要求，这是入选的基本原因。

第一，《词学筌蹄》中，晏殊入录 2 首，分别是位于卷一的《玉楼春·春思》（绿杨芳草长亭路）和卷三的《蝶恋花》（帘幕风轻双语燕）。

该书《玉楼春》范例共选有 10 首（宋祁、毛滂、晏殊、温庭筠、欧阳炯、谢逸、周邦彦、李煜、欧阳修、晏幾道各一首），平仄格律图式为①：

　　○○○□□○□。□□○○○□□。□○○□□○○。□□○○○□□。
　　○○○□□○○。□□○○○□□。□○○□□○○。□□○○○□□。

所选范例第一例为宋祁的"东城渐觉春光好"一阕，晏殊词为范例第 3 阕，原词如下：

> 绿杨芳草长亭路年少抛人容易去楼头残梦五更钟花底离愁三月雨〇无情不似多情苦一寸还成千万缕天涯地角有穷时只有相思无尽处（春情）

对照图式，分片断句，符合其词本来面目：

> 绿杨芳草长亭路，年少抛人容易去。楼头残梦五更钟，花底离愁三月雨。　　无情不似多情苦，一寸还成千万缕。天涯地角有穷时，只有相思无尽处。

1 章 8 句，平仄相谐，格律谨严。抒情画境，意味无穷。李攀龙评云："春景春情，句句逼真，当压倒白玉楼矣。"②可谓的论。而陈廷焯则谓："凄艳。低回反复，言有尽而意无穷。"③当为赏音之识。今人詹安泰先生也深以为

---

① "圆者平声，方者侧声。"周瑛《自序》。
② ［明］李攀龙：《草堂诗余隽》，引吴熊和主编：《唐宋词汇评》（两宋卷），第 163 页。
③ ［清］陈廷焯：《闲情集》卷一，同上。

赏:"既不露调炼的痕迹,也不着浓艳的字眼,而情景逼真,含蓄无穷。"①艺术水准之高,于斯可见,难怪选家于词尾题曰"春情",算是能见词心。

欧阳修的《玉楼春》位列第8,原词如下:

> 妖冶肢肤天与措清瘦肌肤冰雪妒百年心事一宵同愁听鸡声窗外度〇信阻青禽云雨暮海月空惊人两处强将离恨倚江楼江水不能流恨去(妓馆)

今《全宋词》第1句前4字作"艳冶风情",其余一致,全词句读如下:

> 艳冶风情天与措。清瘦肌肤冰雪妒。百年心事一宵同,愁听鸡声窗外度。　　信阻青禽云雨暮。海月空惊人两处。强将离恨倚江楼,江水不能流恨去。

上片前两句描写女性妖艳肌肤,次两句转述心事,为下片抒情过渡。下片4句集中笔墨抒发女性知音隔离、情愁满腹的凄苦情态,令人同情。都是写情愁离恨,相较而言,欧词语言风格不如晏殊缠绵悱恻而略显疏朗隽切,或许不够"委婉"本色,故列晏殊词之后吧。

至于卷三《蝶恋花》词调中入选欧阳修的"庭院深深深几许"②一阕早在宋代就引起世人注意,如李清照虽对欧阳修词作颇有訾议,然而也"酷爱之,用其语作'庭院深深'数阕,其声盖即旧《临江仙》也"③。清黄苏《蓼园词评》云:"第词旨秾丽,即不明所指,自是一首好词。"该词见载典籍者,不绝如缕,的的堪称经典之作,入选词谱无可非议。

卷五中的晏幾道名作《鹧鸪天》(彩袖殷勤捧玉钟)被当成第6例选入。

第二,《诗余图谱·凡例》有云:"图后录一古名词以为式,间有参差不同者,惟取其调之纯者为正,其不同者,亦录其词于后备参考。"④是书晏欧三家词作共有25首入选,每人有6首以上入录,算是辑录较多的词谱选本。相比《词学筌蹄》,张綖的《诗余图谱》在图式上多有创建,不仅用图例分清平仄,

① 《詹安泰词学论稿》,汤擎民整理,广大人民出版社1984年版,第418页。
② 关于本词归属问题,争论久远。中华书局1999年版的《全宋词》已不见录,而中国书店2001年版的邱少华《欧阳修词新释辑评》特别说明增补为欧阳修作,参该书《前言》。本文从邱说。
③ [宋]李清照:《漱玉词·临江仙序》,《全宋词》第2册,第1205页。又见《李清照集注》,徐培均笺注,上海古籍出版社2004年版,第108页。
④ [明]张綖:《诗余图谱》谢天瑞刻本,《续修四库全书》1735册,第472页。

而且注明可平可仄之处,另还标明了段落句数和韵脚,填词之规愈加明细。如卷一晏殊的《相思儿令》,全词分前后两段,前段 4 句 2 韵 22 字,后段 4 句 3 韵 25 字,首句均为 6 字。晏殊此词被选为正体置首,也是唯一的范例:"昨日探春消息,湖上绿波平。无奈绕堤芳草,还向旧痕生。有酒且醉瑶觥。更何妨、檀板新声。谁教杨柳千丝,就中牵系人情。"此首明卓人月评曰:"春来依旧生芳草,何其逼肖。"①《全宋词》中以《相思儿令》名调的只有 3 首,晏殊两首,张先 1 首。但张先的体式与之略有不同:前段 4 句 21 字,起首句 5 字;后段 4 句 24 字,殆为《相思儿令》的变体乎?

晏殊的另一首《山亭柳·赠歌者》位于卷四的中调类。该词牌也是双调,前段 7 句 5 韵 37 字,首句 4 字平韵起;后段 7 句 5 韵 42 字,起句 7 字。该词调也是独自一式,别无备体。叶嘉莹先生认为本词于晏殊词中有两个特例,一为风格之"声情激越、感慨悲凉",一改向来"圆润平静"之貌;一则"大晏词一向都不曾加冠标题,而这首词却偏偏有个《赠歌者》的题目"②。叶先生的确颇有深悟,能道出晏殊词不同寻常的一面。法国艺术家布封有言"风格即人",虽有绝对之嫌,委实也道出了文学风格与作家个性之关系。笔者以为词作风格情态就像人的个性一样,都是复合体,文学创作中,也很难有作家的文学风格纯粹只是一个平面、一维性,相反是复合的、立体的、多维性的。悠游从容的太平宰相晏殊,其词也并非一味地"字字珠玑,句句圆润",委婉含蓄、缠绵悱恻,这首以歌伎口吻写就的词章,让人窥见这个所谓"尽显富贵气"的台阁词人的另一面人生,殊为可贵。《诗余图谱》中还有一首中调《破阵子》(海上蟠桃易熟)正是晏殊词。该词牌本应是双调两段,各 31 字,5 句 3 平调,但误写成"五句三韵三十二字",不知是张綖原词谱如此,还是翻刻者谢天瑞的笔误。对于该词入选因素,笔者以为一则从词调意义而言,《破阵子》始于晏殊《珠玉词》;从艺术性特质看,正如先师刘扬忠先生有过的精辟分析:"选取有特定含义的意象,对离情别恨进行映衬、烘托和渲染"③。窃以为此词虽可凭写法优势得居范例,然而综合衡虑恐未若另一首《破阵子》(燕子来时新社)。此词一抛烂熟的离情别绪而将目光转移到描写农村女性的春游情景,给人耳目一新之感,在艺术上也别有特色,"风神婉约"④,人物勾画也是栩栩如生,"如闻香口,如见冶容"⑤。填词能如此,未有不具范式之理。

---

① [明]卓人月选辑:《古今词统》卷六,第 197 页。
② 叶嘉莹:《迦陵论词丛稿》,北京大学出版社 2008 年版,第 110 页。
③ 刘扬忠编著:《晏殊词新释辑评》,第 3 页。
④ [明]陈廷焯:《闲情集》卷一,转引吴熊和主编:《唐宋词汇评》(两宋卷),第 162 页。
⑤ [清]许昂霄:《词综偶评》,《词话丛编》本,第 1550 页。

《诗余图谱》卷六选欧阳修少有的所谓长调《摸鱼儿》，仅作备体，该调正体为辛弃疾脍炙人口的"更能消几番风雨"一阕。《摸鱼儿》词调，宋词以晁补之《晁氏琴趣外篇》所收为最早，一般以之为准作正体。但原书所附云，前段 10 句 6 韵 57 字，首句 7 字；后段 11 句 6 韵 59 字。今衡之以龙榆生《唐宋词格律》所附晁补之《摸鱼儿》词调，《图谱》所付图式平仄错讹甚多，且后段应为"七韵"而非"六韵"，亦不合辛弃疾原词。其正格为：

上片：仄平平、仄平平仄，平平平仄平平仄（韵）。中平平仄平平仄，平仄仄平平仄（韵）。平仄仄（韵），仄中仄、中平中仄平平仄（韵）。中平中仄（韵）。仄仄仄平平，中平中仄，中仄仄平平仄（韵）。

下片：平平仄，中仄平平仄仄（韵），平平平仄平仄（韵）。中平中仄平平仄，中仄中平平仄（韵）。平仄仄（韵），仄中仄、中平中仄平平仄（韵）。中平中仄（韵）。仄仄仄平平，中平中仄，中仄仄平平仄（韵）。

欧词作为备体，字数体例断有变革。且看全词：

> 卷绣帘、梧桐秋院落，一霎雨添新绿。对小池闲立残妆浅，向晚水纹如縠。凝远目。恨人去寂寂，凤枕孤难宿。倚阑不足。看燕拂风檐，蝶翻露草，两两长相逐。　　双眉促。可惜年华婉娩，西风初弄庭菊。况伊家年少，多情未已难拘束。那堪更趁凉景，追寻甚处垂杨曲。佳期过尽，但不说归来，多应忘了，云屏去时祝。

首句 8 字，比原调多 1 字，无疑影响全词的平仄转换，基本上除了押韵处，每句平仄皆有与原调不合之处。对此，清万树早有只眼，论道："此调惟欧公有此词，宋、元诸公无有作者。后段（应为'前段'）起句多一字，次句平仄亦异，三句亦多一字。结用'长'字，平声。俱与本调不合。后段则竟全异，结用'屏'字，平声，亦不谐。虽录于此，然必系差错，不可法也。"①艺术上尽管有人言"全篇写得层次分明，有条不紊，一步步描绘闺中人多情而柔顺，在苦恼中善于自制的女子的性格，笔触细腻，形象丰满，叙事、写景、抒情打成一片，诚长调中的佳作"②。合而观之，笔者以为，欧阳修此词仅当备体存史之用，当作词谱范式多有不妥。

卷二的小令《少年游》一调，以晏几道词为唯一示范标兵。先看词谱给的体例格式：

前段六句二韵二十六字

---

① ［清］万树：《词律》卷十九，上海古籍出版社 1984 年版，第 436 页。
② 邱少华编著：《欧阳修词新释辑评》，第 254 页。

　　□○□●首句四字　◐○□●两句四字　◐●●○○三句五字　平韵　◐○□●四句四字　◐○□●五句四字　◐●●○○六句五字　仄叶

　　后段同前

　　(说明:"◐",表示可平可仄)

　　晏幾道的《少年游》(绿勾栏畔),从现有流传角度看,并非一首名篇佳作。其全词如下:

　　　　绿勾栏畔,黄昏淡月,携手对残红。纱窗影里,朦腾春睡,繁杏小屏风。　　须愁别后,天高海阔,何处更相逢。幸有花前,一杯芳酒,欢计莫匆匆。

　　上词用通常的平仄表示:

　　　　仄平平仄,平平仄仄,平仄仄平平(红,押东韵)。平平仄仄,平平平仄,平仄仄平平(韵)。　　平平仄仄,平平仄仄,平仄仄平平(韵)。仄仄平平,仄平平仄,平仄仄平平(韵)。

　　本词上下两片,各26字,4平韵。通过对比发现,上片符合图谱所示,但下片之第4句与上片第4句的平仄刚好相对,一作平平仄仄,一作仄仄平平,这两处平仄声韵不能互相转换成一致,因此此谱图式后段与前段并非完全相同。

　　《少年游》的格律,各家体制不一。如万树《词律》以毛滂词首句"遥山雪气"为第1体,上下片各25字,上片3平韵,下片2韵,其他词人诸如向子諲、张耒等为别体;而柳永词首句"淡黄衫子郁金裙"为51字的别体,上片3韵,下片2韵;晏幾道的另一首首句"西楼别后"同为51字,但属上片2韵,下片3韵,与柳永有所不同。① 而《钦定词谱》的选体原则是"必以创始之人所作本词为正体"②。从体制渊源看,一般认同《少年游》源于晏殊《珠玉词》,因词中有"长似少年时"之句,遂取名。《钦定词谱》以晏殊之词《少年游》(芙蓉花发去年枝)为正体,双调50字,前片5句3平韵,后片5句2平韵,其余为别格。前述晏幾道的那首"双调五十二字"词作为别体附于其中③。

　　《诗余图谱》将晏幾道这首既不合传统"少年游"之正体格式,艺术性和

―――――――――

① 参《词律》卷五,第156—157页。

② 《钦定词谱·发凡》,中国书店出版社1983年版。

③ 参《钦定词谱》卷八,第505—511页。

流行性也不如他的另一首同体的《少年游》(离多最是)当成第 1 体,的确费思量,从选编眼光而言,或不如《古今词统》。后者选《少年游》一调 10 首,晏几道的"离多最是"一阕即当第 1 体①。

第三,《文体明辨·诗余》中,晏欧三家实有词 31 首:晏殊 9 首,欧阳修 14 首,晏几道 8 首。

卷八《蝶恋花》有晏殊祠一阕。该谱云:"《蝶恋花》,一名《凤栖梧》、一名《鹊踏枝》,双调,中调。"词谱图式为双调,每段 5 句 4 韵 30 字:

平(可仄)仄平(可仄)平平仄仄(韵,七字句)。仄(可平)仄平平(四字句)。仄(可平)仄平平仄(叶,五字句)。仄(可平)仄平(可仄)平平仄仄(叶,七字句)。仄(可平)平仄(可平)仄平平仄(叶,七字句)。后段同。

晏殊词《蝶恋花》:

> 帘幕风轻双语燕。午醉醒来,柳絮飞撩乱。心事一春犹未见。余花落尽青苔院。　　百尺朱楼闲倚遍。薄雨浓云,抵死遮人面。消息未知归早晚。斜阳只送平波远。

对比所附图式,晏殊词平仄相谐,音韵相称,句式无碍。写法上,前段重在描写暮春景致,后段着意怀人思远,全词描景写情融为一体,委婉含蓄而富有韵味,尤其结尾两句,倍受评议,如《蓼园词选》云:"沈际飞曰:'犹未见''心事'句,'余花'落句,并不寻常。又曰:'斜阳'送波,远望之淡然,然其中甚切,不许速领,必数过之。按'心事'两句,言心事未见有春意怡人处,而春已阑矣。'消息'两句,言春归未知早晚,而斜照'平波',已是送春归模样矣,确是暮春。"②

卷一欧阳修词《清商怨》一阕是唯一作为该词调的范式。图式:

平(可仄)平平(可仄)仄仄(可平)仄(可平)仄(韵,七字句)。仄(可平)仄(可平)平仄(可平)仄(叶,五字居)。仄(可平)仄平平(四字句)。平(可仄)平平仄仄(叶,五字句)○平(可仄)平(可仄)平平仄仄(叶,六字句)。仄(可平)仄仄仄(可平)平平(可仄)仄(叶,七字句)。仄(可平)仄平平(四字句)。平(可仄)平平仄仄(可平)(叶,五字句)。

是书《清商怨》为双调 8 句 6 韵 44 字(前段 21 字,后段 23 字)。所附欧词:

---

① 《古今词统》卷六,第 226 页。
② [清]黄苏:《蓼园词评》,《词话丛编》本,第 3051 页。

> 关河愁思望处满。渐素秋向晚。雁过南云,行人回泪眼。 双
> 鸾衾裯悔展。夜又永、枕孤人远。梦未成归,梅花闻塞管。

全词音律谨严,符合所附平仄音韵图式。《全宋词》中,仅存一格,其余《清商怨》格律均与欧词不同。艺术上,本词起承转合之间,宛然犹见满腔愁思,"音节之间,如有所咽而不得舒"①,却悲而不壮,儿女情长之意自渗于字间,颇有永叔词貌。

第四,《啸余谱·诗余》中,晏殊实有 9 首,欧阳修 12 首,晏幾道 7 首,共 28 首。试举隅一二。

《诗余》卷十一"时令题"《玉堂春》(双调、中调)有晏殊一阕,词谱合一如下:

斗(可平)城池馆(韵四字句)二(可平)月风(可仄)和烟(可仄)煖(叶六字句)绣(可平)户珠帘(四字句)日(可平)影初长(更韵四字句)玉(可平)佩金鞍(四字句)缭(可仄)绕沙堤路(五字句)几(可平)处行人映绿杨(叶七字句)○小(可平)槛朱阑回(可仄)倚(六字句)千(可仄)花泪(按,《全宋词》作"浓"字。)露香(叶五字句)脆(可平)管清弦(四字句)欲(可平)奏新翻曲(五字句)依(可仄)约林间坐夕阳(叶七字句)

《玉堂春》为中调,前后两段,双调61字,前段7句2仄韵、2平韵,后段5句2平韵,其正格为:

前段:仄平平仄(韵)。◎仄◎平平仄(韵)。仄仄平平,仄仄平平(韵)。仄仄平平,仄仄平平仄,仄仄平平仄仄平(韵)。

后段:仄仄◎平平仄,平平平仄平(韵)。仄仄平平,仄仄平平仄,◎仄平平仄仄平(韵)。(注:◎表示可平可仄)

晏殊词为:

> 斗城池馆。二月风和烟暖。绣户珠帘,日影初长。玉缲金鞍、缭绕沙堤路,几处行人映绿杨。 小槛朱阑回倚,千花浓露香。脆管清弦、欲奏新翻曲,依约林间坐夕阳。

《全宋词》中《玉堂春》词调只存晏殊 3 首,此词格律正和《啸余谱》所载,当为正格,供填词所依之范式。其余 2 首,稍有偏差。如首句"帝城春暖"阕,前段第 2 句"御柳暗遮空苑","暗"字仄声;后段第 2 句"新英遍旧丛",

---

① [明]卓人月选辑:《古今词统》卷四,第 135 页。

"遍"字仄声；结句"触处杨花满袖风"，"独"字仄声；另一首"后园春早"阕，前段第 2 句"残雪尚濛烟草"，"残"字平声，"尚"字仄声；后段第 1 句"忆得往年同伴"，"往"字仄声，皆与范例有异。谱内可平可仄之处据此。

从写法上看，本词移步换景，层层深入，展示了家居晏乐的生活场景，"算得上是一次自我化的表现"①。

卷二十二（中）"三字题"类有欧阳修《朝中措·平山堂》1 首。词谱合为：

平（可仄）山阑（可仄）槛倚晴空（韵七字句）山（可仄）色有无中（叶五字句）手（可平）种堂（可仄）前垂（可仄）柳（六字句）别（可平）来几（可平）度春风（叶六字句）○文（可仄）章太（可平）守（四字句）挥（可仄）毫万（可平）字（四字句）一（可平）饮千钟（叶四字句）行（可仄）乐直（可平）须年（可仄）少（六字句）尊（可仄）前看（可平）取衰翁（叶六字句）

《朝中措》一词，本为小令，双调，前段 4 句 3 平韵 24 字，后段 5 句 2 平韵 24 字，其格为：

前段：◎平◎仄仄平平（韵），◎仄仄平平（韵）。◎仄◎平◎仄，◎平◎仄平平（韵）。

后段：◎平◎仄，◎平◎仄，◎仄平平（韵）。◎仄◎平◎仄，◎平◎仄平平（韵）。

欧词，原作题《送刘仲原甫出守维扬》：

> 平山阑槛倚晴空。山色有无中。手种堂前垂柳，别来几度春风。
> 文章太守，挥毫万字，一饮千钟。行乐直须年少，尊前看取衰翁。

这首《朝中措》是欧阳修的一篇名作，大概成于宋至和三年（1056），送别好友刘敞出知扬州时作。全词平起平收，前后两段九句五平韵 48 字，音韵和谐，宛然铿锵，遣词造句，幡然有色，尤其是点化前人诗句，词尽其妙，沈祥龙云："用成语，贵混成，脱化如出诸己……欧阳永叔'平山阑槛倚晴空。山色有无中'，用王摩诘句，均妙。"②堪为慧眼识珠之言。《啸余谱》中入选此例，亦见选者之眼光矣。

总之，四词谱所选晏欧三家例词，大部分都是小令，无论是音韵平仄还是艺术思想，都堪称词中的精品。它们格律和谐，风格委婉，词句通畅，符合选家"宗北宋"词风的取向，其间稍有异者，亦因词情真挚、风格别致、名句脍炙

---

① 刘扬忠编著：《晏殊词新释辑评》，第 182 页。
② ［清］沈祥龙：《论词随笔》，《词话丛编》本，第 4059 页。

人口而为人称颂。由此证明,明代词谱对晏欧三家词的选取主要是因为这些词作能够满足选家以调存使和倚声填词的两大实用目的。

六、明词创作上对晏欧三家词的借鉴与吸取

明词创作上对晏欧三家词的借鉴与吸取主要表现为拟作与追和两种方式,包括仿拟风格、词情内容及拟韵、步韵、次韵、依韵等诸种模仿与追和形式的词。

(一) 明代和宋词与追和晏欧三家词概况

有明一代,据笔者对《全明词》及《全明词补编》统计,被模拟追和词作数占前 10 位的词人及词作数量分别是:苏轼 167 首,辛弃疾 86 首,崔与之 76 首,欧阳修 58 首,周邦彦 52 首,黄庭坚 41 首,秦观 41 首,朱淑真 29 首,柳永 28 首,李清照 24 首。这 10 人中,属于北宋词人 6 位,苏轼、欧阳修、周邦彦、黄庭坚、秦观、柳永;南宋词人 4 位,辛弃疾、朱淑真、李清照、崔与之,反映了明人在词学观念上重北宋轻南宋的复古尊体倾向。

晏欧三人至少有 17 调 71 首被模拟追和,牵涉明代词人 19 人,其中晏殊 5 首,欧阳修 58 首,晏幾道 8 首。追和数量最多的明词人是夏言,3 调 20 首,其次陈铎 9 调 13 首,王屋 1 调 12 首。在 71 首明人拟作和韵作品中,仅仅模拟体式音调者最少,只有徐𤊹的《浪淘沙》1 调 8 首,依韵而和的 7 首,最多的则是次韵词,56 首。

(二) 明人追和晏欧三家词的基本缘由和动机

明代为什么会出现如此之多的模拟追和前代之词呢? 存在着怎样的追和动机? 探求这些问题有助于了解明代的词作词风和词作观念,以及对前代词作的研究、接受心理和审美情趣。本文重点以追和晏欧三家词为例,研讨明人追和宋词的基本动机和缘由。

追和词就其活动范围和基本属性而言,其实质属于唱和词的跨时空表现。有人统计,"明初至正德末约 200 年间,《全明词》约有 316 首和词。而嘉靖年间,唱和词数量、唱和词人、唱和活动都迅速增加"①。尤为典型的唱和词人如高官达人夏言,《全明词》及《补》收其词 362 首,其中和词至少 141 首,陈铎存词 147 首,和宋词则 122 首,占其本身词作的比例甚高。从和晏欧三家词的数量分析,这二人也算是晏欧词的拥趸,他们合计追和晏欧三家词

---

① 李桂芹:《唱和词的演变及其特征》,《五邑大学学报》(社会科学版),2008 年第 10 期。

35 首,近乎占明代全部和晏欧词的一半。明代作为词学史上的所谓"衰歇期",为什么追和宋词却如此之多? 其内在缘由和动机或可从以下三个方面考虑。

1. 名篇的光环效应

异代的文学作品要引起后人的注意,甚至由视觉的浏览赏析到心动手痒放手研究模拟,这个过程的生发完成必须由原作本身和接受者两方面的因缘相合。一些宋词之所以受明人青睐而一和再和乐此不疲,是因为宋词本身在此前的历史传播过程中已具有较高的口碑和流传度。换言之,在明人接受认可之前就具有被人激赏的历史。这些作品当然就是所谓的名篇或经典——经典的文本往往具有光环效应,即能够依凭自身艺术或情感的特出而增添光彩,扩大流传范围和传播场合,从而吸引更多的词客或赏者注意。在《花》《草》几乎牢笼天下、宋词别集文本并不多见的明代,经典的作品尤能吸引选家、刊刻家、评家和词家的目光,从而又进一步加速了文本的流布和传播,促进了经典化的过程,扩大了名篇的传播效应。

先分析一下晏欧三家词的名篇追和现象。陈铎的 3 篇追和晏殊词,其原作基本都有一定的名气。《玉楼春·和晏同叔》(画楼东畔临官路),原作为晏殊之《玉楼春》(绿杨芳草长亭路)。该调《全宋词》中仅收晏殊词 1 首,其词的艺术质量和艺术魅力长期以来受到世人关注和品评激赏。明代李攀龙《草堂诗余隽》云:"春情春景,句句逼真,当压倒白玉楼矣。"沈际飞《草堂诗余正集》卷一云:"爽快决绝,他人含糊不是。"[1]今人詹安泰也欣赏有加,认为该词风格清雅含蓄,"既不露雕炼的痕迹,也不着浓艳的字眼,而情景逼真,含蓄无穷"[2]。陈铎的另一首和晏殊之作《蝶恋花·和晏同叔》(昼永湘帘通乳燕),原作为《蝶恋花》(帘幕风轻双语燕)。这一首的名气稍次于前一首,然而某些句子耐人品味咀嚼,也提升了作品的总体认可度和传播热度,不失为一篇佳作。王世贞对其中的末句"斜阳只送平波远"深以为赏,赞曰:"淡语之有致者也。"[3]至于《浣溪沙》(且称红颜劝酒杯)一首追和的是《珠玉词》中的杰出代表、宋词史上最为有名气之一的《浣溪沙》(一曲新词酒一杯)阕。对于这首千年传诵之作的历史美誉和卓越口碑,无须废辞引用诠注,今天谈及晏殊词,首先想到并且朗朗上口即是"无可奈何花落云,似曾相识燕归来",足以证明它的魅力所在。

名篇所累积发散的绚丽光彩和勃发张扬的艺术生命,总是吸引后人不断

---

① 转引《晏殊词新释辑评》,第 193 页。
② 《宋词散论》,广东人民出版社 1980 年版,第 190 页。
③ 《艺苑卮言》,《词话丛编》本,第 388 页。

去揣摩吟咏、追和发掘,从而进一步加速词篇成为传世久远、经久不衰的经典之作。茅维(1574—?)《蝶恋花·春恨,次欧阳永叔》(庭院深深深几许)两首即是对欧阳修传世之作的次韵追和。王屋之作《鹧鸪天·和小山韵》(见说新来小字工)则是依韵晏幾道名篇《鹧鸪天》(彩袖殷勤捧玉钟)。

2. 借和晏欧词,抒发自我情怀

倘若说前面多属外因的话,那么以和词为躯壳,包装自己真实的主观叙事和情感需要则是模拟追和词产生的最根本的动力因素。明代晏欧三家词的异时代克隆,尽管是流于外在的形式而缺乏内在精神血脉的再现,然而这正是明人所需要的一种表达方式。

借韵宋人,表自我情怀,这是大部分明人追和宋词的基本出发点,利用这种方式一则可以学习先人作词之法,提高词艺,另则尤为重要的是,可以依凭和宋之作或纯粹单表一己之怀或与古人隔代同调共鸣。

邵圭洁的《拂霓裳》(水边天)一阕明确告示此词写作缘由:"夏日西归,游湖山周子,避暑王氏山亭,案上得晏同叔调,用韵纪事。"①这首追和晏殊词,作者明白无误地记叙他的创作过程:外出游玩回来后,偶然翻阅晏殊的词章,而后发现《拂霓裳》一调引人兴趣,经过一番揣摩思考之后,按调填词,用之书写这次游山玩水及其感会兴发。此调整个《全宋词》仅晏殊3首②,堪为宋词的绝响。明人邵圭洁的和词:

> 水边天。亭馆梧桐午阴圆。残睡醒,隔林一缕起茶烟。绿云闲护榻,黄鸟自和弦。系归船。共相知,相对语流年。　　长安赤日,行路上,许多难。争似我,逢场借兴即开筵。高吟抒逸思,细饮转酡颜。且成欢。待晚凉、骑马过山前。③

邵氏的和词写法与晏氏原词第3首一致,上片重写景,下片重抒情。晏殊发抒的是趁时而欢的喟叹,而本首和词下片前几句字里行间渗透的是一股遇世不仕的人生悲凉,联想邵圭洁终生只中举人的潦倒身世,其情其感之深彻刺痛亦可窥一,沉郁而悲抑;下片的情感基调似有所上扬,词人仿佛从前面的沉痛中醒悟过来,抬头疾呼:"高吟抒逸思,细饮转酡须。且成欢。"词人写的毕竟是回忆游山玩水。自然山水的游兴逸思会冲淡词人的沉郁伤感,于是登高一呼,抑郁不平之气也会发散在空阔的天际,而把酒言欢更是暂时忘却

---

① 《全明词》,第902页。
② 《全宋词》第1册,第133页。
③ 《全明词》,第902页。前两句原本有脱落,今据《全明词》编撰者改。

痛苦的最好良药。或许邵圭洁从晏殊词的写景言情中受到启发,但二者所抒之情迥然不同。因此邵氏和词不过是借晏殊的《拂霓裳》一曲的写法来宣泄自己的胸中块垒而已。

3. 某些词体的激赏吸引

这里所谓的"词体"包含词调及整体风格特色。某些明代词人出于对前代宋词某种体制特色的兴趣,也会促使产生模拟追和的冲动。比如沈谦(1620—1670)《醉花阴·用李易安体·春雨》(婷尽潺潺帘外雨)①、《昼夜乐·用柳屯田体》(清和风暖樱桃醉)②;杨慎《满江红·咏菊,效稼轩词论体》(唤醒灵均)③,等等,可看作对这些词人词体的敬仰和兴趣,而后模拟创作。

明人追和晏欧词基于这种因素的作品主要体现在对欧阳修鼓子词《渔家傲》一体的欣赏追和。以《渔家傲》词调分写十二个月的鼓子词,是欧阳修的首创,将民间喜闻乐见的鼓曲形式加于词体,自创作诞生以来就受人欣赏捧场。前文已论,宋元以来,皆有模仿者。明代对欧阳修《渔家傲》一体感兴趣的主要有夏言《渔家傲·和欧阳一十六阕》④和《渔家傲·次欧阳文忠公韵二十首》——实际仅存 4 首⑤、王屋《渔家傲·和欧阳六一十二月鼓子词,依原韵》12 首⑥。他们的和作包含上述两种类型。对一个词调追和这么多首,出于兴趣与欣赏的目的是大致不错的。

4. 借和原作,追怀原作者

明代追和晏欧词的原因,还有一种别样的因素,既不是因为词体形式,也不是纯粹借以津梁表己之情绪,而是出于对原词作者的怀念与凭吊。这主要表现在明末两首追和欧阳修的《朝中措》。一则李渔之《朝中措·平山堂,和欧公原韵》,一为归庄之《朝中措·平山堂,和欧公韵》。前者如次:

> 每临此地忆欧公。海内数英雄。宦辙每经到处,山光点墨增浓。平山如扫,烟鬟稀少,态亦疏慵。只为当年嫁与,鸡皮渐缓娇容。⑦

本文前面已论,欧阳修的名篇《朝中措》,自从产生以来就被多人探究、

---

① 《全明词》,第 2629 页。
② 同上书,第 2649 页。
③ 同上书,第 811 页。
④ 同上书,第 698—701 页。
⑤ 同上书,第 728 页。
⑥ 同上书,第 1606—1608 页。
⑦ 《全明词》,第 2199 页。

借鉴模仿。李渔的这首充其量视为依韵,采用的是不同于欧阳修原词的字。其词首句告之为怀念欧阳修所作,当然全词也不是仅为怀念而怀念,词的末句还是耐人寻味。

归庄词:"山连霄汉草连空。楼阁碧虚中。第五泉边试酌,飒然两腋生风。千秋胜概,残阳绿树,暮霭疏钟。非复当年栏槛,风流犹想仙翁。"①不同于李词,这首从用韵到用字全面承袭欧阳修原作。上片重写实描景,下片点出主旨,感慨之中尤念欧阳公之情油然而生。

此外欧阳修的《踏莎行》被人追和也是基于此。如崇祯年间在世的俞彦有《踏莎行·繇黄牛峡至净江,途次忆欧阳公小词,戏效颦二阕,时已量移南枢》2 首②。由题序可知,作者于旅次途中,历经黄牛峡这一段时才想起欧阳修的词作。欧阳修与俞彦可谓相距数百年,为什么旅次中会牵涉到他呢? 原来俞彦的经行处"黄牛峡"一带正是当年欧阳修曾经的参观游历处。宋景祐三年(1036)十月,欧阳修贬官夷陵(今湖北宜昌)时,曾游览黄牛峡一带。其《集古录跋尾·唐神女庙诗》云:"余贬夷陵令时,尝泛舟黄牛峡,至其祠下,又饮虾蟆碚水,览其江山,巉绝穷僻,独恨不得见巫山之奇秀。"今欧阳修文集中有多首诗歌涉及黄牛峡一带的风光与胜迹③。根据和词之用韵推知欧阳修的原作为《踏莎行》(候馆梅残)一阕,但二者的韵同,用字及次序多有不同。俞彦题序云"效颦二阕",今存《全明词补编》中实际只收录 1 首,不知是俞彦原作散佚如此,还是编辑者疏忽之故。因此可以说,俞彦由黄牛峡,联想欧阳修,再至欧阳修词,最后到和韵欧阳修词,这个产生、操作环节就是和词出场的过程和因缘。

史华娜指出"追和词具有多方面的研究价值。作为词史上一种特殊的接受现象,追和积极参与了词史构建的动态过程,是唐宋词经典文本赖以形成、经典作家地位得以确立的一个重要因素"④。明代对晏欧三家词的模拟和追和词,不仅仅是一种词体接受现象,有的还是一种追怀前人德行情谊的体现。

七、明代晏欧三家词研究与传承的特色

明代晏欧三家词的研究与传承是明代词学发展状况的一部分,有关的批评重点与传承形式,体现的词学观点更是明代学人关于词学研究在三家词上

---

① 《全明词》,第 2258 页。《全明词》收归庄词 3 首,此为第 1 首。

② 《全明词补编》,第 747 页。

③ 分别参《欧阳修全集》卷一百四十一、卷一,中华书局 2001 年版,第 2267 页;第 10—11 页。

④ 《追和词研究的现状、价值与意义》,载《中国韵文学刊》2009 年第 6 期。

的具体体现。作为宋金元后的又一个断代研究时期,明代的三家词在研究成果、传承渠道与批评重点等方面继承中有创新。晏欧三人词作的影响与地位相比金元两代有所上升,某些接受批评观点甚至具有代表性意义,总体上从一个侧面反映了明代词学发展演变的生态。

首先,研究形式、传承途径和规模有创新,推动了三家词的研究与传承步伐。明代的词学成就虽然被后人冠之以"衰敝"的帽子,然而总体成果还是发展向前的,传承当中有创新,其中最大亮点是在传统词选的基础上增添了词谱这种耳目一新的研究传承途径。词谱是明代词学发展到一定程度之后的自然产物,是明人有意要区分曲词界限的主动选择,是明人要定制词体创作"倚声填谱"规范的结果,也是明代文人探索词体格律的贡献。四大词谱对晏欧三家词的选辑录用不仅是对词作技法格律的肯定,也是当时"词宗北宋"复古尊体观念的体现。与之同时,词谱还具有一般词选的传播与存史功能,因此四大词谱的选录不仅为晏欧三家词增添了传承文本,还进一步扩大了三家词知名度和影响力。这种新成果是此前朝代所缺乏的研究形式与传承途径,推动了三家词的研究步伐。另外一个值得一书的文本研究与传承形式即是有关晏欧三家词的大型词籍丛刻的问世。吴讷《百家词》本和毛晋《宋名家词》刻本三家词,尽管还存在一些错误与弊端,然而无论收词数量还是版本质量,都大有进步,代表专业词刻家的最新水平,是明代对三家词传播的一大贡献,也是金元二代缺乏的创举。明代欧词的版本传播还有全集本《欧阳修全集》的刻本传承。据载有明约有 12 种《欧阳修全集》版本。明代的词选相较前代数量大增,尤其是在嘉靖之后,随着词学的复苏,大量词选本纷纷出台,标志着明代中后期专业词人与商贾共同参与,推动词学事业走向复苏的道路。这虽然使得明代的选本价值"不像宋代或清代那样突出"①,但不能由此否认它们的研究意义。从词选内部分析,无论是"应歌"与"应社"之需,"花草"与"非花草"系列之别,还是"分类本"与"分调本"并存,都印证了明代词学事业的另类复兴。明代词选的数量与声势都是此前时代无法比拟的,也是明代词学的一大特色。在这种状况下,晏欧三家词或多或少受到选录,或辅以评点、注释、考证,或冠新题,或用以标举词学主张,或仅为市场射利而用,林林总总,不一而足。从选用的六大词选来看,欧阳修词选录最多,其次是晏幾道词。明代的词选固然推动了三家词的研究与传播,但某些选本的粗制滥造导致选用的三家词时有错讹现象,这是应该引起注意和纠正的。在词体创作传承领域,明人不仅继承了追和欧阳修经典词作的传统,而

---

① 张仲谋:《明代词学通论·明代词选引言》,第 369 页。

且还有所拓展,增添了数量和新的模拟对象。明人以各种原因追和晏欧三家词 17 调 71 首,涉及明词家 19 人。这个规模大大超越了此前数量的总和,充分反映明代文人在疏于作词的大环境下对晏欧三家词的兴趣,当然也说明了三家词的影响力比前代加深。传统经典之作比如欧阳修的《渔家傲》依然受到热捧,名不见经传的作品如晏殊的《拂霓裳》也有追和之作,体现了明人追和前代词作的多样化。明代晏欧三家词的研究与传承,正是在前代基础上又推陈出新,为清代词学的发展积累了经验与文献。

其次,在词学批评领域,明人也是在继承中求新变。就批评手段而言,明人也是以词话(含词话专书和评点序跋)为主要批评武器,然而在相关词学命题上,明代人的思考对象对前代有所超越。如关于词的体性问题和正变问题上,明人有较为系统的阐述并牵扯到三家词的评判和看法。两宋词话关注晏欧词的名篇名句出处及其艺术技法的不同凡响之处,有的也作整体性风格印象评价。典型的如王灼《碧鸡漫志》所谓晏欧词"风流酝藉""温润秀洁";黄庭坚认为晏几道词是"补乐府之亡",等等。前者是对晏欧词印象式直觉体验,并没有具体论证和解释;后者是评论者作为作者的知心人从整体上给予小晏词的创作动机的评价,是从儒家诗教的角度观照小晏词,眼光更深入,视野更宏阔。明代文人一方面继承吸收这些评判手段和观察视角,并有所增添。如夏树芳《刻宋名家词序》指出晏殊词"玄超"、欧词"清远多风"等印象式结论,别有洞天;张綖在儒家诗教的影响下主张"艳词不可填",认为欧阳修词《浣溪沙》(晓院闲窗春色深)"后三段似佳,结语尤曲折,婉约有味"(《草堂诗余别录序》),也是明代前中期论词主张社会功用词学观的体现。明中期以后,随着词风风会的转移,明代文人又创造性地根据词的体性和风格问题给予晏欧词新的评论。嘉靖以后,受明代心学逐步壮大影响,明人论词"主情说"开始流行。比如张綖主张的婉约词要求"词情蕴藉",如秦观词,是本色,是正宗。而稍后的杨慎更推崇六朝情致,所以他特别欣赏欧阳修《渔家傲》(楚国细腰元自瘦),认为"情思两极,古今莲词第一"①。受此种论词观点和宗风影响,何良俊也认可蕴藉婉约词为正宗为本色,正如他在《草堂诗余序》论道:"乐府以曒径扬厉为工,诗余以婉丽流畅为美,即《草堂诗余》所载如周清真、张子野、秦少游、晏叔原诸人,柔情曼声,摹写殆尽,正词家所谓当行,所谓本色者也。"②王世贞接过何良俊的说法,进一步指出:"词须宛转绵丽,浅至儇俏⋯⋯李氏、晏氏父子、耆卿、子野、美成、少游、易安至矣,

---

①　《词品》卷二,《词话丛编》本,第 465—466 页。
②　[明]顾从敬编:《类编草堂诗语》卷首。

词之正宗也。"①上述论说词之正宗尽管没有论及欧阳修词，但基本都认可欧词力主情韵这一特色。由此见出明代词人关于晏欧词作的体性风格认识愈发深入细致，是从前朝代所不可比拟的。

第三，还必须指出的是，明人邱维屏批评欧词还提出"词达而后工"的新颖见解，反映了明代词学理论发展求新求异的努力。另外，相较此前朝代，明人的词话和词著没有特别阐明欧阳修伪词公案问题——这也是一个颇为蹊跷的现象。对此问题，刘双琴考察指出明人巧妙地"以各种形式集体转移到明代文人笔记、小说中"，说明明代晏欧三家词的接受传承渠道开始出现新的接收文本和场域。

总之，明代文人在前代研究的基础上，对晏欧三家词的研究与传承体现于词评、词选、词集校勘、词谱，还有创作上的模拟仿作诸方面。从篇幅和内容上比较，似乎和两宋时期不相上下，与明词不振之印象有所距离。其实所谓的"明词中衰"与明代词学批评与研究的渐有复苏并非矛盾的两种现象，恰恰相反，它们是对立统一的组合体。晏欧三家词的研究与传承即是一个鲜活的例子。另外，欧阳修词仍是关注重心，小晏词的批评研究热度略有上升，反映了明人对待三家词研究与接受的细微变化。

本 章 小 结

毋庸置疑，清代词学成就是建立在两宋及金元明的基础之上，有关晏欧三家词的研究与传承也是如此。这个研究基础的主要表现特点有：

第一，词学理论上多以词话批评形式为主，其中北宋以散见词作本事、词人轶事为文本特征，南宋以专属词话及词籍序跋为主，明代则以词选词话为主要批评手段。第二，传承方式上，两宋保有传统的传唱吟诵以及创作实践中多以追和拟仿为形式，后一种在明代表现尤为突出。南宋和明代词集的刊刻和校注、词选和词谱的长足发展，都为晏欧三家词的研究与传承提供好了形式与渠道，尤其是明代的词集丛刻《百家词》本和《宋名家词》本，为晏欧三家词的收辑校勘提供了最精版本。另外，欧词的全集本大量翻刻，也是明代欧词传播的一大盛事。第三，在研究内容上，明前专注于晏欧词的语体特色、词作风格、词学地位和影响，以及晏殊、欧阳修词作的辩伪问题，关切点多在单篇词作而缺乏整体风格的论述。入明后，开始就词的体性风格及正变问题定义三家词的属性。总体而言，明人认可晏欧词婉约词派特色，特别是二晏

---

① 《艺苑卮言》，《词话丛编》本，第 385 页。

一般当作北宋词之正宗和本色词的代表之一。第四,晏欧三人内部研究频度和侧重点存在差异。欧阳修和晏几道是诸代学人关注的主体,有关词学批评研究成果较多,而晏殊的观照热度相对较低。

　　总之,宋金元明四代文人的词学研究和不懈努力给清人研究晏欧三家词做了铺垫,打下了较好的基础。这个铺垫与基础工作具体而言:第一,前代文人为清人的晏欧三家词研究与传承留下了丰厚的文献资料,为清人研究解读三家词提供了物质文本条件。如两宋至明代包含三家词在内的文集刊本,大量的词选词谱以及词集单行刻本和各种词话等等,都成了清代文人研究接受三家词需要面对和可阅读的文献材料。第二,前人的探索研究为清代提供了充足的思路与和足资探讨的话题。如三家词词坛影响、词史地位、词学流派,传承接受途径是否有新变,欧阳修的艳情词真伪问题,等等。清人的不少词话即是对既往词话的抄萃,有关词学的不少话题也是沿袭过往的经验和理论继续争鸣或结合自身词学发展的实际提出新的看法。清代之前的晏欧三家词从理论研究到文本传承,涉及的词学领域和研究成果固然不少,然而大多是零散的、个人感官印象式点评。因此怎样克服前人研究的不足,既吸取前代词学成果又创制自具时代特色的词学评价体系,用之观照、研究三家词,这是时代于词学留给后继的清代士人发扬开拓的重任。现存的词学事实证明,清人正是踏着前人研究的步伐,进一步将三家词的研究与传承任务推向新的进程,晏欧三家词也以宋代词学遗产身份参与到清代词学体系的建构当中。

第二章　清代前期晏欧三家词
研究与传承的递变

　　清代晏欧三家词的研究与传承境况,根据与词史的互动关系和发展实际,以时间而论,大致可分三期:从顺治到雍正,为清代前期;乾隆至道光前为中后期;道光后至清末民初为晚近时期。从研究主体上分析,主要表现为流派名家的理论批评,其他有关词选(谱)词话的选评、词籍的整理校勘,创作实践中的借鉴与追和模拟等方面。

　　清代词学的再起与复兴,其实质不仅仅是"词的抒情功能的再次得到充分发挥的一次复兴,是词重又获得生气活力的一次新繁荣"①,也是学习与探讨前人词作得失、研究词作规律和创作特征的活动进入到前所未有的高潮时期。清代词学的发展一个明显的特点即是有一条发展主线或依托中心。这个主线或中心即是各类词派词群前后相继,交叠而起,再在其他单个的卓越词人的辅助下,共同推动清代词学的发展演变进程。而词派的风起云涌,对既往的词学尤其是宋代词学遗产的争鸣与评判则是这些文学活动的集中表现。清代词学的演变态势一言以蔽之:"百舸争流,众派竞驰。"百派竞流中对晏欧三家词的探索与接受是清代晏欧三家词研究评判的主要方面,考察各流派中有关晏欧三家词的词学批评和词作鉴赏与研究状况,则是查考晏欧三人词作在清代的影响与传承的重要组成部分。

　　前期的词学群体与流派主要有云间派、广陵词人群和对清词发展影响深远的浙西词派。清代前期的词学发展主要承续明末词坛风会的云间词派,完成对传统词学的"对接"工作,崇尚南唐五代和北宋词作,以婉丽为宗,以本色词为正。其后广陵词群、阳羡词派和浙西前期词派蔚然而起,共同推动清代词学的发展。这些群体本着不同的词学宗尚争鸣激发,前后相续,此伏彼起,纷纭莫息。有关晏欧三家词的研究与评判即是其中的一个部分。此外,其他有关词选、词话以及在词体实践创作中,清人也以晏欧三家词入录词选,或直接效法取用和模拟追和,使得晏欧三家词与其他宋词学遗产一样,被清人纳入到词学体系的构建和词学潮流的发展当中。

---

①　严迪昌:《清词史·序论》,江苏古籍出版社 2001 年版。

第一节　各流派名家批评视野下的晏欧三家词

清代初期,承明末词风而来的云间词派无疑是影响深远的词学群体。清初的词学宗尚及此后的词学进展都无法绕开这个词学群体。龙榆生先生云:"词学衰于明代,至子龙出,宗风大振,遂开三百年来词学之盛。"①就学术史意义而言,云间词派的晏欧三家词观是有清一代晏欧三家词研究的发端,也是清代接续词统、观照宋词的一面镜子,借此鉴出词学研究及词坛风会之嬗变痕迹。

一、宋词大家:云间宗风的晏欧三家词观

(一) 云间词人的词坛地位及词学目标

风行于明末清初的云间词派,是明清之际特定时代和词学背景的文坛产物,对清初的词坛走向具有重大影响。"近人诗余,云间独盛。"②影响之大不必多言。

云间词派的成员以陈子龙为宗主,以宋徵璧、宋徵舆兄弟和李雯为附翼,而实际上陈子龙和李雯甫入清朝便已殁亡,因而习惯将其归之于明代词人,但其词作宗风和主张被二宋等人沿袭发挥,影响了清初词坛风尚。云间词派的出现"是明中叶以来词学宗风倾坠的情况下求觅'词统',以廓清迷雾"③背景下的产物。他们的词学目标是"境由情生,词随意启,天机偶发,元音自成"④,即追求纯情自然的词学导向和风格,提高词体品格和地位,因此将学习、宗奉的对象锁定于南唐五代、北宋词。然而云间词派的论词宗向实质是其诗歌复古走向的词学反映,因而具有相应的局限性而无法完成清初词坛自具面貌的历史任务,诚如晚清田同之所谓"云间诸公,论诗宗初盛(唐),论词宗北宋,此其能合而不能离也。夫离而得合,乃为大家。若优孟衣冠,天壤间只生古人已足,何用有我"⑤。云间词派的复古论调和创作实践仿佛是戴着古人的面具在跳舞,然而缺少现实词学应有的新意和生命张力,自然无法担

---

① 龙榆生:《近三百年名家词选·序》,见其《近三百年名家词选》,上海古籍出版社 1979 年版。
② [清]彭孙遹:《金粟词话》,《词话丛编》本,第 724 页。
③ 严迪昌:《清词史》,第 13 页。
④ [明]陈子龙:《幽兰草·题词》,见陈子龙,李雯,宋徵舆撰:《幽兰草》(与《倡和诗余》《云间三子新诗合稿》合订本),陈立校点,辽宁教育出版社 2000 年版。
⑤ [清]田同之:《西圃词说》,《词话丛编》本,第 1453 页。

当清词中兴的大任。

（二）云间词人对欧阳修、晏幾道词的评判

云间词人本为革除明词衰敝，接续词坛命脉而努力，然而由于自身的局限性，不可能真正完成，不过不能否认云间诸子的努力和对清初词学的探索，尤其是在清代主流宗尚南宋词人的大背景下，云间词派的主张和模拟宗奉，对于南唐北宋词作的传播和研究具有无可替代的意义。晏欧诸人尽管未能成为他们供奉的核心人物，然而对于三人的评判和认定却是晏欧三家词研究史上不可或缺的一个片段。尤其是宋徵璧，基本继承了陈子龙的词学观念，认为北宋词是宋词的代表，晏欧词作自然也纳入其法眼，成为他们重点研讨和学习的对象。如其为本派词选《倡和诗余》所作序文云："吾于宋词得七人焉：曰永叔，其词秀逸；曰子瞻，其词放诞；曰少游，其词清华；曰子野，其词娟洁；曰方回，其词鲜清；曰小山，其词聪俊；曰易安，其词妍婉。"①显然，在宋徵璧的宋词史视野中，真正能代表一代之胜的宋词成就与特色的词家只有欧阳修、张先、苏轼、秦观、贺铸、晏幾道和李清照七人，他们是宋词的最高理想典范，其中欧阳修居第一位，足见云间词人对欧阳修词坛地位的认可。而宋词七家中，晏幾道也名列其间。如此在云间词人认可的宋词大家中，晏欧三家居其二，因此，明末清初的云间词人对晏欧词影响与地位的确认，使得晏欧词在清代词学流派中第一次获得了较大影响与认可。不仅如此，宋徵璧还对他们的词体特征一一作了概括，如欧阳永叔其词乃"秀逸"、晏小山几道词"聪俊"，真正抓住了二人词体的总体特质，评判极其精确。当然，客观而言，欧阳修等七人固然是宋词中的大家，其词作特色也各有千秋，影响深远，他们丰富了宋词学的内容和总体风貌，对于宋词的成就作出了不朽的贡献，推动了词学的演变进程。然而，如果仅以此北宋七人概为整个宋词的代表，那么其后灿烂繁星般的南宋词人又当何论？此论未免有失公允。考其原因，不外乎云间词人承明末对词体文学情韵的追求目标，使得他们在学习吸取前人的创作经验时，重视词体本位，将追认的目光瞄准唐五代北宋这些天然真趣且富婉约本色的词体。因为相比南宋词的雕镂藻饰、好为体制，北宋词人承五代余风，大多数词体创作能用浅近自然的语言表达蕴藉风流的内涵，所以北宋大家制词能自出枢机别有情韵，不用雕琢而自成格调，从而获得了云间词人的广泛共鸣。如对于词体要求，宋徵璧曾指出："词称绮丽，必清丽相须"，"情景者，文章之辅车也。故情以景幽，单情则露。景以情研，独景则滞"，"词家

---

① 　[清]宋徵璧：《倡和诗余·序》，见宋存标等撰：《倡和诗余》（与《幽兰草》《云间三子新诗合稿》合订本）。

之旨,妙在离合"①。欧词和小山词符合这一审美要求,故得到宋徵璧的推尊。云间词人并不提及晏殊词,或许认为大晏词相较欧阳修和小晏特色不够鲜明而不具代表意义。这种尊欧尊小晏轻大晏的态度,唯明人王世贞立场有异。他们对欧阳修、晏幾道等北宋大家地位的认可,是基于北宋词的创作特性和还归词体本位理论建设的需要。尽管这种观点对于整个宋词史而言不无偏颇和有待商榷之处,然而云间词人首次打出词宗北宋的大纛,在清初的词学统派中具有重大意义,影响了此后清代各流派对南北宋词的分析和评判。

在宋徵璧的宣扬推动下,云间词人学词以欧、秦为尚,自觉保持对柳永俗词和南宋制词的疏离:"云间诸子填词,必不肯入姜之琢语,亦不屑为柳七绯调。舒章舍人(李雯),是欧、秦入手处。"②

(三) 西陵词人对晏欧三家词的批评和接受

与云间词派几乎同时期的还有"西泠十子"(沈谦、毛先舒、丁澎等十人)之称的西泠词派。其词学宗尚实与云间派有渊源关系,一般被当成云间词派的余风流响,其中毛先舒、沈谦和丁澎对晏欧三人词有较多的关注和批评。

1. 毛先舒:"层深而浑成"的欧词

明末清初文学家毛先舒,对词的意境层深技巧颇有讲究。他云:"词家意欲层深,语欲浑成。作词者大抵意层深者,语便刻画,语浑成者,意便肤浅,两难兼也。"③按照他的说法,词家的目标是追求意境深远,出语自然。然而实际创作中,大部分词作的层深美感重在语言的精心组织与刻画烘托;相反,另一些追求用语的自然浑成,语意又显得较为平实肤浅。此二者实难兼得。毛氏之说具有一定的道理,合乎文学创作的某些规律。为了证明这个道理,他列举欧阳修名作《蝶恋花》句云:"或欲举其似,偶拈永叔云:'泪眼问花花不语。乱红飞过秋千去。'此可谓层深而混成,何也,因花而有泪,此一层意也。因泪而问花,此一层意也。花竟不语,此一层意也。不但不语,且又乱落,飞过秋千,此一层意也。人愈伤心,花愈恼人,语愈浅,而意愈入,又绝无刻画费力之迹,谓非层深而浑成耶。然作者初非措意,直如化工生物,笋未出而苞节已具,非寸寸为之也。若先措意便刻画,愈深愈堕恶境矣。此等一经拈出后,便当扫去。"④毛氏原本认为构词"意层深,语浑成"难以兼得,但欧阳

---

① [清]沈雄:《古今词话》引,《词话丛编》本,第852、849、850页。
② 《古今词话》引,《词话丛编》本,第1038页。
③ 引[清]王友华:《古今词论》,《词话丛编》本,第608页。
④ 同上。

修此词却能恰到好处地兼容："语愈浅,而意愈入,又绝无刻画费力之迹,谓非层深而浑成耶。"毛氏的审美分析是有道理的。本来诗词创作讲究语浅意深,追求以自然朴实的语言表达出较为蕴藉的内涵,这也是诗词作品的最高审美境界。欧本词达到了语浑成意层深的艺术效果。这或许得益于欧阳修写作时没有刻意追求什么中心主旨,而是自然而为娓娓道来。毛氏认为如果意在笔先则当是词陷入一大恶俗,因为这种先入为主的创作方式迫使作者穷形尽相,想方设法遣词造句层层深入揭示或阐释所谓的主旨,这与语浅意深越离越远,应当加以扬弃。

2. 沈谦:词句"神到"的二晏词

与毛先舒交游且同为"西泠十子"的明末清初文人沈谦(1620—1670)则在《填词杂说》中推崇晏幾道等人的填词结语之功。他说:"填词结句,或以动荡见奇,或以迷离称隽,着一实语,败矣。康伯可'正是销魂时候也,缭乱花飞',晏叔原'紫骝认得旧游踪,嘶过画桥东畔路',秦少游'放花无语对斜晖,此恨谁知',深得此法。"①晏幾道此词以写马的留恋旧迹侧面烘托人的伤离伤别作结,当属"迷离称隽"者,引人浮想联翩,意蕴无穷,实在是妙!

沈谦另有比较阅读陈后主诗与珠玉词,指出"'夕阳如有意,偏傍小窗明'不若晏同叔'一场愁梦酒醒时,斜阳却照深深院'更自神到"②。陈氏全诗为"午醉醒来晚,无人梦自惊。夕阳如有意,偏傍小窗明"③。而晏词为《踏莎行》(小径红稀)结尾两句。从总体语意上看,晏氏之词无疑是陈后主诗的填词版,几无二致,差别在体制形式与审美趣味。晏词将4句的诗歌压缩成2句的词体,基本意思没变,但内涵变得尤为凝练,韵味也更为蕴藉,颓废之中油生几许神定气闲,较之原诗,确如"神到"。

3. 丁澎:"文章德业之余"的晏殊、欧阳修词

丁澎则以"文章德业"之论评判晏殊和欧阳修词。丁澎为龚鼎孳《定山堂诗余》所作序文中说:"文章者,德业之余也。而诗为文章之余,词又为诗之余。"④然后他根据这个前提得出"诗余为德业之余"的观点,认为欧阳修、晏殊等人"以词名宋代,立朝正色,卓立不移。以先生德业文章之盛,何其先后若一辄也。"⑤那么何谓"德业"?"德业"即指个人的德行与功业。丁澎认为晏殊和欧阳修的文章德业相得益彰,先后辉映,词学成就不过其一。此序

---

① ［清］沈谦:《填词杂说》,《词话丛编》本,第633页。
② 同上。
③ ［元］刘埙:《隐居通议》卷十一,文渊阁《四库全书》本。
④ ［清］丁澎:《定山堂诗余·序》,见［清］龚鼎孳撰:《定山堂诗余》,《续修四库全书》影印本,集部1403册,上海古籍出版社2002年版,第262页。
⑤ ［清］丁澎:《定山堂诗余·序》,见［清］龚鼎孳撰:《定山堂诗余》,第262—265页。

中丁澎首先标明他的理论基础："文章者,德业之余也。"继而推出"诗余为德业之余"的结论。这个理论的层层推理过程,方智范等人认为"存在非科学性的严重缺陷"①。是否如此,本文无意于此。丁澎为了推许龚鼎孳之词与"德业"产生联系,提高龚鼎孳的词学地位,不惜将晏殊、欧阳修这些名公巨卿拉拢过来加以类比论证。丁澎指出晏殊、欧阳修二位立朝政治有声有色,风节慨然,卓然不群,而其诗余成就与其政声一样,卓荦不凡,自成一家,名声在外。丁澎认为晏殊、欧阳修的词学成就与二人的德业一样自鸣于宋诸大家,二者相得益彰,为世人所敬仰。这种带有政治道德评判的论词之法在词史上多有阐述,不同的是,丁氏从传统知人论世的视角,提出"诗余为德业之余"的观点,别开生面。尽管丁澎的根本目的是为抬高龚鼎孳词地位而张本,为改变词自明代以来托体不尊的现实寻求新的理论依据,于是儒学大臣,以业余作词的晏殊、欧阳修便在他的词体期待视野中成了最好的对象。

云间词人提出"宋词七人"的观点是清初词人基于改变明词衰敝的现实而接续词统所做的努力。这种变革意在将词作尊奉对象转至南唐北宋词,倡导词情蕴藉风格婉丽之作,改变明代词体不尊的现象,其中对于欧阳修、晏几道等人词的认识和定位具有风向标的作用,对于后世词家衡量宋词史和评价欧晏词具有一定的参考意义。另外,受云间宗风影响,西陵词人对晏欧三家词多有批评,尤其是抬高了晏殊、欧阳修词的地位。总之,云间宗风对晏欧三家词大家地位的认可为清代晏欧三家词影响与地位的上升打下了基础。

二、文人词有神韵:广陵巨子王士禛的晏欧三家词情结

清初的词派活动,除了广为流传的云间词派,还有影响较大的广陵词派。这个词派虽然单独指称,实质也与云间词派存在千丝万缕的联系,只不过时代风会的变化,使得他们的词学主张和创作实践稍异于云间诸子。

对于广陵词人,先师刘扬忠先生认为不是一个流派而只是一个词学群体构成②。该词学群体的词作总体倾向,严迪昌先生认为是"'云间'词风余波未尽"而向"'花间'情趣"转化的一个词学中心③。也正因为如此,才使得该群词人亦瞩目留意宗风西蜀南唐词人的晏欧词,无论词派领袖王士禛,还是干将邹祗谟、汪懋麟等人,均有对晏欧三家词作的相关点评和论析。

山东人王士禛,字贻上,号阮亭,又号渔洋山人。撰有《阮亭诗余》一卷、

---

①　方智范等:《中国古典词学理论史》,第177页。

②　参刘扬忠:《清初广陵词人群体考论》,载《江西社会科学》2004年第7期。

③　严迪昌:《清词史》,第56页。

《衍波词》二卷,且深得诗词相通之理,论词亦有标举神韵,词学理论主要见诸《花草蒙拾》一卷。王渔洋在文学史上的主要贡献和享誉于后的因素多得益于诗学史上的"神韵说"。然而学者蒋寅先生曾指出王渔洋"在清初不仅是个极为时辈推崇的词作家,同时也是一个活跃的词学批评家、填词倡导者。……在某种意义上,他甚至可以说是导致清词中兴的关键人物"①。蒋先生此说为考察王渔洋的文学贡献提供了新的理论维度和视角,而王士禛的晏欧词观正是他的整个文(词)学贡献的一部分。细而论之,大率可分四个方面。

（一）晏殊、欧阳修词属文人之词

王渔洋为词"尤工小令,逼近南唐二主"②。在词学正变问题上接过明人的话题,认为"诗余者,古诗之苗裔也。语其正则景煜为之祖,至漱玉、淮海而极盛,高、史其大成也。语其变则眉山导其源,至稼轩、放翁而尽变,陈刘其余波也"③。恭奉南唐二主词为词之正的始祖,苏东坡为变体之主源。王士禛从词之正变角度虽然没有点名指出晏欧之归属,然而可以借此推测"漱玉、淮海而极盛"之前正隐含南唐余脉的晏欧等人。换言之,王士禛认为晏欧词无疑也是词正一途。王士禛的正变论理论视野中,南北宋词均有代表而不偏指一端,反映他较为宏通的宋词史观。

另外,王士禛根据词创作特色将唐宋词人分为四派,提出晏欧属文人之词的观点。他说:"有诗人之词,唐、蜀、五代诸君子是也;有文人之词,晏、欧、秦、李诸君子是也;有词人之词,柳永、周美成、康与之之属是也;有英雄之词,苏、陆、辛、刘之属是也。"④将唐五代和宋词分为诗人之词、文人之词、词人之词和英雄之词四类,这种分法实质也是诗文批评在词学上的应用和反映,直接影响后来胡适有关宋词类分的论析⑤。晏殊和欧阳修相较此前的唐五代诸君子之诗人之词而属于文人之词。但何谓诗人之词? 何谓文人之词? 二者究竟有何区别,文中并未言明,或许正如人谓"晚唐五代词被定义成诗人

---

① 蒋寅:《王渔洋与康熙诗坛》第四章,中国社会科学出版社 2001 年版,第 80—81 页。
② 徐珂:《近词丛话》,《词话丛编》本,第 4222 页。
③ [清]王士禛,邹祇谟:《倚声初集·序》,《倚声初集》卷首,《续修四库全书》集部 1729 册。
④ 同上。
⑤ 诗学领域的类似论析如北宋李复评韩愈之诗:"退之诗非诗人之诗,乃文人之诗也",参李复:《与侯谟秀才》三首其三,《潏水集》卷五,《影印文渊阁四库全书》集部第 1121 册,第 51 页;陈师道:"退之以文为诗,子瞻以诗为词,如教坊雷大使之舞,虽极天下之工,要非本色。"参陈师道:《后山诗话》,《历代诗话》本,中华书局 1981 年版,第 309 页。而胡适则在其《词选·序》中提出"歌者的词、诗人的词、词匠的词"三分说,参胡适编:《词选》,刘石导读,中华书局 2007 年版。

之词,指的是词人相对单纯的创作体验,在这里,纯任自然的词体正始元音被称作了诗人之词"①。笔者以为此说具有一定的合理性,但并不一定仅限于此。或许唐五代词定义为"诗人之词"主要从当时词体的来源和与诗歌之关系来划分的,而不是仅从创作体验上得出的结论。而晏殊、欧阳修等人的所谓"文人之词"更主要地是从创作者身份而言。他们这些文人不仅都是饱学之士,且多集学者、官僚、作家于一身。这些复合型人才平生的主要精力除了为政,其余则在于研读经史,而制词不过是平时休闲偶尔玩玩的把式,正如欧阳修转述钱惟演所谓的读书"三上"理论便是一个直接的证明②。只不过历史和有些人开了一个大玩笑,在历代的传播中,他们的政治才干和其他文学样式没有得到推扬甚而至湮灭,相反地位不高的小词却让他们在历史和文学的天空中留下至深的印记,流传至今,供后人论析品赏。

王士禛将唐宋词人划分四类,严格而言并非科学。四者之间既没有统一的区分标准,也不是决然对立的称谓,就像苏词归为英雄之词,特指苏词内在有一股豪放之气而言,然而苏东坡词又何曾不是文人之词呢?所以笔者以为王士禛将晏欧词视为"文人之词"而与"诗人之词"相区隔,是否还隐含着一种与词体可歌性相关的因素?即唐五代之词大部分播之于歌姬之口,用之于"佐酒佑觞",而后随着职业文人的参与,尤其是入宋以后渊博文士的大量参与,使得原本属于音乐文学的词体日渐变成了文人案头的文字游戏,期间原本的可歌性大为减弱,变成了按调填词的纯文字创作,而词风一依前代,没有真正形成词学上的宋调。晏殊、欧阳修等宋初官僚便是这样的第一批有影响的作者,其后秦观、李清照等多有因袭。因此,从此意义上理解,王士禛将晏殊和欧阳修认为是"文人之词"的代表或先驱,而不是非此即彼式地否认其他宋人的文人身份是较为合理的解释。

(二) 晏欧词作妙在神韵

王士禛的诗学贡献主要是提出影响中国诗史数百年的"神韵说",这是他在学诗复古的实践过程中发现宋诗弊端转而推尊唐诗为作诗楷模后提出的理论观点。约而言之,宋严羽的"不着一字,尽得风流"是其文学旨趣和审美内核,即自然、平易、流畅、蕴藉才是理想诗歌的最高典范。清代词论家的

---

① 参闵丰:《诗学模范与词格重建:清初当代词选中的辨体与尊体》,载《南京大学学报》(哲社版)2008 年第 1 期。
② 欧阳修曾云:"钱思公虽生辰富贵,而少所嗜好。在西洛时,尝语僚属言:平生惟好读书,坐则读经史,卧则读小说,上厕则阅小辞,盖未尝顷刻释卷也。"按,钱思公即西京幕主钱惟演。参欧阳修《归田录》卷二,《欧阳修全集》,李易安点校,中华书局 2001 年版,第 1931 页。

理论批评喜欢以"诗学范畴的借鉴"①为武器。作为诗评家,王士禛同样好以"神韵"论词、观词和赏词。如其批评明末卓珂月词"乃其自运,去宋人门庭尚远,神韵兴象,都未梦见"②。对于晏欧的婉约小令词,王士禛十分赞赏,评云:"欧、晏正派,妙处俱在神韵,不在字句。"③该论断中,王士禛不仅指出晏欧词于清代词学正变论中之地位,而且高度概括晏欧词作艺术境界之妙处不在外在的设色用字而在内里的"神韵",即词作内在的艺术审美之婉约玲珑和精神内核之含蓄蕴藉——这种评析远比清初的金圣叹评欧词之"妙"处要深刻而有意味得多④。

(三) 欧词的感会兴发

王士禛对欧词稍有兴会点评之笔,也值得留意。如《花草蒙拾》所记:"'楼上晴天碧四垂'本韩侍郎'泪眼倚楼天四垂',不妨并佳。欧文忠'拍堤春水四垂天',柳员外'目断四垂天'皆本韩句,而意致减少。"⑤

"楼上晴天碧四垂"句乃周邦彦《浣溪沙》首句,"泪眼倚楼天四垂"为唐代诗人韩偓七律《有忆》之第四句。而"拍堤春水四垂天"是欧阳修经典名作《浣溪沙》(堤上游人逐画船)之第二句,"目断四垂天"则出自柳永《少年游》(长安古道马迟迟)之第五句。三首宋词都点化韩偓诗句入词,但是王士禛认为其艺术旨趣截然相反。考其因,大概这与王士禛论词主张词出机枢、贵创新相关,即使认同"词中佳语,多从诗出"⑥,亦反对因袭成句而缺乏艺术匠心之举。诸如王渔洋认为顾敻之"'将我心,为你心,始知相忆深',自是透骨情语"。而对于徐山民将其转化为"妾心移得在君心,方知人恨深"之句则认为"全袭此。然已为柳词一派滥觞"⑦。不满之气溢于言表。

王士禛还从诗词用语之别评欧词。如评《踏莎行》(候馆梅残)中"平芜尽处是春山,行人更在春山外"句云:"此等入词为本色,入诗即失古雅,可与知者道耳。"⑧诗词有别,用语亦然。王士禛认为诗词曲是分界的,即使相同的语句在不同的文体具有不同的艺术效果,如其指出:"'无可奈何花落去,似曾相识燕归来',定非香奁诗。'良辰美景奈何天,赏心乐事谁家院',定非

---

①　可参孙克强:《清代词学批评史论》第五章,上海古籍出版社 2008 年版,第 164—171 页。

②　[清]王士禛:《花草蒙拾》,《词话丛编》本,第 685 页。

③　《锦瑟词话》引,见朱崇才编纂《词话丛编续编》第 1 册,人民文学出版社 2010 年版,第 116 页。

④　详参本文后续章节。

⑤　[清]王士禛:《花草蒙拾》,《词话丛编》本,第 676 页。

⑥　同上书,第 675 页。

⑦　同上书,第 674 页。

⑧　同上书,第 679 页。

草堂词也。"①韩偓《香奁诗》之诗歌一般构思精巧,用语含蓄,讲求用词雅正和曲径通幽式的意境趣味,而晏殊之名句"无可奈何花落去,似曾相识燕归来"虽然也具温柔敦厚之貌,但这种直白式的感叹不是韩偓的诗体特征;《草堂词》大多通俗艳情之作,而出自汤显祖《牡丹亭》的"良辰"两句寓含的委婉怨怼之情和体现出来的轻快雅正之气是与明书肆为求实利而滥加翻刻编印的《草堂词》不相和的。从此角度分析王士禛评欧词,或许可说,词之当行本色的文体特征要求字句的选择更灵活,特别是宋初的小令词,不少还是依曲而填的可歌之作,语句的应用除了满足长短句之格式外,还要求符合音律的需要,以表达曲尽其妙之无限韵味,是故允许一定程度上的字句复沓,以增强音乐性和节奏的自然流畅性;而诗歌的语言特质是古雅深邃,形式谨严,多以表达庄重严肃的文学思想和情感诉求。欧阳修词中的"平芜尽处是春山,行人更在春山外"两句,除了有词语上的重复,尤为重要的是用语一洗铅华,平淡朴素,属"此淡语之有情者也"②,深婉蕴藉之致浸含其中,正是欧词小令超于唐五代词人之处。倘若将此等平淡之言放入诗歌之中,既犯诗歌用词重复之忌,亦有失庄正辞严之诗语风格。

　　王士禛从诗词有别的角度出发,认为词之语与诗之语是不同的,反映他对李清照词学观点的部分继承,而对欧词用语的鉴赏批评则见出他对诗词用语差异和欧阳修词体用语的细微体会,也揭示他一贯追求诗语含蓄蕴藉的美学旨求。

　　以上从有关宋词正变、创作主体、词作艺术特色、评点分析四个具体方面,详细地阐述了王士禛的晏欧三家词批评活动。诗学领袖王士禛对晏欧三家词的研究具有一定的导向作用,影响了整个广陵词群对晏欧三家词的批评与接受态度,在日常的词学争鸣中,对晏欧小令词的评判论析则是他们的词学思想与论见交融互渗的表现之一。

三、小调当学欧晏:广陵余子对晏欧三家词的嘉许

　　广陵词人群没有形成严格意义上的词学流派就在于缺少"一种群体的艺术风格和为众多成员所共同趋尚的审美倾向"③,然而作为有着共同生活经验的一个词学群体,他们的词学创作有着相似性,"善百、园次,巧于言情"④。而近似的词学宗尚也是交错其中,对晏欧三家词的评判论析则是日

　　①　[清]王士禛:《花草蒙拾》,《词话丛编》本,第686页。
　　②　[明]王世贞:《艺苑卮言》,《词话丛编》本,第388页。
　　③　刘扬忠:《清初广陵词人群体考论》,载《江西社会科学》2004年第7期。
　　④　[清]邹祗谟:《远志斋词衷》,《词话丛编》本,第658页。

常词学生活之一。

（一）广陵余子对晏欧三家词的认识

邹祇谟①，字纤士，号程村，江苏武进人。早年为词也喜好艳词小令，黄周星有云："兰陵邹祇谟、董以宁辈分赋十六艳等词。云间宋徵舆、李雯，共拈春闺风雨诸什，邂浦、沈雄亦合丹生，汪玫、张赤共仿玉台杂体。"②邹祇谟对词学的最大贡献是和王士禛共同编选《倚声初集》，对清初的词风嬗变起了重要的推动作用，"开启了清初词学复兴之端绪"③。邹氏论词前期主张宗《花间》、北宋，后期尚有变通，肯定南宋词亦自具特色和价值，被严迪昌先生誉为清初"较早发表的识变异、集大成的词学观"④。邹祇谟的主要词学理论见诸《远志斋词衷》，其中尚有零星言论评及欧阳修和晏幾道词。如他在与同派的董以宁（字文友）论词中提出："小调不学《花间》，则当学欧、晏、秦、黄。《花间》绮琢处，于诗为靡，而于词则如古锦纹理，自有黯然异色。欧、晏蕴藉，秦、黄生动，一唱三叹，总以不尽为佳。"⑤在这些谈论中，邹祇谟高度强调：

第一，词作小令应该以花间、欧晏等北宋词为追慕对象和学词范式。

第二，晏、欧、秦、黄为词具有共性，基本上都是《花间》的理路。

第三，认为《花间》用语"绮琢处，于诗为靡"、风格因过于艳丽而不能用之于诗，用词则"如古锦纹理"添光增色，恰如其分。

第四，欧阳修和小晏词作含蓄蕴藉，有一唱三叹之韵致⑥。

邹氏此论为当时词坛的走向指明了出路。即以《花间》、北宋为范，而欧阳修、二晏等人之词深得《花间》神韵，是北宋词中杰出代表，也是学习品赏的重要对象。邹祇谟和王士禛利用他们在词学群体中的地位和影响，结友唱和，倡导词风，共同交流词学心得和认识。尽管他们的后期论词有综合南北词的取向和趋势，但是在他们所推重的北宋词人中，欧阳修和晏幾道词无疑占据了一定的位置，因此欧晏词亦能在当时的词坛流行，深得一部分士人的爱赏。如尤侗，评欧词曰："六一婉丽，实妙于苏。"⑦论断精当，合符实情。尤

---

① 关于邹祇谟生卒年，本文从之。详参蒋寅：《清代词人邹祇谟行年考》，载《山西大学学报》2007 年第 3 期。

② ［清］沈雄：《古今词话》下卷引，《词话丛编》本，第 817 页。

③ 参李睿：《〈倚声初集〉对清初词风的开启之功》，载《南京师范大学文学院学报》2005 年第 4 期。

④ 严迪昌：《清词史》，第 69 页。

⑤ ［清］邹祇谟：《远志斋词衷》，《词话丛编》本，第 651 页。

⑥ 同上。

⑦ 转引清舒梦兰编：《白香词谱笺》卷一，中华书局 1982 年版，第 26 页。

氏的这个说法,其实和邹祗谟的观点极其一致。邹氏为吴伟业《梅村诗余》序云:"欧苏以文章大手,降体为词。东坡《大江东去》卓绝千古,而六一婉丽,实妙于苏。"①欧阳修和苏轼都是唐宋散文八大家之一,他们平生为文的主要精力也在于这些长篇大论之中,至于小歌词,的确是文章之余的产物,尤其是欧阳修,作词是业余生活的文字游戏。习惯了大手笔建构鸿篇巨制的他们,写起小词来风味的确不同一般,且各有千秋,彪炳于世。邹氏所谓"降体为词"便包含这层意味。从词情婉约角度看,六一之词当然更接近本色一派。

另一个广陵词人汪懋麟有《锦瑟词》三卷,存词 165 首,是该派词人群的又一得力干将。汪氏为词既有温柔缠绵的一面,也有壮思逸兴的一面,是清初所宗南北宋词风渐趋融合的表现和证明。正如时人徐釚序其词集所云:"温柔昵语正宜弹拨于鹍鸡燕柱中。至其豪迈宕往,淋漓感激,直欲上掩和凝,下凌温尉,非仅花间酒边,夸为丽句已也。"②汪懋麟论词多有涉及欧阳修、晏殊者,尤其是欧阳修,常被拿来作为文章功业俱佳者之典范。诸如他为清初之《棠村词》(梁清标词集)撰写的序中对晏殊、欧阳修之词称誉有加:

> 欧阳公尝谓遭时之士,功烈显于朝廷,名誉垂于竹帛,每视文章为末事而又有不暇与不能者焉。故有事业者,不必有文章而穷居隐约,失志之人,每感激发奋一寓于文辞。甚矣,二者之难兼也,然从来得志于时者,不仅劳心以为人也。试观晨而兴暮而息,皆悉心于天下国家之大乎!抑别有所以耗吾神而劳吾形者,是不能者固有之,以云不暇则末也。今大司农梁公领尚书事垂二十年功名。既赫奕矣犹笃学不倦,每退食即帘阁静坐,啸咏自娱,所著诗古文海内传颂巳久,间为小词,必夺宋人之席。每一篇出,艺林竞相传写,何暇且能与,而人或谓公得时行道,文章在史馆,政事在天下,安用此小技为也。懋曰:'不然'。昔晏元献、欧文忠为宋名臣,其所建树与所著作,自古罕匹。而《珠玉》、《六一》之词,歌咏人口,至今不废。盖大君子之用心,不汩汩于嗜欲,政事之暇,寄闲情于词赋,性情使然也,夫何害松陵。徐子电发梓公《棠村词》一卷,合龚大宗伯《香岩词》并行于世,以懋受业于公,属为序。顾余小子自通籍以来,方困辱于驱走,忧愁郁积,殆欧阳公所谓穷者也。夫穷者之言,固亦工而亦复鹿鹿不暇,以为则兼而有之者,不愈难哉,不愈难哉!③

---

① 陈乃乾编:《清名家词》第 1 册,上海开明书店 1936 年版。
② [清]徐釚:《锦瑟词·跋》,见[清]汪懋麟撰:《百尺梧桐阁集》下册,上海古籍出版社 1980 年影印本,第 1339—1340 页。
③ [清]汪懋麟:《棠村词·序》,《百尺梧桐阁集》上册卷二,第 77—78 页。按,此序与《清名家词》本不同。

　　该序中汪懋麟首先根据欧阳修之言提出文章功业难以兼顾,而为文章实质又分"不暇"与"不能"两种创作心态。其间"不暇"貌似是"不能"为的掩饰与借口,因为不少名公巨卿功业文章俱佳者不乏其例,诸如宋之晏殊、欧阳修,清初梁清标等。为了论证这个观点,汪氏先高度肯定晏欧二人的政治才干和学术成就:"其所建树与所著作,自古罕匹。"然后在此认识前提下推崇二者之词,认为晏欧词作"歌咏人口,至今不废",之所以歌咏至今代无永绝的一重要因素是由于二人大人雅量,尽管也有艳情之作,但不沉湎于此,而是利用公事之余"寄闲情于词赋",自然地、尽情地宣泄自己的闲情逸致和人生感怀。汪氏还强调晏欧此等词作不是强力而为,而是心胸的自然吐露,"性情使然"。

　　汪懋麟激赏欧词的理论是从"文章与德业"关系出发,这与前述的丁澎有着相似性,反映广陵词风与云间余风在词学观念上的前后承传性。二者都高扬"文章德业"的大旗,认同晏欧词以德业余力作词的现实,主张词作是和诗歌一样,都是作者性情的自然流露,充分揭示出两人于词体力主性情,以抬高词体与诗体同等地位的努力。根据序文中有关的词句语气推测,汪氏高度赞扬晏殊、欧阳修词作,其目的似乎还在回应周边的责问或疑惑,也即有声音开始质疑晏殊、欧阳修情词的现实价值,并提出这些词作带来的负面影响,汪懋麟出于对晏欧词作的激赏和对词体属性新含义的认识毅然挺身辩护:"夫何害松陵。"

　　汪懋麟能够从现实研究与接受角度出发——晏殊和欧词歌咏不绝,证明其自有流行的价值和市场;一面从晏欧词创作特点的视角论述——"不汩汩于嗜欲",聊寄闲情,"性情使然",阐述认为晏殊和欧阳修词发自性情,并非无病呻吟和矫揉造作。这恰恰是晏欧二人词最可贵之处,也是晏欧词流传千年而不衰的真正魅力所在,而这些可贵的元素是南宋词人所缺乏的。或许出于此,汪懋麟极力申辩,为晏欧词在南宋宗风渐趋热烈之际赢得了生存的机会和传播的生命力,同时也是广陵余子论词力主情韵,缩短诗词差距,提高词体地位的表现。

　　对于宋词的观照,汪懋麟沿袭王士禛的看法,认同欧、晏为宋词之正的观点,但在体派上与王士禛有所不同。他指出宋词有三派,其中"欧、晏正其始"①,对于晏欧三家词的正体地位有着明确的定位。汪氏认为秦观、黄庭坚、周邦彦、柳永、李清照以及南宋柳、姜、史诸人是晏殊和欧阳修词的接响②,属于婉约正体词的第二梯队。这些接响者进一步把晏欧创立的婉约词

---

① 参[清]孙默编:《十五家词》卷三,见文渊阁《四库全书》本。
② 同上。

风发扬到极盛。汪氏同时指出，苏轼和辛弃疾二人之词放言其间，可为单独一派，即豪放派，这种说法与王士禛的"英雄之词"看法类似，但二者表现的理由有所差异。王士禛持论重在苏辛词表现出来的气度豪放、精神磊落上，而汪氏偏向表达方式直爽放言上。至于认为其余诸子"非无单辞只句可喜可诵，苟求其继，难矣"①，显然是有所不公的。从宋词渊源看，晏殊和欧阳修词上接西蜀南唐，当然是宋词本色派发展之源流，柳、姜、史、李扬其波而推其澜无疑是正确的。苏辛单独一派，但是把其余作家看成是"无单辞只句可喜可诵"则有点偏颇。汪懋麟将宋词分成三派，按他说法，只有婉约、豪放两派，其余只能算作不成派系的一派——这一派南宋诸家中，譬如张元幹、张孝祥、王沂孙、蒋捷、吴文英、张炎等某些词作还是可圈可点，并非一无是处，而张、吴基本属于姜夔的一脉。可见汪懋麟的三派说，划分不太合理。

(二) 广陵词学欧晏的辨析

广陵词人在王士禛、邹祗谟、汪懋麟等人的倡导和引领之下，对于北宋晏欧等人的小令词情有独钟，他们所提出的"小调当学欧晏"和认可晏殊和欧阳修词为"正体"的观点，乃是对云间词派为正明词托体不尊而接续词统，抬尊词体地位的继承，也是对晏欧三家词词学地位的直接肯定，对于清初流派认识晏欧三家词和规范词风走向具有一定的影响和贡献。

这种学术活动是整个清初晏欧三家词研究与接受的重要组成部分，为后继者的词学研究提供了经验和参照。广陵诸子邹祗谟、汪懋麟等人即是在王士禛的倡导指引之下，词学花间南唐，后期才略有宗南宋倾向，以救云间偏向北宋词一途之弊②。比如王士禛和汪懋麟都能够认识到南宋部分词人的词学地位，都有正体词的分布，这种词学识见超越了云间词派的范围，标志清初词学风尚的转移。另外，广陵诸子接过明代论词主情的路数，进一步强调词可以发抒情志的特征，期望以此来提高词体地位，甚至挣得与诗平等的机会。这是清代词人不懈努力的方向。

行文于此，有人可能会说，王士禛、李符、邹祗谟等之所以有宗晏欧词的迹象，或许是因为他们也与晏欧近似，均生活于朝代前期较为平稳安定的社会时期，因此词体创作也有学晏欧词，不乏粉饰太平之作。不过笔者认为晏殊和欧阳修并不是有意于词中藻饰太平，而且他们的词作内容和气格也不可能完全等同于其他台阁文人的诗词风气，即使是太平宰相晏殊，其词也在雍容平淡之中闪烁人生哲理之光；至于欧阳修，作为北宋小令词的开路先锋，他

---

① 参[清]孙默编：《十五家词》卷三，见文渊阁《四库全书》本。
② 沙先一、张晖《清词的传承与开拓》，上海古籍出版社 2008 年版，第 352 页。

的词风和晏殊差异明显,更少了些金玉和脂粉气而充满北宋承平时期那种玲珑婉曲、徐疏从容的特质。而清初王士禛等人,除了王士禛既有地方官的实践,又有朝中尚书大员的经历,其余不过是中下层知识分子而已。他们可以宗奉、模拟追和晏欧词风,但绝对不可能具有晏殊和欧阳修词那种胸襟气度。他们虽然也曾描绘清前期的太平景象,但动机和面貌与晏殊、欧阳修不可同日而语。作为曾经被镇压得最厉害的江左地区的文人,清代统治者的刀锋威严或许经过流传还留在他们的记忆深处。然而为了更好地生存,或者由于王士禛的领袖效应,他们也拿起纸笔抒写对当朝的歌颂——这是考察清初晏欧三家词的批评与接受所值得留意之处。

总之王士禛等广陵诸子对北宋一代大家晏欧三家词的激赏与抬尊,既显现了清初词坛风会的嬗变痕迹,这种态度还影响了整个清代词坛研究传承三家词的面貌。此外,广陵诸子还在王士禛的率领下,在扬州发起追和欧阳修《朝中措》一词的热潮。详见后文词学创作实践中对晏欧词的传承内容。

四、肯定晏欧词坛地位:阳羡词派的兴盛与晏欧三家词论的式微

康熙年间,清词坛上渐渐兴起了抑郁悲愁之声,曾经低落的苏辛派词风又重新抬头,占据了清初词学的一席之地。代表这种词风的则是阳羡词派。朱丽霞曾对清初稼轩风的兴起作了详细的例证和探索,认为脱胎于云间词派的阳羡派是明显带有东坡、稼轩风尚的一个词群①。阳羡词派的登台是词学渐趋清代特色的一个重要转折点,是清代词学家们对明末清初云间词派论词力主《花间》《草堂》流风余韵的自觉反拨,是清代词坛总体上宗奉南宋词风的重大转移,也意味着传承晏欧三家词风的衰微。

(一) 阳羡词派对苏辛派的推崇

以陈维崧为代表的阳羡词派登上清代词坛,绝不是一种偶然的现象,而是在历史际遇、社会风尚、地域文化及词学自身发展等等种种机缘交融互汇的结果。严迪昌先生对此深有研究与探讨。他曾饱含感情地论述道:"这是一个崛起于沧桑剧变、风云诡谲的历史时期的文学流派;这是一个以悲慨激扬和萧瑟凄清的多侧面的情韵,浓重地表现了旧巢倾败、新枝难栖的复杂凄苦心态的词的流派;这是一个关系到清初词风嬗变,以至一代清词所以得而生气张扬、衰而复盛的贡献至多的词派;这是一个词史上罕见的敢于'拈大题目,出大意义'(谢章铤语),真正推尊词体的体格的词学流派。"②阳羡词

① 参朱丽霞:《清代辛稼轩接受史》有关论述,齐鲁书社2005年版。
② 严迪昌:《阳羡词派研究》,齐鲁书社1993年版,第8页。

人宗奉的"大题目、大意义"的词体,推根溯源无疑只有南北宋的苏辛一派才能胜任之,尽管对于南宋的辛稼轩词风而言,阳羡词人更为直接推崇的是其乡邦先贤、辛派的继承者蒋捷。蒋捷既有辛弃疾之"语语纤巧","字字妍倩"(毛晋《竹山词跋》)温婉秀丽的一面,更有辛弃疾豪迈雄愁之语,如江顺诒《词学集成》卷四所谓:"宋人自度腔皆可歌,后人不得其传。至辛、蒋以豪迈之语,为变徵之音。"①南宋末期,蒋捷可谓深得苏辛多面词风的真传。清初阳羡词派对苏轼、蒋捷的崇奉即是对辛氏词风的鼓扬,尤其是领头人陈维崧不遗余力,既为张扬词派主张别开门径,又为清词词风扭转而实践努力,正如蒋兆兰所云:"至清初陈迦陵,纳雄起万变于令慢之中,而才力雄富,气概卓荦,苏辛派至此可谓竭尽才人能事。"②

　阳羡派词人对苏辛词风的推崇,主要表现于理论识见与创作实践两个方面③,而对于清代词体理论的贡献主要见诸陈维崧之《词选序》。此序中陈维崧提出"为经为史,曰诗曰词"的论调,将词体创作上升至经史的高度。为此他又提出"选词所以存词,其即所以存经存史也夫"④的著名观点。这种异于前述词群的看法,"从根本上动摇并否定'词乃小道'的传统观念"⑤,对后世常州词派的词学理论具有重大的影响与启示意义。在阳羡词群这种词学认识之下,原先的唐五代及北宋初期词的温婉艳丽之风自然难入他们的法眼,晏欧词充其量不过是他们考察词史难以跳过的词家而已,尽管总体上还是认可晏殊和欧阳修词的词坛地位。

(二)　肯定晏殊和欧阳修词坛地位

　阳羡派以陈维崧为主将,其主要成员有任绳隗、徐喈凤、蒋景祁、万树等诸多名家。前面已述,阳羡词人将词体抬高到存经存史之地位,对词体的推尊已经超越了前代一般词史的论述范畴而直接上升至与经史对接的地位。然而作为清代一个重要的承上启下的词群派别,阳羡词人并没有局限于苏、辛一派风气之上,而是对于前代其他卓有特色之词人,同样表示出认可学习的态度。至于一些异见旁说,他们又体现出不同古人的宏通之观。阳羡词人对晏欧词的观点较典型地体现了这种论词心态。如较为熟悉的任绳隗在其《学文堂诗余序》中云:"'词者诗之余也,大雅所不道也。故六代之绮靡柔曼,几为词苑滥觞。自唐文三变,燕许李杜诸君子,变而愈上,遂障其澜而为

---

①　《词话丛编》本,第 3252 页。

②　蒋兆兰:《词说》,《词话丛编》本,第 4632 页。

③　张璟:《苏词接受史研究》,第 172—186 页。

④　[清]陈维崧:《迦陵文集》卷二,见《四部丛刊初编》本。

⑤　严迪昌:《清词史》,第 192 页。

诗。宋人无诗,大家如欧苏秦黄,不能力追初盛,多淫哇细响,变而愈下,遂泛
其流而为词。'此主乎文章风会言之也。或又以永叔名冠词坛,当时谤其与
女戚赠答,大为清流所薄;晏元献天圣间贤辅,乃至以作小词致讥。此较乎立
德与立言轻重之异也。以余衡之,要皆竖儒之论耳。"①首先针对他人之
言——认为宋人无诗,即使有大家之谓的欧阳修、苏轼等人之诗,也难以跻攀
比肩唐诗之初盛唐时期而一任鄙俗淫巧,遂流为词,任氏认为这种观点是基
于文章风会言之,不能算是宋诗劣于唐诗之证据。对于词人晏殊、欧阳修,任
氏认同他们名冠词坛而为一流大家的称谓,而欧阳修因艳词受谤和另一个台
阁高官晏殊也因词带艳情受人讥谤之事,任绳隗则又认为乃小人暗算之故,
所有这些他认为只不过"立德与立言重轻之异",无论因德废言还是因言废
德,都是"竖儒之论",不足为训。由此可见,任绳隗从词体主抒情的特性出
发,对于晏殊、欧阳修的词坛大家地位还是予以认可,并对欧阳修因词受诬之
事坚决捍卫欧公清白。

　　徐喈凤(约 1673 年前后在世)的《荫绿轩词证》记载丁澎在《定山堂诗余
序》中指出"特举寇平仲、范希文、欧阳永叔三人立论,所谓先人品而后才华
也"②。照此理路,衡量观照当下词坛,徐喈凤颇为感慨。他说当今人撰写小
词,集中于酒肆戏剧与烟花柳巷之中,一点都不考虑自身行为与名声,"此不
独为大雅罪人,直是名教罪人矣。作词者最宜猛省"③。由此亦见徐氏认同
丁氏所说欧阳修等人德学兼备,并以道德评判为衡量标准,提醒现世作词者
切勿不复检点而宜以欧阳修等宋人为模范。

　　晏欧三人中,有关词品与人品的问题,主要涉及晏殊与欧阳修二人,尤其
是欧阳修的"伪词"公案④,曾在当时掀起一股批评风潮,而其流风所及,早已
跨越了时空界限而影响至今,不能不说这种道德评判具有巨大的震撼力和穿
透力。这种道德评判是词学诠释中有别于审美研究与评价的词学解读。因
为"在诠释者们看来,宋词作品中所蕴含的道德观念、道德行为,既是词人现
实生活(政治生活、爱情生活)中的道德观念的反映,也是所处的时代风尚乃
至以后的社会风尚的导向标"⑤。当然欧阳修最终以其刚节品性和良好的政
声获得后人诸多的理解和维护,近代王国维云"虽作艳语,终有品格"⑥,对其

---

① ［清］任绳隗:《直木斋全集》卷十一,转引《中国古典词学理论史》,第 190 页。
② 《词话丛编续编》本,第 104 页。按,《定山堂诗余序》,徐氏原记录为尤侗作,误。参《清名
　家词》本《定山堂诗余》。
③ 同上。
④ 对于欧阳修艳词伪说,可参谢谦:《欧阳修艳词绯闻辨疑》,载《四川大学学报》(哲社版)
　2006 年第 4 期。
⑤ 李剑亮:《宋词诠释学论稿》,人民文学出版社 2006 年版,第 120 页。
⑥ 王国维:《人间词话》卷上,徐调孚校注,中华书局 2009 年版,2010 年第 4 次印刷,第 19 页。

人其词可谓盖棺论定。而徐喈凤对于欧阳修及其词的认同与肯定,无疑也属于这种道德至上思维的反映,因此特别叮嘱"作词者最宜猛省"。

阳羡词人群中陈维崧无疑是其间领袖和大词家,其词"铜军铁板、残月晓风,兼长并擅"①。遗憾的是,陈氏的词学理论基本不涉及评判晏欧三家词,他的《迦陵文集》卷二和《迦陵骈俪文集》卷七中保存的 10 数篇词序中,也没有一篇涉及晏欧三家词作,正说明在阳羡词派中一度认可的晏欧大家词已经被边缘化的事实。

阳羡词派为抬尊词体地位,主张词作"为经为史",从而使得他们对于风流闲雅的晏欧小令词未能寄寓较多的关注,然而徐喈凤等人从立德立言及文品与人品的立场称扬晏欧词作,是对清初汪懋麟、丁澎关于欧阳修艳情词看法的继承,他为欧因词受诬辩护的态度显然是这种词学认识的表现。

五、词主醇雅:浙派前期词学与晏欧三家词之批评接受

浙派是清代词学流派中几可与常州词派相抗衡的词学派别,主要风行于清代前中期,对于清代的词学发展和词坛走向具有重要的影响和意义。本文为便于论述和研究,将浙派关于晏欧三家词传承与批评的发展流衍分为前后两期。前期以朱彝尊及《词综》为讨论代表,晏欧三家词继续保持较为低迷的传承研究状态,后期以浙常交响之际的郭麐等人为阐述中心,晏欧三家词的批评关注度略有回升。此外,许昂霄的《词综偶评》也是以《词综》为基础,体现了浙派前期的词学观。

(一) 词主醇雅:《词综》与浙派前期晏欧三家词的传播与批评

《词综》是朱彝尊等人于康熙帝主政时期编辑完成的一部大型词选,而其选词标准、词作宗风明显地带有复古追雅的倾向,并打上了皇家、时代风尚的印记,由此也被作为浙派选词取向的标杆和词学理论阐发的阵地。浙派前期的词学主张是复古追雅,这种带有官方主导思想痕迹的倾向使晏欧词在一定的程度上也被关注。

1. 浙派前期词学理论核心

承载皇家意识与浙派词人梦想的《词综》,不仅仅是一本普通的词作选本,也是一种研究批评途径和表达词学见解的体现物。它"不但反映出选者(批评家)对文学理论的独特探讨,反映出特定时期的文学思潮,同时选本对作家作品的独特取舍排列也反映出该作家及其作品在文学史上的不同历史

---

① ［清］高佑釲:《迦陵词·序》,见陈维崧撰:《迦陵文集》,《四部丛刊初编》本。

时期地位与声望的盛衰起伏"①。因此,《词综》虽然没有词史般的叙述语言,亦缺少理论般的词学阐释,然而《词综》的编定隐藏或揭示选者的词学理论、词学观念,体现了编选时代的词学风尚。正如前述,编选词集是另一种形式的词学研究活动,是考察探析词学研究对象的另一条途径。通过查考《词综》所选晏欧三家词作的数量、词作种类和风格特征,既可以帮助窥见该对象所处词学风尚之地位,同时也可知其传承演变之轨迹。

要考察《词综》与晏欧三家词的传播、批评关系,有必要先了解一下朱彝尊、汪森等浙派前期词人的词学理论。

浙派宗匠朱彝尊,康熙十八年(1679)举博学鸿词科,开始出仕清廷,从此步入亦官亦文而引领一代词学发展的道路。有词集《江湖载酒集》等4种,《全清词·顺康卷》存其词656首。朱彝尊论词沿袭南宋主雅的宗尚,反对俗艳之作:"言情之作,易流于秽,此宋人选词,多以雅为目。"②主张南宋词选力选雅词的做法:"盖先贤论词,必出于雅正,是故曾慥录《雅词》,鲷阳居士辑《复雅》也"③。实际作词中,重在取法南宋词,而对于北宋之小令词也是深以为赏。他曾言"小令宜师北宋"④,当然这主要得益于北宋的小令词玲珑婉曲别有韵味,符合他的尊雅崇韵的审美口味。洪亮吉评其词云:"晚宗北宋幼初唐。"⑤因此,从词之正变问题看,朱彝尊显然以雅词为正,不分南北;但从南北宋词史角度分析,他还是以宗奉南宋词为主,但不排斥北宋小令词,词学视域表现得较为宏通。从此点言,多以小令为胜的晏欧三家词,极有可能入其法眼。至于朱彝尊之"醇雅"的词学主张,孙克强将其归为三个方面:提倡雅正,严肃创作,纠俗弊端;要求立意和情致高雅,语言典雅,以去庸俗鄙俚之语;音律上合于乐调词谱,以反随意和芜杂。⑥ 所以,在这种理论指导下,南宋之姜、张便成了他最佳的恭奉对象。可见朱彝尊有意地接续南宋以来的"醇雅"理论并加以比兴寄托,使之成为开宗立派的词学大纛。稍后的汪森接续朱氏大旗,进一步发扬了这种尊体之说,为词体地位的抬升不遗余力,认为"诗降为词""殆非通论"而"词之能事毕矣"⑦。此后浙派后人历

①　邹云湖:《中国选本研究》,上海三联书店2002年版,第4—5页。
②　《词综·发凡》,见朱彝尊、汪森编纂:《词综》,李庆甲点校,上海古籍出版社1978年版。
③　[清]朱彝尊:《群雅集·序》,《曝书亭集》卷四十,吴宏一、叶庆炳编:《清代文学批评资料汇编》上集,成文出版社1979年版,第257页。
④　同上书,《鱼计庄词·序》,第256页。
⑤　[清]洪亮吉:《道中无事偶作论诗截句二十首》之九,《更生斋诗》卷二,引《洪亮吉集》第3册,刘德权点校,中华书局2001年版,第1245页。
⑥　详参孙克强:《清代词学批评史论》,第58—60页。
⑦　[清]汪森:《词综·序》,《词综》,李庆甲点校本。

鹗、王昶等人对此均不同程度有所增益和理论建树。

另外，有浙派前期知音之称的曹溶对朱彝尊及浙派影响较大。朱彝尊序其《静惕堂词》云："数十年来，浙西填词者，家白石而户玉田，春容大雅，风气之变，实由先生。"①而曹溶论词取向较之朱彝尊及浙派后来者要宽泛：

> 诗余起于唐人而盛于北宋，诸名家皆以春容大雅出之，故方幅不入于诗，轻俗不流于曲，此填词之祖也。南渡以后，渐事雕绘。元明以来，竞工鄙俚，故虽以高、杨诸名手为之，而亦间坠时趋至今日。而海内诸君子，阐秦、柳之宗风，发晏、欧之光艳，词学号称绝盛矣。②

总之，朱彝尊是《词综》的编纂主力，汪森等是其最终成为 36 卷本的后继者。他们的努力实践和词学理论不仅使《词综》成为有清一代词学发展史上的一部重要总集选本，如丁绍仪《听秋声馆词话》卷十三所谓"自竹垞太史《词综》出而各选皆废，各家选词亦未有善于《词综》者"③。而且更重要的是以朱彝尊为首倡的浙派词学理论预示了清代前期康熙朝的词学走向，南宋的姜张一派音律词格也借此风行百余年，使清代的南北宋之争有了明显的分途。晚清杨恩寿《论词绝句》评朱彝尊词云："风气能开浙派先，独从南宋悟真诠。自题词集夸心得，差喜清真近玉田。"④客观地揭示了朱彝尊开浙派风气及其论词主张所在。

2.《词综》与晏欧三家词研究

朱彝尊等人编选《词综》的初衷不仅仅是网罗历朝历代词之佳者，也含有欲与原先风行的《草堂诗余》诸本一争高低而最终取而代之的意味。汪森《词综序》明言云："庶几可一洗《草堂》之陋，而倚声者知所宗矣。"就宋词而言，《词综》全书辑录"唐词 20 家 68 首；五代词 24 家 148 首；宋词 376 家 1387 首；金词 27 家 62 首；元词 84 家 257 首。"⑤补辑六卷中收宋词 141 家 264 首，共计宋词 1651 首，除掉一无名氏 45 首无法认可，《词综》在入选数量、卷次安排上都体现了重南宋姜张格律的选词倾向⑥。选词 10 首以上者北宋 14 人 267 首（南渡词人蔡伸、吕渭老及李清照也归入北宋计算），南宋 15 人 426 首，其中前三甲均为接踵姜夔之周密 57 首、吴文英 57 首、张炎 48 首，而卷次

---

① ［清］朱彝尊：《静惕堂词·序》，《清名家词》第 1 册。
② ［清］曹溶：《碧巢词》附评语，《百名家词钞》初集本。
③ 参《词话丛编》本，第 2734 页。
④ ［清］杨恩寿：《坦园诗录》卷六，光绪年间长沙杨氏坦园刻本。
⑤ 王兆鹏：《词学史料学》，第 353 页。
⑥ 同上。

安排上、陈允平、周密单独一卷（卷二十）；王沂孙、张炎别开一卷（卷二十一），明显具有主次轻重之区隔。《词综》虽以姜夔词脉的南宋典雅之作为首选，但晏欧三人的小令词也入录不少，其中晏殊 7 首，欧阳修 22 首①，晏幾道 25 首（补 3 首）。整个北宋选词 20 首以上的其余词家也只有周邦彦 37 首、张先 30 首、贺铸 25 首、柳永 21 首。晏欧三家选词 54 首，基本上和他们的北宋词坛地位相当（具体可参本书附录一）。

（1）《词综》与《草堂诗余》所选晏欧三家词比较。汪森说《词综》是有目的地要取替《草堂》，以变鄙俗之风为雅正之音②。今取二者选词篇目比较检视，以晏欧三家词为例，看是否达到或接近这个目的。《词综》辑录晏欧三家词 54 首，《草堂诗余》收晏欧三家词 21 首。二者共同收录的只有 6 首，其中欧阳修有《浪淘沙》（把酒祝东风）、《浣溪沙》（堤上游人逐画船）、《踏莎行》（候馆梅残）、《临江仙》（柳外轻雷池上雨）词 4 首；晏幾道词有《生查子》（金鞍美少年）③、《玉楼春》（秋千院落重帘幕）2 首。这 6 首词作是欧阳修和小晏词的经典之作，严格而言它们并不符合《草堂》的流裹之气。比如欧阳修之《浪淘沙》（把酒祝东风）一阕，被俞陛云先生称之为"至情语以一气挥写，可谓深情如水，行气如虹矣"④。上述 6 首几乎都是情致婉约之作，与《草堂》中的俗词大相径庭。朱彝尊论词尽管尊崇音律和风格典雅之作，其实也不忘对饱含真情韵词之作的推许。

以下再探析《词综》所选而《草堂》未取之作，看这些词作有何特异之处而入朱彝尊之法眼。晏殊 7 首词，都是《草堂》不曾辑录之作。据笔者查阅，其中像《破阵子》（燕子来时新社），《花庵词选》《古今词统》等有所收录；《蝶恋花》（槛菊愁烟兰泣露），陈耀文《花草粹编》等入录；《全宋词》认为可为欧阳修词的《清商怨》（关河愁思望处满）等几首都是此前词选淘选之作，可谓历代词选中之常客，几乎都是晏欧词中之精品，词情格律，婉致工整。据笔者查证，清代以前真正罕有人关注的只有一首《清平乐》（红笺小字），这是此前词选中少见的新面孔。词作的研究与品赏是一个不断发展演变的流动过程，经典与名篇的形成也不是一朝一夕，他们的成名是无数读者阅读解说品味激赏的结果。就某一个作家的词集而言，后世读者在不同视角的读解中，有可能不断地发现情感、艺术均堪称精美之作或某首作品某处的闪光之处，它们能给读者带来不同层次的审美愉悦与感受。晏殊的这首不太受人瞩目的《清

---

① 包含本文认可置于冯延巳名下的《蝶恋花》（庭院深深）1 首。见《词综》卷三，第 59 页。

② 参［清］汪森：《词综·序》。

③ 《全宋词》"金鞍"作"金鞭"。参《全宋词》第 1 册。

④ 俞陛云选：《唐五代两宋词选释》，上海古籍出版社 1985 年版，第 170 页。

平乐》大致也属于这一类。《词综》以前几乎无人关注,而此后才渐为人所熟悉和接受。朱彝尊等人给了它崭露头角的机会,然而却没有给它更为详细的艺术情思的介绍,而近代人对它的发掘与赏析,使它不仅仅是选本中的摆设而是活生生的艺术可感之物,且所受评价颇高。譬如俞陛云:"言情深密处全在'红笺小字'。……词格甚高。"①再如赵尊岳:"此词说离情之深,莫与伦比,用笔之妙,更匪夷所思。"②等等。

有关欧阳修词,《词综》中有 18 首超出《草堂》之外。这些词中不少也是历代精选之作,其中 6 首出自《乐府雅词》,如《玉楼春》(春山敛黛低歌扇)、《南歌子》(凤髻金泥带)等。曾作为词谱范式的有两首:《摸鱼儿》(卷绣帘梧桐院落)阕,如《诗余图谱》即有选取;《越溪春》(三月十三寒食日),如《啸馀谱》和《文体明辨》均收录。此外还有《临江仙》(记得金銮同唱殿)、《少年游》(阑干十二独凭春)、《蝶恋花》(小院深深门掩亚)等。

有关晏幾道词,《词综》中有 20 首选辑《草堂》之外,其中一半曾被《花庵词选》、《花草粹编》和《古今词统》等选取,只有 9 首基本属于此前少有收录之作:《蝶恋花》(碧玉高楼临水住)、《清平乐》(春云绿处)、《清平乐》(留人不住)、《破阵子》(柳下笙歌庭院)、《采桑子》(秋千散后朦胧月)、《蝶恋花》(喜鹊桥成催凤驾)、《两同心》(楚香春晚)等。这些词作虽然流传范围不广,但仔细阅读也别有韵致和情调。如《采桑子》(秋千散后朦胧月):"秋千散后朦胧月,满院人闲。几处雕阑,一夜风吹杏粉残。　　昭阳殿里春衣就,金缕初干。莫信朝寒,明日花前试舞看。"描述的是歌儿舞女的生活片段,但风格清新闲淡,朦胧之中犹带"清寒"之色,或许这是深得浙派词人赏析之处。

当然《草堂》中有几首情感艺术较佳之词却也是《词综》失选之作,譬如晏殊之绝佳名作《浣溪沙》(一曲新词酒一杯)及《蝶恋花》(帘幕风轻双语燕)、晏幾道之《鹧鸪天》(彩袖殷勤捧玉钟)等。这些脍炙人口的词作,基本成了晏欧三人词作的代言品牌,《词综》谨守反《草堂》门户之见而将其拒之门外,颇为遗憾。

(2)《词综》辑录的晏欧三家词文献研究。《词综》一书几经辗转刊刻、续刻、刊补才终见 36 卷书貌,其间参资各类文献数百种,前后凡 18 年才完书③。该书涉及的文献研究内容就晏欧三家词而言,主要体现如下三方面。

其一,参资的文献版本。据朱彝尊《词综·发凡》介绍,包含晏欧三家词

---

①　俞陛云选:《唐五代两宋词选释》,第 159 页。
②　赵尊岳:《〈珠玉词〉选评》,《词学》第 7 辑,华东师范大学出版社 1989 年版,第 155 页。
③　参于翠玲:《朱彝尊〈词综〉研究》,中华书局 2006 年版,第 40—47 页。本节论述多有参此,特说明。

的相关文献版本有：词籍汇刻本吴讷之《百家词》本晏欧三家词，尽管"抄传绝少，未见全书"，总归曾经阅读过；毛晋之《宋六十名家词》本《珠玉词》一卷、《六一居士词》三卷、《小山词》二卷；书籍目录诸如陈振孙之《直斋书录解题》有关晏欧词、马端临《文献通考》之晏欧词集考；词集选本诸如《草堂诗余》《词林万选》《花草粹编》《古今词统》及掺入其中的《乐府雅词》《天机馀锦》等词选中有关晏欧三家词作，"务去陈言，归于正始"；诗话词话笔记如胡仔之《苕溪渔隐丛话》、阮阅之《诗话总龟》等关于晏欧三家词点滴评价，"片玉必采，辙事必疏"①。

其二，晏欧三家词作文句版本的校勘。《词综·发凡》云："欧阳永叔《越溪春》结语'沉麝不烧金鸭，玲珑月照梨花'，并系六字句，坊本讹'玲'为'冷'、'珑'为'笼'，遂以七字五字为句。"②《越溪春》一调，《全宋词》仅存欧阳修一词③，为孤绝之作。因无其他词可比对，对于此两句之句式只好采取其他方法判断。朱彝尊认为是 6 字句，从逻辑与语义上讲这两种断句方式均可行，而《全宋词》本作 7、5 字句，即正是《词综》所谓坊本之"讹"，所据版本为吴氏《景刊宋金元明本词》之《欧阳文忠公近体乐府》三卷本，而吴氏所本又是据影刊宋周必大吉州刊本，这个刊本是目前流行的欧阳修《近体乐府》三卷本的祖本，应该是可信的。吴讷之《百家词》本也是作 7、5 字句，而陶缃之影宋本《醉翁琴趣外篇》"玲珑"二字则作"冷陇"，与吴本有一字之异。"玲珑"6 字句本虽无大碍，然而如果对照前字句"金鸭"分析，恐怕作"金鸭冷"而为 7、5 字句更为合理，因为唐诗词中，"金鸭冷"连用并不少见。如李贺之《兰香神女庙·三月中作》云"深帷金鸭冷，奁镜幽凤尘"之句④；毛熙震之《小重山》"晓来闲处想君怜，红罗帐、金鸭冷沉烟"⑤；李珣之《定风波》"沉水香消金鸭冷"⑥等句。欧阳修词作多受唐五代诗词影响，因此从语源上分析，《全宋词》等作"冷陇（笼）"并为 7、5 字句尤为符合词句规范，而朱彝尊所谓并为 6 字句恐为错讹所致。

其三，有关晏欧三家词的词话和词人生平文献。《词综》不单独为一词作选本，而且还夹杂有关词作本事、评句及词人生平等有关文献资料，佐资知人论世和品读赏析。如欧阳修小传中就引用了陈振孙、罗泌两宋人关于欧阳

---

① 以上均参《词综·发凡》。按，于翠玲《论朱彝尊〈词综〉的文献价值》一文有涉及该引用资料，参《古籍整理研究学刊》2005 年第 5 期。
② 同上。
③ 《全宋词》第 1 册，第 185 页。
④ 《全唐诗》第 12 册，中华书局 1960 年版，2008 年第 9 次印刷，第 4431 页。
⑤ 《全唐诗》第 25 册，第 10117 页。
⑥ 同上书，第 10124 页。

修艳词伪作的评语,已引起读者注意;而《少年游》词末附词话一则:"吴虎臣云:'不惟君复、圣俞二词不及,虽求诸唐人温、李集中,殆与之为一矣。'"①如此等等,不一而足。

综上,《词综》不仅仅是一个贯彻词宗姜张一派词学理论的阵地,还是具有文献考据学意义的词籍选本,因此有人认为"如果说《草堂诗余》只是便于应歌的唱本,《词综》已经是考证有据的文人读本和学术成果了"②。前述的晏欧三家词研究与批评的例子正可以印证,体现了清代初期浙派词学发展的审美风趣。总之,浙派虽不是以倡导晏欧三家词为目的,但在关涉词史发展时,客观上也给予了选取和评价。

(二)《词综偶评》与晏欧三家词评

许昂霄之《词综偶评》是清代前期较具有理论批评性的词话著作,所选词作建立在《词综》基础上,代表着浙派前期的词学观点。该词话着眼于晏欧三家词艺术的鉴赏和批评,属于阅读中的理论传播与接受。

《词综偶评》一书是许昂霄设帐授徒时,以朱彝尊《词综》为教材所选词作评点的文字汇集。大概许氏殁后四十余年,由门人张载华于乾隆二十二年(1758)编辑成书。许氏论词沿朱彝尊一脉,以浙西词派为宗旨,推重神情、韵味、清空和丽远,并以此为学词内容,授人以门径,因此从流派宗风的角度论析,许昂霄当属于浙西前期一脉③。《词综偶评》个别地方附有张载华的看法,因此该书可以看作是许昂霄及其合作的产物,其中涉及晏欧三家词论词评的有 12 处,体现于艺术直觉的赏析和词作字句的考辨。

1. 艺术直觉的赏析

《词综偶评》中有的地方对晏欧三家词作进行鉴赏式点评。这种点评多是艺术的直觉感悟,也是中国古代文人惯用的诗词鉴赏方式,往往于三五字中,凝聚着对诗词的审美感知和社会评价,参见读者的批评眼光与艺术感受力。《词综偶评》虽名为"偶评",貌似不经意的点评,实质包孕着编选者长久以来积淀的词学主张和艺术鉴赏力。有关晏欧词评莫不如是。如评晏殊《破阵子》"疑怪昨宵春梦好"3 句,"如闻香口,如见冶容";评欧阳修《采桑子》,"闲雅处自不可及"④。此首《破阵子》是晏殊少见的描写下层农村女子从事劳作的生活场景,"其笔调之活泼,风格之朴实,境界之明净清丽,在大晏

---

① 《词综》卷四,第 83—84 页。
② 于翠玲:《朱彝尊与〈词综〉研究》,第 68 页。
③ [清]张宰华:《词综偶评·跋》,《词话丛编》本,第 1579 页。
④ 参《词话丛编》本,第 1550 页。

词中都是别具一格的"①，而列举的这 3 句对采桑女真率质朴的欢歌笑语的场景描写让人如临其境，感同身受，特别是在前两句预设疑问的解答铺垫下，更见这群女子洋溢着乐观开怀的喜悦场面确"如闻香口，如见冶容"。而点评的欧阳修一词当属《采桑子》："轻舟短棹西湖好，绿水逶迤。芳草长堤。隐隐笙歌处处随。　　无风水面琉璃滑，不觉船移。微动涟漪。惊起沙禽掠岸飞。"该词通过动静相协的描写，使颍州西湖波渺渺水悠悠的幽静美景一览无余而尽入眼帘，而词人的心境好似与"微动涟漪""沙禽掠飞"而不觉船移的自然景色融为一体，其安逸闲雅之趣可以想见。

对艺术美的直觉体验，对词作意象、意境的清幽、细致而真实的刻画的体会，是《词综偶评》中有关晏欧三家词评的一大特色。如评：欧阳修词《少年游》"清劲"；《南歌子》"真觉娉娉袅袅"②。欧词中有 5 首《少年游》，其中取自《近体乐府》卷 3 之 3 首为咏物言愁之作，源自《醉翁琴趣外篇》卷四，乃咏歌女之作，这 4 首的审美格调与"清劲"无关。第 5 首辑自《能改斋漫录》卷十七，倒或是许昂霄所评。且看全词："阑干十二独凭春。晴碧远连云。千里万里，二月三月，行色苦愁人。　　谢家池上，江淹浦畔，吟魄与离魂。那堪疏雨滴黄昏。更特地、忆王孙。"这是欧阳修咏春草名作。从抒写方式看，词的上片重描景，镜像层深，辽阔空旷，而下片专在言情，离愁正浓，令人伤魂。而"那堪疏雨滴黄昏"意象之穿插尤加重了这种伤感色彩。全词51 字，多用短句，节奏明快干练，语意较为清晰，词情较为悲抑深沉。如果"清劲"指词作主体风格"清秀有力"的话，那么欧阳修咏草言愁之作，在典故的化用与短促的句式表达中，摒弃了一般的浮艳语言而将思念王孙之愁抒写得清秀风雅、干脆有力，或许这正是《词综偶评》所体会到的"清劲"之色吧。

《南歌子》(凤髻金泥带)一调是欧词中喜闻乐见的名篇，更富有画面感和人物生活气息。短短数语中，女主人公的一颦一笑都刻画得那样传神细致，"真觉娉娉袅袅"一句，直如贺裳《邹水轩词筌》所谓"真觉俨然如在目前，疑于化工之笔"③。生活观察与艺术思力之功，于此可见。

2. 字词句子的论析

《词综偶评》对晏欧三家词字词句子的考析包括对字词用法的论析、短语名词的解析、句子的接受与影响等诸方面的研究。

如欧阳修《踏莎行》一阕，他认为"'平芜尽处是春山，行人更在春山外.'

---

① 刘扬忠编著：《晏殊词新释辑评》，第 190 页。
② 以上同参《词话丛编》本，第 1551 页。
③ [清]贺裳：《邹水轩词筌》，《词话丛编》本，第 700 页。

春山疑当作青山。否则既用春水，又用两春山字，未免稍复矣”①。词中重复用语并非不可。就修辞手段而言，本词中两用“春山”正是《诗经》惯用的“复沓”手法的再现，往复循环之中，进一步提升了景物的层深感，从而大大强化了那种青山远去，离愁愈浓的艺术效果。许昂霄拘泥于词体字面，亦为解读中的一大败笔。再如《浣溪沙》“六幺促拍盏频传”句，他指出“‘六幺’即‘绿腰’也”，也属于对字词的解析。

许氏除了对晏欧三家词作的某些词语的用法和词义作一些考析，还对词句的出处和影响接受作了一定的探索。比如他指欧词《临江仙》“凉波不动簟纹平”三句出自李义山诗句“水文簟上琥珀枕，傍有堕钗双翠翘”。欧阳修早期诗歌深受李商隐影响，诗词用语的承袭化用即为其中之一表征。欧词三句袭用李诗《偶题》末两句，但将两句增添为三句，用词已有所扩张，描写尤为细腻。

晏幾道《蝶恋花》“红烛自怜无好计，夜寒空替人垂泪”。许氏云：“杜牧之诗：‘蜡烛有心还惜别，替人垂泪到天明。’”②晏幾道的词不仅在字面与杜牧诗相近，写法、语意也类似，都从蜡烛的侧面刻画出闺中人空房独守的伤悲之情。

另外，许氏还指出晏欧词与时人词作用语的相似性，揭示词体潜在的接受与影响。如评王安石《伤春怨》词：“结语与欧公暗合。”③要弄清楚许氏具体所指，必先明白王安石及欧阳修词的具体内容。王词《伤春怨》一调，《钦定词谱》有著录，其词牌格式“双调四十三字，前后段各四句，三仄韵”。词云：“雨打江南树，一夜花开无数。绿叶渐成阴，下有游人归路。　与君相逢处，不道春将暮。把酒祝东风，且莫恁、匆匆去。”《词谱》补充云：“此调惟此一首，无他首可校。”④今本《全宋词》不录此调，而据词体内容，《全宋词》将该词作收录于王安石《生查子》调名下，并说明源自吴曾《能改斋漫录》卷十六⑤。许氏所言王词之结语为“把酒祝东风，且莫恁、匆匆去”两句，表达对朋友的挽留惜别之情，也是全词的主旨。而欧阳修词《浪淘沙》一调有云：“把酒祝东风，且共从容。”两相比照，不难发现，王安石此词不仅直接套用了欧词原句，而且在词作主题上也极其类似，二者都有发抒珍重惜别友朋之意。许氏所谓“暗合”，不为向壁之言。

与此近似的是，许氏还指出“晏小山《玉楼春》结二语”与张先《木兰花》

---

① ［清］许昂霄：《词综偶评》，《词话丛编》本，第1551页。

② 同上。

③ ［清］许昂霄：《词综偶评·补录》，《词话丛编》本，第1575页。

④ 《钦定词谱》卷四，第280页。

⑤ 参《全宋词》第1册，第268页。

"骊驹应宜解人情,欲出重城嘶不歇"两句"相似"①,存在一定的联系性。根据所言,小山《玉楼春》结句二语当指"紫骝认得旧游踪,嘶过画桥东畔路"(今《全宋词》调名作《木兰花》),张词语出《木兰花》(西湖杨柳风流绝)一阕,许氏所录两句《全宋词》一作"骊驹应解恼人情,欲出重城嘶不歇"②。并而析之,小山之句在语词、语意与张先之词几无差异,对后者的接受应无疑问。

总之,清代前期的词学流派理论批评视野中,云间词派以接续词统相号召,力主本色自然词作,崇尚北宋词作,认可晏欧词作正宗地位。在其影响下,此后的西陵、广陵诸子对于晏欧三家词的大家地位、贡献予以认可,奠定了清代晏欧三家词正宗地位的批评基调;在南北宋词史观开始上有南北兼容的趋势。此后随着社会形势的变化和词风会的转移,力主"大题目、大意义"的阳羡词派和"词综醇雅"的浙西词派先后蔚起,北宋清丽绵蛮的小令词在苏辛豪迈之风和南宋格律雅派的杀伐之声中渐次退缩到边缘,晏欧三家词相对进入接受传承的低潮时期。然而无论阳羡、浙西,对于晏殊、欧阳修的大家地位均不否认,尤其是《词综》和《词综偶评》,给予了三家雅词应有的选录和批评地位,揭示晏欧词在阳羡、浙派的交替中,具有不可忽略的影响地位。

第二节　其他词选(谱)对晏欧三家词批评传承的推动

清代前期的词选也是批评传承晏欧三家词的有力工具。本时期词选繁多,仅顺治、康熙二朝的当代词选(清人选清词),据闵丰统计,目前存世的约有 30 种③。但清代前期的宋词断代选本未见,不过包含晏欧三家词在内的通代词选还是不少。除却具有官方背景的《词综》《历代诗余》《钦定词谱》外,据王兆鹏先生的《词学史料学》收辑记载,清代前期的通代词选还有明末清初卓回编纂的《古今词汇》三编(康熙十七年:1678 年成书),陆次云、章晫《见山亭古今词选》三卷(康熙十三年:1674 年序),项以淳《清啸集》二卷(康熙十七年:1678 年跋),先著、程洪《词洁》六卷(康熙三十一年:1692 年自序),沈时栋《古今词选》十二卷,孔传镛《筠亭词选》二卷,孙星衍《历代词钞》一卷等多部。

清代前期的词选(谱)宗风以受浙西词派影响为主,选词评词一片和雅之音。这些词籍选本大都没有现代刊印本,古本难觅,不易寓目。本节姑以

---

① [清]许昂霄:《词综偶评·补录》,《词话丛编》本,第 1575 页。
② 《全宋词》第 1 册,第 86 页。
③ 闵丰:《清初清词选本考论·序论》,《清初清词选本考论》,上海古籍出版社 2008 年版。

《历代诗余》《钦定词谱》《见山亭古今词选》《词洁》及《古今词选》为例,蠡测清代前期其他词选(谱)中的晏欧三家词传承与批评状况。

一、风华典丽:《历代诗余》之晏欧三家词选评

清代康熙时期含有晏欧三家词的大型词选,除了朱彝尊等人编选的《词综》外,另则有沈辰垣等编选的《历代诗余》,又作《御选历代诗余》。这两部词选都是在康熙帝主政时期编辑完成的,而其选词标准、词作宗风明显地带有复古追雅的倾向,也由此打上了皇家、时代风尚的印记。特别是前者,常作为浙派选词取向的标杆和词学理论阐发的阵地。另外康熙五十四年编成的《钦定词谱》,则是万树《词律》之后对词律、词谱的一次官方大整肃。不同于那些普通的词选,《历代诗余》及《钦定词谱》是官方视野下词学成果的编选与汇辑,二者对晏欧三家词的选取,代表着上层政权对晏欧词的认定和评判,在晏欧三家词研究与传承史上别具意味和影响。

(一)编选背景与目的

《词综》是具有官方背景的文人自编的词集,它的这个官方色彩更多地体现于康熙朝的默许与认可,而《历代诗余》则是在皇家直接授意组织号召下编纂的大型词籍,因此亦名《御选历代诗余》。它们的诞生都有相似的词学背景,不过后者一百二十卷本完成于康熙四十六年,而《词综》三十六卷本约莫结集完成于康熙三十年秋①,所以 16 年后,《词综》风行内外,整个词坛风气一变基本为浙派牢笼。复古与追雅是整个康熙朝词学的潮流。

《历代诗余》是由沈辰垣、王奕清等人于康熙四十六年编选完成,是康熙朝偃武修文、转治文教政策的一大成果表现。该书之所以更具皇家色彩,不仅是词臣受御命编纂而且康熙帝亲自操刀上阵,为序言一则,高调宣称推重周邦彦雅正之音,认为宋代雅词发展到周邦彦掌控大晟府"比切声调,篇目颇繁,柳永夏增置之,词遂有专家"②。全书编纂目的如其《凡例》所谓"网罗采择,汇为成书,鼓吹风雅",因此选词以关注"有关政教而裨益身心者"③"风华典丽悉归于正者"④为范式,至于"沉郁排宕、寄托遥深、不涉绮靡、卓然名家者"⑤也尽入录,因此,作为官方编纂的大型词学专著,该书极其注重入录词作之思想性与艺术性,俗艳之流,杜之门外。

---

① 于翠玲:《朱彝尊与〈词综〉研究》,第 41 页。
② 《历代诗余·序》,见[清]沈辰垣等编:《历代诗余》,上海书店出版社 1985 年影印本。
③ 同上。
④ 同上。
⑤ 《历代诗余·凡例》。

（二）晏欧三家词选状况

《历代诗余》选录的晏欧三家词分布于卷二至卷九十一,总共涉及 50
卷,各类词调 94 个,词作 419 首(实际 406 首),其中晏殊 100 首(实际 95
首)、欧阳修 134 首(实际 127 首)、晏幾道 190 首(实际 184 首)。晏幾道以较
多的数量超越了欧阳修,反映小山词在编纂中得到词臣的欢迎和认可。

《历代诗余》以词调字数多少排列,且对词调来源多有说明,故又具词谱
性质。晏欧三家词,按字数规模,大部分属于五六十字以内的小令,而中、长
调甚少。《全宋词》存晏殊 38 调、欧阳修 68 调、晏幾道 53 调。晏欧三人中,
相较而言,晏殊创调约略大于创意,欧阳修既具创调之才又有创意之识,晏幾
道的创意之才约大于创调①。《历代诗余》所选词调中,晏殊 34 调,欧阳修 37
调,晏幾道 49 调,绝大部分词调尽入一选之中。另外,三人均有不少词体、词
调作为第一体或唯一体,其中晏殊之独存一体的有 4 首,第一体的为 9 首;欧
阳修之独存一体 5 首、第一体 8 首;晏幾道独存一体亦 5 首、第一体 9 首。
（详参本书附录二统计表）

从所选词作思想与情感内涵上看,基本符合“风华典丽悉归于正者”之
御选宗旨。晏欧三家词之雅词与南宋之醇雅词之区别,依笔者看来,少有比
附寄托之意义,他们只是一任自我性情的发抒而不是专注于什么微言大义或
深远寄托,所以晏欧词之真纯挚情、直面人生与社会现实是他们的共同特色,
这也是符合康熙“风华典丽”之审美标准。比如欧阳修之《望江南》一调按起
句而分两类,一为“江南蝶”,一为“江南柳”,《历代诗余》之所以仅选其中起
句为“江南蝶”这首,恐怕是因为后者被认为语涉情事而曾引发众多的猜测
与诽谤——这与康熙朝强调“不涉绮靡”的选词标准格格不入;相反另一首
《望江南》(江南蝶)被后世研讨者认为带有讽喻社会浮薄少年之意②,这种
思想意趣显然正合“有关政教而裨益身心者”的皇家要求,因此纳入集中。
至于那些艺术写法或体例上确实饶有别趣而思想上有可能引起非议的作品
除了力黜之外,就是置其于别体看待,如欧阳修之《长相思》(花似伊)一阕,
因为有些描写语句较为直露而被置于第七体③,考其缘由,或为如此。

（三）晏欧三家词文献研究

《历代诗余》的晏欧三家词文献研究主要体现于对词调的阐释和作者小

---

① 按,此中所谓创调包括被词谱认可为词调的第一体或正体。
② 邱少华编著:《欧阳修词新释辑评》,第 31 页。
③ 《历代诗余》卷三,第 43 页。

传及有关词话。如对晏殊《望仙门》第一体之阐释:"汉武题《华阴集·灵宫门》曰:'望仙调名本此。'双调四十六字,后段七字句,下必叠三字句,后接五字句结,乃为定格也。"①这段话既交代了调名来源,又对此调的基本格式作了简单介绍。而该词选对《洞天春》一阕除了格式介绍外,还特别指出"以欧阳修一首平仄为正"②,即欧阳修《洞天春》(莺啼绿树声早)阕。《全宋词》中唯有欧阳修具该调。《历代诗余》除了以词谱式选词,还对词作者作了简要的介绍并单独别出一部分,这是有别于以往将词作者附在词选中的排列方式,体现词臣们知人论世观念的加重。晏欧三人的小传位于卷一〇二中。不同于其他词选中的三五字介绍,该词选除了人名、雅号、籍贯说明外,还简单罗列出词人的生平履历及词集名。依笔者言,现代通行的《全宋词》词人小传亦如此体例。附录的词话,可以起到读其词、知其人的参资之用。如晏殊名下附引的《刘贡父诗话》一则,指出晏殊词与冯延巳词的相承相沿之关系及皆能可歌的词作特色;晏幾道名下则附《诗眼》记载的一段有关晏幾道与蒲传正的对话,反映小晏为乃父名誉忿然而辨"不作妇人语"的词坛掌故③。从其援引的词话资料看,除了前述外,尚有魏泰的《东轩笔录》、胡仔之《苕溪渔隐丛话》、吴曾的《能改斋漫录》、无名氏之《乐府记闻》、徐釚的《词苑》、沈雄之《词话》和宋人晁补之、吴(曾)虎臣的只言片语等。这些附录的篇章,既有可读性又具评判性,是认识晏欧词作艺术风格及流传影响不可或缺的重要文献。

(四)《历代诗余》所附词话对晏幾道的误传

唐圭璋先生根据《历代诗余》所附词话加以单独辑录,名《历代词话》,十卷。全篇涉及晏欧词19处,内容都是源自前人资料,性质属于辑录类词话,理论研究价值不大,但是对于词学的传承有功。《历代词话》中值得一提的是卷四取自《艺林学山》之"孙洙词多为晏幾道所夺"④条,笔者以为此中有所不通,有必要专此一论。该词话记载认为孙洙词被晏幾道词所夺,换言之,在词作流传过程中,晏幾道的某些词存在冒认他人词作的现象。词作在承传过程中难免有相混的现象,后世的传抄、误记、误传也是层出不穷。然而论及孙洙与晏幾道词存在误传现象,今传其他文献也不见记载,这才是让笔者深感疑惑的问题:孙洙词与晏幾道词究竟有无关系? 是否有如此关系? 记载是

---

① 《历代诗余》卷十二,第184页。
② 《历代诗余》卷十九,第274页。
③ 《历代诗余》卷一百一十四,第1350页。
④ 《历代词话》卷四,《词话丛编》本,第1153页。

否有误？有必要论析之。孙洙何人？《全宋词》小传载云："洙字巨源，广陵（今江苏扬州）人。……有《孙贤良集》，不传。"①今人认为孙洙生于宋仁宗天圣九年（1031），卒于宋神宗元丰二年（1079），多与欧阳修、二苏兄弟、李端愿等人交。②从存世时间判断，二人很可能有交集。孙洙仅存词2首，一首《菩萨蛮》，据黄昇记载为其好友李端愿的琵琶女所作。③另一首《何满子·秋怨》，言羁旅行役之愁苦情，但较为直笔，与小山言愁之含蓄委婉风流蕴藉特质不同。孙洙既无与晏幾道词相混的状况，词风也不同，不知《历代词话》的编辑者据《艺林学山》的何种文献记载得出的结论。今查《艺林学山》乃是明胡应麟的笔记丛书《少室山房笔丛》之第四部分——续乙部，共8卷，主要是对前人文学遗产优劣的考析与评判。

该书卷二十一《艺林学山》卷记载，"孙洙，字巨源。尝注杜诗。今注中'洙曰'者是也。……注杜诗者王洙原叔。今序载杜集中，谓孙洙误。唐亦有进士王洙，字学源。见（李）东阳《夜怪录》。《拊掌录》云，孙巨源内翰从刘贡父求墨，而吏送达孙莘老中丞。巨源以求而未得让刘。刘曰：'已尝送君矣。'已而知莘老误留也。以其皆姓孙而为官职，故吏辈莫得而别焉。……余戏谓：'巨源生前之墨既为莘老所留，死后之词复为原叔所夺。何一姓一名触处不利耶！'"④由上述文字不难发现，胡应麟认为注杜诗的作者乃孙巨源洙，而李东阳《夜怪录》则认为是唐进士王洙原叔。另根据《拊掌录》所记二孙同混的故事，胡氏才会发出孙洙生前死后都被他人夺名之感叹。杜诗注者究竟为何，不是本文所关注的议题，此处不妨撇开不论。此处的重点是考察判断，胡氏所谓孙洙"死后之词复为原叔所夺"一语存在的必须明确的两个问题：

其一，句中之"词"显然指孙洙注杜诗之词而非文体之词；

其二，胡氏所谓夺去孙洙之名之人为"原叔"，即唐进士王洙字原叔，不是宋代的晏幾道字叔原。

因此，《历代诗余》的编辑者们所言"孙洙词多为晏幾道所夺"完全是对胡应麟上述内容的误判而不加辨析。质言之，胡氏《艺林学山》此文中孙洙与晏幾道根本不存在任何联系，而王奕清等人对原文不加辨析和判断，放言孙洙词被晏幾道所夺之论尤是臆断妄说，反映《历代诗余》的辑录有失考辨而盲目臆断，所据不一定可信，甚至贻笑大方，正如唐圭璋先生告诫云："《历

①　参《全宋词》第1册，第279—280页。
②　参王晓娟：《孙洙生平著述说略》，载《西北大学学报》2010年第4期。
③　参《历代词话》卷四，第1152页。
④　［明］胡应麟：《少室山房笔丛》，中华书局1958年版，第285—286页。

代诗余》最不可信,学者注词,切不可沿误引用。"①殆如是谓哉。当然,从传播学角度看来,《历代词话》的错误记录会导致世人对晏几道词的误传或误会。因此,本词话中尽管没有点明具体的词作品,然而由于这么一条信息的误载,还是会让不明真相的后人以为晏词有冒孙洙词之事,从而给人物作品的流传带来负面效应。

总之,该词选由于带有皇家的色彩,因此所选之词更能符合当时主流词学思想;同时,所选之词借官方的推行也得到极大的推广。近400首晏欧三家词作在"风华典丽"取词宗风的旗帜辉映下和官方媒介的宣扬与传播下进一步得到世人的阅读品赏和研究探讨,也由此加速了晏欧三家词作的流行和某些作品的经典化进程。

二、辨析词体:《钦定词谱》与晏欧三家词调的研究

康熙年间的另一项鸿文润色业事即是编辑刻印了大型格律谱《词谱》(全称《钦定词谱》)一书。

(一)《词谱》的编选及要求

《钦定词谱》同《历代诗余》一样,是皇家亲自参与命制的结果,并且是以后者为参照的专门词谱之选。日本学者清水茂指出该词谱"继承了《御选历代诗余》的事业"②。《钦定词谱》不是简单的一部格律词谱选集,还是一部词谱格律的专门研究之作,对词调的格式异同有详细的辨析和阐释,因此学术性较之以往大有增强。

在取舍标准上,与《词综》《御选历代诗余》一致,务取"雅正"为尚,专注词调词律的备体之用,"以句法辞采为标准,对某些僻调加以删减"③,在示范性体例上,每调以唐宋原词一首,但"必以创始之人所作本词为正体"④,也即词谱在体例安排上,以词调的原创者为正,其余各体为备体或变体。

《钦定词谱》全书共辑录晏欧69调词作72首,其中晏殊23调25首,欧阳修23调23首,晏几道23调24首。调数、词作数几乎一致,而总数量远少于《历代诗余》,这种分布状况亦见《词谱》取用之严(具体分布可参本书附录三统计表)。

---

① 唐圭璋:《词学论丛》,上海古籍出版社1986年版,第714页。
② 〔日〕清水茂:《〈钦定词谱〉解题》,《清水茂汉学论集》,中华书局2003年版,第561—562页。
③ 江合友:《明清词谱史》,上海古籍出版社2008年版,第152页。
④ 《钦定词谱·凡例》。

（二）晏欧三家词的词体考量

《词谱》在编纂体例上沿用《历代诗余》及《词律》的排列范式，以调之字数多寡为序。调之下说明调谱渊源和词体基本样式，如双调、句数、平仄等。而在取录词作范例排序上，"以创始之人所作本词为正体"而名列第一体，其余为"又一体"即备体。晏欧词中所谓"独一体"特指该词调唯独晏欧三家词所有，无其他词可校者，即仅存一体。《词谱》中，晏殊之"正体"有12例，如卷五《诉衷情令》（青梅煮酒斗时新）词后按云："此调以此词为正体。若欧、张词之添字，皆变体也。"①；有"备体"有6例，如卷九《迎春乐》（长安紫陌春归早）一阕标识"又一体"，该调以柳永词为正体。除外，晏殊词中尚有"独一体"7例，也即《词谱》中所谓"此词只此一体"者。如卷十八《山亭柳》（家住西秦）阕，按云："此调平韵者只此一体，无别首宋词可校。"②

类似的欧阳修选词中有正体9例，如卷十二《鹊桥仙》（月波清霁）按云："此调多赋七夕，以此词为正体。余俱从此偷声添字也。"③有备体9例，如卷十九《蓦山溪》（新正初破）按云："又一体"，"毛滂东堂'先晓'词、朱敦儒'东风不住'词、吴徽园'林何有'词，皆与此同"④。此外另有宋词绝调一体5例，如卷六《珠帘卷》（珠帘卷）按云："此调仅见此词，无他作可校。"⑤晏幾道词中有正体9例，备体10例，独一体5例。以《钦定词谱》而言，晏欧三人的词调独创性几乎近似，作为留体备存之用，均有5—7体。

（三）对晏欧三家词用字、音韵的比对和分析

《词谱》不仅指出了晏欧三家词各体的地位，还对与此相关的词体及词体内部的用字、音韵进行了比对和辨析。这也是以往词选、词谱所缺乏的一种特色和贡献。如卷七晏殊词《秋蕊香》（梅蕊雪残香瘦）按云："此调只有此体。但周邦彦以前悉照此词平仄填，周邦彦以后即照周词平仄填，故两收之。此词前段起句第五字平声，前后段第三、四句第五字俱平声。有晏幾道、张耒词可证。晏幾道词前段第二句'别恨远山眉小'，'别'字仄声，第三句'眼前人去欢难偶'，'人'字平声，第四句'谁共一杯芳酒'，'谁'字平声。"⑥一方面指出了晏殊本词体例的独特性（双调48字，前后段各4句，4仄韵）而使得

① 《钦定词谱》卷五，第297页。
② 《钦定词谱》卷十八，第1216页。
③ 《钦定词谱》卷十二，第802页。
④ 《钦定词谱》卷十九，第1284页。
⑤ 《钦定词谱》卷六，第404页。
⑥ 《钦定词谱》卷七，第423页。

"此调只有此体",但另一方面也指出周邦彦以后该词体有所变化并单独成
一体,或可谓周体。晏词与周词的区别仅在于韵脚及个别字押韵的不同,据
词后按语云:"此即晏词体所异者,惟前段第一句第五字、前后段第三、四句第
五字俱用仄韵耳。"①而对于晏殊词相应位置的地方用平声韵,选者还以晏幾
道、张耒同体词佐证。如此看来,《秋蕊香》不仅有晏殊一体,还有诸多同体
及变体,严格而言,这种情况不能视作"独存一体"。《词谱》如此不厌其烦加
以辨析考索似有过分之嫌,或许诚如任二北先生批其辨体"失之铺张,多一
字为一体,少一字为又一体,殊绝无谓"②。任氏仅从添、减字的角度而言,其
实既然有变体的存在,该词调的始创体就不能谓之"此调只有此体",因为同
调的周邦彦体正源出于该词体。当然古人所谓的词调与词体往往混为一谈。
《词谱》还对词体的来源作了一定的考析和辨证。如卷五欧阳修词《一落索》
(红纱未晓黄鹂语)一体,按云:"此词前后段起句七字,第二句五字,余与毛
(熙震)词同。坊本前结作五字句。今从《高丽乐史志》改。黄庭坚'谁到秋
来'词正与此同,但前段第二句'任游人不顾'句法小异。"③该按语不仅指明
了本词体句子的字数结构,还引用别的词体以证句法的可靠性和同一性。另
外,还以坊本和其他文献史籍来校正结句的句法,指出所依句法版本来由,这
也是《词谱》淘选、编纂词作态度较为认真谨严的一个表现。又如卷十五
(66—68 字)晏幾道之《解佩令》(玉阶秋感)第一体,按云:"此调有许、王、
史、蒋四词可校,故谱内可平可仄,悉参下四词。《汲古阁》本前段第二句'掩
深宫团扇无情绪',多一字。又'团扇无绪'一本作'扇鸾无绪',今从《花草粹
编》校定。"④《词谱》在编校本词时,除了以同调它词作词体的校参外,还对
词体内部的句子字数进行考订,力争以所本为据,剔除错讹衍字,以正视听。

当然,作为一部格律词谱,该书除了以文字加以研究表述晏欧三家词外,
还以图谱方式对所选词体的平仄音韵作了直观形象化的表现,于依图填词和
词调研究颇为有利。

总之,《钦定词谱》作为古代词体格律最为详尽完善的词谱,它对词体格
律的研究与总结在晏欧三家词上也得到体现。一则以正体与备体的编排方
式排列,并对内部用韵和句法作了考量阐释;另则对晏欧三家词体的渊源影
响、同调词之间的差异及个别句子字数作了一定的考析和辨别,编选质量明
显超越明代的三大词谱,对于考察晏欧三家词作的声律特点和提供创作范式

---

①　《钦定词谱》卷七《秋蕊香》"又一体",第 424 页。

②　任二北:《增订词律之商榷》,《东方杂志》26 卷 1 号,1929 年 1 月。

③　《钦定词谱》卷五,第 311—312 页。

④　《钦定词谱》卷十五,第 981 页。

不无意义。

三、风雅婉丽:《见山亭古今词选》中的晏欧三家词

《见山亭古今词选》(以下简称《古今词选》)三卷是清初陆次云辑,章晭、韩诠参订的一部通代词选。现存康熙十四年见山亭刻本①。陆次云,浙江钱塘(今杭州)人。主要文集有《澄江集》及《玉山词》。《全清词·顺康卷》收其词 176 首。

(一) 选词基本面貌

本词选全书 3 卷,以小令、中调和长调分类编排,共选录由隋唐至清初词人 362 家(不含无名氏),词作 770 首,人均不足 3 首,其中清词人至少 208 家,词作超越 460 首,约占整部词选的 60%②,词选倾向"厚今薄古",体现了清初词人在继承前代词作的同时彰显今代词作特色的居心,此正如前附严沆序言所谓:"观集中所采,其于古人词约矣,而不见其少;于今人广矣,而不见其多。"③

为了查考该选的晏欧三家词辑录、研究状况,可将具体词作列表统计,参本书附录四。

从选词规模上看,《古今词选》的晏欧三家词数量比不上带有官方色彩的《历代诗余》或《词综》,即使比之同是文人自编选的《词洁》(晏欧词三家入录 41 首,详后文)也有不小差距,前者仅有 15 首(实际 12 首)。当然,选词数量规模极小并不意味着没有参考研究的价值,何况在人均不及 3 首的《古今词选》中,除了晏幾道因只有 2 首入选而显得过少之外,晏殊 3 首,欧阳修 10 首(实际 7 首)则绰绰有余。按照一般的词选认识,被选词作往往体现了编选者的词学观念和选词态度,晏欧三家词的入选自然也与该词选的取词标准或时下的词学认识和宗尚密切相关。

(二) 词选的取词标准和宗风

《古今词选》的取词标准可以从康熙十四年严沆序蠡测一斑。序云:"诗降而为词,自《花间集》出而倚声始盛。其人虽有南唐楚蜀之殊,叩其音节,靡有异矣。迨至宋同叔、永叔、方回、叔原、子野,咸本花间,而渐近流畅。"④

---

① 笔者感谢南京大学闵丰博士惠寄该词选影像,特以致谢。
② 可参闵丰:《清初清词选本考论》,第 171—172 页。
③ [清]严沆:《见山亭古今词选·序》,见[清]陆次云等辑:《见山亭古今词选》,康熙十四年(1675)见山亭刻本。
④ [清]严沆:《见山亭古今词选·序》。

指出词之始盛源于《花间》及南唐诸人(此二者内部亦相承),词人虽有南唐、西蜀地域的差别,但他们的词体有着近似性,“迨至宋同叔、永叔、方回、叔原、子野,咸本花间,而渐近流畅”。即严氏认为晏殊、欧阳修、晏幾道及张先、贺铸诸人实继花间衣钵,从而使得词体亦一变为流畅,基本合乎宋词发展事实。严氏对于北宋之词推举周邦彦,这主要表现对北宋诸人除了前述开拓者外,一一进行了批判。譬如柳耆卿“专主温丽,或失之俚”,苏子瞻“专主雄浑,或失之肆”等等,均有不当之处;相反,他认为北宋之词,“自当以美成为醇”。对于南宋词,指出词分二途,一为辛稼轩之“一意奔放,用事不休”派,一为姜夔之“爽逸纤艳”派,然而作者认为“要其源,皆自美成出”,再次肯定了周邦彦的集大成式成就及地位。这种词学观点对于后世的常州词派巨匠周济推尊周邦彦是有影响的(详后章)。此外,严沆对于姜夔词还是较为认可的,对于有的选本不录姜词引以为憾,“至《草堂》一编,以尧章之词竟置不录”;而对于鄙俗之作独行其道却甚为不满:“伯可浩然,鄙俗之作,亟为登择,不知何以独行于世?”严氏还指出当时词作失去了风雅之旨,“比季以来,海内骚雅之士多肆意于词,笃之者辄工,虽未审其宫商之悉叶于律而合之唐宋元人之作,无有间焉。盖词失其旨,且三百年剥穷而复,固风会使然尔”。都是时风使然,殊为惋惜,于词推尊风雅之意显明。对于《古今词选》,严氏认为:“是编也,出不必标异于《草堂》,庶其雄而不肆、温丽而不俚者乎!”质言之,严沆虽然指出《草堂》有失收、滥收之弊,但又主张取词范围没必要完全与之割裂独标一格。衡之以晏欧三家词,今《古今词选》15 首之中有 12 首还保留着词题即是明《草堂》遗风之一。对于清初当代的词作,严沆不仅认为“信今之词可乎古”,而且还是承袭周姜一脉,“清真、白石、梅溪之遗调未坠”,因此《见山亭古今词选》取词标准以风雅为尚。

晏欧三家词属于宋代承袭西蜀、南唐委婉词一脉,虽有艳丽之作,但绝少鄙俚俗艳之词,合乎严沆序论中暗举的雅词风貌,因而能够被中肯地指出词学渊源而未被加以批评。这种推尊风骚之旨的词学看法于陆次云自序中尤为直接明显。

陆次云对与清词的认识与严沆类似,认定当今清词超越前人之词:“惟诗余一道,骎骎乎驾古人而上之。”①而其选词目的,主要是针对现实各种词作漏病,如所选不分雄放艳丽,混淆今词古词,更严重的是为词者因“诗余为技小而为体难,小,故游艺者不屑;难,故偶涉者不工。此境尚留,未辟蚕丛,让后人出一头地。余合古今而一之,彰其盛抑以杜其衰也”。面对明末清初

---

① [清]陆次云:《见山亭古今词选·序》。

的词学衰败局面,陆氏认为无论作词选词均应以诗三百篇为师为法,才不失诗骚风雅。两宋以来的词学风雅,经金元明的流荡几近不存,所以陆氏欲以本词选力倡复之,而对于那些好弄词藻、徒具其表的词人作品几乎排斥,认为"惟自缱绘登徒之容,刻画河间之态者耳"①。陆次云还特别强调要以词学承载儒家诗教的社会功用,他借子衡语云:"请梓悬国门以为风教之一助。"于此可见,陆次云的选词理论即是强调有关儒家诗的教化作用,这与南宋《复雅词》的选词崇奉基本一致,其复古之心昭然若是。

　　然而从实际操选看,《古今词选》并不完全合乎严沆和陆氏之论。宋词中,选有 6 首以上的有 11 人,分别是:辛弃疾 17 首、秦观 16 首、苏轼 14 首、欧阳修 10 首(实际 8 首)、李清照 9 首、蒋捷 8 首、周邦彦 7 首、刘过和陆游各 6 首②。清真词仅有 7 首,与严沆所论推举周邦彦之说具有一定的差距;而严氏斥之别选遗落的姜夔,《古今词选》实际仅录姜词 2 首,与晏幾道类似。另外,有论者批评该选一再强调以"雅正"为宗旨,"实际上这个宗旨未能全面贯彻于其词选当中,其间既有粗豪之作,也有不少格调低下、冶艳芜滥之词"③,而陆次云所标榜的"空中之语,好色而不淫","这实际上都是清初西泠词坛艳冶之风的延续"④。考之《古今词选》,不为游根之谈。

　　(三) 风雅婉丽的晏欧三家入选词

　　明乎该词选的选词背景及取词宗尚,再看所取的晏欧三家词是否与之符合。

　　晏殊入选的 3 首词,除了《玉楼春》一阕外,另外两首分别标以《春恨》《春景》词题。相较而言,这些词作都是写景抒情之作,即使有恨,也不过闲暇当中的无聊轻叹,抑或优游岁月中的一点感喟,与风月无关,也说不上含有什么风骚之旨,无一不是清新婉丽之作,基本体现《珠玉词》的主流风格特色和审美旨求——不俗不艳,绝无鄙俚之语,合乎儒家讲求的中正醇雅,与《草堂》盛行的艳俗之风有径庭之别。

　　词选所录欧阳修的 10 首词中,《锦堂春·闺怨》(楼上萦帘弱絮)和《浪淘沙》(帘外五更风),现《全宋词》已经将其著作权归于宋代他人,而《千秋岁》(柳花飞尽)一首则《全宋词·欧阳修词存目》已经说明属于明人刘基。因此,实质只有 7 首被认可为欧阳修词。从选词的流传度或词作本身的魅力

<hr/>

　　①　[清]陆次云:《见山亭古今词选·序》。
　　②　亦可参阅丰:《清初清词选本考论》,第 176 页。
　　③　陈水云:《唐宋词明末清初的传播与接受》,中国社会科学出版社 2010 年版,第 104 页。
　　④　同上。

看,7 首被选欧词中,至少有 3 首值得称赞。一是《朝中措·平山堂》。该词词风特出,一般当成欧阳修"豪放"词风的代表,亦是欧阳修词变《花间》南唐言闺情之风转向专抒士大夫情志之作的典型,长期以来受到关注。因此,欧阳修这首词作的入录不仅是因为其词思想与艺术合乎士大夫追求儒雅风流的情趣,更是对历史名作的直接继承。二是中调《踏莎行》(候馆梅残)一阕。这首词也因其温柔敦厚的手法将男女艳情写得含蓄婉约,正合乎儒家含而不露、怨而不伤的诗教风味,成为欧词中的精品。几乎所有选欧词的本子都有它的存在,强调风雅的《古今词选》有之,算是实至名归。至于第三首《蝶恋花》更是词中名流,虽然有关著作权的争议一直没有定论,而现代的诸多学人还是愿意将它看作欧阳修词,或许是因为该词风格和欧阳修本人的艺术个性较为一致。

晏幾道始终高擎父辈的旗帜,依然以小令词为主,尽情地发抒自己的一腔襟抱,使小令词几乎达到了艺术的巅峰状态。但不知道为何,《古今词选》只选取两首小山词,这与他的词学成就及词坛影响并不相称。晏幾道词名篇也甚多,仅从录取的词作看,选者似乎有意要回避以往流传度大的作品,抑或是纯粹没有认真斟酌小山词。所选之小令《浣溪沙》(午醉西桥夕未醒)一阕主题上并没有超越以往的诗词之作,从游子思妇的视角烘托叙写了离人的相思之情。这种情是人间真情挚情,是一种深沉蕴藉之情,一种值得回味品读的情,是儒家纲常伦理所倡导认可的情,而不是肤浅滥发而不可收拾的情,何况词人在语言表达上显得韶秀有分寸,符合儒家讲究中和之美的诗教原旨,算是一篇不可多得之作。另一首中调《少年游》(离多最是)写的也是离愁,发的还是哀怨,但在写法还是别有意趣,因"笔法灵活多变、开合自如"及语言的生动活泼①而独具特色。

厚今薄古的《古今词选》选词论雅的词学宗尚决定了所选的晏欧三家词的词情风格必须与之协调的特点。尽管该词选也有走眼之作,有的作品并不合乎序言中所倡导的雅正妆容而显得粗嚣浅薄,所幸的是,入录的 10 余首晏欧三家词并无有失端正典雅的例子混迹于中。作为清初较早的词作选本,《见山亭古今词选》体现出来的尊雅的词学观念,是明末清初以来的词学发展态势的表现。它所标举的词学周、姜,虽然与其实际的操选存在一定的距离,其理论却深刻地影响了此后的词家选词和词学观,"以美成为招牌,更是直接引发朱彝尊的《词综》、先著等人的《词洁》以及《御选历代诗余》的出现"②。作为美成词的先驱,被选的晏欧三家词无论是在前述的三大官方色

① 王双启:《晏幾道词新释辑评》,第 249 页。
② 陈水云:《唐宋词明末清初的传播与接受》,第 134 页。

彩的词选词谱中,还是在后来的《词洁》中,色彩面貌无不带有端庄闲雅之态,本身符合儒家诗教的温柔敦厚之美,也烙上了清初词坛的审美印记。

四、雅洁、存体:《词洁》对晏欧三家词的批评与鉴赏

《词洁》是由先著、程洪二人共同整理辑录的选评式词选,也是清代初期的一部较有选词特色和参考价值的词选。是书共 6 卷,书前有康熙三十一年壬申四月先著自序,后附茅元仪、毛奇龄《词洁·发凡》数千字。《词洁》的选词论词标准则见诸其中。

(一)《词洁》的词学识见和晏欧三家词备体存调之词学意义

先著序首先阐明了书名《词洁》的精诣:"《词洁》云者,恐词之或即于淫鄙秽杂,而因以见宋人之所为,固自有真耳。"①作者由于担心清初词坛受明代《花》《草》鄙俚气息的词风流毒污染,特地选择了一些自认为有别于"淫鄙秽杂"的宋词为代表,希冀词学爱好者能够换种角度看待前人的词学遗产,尤其是宋词的真实面目。先著对宋词评价很高,他认为宋代的词能够和其一代之文"同工而独绝",因此论宋代的词作好比论魏晋的"书法"和"清言","是后之无可加者也"②。宋代散文的成就可以和唐代一较高下,而魏晋流行的书法与清言品评也使后世无以复加,这两种文学艺术形式可谓一代独绝,后世只有高山仰止望其项背。先著以宋词比之宋文和魏晋书法等,将宋词抬高到与前代最为杰出的文学艺术形式的同等位置,几与宋文并列而推为一代之盛。这种词体观前所未有,直接影响了清代后期的"唐之诗、宋之词、元之曲"一体独绝的说法,是值得留意的。因此,按照这种观念和认识,先著对词作选取多有甄别遴选:"宋以前则取花间原本,稍为遴撮。盖以太白、后主之前集,譬五言之有汉、魏,本其始也。金元不能别卷帙,则附诸宋后焉。"③而在词风偏重上,《词洁》以音律雅词为宗风,推尊周邦彦、姜夔一脉:"必若美成、尧章,宫调语句两皆无憾,斯为冠绝。"浙派词学倾向,于此可循。

该书在编辑方式上以调名为编,调下系词人词作。为了贯彻上述编选意图,在内容安排和词作数量上,以选入周姜一派为主,其中张炎选词最多,67首,吴文英 35 首,周邦彦 30 首,姜夔 19 首。北宋其余大家苏轼 23 首,晏幾道 22 首,秦观 17 首,欧阳修 13 首(实际 12 首),晏殊 7 首,南宋豪放词风的辛弃疾、陆游也分别有 17 首和 15 首。北宋名家柳永、黄庭坚因为艳俗之词

① [清]先著:《词洁·序》,见先著、程洪辑:《词洁》,刘崇德校点本。
② 同上。
③ [清]先著、程洪辑:《词洁·发凡》引茅元仪语。

较多而选词数量少,分别仅有 8 首和 5 首。

晏欧三家词作为北宋大家,其词风虽不同于周、姜,但大部分符合《词洁》所取标准。该选共选录三家词 41 首:晏殊 7 首、欧阳修 12 首、晏幾道 22 首,基本都是承袭过往流行的经典之作,有别于历史选词的独立意识并不明显,当然在传布晏欧词的同时又进一步促进了词作的经典化。个别词作夹杂词评词论,是考察该书晏欧三家词研究的重要文献。具体分布详参本书附录五。

从附录五中可知,41 首晏欧词中,有 7 处加有词评,而有 14 首作为该词调的第一体。尽管《词洁》声称:"是选,惟主录词,不主备调。"(《词洁·发凡》)换言之,强调词作本体思想情感的真纯高雅而不主存调之用,然而实际上也包含词体音律的叶韵,因此客观上还是包蕴一定的"调类"意识,认为真正的词作"词工,则有目者可共为击节。调谐,则非审音者不辨矣"①。晏欧三家的这 14 首词,或因词法,或因词情、词意被选家认为精工独到,具有一定的影响力,所以排列第一。譬如晏殊之《采桑子》(时光只解催人老)一阕,近人赵尊岳评价很高,认为结尾"好梦频惊,何处高楼雁一声"两句"事外远致,别具遥思,是善于言情者。点出'高楼'二字,境界既高,情更凄厉,柳耆卿'关河冷落,残照当楼',盖即由此化出。晏虽只作小令,然所以开词法者,固以多矣"②。《词洁》辑录晏殊词 7 首,其中有 5 首排列词调第 1 体,比例甚高。作为宋词初期的代表者,晏殊立词开调之先驱意义于此或见一斑。而欧阳修之《朝中措》、《浪淘沙》(把酒祝东风)等数阕,都是欧词中经久吟咏脍炙人口之作,无论情感思想还是格律音韵都堪称欧词典型,南宋曾慥《乐府雅词》中就已选入,其后无论倾向哪种词风的词选基本都有被入录的历史,对后世词学流传影响甚远,也合乎《词洁》摒弃鄙词、择取佳词之辑词准的。相较而言,晏幾道作为一个后来者,尽管创调不多,然而词作影响极大、感染力强。对于这样一位以赤子之心写词之人,《词洁》没有理由将其拒绝,所选的 20 余阕大半都是既可"尚耳"又可"寓目"之作,往往成为后世依韵填词和审美鉴赏的膜拜对象。

(二)《词洁》之晏欧三家词评析

研究《词洁》的意义在于它不仅是一部有着鲜明评价标准的词作之选,还是一部附有要言不烦、披沙炼金的词学识见的笺注点评之作。晏欧三家词中,这种闪烁着选家词学思想之光的地方不多,仅有 7 处,却可瞥见先著等人

---

① [清]先著、程洪辑:《词洁·发凡》。
② 赵尊岳:《〈珠玉词〉选评》,《词学》第 7 辑,华东师范大学出版社 1989 年版。

对晏欧词的鉴赏评骘之观感,甚或当时词学理论争衡之印记。

先著等人对晏欧三家词的评骘多从艺术感悟的角度生发,品赏其艺术工致与否,含句法用字及其美感特质等。如卷一中,笺评晏殊《清平乐》(金风细细)云:"情景相副,婉转关生,不求工而自合。宋初所以不可及也。"①先著为什么给予这样的评价呢?不妨稍作分析。晏殊的这首《清平乐》是《珠玉词》中的抒情名篇,历来备受称赏。笔者以为它的创新之处在于用细腻的笔触写出了对金秋景物、节序移换的不同流俗的感受:

> 金风细细,叶叶梧桐坠。绿酒初尝人易醉,一枕小窗浓睡。　　紫薇朱槿花残,斜阳却照阑干。双燕欲归时节,银屏昨夜微寒。

全词既含有秋日细腻的景物刻画,物事转移之中更有微妙而独具别格的秋日感念;写法上"情景相符,婉转关生,不求工而自合",正此之谓也。

《词洁》对晏欧词的激赏处多有从艺术技巧与审美感受着眼。如评晏小山词《减字木兰花》(长亭晚送),笺云:"轻而不浮,浅而不露。美而不艳,动而不流。字外盘旋,句中含吐。小词能事备矣。"②前4句着重审美风格的判断,后两句偏向遣字造句之技法称扬。小晏这首词之所以被选入《词洁》或许在于词中凝结的那种欲喜还悲似吐还含的伤别忆旧的愁绪。虽然其主题是从女子的视角刻画这种微妙而起伏有变的特定情绪,仿佛带有柳永艳情词的色彩,不过晏幾道构词高妙之处即在于掌控语言的能力特别强,对于两性之情的描写适度,尤其是在行云流水般的文字间,对女性情感的把握恰到好处。艳而不浮,浅而不露,字句抑扬吞吐之中,正见小山艳词构思奇妙之功力。一首不足50字的小令词,叙事言情之魅力能到如此,夫复何求。亦见出《词洁》编者选择淘洗词作之眼光。

《词洁》对欧阳修词的评价多集于字句用法的工妥与否。如论《采桑子》(群芳过后西湖好)一阕:"'始觉春空'语拙,宋人每以'春'字替人与事用,极不妥。"③全词为:

> 群芳过后西湖好,狼籍残红,飞絮蒙蒙。垂柳阑干尽日风。　　笙歌散尽游人去,始觉春空。垂下帘栊,双燕归来细雨中。

---

① [清]先著、程洪辑:《词洁》卷一,第28页。疑"副"当为"符"字。晏殊原词参《全宋词》第1册,第117页。
② 同上书,第16页。晏幾道原词参《全宋词》第1册,第302页。
③ [清]先著、程洪辑:《词洁》卷一,第19页。

"始觉春空",对这一句的评论,依笔者的理解,包含三种内涵:一指自然之物"流水落花春去也",江山锦绣均不再;一指"笙歌散尽游人去",一切复归平常与寂静;一指内心体验"眼前景物只供愁"(吴礼之《丑奴儿》),一场繁华皆成空,显然后一种感受由前二者引发,且寓情于景,情景互融。由此看来,"始觉春空"不仅不是"语拙",反而是巧语之用。另外,宋人喜用"春"喻指人事,这不是一种拙劣的表达习惯,恰恰是传统诗词蕴含的人文精神的表现与复归。它的使用往往能增添艺术魅力,并且还给人某种思考和认识,是独到的艺术构思和技巧。因为在传统文化视野中,"春"不仅是一年之中万物复苏的开始,也是一年景色最美的季节,然而"春"其实也是最为短暂的,所以在文学中常常喻指人的一生中最为青春年少亦最易消逝远去的时光,并泛指一切美好的物事。它们都有一个共同的特征:灼灼其华,极易消散,美好而短暂,妩媚而伤悲。诗词中举不胜举的伤春之作大致源于此。它是人类应对自然变化和人生沉浮的一种本能反应,是由外在景物触发和自身人生阅历相互作用的一种情感心绪的自然流露与发抒。它往往能给读者带来一种覃思精微耐人咀嚼的审美阅读感受,同时也让读者对社会人生、对自然宇宙进行体悟与思考。就宋词而言,笔者曾专门撰写有关论文,对这种现象有所讨论和认识①。诗词中,以春事喻人事,不仅是对传统写法的继承,更是作者自我抒写情怀的需要。因此,《词洁》认为"以'春'字替人与事用,极不妥"的说法才是不妥。

《词洁》对欧阳修《少年游》(栏干十二独凭春)一词的词句用法表示了肯定和赞赏。论云:"拙处已是工处,与'金谷年年'一调又别。'千里万里、二月三月',此数字甚不易下。"②"金谷年年"一调乃林逋之咏草词《点绛唇》:"金谷年年,乱生春色谁为主。余花落处。满地和烟雨。又是离歌,一阕长亭暮。王孙去。萋萋无数。南北东西路。"③据吴曾《能改斋漫录》记载,本词是欧阳修与梅尧臣共同激赏林逋此词所为④。对此词的特色,张宗橚曾论之为"清劲"二字(《词林纪事》卷四)。两词都是咏草之作,但较而比之,确实不一。《词洁》所谓欧词"拙处"大概指用语的包蕴性极强,且附有跳跃性,如词中"千里万里,二月三月,行色苦愁人"3句。同是写春草春愁,林词几乎直抒胸臆直接着笔,"乱生春色""余花落处""满地和烟雨",春色之处,春草连片,一望即知,愁之多少,亦可想见;而欧词仅以几个数量字"千里万里,二月三

---

①　参顾宝林:《刘辰翁"咏春词"意蕴解读》,载《江西教育学院学报》2004 年第 4 期。

②　[清]先著、程洪辑:《词洁》卷二,第 44 页。

③　《全宋词》第 1 册,第 9 页。

④　[宋]吴曾:《能改斋词话》卷二,《词话丛编》本,第 149—150 页。

月"一语表之,简直不知所云。这种写法比之林词较为隔膜,即在语意的表达及前后顺接上,林词较为浅显明快,而欧词因为连春色的描写也省略了,词意显得较为晦涩。如果不是首句"栏干十二独凭春"揭示写春景春色,恐怕一时难以理解这几个数量词到底意指为何,因此在理解上,套用王国维的说法,恐怕有"隔"。然而,正如编选者所谓,这种不常见的写法,坏事亦成好事,极"拙处"或可变极"工处",因为这种现象不仅是简单的数字排列,而是极有可能化用承袭唐戴叔伦《调笑令》以"千里万里"写"边草"赋愁思和六朝丘迟之《与陈伯之书》用"暮春三月,江南草长"的写法,这样春草与春愁便达成联系,而从字面上分析,也从空间与时间上写出了草之多愁之深,极大地烘托出下句"行色苦愁人"。因此,笔者以为这数句不仅"甚不易下",一般的读者也不易解读。

晏幾道《南乡子》(渌水带青潮)、《南乡子》(新月又如眉)二首,笺云:"小词之妙如汉、魏五言诗,其风骨意味兴象,迥乎不同。苟徒求之色泽字句间,斯末矣。然入崇、宣以后,虽情事较新,而体气已薄,亦风气为之,要不可以强也。"①《词洁》认识到小晏词的总体魅力在风骨与意象而非色泽字句,犹如汉魏五言古诗,朴质而兴象玲珑,精微而气蕴丰富。的确如此。选者认为,小山词气格风度亦存在一个变化过程,崇宁、宣和以后晚年,体气风骨已变薄,这种变化是与整个社会风气和文学思潮的影响密不可分的。北宋崇宁、宣和年间,正是北宋末期,也是小山最为潦倒的暮年时期。文学作品是社会生活的反映。《小山词》毋庸置疑要打上那个衰歇社会与词人垂暮之年的特殊痕迹。世易时移,词风亦然。《词洁》从文学与世相的关系揭示小山词作特色,所谓体气衰瑟,亦有一定的道理。

《词洁》对晏欧三家词的点评笺注还涉及清代词学的南北宋之争的议题。如晏幾道《临江仙》(梦后楼台高锁)等词后笺云:"南宋小词,仅能细碎,不能浑化融洽。即工到极处只是用笔轻耳,与前人一种耀艳深华,失之远矣……今多谓北不逮南,非笃论也。"②《词洁》指出南宋词的特点在于"细碎"而不能浑化,笔势轻柔,无法与北宋词争衡。该论句末还进一步针对当时流行北宋词不如南宋词的说法提出质疑,认为此论并非使人信服不疑。

词学史上之所以会出现南北宋之争的问题,原因即在于南北宋词客观存在的不同之处。这一点早在南宋时期被人发掘论及。如宋末柴望《凉州鼓吹诗余自叙》:"词起于唐而盛于宋,宋作尤莫盛于宣、靖间,美成、伯可各自

---

① 　[清]先著、程洪辑:《词洁》卷二,第60—61页。
② 　本段评语还包括贺铸的《临江仙》(巧笑合欢罗胜子)、欧阳修的同调词(柳外轻雷池上雨)词,参[清]先著、程洪辑:《词洁》卷二,第73—74页。

堂奥,俱号称作者。近世姜白石一洗而更之,《暗香》《疏影》等作,当别家数也。"①柴望于北宋推尊周邦彦、康与之词,故称宋词以宣、靖大晟乐府为盛。此论当否,姑且不论。而对于南宋之姜白石词,相较北宋词,明显认为别属一家。南北宋词之差异于此可见一斑。清代的南北宋词之争,尤为持久,影响颇广,贯穿整个清代词学研究的各流派。它主要肇始于明末清初的云间词派独尊唐五代北宋词而摒弃南宋词。孙克强先生认为:"云间派所提倡的南唐、北宋词的婉丽浓艳在时代和风格等方面易与明人的风气相混淆,因而没有起到彻底改变词坛面貌的作用。"②这就为后来的浙西词派宗法南宋并真正引领清初一代词学风气提供了契机。《词洁》所谓的"今多谓北不逮南"大概即指在浙西词人鼓吹下,词坛创作论词纷纷以南宋姜张为效法和讨论对象的现象。此正如谢章铤指出,浙派自从朱彝尊以词宗姜夔与史达祖为标杆,中间至厉鹗等人的鼓吹发扬,"群然和之,当其时亦无人不南宋"③。

《词洁》在南宋词风风靡清前期词坛的背景下,并且作者也已接受浙派观点(参《词洁序》及《发凡》)的前提下,能够看到南宋词的弊端而窥测到北宋词的优点,实属难能可贵。他们评价的依据、列举的晏幾道等人的《临江仙》词,基本能体现北宋词"耀艳深华"、自然真切的特点。因此《词洁》作者从当时浙派奉行南宋姜张一派词风的罅隙中提出公允对待南北宋词的看法,显示出客观而非凡的词学意识。

总之,《词洁》选词以"雅洁"为号召,对晏欧三家词多有选录、点评并存体,专注于词情特色和艺术旨趣,大多解读点评较为允当,一定程度上反映了清前期宗奉雅词大背景下的词学眼光。

五、词之变体:沈时栋《古今词选》之晏欧三家词选

《古今词选》十二卷④,沈时栋辑,尤侗、朱彝尊参订。沈时栋(1656—1722),江苏吴江(今属江苏)人。著有《瘦吟楼词》,编有《古今词选》等。《古今词选》十二卷,以词调字数多寡分卷排列,始于周邦彦之《苍梧谣》,终于陈维崧之《戚氏》,全书共计选录唐、宋、金、元、明词调200个,词作994首,词人286家,其中唐五代词人24家,宋代120家,金元14家,明代28家,清代100家⑤。

<hr>

① 《柴望词话》,《宋金元词话全编》下册,第1529—1530页。
② 孙克强:《清代词学批评史论》,第3页。
③ [清]谢章铤:《赌棋山庄词话·续编》卷三,《词话丛编》本,第3530页。
④ 此据清康熙五十五年沈氏瘦吟楼刻本,国家图书馆藏。
⑤ 可参王兆鹏:《词学史料学》,第356—357页。个别字数与之有出入。

（一）词学背景和词学思想

对于沈氏的编选背景和取词初衷,可从相关的词序窥测。顾贞观于康熙五十三年所作词序中首先指出词有正体、变体,前者"温柔而秀润,艳冶而清华",后者"雄奇而磊落,激昂而慷慨"。但是不少词选家徒取乎前者后舍弃后者,他认为"何以尽词之观哉"①! 在这种前提下,沈时栋才决定"吾将以折其中",汇唐宋词选本。从顾氏所序可知,沈时栋编撰此词选的背景是感乎有的词选本专取温柔艳冶之正体词,或径取雄奇磊落之变体词,祈望以新编词选出乎其间,折中柔和二者之长。而尤侗于康熙丙子三十五年所作的词序首先指出取词来源"枕中之密""多摘自秘帙",而后指出了《古今词选》的选词特色和辑词态度:"其中豪放、纤柔、奇正、浓淡,各种兼备,或稍有微疵,即巨公名作,亦置不录。"最后道出了本词选的基本目的所在,促使读者能够"识风气"和"见源流之同异"。此外,沈时栋于康熙五十四年自序中则用极其铺张华丽的词藻,从词与诗骚之渊源关系,阐述了对词之两派(豪放与婉约)的看法,认为无论是"铜琶铁板"还是"晓风残月",各有所宜之处,虽一般定为"北辙南辕"难以"齐头并进",但事实上,这种雄风与柔婉之气还是可以相互结合体现于一人身上②。可见沈时栋对于两种词风持各有所长的包容心态,也是清代词学中可以分流派但不必分优劣观念的体现。另外,序中沈时栋还指出了自己对史梅溪、高竹屋之词的热爱。

检索《古今词选》取录的宋词 120 家,其中北宋词人 36 家,起于周邦彦,止于南渡词人朱敦儒;南宋词人 84 家,始陈与义,终卫芳华。从选人比例看,南宋无疑是选者重点关注的对象,而全选置周邦彦为首,其被选词数量却又甚少(仅 4—5 首),体现出沈时栋选词、取词权倾南宋承传周姜诸家一路的词学认识。然而,对照全书选录个人词数量分析,这种观点似乎又站不住脚。据笔者粗略统计,选词 10 首以上的除却沈时栋自作 41 首,还有朱彝尊 35首,陈维崧 69 首,辛弃疾 40 首,秦观 10 首,刘过 10 首,史达祖 10 首,其间陈维崧和辛弃疾位于前二。若以婉约豪放言,这个数据似可证明除了心仪的史梅溪词,沈时栋还是以豪放词为首选,因此可说沈时栋的《古今词选》并非以南宋姜张词为观照重点,相反,侧重的是南宋另一派辛稼轩词派。与辛派相联系的苏轼词,被选 7 首,又体现苏辛之间,沈时栋还是以辛词为主。不仅数量第一的阳羡词人陈维崧词风沿辛派一脉,南宋其他的辛派追随者都有较多的入选数量,如刘过 10 首,刘克庄 9 首,陆游 5 首,张孝祥 3 首,连存词仅有 6

---

① ［清］顾贞观:《古今词选·序》,见沈时栋辑:《古今词选》,清康熙五十五年沈氏瘦吟楼刻本。
② ［清］沈时栋:《古今词选·序》。

首的文天祥也选入 4 首,明末雄浑之音的代表陈子龙亦 4 首,确见沈时栋对辛派的关注。至若南宋醇雅或音律派诸人,入选数量微乎其微。如姜夔 4 首、周密 5 首、张炎 3 首、王沂孙 2 首,即使后世推尊的吴文英也仅 4 首。可见词选体现了阳羡词派的宗风特色。当然,沈时栋有偏向南宋豪放派词风的倾向,但也尽量照顾词坛各体的特色与风格,因此对于其余诸人——选取 1—6 首不等,包括欧阳修 6 首,柳永 6 首、晏幾道 5,李清照 6 首,周邦彦 4 首,贺铸 3 首,蒋捷 4 首,晏殊 1 首,张元幹 1 首等,个人偏爱的高观国(竹屋)词也仅选 5 首。因此可以说,沈时栋个人喜好南宋辛派词人,然而作为一本跨越唐宋金元明清历代的通代词选,它并没有局限于婉约或豪放一隅,而是在保持辛派词风较为主流的前提下,尽可能地选取推介其他各派各体,以契合"以折其中""见源流之同异"的目的。

(二) 词体观念的体现:晏欧三家词选评

煌煌近 1000 首入选词中,晏欧三人词有 12 首入录,相比近 290 人的词作者队伍,入选的比例并不低。

作为清代前期的一部通代词选,沈时栋的《古今词选》还残留着《草堂诗余》的印记。比诸按调编类的形式,以及某些词体保留的所谓"词题"均是证据。以附录表六所选晏欧词为例,12 首词中有 8 首保持这种形式,可见,尤侗序中论及的所选词作来源"枕中之谜""秘帙"不过是一大噱头,真正的来源恐怕还是有明一代盛行的《草堂》及其他诸本。

作为一本按调分类的词选,《古今词选》还指出正体与变体之区隔,同一词牌不同词体均有范例。以晏欧三家词为例,12 首词作中涉及词调 8 个,其中无一首被作为正体首例纳入词选。换言之,这 12 首晏欧三家词都是被作为相应的词调之变体或第二体,从此角度言,沈时栋未能识辨晏欧词对于词体范式的建构作用,或者不重视晏欧词的词体作用,这种词体观念异于前述《词洁》。先著《词洁》所选的 41 首晏欧词中,有 14 首被作为该词体的第一例或范例,其中包括《古今词选》采用的《浣溪沙》《少年游》《浪淘沙》《蝶恋花》及《鹧鸪天》《临江仙》诸调。同是文人的自觉选词,在对待同一对象的词体观念上差距为什么如此之大呢? 笔者以为这与二者对各自词选的定位及晏欧词认识有关。《词洁》选辑者先著是为了改变明清以来《花》《草》盛衍、良莠不分的词学生态,特地选辑有别于《花》《草》"淫鄙秽杂"之词而提出以南宋姜张音律雅词为宗风的主张,以便廓清迷雾,以正视听,认识宋词的真面目和重要性,一些虽非重音律之作,因其词气端祥、雅而不俗亦纳入选辑范畴,因此所选词体,大多为宋词首例或有特色之作;而沈时栋《古今词选》重在考镜源流,蠡测历代词体之盛,既重章法,兼重情致,因此对于词之正变体制,多溯源追踪,侧重历史渊源流变或佳作绝构。晏欧三家词,相较而言创体弗多,大多承袭唐五代词体而有所变格,因此《古今词选》中像表中所列的《浣溪沙》《南歌子》《浪淘沙》及《蝶恋花》诸阕均是以唐五代词体为第一体;个别词体用其他宋人之作为首例,这种编排格局反映沈时栋对该词的特殊观照与认识。比如《减字木兰花》一调,《全宋词》中,柳永、张先、欧阳修等人都有词作。有官方色彩的《历代诗余》以欧阳修词(首句"楼台向晓")为该体首例范式①,而稍后的《钦定词谱》则以欧阳修的同调之作(首句"歌檀敛袂")一阕为第一体②。沈时栋的《古今词选》初编时间可能早于《历代诗余》和《词谱》,而初刻时间却晚于前两部大型词集③,《减字木兰花》一体的首例范式与前两者均不同而是以王安国之词(首句"画桥流水")④为第一体。那么王作与欧词的同调体例究竟有何差异呢? 不妨单独对照比较。

　　从词调格律分析,两首《减字木兰花》均为双调44字,前后段各4句两仄韵,两平韵,属同调同体。从格律谱角度观察,二者无甚区隔。那么《古今词选》为何宁愿舍弃欧阳修词而选择稍后的王安国词体为《减字木兰花》第一体呢? 原因只能从写法与情致上分析。二作均写男女之情,然而王作写法尤为婉约其辞,用语较为含蓄;相反,欧词则较为直露,且描摹过于细微暴露,有"粗俗"之嫌——这正是前述选词凡例明确著力排斥的对象。所以,较而言之,沈时栋择取王词为示范首例当然更能达到形式与内容兼美的示范效应。事实上,今本欧阳修传词中有7首《减字木兰花》,但《钦定词谱》和戈载的《词林正韵》均以欧阳修同调同体、首句为"歌檀敛袂"一阕为示范词例,之所以不选择《历代诗余》所据例词,恐亦是为规避其词的艳俗成分。

　　《古今词选》自称"蒐罗上下,略无遗憾",仅以所取晏欧词论,这12首词作不过是三人词集中的一微小部分,一些经久不衰之作还是被忽略遗弃,未免遗憾。如晏殊之《浣溪沙》(一向年光有限身)、《破阵子》(燕子来时新社),欧阳修之《采桑子》10首、《朝中措》、《踏莎行》(候馆梅残)及小山之《生查子》(金鞭美少年)等多首脍炙人口之作,沈时栋概不见收,还是有遗珠之憾。

　　总之,沈时栋等人编定的《古今词选》,作为清前期的又一本通代词选,其词学编辑思想和意图固然受到当时浙西词派的影响。然而总体而言,还是

---

① 参《历代诗余》卷八,第116页。
② 参《钦定词谱》卷五,第299页。
③ 沈时栋《古今词选》约略成书于康熙三十五年,有尤侗序为证,初刻于康熙五十五年;《历代诗余》初刻于康熙四十六年,《钦定词谱》刻于康熙五十四年。
④ 王安国词参《全宋词》第1册,第279页。

以南宋辛派词风为选取主体,特别是入选数量最多而遥居榜首的陈维崧词作,反映了清初词学流派中阳羡词派的词学观念及其影响痕迹。浙西词派的朱彝尊及尤侗亲身参与修订的词选未能凸显、张扬浙西词派的主流地位,这的确是一种值得关注和思考的词学现象。或许是因为以朱彝尊为代表的浙西词派尚在肇始和建构之中,其声势还未足以号令各方各派而一统词坛江湖。① 以晏欧三家词而论,《古今词选》入取不多,但在词体安排和示范首例问题上具有自己的历史考虑。晏欧词未能作为首例出现而被作为变体载入,主要是沈时栋从历史渊源及词作本身情致考量的结果,体现了选者独特的词选观。

第三节　其他词论中的晏欧三家词批评与传播

清代词学中兴在很大程度上表现为选词、作词、论词、唱词活动的昌盛,而这些词学活动的开展往往是以地域性词群或流派为基础进行,同时也带动和促进了词话的繁荣。"一些带有强烈倾向性的词学理论著作,也随同词学派别的相互竞争、兴替而产生。"②从传播学角度看,流派的活动既是词学创作与批评活动,更是词学的传播与接受活动。所以讨论清代晏欧三家词的传承,词话辑录和词话批评等事实上也是一种词学研究与传播方式。唐圭璋先生的《词话丛编》收录词话85部,其中清人词话有51部,这还不包括散见于清人文集中的词集序跋,足以说明这种评章摘句、主观感会性强的词学研究与传承形式至清代达到历史上的最辉煌时期。遍览这些或辑录词作本事或阐发词学义理的词话,发现这么繁富的词话文献真正关涉到晏欧三家词的数量其实不多。这大概与前面所述清代词学的中心主要偏重南宋和北宋的苏轼、周邦彦等人的词作有关,对于擅长小令词的晏欧三家词而言,关注的人实在不多见。这些词话除却本文前面流派中已经涉及的之外,其他一些词话也为晏欧三家词的传播与研究发挥着一定的影响和作用。本文姑且择其二者略论之。

一、《词林纪事》的晏欧三家词研究与传承

张宗橚的《词林纪事》③,重在纪事,对于有关评语亦附录之。全书收录

---

① 朱彝尊《词综》十八卷本编成于康熙九年,二十六卷本完成于康熙十一年,康熙十七年,汪森增补为三十卷本,康熙三十年秋天定型完成三十六卷本,参于翠玲:《朱彝尊与〈词综〉研究》,第40—41页。而《古今词选》初编于康熙三十五年丙子。
② 朱崇才:《词话史》,中华书局2006年版,第221页。
③ 成都古籍书店1982年版。

唐宋至金元,凡422家,22卷。此书资料文献也多取自前人成果,然而与一般辑录性词话最大的不同是多有按语——不同于一般的文献汇编而具有一定的评论研究之价值。

将《词林纪事》涉及的晏欧三家词加以统计(可参附录七),得知《词林纪事》关涉晏欧词17首:晏殊2首、欧阳修10首、晏几道5首,其中引用各种词话29则,包含词话著作及个人评语24种,加有编选辑录者张宗橚的按语有10首10则。辑者的编选次序分为三层:先介绍词人小传,并附有关词话文献;然后提出词作及附录相关词话资料;有的附加自己的按语,发表对词作或前人评语的看法。援引的前人词话文献多属老生常谈,在此不予展开,本文考查的重点是编者按语及与之有关的文献评语,分析张宗橚是怎样来研究传承晏欧词的。张宗橚的按语依其评判内容大致可分三类。

(一) 考证与晏欧词句、词情、词意有关的诗词文句或加赏析

如晏殊《浣溪沙》(一曲新词酒一杯),张宗橚按云:"元献尚有《示张寺丞王校勘》七律一首:'上巳清明假未开,(诗略)'中三句(按,指'小园幽静独徘徊'、'无可'两句)与此词同,只易一字。细玩'无可奈何'一联,情致缠绵,音调谐婉,的是倚声家语。若作七律,未免软弱矣。"①张宗橚不仅指出了晏殊此名句诗词两用的现象,还认为该两句确实能代表音节谐婉、情致缠绵的词体语言;同时还指出律诗中的此两句的艺术效果不如词作之效果。张氏的看法当然不是他的创见,前述清初的王士禛论诗词分界即是列举本词来表达这种较为普遍的观点②。

对于晏殊之《玉楼春》(池塘水绿风微暖)一阕,张宗橚按论云:"东坡诗'尊前点检几人非',与此词结句同意。往事关心,人生如梦,每读一过,不禁惘然。"③苏诗即为《常润道中有怀钱塘寄述古五首》其二④。从字句形式言,晏词《玉楼春》与苏诗几无差异,均是七言八句,这是早期小令词在形式上脱胎于诗句的痕迹,不过一为词体,一为诗体,诗词有别,在用韵、句式上二者还是不同。从语义的角度,晏词末两句与苏诗此两句表达了一致的情感。相较而言,苏诗不仅牵涉到人事的沧桑感叹,尤为重要的是上升到具有普遍意义的人生功名利禄的悲怀。张氏由晏词与苏轼诗的比较中,读懂了二者内在情感的一致性,以致不由产生共鸣,感怆"往事关心,人生如梦,每读一过,不禁

---

① [清]张宗橚辑:《词林纪事》卷三,第74页。
② [清]王士禛:《花草蒙拾》,《词话丛编》本,第686页。
③ [清]张宗橚辑:《词林纪事》卷三,第74页。
④ 《全宋诗》,北京大学出版社1998年版,第14册,第9198页。

惘然"。

对于欧阳修《玉楼春》(西湖南北烟波阔)词,张宗橚按云:"贺方回《木兰词》'舞腰轻法绛裙长,羞按筑球花十八。'"①张氏没有提供其他信息说明贺铸此词句与欧阳修词之关系,不过展开欧词内容,发现词中有"贪看六幺花十八"句。张氏的目的是告诉读者欧词和贺词都嵌入了"花十八"这个短语,而据王灼《碧鸡漫志》卷三可知是舞曲名:"此曲内一叠,名《花十八》,前后十八拍,又四花拍,共二十二拍。乐家者流所谓花拍,盖非其正也。曲节抑扬可喜,舞亦随之。"②

(二) 对词作或字句意义进行校勘与辨析,评叙词句的用法及出处与影响

张宗橚有的按语偏向于词作归属考证及字句意义的校勘。如晏殊之《玉楼春》(绿杨芳草长亭路)阕有"年少抛人容易去"句,张氏按云:"《玉篇》:抛,掷也。《广韵》'抛'字下亦注'抛掷'。或以抛人作任人解,牵强甚矣。"③根据古代典籍《玉篇》《广韵》"掷"字的注释,张氏选择"抛掷"的解释更合乎词句的历史语境中的逻辑意义,其判断是合理的。

对于晏幾道《浣溪沙》(家近旗亭酒易酤)一词"户外绿杨春系马,妆前红烛夜呼卢"两句出处,张宗橚认为出自唐韩翃诗"门外绿杨春系马,床前红烛夜呼庐",且云:"小山只易二字,放翁乃谓此联气格过于本句。余所不解。"④表面上看来,张宗橚不认同陆游的评论。小山词径改韩诗"门"为"户"、"床"为"妆",使之成了词中的另一联。然而今本《全唐诗》韩翃此两句诗与张氏所谓并非一致,而是"门外碧潭春洗马,楼前红烛夜迎人"⑤,如此一来晏幾道词句已改动七字,与张宗橚所谓"小山只易二字"不相符合。宋人喜欢点化袭用唐诗句入词亦是填词惯例,有的能为词作增色不少,艺术魅力和精神气度甚超原作。小晏此作正如是。也许陆游看到了晏幾道词中这么一个亮点,而张宗橚却无法参悟其中的奥秘所在,于是"余所不解"亦便成了当然。

另外卷四中,张宗橚对王楙《野客丛书》中将"阑干敲遍不应人,分明窗下闻裁剪"两句作欧词表示质疑:"'阑干敲遍不应人'两句,乃无名氏《踏莎

---

① [清]张宗橚辑:《词林纪事》卷四,第 94 页。
② [宋]王灼:《王灼词话》,《宋金元词话全编》本上册,第 594 页。
③ [清]张宗橚辑:《词林纪事》卷三,第 75 页。
④ 以上同出张宗橚辑:《词林纪事》卷六,第 163 页。
⑤ [唐]韩翃:《赠李翼》,《全唐诗》第 8 册,第 2757 页。

行》。《六一词》无此阕,不知勉夫何所据以为欧词。"①今《全宋词》据《醉翁琴趣外篇》卷四认定为欧阳修《踏莎行》(碧藓回廊)一词②。张宗橚所依《六一词》——这是现今欧词来源的另一个版本,当然找不到本词,不过归之于无名氏,亦不见其所据,恐有误。再者欧阳修《少年游》(阑干十二独凭春)阕,张氏认为"此阕汲古阁《六一词》失载"③。今查汲古阁毛本《宋六十名家词·六一词》,《少年游》一调只收起句为"去年秋晚此园中""肉红圆样浅心黄"及"玉壶冰莹瘦炉灰"三首,无本词。或欧阳修此词因为写的是男子偷情未遂一事,有犯毛晋选词非"浮艳伤雅"的标准而被删去,故"失载"。

总之,张宗橚《词林纪事》不仅辑录 17 首晏欧三家词作轶事和前人词话评语,而且针对某些前人的词话有过思考和评判,或直接对晏欧词人词作进行考证和辨析,因此《词林纪事》对晏欧三家词既具有词作文本的传播作用,而且超越一般的词话文本而具有学术性词体研究批评的特点。

二、《古今词话》有关晏欧三家词论

清代前期的晏欧三家词论中,出自于词话专书并有代表性的尚有沈雄之《古今词话》。

沈雄《古今词话》论晏欧三家词力主意致与句法。如卷上援引《柳塘词话》曰:"欧阳公云:'把酒祝东风,且共从容。'与东坡《虞美人》云:'持杯邀劝天边月,愿月圆无缺。'同一意致。"④欧本词《浪淘沙》主旨在于追念朋辈的四海凋零,今不如昔,与苏词之伤悼离别渴望聚首的词体意趣较为一致。卷下则对句法有所讨论。先引张炎论词:"词中句法,需要平妥精粹。一曲之中,安能句句高妙,只要相搭衬付得去,于好发挥笔力处极要用工,不轻放过,读之使人击节,所以时多警句。"然后沈雄论曰:"高耻庵所列丽句,原系天壤间有限之语。然古今人必以此为矜新显异者,自一字至四字为字,自五字至十五字为句。凑合不同,工力各别,特拈之不嫌其复也。至十六字则成小令矣。"⑤然后列举出 166 首唐宋金元明词,其中有晏殊之《关河令》句"双鸾衾裯悔展"⑥;晏几道《两同心》"恶滋味最是黄昏"⑦;晏殊"无可奈何花落去,似曾相识燕归来"⑧。沈雄把这 3 句晏欧词当成笔力极用功处的词作,有

---

①　以上二则同参张宗橚辑:《词林纪事》卷四,第95—96 页。
②　参《全宋词》第 1 册,第 196—198 页。
③　[清]张宗橚辑:《词林纪事》卷四,第97 页。
④　[清]沈雄:《古今词话·词话》上卷,《词话丛编》本,第765 页。
⑤　[清]沈雄:《古今词话·词品》下卷,《词话丛编》本,第863 页。
⑥　同上书,第864 页。
⑦　同上书,第866 页。
⑧　同上书,第872 页。

一定的识见。除了晏殊词之"无可"两句名闻遐迩外,其余两句写法也较新颖。比诸"恶滋味最是黄昏",是前句"好意思曾同明月"的下句,结构句式与前句一致,两两相对,意思上组成前后顺接的关系,将一对恋人的往昔悲苦欢乐熔铸其中,使人印象深刻。

清代前期的词话理论性不太强,大多专注于词作艺术的审美感受或辨析考证。以上两部词话或可一窥。它们的关注,有助于加速晏欧三家词的传承与认识。

第四节　词体创作中对晏欧三家词的接受传承

晏欧三家词早在宋元明时期被追和拟仿,入清以来,这种词学传承方式得到进一步推扬。清人在词体创作中,追和与模拟是对晏欧三家词传承接受的主要形式,此外还包括风格技法的高度融合而具有某某词风味者。这三种创作模式既有区别也有联系。首先,三者都是学习词体写作的创作方式,都有一个向他人词作学习吸取加以融汇的过程。其次,三者也有细微差别。追和与拟仿属于显性的学习模式,表现在词题上存在"拟"或"仿"或"和"等标明二者关系的字词。其中拟仿之作相较追和词,在借鉴方式上较为宽松,或拟仿风格,或拟仿体式,或仿内容,而追和一般要求韵脚相同。至于具有某某词风味,主要通过研究者细细品味鉴赏或比较辨析的方式,才能推知与他者词作在主题、风格、词句、艺术手法等方面的相似性。相比前二者,这一种学习借鉴方式显得很隐蔽,在词题上没有明显标记,说明词体与原学习借鉴词体在词艺上达到水乳交融的更高境界,属于最高级的拟仿。本文为了论述的方便,统一纳入追和与拟仿范畴。

一、清代前期对晏欧三家词的追和与拟仿

以《全清词·顺康卷》及《补编》所收词作为参照范畴,以瞥宋词在清代词创作中的流传轨迹及清人词学发展的雪泥鸿爪。需要说明的是,近年来,学人开始重视历代宋词的追和与仿作现象,尤其是前者[1],但是对于清代的这种词作接受现象,特别是有关晏欧三家词的追和与仿作状况论者甚少,因此尚具有研究探讨的空间和意义。

---

[1]　据笔者检索,对宋词的历代追和现象研究最为具体的莫过于史华娜博士学位论文《接受视野下的追和词研究》,然而该文的清代北宋词追和研究也只是关注苏轼、周邦彦、柳永及秦观四人,几乎未有论及晏欧三家词。参 2009 年南京师范大学博士学位论文。

(一) 清代宋词的追和与拟仿概貌

清人对前代词学的传承与接受,相对跨越金元明三代而大规模地直接逼取师法两宋,反映清人词学复古求宋之心。以和韵与仿作而言,《全清词·顺康卷》中也不乏对金元明三代词的追和仿拟之作,然而数量寥寥,相比清代的词学复兴而言,意义甚微,不足为论。

整个清前期,以《全清词·顺康》及《补编》卷为例,据笔者统计,有400余人总共师法取范宋代词人词作约有1742首,涉及宋词人92家,其中被效仿追和20首以上的有:辛弃疾263首、苏轼203首、欧阳修152首、李清照122首、周邦彦111首、张炎84首、秦观76首、柳永71首、史达祖60首、姜夔43首、蒋捷39首、刘克庄40首、黄庭坚37首、岳飞34首、朱希真32首、吴文英24首、晏幾道23首、陆游22首、贺铸20首,共19人,另有未知姓名者统称无名氏48首。晏欧三人词除却上面列举之欧阳修、晏幾道外,另有晏殊7首,总共185首,此外含欧词句的集句词3阕。本节主要对清代的和韵拟仿作一个概观,为具体的论述提供基本的认识材料。

整个清前期,苏辛词以总体上的被和仿数量高居榜首,而和辛稼轩词尤其多,以总体上多于和苏词60首的数量占据一甲。苏辛词的大量被追和仿作,体现了清初康熙时期苏辛风起的词坛现实,尤其阳羡词派更是苏辛词的有力鼓吹者。这种和仿之作是苏辛词在后世创作上传播与接受的反映,对于考察清代的词风演替具有一定的参考意义。笔者以清代和仿词出现的宋词人称呼形式为别统计,发现有关苏轼的称呼眉目繁多,条而列之,约有七端:称呼"东坡"者有133首,"坡公"者34首,"子瞻"者19首,"坡仙"者5首,"眉山"者2首,另外称"苏长公"和"大苏"者各1首,反映了苏东坡以其杰出词作和人格魅力被后世广泛传扬接受的历史现状。相较而言,辛弃疾的称法不多,主要以"稼轩"为著,约有186首,其余或为"辛词",或称"幼安"。对苏辛词接受较多的清代词人有金堡和何采,后者一人独和辛词20首,苏词10首,是同时期和苏辛词最多者,和辛词数量约占其本人总体和仿宋词的一半。

欧阳修被和仿词数量之所以居第三,绝大部分是因为他创立的12首《渔家傲》联章鼓子词为人所喜爱和接受。152首清代和仿词中有96首与该调有关,涉及清词人8人。而《朝中措·平山堂》一阕也是清人爱赏之作,独有25首仿和。详后文分析。

自是花中第一流的李清照,的确是中国千年词史上杰出的女才人。仅从词作被和韵仿作接受角度而言,宋金元明清五代均有仿作问世,可谓代无永绝。清初的词人对这位巾帼词人深以为赏。其《漱玉词》区区40余首词中,清人追和拟仿之作竟然达 18 调 122 首。其中《声声慢》(寻寻觅觅)一调有 16 首和仿作,而《凤凰台上忆吹箫》一阕更以其如凄如怨哀婉动人的笔调感动后世文人脆弱的心灵,清初的 18 首仿和词或许就是该词这种文化心理传承之下的产物。

被王国维称为"词中老杜"的周邦彦在宋代是以大晟府词人而著名,而其词学业绩和功力则在于音律与创调。作为北宋最后一个大词人,周邦彦有集大成式的地位与影响,对于南宋词学的发展乃至此后的词学史意义非同一般。《词洁》卷三云:"宋末诸家,皆从美成出。"①事实何止宋末?在清初 111 首和韵仿作之中,被和仿作词调达 61 个。这个数值之高、覆盖之广,除了南宋的"辛老子"(65 个词调)之外恐再也找不出第二个。可见清代词人对清真词的嗜好,这还是常州词派尊为"还清真以浑化"之前。周邦彦词的魅力于此可见一斑。

北宋的柳永、秦观均以 70 余首仿和之作进入前列。这两位词人均擅艳情词,然而一雅一俗,阳春白雪下里巴人,自有定论。但是柳永还是一位做曲手,能自度曲,所以创调较多。比如他的《乐章集》存调达 127 个,只有 14 个来自唐五代民间词②,而"慢词长调约有七十调,词约一百首"③。如他的《雨霖铃》《望海潮》《八声甘州》《定风波》《鹤冲天》及《玉女摇仙佩》《爪茉莉》等即是自创的慢词名调名篇。而清初仿和柳词 71 首 38 调中,占据前例的恰恰是这些出自柳永自我心胸的调类。如《雨霖铃》6 首、《爪茉莉》6 首、《望海潮》5 首、《八声甘州》5 首、《玉女摇仙佩》4 首,5 调词作 26 首,占整个清初仿和柳永词作的三分之一强。秦观词的胜处在于情韵的开掘,与晏幾道词可谓同道,然而比晏词更为凄绝。其《千秋岁》(水边沙外)一阕情愁之中气韵天然,堪为淮海词中经典。清初《千秋岁》一调有 13 首属于追和拟仿秦观之作,在其总数 32 调 72 首被和仿之中占比极大。

清代顺康词坛前期,以尊唐五代北宋词为主的云间词派的活动为首要,后来即使浙西词派兴起,对北宋诸大家的论断也算客观。这或许是清代前期的词学创作中,以吸取北宋词家为词法范式的需要,因此相对模拟追和北宋词家词作较多。前述列举的北宋诸大家被仿和之作几乎占整个清初和仿作的一半。而南宋词人除了辛弃疾独标一格受热捧之外,其余沿清真一脉之姜夔、张炎、史达祖及吴文英的被和之作相对较少,这与他们在清初的接受地位和隐现时间有关。王士禛是第一个大力反拨云间词派独尊唐五代北宋做法

---

① [清]先著、程洪辑:《词洁》卷三,第 126 页。
② 参曾大兴:《柳永和他的词》,中山大学出版社 1990 年版,第 31 页。
③ 谢桃坊:《柳永》,上海古籍出版社 1986 年版,第 60 页。

的词坛大家。他批评云间词风说:"云间数公论诗拘格律,崇神韵。然拘于方幅,泥于时代,不免为识者所少。其于词,亦不欲涉南宋一笔,佳处在此,短处亦坐此。"①在王士禛的倡导下,南宋词人词作的传承命运大有改进,终于至朱彝尊主盟的浙西词派渐成气候,南宋词开始被不遗余力地鼓吹学习和效法,尤其是姜张,导致"家白石而户玉田"(朱彝尊《静惕堂词序》)的词学局面。从清初仿和词看,张炎的《南浦》、姜夔之《暗香》《疏影》是频繁被和之作,前者有21首,占整个张炎被和之作的四分之一,而后者共有16首,亦占四分之一强。

据笔者粗略统计,清前期词人和仿宋词20首以上的至少有19人,和仿词作619首,约占清初总和仿词数量的36%(619/1742),人均近33首,涉及宋词人240人次(含重复)。其中,以欧阳修、苏轼、周邦彦、李清照、辛弃疾、姜夔等人的词作被追和机会最多,这也从一个侧面体现了清代初期对宋词的取舍倾向。

(二) 清前期晏欧三家词的追和与模拟分布

在清代全面学习接受宋代词人的背景下,晏欧三家词也得到了一定程度的关注。除却前述流派、词群等各类研究传承方式外,清人的创作实践对晏欧三家词的师法也是其中的一种传承接受途径和研究传播渠道。顺治康熙时期有关追和仿作欧阳修、晏幾道、晏殊词,共计185首,约占整个顺康时期的模拟追和宋词的十分之一,其中追和拟仿欧阳修17调153首、晏幾道15调23首、晏殊8调7首。除了欧阳修因为连章词《渔家傲》而广受清人追和96首外,欧阳修另有16调近60首被追和模拟,其词数量亦比姜夔、蒋捷等南宋名家被仿和词数量要多②。然总体而言,晏欧三家词的关注度和接受传播度在北宋诸名家词的传播中逊于苏轼、秦观词,尤其是二晏父子词,从追和数量看亦比屡遭非议的山谷词要少。这种现象或再次证明一个传承道理:词学传播过程中,特色显明的词作传承接受的机会相对要多。这种关注度除了与词艺、词史地位相关外,还有其他一些影响因素。二晏父子词从词艺技巧及情感内涵的角度分析,足比山谷词要高明、纯熟,也更符合宋代社会发展上层主流思想的需要,即使以宋词史地位和推动发展宋词学的贡献看,二晏词也强过黄庭坚词。或许因为晏殊词的雍容和雅、小山词的专注寄情,导致能够引起广泛共鸣和争议的地方不多,因而在接受过程中相对被批评、议论,甚至

---

① [清]王士禛:《花草蒙拾》,《词话丛编》本,第685页。
② 详参本文附录八《清代顺康时期晏欧三家词被拟仿统计表》。本文涉及晏欧三家词的清代和仿词,均出此表,除却需要,一般不另注版本、页码。

创作中被学习效法的机会减少——这无疑是制约和影响晏欧三家词传承接受的不利因素。尽管如此，晏欧三家词仍然得到喜爱者的心摹手追，是清代词学创作传承的链条中不可缺少的一环。

1. 从追和认定范式看晏欧三家词的传承接受形式

占据清初追和词的近十分之一的和仿晏欧词，主要包括两种接受范式：和韵同调与体式模拟。以下就此稍作分析，以见晏欧三家词在清初的创作接受中是以怎样的被追和仿拟形式而借以传承。

（1）和韵同调型

第一，和晏殊词。以"用"字标识和词的有 2 首：钱芳标之《红窗睡·用珠玉词韵》（不信檐铃真解语）和焦袁熹之《玉堂春·用珠玉词韵》（画楼烟暖）。《红窗睡》词调亦作《红窗听》，今晏殊有两首，根据钱氏和词首句，可知原词为《红窗听》（记得香闺临别语）一阕。而《玉堂春》一调今《珠玉词》中有 3 首，焦袁熹所和原词正是第一首《玉堂春》（帝城春暖）。

以"和"字标识和词的有 3 首：方炳之《清商怨·和晏公韵》（昏鸦无数平林满）及蔡文雄之《蝶恋花·和晏同叔》（啼碎春光莺与燕）、侯嘉繙之《玉楼春·春景·和晏同叔韵》（去年花下寻春路）。经检视查阅，方炳所和之《清商怨》一词为同调首句"关河愁思望处满"一阕，今《全宋词》作欧阳修词。蔡氏所和之《蝶恋花》为晏殊名作《蝶恋花》（帘幕风轻双语燕）。而侯氏的《玉楼春》词根据首句提示，当为追和晏殊之同调异名之《木兰花》（燕鸿过后春归去）词，但用韵上去声略有不同。

第二，和欧阳修词。"和"字和词约有 21 首。如黄泰来之《朝中措·平山堂·和欧公原韵》（江南山色远连空）即是。"用"字和词有 22 首。如甘国基《越溪春·登漫郎痁亭·用欧公韵》（春色剩来三五日）。"次"字和韵词有 6 首。如尤珍之《梁州令·荷花，次欧阳公榴花韵》（翠盖迎风飐）词。

"步"字和词有 2 首。如刘壮国《朝中措·步平山堂韵》（邗江东望满秋空）则是。其他拟仿体之外的和韵词有 3 首。如曹尔堪之《朝中措·平山堂》一词，没有任何有关和韵形式标志，仅凭词调和词题判断为追和欧阳修之作。

第三，和晏幾道词。晏幾道被追和词作相比欧阳修词甚少许多，仅有 23 首，且分布在 15 个词调中，相较而言《生查子》《六幺令》和《思远人》三调稍微有所起色，各有 3—4 首被和之作。其中"用"字和词 11 首。如王庭《生查子·老叹·用晏小山韵》（尝因愁叹多）即是。"次韵"式和词 2 首，如沈谦之《六幺令·次晏叔原韵》（隔帘疏雨）。"和韵"式和词 7 首，如邹祗谟《思远人·本意·和宋晏小山韵》一首则是。其他较为隐形的和词 1 首，如焦袁熹

《采桑子·晏叔原》(小山更觉篇篇好)实质是暗和小山词《采桑子》(花时恼得琼枝瘦)一词。

(2) 体式模拟型

晏欧三家被追和仿作词中,以标记拟仿词体的形式传承接受的范式较少。有称依效"晏殊体"者,现在已经认定这种体式之词实质为欧阳修词,因此可以置换成"欧体"。如仲恒《清商怨·依晏殊体》(征帆才挂肠欲断)。拟仿"小山体"的词有 2 首,分别为邹祗谟之《生查子·戏效小晏体》(影伴青鸾怯)和焦袁熹的《长相思·效小山体》(长相思)。作为效体词,不重与原作的音韵完全相协,而是追求在体式特征上与原作保持一致。换言之,这种拟作与原作要求格式合乎同一词牌,不必要求二者用韵是否一致。晏幾道有 13 首《生查子》,但邹祗谟仿作没有一首的押韵与之一致。而焦袁熹仿作《长相思》则是另一类型的体式模拟词。该词不仅在体式押韵等方面与小山原作高度一致,而风格内涵也非常接近①。

从词体传承的视角看,欧阳修无疑是三者中最为显著者,他独创的歌咏一年十二个月风物的鼓子词《渔家傲》已被 8 人追和仿拟 96 首。这种追和仿作的传承现象是宋代其他词人乏见的殊荣。除外,还有两首以"欧体"相称的被模拟之作,如陆瑶林之《献衷心·旅思·仿欧体》(吴江八月秋风起)和姚大祯的《献衷心·仿欧体》(闻邻鸡齐唱),体现了清初词人对欧阳修词体艺术和构词方式的全面认同。

2. 追和词——对晏欧三家词用韵及技法特点的吸取

追和词作为一种带有明显社会交流功用的词体,它的传播接受有点类似于今天的网络跟帖:围绕同一个话题(词作或词作家),不同的人从各自的兴趣和立场进行赓续讨论。所不同的是,追和词还要求词作形式与原作保持一致。这种方式和现象从传播学视角看来,当然属于公共传播,可以促进事物的传播速度与流行广度,扩大影响力,提高认知度。诗词唱和中,除了有助于加快唱和原词的流播外,还有助于词艺的提高和词学理论的深化。尤其是对于初学者,善莫大焉。此正如况周颐《蕙风词话》云:"初学作词,最宜联句、和韵。始作,取办而已,毋存藏拙嗜胜之见。久之,灵源日浚,机括日熟,名章俊语纷交,衡有进益于不自觉者矣。"②那么清代的和韵晏欧词,作为一种异时空的追和现象,是从哪些方面学习师法的呢? 这种追和现象对于晏欧词的传承又有何讨论价值与意义呢?

---

① 晏幾道《长相思》参《全宋词》第 1 册,第 329 页;[清]焦袁熹之模拟仿作《长相思》参《全清词·顺康卷》第 18 册,第 10570 页。
② [清]况周颐:《蕙风词话》卷一,《词话丛编》本,第 4415 页。

诗词的和韵一般有三种:依韵、次韵(步韵)及用韵。先看钱芳标追和晏殊的《红窗睡·用珠玉词韵》(不信檐铃真解语)。全词如下:

> 不信檐铃真解语。彻夜旁、枕屏如诉。骤风迟雨想掺和,没安排愁处。　绛妲烧残窗未曙。知谁伴、锦笺翠筜。吟朝醉暮。只除飞梦,觅高唐人去。

对比晏殊原词《红窗听》:"记得香闺临别语,彼此有、万重心诉。淡云轻霭知多少,隔桃源无处。　梦觉相思天欲曙,依前是、荧屏画烛,宵长岁暮。此时合计,托鸳鸯飞去。"①不难发觉,钱氏题标为"用韵",似乎属于追和词中对韵部使用较宽松的一种,然而比照两词韵脚及次序,完全一致,因此这首追和词不是一般地用韵,而是属于"次韵"词。另外,除了音韵的一致性,钱芳标的和作在主题和写法上也是全面模范追步原作,在细节描写和人物心态的勾勒上写出了怨女如泣如诉的孤独愁绝,可说属于真正的和韵词。

有关欧阳修词的追和词数量多,因而这类和作在次韵技法,甚至旨趣精神上对欧阳修词的吸取亦表现丰富。清初的曹尔堪有4首《木兰花令》追和欧词,其一为《木兰花令·乙亥中秋京邸怀旧,戊戌中秋客维扬,次六一居士韵》:

> 平山堂外青螺阔。廿四桥边流水咽。无端击筑动悲歌,侠骨难教脂粉抹。　衔杯仰视浮云滑。摇笔堪追秋兴八。芜城烟景不胜愁,舞帐牵萝空夜月。

曹尔堪既有早期师法花间南唐词清艳雅丽的一面,也有尊苏辛而健雄疏狂的一面,反映了清代初期阳羡词派兴起前后的词学风尚。不过总体而论,曹尔堪词还是以清雅为主。他对待善写风情词的晏欧似有好感,曾在赞赏先辈品行高洁不受污衊同时也描写丽人闺情时说:"想亦词用情景有必然者。乃知欧、晏虽有绮靡之语,而亦无关正色立朝之大节也。"②或许在这种词学认识的背景之下,曹尔堪对欧阳修词并无排斥,而且还对欧词《玉楼春(亦名木兰花)》(西湖南北烟波阔)一阕青眼有加,一口气和了4首。不妨先拈出欧原词:

---

① 参《全宋词》第1册,第117页。按,《红窗听》和《红窗睡》属于同一词调的不同名称。
② [清]沈雄:《古今词话》卷下,《词话丛编》本,第804页。

西湖南北烟波阔。风里丝簧声韵咽。无余裙带绿双垂,酒入香腮红一抹。　杯深不觉琉璃滑。贪看六幺花十八。明召车马各西东,惆怅画桥风与月。①

欧原词重在叙述与描写,在歌舞酒杯中写出了颍州西湖边酒宴前后的欢欣与惆怅。曹尔堪的和作所用韵脚悉为欧词原有:阔、咽、抹、滑、八、月,六字属于《平水韵》中十八部"入声七曷"。不仅如此,曹氏和作还从字句和檃栝其间的意象等方面多有对欧阳修词模仿借鉴的痕迹。首句"平山堂"即扬州平山堂,为欧阳修守扬时建,后来成了历代文人赋诗遣兴怀念欧公的重要依凭。次句之"廿四桥"也是紧契扬州而来。情韵上,二者也有承袭的一面。欧词用语朴实,笔调清新中略有沉重,词意蕴藉。而曹词不仅继承了欧词沉着蕴藉的一面,还在写法上运用事典(如"击筑")和文典(杜甫之《秋兴八首》),使词作感情基调尤为沉痛,风格也由欧词的闲雅一变为稼轩般沉郁深厚。这种词风在晏欧词等北宋小令词中是极少见觅的,或为清代前期苏辛风起的时代使然。不过,这种词风在其他三首追和欧词中似乎有所减淡。如其二"马蹄踏遍平沙阔"一阕:

马蹄踏遍平沙阔。别院时闻笙管咽。霜前白雁已南飞,泼墨愁看鸦阵抹。　红槽滴酒珍珠滑。炊熟黄粱寻卫八。风吹残柳碧星稀,门外辘轳鸣晓月。

而其三词题《金鱼池》则有向艳情词回归的味道,特别是末两句"琵琶少妇闹红楼,个个酥胸斜抱月"表露无遗:

虬松碧瓦云边阔。堤上鸣泉流且咽。胭脂两靥斗新妆,獭髓犹怜眉际抹。　临池绮席壶觞滑。公子遨游沟丈八。琵琶少妇闹红楼,个个酥胸斜抱月。

《雨村词话》云:"曹顾庵尔堪《南溪词》多咏妓作,亦词人之玷也,然亦足资考证。"②这一首大概属于此一类,与其《木兰花令·秋意》(木瓜香遍钟山道)同。③

---

① 参《全宋词》第 1 册,第 169 页。
② [清]李调元:《雨村词话》卷四,《词话丛编》本,第 1437 页。
③ 参《全清词·顺康卷》第 2 册,第 1309 页。

其四词题《寄松之》：

> 回头吴楚烽烟阔。离思浑如枯涧咽。东华扑面软尘多，惭愧何郎连汗抹。　　莼羹羡尔沾唇滑。作者七人今有八。垂虹秋色最关情，知向长桥看串月。①

由曹尔堪词题中可知这几首追和欧阳修词是词人"乙亥中秋京邸怀旧，戊戌中秋客维扬"而和。个中的追和缘由大概是出于相似的扬州经历和早期词风与欧阳修小令词近似的因素，促使曹尔堪将欧词引为同道。因此，心摹手追便是理所当然，客观上为欧词的传承和接受又起了推动的作用。

《蝶恋花》词是晏、欧词中的上乘之作，历来颇受点评和品赏。前述的词选中，凡选有晏、欧词的选本，基本上都有《蝶恋花》一调在内。因此该调几乎成了晏欧词流播中的品牌，尤其是"庭院深深""帘幕风轻"及"海燕双来"数阕，尤为脍炙人口，惹人不由心生追摹之情。江苏丹阳人蔡文熊或许是在这种晏欧词传承文化环境中写下追和词《蝶恋花·和晏同叔》（啼碎春光莺与燕）及《蝶恋花·和欧阳永叔》（鹦乞新晴鸠不许）两首：

> 啼碎春光莺与燕。日射横陈，蝉鬓云还乱。此际闲愁郎不见。绿阴红雨深沉院。　　花信几番风趱遍。无计腾那，清泪时匀面。香瘦锦屏天又晚。湘波不隔离心远。

> 鹦乞新晴鸠不许。帘寂阶空，濛雨筛无数。呆觅衾窝欢会处。梦回失却西洲路。　　恰恰怀春花又暮。残艳零香，且伴余春住。双恨结成眉解语。淡烟芳草人初去。②

前一首追和晏殊之《蝶恋花》（帘幕风轻双语燕）（按，亦作欧阳修词），后一首为和欧阳修之名作《蝶恋花》（庭院深深深几许）阕。

晏殊的原作从韵部看是押《平水韵》第七部仄声之去声十七"霰"部韵，蔡氏的和词与之完全一致。欧阳修之原作韵脚为通四部仄声韵，但又有上声、去声字之细微差别。其中"许""去""语"三字通押上声六"语"字韵，"处"作名词"处所"解，则押去声六"御"字韵，而"数""路""暮"及"住"押去声七"遇"字韵。蔡词与欧词一致，亦属于次韵。

---

① 以上 3 首参《全清词·顺康卷》第 2 册，第 1310 页。
② 《全清词·顺康卷》第 20 册，第 11792 页。

当然,这两首追和词除了用韵相同外,更重要的是在风格内容上与晏欧词趋同。晏殊原词上片以景为主,隐染及情"心事一春犹未见";下片则以情为主导而以暮春之景色为点染,书写怀人之思:"消息未知归早晚,斜阳只送平波远。"而蔡词也是如此抒写套路,将一位残春之际闲愁万分的怨女刻画得细腻香艳。欧阳修的《蝶恋花》原词是一首经典的言闺情之作,尤其是首句三个"深"的叠字用法深得后人品赏。蔡词写法上袭用欧词,但是语句的应用未能超越原词。这或许是追和词的通病——后出却难以转精。

晏幾道的《鹧鸪天》《生查子》及《六幺令》三调,在小山词的接受史中是相对热门且容易引起他人关注或传播的词调。前两个词牌存有的词作在《小山词》中数量多居前位。如《鹧鸪天》有 19 首,仅次于《浣溪沙》(21 首)和《采桑子》(25 首);《生查子》13 首,而《六幺令》只有 2 首。有明一代和小山词约有 6 调 8 首,其中即包括追和《鹧鸪天》2 首、《六幺令》2 首、《生查子》1 首。如王屋《鹧鸪天·和小山韵》(见说新来小字工)、陈铎《生查子·和晏同叔》(浅笑嘱东君)以及沈谦《六幺令·次晏叔原韵》(隔帘疏雨)等①。清代仅顺康二朝对小山词的追和接受数量就大大超迈明代,无论是词调传承还是赓和词作,均有长进,共有 15 调 23 首,是清代词学复兴的一个微小影子。在此先以上述三个词调的有关追和词为例,探究清人对小山词的接受学习状况。

明末清初举人王岱"能诗文,兼工书画"②,有《鹧鸪天》词一阕,其题云:"题晏小山《杨花谢桥图》,用原调原韵。"③可见这不仅是一首和韵小晏词,也是一首题画词,且所画的意境又正是以《鹧鸪天》一词为元素构成。据题意,小晏原词为《鹧鸪天》(小令尊前见玉箫)。先检视下王岱的和词:

> 何处重生旧玉箫。风流不让董妖娆。无端惹得苏州恼,此恨于今尚未消。 情默默,梦迢迢。相思瘦尽沈郎腰。钟情自古多才子,何减当时过谢桥。

毋庸置疑,作为一首用原调原韵词,这首和作可谓是对原作词韵的亦步亦趋,依次而和。作为一种接受传承方式,王岱之和词与其他大多数追和词一样,在词情风格上与原作高度一致。不过在词意上既有承接的一面,也有自出机

---

① 以上 3 首分别参《全明词》,第 1645 页、第 461 页、第 2647 页。其中沈谦之作又入《全清词·顺康卷》中。参附录。
② [清]丁绍仪:《听秋声馆词话》卷十八,《词话丛编》本,第 2806 页。
③ 参张宏生主编:《全清词·顺康卷补编》第 1 册,第 220 页。

枢的一端。首先，和作起句继承原作借"玉箫"这个特定对象引起丰富的情愁联想，且在意思上直接承续晏幾道开篇之句："小令尊前见玉箫。"此后借"董妖娆""苏州恼"两个典故刻画出对方的美丽多愁。下阕重在抒写男子的相思，借鉴小晏以梦境的幻化方式，体现男子的钟情与离思之重。写法、用语多有模拟原作。

作为出生于明末清初的一位词人，王岱的词风难免受云间词派影响，学词论词以南唐北宋为主，对于那些清丽典雅的前代小调也颇为欣赏，自作词中也不乏这些短章小令。如其《了庵诗余》中多有《菩萨蛮》《卜算子》《浪淘沙》《长相思》及《清平乐》《鹧鸪天》等。另外，作为一名书画爱好者，王岱对以词意境为题材的书画颇有兴趣，这也促使他写了几首题画词。这些词，从风格、题材及用韵上看，当然又属于和韵词。除了和韵晏幾道《鹧鸪天》外，尚有《虞美人·题李重光〈竹声新月图〉》，即用原韵《菩萨蛮·题韦端己〈画船听雨图〉》，用原韵《霜天晓月·题陆放翁〈雪晓关河图〉》《蝶恋花·题苏子瞻〈天涯芳草图〉》，用原调原韵《醉太平·题姜白石〈暗香疏影图〉》等数阕①。

晏幾道词集中《六幺令》有3首，历代词选中屡有选入。如宋《梅苑》卷二收晏幾道词5首，其中包括《六幺令》（雪残风信）一首；明《花草粹编》卷九选取《六幺令》（日高春睡）一词；《古今词统》卷十一则选取《六幺令·春情》（绿阴春尽）一首②。明代追和晏幾道词中，惟留下（绿阴春尽）一阕被人追和两首③。清代顺康时期又增两首，致使明末清初达4首和韵词，同一时期存词数量数倍的《鹧鸪天》却只有1首被追和。小晏的这首词究竟有何魅力？善于言情而已。明代人在传播与接受过程中对其加上"春情"两个字作题，仿佛被提炼出关键词，由此更引人注意而加速了传播，扩大了影响。受明代重情的影响，清初词人对该词的瞩目也殆半因此。给晏幾道词作过新释辑评的王双启先生云："此词写一歌女与她的情人传信息、订约会的情况，二人之间的眉目传情、书简寄意乃至打情骂俏、正话反说等等恋爱生活中的小花样，全都活现纸上，如闻其声，如见其人，简直是演出了一幕活剧。不待言，这首《六幺令》是小山词中最有特色的篇章之一。"④正是这首词的别样写情风

---

① 参张宏生主编：《全清词·顺康卷补编》第1册，第217—220页。
② 参[宋]黄大舆：《梅苑》卷二，许隽超校点，见唐圭璋等点校：《唐宋人选唐宋词》，第213页；陈耀文《花草粹编》卷九，文渊阁《四库全书》本；卓人月选辑，徐士俊评点：《古今词统》卷十二，第450页。
③ 按：小晏《六幺令》（绿阴春尽）全词参《全宋词》第1册。而明人之追和词两首为：彭孙贻之《六幺令·和小晏春情》（春心无锁）及沈谦之《六幺令·次晏叔原韵》（隔帘疏雨）。可参《全明词》，第1718页、第2647页。又入《全清词·顺康卷》1075页、第2011页。
④ 王双启编著：《晏幾道词新释辑评》，第200页。

格引起了后世词人的注意,才促成有人追和赓续的现象。

如董儒龙《六幺令·秋闺·用晏叔原春情韵》(菊花黄到):

> 菊花黄到,烟霭接楼阁。竹窗纸条声碎,槛外莎鸡学。欲掩离怀别苦,塞雁来先觉。海棠开匝。娇含宿泪,似恨痴鬟雨中掐。　珍重郎投翡翠,戏采芙蓉答。恐怕风搅玲珑,满把茱萸押。飘叶时敲绣户,梦断幽欢霎。泪珠和蜡。流时相对,远听吹来一声角。①

按,董儒龙(1648—1718?),字蓉仙,号神庵,江苏宜兴人。有《柳堂词稿》,存词305首。初期词多为《菩萨蛮》之类的清新俊丽之小令词,后期始有《满江红》般的长调慢词,词体变化较为明显。严迪昌先生谓之"早年曾得从陈维崧、徐喈凤、万树等游,为忘年交,所以,他终康熙一朝而成为阳羡一派盛衰全过程的当事人"②。这首和词也属于次韵词,在词意上与原作有一定的联系。原词主要刻画一对有情人传情订约之事,而和词写深秋闺中女子的怨怼与凄楚。写法上也吸取原词注重精致的笔法,将萧瑟惊飔的秋景与人的寒恐哀怨的心绪相互结合,融景于情,情景结合,意致悲苦,别有衷情,不失为一首颇富季节特色的秋闺怨女曲。然而,作为和作,某些字句的应用为了与原词和韵而显得有些生硬。如"满把茱萸押","押"字与"茱萸"的搭配是否合适,究竟表达何意? 笔者以为尚可考虑。而另一个词人张荣的和韵词《六幺令·和晏幾道春情韵》则又别是一番景致:

> 一番春到,红紫映高阁。阁边小莺初啭,如把笙簧学。石屋溪流斜抱,花落游鱼觉。青楼少妇,玉葱微露,冷觑狂徒暗中掐。　灯下殷勤密语,此意何时答。记取千万盟言,字字同心押。休放婵娟笑我,辜负韶光霎。且添银蜡。窗前小饮,月印梅梢照墙角。③

按,张荣(1659—?),有《空明子诗余》,《全清词·顺康卷》存其词140首,中调、小令词有50余首。张荣的宋词追和词约有8首(另7首为追和:东坡2首、陆游1首、辛弃疾2首、吴文英1首、姜夔1首)。这首和晏幾道词相比董儒龙和词,除了韵字相同外,风格情趣迥异而与原词较为接近。上片重写景,点出楼中女子的生活环境:红紫迎春,雏莺鸣啭,楼阁、石屋、溪流间,游鱼穿

---

① 《全清词·顺康卷》第18册,第8584页。
② 严迪昌:《清词史》,第241页。
③ 《全清词·顺康卷》第15册,第10269页。

梭。好一个雅致而有情趣的住所！而末句"冷觑狂徒暗中捎"的侧面描写已把少妇的妩媚、漂亮展露无遗。下片也是效仿原作，写夫妻的打情骂俏，展示了二人的和谐幸福。

晏幾道词除却上述词调被和作之外，《思远人》一调也有 4 首和韵，小山集中原词只不过一首。如董元恺的《思远人·得闺信·和晏小山韵》：

> 劈开双鲤妆台信，报与平安客。相思一点，伤心两字，寄远何由得。
> 东风泪里珍珠滴。和入乌丝墨。染处忽惊红，似浓如淡，映桃花笺色。①

董元恺善于向前人师法学习，追和宋词达 59 首，包括宋代词人 14 家，反映董氏自觉承袭接受宋词成果，提高词体技艺水平。他的《苍梧词》中一些抒情短章也写得颇有意兴。这一首或不逊于小晏词。

《思远人》的体式一般上下片共 51 字，前片 5 句 2 仄韵，下片 5 句 3 仄韵。词调即词意。《全宋词》仅存小山词一体，故《钦定词谱》收录该词并按云："此词亦无别首宋词可校。"②可见为小山独创。清初的《历代诗余》收有晏幾道原词③。

董氏的追和之作除了音韵与原词相和，词意因即调意故也与小山原词同。二者都是从女性的视角写相思的别离情绪，围绕着书信、和泪、磨墨、情染彩笺四个主要的情节或画面来勾勒布局全词，将女性甚深的相思情绪展现于纸端。然而董氏和作之所以也别有生趣是因为没有完全复制原作，而是表现与原作有所区隔，尽管在技法上有承袭相沿的一面。比如晏幾道原词呈现的时间背景是"红叶黄花秋意晚"，即深秋，而和作是"东风泪里"，即春天。当然伤春怨秋自是同一类抒写母题。原词上片写女子对行客的担心挂念，又苦于无法获知音讯而顿生离愁；和词上片先交代欲寄家书报平安，但也苦于天高地迥无法收获而伤心不已。下片二者都应用夸张的手法，将泪和墨而成：一个是"泪弹不尽临窗滴，就砚旋研墨"，一个是"东风泪里珍珠滴。和入乌丝墨"。结尾都强调血泪浸染信笺，烘托相思之情重。在写作顺序上二者稍有不同。原词采用一般的先后顺序，按照因思念对方而后迫不及待地磨墨书信的发生顺序展开；和作似采用倒叙手法，先把己方书信之事摆在前首，而后再述书信怎样写就的场景。总体而言，和作承袭了原词构思奇妙的优点，并在语句及场景的描写中有所变异，将相思之情近一步推向深至。

---

① 《全清词·顺康卷》第 6 册，第 3256 页。
② 《钦定词谱》卷九，第 614 页。
③ 参《历代诗余》卷二十三，第 336 页。

　　由上可知,清初顺康时期对晏欧词的追和大多数属于和韵词,即重视与原作体制的趋同性,也注意在词题、风格上与原作保持一致性或近似性,反映了清人学习宋词体制技法的一面,对晏欧词的研究与传承不无推动意义。

　　而北宋时期主要有晏幾道和欧阳修词被人追和拟仿的现象,其中晏幾道的《鹧鸪天》一体被仿(如晁端礼词),欧阳修词则既有被次韵之作(如苏轼词),也有词句的借鉴使用(如苏轼、李清照),还有风格技法的全面吸收借鉴(如秦观词)。南宋时期,晏欧词的传承更加多元,其中词体创作上主要有欧阳修的《朝中措》被周紫芝等 9 人和韵 15 首;鼓子词《渔家傲》被黄铢拟仿 1 首,规模和数量超越了北宋①。金元时期,由于词学风会的转移,晏欧词在创作上被借鉴的机会甚少,主要有欧阳玄模拟欧阳修《鼓子词》12 首。此种衰落局面至明代有了大转机,以 17 调 71 首被追和拟仿的数量刷新了纪录。其中欧阳修的鼓子词《渔家傲》和《朝中措》两词成了被学习创作的主要范式,影响到清初的追和拟仿局面。总体而言,由宋至清初,无论哪个时代,欧词无论数量还是词调,都是被追和拟仿最多的对象,其次属于晏幾道词,再次晏殊词,反映三者在不同时代里的接受差异和共性。

　　(三) 词体意识的体现:晏欧三家词体的接受和仿词平议

　　清代前期的晏欧词追和中,还有不少以模拟仿作晏欧三人词"体"形式出现的词作。这种追和方式实质上与一般的追和词联系紧密区隔不大——都有对晏欧词韵律词风的模拟追和,然而它所体现出来的词学观念却不尽相同。这类以仿体方式表述的拟作,至少表明和词者对被和者词体个性特征的认同和接受。早在北宋的晁端礼就曾拟仿"小晏体"《鹧鸪天》,体现出早期的词体拟仿意识。此后南宋至明有关《渔家傲》和《朝中措》单体被和拟仿数量渐多。相对一般的用韵追和词,这类具词体意识的接受传承更具有传承研究之价值。当然,也有的和词并没有说明为仿××体,不过如果被和者本身具有某种单独的词体特征,亦可视作为一种词体。譬如本节要论述的欧阳修《朝中措》一调和《渔家傲》十二月鼓子词。先师刘扬忠先生曾说:"所谓'词体',并不单指词的体裁形式,而是泛指词体文学成熟之后名家们所创的种种各显艺术个性的风格体貌。"②这段话可以作为认定此两调能够单独成体的理论依据。因此本文相应地认为追和词中"词体"意识的体现,不能仅限于"拟××体""仿××体""效××"或其他带"体"的格式词中,还包括极具个性和特色的某一类甚或某一调。

---

　①　参《六一词接受史研究》,第 111—117 页。
　②　刘扬忠:《唐宋词流派史》,第 28 页。

　　晏欧三人中,宋代时期有效、拟小晏词作,初步体现出一定的小晏词体意识,而晏殊、欧阳修词似乎还没有类似的情况,但欧阳修的《朝中措》一调已成为一种单独被传承接受的词体。木斋认为单独的狭义的"词体"具备两个特征:一是独特性;二是影响性,即能"产生词史影响,引起他人仿效"①。木斋主要是针对词人与词作整体而言,如果不局限于此,则欧阳修《朝中措》一调亦符合这两个特征,并且到了明清愈发受到关注。那么这种绵延不绝的词学传承现象所围绕的原词可谓《朝中措》体? 或"平山堂"体乎? 或为后来"六一体"的一个组成部分么? 即使如此也必须明白,相比宋代开始盛行的柳永体、东坡体、山谷体、李易安体、稼轩体及白石体,围绕晏欧三人产生的词体认识和批评争议是较为有限的,其影响和意义远逊于柳永体和东坡体。尽管如此,晏欧词体对后世的词学发展还是有一定的影响和积极意义的。这种评价并不妨碍对欧阳修《朝中措》仿和词的进一步考察。

　　1. 接受史视野下《朝中措·平山堂》一体的追和

　　《全明词》中追和欧阳修《朝中措》一词仅有李渔《朝中措·平山堂·和欧公原韵》(每临此地忆欧公)、归庄《朝中措·平山堂·和欧公韵》(山连霄汉草连空)2 首②,但已经在词题中加了关键词"平山堂",意味着追和欧词《朝中措》——即与"平山堂"有关,追和拟仿的中心已从前述的简单的形式体制的步韵发展到向原作内容的靠拢,达到外在的词体体制一致和内在的物事相应的双重追和效果。这种传承结果最终促成了《朝中措》一词一体独绝的接受影响史的形成。

　　清代追和欧阳修《朝中措》一词的规模相对可观,因为仅顺、康间有关和词作者有 24 人,词作达 25 首,这个数字仅次于苏轼之《念奴娇》《水龙吟》和辛弃疾之《贺新郎》(可参本书附录八《清代顺康时期晏欧词被追和仿拟统计表》)的被追和数而进入前四名,可见它的影响与被关注程度非同一般。内容上除却孔毓埏之《朝中措·除夕·用欧公平山堂原韵》和董元恺之《朝中措·题张真人鹤归亭·用欧公韵》2 首纯粹是套用一个词调和词韵而外,其余 23 首都标明与原词平山堂有关。

　　欧阳修这首《朝中措》由两宋时期的三五首发展到清初的二十五首,其间贯穿一个原始词作——传播——读者阅读接受——再阐释(模仿追和)——再传播的复杂流程。接受美学者认为"从历时性看,文学只能存在于读者的一代又一代的反复阅读过程中"③。这个"反复阅读过程"包含一个

---

① 木斋:《宋词体演变史》,第 1 页。
② 参《全明词》,第 2199 页、第 2258 页。
③ 朱立元:《接受美学》,上海人民出版社 1989 年版,第 338 页。

重要的环节即"传播接受",即使是最有魅力的文学作品,离开了各种传播途径而无法到达接受者手中,它本身寓含的价值也就不可能实现。所以在传播与接受者视野里,文学的接受从来就是与传播相辅相成的,互为条件,共同促进文学作品功能与价值的实现和最大化。同理,一代又一代的读者阅读前人作品进行追和赓续就包含这么一个传播接受过程。显然作为接受者的读者,其追和传承不是机械地反映、复制和模仿原作,而是在融进主体意识的认知和时代文学观念嬗变的基础上再阐释、再创造。这二十余位词作者追和的二十余首《朝中措》一调,各人结合自身对欧阳修、平山堂、《朝中措》的感知而进行模拟再创造,尽管绝大多数都标明与"平山堂"有关,然而表现出来的歌咏视角、追和缘由以及语词的应用还是有所不同,此正如有论者云:"接受不是一种消极的文本消费行为,在其效果中带有消费者或明或隐、或深或浅的个人印记。"①追和词中的不同之处正是接受者诠释、消解原作又重新构建新作品的个人印记符号。那么这些《朝中措》追和词究竟有何个人印记? 先看程康庄之作:

朝中措·平山堂

同阮亭,次欧公原韵。

千山晴色绘秋空。云影大江中。昔日遗踪何处,只余白草悲风。踟蹰四顾,荒城落照,破寺疏钟。风物向南差胜,江湖却羡渔翁。②

程康庄的和词《朝中措》,如果要追查和韵动机则是出于交际的需要,和友人同体和咏。如程康庄的词序已经告知了这一点:"同阮亭,次欧公原韵。"阮亭,即前述的清初大儒王士禛,也是清初词学复兴的重要倡导人和奠基者,蒋寅先生曾将其在广陵的词学活动称之为清代"词学中兴的契机"③。顺治十七年(1660)王渔洋任扬州推官,在当地进行了一系列的词学活动,如与邹祗谟编选《倚声初集》,直接激发了当地士子的填词兴趣和提高了填词技巧。他和陈维崧、彭孙遹、邹祗谟、朱彝尊等人唱和游宴,切磋词艺,引领词学风尚,从而被推到一个"独领清初词坛风骚的位置"④。正如前述,王渔洋对于南唐北宋词评价颇高,认为晏欧词"正派",应放在词学发展史上的正格当行地位。而他的词学事业高峰期发生地——扬州,又是欧阳修、刘敞及苏轼等

---

① 邹国平:《中国古代接受文学与理论》,黑龙江人民出版社 2005 年版,第 7 页。
② 《全清词·顺康卷》第 1 册,第 244 页。
③ 蒋寅:《王渔洋与康熙诗坛》,第 82 页。
④ 同上书,第 87 页。

前贤或为守或题名的地方。欧阳修任上修建的平山堂,已经成了后世文人凭吊欧阳修甚至苏轼文章事业的象征性场所。因此当王士禛率先倡议追和欧词《朝中措》一词时,相信当时应有诸多广陵(扬州)词友响应,群起而和。据查,25 首赓和《朝中措》者,大半都是广陵词坛中人①。他们或许曾经聚合于王士禛为首的扬州词群旗下,或许是参与其他词人引领的唱和活动。现在留下来的25 首追和《朝中措》一词,惟有程康庄及毛奇龄两词作有序,可以确认词作背景。不过可以明确的是,这些和词绝大多数是当时广陵词群鼎盛时期活动的结果。

　　程康庄之作已经交代与王士禛追和词同时而作,王士禛的和韵欧阳修词《朝中措·平山堂·和欧公原韵》主要借缅怀平山堂的风物古迹发历史兴亡之感,而程康庄的和作又是怎样的一番意趣? 在词句的描写中,集中描写平山堂周边荒芜杂草丛生的环境,隐含出一种破败衰废的遗憾。而词末却云"风物向南差胜,江湖却羡渔翁"似乎含有对隐者的向往之情。王词至少在历史的烽烟描绘中点出了与这首词有重大关系的欧阳修和苏轼两人,含有斯人已去,空有残迹的迷惘感,这种感觉显然与程康庄的和作稍有不同。程康庄的感叹是由兴废之慨中抽身而出,指向当下的渔翁隐逸之情,而王氏的感慨沉浸于历史的时空中,更具有沉痛丧乱的味道。这二者的差异正是他们在接受欧阳修原词之后所附加的各自的印记,而这份印记是与词人身世、身份及经历密切相关。程康庄(1613—1679)是清代北方不多见的词人名家,其词《行愚词》曾入选《国朝名家诗余》。顺治十一年曾举山林隐逸。其人风流好事,喜聚宾客宴会,与王士禛交往甚密②。或许这种经历和个性促使他在咏怀古迹时不由自主地流露出隐逸之思。

　　李丹曾考证指出以王士禛为首的词作唱和活动主要集中于顺治十八年和康熙元年,而前者主要是青年才俊之间的唱和,主要参与的人员有邹祗谟、彭孙遹、陈维崧、董以宁、黄云、程康庄等人;后者则人员较为复杂,主要有陈维崧、杜濬等9 人;从唱和内容看,"从以闺情词艳情唱和为主发展到咏史怀古"③。追和欧阳修《朝中措》一调基本上反映了这种唱和主题的一端:从平山堂的历史兴废中发思古之幽情。另外,同是扬州人的华衮、黄泰来、黄阳生等人的和欧词《朝中措》也极可能是与程康庄、王士禛同时和韵产生的,但因没有确凿的文献支撑,姑且不表。

———————————

① 事迹基本可定的有邹祗谟、陈维崧、董元恺、吴绮、华衮、黄阳生、桑豸、汪懋麟、汪耀麟、郑熙绩、宗观、彭桂、金镇、毛奇龄、曹尔堪、黄泰来、程康庄、孙枝蔚等18 人。参李丹:《顺康之际广陵词坛研究》附录一《广陵词人小传》,上海古籍出版社 2009 年版,第249—256 页。
② 参《清诗纪事初编》卷六,转引李丹著:《顺康之际广陵词坛研究》,第 282 页。
③ 李丹:《顺康之际广陵词坛研究》,第28—29 页。

　　另外对欧阳修本词及其精神的传承与发扬有着贡献的词人是金镇和毛奇龄。毛奇龄在其《朝中措·平山堂续词》序中对重建平山堂与追和词缘起作了简短介绍。他说,康熙甲寅冬十月,"值太守金君从故处建堂",并且命人将欧阳修《平山堂》原词勒石,事后参与者都赓和诗词若干①。

　　序中所谓"太守金君"即时任扬州知府的金镇。金镇(1622—1685),字又镳,号长真,山阴人,宛平籍。明崇祯十五年(1642)举人。入清,官至江南按察使。据李丹考证,康熙十三年甲寅,时任扬州知府的金镇与江都汪懋麟扩建平山堂成,金镇作《朝中措》词,当时和者有吴绮、程康庄、毛奇龄等10余人,为一时之胜。康熙十六年,金镇又与诸文人游红桥、平山堂,参加者有孙枝蔚、宗元鼎、汪懋麟、汪耀麟、孙默等广陵词人②。

　　金镇重修平山堂之事,康熙《扬州府志》卷十八《古迹·平山堂》有载。其云:"康熙二十年(按,当为十二年)癸丑冬,知府山阴金镇来莅此郡,与汪舍人懋麟力图修复。越明年七月,置酒平山,揸郡中同人议建堂寺右,座中宾客即席分韵赋五言古诗,捐赀庄□□。自秋徂冬,堂既落成,复辟堂后为楼五楹,宏敞□□,祀欧阳修并前代贤郡守于前,……诸子复各赋五言排律纪其胜。"③平山堂重建之时带有正史性质的《府志》没有记载有关赋献诗余之事,程康庄的序恰恰可以作为补充,但《府志》卷三十六《诗余》中专门刊印了有关的追和仿作《朝中措》词。

　　上述材料还告知金镇至少有两次较为大型的率众造访平山堂的活动。第一次不仅重建平山堂,恢复宋时欧阳修所建山堂,而且还特别将欧阳修的《朝中措》一词勒石,为欧阳修本词的传播提供了坚实的保障,也为后世文人凭吊先贤感受词中仙翁气度增加了追和模拟的可能。不仅如此,金镇还亲身示范,摹和一词,引起众人的赓续追和,使欧阳修这首风格略显劲爽的词作格律及其精神面貌自王士禛发起和韵之后又进一步得到传承和发扬。

　　毛奇龄追和词名《朝中措·平山堂续词》,即有意接续欧阳修原作。首两句"青山犹在画栏中。人去夕阳中"有"景在人去"的遗憾,而次两句"不到十年重到,还披此地清风"则又略显几分荣幸之情。下片头3句"蜀岗无恙,堂成命酒,一听歌钟"契合序中交代"重建"之主题,表达堂成之后的欣喜之色,末两句"未审后来太守,是谁能继山翁"似用婉约的方式称颂当下的太守金镇具有前辈的风流。整首词和金镇的一样:风格轻快明丽,用语自然朴质,

---

①　[清]毛奇龄:《朝中措·平山堂续词》题序,见《全清词·顺康卷》,第6册,第3725页。

②　李丹:《顺康之际广陵词坛研究》,第243—244页。按,没有给出文献依据。

③　参[清]崔华、张万寿纂修:《(康熙)扬州府志》卷十八,见《四库全书存目丛书》影印本,史部215册,第140页。

对欧词体格风貌的传承痕迹显露无遗。

同时参与此次追和词盛会的还有吴绮,他有《朝中措·平山堂·和欧阳公》一阕。从词体表述看,是在平山堂建成后作。如首句"画楼秋色映遥空"即可说明。中间3句点明环境和时节:"人在白雾中。一片青山斜日,几株黄叶西风。"下片前3句描绘自己当时作诗填词的情景:"生平得意,耳因酒热,情为诗钟。"而末两句则是运用比拟的手法表达对欧阳修词的追慕:"试问看花帝子,何如种柳仙翁。"

根据和词意思,孙枝蔚和汪氏兄弟留有的《朝中措·平山堂》词也是那时重建平山堂的作品。下面不妨感受一番。

汪懋麟之《朝中措·将修复平山堂·和欧公原韵》已经告知乃重建时写作。汪懋麟作为广陵词人的代表,他对晏欧词多有论述批评,本文前章已论。而汪懋麟的兄弟汪耀麟也有一首和词,名《朝中措·平山堂·和欧公韵》。词云:"文中堂构几时空。兵火廿年中。谁把霜中雨磬,顿忘夜月春风。楼台重启,江山犹在,秀气还钟。从此折荷载柳,莫教埋没仙翁。"上片对平山堂略遭兵火兴叹,下片则对重建楼台表示由衷地欢欣鼓舞。而孙枝蔚一词则有发"山堂久废,风流如见,万古情钟"之想,暗示平山堂可废但欧阳修之风流余韵不可灭,末两句更是强调即使无缘游欧门之下,也阻挡不了后人的仰慕与缅怀。汪耀麟另有七言诗《步平山堂旧址,怀六一居士韵》一首,附下可参:

> 兴废千秋指顾间,仙翁胜迹未全删。龙蛇无处看题字,烟雨依然在远山。六月荷花谁复折,三月杨柳尚堪攀。临风怅惘曲江路,不见扁舟载月还。[1]

按照前面参与人员的说法,程康庄应该也有和作,但《全清词·顺康卷》中只留下一首赓和王士禛之作。

另一个扬州人、康熙十八年举人的郑熙绩有1首《朝中措·秋日登平山堂·步六一居士原韵》。根据词意当在平山堂修复之后。词云:"碧天如洗草连空。凭眺画图中。百尺楼标真赏,溯洄宋代遗风。庐陵刺史,眉山学士,间气连钟。惟愿人师前哲,频来醉倒诗翁。"诗中主要表达对欧阳修及苏轼的怀念之情,希望世人能把这些前代圣哲当成师法对象。

由上述列举分析发现,这些步韵欧阳修《朝中措·平山堂》的词尽管各

---

[1]　参[清]崔华、张万寿纂修:《(康熙)扬州府志》卷十八,第141页。

有其叙述语言和私人印记,但基本都遵循一个写作模式:描写平山堂今夕景物环境——感慨历史变迁——缅怀欧阳修或也缅怀苏轼。如桑弢《朝中措·平山堂·和欧公韵》(三山缥缈接天空)一词①,根据语词应用推测当为修复平山堂之前作,但其写作模式与此前论述几无二致。内容和精神面貌有所相异者如孔毓埏《朝中措·除夕·用欧公平山堂原韵》:"万家烟火彻高空。新旧五更中。今夜犹余残腊,明朝换了东风。 围炉聚守,椒盘相对,满泛金钟。最叹初时亲友,催成大半衰翁。"借用欧阳修韵律的同时,将辞旧迎新的除夕守岁的情景写得饶有人情。这比那些专门围绕"平山堂"而建构的追和之词更富有意味和风趣。然而因为主题与原词毫无瓜葛,可作为追仿欧词的另一类情形。

以上把清初欧阳修《朝中措》一词的传播与接受情况做了一个简单的分析。作为诗词传承与接受的一种渠道和手段,追和词无疑充当其间的一种传播方式,通过袭用原词的声韵和体制格式,甚至包括原词的精神意趣,使原词的生命进一步得到继承,从而在向诗词的经典化道路中不断累积传播与接受的次数和附加新的认识和含义。欧阳修《朝中措》一词的接受传承是由最初的两宋词人无意识地出于个人的情趣爱好,此后至明清时已经变成一种团体性的诗词活动,甚至文艺游戏。无论何种背景何种目的,一个不可改变的事实是,欧阳修这首词作不仅获取了更多地被欣赏认识的机会,而且还像生物的基因一样,在一代又一代的传承过程中不是简单地复制原来的母本,而是赋予了新的传承内涵和文化价值,烙上了不同时代不同接受者的个性意识和生命经历的体验符号。或许这才是文学之所以能生生不息不断发展的内在因素,也是研究、考察文学传播与接受的意义所在。

2. 欧阳修《渔家傲》十二月鼓子词的拟仿接受评议

《渔家傲》词调的创立者不是欧阳修,但将《渔家傲》以联(连)章体的形式连缀十二首词作歌咏十二个月风物的鼓子词当始创于欧阳修(欧有两组,共24首)。《钦定词谱》卷十四云:"此调始自晏殊,因词有'神仙一曲渔家傲'句,取以为名。"并进一步强调:"此调以此为正体。宋元人俱如此填。"②《历代诗余》也以晏殊之《渔家傲》(画角声中昏又晓)一曲为第一体③。可见,尽管范仲淹、欧阳修亦创有《渔家傲》名词,然而创始权无疑还属于晏殊。这里所讨论的是《渔家傲》十二月鼓子词,这是一组以连章体的特殊形式出

---

① 参《全清词·顺康卷补编》第1册,第275页。
② 参《钦定词谱》卷十四,第931页,第932页。
③ 《历代诗余》卷四十二,第588页。

现的组词,属于宋代文人之间曾流行的一种"说唱伎艺"①。以现存《全宋词》而言,最早的创立者自然是欧阳修。《钦定词谱》对于欧阳修这十二首组词的"鼓子词"的身份作了认定,并对其个别字数的差异作了适当的解释:"有十二月鼓子词,其十一月、十二月起句俱多一字。欧阳修词云'十一月新杨排寿宴,十二月严凝天地闭。……'此皆因月令,故多一字,非添字体也。"②

(1)《渔家傲》鼓子词对后世的影响概述

欧阳修以自身实践,结合民间说唱艺术,将晏殊创立的《渔家傲》一调发展成为歌咏一年十二个月的连章鼓子词,为中国词史增添了词体内容和创作范式。对欧阳修这种新形式的词体创作,蔡镇楚先生说:"词以组诗形式出之者,始于欧阳修《西湖念语·采桑子》12 首,又用之于十二月时令词,是为首创之功。词以组诗的形式出现,既可以使每首词独立成篇,发挥词体短小灵巧而富有情致的长处,又连缀而成为组词,从而扩大了词表现生活的容量和审美功能。宋人十二月时令词、四季词等词组的出现,对提高宋词抒情言志、反映社会生活的表现能力和审美价值,无疑起了重大的推动作用。"③欧词这一特别贡献及其影响不止于宋代,同时也为后世文人学习品赏、模仿借鉴提供了参照。宋本《欧阳文忠公集·近体乐府》卷二宋无名氏跋语中曾记载王安石寻觅欧阳修这组鼓子词而不得,直到死后二十余年才被人发现的轶事④。而同集朱松的跋语则更透露欧阳修这组词在宋代已经传唱湖广及江南地区⑤。可见欧阳修《渔家傲》一组词当时流播影响之广泛。宋代黄裳有《渔家傲》7 首咏月之作,或许这是宋代从创作上最早追摹欧阳修连章体鼓子词之人,但将歌咏主题作了变革;洪适作《渔家傲引》分咏十二个月的风物节候,应属最为完整地仿效欧词之作;而黄铢(1131—1199)《渔家傲·朱晦翁示欧公鼓子词,戏作一首》(永日离忧千万绪)则是仿欧词《渔家傲》单篇之作。虽然依旧是对欧鼓子词的模拟,但只有一首谈不上组词,与讨论的中心有所距离⑥。明人在创作接受上对这组词的追和至少有三组:夏言之《渔家傲·和欧阳韵一十六首阕》;又夏言之《渔家傲·次欧阳文忠公韵二十首》

---

① 于天池:《论宋代鼓子词》,载《海南师范学院学报》(社科版)1999 年第 4 期。
② 《钦定词谱》卷十四,第 931 页。
③ 蔡镇楚:《宋词文化学研究》,湖南人民出版社 1999 年版,第 211 页。
④ 参吴昌绶、陶缃辑刻:《景刊宋金元明本词》,上海古籍出版社 1989 年版,第 31 页。
⑤ 同上。
⑥ 以上 3 人参《全宋词》:第 1 册,第 482—484 页;第 2 册,第 1775—1776 页;第 3 册,第 2168 页。

（仅存 4 首）；王屋的《渔家傲·和欧阳六一十二月鼓子辞，依原韵》12 首①。

以上数则说明欧阳修《渔家傲》鼓子词自诞生以来，后世词人就开始对其进行模拟追仿、传承和接受。

有论者在考察鼓子词的局限性时指出，鼓子词由于内容上的时序节令性及宴聚的应制性特点，使得它过早地"衰落和灭亡"，并最终"消失而敛迹"②。笔者认为以欧阳修《渔家傲》十二月词为例，鼓子词在宋代后不仅没有绝迹，而且在明代略有回响，并在清前期达到追和欧阳修鼓子词的小有兴盛局面。清初，随着词学复兴与发展，有关追和欧阳修组词《渔家傲》的鼓子词竟达 8 人赓续词作 96 首，超越了宋明两代的总和，可见清人对于前代宋词学的全面关注和学习师法的热情（详参附录八《清代顺康时期晏欧词被追和仿拟统计表》）。

（2）清初《渔家傲》鼓子词的传承与发扬

欧阳修《渔家傲》鼓子词的开创表现有二：一是以词牌《渔家傲》作为鼓子词的重要表现形式；二是率先以鼓子词的连章形式歌咏十二个月风物。清初的追和词中，对此两方面的学习接受均有体现。

第一，体制内容的全面仿效。清初的欧阳修词追和中，以仿和《渔家傲》鼓子词的体制风格和内容为多。欧词描绘了北宋中期十二个月的节序风情，既体现了一年四季较为稳定有规律的物候变迁，同时也反映了那个特定时代的传统民俗风情，所以欧词既有文学的欣赏价值也有研究民俗的参考意义③。下面先以董元恺的仿拟词与欧阳修原词的部分咏月描绘对比分析为例，考察追和模拟词对欧词的传承和创新之处。

董元恺《渔家傲·青墩月令·和欧阳公鼓子词》的词题即明确表示本词是追和欧阳修《渔家傲》月令鼓子词。内容上抓住每一个月的景物特征，既有自然的物候变化，也有人文的节日意绪，在写法上对欧词既有传承也有发扬。

譬如一月份分别从乡村与城市的视角描绘各自的特点。前者着眼于寒梅报春这一显著特色："正月村居梅信早。"后者重视春日放灯这一人文意象："城市喧阗春灯好。"欧词中也有"楼前乍看红灯试"一句，对正月张灯结彩的热闹喧阗有所点染。

二月份，欧词重在描绘百花竞艳和南燕归巢这一自然景象："百花次第

---

① 以上 3 首参《全明词》，第 698—701 页；第 728 页；第 1606—1608 页。笔者怀疑夏言之作两首应为《渔家傲·次欧阳文忠公韵二十首》同一组词，由于文献错漏而致分立两处。

② 于天池：《论宋代鼓子词》。

③ 参徐贤妍：《欧阳修〈渔家傲〉十二首连章鼓子词中的北宋民俗档案》，载《兰台世界》2007 年第 9 期。

先后开""画栋归来巢未失",而董词也从花草燕鸟的视角写出二月份春和景明生机勃勃的场景:"细草平铺芳径软""新巢絮语双双燕""蝴蝶纷飞鹍鸰啭"。值得注意地是,描写的对象虽雷同,但细微之处还是有异。比如同样是用拟人手法,欧词写燕子归来是欣喜于"巢未失"即旧巢还在,表现出对过往的依恋和亲切;董词则是以"新巢"表述,流露辞旧迎新的欣悦之情。

三月份,欧词写人文景象的有"被褉""踏青",言自然的有"更值牡丹开欲遍""酴醾压架清香散";董词则从万紫千红的大范围概写,"白花烂漫开清昼""万紫千红铺锦绣",而对于踏青游玩则是从细节着手,"小艇载诗兼载酒",将人们轻舟荡漾,把酒赋诗的悠闲惬意勾勒而出。

……

十二月,欧词言天寒地冻、花卉无影无踪,而聚饮歌舞是最为快慰之事。下片则选取围猎这一隆冬特有的画面,凸显腊月民众不畏严寒之欢乐。董词上片着意于小桥曲径、茅屋静卧这一图画,写出万籁俱静寒天一色的冬之景;下片则从万木肃静之中,以除夕年夜的团圆点出几分浓浓的暖意:"迎年夜。灯前妻女团圞话。"①

由上可见,董作在形式风格方面全面追和欧词,但展现的具体的人和事因地理环境、生活习俗的不同而表现相异。

丁炜和毛际可在借鉴欧词艺术手法的同时,将创作的视角定格于农村风光及农事活动。虽然与欧词专写物候节序多有交割,但二者仍有细微之别。从题材言,丁炜《渔家傲·乡园十二月田家词》和毛际可《渔家傲·田家乐·十二月词》,都属田家词,这种类型于唐宋诗歌中较为常见,然而唐宋的田家诗很少以分月的时令形式来描述农村的物候与人事,并且不少以反映民生疾苦为核心,带有现实主义的质性。如范成大《四时田园杂兴》组诗60首,其中有分春、夏、秋、冬四个季节叙写农村自然景色和农事活动,不乏反映农民疾苦,鞭挞社会现实的作品。其代表者如大家熟悉的"采菱辛苦废犁锄,血指流丹鬼质枯。无力买田聊种水,近来湖面亦收租"即是。欧阳修创立的《渔家傲》组词没有这种怨气暗潜,而鼓子词本身喜闻乐见的形式也多以轻松幽默的笔调加以连缀铺展而成。清初的仿欧阳修《渔家傲》田家词吸取了欧词善于点染物候或自然景色的一面,并常在叙述描绘自然风光的同时,拾取生活细节,反映乡村田家的精神面貌或年节风俗。如丁炜《渔家傲》(正月山家农事少)一阕的末两句:"纸灯巧。买妇博得儿孙笑。"这个画面,就像摄像机捕捉到的特定镜头那样富有生活气息。欧词《渔家傲》也有农场生活场景的

---

① 本处欧词《渔家傲》以见收于《欧阳文忠公集》为例。

描绘,不过大多是季节性的安排,缺乏富有人情的生活气息,像丁词这种写实,若不是多有机会亲近乡野贴近下层生活的人,是写不出来的。而毛际可词正月歌咏中开头的两句即是"正月开年邻里贺。烧灯就点松棚火。"把初一开门相互拜年的节日民俗展露无遗。这是欧词和丁词均未直接表述的现象。另外,从人文与自然意象的篇幅安排上分析,欧词以一年十二个月的自然景物的枯荣轮替为主体,辅之以人文活动;丁词和毛词均以乡村活动为叙写重点,加之以一年四季十二个月的景物变迁,且二者结合得颇为融洽。如丁词其三:"三月槐牙含兔目。鱼塘波暖晴凫欲。翠染秧针齐绣错。听布谷。早田催种泥沾足。　麦饭晌来和野歠。村童放牛走如鹿。风信楝花飞絮扑。纸鸢矗。长绳偷得麻丝续。"而毛词有几首的歌咏对象直接以人事为开头,如:"三月农家晴更爽""十月清闲务农毕"等。还有,丁词和毛词因为专注于田野山家,风格尤为朴实,语言平实,多为农家语。如丁词有"鸡豚""鱼塘""布谷""泥沾足""放牛""瓜圃""龙舟水""扶犁"等俯拾即是;而欧词之文人化色彩较为浓郁,用语多为清丽典雅。如取自《时贤本事曲子集》《渔家傲》鼓子词其一之"翠管""珠宫",其他诸阕之"胭脂泪洒梨花雨。宝马绣袖轩南陌路"(其三)、"寸抱"(其四)、"汉宫圆扇初成咏"(其五)、"疑是楚宫歌舞妓"(其七)等,俊词清语不乏枚举,相对缺少乡野之生活信息。

另外,相较而言,毛际可的鼓子词更加体现一个"乐"字,基本上十二个月每月都有乐事相连,反映了古代安贫守困之下农民的山野之趣和以追求农事为乐的满足心态。如其一,正月天寒地冷,"寒则个。夜来重压蓑衣卧"。即使如此,看到孩子长大一岁,也倍感欣慰:"昨岁儿童今岁大。阶前争把青钱簸。"其二:"二月枯杨初着叶。催畊布谷声声悦。饭犊青蒿溪水洁。堪怡悦。"其三:"寒食风光堪共赏。"其四:"耕织随时勤更好。无烦恼。"其五:"共享豚蹄神赐胙。欢然语。农夫脱略忘宾主。"其六:"北窗自喜高眠熟。"如此等等,不一而足。

钱芳标的《渔家傲·十二月莼鲦词》也是描绘一年十二个月的节序风物,内容上与丁词并无甚大差异,但更突出了湖边水乡的自然风情。[①]

周稚廉(约1660—1700)的《渔家傲·十二月闺词》前有骈文长序,有云:"乃若题名鼓子,调谱《渔家》。仿《子夜》《懊侬》之体,字句碎金;追诺皋杜阳之遗,唾勘漱玉。红丝裹糭,欧阳挥砚北之毫;瘴岭蒸霞,修纂写滇南之景。"《子夜》《懊侬》者,为南北朝时期民歌,善以怨妇口吻抒写相思情愁,所

---

① 按,"莼鲦"指钱芳标的号,陈维崧有《题莼鲦小像和葆斿原韵》(云沙月渚),即是题咏钱芳标之像。参[清]王昶:《明词综》卷九,文渊阁《四库全书》本。

以《词学集成》谓:"《子夜》、《懊侬》,善言情者也"①。序中谓"诺皋"者,宋吴曾经过一番考证,认为"诺皋乃太阴之名。太阴者,乃隐形之神"②。而"红丝裹糉"则是代指欧阳修《渔家傲》鼓子词其五"五色新丝缠角粽"句,由此可知,周氏之《渔家傲》实质是仿欧阳修一词而作。此序堆砌了诸多的辞藻和文典,不过是其好弄骈文的习惯,总体而言,好写风景,不落风情是周氏《渔家傲》和词的特征。词体内容上仍然不脱欧词描写四时八节和风物人情的范围,不过个别之作也颇富意趣。如最后一首:"腊月枯株眠石罅。水仙醸粉山茶赭。和合一双千倍价。单条挂。生生世世求如画。　　乖觉小姑容易大。恼春屈把狸奴骂。不信婚期常变卦。闻人话。明年除夕依应嫁。"按,"和合",即"和合二仙",《辞海》释云:"中国民间神话中的和美团圆之神。……汉语盒与和、荷与合谐音,故民间所绘和合二仙为一持荷一捧盒相向为舞的两位和尚。旧时和合二仙图常有挂于中堂者,取和美吉利之意。又常于婚礼中悬挂,象征夫妻相爱美满。"③上片用"和合"一语表示挂上和合二仙的图画以祈求和谐幸福,尤指男女,这就为下片的单身小姑待嫁埋下了伏笔,所以下片结尾才有祝愿小姑来年能够外嫁,过上幸福美满生活的书写。像这种富有人文色彩的描写是《渔家傲》鼓子词的常见内容,不过以周氏这种俚语情节入词的现象仍属少见。

而河北大名人、顺治四年进士窦遴奇(1622—1671)也有《渔家傲》12 首,其序特别交代为仿欧词而作。序云:"阅宋词,六一居士有《渔家傲》十二调,乃十二月乐章也。予读而爱之。一日无事,亦成十二调,学步效颦,不论其词之工拙也。"④词作第一首咏正月之事即接续林企忠的书写岁末腊月之事,不过一写岁末,一写年头,如云:"正月桃符分左右。椒花人献高堂寿。爆竹声闻新岁首。蓝尾酒。熏梅染柳韶光透。"这份热闹与喜悦又与岁尾略有不同。

第二,专仿欧词歌咏十二个月风物的内容。清初拟仿追和词中,唯独曹贞吉撰有十二月鼓子词不以《渔家傲》为调,而取《蝶恋花·十二月鼓子词》,但写法、对象和风格与欧词类似。这也是欧词传播和影响较为特殊的一个例子,可以称为内容上效仿欧词之作。其词总序云:"读六一集十二月鼓子词,嫌其过于富丽。吾辈为之,正不妨作酸馅语耳。闲中试笔,即以故乡风物谱之。"⑤

山东人曹贞吉(1634—1698)是个非常富有才情的文人,在康熙十七年前

①　[清]江顺诒辑,宗山参订:《词学集成》卷一,《词话丛编》本,第3226 页。
②　[宋]吴曾:《能改斋漫录》卷五,上海古籍出版社1979 年版,第115 页。
③　《辞海》在线电子版:http://www.xiexingcun.com/cihai/H/H0646.htm。
④　《全清词·顺康卷补编》第1 册,第602 页。
⑤　《全清词·顺康卷》第11 册,第6480 页。

后游于京师,和当时的纳兰性德、顾贞观有词苑"京城三绝"①之称。著有《珂雪词》二卷,《全清词·顺康卷》存词 240 余首。严迪昌先生将其词分为两类:一是"哀生悼逝的寄慨词",一是"寄托遥深的咏物怀古词",词风认同陈维崧所谓的"雄深苍稳"②。或许因为自己颇有才情和名声,曹贞吉阅读欧阳修鼓子词之后颇为不满,认为欧阳描绘过于详细富丽,因此决定在语体色彩上加以改变为"酸馅语",叙述对象以故乡山东风物为主。欧阳修《渔家傲》一词用语丰富,意象鲜明,但如果批评为"过于富丽"似较为偏颇,这些歌咏节序之作毕竟以本色语为多,稍带典雅。而曹氏所谓的"酸馅语"又究竟是怎样的一种诗词用语风格? 按他的意思,首先肯定和"富丽"相对,甚是相反,大概与诗词批评中本为批评僧诗一语的"酸馅气"类似。现代学者分析指出,"酸馅语"与诗学批评中的"酸馅气""蔬笋气"词义近似,"均是对僧诗固有习气的一种批评术语",意指题材狭隘、境界清净清幽、语言呆板、枯涩等等③。曹氏的仿作是否如此呢? 不妨感受一下。

> 正月春盘初献岁,帽影鞭丝,罗拜人如市。爆竹一声烟雾起。几枝红烛消灯事。　记得少年扶半醉。裋褐冲尘,评话开明寺。三十年来风景异。似看洛下伽蓝记。

> 三月桐花莺哺子。百啭声中,一串骊珠碎。过了清明无意思。秋千还挂垂阳里。　墙下樱桃才谢蕊。颗颗珊瑚,已浸馋牙齿。万紫千红同逝水。几番风雨春归矣。

第一首叙写春节正月人们忙于相互拜年之事。上片重描绘人来人往、红烛高挂、爆竹声起的喧闹场景,下片采用回忆的手法,先选择描绘一个微醉的少年穿着臃肿肥厚的衣服,似借着酒兴聊有关开明寺的轶事。后两句带有议论的口吻感叹风景常异,韶华不再,三十年弹指间,一切犹如阅览《洛阳伽蓝记》中众多的佛寺般迷离倘恍。而第二首写三月的风物变化和人的主体感受,发春归之叹。从上述两首词作看,与前述的十二月节序时令鼓子词并无甚差异,语言平白朴诚,基本上都是自然生活语,并不显得枯涩呆板,相反个别字句还有点文人气,如"似看洛下伽蓝记"。由此,曹贞吉之所以评欧词富丽、己词酸馅语,恐多半认为欧词没有真正的乡野质朴之语,故显得较为典雅

---

①　严迪昌:《清词史》,第 292 页。
②　同上书,第 293—298 页。
③　高慎涛:《僧诗之"蔬笋气"与"酸馅气"》,载《古典文学知识》2008 年第 1 期。

精工,而自己的词作因为多半采自家乡语,因而表现出一股疏茶淡饭般的亲切感。比之真正的诗学批评中的"酸馅语",还是更有生活气息和较浓郁的情绪体验,并非枯涩呆板不可目之。当然如果就题材、境界而论,由于月令鼓子词本身特性所限,描述内容只能依于时令风物之事,风格自然趋于平淡但绝不清幽,套用王国维的境界说,这些话语多半出自真挚心扉并附情感,也算是有境界之言吧。

总之,欧阳修《渔家傲》鼓子词作为一种特殊的词体形式,在清代也有不小的流衍传承市场。不少文人从词体形式到词作内容对其全面加以追和模仿,使得欧阳修《渔家傲》鼓子词的词体生命在清初焕发出郁勃的气息,形成一道别具特色的词体接受风景线。这些追和之作不仅丰富了清词的内容,而且也为保存鼓子词这种民族文艺形式做出了贡献。

二、清前期其他词家创作上对晏欧三家词的吸取接受

清前期词人从创作实践上对晏欧三家词的接受与传承较有影响者还有明末清初江西新建人熊文举,以卓立风格自成一家的词家纳兰性德,以及小山词社词人。前二者的学习吸取晏欧词表现方式与前述的一般追和拟仿并不一样。他们的词作既没有追和、和韵之说,也没有拟仿、效之类的字词提示,只是因为词风上与晏欧词非常近似,而被认为有晏欧词特色或风味。

(一) 有晏氏父子词风的熊文举

熊文举(1595—1668),字公远,号雪堂,明末清初学者、诗人、政治家,江西新建人。著有《雪堂全集》四十卷等。其词存《雪堂全集》,未刊。《全清词·顺康卷》及《补编》收其词 14 首[1],其中一半为追和词。如用张孝祥韵《醉落魄》1 首、和晁无咎《临江仙》韵 1 首、追和贺铸《临江仙》词 1 首等。

熊文举词的风格体式,沈雄《古今词话·词评》援引《倚声集》论到:"新建词,不矜奇斗丽,犹有晏氏父子之风。"[2]从某些词作情调看,确有类似二晏词风者。如:

菩萨蛮·春晚

　　海棠花下窗纱碧。伤心一带清波溢。无计可留春。殷勤劝玉人。　　苔青红雨嫩。缓蹴凌波衬。扶醉晚香归。双双蝴蝶飞。

---

① 《全清词·顺康卷》第 1 册存词 13 首,第 47—50 页;《补编》存词 1 首,第 54 页。
② [清]沈雄:《古今词话·词评》下卷,《词话丛编》本,第 1036 页。

好事近·春归

一向怕春归,愁问落红消息。听得卖花人说,欲留春无力。　　风风雨雨望江乡,一带伤心碧。庭前双燕来栖,倘有谁相识。①

这些默叹春思春愁的短章小调无论词调、主题颇有北宋小令词的风情特色。语句清新婉丽,意境含蓄隐约,耐人咀嚼,与晏欧同调小令词极其相似。然而只能说字里行间有二晏词的影子,不能据实为追和二晏词作。因为今存的 15 首词体中,和词 8 首,无一首词标明和晏氏词。或许因为词作大量散失,未能见到熊文举词作更多的类似晏欧词作的面貌。不过宋代的小令词高峰在北宋,几乎都受到过晏欧词风的影响熏陶,即使秦观、贺铸之词也对晏欧词多有承续吸取,本为一脉相传,以此观之熊氏之词,认为熊词承袭晏欧词风也不为外行。

(二) 学欧阳修、小晏词得神理的纳兰性德

纳兰性德(1655—1685),是清初独立于流派之外的词学大家,与曹贞吉、顾贞观有"京华三绝"②之称。其词集初名《侧帽》,陈水云认为"大致取晏幾道《清平乐》'侧帽风前花满路'的句意"③,后改名《饮水》,后人汇辑统称《纳兰词》,存词 348 首④。性德词以学南唐为主,推崇李后主,也"好观北宋之作,不喜南渡诸家而清新秀隽自然超逸"⑤。或许因为如此,后世文人评价纳兰词,多以同出花间南唐的晏欧词为比。如道光丙午署名金梁外史者认为纳兰性德的长调词一般不协音律,但其小调格高韵远,婉约缠绵,"第其品格,殆叔原、方回之亚乎"⑥。那么,纳兰词在哪些方面与晏欧词有关联呢?

以笔者分析,创作当中对前人的借取承袭无非三途:要么追和原词音韵格律,要么袭取拟仿原作词风词貌,或者二者兼而有之。据笔者检索,纳兰词近 350 首词中,除了一首《浣溪沙·咏五更,和湘真(陈子龙)韵》之外,没有其他标明的追和词。这种现象似可见出容若颇富才情,无需通过和韵的方式炼字炼句,但这样论断并非表示纳兰没有或不存在学习前人名作的可能。因为在创作当中,结构和素材或体现的精神风貌很难说没有对前辈词作的袭

---

① 以上两首参《全清词·顺康卷》第 1 册,第 47 页。
② 严迪昌:《清词史》,第 292 页。
③ 陈水云:《唐宋词在明末清初的传播与接受》,第 365 页。
④ 参张秉戍:《纳兰性的词新释辑评·前言》,见其《纳兰性德词新释辑评》,中国书店出版社 2001 年版。
⑤ [清]徐乾学:《通议大夫一等侍卫进士纳兰君墓志铭》,见徐乾学撰《憺园文集》卷二十七,《续修四库全书》影印本,集部 1412 册,第 660 页。
⑥ [清]金梁外史:《饮水词识》,清道光二十六年(1846)金梁外史刻本。

取,只是在潜移默化中吸收消化了这种传承积淀,因此这种现象说明纳兰学习前人妙于融化为己,看不出有何斧凿之痕。这就是为什么纳兰词中尽管没有指明追慕何种词体风格,但后世文人往往通过观赏品读其词仍能得出其词师出和渊源所在。

纳兰词中,如果非要找出与欧、晏词相关的直接证据,可以先勘察其词用调之相似性。据笔者粗略检视,纳兰 348 首词中,用得最多的词调为《浣溪沙》(40 首)、《菩萨蛮》(27 首)、《采桑子》(19 首)、《忆江南》(17 首)、《清平乐》(14 首)、《临江仙》(12 首)、《虞美人》(10 首)、《鹧鸪天》(10 首)、《浪淘沙》(10 首)、《蝶恋花》(9 首),共计 168 首,其余《南乡子》(7 首)、《眼儿媚》(6 首)、《生查子》(5 首)等也出现得较多[1]。这些小令词调恰恰又是晏欧词中数量多、艺术水准高的调类,尤其是与晏幾道同调十分近似。据陈水云统计,晏幾道《小山词》中有 18 调(173 首)与纳兰词一致,约占晏幾道小令词调 53%,词作数量 80%[2]。

其次,从词风特色比较二者的相似性和承续性。王国维说:"纳兰容若以自然之眼观物,以自然之舌言情。……北宋以来,一人而已。"[3]尽管有所夸张,但大体上还是指出了纳兰词的词情特色——深致真纯。张秉戌释云:"性德能写真意,抒真情,摹真景,说真话。"[4]写真意,抒真情也正是晏欧词的特色,尤其是晏幾道词以真挚自然为显著,因此纳兰之后,多有将晏幾道词与之比较之论。如前述的金梁外史之论,而夏承焘《词人纳兰容若手简·前言》亦云:"他(纳兰)的令词,是五代李煜、北宋晏幾道以来一位名作家,那是他可以当之无愧的。"[5]将李煜、晏幾道词作为比较参照的对象,无疑肯定了二者具有相通性。近人朱庸斋《分春馆词话》评纳兰性德词与晏欧词相通尤为肯綮。他说:

> 晏幾道后,以小令擅名者为纳兰性德一人而已。小令本以抒情含蓄为妙,而纳兰有挚情,善用白描,不过求婉曲,而情致感人。其学南唐二主,学欧、晏,均得其神理,清新俊逸,不斤斤于字面摩拟也。[6]

---

① 据张秉戌《纳兰性德词新释辑评》一书统计。
② 陈水云:《唐宋词在明末清初的传播与接受》,第 372 页。
③ 王国维:《人间词话》卷上,徐调孚校注本,第 33 页。
④ 张秉戌:《纳兰性德词新释辑评·前言》。
⑤ 夏承焘:《月轮山词论集》,中华书局 1979 年版,第 180 页。
⑥ 朱庸斋:《分春馆词话》卷三,见刘梦芙编校:《近现代词话丛编》,黄山书社 2009 年版,第 416 页。

强调指出纳兰性德词学南唐二主,学欧、晏,以神理为重,不斤斤表面的字句模拟。

无论学南唐还是学欧晏,其词风渊源同一,具有内在的血脉相连性。不过相较其他清代词人追摹宋代词家,纳兰的确学得高妙,"不斤斤于字面摩拟"而逼取神理,犹如细盐入水,浑然无迹。譬如《采桑子》(桃花羞作无情死)一词①,对比晏小山之《采桑子》(宜春苑外楼堪倚)阕②,二者都是写女子的相思春愁,写法都是上片重写景,下片重言情,景物点染之中,女子的伤春别离之情跃然纸上,而结尾句都具有余音绕梁般的审美意境。如果说有所不同,则纳兰词显得稍微冷艳凄凝,而小山词将这种相思苦痛寓藏在表面的怅然之中。

北宋的小令词艺术上都具有一定的共性:真挚自然,词情绵邈。或许因为如此,蔡嵩云又认为纳兰小令"清丽芊绵似易安"③,殊不知李清照的小令词情风格其实又是深受晏欧词风影响而发展演变形成的。因此笔者认为,纳兰词对晏欧词的接受学习不在字句形式而在内在的风格情感,不在形貌而在于神理。

(三) 小山词社对晏欧词风的接受

在清代前期的晏欧三家词研究与传承的活动中,除了所讨论的词派、词群的研讨与批评,还有主要活动于康熙、乾隆年间④,以王时翔为主盟的小山词(诗)社这样一群溢出清前期主流词群之外而不为人注意的晏欧词追随者。殊为遗憾的是,这样一批具有主见与个性的文人,其事迹及词学成果清代文人略有注意,而现代词学研究者却言之不多。近年万柳及查紫阳在其博士学位论文中对其词学及词社作了一些考论,推动了词社研究的步伐⑤。该词群因为重在创作上师法晏欧词,故放置本节论述。

清代前期阳羡派、浙派交替主宰词坛的间隙,一些不从流俗而带个性色彩的词人或词群在浙派强压的缝隙中依然坚守自己的论词标准和词学宗风。康熙年间兴起的以王时翔为主盟的小山词(诗)社即是一例。他们曾以晏欧等北宋词为模仿对象,是入清以来真正潜心学习研究过晏欧词的一个群体,

---

① 张秉戍编著:《纳兰性德词新释辑评》,第 107 页。
② 王双启编著:《晏几道词新释辑评》,第 271 页。
③ [清]蔡嵩云:《柯亭词论》,《词话丛编》本,第 4913 页。
④ 关于小山词社的活动时间,万柳经过多方考证认为主要活跃于康熙庚寅、辛卯两年。参其《清代词社研究》,中州古籍出版社 2011 年版,第 119 页。
⑤ 参查紫阳:《晚清民国词社研究》第三章之《王时翔诗社》,南京大学 2005 博士学位论文,未刊稿。

对于冲破浙西词派独尊南宋词的网罗,宗尚北宋晏欧等词艺,传承推动晏欧词研究与评判殊为可贵并具重要意义。

王时翔(1675—1744),字皋谟,号小山,江苏镇洋(今江苏太仓)人。事迹参《清史稿》卷四百七十七,另清刘绍攽有《王先生时翔传》专文①。

王时翔主持的小山诗社,清人又名小山词社。大凡作词的文人都作诗,词社实际是诗社词学活动的另一种称法。该社核心成员据吴衡照《莲子句词话》云:"太仓自梅村祭酒以后,风雅之道不绝。王小山时翔与同里毛鹤汀张健、顾玉停陈埮倡词社。又有王汉舒策、素威辂、颖山嵩、存素愫、徐冏怀庚辈起而应之,几于人人有集。"②即除了王时翔外还有毛健、顾陈埮、王策、素辂、颖嵩、存愫、徐庚等人。根据有关文献资料推知,诗社一事主要在王时翔中年,而王时翔诗词有名则自少时。清代沈起元所作《墓志铭》写到,王时翔乃年轻才俊之士,自幼早慧,十三四岁时"诗才俊逸倾里中","诗歌乐府流播远迩",后曾游学京师,打拼场屋,无奈才高命蹇,科场不遇,遂归里,与族人"时为文酒会,高歌长啸,意致肃然出尘埃外"③。这段文学风雅之事正是小山诗社兴起之际。大概十九岁的时候,他的诗集被同族王摅选入刻梓《积薪集》④,这一年正是"康熙三十二年"⑤。

兴起于康乾时期的小山诗(词)社,词学主张以学北宋晏欧等词兼主南宋词,反映了在清代前期浙西词派学词偏向南宋一隅的背景下,小山词社成员不为流风所限而具较为宏通的词学眼界和词论主张。相较而言,王时翔论词多以晏欧词为宗奉对象。其《小山词自跋》云:

> 词莫盛于宋而宋分南北二种。向来填词家多以北宋为宗,迨朱检讨竹垞先生独谓南宋始称极盛,诚属创见。然笃而论之,细丽密切无如南宋,而格高韵远,以少胜多,北宋诸公往往高拔南宋之上。余年十五爱欧文忠公、晏小山、秦淮海之作,慕其艳制,得二百余阕。比冠学诗,恐笔弱遂止。不为年来,里中举诗社与毛博士鹤汀、顾孝廉玉停倡言以词参之。二君皆仿南宋,余亦强效之,弗能至也。⑥

① 参[清]钱仪吉:《碑传集》卷一〇一,靳斯标点,中华书局 1993 年版。
② 参[清]吴衡照:《莲子居词话》卷四,《词话丛编》本,第 2474 页。
③ [清]沈起元:《朝议大夫成都府知府镇洋王公墓志铭》,见[清]钱仪吉撰:《碑传集》卷一〇一,第 2847 页。
④ [清]刘绍攽:《王先生时翔传》,见[清]钱仪吉撰:《碑传集》卷一〇一,第 2844 页。
⑤ 张慧剑编著:《明清江苏文人年表》,上海古籍出版社 1986 年版,第 891 页。
⑥ [清]王时翔:《小山文稿》卷三,《四库全书存目丛书》影印本,集部 275 册,齐鲁书社 1997 年版,第 166 页。

跋文揭示如下几方面问题,隐含重要的观点和信息,有利于考察和判断诗社的主张和兴起演变:

第一,王时翔对于浙派舵主朱彝尊力宗南宋词的倾向表示肯定。所不同的,他还是认为北宋之词在气格意蕴上远胜南宋词。而他在年少之际就对欧阳修、晏幾道之词达到心摹手追不忍释笔之地步,"慕其艳制,得二百余阕"。

第二,必须指出的是,王时翔少时最摹欧晏词作,时年十五岁左右,即康熙二十九年上下,但这不是诗社兴起的年份,其活动尚在此后。文中"不为年来"正隐含王时翔十五岁后奔走吴中、游历京师等历经多年时期,才回到家乡太仓与里中毛鹤汀等人举诗社兼研词以相唱和。雍正六年(1728)王时翔出任外地官后,诗社或陷入沉寂最终解体。

第三,词社活动中,毛、顾二人论词作词与浙派类似,力举南宋词。王时翔学词亦一度转向步趋毛、顾学南宋,但最终自感失败。这从反面印证王时翔终其一生学词论词还是以北宋晏欧等词为膜拜宗奉对象。徐珂《近词丛话》指出王时翔和王策诸人"独轶出朱、陈两家之外,以晏、欧为宗"①。确切而言,他们都吸收过晏欧词作的情趣与养分,唯王时翔对晏欧词情有独钟。

从王时翔的实际创作分析,现存《小山诗余》210余首词中有些作品带有晏欧的词风印记。《四库全书总目提要》卷一百八十五《〈小山全稿〉二十卷提要》云:"诗余分五集,曰香涛,曰绀寒,曰青绡乐府,曰初禅绮诗,曰旗亭梦呓。"比如卷一《蝶恋花·南园秋暮》②词在用韵上与欧阳修的《蝶恋花》(尝爱西湖春色早)极为一致。试看:"潇洒园亭湖石好。客未来时,只有茶烟袅。山桂落残风自扫。黄衣蝶抱秋棠老。　　检校生涯闲不了。暝色无端,飞上疏林表。一曲清溪人独钓。打头红叶栖鸦闹。"王作与欧词韵字不同,然二者同属一韵部,属于追和词中最为简单的依韵。另外,仔细品读发现两作内在情感思理的叙写视角较为近似。欧词原作通过景物摹写透露一种韶华易逝盛年不再的淡淡哀思,而王作则在景物描绘中渗透些许恬然安闲的生活气息。二者描写的季节不同,一为秋暮,一为残春,本都为伤春悲秋,不过词作风格与情感基调略有不同,欧作略带感伤,王词则多为疏淡。虽如此,他们的用韵及思路还是相当一致,很难说这首词不是从小深喜欧词的王时翔对之进行一番揣摩研究后模拟创作的结果。

此外,王时翔有一首涉及晏幾道的论词诗。题目为《次韵题杜云川太史花雨填词图三首》其二:"彩云归有明月知,小杜风流小晏词。好揭珠帘重绘

---

① 徐珂:《近词丛话》,《词话丛编》本,第4223页。
② [清]王时翔:《小山诗余》卷一,见王时翔撰:《小山诗文全稿》,《四库全书存目丛书》影印本,第113页。

影,寻春不到绿茵时。"①首句櫽栝小晏名作《临江仙》(梦后楼台高锁)结尾
两句:"当时明月在,曾照彩云归。"第 2 句赞叹小晏词的特色,风流蕴藉,恍如
杜牧诗,而 3、4 句则是概见小晏词歌咏主题之意象,比如《蝶恋花》"珠帘绣
户杨花满""不卷珠帘,人在深深处"等。诗句言简意赅地揭示了小晏词的词
情特色,表现王时翔对小山词的欣赏和喜爱。

王时翔的词多从北宋欧晏诸家出,而词社其他人多从南宋词入手而浑化
北宋词。如王时翔评毛健"篇篇清绮,字字婉约,挹其神致大都在蘋洲花外
玉田之间,而音调谐畅出之自然,又能得屯田清真之精而遗其酒魄"②;评王
策之《香雪词》"逸尘而奔,几欲驾两宋诸名家而出其上也"③,等等。王时翔
对其同门之词虽有夸说的成分,不过小山词社在王时翔主体宗风晏欧等北宋
词的背景下,兼容南北宋众家之长而不为浙西词派所牵羁牢笼当为属实。

清末的陈廷焯对于王时翔等词社成员带有北宋晏欧等人的词风颇多论
述。如评王时翔之《一斛珠》(夜来闻雨):"北宋而后,古风日远,南宋虽极称
盛,然风格终逊于北宋。今读小山诸篇,欧、晏、周、贺之风又可概见,宁非词
坛一快?"④陈廷焯在赞赏北宋词的前提下,对于王小山之词颇具北宋遗风甚
为快慰,认为其词映现欧晏等北宋小令情词的风格,对于当时南宋词风笼罩
词坛的现实毋宁是别见洞天,新鲜夺目。评另一个词人王策《香雪词》则云:
"香雪小令之妙,直与晏、欧把臂入林。"⑤认为《香雪词》小令得晏欧遗貌,几
可把臂同道。又云:"《香雪词》,出小山之右。风流婉雅,永叔、叔原之流亚
也。"⑥而《词坛丛话》又云:"王小山词艳而清,微而远,语不深而情至。时诸
家皆效法南宋,小山独宗北宋,而亦兼有南宋之长。"⑦对于王小山词能够融
合南北宋词之长兼而有之评点到位。

总体而言,王时翔及王策等人的词学北宋,尤其是学晏殊、欧阳修词,被
陈廷焯看成是晏欧词的隔代逸响。正如《白雨斋词话》卷四列举王时翔词
云:"小山词,如'病容扶起淡黄时'。又,'燕子寻入,巷口斜阳记不真。'又,
'一双红豆寄相思,远帆点点春江路。'又,'画屏离思远,罗袖泪痕浓。'又,
'一双燕子夕阳中,莫衔残鬓影,吹向落花风。'又,'灯微屏背影,泪暗枕留
痕。'又,'小园春雨过,扶病问残春。'又,'眼波底蔚篆丝风。'又,'一弯愁思

---

① [清]王时翔:《小山诗续稿》卷二,《四库全书存目丛书》影印本,第 86 页。
② [清]王时翔:《跋鹤汀词》,见王时翔撰《小山文稿》卷三,《四库全书存目丛书》影印本,第 165 页。
③ [清]谢章铤:《赌棋山庄词话》卷十一引,《词话丛编》本,第 3458 页。
④ [清]陈廷焯:《云韶集》卷十九,《中国韵文学刊》2011 年第 1 期,第 45 页
⑤ [清]陈廷焯:《云韶集》卷十九,第 47 页。
⑥ [清]陈廷焯:《词坛丛话》,《词话丛编》本,第 3733 页。
⑦ 同上。

驻螺峰。'皆情词凄婉,晏、欧之流亚也。"①

总之,在清代词学流派的争鸣研讨中,创作上主张直接取法晏欧词的并不多见。因此王时翔的小山诗社专学晏欧兼取南宋,无疑成了清代前期词学活动中的另类。而这一切恰好为晏欧词的承传提供了生存相续的机会,也是考察清代词学创作实践上对晏欧词接受的不可忽略的对象。

本 章 小 结

清前期的晏欧三家词研究与传承,主要沿袭宋金元明而来,但以词学流派为依托,以理论争鸣和词学创作实践为形式,包括选词(谱)、评词等手段,其规模和体系是此前任何一个时代都无法相比的。

一、清前期三家词研究传承的特点

第一,前期的词派理论基本上肯定晏殊、欧阳修的大家地位,对晏欧词的词体特色有了新的认识。云间词派承明末词风,认可晏殊、欧阳修的大家地位,认为宋代词人七大代表中,晏、欧占"二席"之地。这种定位对于后世晏欧三家词的传播接受影响深远,以致以王士禛为首的广陵诸子进一步加强了对晏欧三家词的学习认识,其中王士禛又提出"文人词"的口号,对晏欧词的属性有了新的感观。在此基础上,邹祗谟强调小调"不学《花间》,则学晏、欧、秦、黄",对晏欧令词的艺术作了恰如其分的肯定。阳羡词人词崇苏辛,不以北宋晏欧等婉约词为宗风,晏欧三家词陷入边缘化境地。但阳羡词人也肯定晏殊、欧阳修词的大家地位,尤其是从文品与人品的视角指出晏欧既有人品又有才华,是后世文人学习的楷模。应时而生的浙派,前期主要是以操弄《词综》来表达他们"崇雅"反《草堂》艳俗的词学主张,晏欧词再次进入低迷的研究接受局面。《词综》所选取的晏欧三家词基本符合雅词的风格,这既是他们对晏欧三家词批评的结果,同时词作的选取流传也促进了晏欧三家词的经典化进程。浙派的选词带有皇家思想的印记,表示所选的少量晏欧三家词也符合社会上层阶级的审美品位。

第二,在清代前期的词选生态中,受派群词学观念影响大,复古是基本导向,崇雅是基本目标,但晏欧三家词都得到了一定程度的关注,除了浙派的苛刻没有明显的褒贬差异。在以求雅为主体的清前期词选中,各家各选都能收辑传承一定数量的晏欧三家词来表达他们的选词理念和取词标准,以及对这

---

① ［清］陈廷焯:《白雨斋词话》卷四,《词话丛编》本,第 3849 页。

些宋词大家的词体贡献的认可。清初的三大词籍丛刻《词综》《历代诗余》和《词谱》带有官家色彩，所取晏欧三家词偏重雅正，此后的词选基本未能脱离"雅"词的标准。《历代诗余》以"风华典丽"相号召，选晏欧三家词 400 余首并有重视晏幾道词的倾向；《词谱》重在对晏欧三家词调的选择和辨析，对于后世文人参资晏欧词的声调体制大有帮助；陆次云《古今词选》重视清代当代词作追雅的趋向，入录的晏欧三家词风雅婉丽，反映了时代的旨趣；《词洁》则对晏欧三家词的选取具有备体存调的双重要求，总体上重视雅词的审美风格，因而对所取晏欧词多有欣赏和评点；沈时栋《古今词选》折中糅和婉约与豪放，将晏欧三家词列为变体而使其词体地位不如《词谱》认定的高。总之，清代前期的词选基本上以崇雅为标准，体现为浙派和云间、阳羡词派前后交替、相互渗透、彼此共存的特殊词学生态。对晏欧三家词不同数量的选取则是这一多元环境中词学观念嬗变的反映和投射，客观上促进了晏欧三家词风格体制和词情内涵的影响和认识；同时作为文学选本，也加快了有关词作的传承与研究进程。

第三，前期的词话批评接受中，除却被词群流派当作阐发理论的工具之外，对晏欧三家词关切较多且有研究价值的词话专书不多，但《词林纪事》以评析和考证开始对有关词作进行清理，而《古今词话》对有关词句的评点也令人耳目一新。

第四，清代前期对晏欧三家词的传承批评还表现在词学创作实践上模拟追和晏欧词作，或借鉴吸取晏欧词风格意度，这是接受传承中的一大亮点。从外在的音韵格律到内在的词作精神，清代词人都曾袭取晏欧三家词的创作方式和用语习惯，甚至掀起了仿拟欧阳修《朝中措》体和十二月鼓子词《渔家傲》的小高潮。晏欧三家词不是清代词人学习模仿的偶像和核心，但不能抹杀它们对于清代词学创作与发展的贡献。朱庸斋曾就依韵与追和词说："凡步韵、用韵、依韵、次韵者，均可与原作无关。如和韵者，则与原作本意必有相关。"[1]在清初的追和仿拟晏欧三家词中，和韵词还是占据一定的比例，在词意上也有一定的相关性。比如对欧阳修《朝中措》一调的追和，除了步（次）原韵，大部分在词意上也与原词或作者存在相关性，极个别的仅是对欧词的声韵袭用，如董元恺《朝中措·题张真人鹤归亭，用欧公韵》（当年虚靖已凌空），词意与欧阳修毫不相干。王水照先生认为同时代的次韵词"既是同向的交流、融合，又暗含着异向的撞击、竞争"[2]。异代追和词虽然少了一份与

---

① 朱庸斋：《分春馆词话》卷一，见刘梦芙编校：《近现代词话丛编》，黄山书社 2009 年版，第357—358 页。

② 王水照：《苏轼研究》，河北教育出版社 1999 年版，第 124 页。

词作者当场竞胜的机会,然而当一群人追和同一首词时,仍然不排除有与同时人或前辈争才的可能。这种心态即使在仿体之作中也仍然存在。譬如前述的曹贞吉仿欧阳修十二月鼓子词序言中对欧词的批评即含有这个目的。晏欧三家词的追和拟仿之作,说明清初词作者和他们有过跨越时空的艺术交流,存在着传播与接受的事实。这正是晏欧三家词传承链条中的一个重要片段,也是晏欧三家词经典文本得以确立的重要途径。此外,熊文举、纳兰性德以及王小山等人的词学实践中都曾以晏欧词作为效仿师法的对象。所有这些词学实践活动都足以证明清代前期的的词学进展中,晏欧三家词仍具有不可抹杀的存在价值和影响。

二、清前期与明代三家词研究与传承的异同

清前期的三家词研究传承与明代相比,既有差异,也有相同之处。

宏观而言,最大的差异在于二者推动研究进展的主体不同。明代的研究传承主要依靠单个的词家文人的词学活动,而整个清代主要依赖集体性的词派词群的词学活动推动,尽管各派因主张的不同而对三家词取舍不同,总体在声势和规模上,明代无法相比。

具体来说,首先在传承方式上,两个时期都是以词选(谱)及追和拟仿为主要传播方式。然而清前期在词体创作上的吸取借鉴无论数量还是规模都远超明代。另外,即使两个时期都有规模较大的词选传播方式,但二者的编选目的、性质有细微差异,影响到晏欧词的选取。明代词选的不少编选者属于坊间商人,选词是为牟利,因而显得粗糙,带有明显的功利性。所选的晏欧三家词也存在混杂粗鄙现象。清前期的词选相较而言克服了明代词选的这种毛病,大部分由专业词人选择审订,所选词作较为可靠。更重要的是清前期词选大部分有着明确的理论主张,并且以崇雅为选词标准,有着一致的选词宗风,这也是明代词选所缺乏的。另外,明代还有不少有关晏欧词的词集丛刻,属于版本研究与传播,其中欧词全集本 12 个,而清前期欧词全集本只有康熙十一年曾弘刻本①。这是明代词集传承的一大贡献;清前期则匮乏。明代词谱数量多,且都是自发编纂的格律谱,出于审音辨调和倚声填词的目的;而清前期《词谱》是在皇家的号召下由官方人员编纂的,因此一开始就带有政府的主导意识,不过选词作精良,考订详细,这是明词谱比不上的。从词体创作传承角度看,欧阳修的鼓子词《渔家傲》和《朝中措》同是明清两代接受的主体,但清前期的三家词追和接受数量比明代要多,规模要大。

---

① 　参李逸安点校《欧阳修全集》,第 24 页。

其次,在词学理论批评接受方面,两者也是同中有异。明清两个时期都有不少词话关注晏欧词的篇章用语的特点,词史地位、体派问题的探讨。其一,在关于词体性方面,明代中后期力主性情,推崇晏欧词小令情词,这一点被清代前期词人接受发扬。但清前期认可晏欧词为"文章德业之余"的大家地位还含有借以抬尊词体的意味。其二,在词作正变问题上,清初词人基本上都沿袭明人王世贞等的说法,认可晏欧词婉约正体词史地位,属于词之正宗,但王士禛认为不以正变为词作优劣标准,继承当中有创新。其三,在体派问题上,明人主要认识到晏欧词婉约词派的特色,但清人进一步细化到三分法、四分法,对于晏欧词有本色派、文人词的属性划分,比明代显得丰富,反映清代词学的深化。其四,关于欧阳修艳情词真伪问题,明人夏树芳将其当成"风雅之别流,而词坛之逸致",含有认可欧作的意思,但不做道德批判,显得较为通达。清初的阳羡词派否认欧作,捍卫欧阳修一代儒宗的意识强烈。其五,清前期深谙晏欧词风味的词人不少,熊文举和纳兰性德即是代表,尤其是后者学晏欧词情词词风已入神理而达难分彼此的境界。明人缺乏这样真心领会晏欧词韵味的大词人,一个陈铎(大声)也仅是外在的追和而已,晏欧词的神韵他没有学到,这也揭示出明清两代人学习宋词态度的差异。

再次,晏欧三家词内部的研究与传承也有差异。明代总体上以欧阳修和晏幾道词研究内容为丰富,晏殊较次。清代前期仍然以欧阳修、晏幾道词为主要接受对象,但晏殊词因为小令词神韵和官高权重的因素,在广陵和阳羡词人视域中批评接受地位明显上升。欧阳修词无论词学批评还是在词选、词谱以及词体创作,都居第一位置。晏幾道和晏殊词仍然分殊其次。

总之,晏欧三家词在清代前期崇奉苏辛与姜张词的缝隙中占据一席地位。既有受明代较为抬举晏欧词的影响,更是晏欧三家词本身具有的词情与风格深得各词派群体认可的结果。但是晏欧三家内部研究与传承状况并非完全一致。其中理论批评与接受方面,晏殊、欧阳修词的大家地位基本得到肯定,欧阳修和晏幾道情词特色得到广陵词人的宗奉;实践创作中欧阳修词接受传播机会最多,包括单首词作和连章体鼓之词,晏幾道词次之,晏殊词又次之。晏欧三人词以其总体上的涓涓细流不露声响的色彩参与到清前期的词学争鸣与词学体派的建构当中。

第三章　清代中后期晏欧三家词
研究与传承的过渡

清代词学从创作角度分析,其词自从乾隆朝以来,渐趋步入衰落期而转进为"仅于词中求生活"①,"即淡化社会功能,隐蔽抒情主体的独异个性而热衷追逐声律格调、俊语僻典的主要原因。清词的声律派、格调派以及学人群体大抵都涌现于这个时期"②。乾隆后期,与词学创作相联系的词学批评与阐释也是以浙西词派后劲为主体的研究队伍。他们仍然秉承浙派的词学宗尚和词学观点,尊尚南宋声律一派,不过门户之见愈加谨严直至末期稍有变通,中经厉鹗"词学奉樊榭为赤帜,家白石而户梅溪矣"③,学词标举姜张、史梅溪,论词力主清空,甚至曲婉寄托。而嘉庆、道光以后,随着社会矛盾的进一步积聚和尖锐化,影响到学界形成了"今文学派",主张探索经学的"微言大义"和题外之旨,反映到词学领域即促成常州词派的登台。脱胎于经学思潮和浙派后期背景之下的常州词派,一反浙西词派崇雅正尊南宋的做法,而推举兴寄与西蜀南唐北宋之作。因此,清代中后期,在这两大词派的交相辉映与消长共生的词学生态中,晏欧三家词的研究与传承步入了较为缓慢的发展阶段,直到中国传统词学研究的终结而渐入晚近现代词学研究的序列。本阶段相关的研究成果和关注的词学问题也是在前期研究基础上推陈出新,但整体成就既不如前期,也不如晚近时期,属于三家词研究的过渡时期。

第一节　浙常名家对晏欧三家词的批评态度

清乾隆至道光前的中后期词坛主要深受浙派中后期和常派前期影响、控制。有关晏欧三家词的研究与传承即在其间夹缝中前行。

---

① [清]陈廷焯:《白雨斋词话》卷九,彭玉平导读,上海古籍出版社2009年第1版,2011年第2次印刷,第208页。
② 严迪昌:《清词史》,第341页。
③ [清]谢章铤:《赌棋山庄词话》卷十一,《词话丛编》本,第3458页。

一、浙派中后期对晏欧三家词的接受

乾隆朝以来,风行一时的浙西词派也发展到中后期阶段,直至嘉道年间常派势力的崛起,声息渐弱,但对于晏欧词的关注未曾断绝。浙派前期以反《草堂》俗艳词为鹄的,倡导以雅为正,力主南宋姜张醇雅词风,康熙后期雅词风尚几乎覆盖全词坛。在这种背景下,晏欧三家词的研究接受局面较为冷清,仅少许雅词得到推许,被选入以雅词为标准的各种词选或《词综》《词谱》,其中欧阳修和晏幾道词相对得到更多观照。浙派中后期词人进一步发扬了这种研究精神,传承当中也有新变。

(一) 独爱晏幾道词的厉鹗

浙派中期代表厉鹗(1692—1752),词学成就卓著,被严迪昌先生誉为"'浙词'巨匠"[1]。厉鹗词学南宋姜、张、史一派,论词接续朱彝尊,推尊"清空""醇雅",但其推尊的"出发点和归结点却不是鼓吹元音,而是更强调与创作者个人高华的内心世界紧密结合"[2],甚至主张曲婉寄托的美学风范。对于北宋词人推尊周邦彦,认为周"为倚声家所宗"[3]。对于其余北宋诸家几乎不着片字,反映出他对北宋词的偏见和对清真词的偏爱。但是,厉鹗对于晏幾道词却甚为爱赏,大概是他词学主张中的一个异数。厉鹗在《群雅词集序》中不仅引用晏幾道《小山词》自序而且还表白道:"予爱小山词,惜沈陈二子不能词,而不得与小山俱传也。又惜小山必待寄情声律,流连或溺而致涪翁有鼓舞,不厌之嘲讥也。今诸君词之工不减小山,而所托兴乃在感时赋物登高送远之间。"[4]文中所谓"沈陈二子"指《小山词》自序中提及的两位朋友沈十二廉叔和陈十君龙,"涪翁"指为晏幾道作词序的黄庭坚,而文末"今诸君"指与厉鹗同时的《群雅词集序》提及的"徐君桐立""程君孟飞""汪君中"等数人。当时词坛诸君子虽作词工巧不减晏幾道,而词中兴寄只在咏物于山水间,厉鹗对此略有不满。厉鹗之所以青睐小山词,是因为看重其词所谓的"必待寄情声律"的特点,也即晏幾道自序"乐府补亡"的特性。操弄词章而有所寄托,正是厉鹗等浙派中期词人笺注并推崇南宋周密《绝妙好词》的出发点。或许晏幾道《小山词》寄寓的某种隐忧之情获得了厉鹗的共鸣,因此在为同道诸君"感时赋物"的词集作序时特意提及《小山词》。历经患难而曲

---

① 严迪昌:《清词史》,第 343 页。
② 刘静渊、崔海正:《北宋词研究史稿》,齐鲁书社 2006 年版,第 129 页。
③ [清]厉鹗:《吴尺凫〈玲珑帘词〉序》,见《樊榭山房集·文集》卷四,中册,董兆熊注,陈九思标校,上海古籍出版社 1992 年版,第 754 页。
④ [清]厉鹗:《群雅词集·序》,见《樊榭山房集·文集》卷四,第 755 页。

有寄托,这是厉鹗认为晏幾道词有不同凡响的内涵和境界的归结点,也是区别于朱彝尊专注"醇雅"词风之处。

或许因为如此,厉鹗在他仅有的——甚或被当成浙西词派的重要理论批评之一①《论词绝句》12 首便有一首谈及晏幾道词。诗曰:"鬼语分明爱赏多,小山小令擅清歌。世间不少分襟处,月细风尖唤奈何。"②诗的前两句基本抓住了《小山词》的特征:善于体物言情,流露自我真性情,用语自然,格调清新蕴藉,艳而不俗,情而不腻。所云"鬼语"者,乃是暗合大理学家程颐对晏幾道词句"梦魂"两句的赞誉与称赏:"鬼语也。"③而厉鹗认为"小山小令擅清歌","清歌"一词既反映了小山词不同流俗的清新俊语和艳而不腻的内容特色,也映现了厉鹗追求词"清歌""清婉""清空"等"清"的审美理想。而厉鹗诗评涉及的小山词《鹧鸪天》(小令尊前见玉箫)"梦魂"两句正点出了这类感物触兴词所夹杂寄托的无奈与隐痛——这一点也正是厉鹗极力模仿并推重南宋姜张一派某些咏物词的重要缘由。

另外,浙派中人吴锡麒认为厉鹗词有受欧阳修词文之影响。吴氏有论云:"吾杭言词者莫不以樊榭为大宗。盖其幽深窈窕之思,洁静精微之旨,远诸相引,虚籁目生,秀水以来,厥风斯畅。然其游历所在邗上,为多踵六一之风流,助竹西之歌,歌此唱彼,和前喁后,于馆借秋声谱传琴雅,于是乎倚声一道特盛于维扬。"④吴氏于此不仅指出了厉鹗在浙派的词学地位与影响,而且还点明了其词的创作特征,认为某些词作有"六一之风流"。值得注意的是,文中所谓"六一之风流",当然指欧阳修小令词那种"蕴藉风流""天然自趣"词作的遗风神貌,可能还包含欧氏的散文风神,典型者如《秋声赋》。吴氏有词《齐天乐·秋声馆赋秋声》一阕正可与之相应,被严迪昌先生推为"写秋声秋色、秋情秋衣,厉鹗最称圣手"⑤的代表。厉鹗《樊榭山房集》中的小令词从词作情韵上看,确实沾染晏欧词遗泽不少。比如《浣溪沙》(纱雨前宵打布帆)、《点绛唇》(节近清明)等。吴氏第一次提出词学"六一风流"的口号,有利于欧阳修词的传播与推扬。

(二) 风流华美晏欧词:浙派后劲评晏欧三家词

浙派后劲主要有出道于乾隆后期的吴锡麒(1746—1818)及郭麐

---

① 可参孙克强:《清代词学批评史论》,第 287 页。
② [清]厉鹗:《樊榭山房集》卷七,《四库备要》本,第 65 页。
③ [宋]邵博:《邵氏词话》,《宋金元词话全编》上册,第 486 页。
④ [清]吴锡麒:《詹石琴词·序》,见《有正味斋骈体文》卷八,《续修四库全书》集部 1468 册,第 661—662 页。
⑤ 严迪昌:《清词史》,第 347 页。

（1767—1831）。吴锡麒论词沿朱彝尊"醇雅"一说，反对俚淫鄙俗之作："窃谓字诡则滞音，气浮则滑响，词俚则伤雅，意亵则病淫。"①对于徒有形式而缺乏情韵及声调高亢之作一并排斥："大抵词之道，情欲其幽而韵欲其雅，摹其履舄则病在淫哇，杂以筝琶则流为伧楚。"②严格而言，吴锡麒没有针对晏欧三人词的专门论述，只是在论述词学现象与主张时论及欧阳修。除了前文已指出厉鹗词有六一风流之外，值得留意的还有继欧阳修"诗穷后工"之说提出"词穷后工"的命题："昔欧阳公序圣俞诗，谓穷而后工，而吾谓为词尤甚。"③意欲"否定词宜宴嬉逸乐之说"④。吴氏虽然没有特别地评议欧阳修其词，然而欧的词学理论与吴氏词学主张相关，所以于此稍稍提及，以记载其印记和影响。稍后的浙派后期健将郭麐才真正地对晏欧词作有所评议。

浙派发展到后期，崇尚格局日益狭小，以至于非南宋醇雅词不观的地步，一味地空求高格而缺乏情感，严重束缚词学的正常发展。在这种状况下，浙派后劲郭麐站在时代的制高点上反思浙派末流的缺失，不囿于南北宋词的优劣，而关注词家的真性情和艺术个性。对于晏欧三家词，郭麐是浙派词人中少见的能够加以精准评述的一位词家。

其一，准确肯定了晏殊、欧阳修词在宋词发展历程中的特色及影响地位。郭麐吸收继承了清代前期云间、广陵、浙西先辈诸人的看法，将宋词划分四派，指出："词之为体，大略有四：风流华美，浑然天成，如美人临妆，却扇一顾，花间诸人是也。晏元献、欧阳永叔诸人继之……"⑤首先根据词体特色分为四种（派）："词之为体，大略有四。"其中晏殊、欧阳修诸人继承花间派词风特征，属于"风流华美，浑然天成"一脉。文中所谓"体"，现代学者一般解作词作流派。郭麐于此指出晏欧二人词与花间词派的承传关系，认为其词风特质在于"风流华美，浑然天成"，准确地抓住了晏欧词的主要审美特质。这是浙派前期掩盖了晏欧词特质之后的重新发现，对于唤醒后世词坛对晏欧词的关注与研究具有先导作用。在郭麐的宋词史四派中，最能得到称意的当然还是"姜张诸子，一洗华靡"词，而被浙派前期鄙视的苏辛一派也重新得到解读，标志着浙西词派原先独尊南宋姜张雅词一派的观念有所变异。

其二，对晏几道词的独有品赏和读解。郭麐认为晏几道《小山词》自序所谓"续南部诸贤余绪，作五七字语，期以自娱。不独叙其所为，兼写一时杯

---

① ［清］吴锡麒：《仝月楼分类词选·自序》，见《有正味斋骈体文》卷八，第660页。
② ［清］吴锡麒：《屈骰园竹沪渔唱·序》，见《有正味斋骈体文续集》卷二，《续修四库全书》集部1469册，第128页。
③ ［清］吴锡麒：《张禄卿露华词·序》，见《有正味斋骈体文》卷八，第664页。
④ 方智范，等：《中国古典词学理论史》，第224页。
⑤ ［清］郭麐：《灵芬馆词话》卷一，《词话丛编》本，第1503页。

酒间闻见所及"及以词与"莲、鸿、蘋、云,品清讴娱客"多所在意。他感叹道:"盖其寄托如此,其所称莲、鸿、蘋、云者,词中往往见之。"①晏幾道词以词风清丽、情韵悠长为胜,但后期的某些词作在歌儿舞女的轻歌慢曲中确实难说没有寄寓兴亡盛衰之感。郭麐为了例证晏词寄一己之怀于四名女子的歌舞中,举出了《临江仙》(记得小蘋初见)等7首词作,并且进一步表达了对这位家道中落狷介有守的前辈风流才子词情词艺的由衷赞赏:"皆寓诸伎之名也。叔原自许续南部余绪,故所作足闯花间之室。以视《珠玉集》,无愧也。"②虽同源于南唐花间诸什,而晏幾道词比之乃父之作,从其词情和词史影响而言不仅无愧,而且大有胜之。郭麐所说当为确言。

不仅如此,郭麐还对晏幾道的《玉楼春》(当年信道情无价)写酒词别有知音赏见。他说:"咏酒醉之诗,唐人有'不知谁送出深松',宋人有'阿谁扶我上雕鞍',皆善于描写。叔原《玉楼春》词云:'当年信道情无价。桃叶尊前论别夜。脸红心绪学梅妆,眉翠工夫如月画。来时醉倒旗亭下。知是阿谁扶上马。忆曾挑尽五更灯,不记临分多少话。'真能委曲言情。"③文中涉及的唐醉酒诗指于鹄的《醉后寄山中友人》④,而宋醉酒诗今《全宋诗》不见。晏幾道这首《玉楼春》无疑是词人回忆少年情怀酒醉别离的一曲。全篇叙述与歌姬女子酒醉话别的一个非同寻常的夜晚,用字朴素无华,描叙细微真切,溢出的情感是那样的婉曲别致,真挚专注,令人别有回味。郭麐谓之"真能委曲言情",颇得词人词心。

《灵芬馆词话》中专论宋词人也就三五家,相较而言,郭麐对晏幾道词的爱赏和评点篇幅比较多。那么郭氏为什么对小山词独有兴趣和欣赏,笔者以为这大概是缘于小山词之个性情韵丰富深得其心之故。郭氏虽为浙派殿军,但对浙派末流徒具形式格律而乏内在情韵和旨意的词嗤之以鼻,认为这不是词而是"词妖"。其云:"倚声家以姜、张为宗,是矣。然必得其胸中所欲言之意,与其不能尽言之意,而后缠绵委折,如往而复,皆有一唱三叹之致。近人莫不宗法雅词,厌弃浮艳,然多为可解不可解之语,借面装头,口吟舌言,令人求其意旨而不得。此何为者耶? 昔人以鼠空鸟即为诗妖,若此者,亦词妖也。"⑤郭麐认为后世之人步趋姜、张,充其量不过是邯郸学步而已,毫无实质

① [清]郭麐:《灵芬馆词话》卷二,《词话丛编》本,第1529—1530页。
② 同上。
③ 同上书,第1530页。按,晏幾道原词参《全宋词》第1册,第306页。
④ 全诗为:"昨日山家春酒浓,野人相劝久从容。独忆卸冠眠细草,不知谁送出深松。都忘醉后逢廉度,不省归时见鲁恭。知己尚嫌身酪酊,路人应恐笑龙钟。"参《全唐诗》第三百一十卷,第34首。
⑤ [清]郭麐:《灵芬馆词话》卷二,《词话丛编》本,第1524页。

情韵与个性可言。对于文学创作,郭麐认为"一代有一代之作者,一人有一人之独至"①,为词亦然,因此反对浙派末流那些装腔作势之徒:"后之学者徒仿佛其音节,刻划其规模,浮游惝恍,貌若玄远。试为切而按之,性灵不存,寄托无有,若猿吟于峡,蝉嘒于柳,凄楚抑扬,疑若可听,问其何语,卒不能明。"(《梅边笛谱序》)在郭麐看来,为词只要有个性,有情韵,而不是一味地效法格律形式则是可取之词,否则就是唾弃之对象,这是郭麐超越一般浙派词论家所在,反映了他的词学通变思想。晏幾道词虽和欧阳修、晏殊词同源于西蜀南唐,但在吸取前人创作艺术养分之上有所超越,个性分明,词艺不殊,或许正因为此,符合郭麐的词学观点,因此多有激赏和爱惜。

此外,浙派词人、乾嘉学者凌廷堪曾从诗词互比的视角认为慢词好比七言诗,小令则是五言;如果从时代发展而论,则"小令唐如汉,五代如魏晋",由此他指出"北宋欧苏以上如齐、梁,周柳以下如陈、隋"②。凌氏的比附是否合理姑且不论,汉末魏晋为五言诗的繁荣初现时期,三曹、七子为五言诗的代表,还有太康诗坛,而小令于唐五代也是肇兴时期。北宋前期诗学晚唐,有浮艳的倾向,词学南唐西蜀,也难免沾上艳情色彩,而齐梁宫体诗正是中国古代诗歌最为妖艳的时代。凌氏以欧苏为界,认为此前的小令词直接承续西蜀南唐的艳情词风,与齐梁诗歌的确有着近似性是有道理的,同时也暗示晏殊、欧阳修词与此也非常接近,只是出于某种因素没有直接点明而已。

由上可见,浙派后期词人开始反思前期的词学看法,对于南北宋词不强分轩轾,而是关注词的情韵质性词体特色。在这个基础上,力主性情的三家词得到重新发掘,对于晏欧三家词的地位和影响抱有较为客观而通达的评论,尤其是晏幾道词因有情韵又富兴寄更是深得厉鹗和郭麐的赏识。

二、殆有所兴:常派前期张惠言、周济等人对晏欧三家词的重新解读

乾嘉交替之际,正是浙派风劲的后期,然而浙派末期词风上总体呈现衰竭的趋势,创作上"巧构形似之言"③,"既鲜深情,又乏高格"④。即使浙派殿军的郭麐起而振弊,欲自救门户也无济于事。时代的风会呼唤词学的变革,"清词创作的预势也要求词坛改弦易辙,另谋新的出路。当然,彻底变革的内外条件尚不具备,传统的诗教观念和审美习惯仍然是词的创作与批评观的重要制约因素。于是一个相对而言较能适应时代潮流,虽以复古为思想特

---

① [清]郭麐:《与汪楜庵论文书》,《灵芬馆杂著续补》卷四,转引《清词史》,第442页。
② 参[清]谢章铤:《赌棋山庄词话续编三》引张其锦语,《词话丛编》本,第3510页。
③ [清]谭献:《复堂词话》,《词话丛编》本,第4008页。
④ [清]谢章铤:《赌棋山庄词话》卷九,《词话丛编》本,第3433页。

征,而又能从复古中求得新变的词学流派——常州词派,终于应运而生"①。张惠言和周济是常州词派的奠基者和主要推动者,他们利用词选的手段推介比兴寄托和微言大义的论词主张,对晏欧三家词的选录和评价即是这种观念下的产物。常派人物的重新解读促使晏欧三家词的研究与传承,一改浙派前期局促的状态而迎来了新的面貌。

（一）张惠言《词选》与晏欧三家词选评

嘉庆初年,江苏武进人张惠言(1761—1802),编选《词选》一书,作为收徒授课的教参,并以自己的解说传授弟子。张惠言当初编《词选》,或仅看到了浙派末流的弊端,虽含有别树一帜倡导词风的意味,恐没有要与浙派一争高下的功利目的。现代学者已有论述,张氏编选的《词选》及其主要词学观点在其生前流传范围较小,而在其殁后一个较长时期内仍然没有得到大力推衍而风行。换言之,常州词派真正冲决地域的狭小天地而引领一代词风,约是道光十年之后周济大力推举的结果。②

1. 张惠言的词学观

张惠言著有《茗柯词》,凡28调46首。③ 他的主要词学观点见诸与其弟共同编选的《词选》及独撰之《词选序》。经学家出身的他,论词角度、评判观点无不打上当时经学的印记。概而言之,张惠言的核心词学观主要有以下几点:主张考究词之"微言大义";推崇"比兴寄托"之法;以温庭筠词为词作典范④。张氏的《词选序》没有直接论述到晏欧词,而对于北宋的张先、苏轼、秦观和周邦彦词均有涉及,认为是"渊源乎文有其质焉",而柳永、黄庭坚及南宋之刘过、吴文英词则是"荡而不反,傲而不理,枝而不物"⑤,并且"不免有放浪通脱之言出于其间"⑥。对于北宋上述词家,张氏的评述也是得失并存,其辨析较为合理中肯。晏欧三家词不在其论述之列,然而从张惠言序中"温庭筠最高,其言深美闳约"的表述,可以推测他对于沾染温庭筠词风的晏欧词风应该无恶感,或在潜意识中将其与温庭筠词合为一流。这一点或可从《词选》篇目见出。

---

① 方智范等:《中国古典词学理论史》,第253页。
② 参严迪昌:《清词史》,第470—472页。
③ 参《续修四库全书》影印本,集部1725册,第559—565页。
④ 参严迪昌:《清词史》,第473页。
⑤ ［清］张惠言:《词选·序》,见［明］杨慎辑,张惠言等录:《词林万选·词选·附续词选》(合订本),刘崇德、徐文武点校,河北大学出版社2006年版,第109页。
⑥ 同上。

2. 《词选》与晏欧三家词选评议

《词选》共2卷116首,选域横跨唐宋两个朝代,选词人44家,人均不及3首,除取标准颇为谨严。除了将所谓的百代词曲之祖的李白《菩萨蛮》置于篇首外,温庭筠一人独选18首,显示了其理论与实践的统一:"温庭筠最高。"该词选编选晏欧词4首,被误作他人1首,实际共计5首,简列如下表(按编选顺序)。

表3 《词选》与晏欧三家词选

词人	卷次	词调	首句	有无评语	页码	备注
晏殊	卷一	浣溪沙	一曲新词酒一杯		122	《词选》作李璟
	卷一	踏莎行	小径红稀	有	132	
晏幾道	卷一	临江仙	梦后楼台高锁		133	
欧阳修	卷一	蝶恋花	庭院深深深几许	有	134	
	卷一	临江仙	柳外轻雷池上雨		134	

上述所选晏欧三家词是否合乎张惠言的词学主张呢?试作分析。第一首晏殊之经典名作《浣溪沙》,虽然《词选》认为是李璟所作,相信张氏筛选的初衷是依据词作特色而非作者是谁。这首传颂之作,几乎是晏殊的代表作,历代唐宋词选中基本都有它的身影,可见其流传魅力之大、传播频次之多、影响时间之长。不过发现这首颇有影响力的晏殊词中金曲,浙派之《词综》却不见它的位置,由此给了推测的理由:张惠言重新拾起被《词综》遗留或黜落的《浣溪沙》词,其意或要借此表明与浙派词学观点相区别的主张。因为该词在某种程度上不仅符合张惠言倡导的"深美闳约"的美学追求,而且在张氏看来或许还具备"贤人君子幽约怨悱不能自言之情"。词中的"无可奈何"两句毋庸置疑具备这种情感色彩。张氏《词选》序认为词"然要其至者,莫不恻隐盱愉,感物而发,触类条鬯,各有所归"。晏殊此词描写的酒后庭院中的点点景物无不寄寓他的那种莫可名状的淡淡哀愁。或许从此言,张惠言也认为此词别有寄托,并非简简单单的言情体物之作。至于晏殊的另一首《踏莎行》,从选目上看,相较《词综》并无补充别选之新意,因为后者也置列晏殊名下,不过张惠言却评云:"此词亦有所兴,其欧公《蝶恋花》之流乎?"①崇比兴、探微意是张惠言论词的一贯主张,但晏殊此词是否甚有比兴寄托,微言大义呢?要想论证这一点,不妨先看张氏所列举并认为运用比兴的欧阳修之《蝶恋花》(庭院深深深几许)一阕。

---

① 　[清]张惠言辑录:《词选》卷一,《词选·续词选·附续词选》(合订本),第132页。

　　对于这一首词,张惠言除了认同李清照所说将作者署名权归于欧阳修外,重点认为该词是作者以闺怨色彩发抒遭受小人谗言而君王不知的苦衷,从而使该词带有政治比附意义。如云"庭院深深"喻指为"闺中既以邃远也"①,"楼高不见"比附"哲王不寤"②,"章台游冶"则为"小人之径"③,如此等等,不一而足。张惠言以诗骚比兴的手法解读欧阳修此词,或许纯粹是从今文经学的角度发表自己的一孔之见,因为当初编辑《词选》的初衷是作为教科书授之于子弟,虽有推销理论主张而别立解词门径之意图,但是此等解读之法恰当与否,自可留与读者辨析,他完全可以为之发表免责声明。然而一些论词者无论是跟风而上还是殊途同归,客观上都提出或认可张氏所谓的微言大义。如约略同期的黄苏亦言,"通首诋斥,看来必有所指"④,表现出与张惠言近似的词学旨趣。俞陛云也认同别有所托之说:"殆有所寄托,不仅送春也。"⑤平心而论,张惠言可以发表免责告示,不过由于这种牵强附会解词的影响,还是难逃被后世苛责的命运。现代诸多学者和王国维一样,认为该词的解读是张惠言研治经学走火入魔,指出此等词作都是作者兴致所到,不含别有所托的隐情,但"皆被皋文深文罗织"⑥。确为公允之论。

　　明白了上述道理,再回过头探讨张惠言对于晏殊《踏莎行》一词的解读。或许看到词中同样具有"深深院"等意象,习惯性的解经思维读词又促使他发出联想:"此词亦有所兴,其欧公《蝶恋花》之流乎?"不过相较论欧阳修词肯定的语气,此处用词语气已经有所缓和,而且还充满着疑问,正流露出他对于该词是否和欧词一样具有兴寄、别有所指而心存疑虑。那么其间是否潜藏张氏对于这种诠释词学方法的反省呢?无法断言,不得而知。孰料张惠言这不经意的一句评语却引起后世无数文人的评判,近似者有之,反对者不少,附和者也有之。前述的黄苏之论属于近似者,是否受张氏言论激发有待考辨,而后世的俞陛云无疑是深受张惠言此论的熏陶。他申述张氏的解读思路,以兴寄解词,比而附之,成了张氏言论的忠实拥趸。更多的学者站在文学的立场,客观地将被张惠言比附微言大义的本词还归到文学欣赏的视角进行读解,不用说是对张氏穿凿附会解词法的有力反驳。比如先师刘扬忠先生对此有详细的论述可作参考。他说:"此词写得通畅明白,情景历历,意旨显豁,丝

①　[清]张惠言辑录:《词选》卷一,第134页。
②　同上。
③　同上。
④　[清]黄苏:《蓼园词评》,见黄苏、周济等选评:《清人选评词集三种》,尹志腾点校,齐鲁书社1988年版,第54页。
⑤　俞陛云:《唐五代两宋词选释》,第168页。
⑥　王国维:《人间词话》卷下,第56页。

毫没有深曲隐晦之处,解读起来不应有多大歧义。可是古代许多词话家硬要去猜测其'言外之意',指出其中有政治寄托,把一首纯粹的抒情词强说成政治词;而当代的某些论者又曾以现代'革命人生观'去强求古人,批判这首词的'消极颓废'和'无聊情绪'。这两种执着于政治意识的误读不可取。其实这首词的主题很单纯,它不过是写暮春的闲愁。"①的确如此。晏殊这首普通的写景抒情之作,被张惠言诠释附加为别有兴寄的深邃旨意是不恰当的,因为他"无视词的审美特性和整体形象,是对词体的有意'曲解'"②,反映了张惠言以读经方法读词解词的局限性和词学认识的偏颇。

当然,《词选》中另外两首《临江仙》,从选篇上看,也和朱彝尊《词综》雷同。此两首没有附加评语,其编选的意图或许真正为其艺术和情韵魅力所折服,或许二者均写闺情之事之思,或许这两个理由并存。张氏既然推许温庭筠,表示其接受认可为写男女缠绵之事的情词,因为温庭筠的词学成就正以善写"侧艳"情词而著称。而晏几道的《临江仙》亦罢,欧阳修之《临江仙》亦罢,主题上均离不开男女闺情,不过此二者"遣词大雅"③,美学旨趣"深美闳约"而与浙派末流某些"鄙词、淫词、游词"(金应珪《词选后序》)大异,因此符合张氏选词论词的胃口。张惠言以说经解经的思维诠释词作,为传统的词学阐释增添了一种固有模式,也为晏欧三家词的传承平添一种新的解读视角。

3.《续词选》对晏殊、欧阳修词的选辑解评

后承前业。张氏之弟张琦及稍后的外甥董毅接续了张惠言学词论词的理论,并将其发扬光大。这可由董毅续编的《词选》及张琦之序(道光十年七月)概见。张琦在序中指出:"《词选》之刻,多有病其太严者,拟续选而未果。"④意即其兄《词选》刻本一出,大多数人认为选词过于严格,因此自己打算续选但一时没有结果。因此当外甥董毅恰好携续录本前来求序时,张琦立即表达他的欣慰和快感:"适惬我心,爰序而刊之,亦先兄之志也。"⑤据此,可以将《续词选》看成是张氏兄弟及董毅词学主张的推衍和表现,而对于晏欧词的选辑同可一窥。

《续词选》在选词对象与规模上与张惠言之《词选》相当,共选唐宋词人51家词作124首,人均不及3首。其中最多者张炎计23首。北宋之秦少游选取8首,周邦彦选取7首;南宋之姜夔也录选7首,而王沂孙则只有4首。温庭筠选有5首,和《词选》一样依然排位于李白《忆秦娥》之后。晏殊入选2

① 刘扬忠编著:《晏殊词新释辑评》,第122页。
② 欧明俊:《词学思辨录》,人民出版社2011年版,第12页。
③ [清]陈廷焯编选:《词则·闲情集》卷一,上海古籍出版社1984年影印本,第878页。
④ [清]张琦:《续词选·序》,《词选·续词选·附续词选》(合订本),第189页。
⑤ 同上。

首:一为《浣溪沙》(玉椀冰寒滴露华),另一首为《破阵子》(燕子来时新社)。欧阳修也增词1首:《踏莎行》(候馆梅残)。晏欧二人这3首词作除却《浣溪沙》一阕,其余二阕均为历代词选的常客,可谓流传经典。其词均涉女性,一则笔调清新疏荡明快,一则意绪情长含思隽永,其情趣既与张惠言之《茗柯词》、张琦之《立山词》某些词作旨趣相类似,也符合常派前期的论词审美倾向①。或许董氏觉得张惠言之《词选》遗落之甚为可惜,有意加以续补。而晏殊《浣溪沙》(玉椀冰寒滴露华)一阕,虽流传不广,也是《珠玉词》中不可多得之作,而其入选恐怕与本词结句"一场春梦日西斜"那种淡淡的情愁相关。按照张惠言的寄托解词说,这种闲愁般的感叹正寄寓了词人某种"幽约怨悱不能自言之情",但这种隐约难言之情到底是词人的还是文中女主人公的呢? 无可亦无须遽断,任凭读者解之。

《词选》《续词选》无疑积聚了常州词人早期的词学识见和实践,而董毅的续补尽管有意对张惠言之取词门径和态度有所开拓和纠偏,还是遭到了时人的一些批判。江阴人潘德舆是典型代表,其《与叶生名沣书》一文则专力批判《词选》《续词选》,认为两词选对温庭筠、张炎选词过多而旁落唐宋诸多名家,所选严重失当②。事实上,两词选超越了所谓唐宋"婉约""豪放"词门径,各有所取,而对宋之南北也无强分轩轾,大家名家基本都有拾取,而温庭筠、姜张词所取比例过大也是事实。晏欧三家词能在该词选仅200余首选词中,占据8首,或是与晏欧三家词作在张氏词学视野中的分量大致相当。

(二) 周济以常派家法选评解读晏欧三家词

周济(1781—1839)对于常派前期的词学贡献,谭献认为周济"推明张氏之旨而广大之"③;晚清况周颐则论云,"以茗柯为宗主,得止庵(周济)而大昌"④。可见张惠言的后来者周济发扬常派论词学说和理论,推进了常州词派的发展与壮大,功勋卓著,不可抹杀。因此,考述常派词群的晏欧词研究,无法绕过周济这员常派宗风的护法大将。

1. 周济词学观对常派的弘扬

周济对常州词派的理论贡献主要在于提出"词亦有史"的理论主张,进一步抬尊词体的历史地位;在吸取浙派后劲郭麐的认识,提出词作"非寄托

---

① 参朱德慈:《常州词派通论》,中华书局2006年版,第122—127页,第135页。
② 详参[清]潘德舆:《养一斋集》卷二十二,清同治十一年(1872)山阳潘氏刻本。
③ [清]谭献辑:《箧中词·今集》卷三,见谭献辑:《清词一千首:箧中词》,罗仲鼎等点校,西泠印社2007年版,第113页。
④ [清]况周颐:《冰红集·序》,见寒冬虹编辑:《稿本〈冰红集〉序跋辑录》,载《文献》1993年第2期。

不入,专寄托不出"的为词论词方法;为常派学词论词建立谱系。① 周济这些词学看法无疑是其论述评判、分析取舍晏欧等人词的重要理论观点和标准,也是考察周济晏欧三家词研究的重要依凭。

《介存斋论词杂著》(下简称《杂著》)原是周济早期的词学教材《词辨》的附识,代表周济前期的词学观点。《杂著》与《词辨》的词学观点原则一致,相得益彰,推尊张惠言"意内言外"的论词家法,以温庭筠词为盟主,并排斥浙派末流恭奉的姜张词。《杂著》共有 31 条,论及温庭筠等词人 26 家,提出了许多有益的持平公允的词学见解。如对南北宋词应歌、应社及各自的特点与优势的看法,反映出周济深刻的词学眼光。

2. 周济《论词杂著》评选晏欧三家词之解读

周济《论词杂著》提出,欧词"只如无意,而沉著在和平中见"②。如何理解周济这句貌似漫不经心的点评之语呢? 笔者以为不能仅限于周济的欧词认识谈欧词,必须联系周济的词学思想,特别是他对北宋词的理论识见,才能较为确切地批评分析周济对欧阳修此词的看法和理解。周济曾经从实用的角度指出北宋词"应歌"、南宋词"应社"③的属性,不仅见出他重视词作的社会功能,亦反映了北宋词可歌的特性。试想,词作本身不可歌又怎么能具有应歌的功用资格? 当然,晏殊、欧阳修词按照李清照的说法,均属不可歌之列,不过其论本身是偏颇之识,后学论者不必为拘。事实上,晏殊、欧阳修的部分词还是讲究音律、可歌谐婉的,晏几道的小词亦是,否则厉鹗就不会说"小山小令擅清歌"(《论词绝句》其三)。另外,周济还认为北宋词大多数能够写景描情,情景交融,"故珠圆玉润,四照玲珑"④,虽然他是以之作为与南宋辛稼轩、姜白石的词风相对照而论,却不妨碍被用作考察周济对北宋词认识的研究依据。就此而言,晏欧词更能代表北宋词的这一特色。《珠玉词》的取名本身含有"珠圆玉润"的思致美,也是一种"明丽和婉、温润秀洁的美"⑤;而欧阳修词,清初的魏际瑞在《□所作诗余序》中曾说:"珠圆玉润,一归大雅,则欧阳公之作,为不可及矣。"⑥同源于西蜀南唐的欧阳修和晏殊的某些小词确实有着"珠圆玉润"的一致性。周济还指出北宋词下者"以其不能空,且不知寄托也。高者在南宋上,以其能实,且能无寄托也";学词"既成格调求实,实则精力弥满";"有寄托则表里相宣,斐然成章。既成格调,求无

---

① 莫立民:《晚清词研究》,中国社会科学出版社 2006 年版,第 58 页—61 页。
② [清]周济:《介存斋论词杂著》,《词话丛编》本,第 1631 页。
③ 同上书,第 1629 页。
④ [清]周济:《介存斋论词杂著》,《词话丛编》本,第 1634 页。
⑤ 徐安琪:《唐五代北宋词学思想史论》,第 191 页。
⑥ [清]魏际瑞:《魏伯子文集》卷一,引刘扬忠编著:《晏殊词新释辑评》,第 200—201 页。

寄托,无寄托则指事类情,仁者见仁,知者见知"①。依笔者的理解,词成格
调,求实,无寄托则是北宋词高于南宋词所在,而求实却又无寄托则是北宋词
不如南宋词之处。晏欧三家词内容相较而言,晏殊、欧阳修之词较为空灵蕴
藉,抒情言志承南唐余绪,往往带有"普泛化"色彩,不一定实指,所谓无寄托
者。而晏几道词则多为"补乐府之亡",有感而发,故属有寄托者。按照周氏
的寄托论评判,晏殊、欧阳修词多半属于无寄托者,且高于一般的南宋词;晏
几道则求实而有寄托,自然也是属于词家上层。或许出于此,往后的周济论
述晏殊、晏几道二人词云:"仍步温、韦。小晏精力尤胜。"②晏几道精力尤胜
则是缘于小晏词脱胎晏欧自成格调,为词能写实而有寄托,此论可以作为周
济对"既成格调求实,实则精力弥满"③的延续和回应。

　　基于上述诠释背景,再来分析前述周济对欧词的点评。所谓欧阳修词
"只如无意",指欧词写景咏物、抒情言志不预设前提,即没有一定的重大寓
意和社会功利目的,套用周济的"寄托"论,则是无寄托,正如欧阳修的自我
定位"敢陈薄伎,聊佐清欢"④,一切以随性自适为主,所谓"人情贵自适,独乐
非钟鼓"(欧诗《雨中独酌二首其一》)。晏殊和欧阳修这些朝廷高官懂得诗
文与词作小道的区别,有关社会民生、个人重大遭际、政治纷争等常派所谓的
可以寓意寄托者,一般以诗文发抒之,至于小歌词则聊且承载"八小时"之外
的娱乐活动及闲情逸致,体现的是一种闲适放松的心态。因此这种价值取向
决定了词作呈现的必然是以和缓自适为特征。至于"平和"者与"无意"雷
同,都是体现欧词这种犹如平地里的一泓清泉,光洁鲜亮不起波澜、温润醇和
的审美气格。尽管如此,周济强调这种闲适有自的风格并非欧词的全部,因
为还有"沉着"隐于其间。这种"沉着"的色彩实质也是与晏殊词的区隔之
一。沉着者,作为一种词学品格,应指沉实而不轻浮的风格气度,也是周济词
论的一个美学追求,与其强调的蕴藉"浑厚"的情感取向及风格艺术的目标
是密切相关的。譬如《杂著》评周邦彦词:"钩勒之妙,无如清真。他人一钩
勒便薄,清真愈钩勒愈浑厚。"朱惠国先生认为词要达到"厚"的程度,"其基
本的一条就是要有作者的真情实感,也即词作中要有寄托";而所谓"浑"则
是在"厚"的基础上能"以意贯穿,浑化无痕",并要求"字字有脉络,却又无迹
可求"⑤。正因为词作既有内容的充实性、思想情感的包蕴性,其所揭示或反
映的质感厚度必然深邃,内在的张力亦必然不是那种无病呻吟之作所能比拟

---

① [清]周济:《介存斋论词杂著》,《词话丛编》本,第 1630 页。
② [清]周济:《宋四家词选目录·序论》,《词话丛编》本,第 1643 页。
③ [清]周济:《介存斋论词杂著》,《词话丛编》本,第 1630 页。
④ [宋]欧阳修:《采桑子·西湖念语》,《全宋词》第 1 册,第 153 页。
⑤ 朱惠国:《中国近世词学思想研究》,上海古籍出版社 2005 年版,第 106—107 页。

的。以内在丰沛真实的思想情感为依托,辅之以外在自然浑化的艺术手法来建构完成,词作的蕴藉浑厚感便飞跃纸上。由此,浑厚之词,其风格必然不轻薄,不浮华,内在的艺术张力必然渗透于文字的自然发抒而潜气外转,熏染人心,从而显得沉着有思,值得咀嚼品味。但沉着之词不一定具有浑厚之旨,并非一定要有所"出入寄托",具有真情实感又能以自然化工之笔勾勒而出者,便可见出沉着。欧阳修的不少流连光景的闲适之词,其风格色彩大多可称自然平和,然而也有一些作品于徐迂有度的平凡表述中潜藏这种"沉着"之气,与其一般的艳情之作还是有区别的。最典型者莫如其名作《玉楼春》(尊前拟把归期说)一阕,明快畅然的字句结构中,明显张扬一股扬而不浮之气。王国维认为本词"于豪放之中有沉着之致,所以尤高"①。此之谓也。周济评欧阳修词一为"和平中见沉着"也是对欧词属于词之正声的肯定。

周济的《词辨自序》中,还认可了欧阳修等人蕴藉风流的才情。他说:"自温庭筠、韦庄、欧阳修、秦观、周邦彦、周密、吴文英、王沂孙、张炎之流,莫不蕴藉深厚,而才艳思力,各聘一途,以极其致。譬如匡庐衡岳,殊体而并胜,南威西施,别态而同妍矣……南唐后主之下,虽骏快驰骛,豪荡感激稍漓矣。然犹皆委曲以致其情,未有亢厉剽悍之习,抑亦正声之次也。"②指出这些词人之词莫不蕴藉深厚,"才艳思力",能够"殊体而并胜""别态而同妍"。周济认为只要具备此种特征,不分南北,均列入"正声"一途,而那些"豪宕感激稍漓"者,即使能"委曲以致其情"也只能列为"正声之次",即变声。除了推尊温韦之外,欧阳修和其他南北宋词人六家均得到了周济的认定和褒扬,均以"蕴藉深厚"而列"正声"一途。反之那些"豪荡感激"有喜"委曲以致其情"之作则列为"正声之次",即变声。可见早期的周济沿袭了清初词人的正变观,以"婉约词"为词之正。这种观念只待后来操弄《宋四家词选》时方略有变革。

3. 周济《宋四家词选》对晏欧三家词选评之辨析

周济编辑的《宋四家词选》面世于道光十二年。这个选本代表了他后期的词学思想,为分析周济晚期的晏欧词观提供了重要依凭。

《宋四家词选》全书以周、辛、王、吴为首,共选南北宋词人 50 家的词作222 首③。"四大天王"选词 92 首,几近一半,而大多数词人所选为 1 至 3 首,贯彻其序中所言"以周辛王吴为之冠","领袖一代,余子荦荦,以方附庸"④

---

① 王国维:《人间词话》卷上,第 17 页。
② [清]周济:《词辨·自序》,《词话丛编》本,第 1637 页。
③ 本文数据采用[清]周济编:《宋四家词选》,上海:古典文学出版社 1958 年版。
④ [清]周济:《宋四家词选目录·序论》,《宋四家词选》,第 2 页。

的选词纲领。其中四大家之外,选词在 5 首以上的词人有(由多至少排序):
姜夔 11 首,柳永 10 首,秦观 10 首,晏幾道 10 首,欧阳修 9 首(实际 6 首),张
炎 8 首,周密 8 首,贺铸 7 首,张先 5 首,蒋捷 5 首。北宋诸大家中,除了苏轼
所选仅有 3 首而与其词坛影响不匹配外,其余诸人的入选数量大致与其地位
相当。而南宋姜夔、张炎共有 19 首入选,数量不少,可见周济早先《杂著》所
希望"纠弹姜、张",以抑浙派之失的目标在词选中并没有得到较合理的实
践。不过,相较张惠言之《词选》及董毅之《续词选》,以及周济早期将辛派定
位为"变声"的倾向,后期对南北宋词的调和迹象,以及对辛派"豪放词"一脉
的宽容,意图还是明显。立辛稼轩一帜与其余三大家同列,标志周济的婉约、
豪放的正变区隔理论有所淡化或互融。

　　周济基于以上选择,在他的《宋四家词选目录序论》中除了再次重申"出
入寄托"论外,还提出了著名的"问途碧山,历梦窗、稼轩以还清真之浑化"①
的学词、研词门径,真正将所谓的"正声"与"变声"融合为一,建立了常州词
派学词系统的基本框架,被朱祖谋先生誉为"截断众流穷正变,一灯乐苑此
长明,推演四家评"②。

　　周济提出的这个词学谱系表面上与晏欧词没有关系,然而只要对照分析
《宋四家词选》和周济的有关词论,答案便可了然。

　　《宋四家词选》共选晏欧词 23(实际 20)首,占全部选词的十分之一,远
超此前的张惠言、董毅所选的总和(8 首,总数量 240 首),反映出周济对待晏
欧三家词的态度和认识比之常派前人有所改观和进步。那么哪些晏欧词得
到了周济的留意或评骘呢? 列表如后,详参附录九。

　　文学选本大都是选家文学观念的投射和反映。《宋四家词选》对晏欧三
家词作的关注入选,无论有无评语,都代表周济晚期对晏欧词的品评态度。
从研究与传播的历史评判,这些词作几乎都不怎么新鲜。据笔者检索,大概
除了晏幾道之《采桑子》(秋千散后朦胧月)一阕较为陌生外,其余在此前的
宋金元明各种词集选本中均已出现。周济之所以置晏欧词于周邦彦名下,是
因为将周邦彦作为整个北宋词最高水平的代表来统帅全局,正如其《序论》
第一句云:"清真集大成者也。"不仅如此,周济还将其作为填词研词的最高
境界:"还清真之浑化。"③作为北宋词的开端,晏殊和欧阳修词,出南唐而肇
北宋初期风气,尽管承袭痕迹明显,开掘创新不多,但平心而论,小词在他们
的手中达到了历史的至高境界,尤其是晏幾道。周济曾说晏殊、晏幾道词

---

①　[清]周济:《宋四家词选目录·序论》,《宋四家词选》,第 2 页。
②　朱祖谋:《彊村语业》卷三,见《彊村丛书》第 10 册,上海古籍出版社 1989 版,第 8303 页。
③　[清]周济:《宋四家词选目录·序论》,《宋四家词选》,第 2 页。

出温、韦而"小晏精力尤胜",即是对二晏词学的公允之论。至于欧阳修,周济似乎表现出更大的兴趣。早期的《词辨自序》把欧阳修同南北宋诸大家因"蕴藉深厚"列为词之"正声";18 年后,周济认为相较韩琦、范仲淹诸公,"若欧公则当行矣"①。质言之,周济认为欧阳修词已经把那些高官同僚的词远远抛在后面,已属本色当行。这种评价与宋朝李清照给予的欧词论定恰恰相反,反映了清人求新求变和不拟古人的词学变革思想,当然更直接地表现了周济对欧词的赏识和兴趣。《宋四家词选》中,周济针对欧阳修的《蝶恋花》(庭院深深深几许)等数词作了一个评价:"数词缠绵忠笃,其文甚明,非欧公不能作。延巳小人,纵欲伪为君子,以惑其主,岂能有此至性语乎。"②他认为这一类词写得缠绵忠笃,像冯延巳这等小人是不可能"有此至性语",因此他断定"非欧公不能作"。这个评价笔者以为可以看作周济早先对欧词"蕴藉深厚"的具体阐释的参照。显然,在他看来,欧词的当行本色并非限于其词语意玲珑、自然婉约的一般特色——如其余《蝶恋花》词 5 首,而还在于深厚蕴藉,有言外之旨。这个不容说破的内在寓意与其一贯读词解词时追求"寄托"的好尚正相契合。换言之,周济兴致所来进行眉批的动机并非欣赏这首词的文学艺术性,而是他认为镶嵌其间的若有若无的政治倾向性。按照周济的分析,句中数语所表达透露的旨意不是女子的春愁而是别有所托,富有政治寓意:"缠绵忠笃,其文甚明。"如此又回归到前述张惠言以诗骚比兴寄托来解读本词的老路。周济绕了一圈,未能超脱张氏的解词模式。不过,将张氏口中的"小人"进一步明确化,直指冯延巳——从儒家伦理道德的价值取向批判人格低下的冯延巳不可能写出有如此"忠君恋阙"的性情之语,并且将这一点作为裁定本词作者归属权的依据。这个逻辑推理显然是值得怀疑的。文品与人品存在一定的对应关系,但不一定完全如此。中国历史上人品一般而文品较好的不乏其例,反之亦然。由此笔者也大胆推测,另外 3 首今人作冯词而周济却录入欧词名下的《蝶恋花》词③,他不会不知道这 3 首词的真正归主。然而出于好尚言外之意和别有寄托的赏词习惯,加之儒家强调的人品至上的诗教原则,一旦涉及欧冯有争议的佳词归属问题,便祭出乱臣伪君子不可为"至性语"的大旗,毫不犹豫地判归给"立义有风节"的欧阳修。因为这 3 首与欧阳修有归属争议的词作同写女子的闺怨情愁,却写得行云流水,深美闳约,婉曲有致,细微感人,不可不谓小词中的上品。

---

① [清]周济:《宋四家词选目录·序论》,《宋四家词选》,第 3 页。
② [清]周济:《宋四家词选》,第 17 页。
③ 今人认为这 5 首《蝶恋花》真正属于欧阳修的只有第 1 首和末 1 首,中间 3 首还归为冯延巳。参《全宋词》第 1 册,第 160 页、第 162 页有关按语。

当然,周济对待晏欧词的态度不全然从"题外之旨""有无寄托"等常派论词家法出发,他对于真正的缠绵有情之作,还是深以为赏。如他在《宋四家词选》中对晏幾道词《清平乐》(留人不住)一阕所作的短小评点:"结语殊怨,然不忍割。"①小山本词是叙述一对恋人的离情别绪,整首词的味道颇有点类似柳永的《雨霖铃》,不过柳氏之慢词多以委婉曲折的铺叙取胜,而晏幾道令词则纯以写景言情而感人。全词虽不用怨字,但上下二片无不见出女主人公的抑郁怨愁,尤其是末尾两句"此后锦书休寄,画楼云雨无凭"将女性的无奈、怨怼,甚至愤慨的心声表达无遗。周济能读出词中这种怨怼之情,认为其情缠绵,不能割舍,主要是从文学审美鉴赏的角度获取的阅读感受。

既然北宋欧词等具有如此表现力和审美性,周济为什么在常派学词统系中要以南宋词为开端?原因在于南北宋词的差异。周济认为南宋词人好彼此争胜操弄词章,为词有门径可循而词旨浅见,而北宋词人能主乐章,描境写情取自于生活现实,故"无穷极高深之趣",因此北宋"无门径,故似易而实难"②。在这种认识基础上,周济批评一些初学者好高骛远,正是以初入门便学北宋晏(幾道)、周(邦彦)词为参照③。晏幾道词的艺术功力要胜乃父,这是周济认可的一点,而周济曾云"美成思力,独绝千古"(《论词杂著》),清真词"浑厚"(《目录序论》)。晏幾道和周邦彦的词作都依赖丰富的才情而达到艺术的高峰,按照周济的说法属于无明显的门径可学者,诚如宋王灼言晏幾道词:"秀气胜韵,得之天然,将不可学。"④这也是周济强调学词应从南宋而返北宋的一个理由。因此对于初学者甫一开始便以晏、周词为手眼的做法,周济认为是不可取的,有悖学词途径而应批判。

周济认为北宋词自然天成,犹如云间词派所谓北宋词"元音自发",显然门径难寻,没有天赋和才情是写不出的。而南宋词相较而言,依靠后天精雕细磨,只要愿意学,门径自开。所以在这种认识基础上,周济指出学词应从南宋入手,由易至难,最后越北宋达唐五代。由此见出,周济推崇的宋四家,表面上与晏欧词无关,实际上晏欧词隐含其间,成了学词论词谱系的末端。这也是为什么《宋四家词选》要置三家词于周邦彦附录的原因。

此外,词的笔法上,周济将晏殊和欧阳修词与温、韦、周、柳词同列,作为笔法高妙的代表。他说:"诗笔不外顺逆反正,犹妙在复在脱。复处无垂不

①　[清]周济:《宋四家词选》,第19页。
②　[清]周济:《宋四家词选目录·序论》,《宋四家词选》,第4页。
③　同上。
④　[宋]王灼:《碧鸡漫志》卷二,《词话丛编》本,第83页。

缩,故脱处如望海上三山妙发。温、韦、晏、周、欧、柳,推演尽致。"①句中有谓"顺逆反正""无垂不缩"实际上是周济借用书画理论来论词。而后者则是源于宋米芾答翟伯寿论书"无垂不缩,无往不收"八字箴言的书学理论②。关于这八字学书含义,元代书家董内直解释云:"无垂不缩,谓直下笔既下复上,至中间则垂而头圆,又谓之垂露,如露水之垂也。无往不收,谓波拨处既往当复回,不要一拔便去。"③周氏移植来评词,认为词章之妙在于笔法的有藏有露,能复能脱,质言之,"复"重人事的铺叙往复,尽心写景叙事抒情;"脱"不拘泥眼前事和景,用跌宕跳跃之法,意象不要过于粘连而给读者留下想象回味的空间,达到意蕴含蓄、思致无穷的效果,所谓"飞卿则神理超越,不复可以迹象求矣"④即是。这种复脱之法实质与"离与合"的构词法一致,既要放得开,又要收得拢。对于前一种,周柳的长调慢词似更有代表性。铺叙之法,以字句的勾连衔接,着重添加对叙事情节的铺展,使词之结构起承转合显得紧凑绵密,达到"铺叙委婉,言近意远"的旨趣。如《宋四家词选》所选周邦彦之《兰陵王·柳》、柳永之《雨霖铃》等。不过《词选》中的欧词《踏莎行》(候馆梅残)一阕也有"复"法之用。而晏欧、温韦词显然靠词句意象的"脱离"取胜。在短章令词的狭小空间里,以字句的勾染敷衍其事显然是不可能的,因此不重叙事的复合而专注于词句的离与脱,指物言情,中间的过渡则靠意象的跳跃、时空的交错来拈连,既为满足篇幅的需要,更为求得词作情韵的蕴藉提供了可能。其佳处真如海上仙山,可望不可即。如《词选》著录的晏殊之《相思儿令》:"昨日探春消息,湖上绿波平。无奈绕堤芳草,还向旧痕生。　　有酒且醉瑶觥,更何妨、檀板新声。谁教杨柳千丝,就中牵系人情。"上片所描景情均指过去的回忆,下片开头言指当下的酒醉人声。末两句又回到昔日的湖边场景当中,感叹最令人难以忘怀的还是往昔的杨柳依依及其寄寓的惜别深情。这样借助语句的跳跃,通过时空的闪回变换,增强结构上的灵动性和情韵的丰富性,从而获取非一般的艺术效果。

　　总之,以张惠言、周济为代表的常州词派前期学人开始以经学视野观照词作,主张词之"微言大义"和"比附寄托",他们对晏欧三家词的重新解读和批评,挽救了浙派视野中三家词的边缘化局势,揭开了清代晏欧三家词研究与传承的新面貌,对后世词学发展影响深远。

---

① [清]周济:《宋四家词选目录·序论》,《宋四家词选》,第4页。
② 参[宋]姜夔:《续书谱·真书》,见文渊阁《四库全书》版。
③ [元]董内直:《书绝》,引[清]冯武《书法正传》卷五,文渊阁《四库全书》本。
④ [清]周济:《介存斋论词杂著》,《词话丛编》本,第1631页。

第二节　清代中后期其他词选(谱)与晏欧三家词评

清代中后期的词学发展,主要以浙常二派的交替演变为主调,尤其是越到末期常派的声势越发宏大。论词重寄托和微言大义,讲求词作与社会现实的联系成了这一时期的重头戏。这种词学特色也反映到中后期的词选中。总体而言,乾嘉以来,浙派的声响并未消失,常派的势头也非一家独大,对晏欧雅词的承传与选取仍是不少词选的批评与传承任务之一。

一、淡雅为宗:夏秉衡《清绮轩词选》与晏欧三家词

《清绮轩词选》十三卷①,又名《历朝名人词选》《清绮轩历朝词选》,为清代乾隆早期的一本通代词选。辑者上海松江人夏秉衡(1726—?),著有《清绮轩初集》四卷,含文 1 卷,诗 1 卷,词 1 卷,赋 1 卷②。《清绮轩词选》约成书于乾隆十六年辛未,有夏氏自序为证。

(一) 选词与词选观

《清绮轩词选》以调编次,按小令、中调、长调先后排列编次,其中卷一至卷六为小令,卷七至卷八为中调,卷十至卷十三为长调。全书所录唐宋金元明清词 324 调,词作 849 首。以断代而言,"全书所录,唐宋人词居其半,元明词仅取一二。清词篇什,九与两宋相埒"③。所录词作尤以宋、清两代为著,某些词调的清人词作数量实超宋人。如卷一录唐词 11 首,宋词 10 首,元明词 6 首,清词 47 首,有光大当代词作的倾向。宋人词中,据粗略统计,入选 5首以上的共有 20 人:周邦彦 20 首,秦观 16 首,李清照 6 首,蒋捷 9 首,张辑 5首,刘过 5 首,贺铸 5 首,张先 9 首,苏轼 10 首,欧阳修 11 首,晏殊 7 首,周密7 首,毛滂 6 首,柳永 10 首,姜夔 7 首,陈允平 10 首,辛弃疾 10 首,张炎 6 首,王沂孙 8 首,史达祖 6 首。南北宋词人各占 10 人。浏览全选,除却清代本朝词作,唐五代北宋显然多于南宋词。对此分析夏氏于"乾隆辛未秋七月"所作自序或许更有助于明了个中隐含的词学观。序云:

> 自唐李供奉有《忆秦娥》《菩萨蛮》二阕,而温飞卿、白香山诸公继

---

① 本文据清乾隆十六年刻巾箱本,国家图书馆有藏。
② 清乾隆十五年刻本。原刻 1 函 4 册,今国家图书馆有藏缩微胶片,可参。
③ 舍之:《历代词选集叙录》之二十七《清绮轩历朝词选》,《词学》第 5 辑,华东师范大学出版社 1986 年版,第 257 页。

之,词所有昉也。唐末五代李后主、和成绩、韦端己辈,出语极工丽而体制未备。至南北宋而作者日盛,如清真、石帚、竹山、梅溪、玉田诸集,雅正超忽,可谓词家上乘矣。

我国家右文兴治,历百有余年,文人才士潜心力学,于诗古文外,每精研音律,谱为新声,如曾侍郎秋岳、王司寇阮亭、陈检讨其年、梁相国棠村、宋冢宰牧仲,暨我乡董樗亭、张砚铭、宋辕文、钱茆鲛诸先生,各有词集行世,骎骎乎方驾两宋矣。呜呼!何其盛矣!

余尝有志倚声,窃怪自来选本,《词律》严矣,而失之凿;汲古备矣,而失之烦。他若《啸余》《草堂》诸选,更拉襍不足为法,惟朱竹垞《词综》一选最为醇雅,但自唐及元而止,尤未为全书也。因不揣固陋,网罗我朝百余年来宗工名作,荟萃得若干首,合唐宋元明,共成十三卷,意在选词不备调,故宁碍勿滥,所虑限于见闻,不无遗漏,倘博洽之士更有以教我,则余之幸也夫。乾隆辛未秋七月,华亭夏秉衡序。

全序主要揭示以下四个问题:

第一,提出“雅正”之作为词中正宗上乘。夏秉衡从唐五代词史寻绎词体的发展演变,认为五代词“语极工丽而体制未备”,而发展到南北宋期间“作者日盛”,如周邦彦、姜夔、史达祖、蒋捷、张炎等,“雅正超忽,可谓词家上乘矣”。

第二,肯定本朝的词学贡献,诸如王士禛、陈维崧、梁清标等人各有词集行世,于是“骎骎乎方驾两宋矣”。

第三,批评此前的有关词律词选各有所失。如万树《词律》“失之凿”,其余明代诸选“不足为法”,服膺朱彝尊《词综》一书,认为该书“最为醇雅”。

第四,指出《清绮轩词选》的取词目的和态度:“选词不备调,故宁碍勿滥,所虑限于见闻,不无遗漏。”①

《清绮轩词选》不仅是一部词选,还具有词律、词谱的功用,因此对所选词之音韵声腔极为重视。这也是夏氏要以之和《词律》相较的原因。对于所取之词,夏氏自谓谨严。他说:“是集选词不备调。词工者一调累至数十阕,否则调虽可用,不敢滥登,去取之间,盖三复详慎而后定云。”②可见,在调与词体之间,夏氏更看重词体本身的艺术结构是否工整拔萃,而不是为选调而存词,这与《词洁》所谓专注备词而不备调相近。

夏秉衡标榜以“淡雅”为选词的最高标准,力戒万树《词律》“失之凿”,汲

---

① [清]夏秉衡:《清绮轩词选·序》。
② [清]夏秉衡:《清绮轩词选·选词发凡》。

古阁词选"失之烦",以及《啸余谱》《草堂》词选失之杂乱的弊端。他在《选词发凡》中进一步强调此点:"是集所选,一以淡雅为宗。"有浙派风格痕迹。《清绮轩词选》是否真的达到了夏氏所宣称的目标呢? 姑且不论,必须说明的一点,夏氏的选词态度至少要比前述的沈时栋谦虚务实,自觉指出"所虑限于见闻,不无遗漏",而后者所辑的《古今词选》则是自我标榜"略无遗漏","秘本"云云,故弄玄虚,制造商家噱头,被施蛰存先生批为清词人词选中"最为下劣"①。

(二) 雅正观下的晏欧三家词

在上述词学认识和选词背景之下,笔者再来分析词选"雅正"视野中晏欧三人词的地位和得失(具体篇目参本书附录十)。

夏秉衡服膺朱彝尊之《词综》,但他的选词、取词理论并没有围绕朱氏理论展开。与朱彝尊之浙西派关注南宋醇雅音律派之不同的是,《清绮轩词选》所取的清代前期词以唐五代北宋词为主体,不由流露出与云间词人近似的看法。在这种选词视域中,晏欧三家词相较也得到较多的关注,入录 21 首,规模几近于前述沈时栋《古今词选》的两倍,体现夏氏对晏欧词较为感兴趣的心态。欧阳修一人独选 11 首,其数比南宋格律派诸家还多与北宋苏轼词相近,揭示欧阳修词之地位和特色得到了夏秉衡的肯定和认可。另外,颇可称道的是,这 21 首词作,都是今人认可的晏欧词作,不存在因与他人相混而误收的现象,从一个侧面亦反映出夏氏取词态度正如其自云"三复详慎而后定",甚为严谨。

以调而分,21 首晏欧三家词作中,除却中调 3 首,其余诸阕均是小令。这种分布结果大致合乎晏欧词以小令词胜场的词学定位。3 首中调分属晏殊 2 首、欧阳修 1 首,晏几道词则全是小令。对于调类的划分,夏氏沿用明代以调为别、以字数多寡为标准的做法。那怎么划分呢? 多少字为小令? 夏秉衡的看法是"大约五十八字以内为小令",而判定是否中长调则以"五十九字至九十字"为界,其间为中调,九十字"以外为长调"②。改变以词体内容类分而变为按调为别的则是夏氏所谓的《草堂诗余》,此即明人顾从敬打破原先《类编草堂诗余》的编排体例,径而改成以调为准的新本。夏氏所说的小令、中调和长调按字数多少为别则肇始于此③。客观而言,以字数多寡划分三

---

① 舍之:《历代词选集叙录》之二十五《古今词选》。
② [清]夏秉衡:《清绮轩词选·选词发凡》。
③ 可参[明]顾从敬编:《类编草堂诗余》四卷本,明嘉靖二十九年(1550)刻本。国家图书馆藏。

类,具有一定的合理性,也存在不少问题,尤其是对于那些只相差几个字的同调不同体的词作,难以遽断究竟属于何种类别,因此也招来万树的责难①。尽管如此,作为一种区隔和研究叙述方式,这种划分法还是具有一定的积极和实践意义。唐红卫曾以六十字为划分标准,分小令、慢词两种,对二晏词进行分类统计,认为晏殊词属于六十字以内的小令词调 30 个,相关词作 105 首;而晏幾道小令词调 39 个,相关词作 239 首②。若以夏秉衡沿用的三分法,则晏殊小令调 28 个(含同调异名),相关词作 97 首,中调 10 个,词作 43 首;晏幾道小令调 37 个,词作 216 首,中调 13 个,词作 39 首,长调 3 个,词作 5 首。而欧阳修的小令词数量也多,因此,晏欧词是以小令词为多,《清绮轩词选》选的基本上也都是小令词。其间,晏殊取中调 2 首,而欧阳修 1 首,晏幾道则全是小令词。从认可词体的地位的角度看,这 21 首词作唯欧阳修有 2 首作独一体或第一体,即《珠帘卷》和《朝中措》两首。其中前者《全宋词》作调名《圣无忧》,而欧阳修词中有 3 首《圣无忧》,其中首句"世路风波险"和"相别重相遇"两阕为同体之作,均为双调 47 字,前段 4 句 23 字,句式为 5—6—7—5,1 仄韵 2 平韵,后段 4 句 24 字,句式为 6—6—7—5,1 仄韵 2 平韵。而首句《珠帘卷》一阕则句式相对有异,同为双调 47 字,但前段 4 句式为 6—6—6—5,3 平韵;后段 4 句式为 6—6—6—6,3 平韵。《全宋词》中,此调二首均惟欧阳修一人所有,因此《钦定词谱》将其当成孤例独一体而存史看待③。另一首《朝中措》则被夏氏当成第一体,而《全宋词》该调词作几近百首,均出于欧阳氏此首,因此《钦定词谱》亦将其当成按谱填词的正体范例词④。其编者按云:"此调以此词为正体。宋人填者甚多。若辛词(年年金蕊艳西风)赵词(荷钱浮翠点前溪)之摊破句法,蔡词之添字,皆变体也。"⑤夏秉衡《选词发凡》曾强调"是集选词不备调"。从保存孤例欧阳修《圣无忧》一调来看,此话恐要打折扣。

夏秉衡一再强调本词选的选取标准是"以淡雅为宗"。这个标准是否符合其间的 21 首晏欧词呢?换言之,所选取的晏欧词与以"淡雅"的视域观照选词是否有对应关系呢?不妨作一番探析和推测。首先,从词作多寡看,晏殊词和欧阳修词入选较多,而晏幾道词只有区区 3 首,这与小晏词的词史地位是有点不相符的。这种现象也与以"雅"取词的倾向存在关联。夏氏既然标榜以雅正、醇雅的尺度去考量采选词作，就不得不衡量词作者生活情趣及其词作主体的内容情致是否与"雅"密切有关。夏氏《词选发凡》曾云："词虽宜于艳冶，亦不可流于秽亵"，肯定词体可以笔涉言情的做法，但有一个前提则是不可旁涉秽言亵语。为此他列举了一些功德名节之士，如韩魏公（琦）、寇莱公（准）、赵忠简公（鼎），所作小词"非不尽态极妍，然不涉绮语，故不为法秀道人所呵也"①。人品与文品不一定一致，然而个人的道德品行和流传口碑至少影响他的文学作品的流传与接受。前叙章节里多次提及不少词人从文品与人品的视角分析评判晏殊和欧阳修词的地位与影响，比如阳羡词派的徐喈凤。夏氏的做法不过是这一历史遗传的继承而已。值得思考的是，夏秉衡列举的那些宋代名臣并没有点出欧阳修，或是因为欧词曾因词遭人毁谤不便例证。但笔者以为这种隐晦安排正暗示夏秉衡骨子里为尊者讳的意图，而认可文声、政声俱佳的欧阳修其词与那些淫亵之词具有本质的不同。曾慥的《乐府雅词》选欧词80余首，数量最多，可见欧词大部分还是以雅词面貌示人，为后世所接受认可。至于晏幾道，其人虽然较为低调，不过不同于他们的父辈一心扑在政事，他纯粹是一个出生于贵胄之家而专力写词的落魄者，一般以寂寞落拓沉沦下潦之角色行世，其人品性声名是难于比肩晏殊和欧阳修的，而这一点毋庸置疑会影响后世对其词作的评价和传播接受。《清绮轩词选》选小山词甚少，不仅远少于欧阳修词，而且连其父晏殊词的数量都不如。这应该与晏幾道忘情作词而不注重自身的公众形象和为人小节有关，很可能影响到夏秉衡选词时的权衡。

另外一个更重要的原因，或是夏秉衡认为晏殊和欧阳修词更符合"淡雅"选词的宗旨，而小晏词相对要逊色许多，故相对选取较少。晏幾道被选词作3首，不仅少于其父和欧阳修，甚至连以写俗艳词著称的柳永和词风流于"粗疏叫嚣"的刘过都不如。后二者均选取了10首，这对于标榜"淡雅"取词的《清绮轩词选》而言，无疑是一大矛盾，也引来了清人的非议②。晏欧三人中，作为承接唐五代词的先锋，晏殊和欧阳修词难免深受西蜀南唐诸公以写艳情为著的影响，而约略与元祐苏门人同时的晏幾道既不接踵柳永善于长调慢词的轨道，亦不步武苏轼长于诗词一体的做法。他独步醉心承续晏殊、欧阳修的短章小令，专力作小歌词。这当然见其热心与执着，不过也因此将艳情题材接受并发扬至绝佳的境地。晏殊和欧阳修同作有艳情词，然而这并不妨碍后世给予他们"雅词"、词之正宗的评价。如果将"艳情"的指认范畴扩大到一般的夫妇及异性亲朋好友之间的感情，那么与此有关的情词，晏

---

① ［清］夏秉衡：《清绮轩词选·发凡》。
② 如陈廷焯《白雨斋词话》卷七云："泾渭不分，雅郑并奏，良由胸中毫无识见。"见第155页。

欧三人的数量和比例是可观的。据人统计，晏殊140首《珠玉词》中与各种男女之情有关的104首，达74%的比例；而师出其后的晏幾道《小山词》类似的题材中，词作亦达246首，约占其全部存词的95%①；欧阳修240首词中，王培友则统计"这三类题材（咏男女、艳情、女性词）共占欧词总数的56.3%"②。晏殊、欧阳修情词为多，不脱"词为艳科"的范畴，但后世的接受评价依然以雅词相许，被认可正宗地位："风流闲雅、超出意表"③；"欧阳、晏秦，北宋之正宗也"④。至于晏幾道词，时人和后人也给予了较高评价。最为知心者莫若黄庭坚，谓其词"狭邪之大雅，豪士之鼓吹"⑤。不过大部分士人关注的不是小山词之雅，而是针对小山词好写妇人之情而有所褒贬。如晚清陈廷焯在肯定晏幾道词工于言情的基础上指其"有失风人之旨"⑥，批评之意溢于言表。因此，从后世给予的晏欧三人词作的评价分析，不难发现，位高权重的晏殊和欧阳修，其词多以风流雅词面目出现尚且引人猜疑毁谤，而沉沦下僚的晏幾道，其人遭遇虽令人同情惋惜，然其词以高达百分之九十五比例的言情之作恐怕更是给后人评价留下了指瑕的口实。在自命高雅的上层文人士大夫看来，这种专力描写男女之情的词作无疑是对正统伦理社会秩序的挑战，是对儒家文艺"诗无邪"的道德要求与审美原则的反叛，因此被苛骂与指责的命运便在劫难逃。因此，夏秉衡在考虑选取晏幾道词作时，不可能不思虑这些因素所可能带来的负面影响。这或许也是所取小山词比晏殊、欧阳修词要少的一个缘由吧。当然，公正而言，如果仅仅因为如此就受到歧视的待遇，对小山词是不公平的。毕竟词作是否雅正不能光凭写作对象和题材，还得分析其表述方式。同一则情事因为语言、描写、表达手段的不同有可能导致雅俗之别。谢桃坊先生说："雅正是与率俗、浮艳、软媚等对立的，它要求词意含蕴、意趣高雅、情志合符社会伦理规范。"⑦质言之，要使词体达到"雅"的规范，必须使语句端庄、发情有止、描写有度、手法含蓄，最终使得全词情致符合主流社会认可的审美与伦理范畴。考之晏欧三人情词，基本上都符合这种写作规范，而晏幾道尽管着力写女性情词稍多些，大率还是能以理节情，不像苏轼自谓灵感一来则"万斛泉涌，不择地而出"那么情致溢发。何况在小令词有限的篇幅中，即使随物赋情，无拘无束，又能发抒到哪种地步呢？晏幾

① 唐红卫：《二晏研究》，第186页。
② 王培友：《欧阳修诗词题材的差异性及其形成原因》，载《学术论坛》2007年第8期。
③ ［宋］李之仪：《跋吴师道小词》，《宋金元词话全编》上册，第133页。
④ ［清］谢章铤：《赌棋山庄词话》卷十二，《词话丛编》本，第3470页。
⑤ ［宋］黄庭坚：《小山词序》，见王双启编著：《晏幾道词新释辑评》附录二，第335页。
⑥ ［清］陈廷焯：《白雨斋词话》卷一，彭玉平导读本，第13页。
⑦ 谢桃坊：《宋词辨》，上海古籍出版社1999年版，第28页。

道一生落拓不羁,但不至于像柳永一样一旦受挫则一头撞进烟花柳巷之中,与那些下层歌妓把酒传唱,从而将词体的创作视野转向民间,变雅为俗。晏几道无聊落拓,不过"对自己的门第、家风从不放弃精神上的依托"①,写作上也自觉继承晏殊创作雅词的传统,因而也获得后人较为广泛的认可。夏敬观先生曾认为其词:"寓其微痛纤悲,宜其造诣又过于父。"②可谓允当。既如此,《清绮轩词选》只选取3首词作,是否觉得有点遗憾。这或许是夏氏受小山词表面的艳情词成分所阻退,或许是夏氏根本不了解小晏词之特点和魅力,也或许是因为小山词路子与晏殊、欧阳修类似,在选词规模、篇幅有限的空间中,两位前辈所选取的数量和占有的空间足以体现宋初小令词的风格特色和荣光,后生小辈的晏几道词只能委屈,聊选3首,以示点缀和门径。入清以来,晏几道词在词选中首次遭到如此冷遇,不得不说是一个遗憾。

那么这21首晏欧三家词是否合乎夏氏所谓的"淡雅"取词宗旨呢?

晏殊被选5首小令2首中调,共计选入7首,除却经典代表作《浣溪沙》(一曲新词酒一杯)外,其余诸阕也颇有可取之处。《清平乐》(金风细细)、《踏莎行》(小径红稀)和《蝶恋花》(槛菊愁烟兰泣露)3首,都曾被以雅为旨归的《词综》所选取③。而《清平乐》(金风细细)一阕还被《词洁》辑者先著评为"不求工而自合。宋初所以不可及也"④。《滴滴金》(梅花漏泄春消息)一首名气虽不大,传承历史也算是渊源有自。明代的《花草粹编》《啸余谱》及《文体明辨》等词选、词谱都有它的踪迹;前述《历代诗余》也榜上有名。因此,这首言离情别绪的小令词因作者的匠心建构而获得了诸多传播与接受。晚近赵尊岳先生评云:"阕尾尤以别立新意,有余不尽为佳。"⑤赵氏所论正道出了本词写法的含蓄蕴藉处。他所称道的结尾两句"千里音尘便疏隔,合有人相忆",语句虽较直率,然而置于词中不觉突兀和粗俗,倒反"含蕴丰富,语短意长……将主、客双方的互相依恋、不忍分离的情愫都凝结在其中了"⑥,这也正是雅词区别于一般俗词的表现。至于其他几首,或被先著纳入《词洁》作为该词牌的第一体范例,或由于词作语句的清新和画面的生动,且富有生活气息而被纳入《历代诗余》之中。因此,总的看来,这几首晏殊词基本符合雅词特色,后人多有认定,夏秉衡之选取可谓实至名归。

欧阳修的11首入选词中,除了《洞天春》和《忆汉月》两调外,其余9首

---

① 刘扬忠:《唐宋词流派史》,第163页。
② 夏敬观:《小山词跋尾》,见《历代词话续编》本,第421页。
③ 分别参朱彝尊、汪森纂:《词综》卷四,第69页、第70页。
④ [清]先著,程洪辑:《词洁》卷一,第28页。
⑤ 赵尊岳:《〈珠玉词〉选评》,《词学》第7辑,华东师范大学出版社1989年版,第160页。
⑥ 刘扬忠编著:《晏殊词新释辑评》,第174页。

都曾入选《乐府雅词》,雅词身份不予质疑。而《洞天春》(莺啼绿树声早)是一首以描景为主的短章小令。实际上在景物的描摹中,也隐含着人物的活动和心理,尤其是最后3句"燕蝶轻狂,柳丝撩乱,春心多少",将因大好春光渐次消失带来的暮春伤怀的微妙心理,在借助莺忙蝶狂、柳丝拂乱的景物刻画中表现得婉约玲珑,包孕其间。清雅婉转,妙不可言。另一首《忆汉月》(红艳几枝轻袅)写法类似,也在春景的描绘中透露淡淡的伤春。

晏几道入选的3首词作,均关涉男女之情,可见这位多情公子的小令词的确以情词为见长。《鹧鸪天》一阕已是脍炙人口的佳构,无需费辞。《浣溪沙》(家近旗亭酒易酤)一词描绘歌女的生活和情思,真实而深刻;《梁州令》(莫唱阳关曲)一调则是歌咏思妇之词,凄清而伤感。两词均涉情事,相较而言,直白之中有委婉,多用比喻或夸张,使得这种情事总体上显得艳而不俗哀而不伤,符合儒家诗教旨意。

综上分析,尽管有人批评夏秉衡之《清绮轩词选》"泾渭不分,雅郑并奏"①,若以晏欧三家词21首为个案,这种批评是毫无道理的。因为所选的这20余首词作,大部分是流传经典之雅词,其余虽然题涉情事,但语句绝不猥亵淫邪,体现了晏欧词中那种风流华美、清新典雅的美学旨趣和特色。或许亦因为词选中多有采集写男女之情词(如晏欧词),夏秉衡标榜的词学标准仅是"淡雅",而不是"雅正",毕竟"淡雅"之与"雅正",在语体色彩和"求雅"程度上还是有细微的差别。浙西词派的开拓者朱彝尊编纂的《词综》才敢打出"雅正"的旗帜,提倡以南宋醇雅音律派为模仿和论词的中心。以唐五代北宋词为主体的《清绮轩词选》,在"雅词"的深度和含义上与南宋音律派还是有区别的。北宋的文人词是文人雅士生活化的一种自觉的表现方式,是北宋上层主流文化反俗求雅的一种自然反映,因而多以自然情性、人情为书写中心。这与南宋一味模山范水、潜忧暗伤、故作深沉清高的词作不相侔和。因此,施蛰存先生判云:"侧艳之词虽多,要皆能以淡雅为度。"②正是对该词选风格的总体认可。从词派角度推测,施蛰存先生认为夏秉衡"生当乾隆初年,亦云间词派中人"③。其实乾隆以降,云间词派已让位于浙西词派,但词学认识和声息并未完全绝迹。主要生活于乾隆时期的夏秉衡则以学云间词派为榜样,而清初云间词人正是以宗奉唐五代北宋词为职志的,这与该词选的取词分布态势相契合。不仅如此,《清绮轩词选》选取的苏辛派词人

---

① [清]陈廷焯:《白雨斋词话》卷七,彭玉平导读本,第155页。
② 舍之:《历代词选集叙录》之二七《清绮轩历朝词选》,《词学》第5辑,华东师范大学出版社1986年版,第258页。
③ 同上。

词也较多。比如苏轼、辛弃疾，甚至刘过词均入选达 10 首左右，这表明《清绮轩词选》更多的是体现云间词派与阳羡交替之际的词风。然而，根据词选序言，夏秉衡又服膺朱彝尊之《词综》，且非常在意周邦彦、姜夔、梅溪、张炎之词，认为他们才是代表宋词的最高境界。这说明当时风行的浙西词派对他影响不小，因为种词学观念与其操政词选的实际取词是有一定的距离的。

这样看来，《清绮轩词选》的出现是在浙西词风登台露相而云间词风和阳羡词风尚未完全退出（事实上也不可能）词坛的复杂词学背景之下的产物。这从晏欧三家词的入选亦可见一斑，其间渗透的词学端倪和识见也正是那个微妙而复杂时代的自然反应，揭示出清代前期词学运动既有碧波大浪也有潜流暗长的复杂词学生态。

二、大有理趣：《蓼园词选》之晏欧三家词选评

黄苏的《蓼园词选》诞生时间与常派开山祖师张惠言的《词选》约略同一时期，并且体现出相近的词学观点："鼓吹大雅，推尊词体，在词的创作与批评中引进《风》《骚》观念，提倡比兴寄托，显示出词学发展的新风貌。"①

据况周颐序，其词取自于《草堂诗余》，保留词题、不分卷、以调类为别则是其遗留特征。全书选唐宋词 88 家，作品 213 首，比张惠言《词选》规模要大，内容更为丰富。选词取向上，对于朱彝尊一派崇尚的吴文英、姜夔、王沂孙、张炎诸家，该书一首未选，明显表现与浙派选词分割的倾向。选录最多的是周邦彦 23 首，其次苏轼 18 首，再次秦观 17 首，黄庭坚、辛弃疾各 7 首，张先 6 首，柳永 5 首。北宋诸大家基本都照顾到位，且选词重心有偏于此。对于浙派较为轻视的苏辛词，黄苏所选，门径亦宽敞许多。

晏欧三家词共入选 17 首（实际 15 首）（详情可参本书附录十一）。晏欧词中，欧阳修词选取为多（实际 7 首）、评点亦为最多（评点 7 条），恐又从另一个侧面揭示选者对欧阳修词的兴趣，并认为晏欧三家词中以欧阳修词贡献最大，影响最为深远。

在对晏欧词的评点问题上，黄苏喜好先用明人沈际飞的说法，然后加以自己的按语，彰示与前人的不同。概而言之，黄苏的晏欧词批评与关注体现在如下方面。

（一）以比兴寄托诠释晏欧词

以"风骚比兴""寄托"论词不是常派张惠言等人的独有手段，与张惠言

---

① 张宏生：《〈词选〉和〈蓼园词选〉的性质、显晦及其相关诸问题》，载《南京大学学报》（哲社版），1995 年第 1 期。

大致同时的黄苏亦有如此,或许是清代后期词学发展的时代要求。据张宏生先生统计,《蓼园词选》200 余首选词中,"明言比兴寄托者有 92 首"①,可见以风骚比兴释词的做法已是黄苏选词论词的主体。某些诠释处和张惠言、董士锡、周济的词选评点有着异曲同工之妙。如评晏殊《踏莎行》(小径红稀)阕,先照例引用明沈际飞评曰"景物不殊,运掉能奇离妖娇。又曰:'结句深深妙,着不得实字'",而后按云:"此篇承前章之意,托兴既同而结构各异。首三句言花稀而叶盛,言君子少而小人多也。'高台'指帝阍。'东风'两句,小人如杨花之轻薄,易动摇君心也。'翠叶'两句,喻事多阻隔。'炉香'句,喻己心之郁纡也。'斜阳却照深深院',言不明之日难照此渊衷也。臣心与闺意双关写去,细思自得之耳。"②沈际飞之语是从文学艺术的鉴赏角度,而黄苏之评显然有异于此。他认为本词与前章意同,都运用了托物起兴的手法。所谓前章指寇准的《踏莎行》(春色将阑)一词,黄苏评之曰:"郁纡之思,无所发泄,惟借闺情以抒写,古人用意多如是。"③可见,黄苏认为晏殊此词与寇准之词一样,都是托物言情,有所兴寄。对于句中具体意象,他认为一一与君臣之义相对应。比如以"花稀""叶盛"比喻"君子""小人之多寡",以"高台"喻指"帝阍",如此等等,最后认为"臣心与闺意双关写去,细思自得之耳"④。这种比附论词之法与前述张惠言非常接近。借物起兴,托物寓情,诗骚以来不少诗词确喜如是,但这种"情"更多的是指发扬诗骚直面现实的真实个人情感,并不一定都与君臣之义挂钩。黄苏认为本词与寇准词一样都是"借闺情以抒写",字句之后深藏微言大义,句句都寄寓君臣之事,恐落入经学家以经解词的窠臼,有悖作者原意。常派祖师张惠言对晏殊此词尚有疑问,"此词亦有所兴,其欧公《蝶恋花》之流乎?"⑤而黄苏不仅没有半点疑惑和商量的口气,还煞有介事地将这首原本通畅明白的写景言情之作附会政治寓意,一句一句进行串讲,由此看来黄苏论词在重寄托重经义的道路上走得比张惠言更远。当然,黄苏对这种以寄托解词评词的理论套路并非始终如一痴迷不悟,有时在词的文学性情与微言大义的解析取舍之间,他也是游离其间,兼有所取。如评晏几道《玉楼春》(秋千院落重帘幕)一词的主旨,他说,"似为游冶思其旧好而言",然而又根据"叔原岂肯为狂邪之事"认为本词"或亦有所寄托言之也"⑥。前句的解说符合一般的鉴赏认识,也正是现代学者

---

① 张宏生:《〈词选〉和〈蓼园词选〉的性质、显晦及其相关诸问题》。
② [清]黄苏:《蓼园词选》,第 48 页。
③ 同上书,第 47 页。
④ 同上书,第 48 页。
⑤ [清]张惠言:《词选》,见《词林万选·词选·附续词选》(合订本),第 132 页。
⑥ [清]黄苏:《蓼园词选》,第 41 页。

肯定本词之处。后者的判断是黄苏受晏幾道言其父不作妇人语的影响所作的推测。黄苏的推测有一定的合理性,然而他推理的前提——对本词的认知定性却是错误的。他说"叔原又岂肯为狭邪之事",即是认为本词是一首不登大雅之堂而有损儒家"思无邪"本义的低劣之作,所以基于这个认识,又在无法否认为晏幾道词的前提下,黄苏只有转向认为是别有所托而非字句的表面意义,这种释词态度一方面是对诗骚比兴论词的习惯性迎合,另一方面惟这样才可能化解为尊者讳的尴尬从而求得心理的平衡。

以比兴寄托诠释唐宋词是黄苏论词评词思想的核心。如评晏殊《蝶恋花》(帘幕风轻双语燕)所云"看此词似有寄托,不独因时即事已也"①,等等,皆是这种寄托论的例证,侧面反映乾隆、嘉庆以后在清帝国逐步走向衰败而民生时事日艰的条件下,部分知识分子受世道环境的影响和刺激,寄希望于词学理念中的干世情结来表达他们企望变革而有所为的普遍心态②。

(二) 评判晏欧三家词之句法、字法等艺术特色

作为常州词派渐兴时期的词论家,黄苏没有惟"比兴寄托"论词,对于晏欧词的艺术匠心和写法特色也有精到的品赏。如评欧阳修《浣溪沙》(湖上朱桥响画轮)一词的字法技巧时按云:"'奈何春'三字,从'萦'字'唤'字生来。'萦'字、'唤'字,下得有情。而'奈何'字,自然脱口而出,不拘是比、是赋,读之蠹蠹情长。"③明代人对于欧阳修本词的丽情丽语品鉴较多。如杨慎云"'奈何春'三字,新而远"④;王世贞对"隔花句"和"海棠句"的欣赏等等⑤。黄苏关注本词的字句用法或许源于明代人的批评,不过他说得尤为详细,并且认为此词情味深长。对《浣溪沙》(堤上游人逐画船)一词,黄苏也能从艺术鉴赏的视角直指沉郁其间的内在意蕴。比如此词最末一句(人生何处似樽前),他认为此句的特色是写得"无限凄怆,妙在含蓄不尽"⑥。这首欧阳修名作,后人多品赏其"出"字之妙,黄苏却能不随流俗专意于片段成句的串讲,且解释较为到位,揭示了欧词的艺术旨趣所在。而在品赏名作《蝶恋花》(庭院深深深几许)一词时,黄苏不仅对"深"字的用法大为称赏,而且在主题上认可"看来必有所指"时也不忘对其艺术特色的颂扬:"第词旨浓丽,

①　[清]黄苏:《蓼园词选》,第53页。
②　参莫立民:《晚清词研究》,第46页。
③　[清]黄苏:《蓼园词选》,第12页。
④　[明]杨慎:《草堂诗余》卷一,引邱少华编著:《欧阳修词新释辑评》,第217页。
⑤　[明]王世贞:《艺苑卮言》,见《词话丛编》本,第390页。
⑥　[清]黄苏:《蓼园词选》,第15页。

即不明所指,自是一首好词。"①

《蓼园词评》中类似的对晏欧词的艺术批评词例较多。如:

晏殊《蝶恋花》(帘幕风轻双语燕):按:"心事"两句,言心事未见有春意怡人处,而春已阑矣。"消息"两句,言春归未知早晚,而斜照"平波",已是送春归模样矣。确是暮春。

欧阳修《踏莎行》(候馆梅残):按:此词特为赠别作耳。首阕,言时物暄妍,征辔之去,自是得意。其如我之离愁不断何。次阕,言不敢远望,愈望愈远也。语语倩丽,韶光情文斐亹。

晏幾道《生查子》(金鞍美少年):"去跃"二字,从妇人目中看出,深情挚语。末联"无处"二字,意致凄然,妙在含蓄。

晏幾道《鹧鸪天》(彩袖殷勤捧玉钟):"舞低"两句,比白香山"笙歌归院落,灯火下楼台"更觉浓致。词愈浓,情愈深,今昔之感,更觉凄然。

(三) 以理趣说晏殊和欧阳修词

以理趣说词,这是黄苏词评中较为特殊的批评方法,也是清代词论家论词少有的一种词学现象。诗词当中附加理趣主要是宋代文人间盛行之事,也鼓励了以理趣的眼光进行诗学批评。"理趣是哲理和情感的统一。词中的哲理,是词人通过敏锐的观察、深切的体验、独特的感受而表现出的一种人生思考和理性认识,给人以哲理性的启迪和美的艺术享受。"②宋词当中不乏这种情感与哲思结合得较好的名作名句。如晏殊(《浣溪沙》)之"无可奈何花落去,似曾相识燕归来"(《浣溪沙》),秦观之"两情若在久长时,又岂在朝朝暮暮"(《鹊桥仙》),苏轼之"回首向来萧瑟处,归去,也无风雨也无晴"(《定风波》)等词句即是。宋代有的理学家干脆以哲学性理入词,典型者如魏了翁之《满江红·次韵西叔兄咏兰》有云:"既向静中观性份,偏于发处知生色。"③这就偏向"理"而缺少"趣",后人在接受解读时也常觉缺少情味而流传不广。

《蓼园词选》中,黄苏也夹带这种以事理论晏欧词的情形。如评欧阳修《浪淘沙》(把酒祝东风)一词后,他认为词的末两句:"忧盛危明之意,持盈保泰之心,在天道则亏盈益谦之理,俱可悟得。大有理趣,却不庸腐。粹然儒者之言,令人玩味不尽。"④黄苏言"末两句",实际上应该将末三句作为一个整

① 参[清]黄苏:《蓼园词选》,第54页。
② 张其煌:《词的理趣》,载《语文天地》2006年第13期。
③ 《全宋词》第5册,第3044页。
④ [清]黄苏:《蓼园词选》,第28页。

体来解读。其云:"今年花胜去年红。可惜明年花更好,知与谁同。"欧阳修
本词下片的主旨在于发抒"聚散苦匆匆,此恨无穷"这种人类普遍具有的感
受,而末三句则是由自然之物——花之有开有谢,联想至人生的聚合无常。
黄苏的批评即是从此生发。花有荣枯,人有离散,世有盛衰,天道也有盈亏,
一切皆在自然的此消彼长的变换当中。黄苏所论是告诉世人要面对现实,以
一腔忧切之意,保一颗安泰之心;要学会淡然、理性面对自然和社会的变化,
以自守有常应对自然之无常,是他认为的"大有理趣"。而欧阳修在平淡的
词句中道出了这一理趣,因此黄苏又觉得"不庸腐"。欧阳修此词之所以能
够受人瞩目,在于他能够超越一般的现实感怆、聚散苦恨而洞察到未来的忧
虑伤悲,因此他才能发出"可惜明年花更好,知与谁同"的凄惶与困惑。陈廷
焯所谓"想到明年,真乃匪夷所思,非有心人如何道得?"①的确如是。因此,
黄苏所谓的"大有理趣"而"粹然儒者之言,令人玩味不尽"的批评或是包含
此等哲思的体验。

　　黄苏还认为欧阳修《朝中措》一词富有人生哲理。他在援引有关平山堂
和苏轼追忆感赋《西江月》一词纪事之后云:"末句感慨之意,见于言外。"②
苏词"休言万事转头空,未转头时是梦"是苏轼追怀恩师欧阳修时对人生参
悟的甘苦之言。他认为人逝百了自然是空,而寄生于世又何曾不是一场大
梦。对于欧阳修本词,黄氏又按云:"君子进德修业,欲及时也,无事不须在少
年努力者。现身说法,神采奕奕动人。"③黄苏所论的前两句,即是从欧本词
末句"行乐直须年少,樽前看取衰翁"所感。以笔者的理解,欧词所谓"行乐"
并不限指今天所谓的"声色犬马"的物质消遣,还应包括为社会、为政事造福
于民的乐事,亦即追求功名道德之乐。依词意,欧阳修的朋友刘敞(原甫)赴
任之地正是他当年曾经造福一方的扬州,尽管那里也是一个山水赏玩宝地,
然而作为政声自有节响者的欧阳修不可能一味地奉劝友人上任及时行乐吧。
因此,笔者以为趁年轻多乐世、进德、修业、立功名或许是他认可的"行乐"含
义,而避免"少壮不努力,老大徒伤悲"才是对友人的殷勤劝勉。黄苏所作
"进德修业"的解说是有一定的道理的。

　　总之,与张惠言出生于同一时代的黄苏,现代学者业已证明他与张惠言
其实没有直接接触交流词学思想的机会④,然而笔者认为《蓼园词选》论词思
想与常州词派的核心词学观却有着惊人的一致性:重兴寄,倾寓意,与政治时

---

① 　[清]陈廷焯:《词则·别调集》卷一,第575页。
② 　[清]黄苏:《蓼园词选》,第29页。苏轼原词参《全宋词》第1册,第367页。
③ 　同上。
④ 　参张宏生:《〈词选〉和〈蓼园词选〉的性质、显晦及其相关诸问题》。

事相连。这是他们共有的词学倾向,或许这是词学发展的时代转变对他们提出的共有要求。不过就晏欧词而言,黄苏还重视词学的文学性情和审美感受,比之张惠言选词论词,门径眼界都更宽。而以诗学领域的理趣视角观照晏欧词则是他独有的词学批评特色,值得留意和研究。

三、别有新见的词谱范式:《白香词谱》与欧阳修词

《白香词谱》,一般认为是江西靖安人舒梦兰于嘉庆年间所编的一本词谱①。舒梦兰(1759—1835),字香叔,又字白香,晚号天香居士。著有《天香全集》,含《天香词》《香词百选》《白香词谱》等多种著述②。《白香词谱》原本是便于初学者学词入门按调填词的词谱之作。以调为编,长短为序,并用符号标注平仄音韵,兼有订谱与词选的双重功能③。同光年间,广东南海人谢朝徵根据有关词话词评加以笺注,并改变了原书的编排方式而以作者生活年代为序,成了后世流行校订刊印的蓝本。该4卷,选录由唐至清词家59人词作100篇(实际99篇)。每篇1调,共100调(实际98调),其中宋代词人36人,词作66首。最多者秦观6首,其次欧阳修5首,苏东坡、张炎各4首④。全书于宋词中推崇南北宋音律谨严、词风雅正之作,所选词作基本上都是流传久远和艺术性较高的经典名作。最多者除了秦观,还有李煜也有6首,而清代的朱彝尊则选有5首,居全书第二,由此反映该书略微有偏重唐五代北宋词的倾向。据《凡例》可知全书深受宋周密的《绝妙好词》和朱彝尊《词综》的编选影响,此外万树的《词律》也是编选校勘之本。不过在词谱正体(或第一体)体例范式上,《白香词谱》与此前的《词综》和《钦定词谱》及《词律》均有差异,反映舒梦兰自己独特的词学观⑤。

舒梦兰的选谱本意在于提供声律之学,并"证以佳词,举堪意会"⑥,给初学者提供一本可资参考借鉴的填词谱式和词体范例。但在后世的笺注和流

---

① 关于《白香词谱》问世的时间,现在大多研究者认定为嘉庆年间(1796—1820),如中华书局1982年顾学颉校订本《白香词谱笺》、广东人民出版社1981年柳淇校订本均如是。然而上海古籍出版社2001年丁如明评订本却认为此书最早刊印于"乾隆三十一年,出版在《词律》与《钦定词谱》之后"。参《学词第一书:白香词谱》前言,丁如明评订,第5页。二者相距甚大。本文暂依前者。

② 舒梦兰生平多不详,此处参尹世洪、胡迎建:《江西省人物志》,方志出版社2007年版,第273页。

③ 本文论及的《白香词谱》主要根据20世纪80年代以来的三个主要校订本,分别简称为顾学颉本、顾本(中华书局1982年版)、柳淇本、柳本(广东人民出版社1981年版)和丁如明本、丁本(上海古籍出版社2001年版)。

④ 参丁如明本。

⑤ 详参刘庆云、蔡厚示:《从〈白香词谱〉透视舒梦兰的词学观念:兼评〈白香词谱〉的文学价值》一文所附几种词谱、词律正体"对照表",《文学遗产》2009年第3期。

⑥ [清]讷斋甫:《白香词谱·序》,见顾学颉校订本《白香词谱笺》。

传过程中,普通的词选功能反而得以强化,因为其所选词作的文学可读性强,而颇受人欢迎。

该谱晏欧三人中惟选欧阳修5首(实为4首)①,详参下简表。

表4　《白香词谱》欧阳修词选统计表

词调·词题	首句	页码	备注
生查子·元夕	去年元夜时	14	
诉衷情·眉意	清晨帘幕卷轻霜	25	
阮郎归·踏青	南园春半踏青时	35—36	现作冯延巳词
南歌子·闺情	凤髻金泥带	51	
临江仙·妓席	柳外轻雷池上雨	66	

欧阳修4调4例,从舒梦兰编选初衷看,这4首词可作为按调填词的范式,分别代表该词牌的符合谱式之作。然而检索舒谱所参的《词律》和《钦定词谱》,这4调的正体之作并非全为欧阳修词。它们分别是:《生查子》——魏承班、韩偓;《诉衷情》——魏承班、晏殊;《阮郎归》——吴文英、李煜;《南歌子》——欧阳修、毛熙震;《临江仙》——和凝、和凝②。因此,除了承袭《词律》之《南歌子》一阕用欧阳修词外,其余九处都是舒梦兰自我见解的安排。质言之,舒梦兰编选词谱时参阅了前人不少成果,但并非一味沿袭照搬,在选择词调的代表词作时,基本上推翻了前人的选择而采用另外一批词人的词作作为按谱填词的范式。舒梦兰为什么要这样做呢? 这又体现出他怎样的词学观念? 一般而言,选为词谱写作范例的词作无非两种情况:一则以其词调源出为早,即所谓创调之作,如《钦定词谱》所标榜的“必以创始之人所作本词为正体”③;或参资创调来由再斟酌其适用性,如万树《词律》选为第一体或正体的标准是“推寻本源,期于合辙”④。相较而言,万树之《词律》似乎更在意于“期于合辙”,因为其间的诸多正体并非是该词调源出最早之作。如《相见欢》《忆江南》等诸体。从此角度言,舒梦兰所选的代表作,也倾向于“期于合辙”之作,而离本源创调相距甚远。笔者根据刘庆云先生列举的《白香词谱》中的59个词调检索,竟然没有一个词调是根源最早或创调之作,而与《词律》相同者仅11个,与《词谱》所选没有相同者。于此不难明白,舒梦兰似有

---

①　本处参丁如明本《白香词谱》,因该本恢复舒梦兰原本的编排方式,与谢朝徵笺注本不同。另外,必须说明的是前述顾本和柳本均当选欧阳修4首,无《生查子》一阕。

②　此处参刘庆云、蔡厚示:《从〈白香词谱〉透视舒梦兰的词学观念:兼评〈白香词谱〉的文学价值》一文所附几种词谱、词律正体“对照表”。

③　王奕清等:《钦定词谱·凡例》,中国书店1983年影印康熙五十四年内府刻本。

④　[清]万树编著:《词律·自序》。

意要打破前人的陈见而创立自己选取词调、选用词体的词学标准——即所取的词调体式不一定都是创调,只要合乎该词调的其他体例即可,而代表之作的风雅情韵则要优先于词体体式的选取。那么以欧阳修 4 词为例,看看是否体现这种选词倾向和审美观念。

《生查子》一体,一般以韩偓的首句为"侍女动妆奁"一阕为最早,因此《词谱》以其作为第一词例,而以其词谱格式"双调四十字,前后段各四句两仄韵"为正体①。《词律》著录魏承班《生查子》首句"烟雨晚晴天"词为首例,因为在 5 言 8 句中,每句第 2 字用仄声韵而与魏词不同,故被《词谱》谓之变格;至于第 2 字偶用平声韵的欧阳修词"含羞整翠鬟"尤为变体矣②。《白香词谱》所取《生查子·元夕》一调与"含羞整翠鬟"一词体式相同,上下两片首句第 2 字系用平声韵,使得其首句平仄变为"◑○○●○"而与一般通用的格式"◑●◑○○"不同③。舒梦兰之所以弃用其他词体而选用这首不常见的词谱格式,依笔者的理解完全是出于对这首经典之作的主题及艺术的爱赏。因此,可以认为,舒梦兰取词谱体例的标准偏向词体艺术的情韵和可赏性。

第二调《诉衷情》,《词谱》以晏殊之首句"青梅煮酒斗时新"为第一体,其格为双调 44 字,前片 4 句 3 平韵,后片 6 句 3 平韵。该词谱还明确说明"欧张词之添字,皆变体矣",因此置欧阳修本词于"又一体"④。欧词(清晨帘幕卷轻霜)一阕属于双调 45 字,上片 4 句 3 平韵,下片 6 句 3 平韵,但上片末句为 6 字句,比晏殊词句式多 1 字,因而《钦定词谱》认为是添字变格体。不过宋词中,以欧阳修词为取法效仿的词作不少,如黄庭坚、赵长卿等同体词,说明欧本词的体式还是具有一定的创造性和接受市场。当然,从歌咏主题看仍然与前一首无异,属于男女爱情词,且语句疏隽有致,情致深沉蕴藉。这或许才是舒梦兰选取的根本原因吧。

欧阳修《南歌子》一体,双调 52 字,上下片各 4 句 3 平韵,是《白香词谱》选取代表体式中少有的与《词律》取词径向一致的例词。《钦定词谱》则以早出的毛熙震词为正体,且诸多变体格式中不曾言及欧阳修词体⑤,谢朝徵笺云:"此词前后两结,或上六字逗,下三字句;或上四字逗,下五字句,须蝉联不

---

① 《钦定词谱》卷三,第 204 页。
② 同上。
③ 本节声韵符号:◑表示可仄可平韵,○表示平声韵,●表示仄声韵,◑表示可平可仄韵。欧词本两句词谱式参丁本《白香词谱》,第 15 页。
④ 《钦定词谱》卷五,第 296—297 页。
⑤ 《钦定词谱》卷一,第 19—24 页。

断,可逗不可句。"①欧阳修本词为常见的 52 字体例,且该阕下片结句句读格
式为上 6 下 3,而唐宋词双调词中此格式尤多,如苏轼一人就有 18 首之多,秦
观 3 首,黄庭坚、贺铸、毛滂等皆有作。因此从词谱体例上看,欧阳修本词虽
不是创调,但影响较大,是后世效法之范本。因为该词用语牵涉男女闺房之
事而难以入宫廷御用词选家的法眼,不过客观上确是一首描写男女爱情的经
典之作,历来深受好评。舒梦兰或有赏于此,将其置于众体之首,作为《南歌
子》一调的代表。

至若《临江仙》一调,《词律》和《词谱》均以早出的和凝之作为第一体,而
舒梦兰尤其青睐欧阳修此阕,可谓不同流俗,眼光独到。谢朝徵笺云:"此调
变体甚多,而欧阳修此体宋元人大都照此填。"②现代研究者也认为《临江仙》
其体一般有 3 种格式,其中欧阳修本词即为第一格:双调 58 字,6 平韵,"上
下片第四句四字,只可作'平平仄仄'或'仄平平仄'"③。本词在写法上也是
艳而不俗,用词较雅。即使晚期对欧词有所批判的陈廷焯亦认为"遣词大
雅"④。可见,舒梦兰以之为《临江仙》的词体标牌,基于其无论是词体格式
还是情调风格都可以为后世所接受认可,恐怕这才是选取欧词的真正
缘由。

由上述欧阳修 4 词,可以推测舒梦兰选词的词学观既重视词体的格律规
范性和词体谱式的示范效应及流传性,也注重词作本身的情韵性,包括男女
之情。当然前提是艳而不俗、艳而和雅之作。这种词选观与舒梦兰《天香
词》词体创作的倾向"多以婉约为宗,言情为主"⑤是相协调的。

四、偏爱与会心:周之琦词选与晏欧三家词录

周之琦(1782—1862)作词以音律为重。杜文澜说:"国朝词人最工律法
者,群推纳兰容若、顾梁汾、周稚圭三家。"⑥进一步证实了周之琦稚圭的词作
音律之功。有《心日斋词集》六卷,词主周姜一格,仅明确标榜追和周邦彦、
姜夔、吴文英等人词十余首⑦。另有词选《心日斋十六家词录》二卷及《晚香
室词录》八卷问世。

---

①　柳本《白香词谱笺》,第 34 页。
②　同上书,第 36 页。
③　丁如明本《白香词谱》,第 68 页。
④　[清]陈廷焯:《词则·闲情集》卷一,第 878 页。
⑤　吴海、曾子儒主编:《江西文学史》,江西人民出版社 2005 年版,第 585 页。
⑥　《憩园词话》卷二,《词话丛编》本,第 2865 页。
⑦　参《续修四库全书》影印本,集部 1726 册。

（一）别有会心：《心日斋十六家词录》对晏幾道词的爱赏

《心日斋十六家词录》上下两卷，下卷末有道光癸卯仲秋跋语及题《心日斋十六家词》绝句 16 首①，是唐宋词的一个断代选本，亦为周之琦词学思想的体现。全书选录唐五代温庭筠词 11 调 30 首、李煜词 11 调 13 首、李珣 7 调 19 首、孙光宪 12 调 19 首，以及韦庄词 23 首。宋词人取晏幾道 22 调 46 首为最多，其余秦观 12 调 16 首、贺铸 19 调 23 首、周邦彦 19 调 19 首、姜夔 22 调 22 首。此外史达祖、王沂孙、蒋捷、吴文英、张炎及元词人张翥，共 16 家词。全书选取 30 首以上者，除了晏幾道，还有吴文英 42 首、王沂孙 37 首及温庭筠 30 首。北宋苏轼及南宋辛弃疾二人没有入选，由此选阵可以看出周氏对词调和格律的重视，而且北宋以上钟于小令词，周邦彦以下偏取慢词长调，承袭朱彝尊"小令宜师北宋，慢词宜师南宋"的词学观念较为明显，可谓浙西词末派一格。近人陈匪石对此评云："北宋增小晏、秦、贺。虽似不出温柔敦厚之范围，而门户加宽，且已知崇北宋矣。"②所谓"门户加宽"指不拘守浙派选词疆域而上溯唐五代北宋，而"温柔敦厚"也正是常派崇尚，于是周之琦的词选带上常州词派的色彩又在所难免。现代学者分析指出，周之琦的词学观实际"折衷调和于浙、常二派之间，较能兼收并取"③，持论较为允当。

寥寥 16 家词中，晏幾道有幸入录 46 首，不仅是晏欧三家词中唯一的入选者，而且还是整个 16 家词人中入选数量最多者。这种礼遇是前述历代词选中没有过的。出入浙常之间的周之琦为什么对小晏词情有独钟？结合有关论述和所录入的词作（可参本书附录十二）或许可以知晓一二。

晏幾道选词 22 调 46 首大多属绮丽婉曲的情词。其情致真挚哀婉，其词藻清美淡雅，基本上代表小山词的最高艺术水准。不仅如此，小山词的音律也掌握得较好。他的不少歌词基本能付之于歌妓演唱，所谓"莲、红、蘋、云"即是传唱其词的家养声伎，因而一般富有音乐韵味，即使作为徒词，其格律也基本符合词调的填写规范。这些特点对于讲究音律的周之琦来说，无疑是一大亮点。另外，更重要的是，恐怕生于浙常转换之际的周之琦，他的词学观由于受常派思想影响，对于小山词所谓"补乐府之亡"式的别有寄托也青眼有加。周之琦《十六家词录》刊出面世时，常派张惠言之词选和词论早已问世，特别是常派纲领性文件——周济的《宋四家词选》于道光十二年已经成书行世。从此以后，浙派的声响愈发微弱而常派的声势愈益盛大。置身其间的周

---

① 本文据清道光二十四年刻本。
② 陈匪石：《声执》卷下，金陵书画社 1983 年版，第 163 页。
③ 陶然：《论清代孙尔准、周之琦两家论词绝句》，载《文学遗产》1996 年第 1 期。

之琦,他的词学观念不能不受张惠言、周济等论词学说的影响。而周济对于晏幾道词深以为赏,曾说:"晏氏父子,仍步温、韦;小晏精力尤胜。"①他的《词选》中取晏欧三家词 20 首,而晏幾道一人词即有 10 首,可见对晏幾道词的加爱。这一做法或许会渐染或左右常派及常派相关词家对待小晏词的态度和看法。另外浙派后劲郭麐也是深爱晏幾道词。因此周之琦大取晏幾道词,在选取源头上恐深受浙派末期和常派思想熏陶,不过在突出位置上比周济走得更远,眼界也益为宏宽,这也与周之琦对小山词别有会心有关。

周之琦评晏幾道词七绝诗云:"宣华宫本少人知,珠玉传家有此儿。道得红罗亭上语,后来惟有小山词。"②这首论词绝句,周之琦从词的传承角度指出小山词的渊源出处与西蜀南唐词之关系,将晏幾道词当成沾染花间和南唐李煜词风的影响结果。而《十六家词录》中,花间作风和南唐情词,被周之琦当成一个重要的组成部分而加以选辑,取词 5 家 104 首,共占宋元 11 家词总数(290 首)的三分之一强,其中被常派看重的温庭筠单独选词 30 首。于此可见,周之琦选取小山词数量之多,还与他将小山词当成西蜀南唐词风的直接继承人有关,其间当然也暗含常州词派论词倾向温、韦、南唐词的思想印记。

《心日斋词录》没有提出明确的词学理论和观点,但它对北宋词作声韵的重视还是具有一定的词学影响和研究意义,尤其将小山词当成选词的第一大户,这在晏幾道传承史上还是少见,充分体现了晏词的魅力和可取之处。

(二) 浙派遗风:《晚香室词录》与晏欧三家词选

周之琦编辑的另一本词选《晚香室词录》八卷,共录唐、宋、金、元词人 128 家(唐五代 25 家、宋词人 84 家、金元词人 19 家),词作 633 首(唐五代 141 首、宋 422 首、金元词 70 首)。各卷依词人时代先后相叙,始唐李白,终元张翥。所选诸家中,北宋较多者以晏幾道入录 36 首、周邦彦 24 首、贺铸 19 首、张先 11 首为著。南宋选录者尤多,选录 20 首以上者有吴文英 43 首,王沂孙 33 首,史达祖 26 首,姜夔 23 首,张炎 21 首。吴文英词为全书之最。从其选录词家和词作数量分布看,该选辑录重心与前述《心日斋十六家词录》同中有异,选法谨严,特重声律,似偏向浙西声律一派,可与戈载《宋七家词选》参看。周之琦《晚香室词录》中,晏欧三家词共入录 42 首,分布于卷二。具体词作可参本书附录十三。

---

① [清]周济:《宋四家词选目录·序论》,第 2 页。
② [清]周之琦:《论词绝句》,见《心日斋十六家词录》。

相较《十六家词录》,《晚香室词录》增添了晏殊词 4 首,欧阳修词 2 首,而晏几道 36 首词作中有 35 首与前者重复,充分揭示周之琦对小山词的喜爱。欧阳修词选录最少,区区 2 首,不足以体现这位北宋词学发展中具桥梁作用的先锋大家的词史地位。或许因为周之琦取词偏重南宋音律和词乐一端,认为欧词如李清照所谓"句读不葺之诗耳",音乐性不强而难以入选。从苏词无一首入录,且存词最多的辛弃疾仅有 7 首词入选,可以印证这一点。另外说明周之琦将欧阳修词与苏辛词归位豪放词一类,揭示出周氏选词的标准是推北宋的崇婉约和南宋的格律词,苏辛一派摒弃在外,有点类似浙派选词的风格。

总体而言,笔者以为周之琦《心日斋十六家词录》到《晚香室词录》,其编选意图和词宗风尚存在一个微妙的变化过程。前者以南唐五代北宋词为主,带有常派取词的痕迹。后者略有偏向南宋音律词,是对浙派词学思想的继承和反映,因此周之琦的选词表明清代后期常派虽然日渐得势,但浙派的宗风并没有即刻消失。它的词学思想和选词、论词观依然具有强大的流衍阵地和传承轨迹。正如近来有论者云:"资料表明,浙派自嘉道以后,即使在公认的常派盛行的十九世纪后半叶,仍具有相当的强势地位,词家也甚多,具有广泛的影响力。"①周之琦不一定是浙派传人,但是他的词学思想以浙派观念为重兼收常派应毫无疑问。在这种游离于浙常二派之间的选词思想主导下,晏欧三家词有所选取辑录,而且存在一个由专选小晏词到三家均选的变化过程,反映出周之琦对晏欧词的认识变得更加全面。

五、浙派遗风:《历代词腋》与晏殊、欧阳修词选

黄承勋(?—1835),字朴存,浙江仁和(今浙江杭州)人。主要生活于道光年间。词学著作主要有《历代词腋》二卷及附《眠鸥集遗词》一卷②。

《眠鸥集遗词》共 52 调 52 首,时人汪廷儒谓其"清空绵邈,沉郁离合"③,有《南浦·用张炎韵》一首,作词沿姜张一派并稍有变异。而《历代词腋》是黄承勋编纂的一部通代词选。该选以词调长短为序,编为上下两卷,共录唐宋金元明词人约略 80 家词作 169 首,其中上卷 53 调 101 首,下卷 50 调 68 首。以个人而言,张炎以 51 首高居榜首,其余李煜、姜夔、王沂孙、蒋捷等亦入选较多,但均不过 10 首,充分反映浙派词学宗风的留存影响。

---

① 刘深:《浙西词派分期新探》,见《唐圭璋先生诞辰 110 周年纪念暨词学研究国际学术研讨会论文集》上册,南京师范大学文学院 2011 年 11 月装订本,第 334 页。
② 有道光十四年刻本和光绪十一年重刻本。本文据光绪乙酉五月梓黛山楼藏板重刻本。国家图书馆有藏。
③ 参[清]汪廷儒道光二十九年《眠鸥集遗词·序》,见《历代词腋》附录,光绪十一年重刻本。

对于这样的取词状况,可从时人朱绶之序中蠡测其编选背景和选录标准。

　　填词之学于文章为小技,而工之极难。世士堕《草堂》云雾者数百年。国初朱竹垞氏,稍后厉樊榭氏,始标南宋为准的,一洗叫嚣之习。而万氏尤尚雅令,不为脂粉秾丽语,一时倚声家多宗之。至于今日,风流未传,姜吴周张之集,渐播寰宇,而江浙间操觚之士,类能辨阴阳、清浊、九宫八十一调之异同,非词学最盛之际哉!顾选词自张皋文氏外率少善本,而张氏入选者甚少,读者或犹有余憾。若夏氏、许氏所选,今所行于通都大邑者,雅郑杂陈,识者病焉。仁和黄君朴存邮示《词腴》上下卷,所采较张氏稍广,而持择之意甚谨,有涉粗豪靡曼者,虽其词为古今所称,概置不录,其用心美矣!朴存为樊榭乡人,寓居扬州,又樊榭旧游地,宜其于词学深有所得,而所选一出于正也。是选之出,不知时士之论较张氏得失论何如,而要不为《草堂》云雾之所掩,是可信尔。道光十四年三月……①

朱氏之序可分为四个层面理解:

第一,指出清初竹垞和厉樊榭廓清《草堂》云雾笼罩词坛之功,开创以南宋声律派为词学宗奉对象的学词风气。第二,指出道光十四年左右,厉樊榭之风流有所衰微,然而浙派风气尚未全息,姜、吴、周、张之词集日渐流行,江浙知音律之人亦大有人在,亦可谓进入了词学繁荣昌盛之际。第三,通行之词选本,各有弊端,不利词学的推扬与发展。张皋文本失之狭,夏氏、许氏失之淫,均不合符当前词学审美需要和学词、论词之时代环境。将编纂合乎新背景的词选提上日程。第四,《历代词腴》选词谨严,用心良苦。黄君词学厉樊榭,选词亦一以雅正为准的,相信能够扫除《草堂》迷雾,以正视听。在这种论词、取词背景之下,《历代词腴》突出张炎词之地位便不难找到答案。

《历代词腴》选取晏欧词不多,其中晏殊词1首,欧阳修5首,晏几道一首未取。详参下简表。

---

① 　朱绶道光十四年三月《历代词腴·序》,版本同前。按,文中所谓"夏氏、许氏所选"指乾隆年间夏秉衡之《清绮轩词选》十三卷本和许宝善之《自怡轩词选》八卷本。可参王兆鹏:《词学史料学》,第357—359页。

表5　《历代词腴》与晏殊、欧阳修词选

作者	卷次	词调	首句
晏殊	上卷	浣溪沙	一曲新词酒一杯
欧阳修	上卷	浣溪沙	湖上朱桥响画轮
	上卷	南歌子	凤髻金泥带
	上卷	浪淘沙	帘外五更风
	上卷	蝶恋花	庭院深深深几许
	下卷	千秋岁	柳花飞尽

在人均不过2首的词选中,欧阳修词得以入录5首,见出编者对欧词之爱好。而词坛大家辛弃疾不过3首,苏东坡亦3首。从选词规模的角度分析,朱绶为之所作序中曾批评张惠言之《词选》选词过狭,而认为《历代词腴》取词视野较之稍广。前面已论,张氏《词选》仅录唐宋词人44家116首,而《历代词腴》之取词规模显然有所超越,但主要体现在选取词人对象有所扩张:由张本之44家增添为近80家;所涵括的时代有所延伸,由唐宋扩展至金元明五代,而词作总数却只增加了50余首,确实体现了取词较为谨严的作风。以晏欧词论,张惠言《词选》录晏欧词5首,其中晏殊2首,晏幾道1首,欧阳修2首。《历代词腴》的晏欧词取词规模与之相当,但编选旨趣则有退小山而进欧阳修词的倾向。不过无论从哪个角度评判分析,晏幾道词一首不录还是反映了编者的并不宏通的词学观。前述清代有关唐宋通代词选中,无论是主浙西词派还是袭常州词派,均有选取小山词的历史,除了《白香词谱》和《历代词腴》例外。难道黄承勋认为《小山词》不够"雅正"而不予采取?

从晏殊、欧阳修这6首入选词作看,《历代词腴》的编选初衷虽有意打破《草堂》迷雾,承接厉樊榭词论风流,然而实际上其选词并非一味地谨守"雅正"门户,摒弃《草堂》所选。如晏殊《浣溪沙》、欧阳修《蝶恋花》和《浣溪沙》3首均是《草堂》原有的作品。而《南歌子》(凤髻金泥带)一阕则有涉闺房之乐之嫌,被谢章铤批为"纯写闺襜,不独词格之卑,抑亦靡薄无味,可厌之甚也"①。

《历代词腴》在词宗姜张的选词思想下,选取6首晏欧词作,已经是难能可贵。所选晏欧词篇目是历史的继承,从而又为晏殊、欧阳修词的传播做出了新贡献。这个词选事例再次说明,即使清代后期常派宗风炽烈,但浙派声息仍然存在,清代后期的词学发展持续在浙常两派的交替影响中前行。

总之,清代中后期的词选,从其理论指向和选词宗风角度看,主要是深受浙常二派的词学思想影响,不过有些词选也能超越宗派拘束而努力体现自己

---

① ［清］谢章铤:《赌棋山庄词话》卷四,《词话丛编》本,第3366页。

选词评词的特色,无论哪一种词学倾向,对晏欧三家词的选取与评论,都促进了晏欧三家词参与清代词史的构建进程,也推动了三家词的研究与传播步伐。

第三节　其他词话对晏欧三家词的批评与传播

清代中后期瞩目过晏欧三家词的著名词学家还有李调元(1734—1803)、吴衡照(1771—?)、陆鎣(1775—1850)、宋翔凤(1779—1860)等。

一、《雨村词话》评晏欧词

主要活动于乾隆年间的李调元,其《雨村词话》也对晏幾道和欧词发表了见解。如:

> 晏幾道小山词似古乐府。余绝爱其《生查子》云:"长恨涉江遥,移近溪头住。闲荡木兰舟,卧入双鸳浦。无端轻薄云,暗作廉纤雨。翠袖不胜寒,欲向荷花语。"公自序云:"补亡一篇,补乐府之亡也。"可以当之。①

晏幾道所谓"乐府补亡"是特意强调他的小词可以上接乐府之可歌性和一定的叙事写实性。通观晏幾道此词,仿佛代女子立言,叙说自己爱情的不幸遭遇。写法上,正如王双启所谓全词"婉转含蓄、曲折细腻,切合抒情女主人的身份,而清新艳丽、语多双关的笔调,又显示了南朝乐府民歌的风韵"②。若此分析,本词补续乐府,线索可见。

李调元还对欧阳修一词的字句进行了辨析:

> 欧阳永叔词,无一字无来处。如《南乡子》词"偷得褭蹄新铸样",俗作"马蹄"。本《汉书·武帝诏》,以黄金铸麟趾、褭蹄以叶瑞。又《少年游》词"归路似章街",本《文选》"走马章台街"。今俗作"草街",误。③

"褭蹄",今《汉语大辞典》释云:"铸金成马蹄形。因借指金银。《汉书·武帝纪》:'今更黄金为麟趾褭蹏以协瑞焉。'颜师古注:'武帝欲表祥瑞,故普改铸

---

① ［清］李调元:《雨村词话》卷一,《词话丛编》本,第1390—1391页。
② 王双启编著:《晏幾道词新释辑评》,第90页。
③ ［清］李调元:《雨村词话》卷一,《词话丛编》本,第1393页。

为麟足马蹄之形以易旧法耳。今人往往于地中得马蹄金,金甚精好,而形制巧妙。'"李调元所释当是。而"章街"作"草街",显然是字形近似而衍误。

此外卷二中还对晏殊词用词之反复表示认可接受:"晏殊《珠玉词》极流丽,能以翻用成语见长。如'垂杨只解惹春风,何曾系得行人住',又'春风不解禁杨花,濛濛乱扑行人面'句是也。翻覆用之,各尽其致。"①等等。

二、中后期其他词话晏欧三家词评

清代后期以词话为主要理论批评武器的词论家中,涉及晏欧词批评与研究的尚有吴衡照、宋翔凤、陆蓥和刘熙载等。从词学倾向看,这些人基本都出入于浙常之间,多少都曾论述晏欧三家词。

(一)吴衡照、陆蓥、宋翔凤的欧阳修艳词辨伪立场

吴衡照(1771—?),字子津,浙江海宁人。嘉庆十六年进士,著有《莲子居词话》四卷。吴氏对晏欧词的研究主要涉及欧阳修艳词评骘问题。前章已论,欧阳修《醉蓬莱》《望江南》两词因语涉艳情自宋代以来就受到争议。关注的焦点有二:其一,两词的著作权,是否伪托;其二,如何看待欧氏这种艳词。宋元以来,大部分文人都否认为欧作,以为尊者讳。如清初阳羡词派成员任绳隗指出为小人暗算,"不足为训"。那么清代中后期的吴衡照又持怎样的看法呢?吴衡照说:

> 欧阳公知贡举,为下第举子刘煇等所忌,作《醉蓬莱》、《望江南》诬之。按煇,原名几,字之道,铅山人,嘉祐四年进士。公素恶其文,及是以《尧舜性仁赋》为公所赏,见《文献通考》。是煇后仍出欧阳公之门矣。②

可见吴氏在关于欧词伪托问题上旗帜鲜明地承袭前人说法,认为是时人刘煇嫉恨欧阳修特作艳词诬蔑,也就是说这两首艳情之作并非欧阳修所为。吴衡照的观点并没有创新之处,稍后的陆蓥基本也秉持这种看法。

陆蓥(1775—1850),字胜修,又字募伯,号艺香。江苏苏州人。撰有《问花楼词话》16则,代表陆蓥的词学批评理论。面对欧阳修的艳词问题,陆氏认为:

> 欧阳公,宋代大儒,诗文外,喜为长短调。凡小词多同时人作,公手

---

① [清]李调元:《雨村词话》卷二,《词话丛编》本,第1406页。
② [清]吴衡照:《莲子居词话》卷一,《词话丛编》本,第2415页。

辑以存者,与公无涉。一时忌公者,藉口以兴大狱。司马温公,儿童走
卒,咸共尊仰。轻薄子捏造艳词,以为公作,转相传诵,小人之无忌惮
如此。①

　　陆氏肯定欧阳修一代文儒的地位和影响,指出其词集中多有收辑他人之
作,而一些小人故意捏造艳词借以攻击欧阳修。可见,对于欧阳修因词受诬
之事基本上和吴衡照持相同的立场和看法。
　　宋翔凤(1776—1860)则在剿前人之说的基础上有所创新。宋氏《乐府
余论》指出:

　　　《词苑》曰:王铚《默记》载欧阳《望江南》双调云:"江南柳,叶小未
　成阴。人为丝轻那忍折,莺怜枝嫩不胜吟。留取待春深。　　十四五,
　闲抱琵琶寻。堂上簸钱堂下走,恁时相见已留心。何况到如今。"初奸
　党诬公盗甥,公上表自白云:"丧厥夫而无托,携孤女以来归。张氏此时
　年方十岁。"钱穆父素恨公,笑曰:"此正学簸钱时也。"欧知贡举,下第举
　人,复作《醉蓬莱》讥之。按欧公此词,出《钱氏私志》,盖钱世昭因公《五
　代史》中,多毁吴越,故丑诋之。其词之猥弱,必非公作,不足信也。按
　此词极佳,当别有寄托,盖以尝为人口实,故编集去之。然缘情绮靡之
　作,必欲附会秽事,则凡在词人,皆无全行,正不必为欧公辩也。②

　　由上可知,对于此公案,宋翔凤既有延续前人看法一面,更有自己的创新
之论。首先他也认同《钱氏私志》有意以词中伤欧阳修的看法。其次,宋翔
凤不认同该词"猥弱,必非公作",而是认为该词"极佳",作为艳情词是"别有
寄托",当初汇编词集时因人口实而删去。再者,宋翔凤还强调抒写缘情之
作难免被附会秽事,这是时代通病。最后,宋翔凤从词人无完人的视角,指出
欧阳修撰写此类艳情词也是正常的现象,没必要为此争辩开脱。
　　以上四个方面证明,面对同样的欧阳修艳情词的争辩问题,宋翔凤表现
出异于吴衡照和陆蓥的立场和看法。他不但承认此类词当属欧阳修本人所
做,而且还摆明欧阳修撰写这些词的正当性,体现宋氏对待欧词历史遗留问
题不随流俗的态度。当然,宋氏以"寄托说"为欧阳修写此词的目的辩护,多
少反映出他的常派词学背景。
　　吴衡照、宋翔凤关于欧阳修艳词辨伪立场的事例说明,即使时至清代乾

---

①　[清]陆蓥:《问花楼词话》,《词话丛编》本,第 2546 页。
②　[清]宋翔凤:《乐府余论》,《词话丛编》本,第 2496 页。

嘉时期,欧阳修因词受诬之事仍然没有一个统一的看法,并且一直到清末民初也没有定论①。

(二) 其他词论论晏欧词

前述的陆鎣还在《问花楼词话自序》中指出:"词虽小道,范文正、欧阳文忠尝乐为之。考亭大儒,亦间有作。盖古人流连光景,托物起兴,有宜诗者,有宜词者。"②陆氏从词学与社会生活的关系视角指出欧阳修等大儒也有撰写小词的欲望和需求。此外,对于晏殊、欧阳修词的风格特色提出"庐陵翠树,元献清商"③一家之说。清中后期词论家中,刘熙载算是一位不倚门户而具个性的论者。他的《艺概·词概》曾对历代词人词作有过评骘。譬如他认为南唐冯延巳词对晏欧词的传承影响,晏殊"得其俊",而欧阳修"得其深"④。这种看法成了晏殊、欧阳修词传承冯词的经典论断。此外对于小晏词之特点也略有发明,如"少游词有小晏之妍""叔原贵异"⑤等,只字点评之间,较为准确地道出了小晏词的某些特质和传承影响。

总之,清代中后期关涉晏欧词作的其他词话并不多,仅有的词话讨论的热点集中在风格技法和字词,而为欧阳修艳词辩诬问题相对得到不少词家的关心与评议,反映出清人对欧阳修及词体特性的评判态度。

第四节 许穆堂词在创作上对晏欧三家词风之承袭

清代中后期明显在创作上效法晏欧三家词者,主要有乾隆后期的许穆堂等。本节以之为代表,考察晏欧词在清中叶词体创作当中的流传现象。

蒋敦复《芬陀利室词话》曾论清中后期的许穆堂词"独能得小山父子风格"⑥,进而推论许氏词学宗尚当在北宋雅词。为了证明这一点,蒋氏还列举了许穆堂两首词,如《临江仙》(珠阁香销帘半卷),及《菩萨蛮》(绿窗春暖莺声急)⑦。对于这些词作,蒋敦复认为"前首宋初,后首唐末,蕴藉风流,典型犹在"。衡之上述二首词作,蒋氏之言当不为虚。

许穆堂(1732—1804),名宝善,字敦虞,"穆堂"为别字,江苏青浦人。著

---

① 参刘双琴:《六一词接受史研究》,第265—277页。
② 〔清〕陆鎣:《问花楼词话·自序》,《词话丛编》本,第2537页。
③ 〔清〕陆鎣:《问花楼词话》,《词话丛编》本,第2544页。
④ 〔清〕刘熙载:《词概》,《词话丛编》本,第3689页。
⑤ 同上书,第3691、3692页。
⑥ 〔清〕蒋敦复:《芬陀利室词话》,《词话丛编》本,第3642页。
⑦ 同上书,第3642—3643页。

有诗集 20 卷、词 7 卷、乐府 5 卷、词谱 6 卷、杜诗注释 20 卷等行世①。

　　蒋敦复认为许穆堂词有二晏词风,为了探个究竟,有必要进一步考察其词作面貌和词情特色,以便对承袭晏欧词有更多的知悉和了解。

一、词有晏欧风味

　　许穆堂词集名《自怡轩词》,国家图书馆有藏,共 5 卷,乾隆五十八年刻本。始自《长相思》,终至追和刘克庄《满江红》,共计存词 203 首,前有乾隆五十一年王文治序。王序从儒家诗教的角度出发,认为词作也应具有"风人旨趣",指出清前期词体创作的不足,而对于许穆堂词给予了高度肯定。王文治先肯定了清初陈维崧和朱彝尊两人的词学创作远超元明诸人,接着他又指出两人的不足:陈维崧取法苏辛,词中多为豪宕之语,而朱彝尊则效仿南宋音律,其词有轻浮之嫌,两人均有美中不足之处,令人甚为遗憾。然后他着重提出近来许穆堂之词,"与古人无所不学而能自抒其性情。吾所谓得风人之意者,舍穆堂奚属哉"②。由此可见,王文治认为许氏《自怡轩词》,一则主要学习承袭唐五代北宋蕴藉风流之作,能出南宋讲究音律与词藻和奉苏辛为豪宕之外;二则许氏词具有性情美,赋有诗骚之义,得风人之旨趣。王文治评价许穆堂词的立足点虽然不离儒家诗教,但对许氏之词的内外情韵与旨趣特色还是作了整体上的总结。不妨先选取几例看看许词是否符合这种特色。如该集第一首《长相思》:

　　　　惜春残,怨春残。天外孤云云外山,无言独倚栏。　　怯朝寒,念朝寒。终得春衣不忍看,天涯欲寄难。

这是唐五代词中最为常见的词作,笔调简单,意绪分明,将一腔孤独无言的相思写得哀怨蕴藉。晏欧词中也有类似之作,如晏几道《长相思》、欧阳修有 3 首《长相思》,都是对唐五代词体的继承。这类词主旨袭旧,语言陈式,体现不出作者词情个性,与晏欧的情词相类似。

　　卷一中还有《蝶恋花》词,试看:

　　　　草长池塘香满路,春水粼粼,绿映桃花渡。轻薄东风吹柳絮,隔帘

---

　　① 参江庆柏编著:《清代人物生卒年表》上册,人民文学出版社 2005 年版,第 211 页;[清]许宗彦:《浙江道监察御史许公墓志铭》。见许宗彦撰:《鉴止水斋集》卷十八,《续修四库全书》影印本,集部 1492 册,第 483—484 页。
　　② [清]王文治:《自怡轩词·序》,见[清]许宝善撰:《自怡轩词》,清乾隆五十八年刻本。

粉蝶纷纷舞。　　罢整云鬟眉萃聚,花落花开,总是无情绪。燕子也知欲归暮,衔花不放春归去。

这首《蝶恋花》词,从其用韵来看,与晏幾道之《蝶恋花》(欲减罗衣寒未去)、《蝶恋花》(碧落秋风生玉树)等4首非常近似,而从词语的使用"桃花""东风""柳絮""燕子"等意象比较,也与晏幾道几首词非常相像。当然在写法和主题上,也有沿袭晏词之处,如上片重自然风物的描绘,下片主要发抒人物的淡淡情愁,整首词风以轻快明丽为主,颇有小晏风格。

许氏词中还有一首《浪淘沙》颇有欧阳词风情,可值一看:

梅雨酿轻寒。愁思无端。看看春事又阑珊。细语流光浑不管,蹙损眉山。　　晓起凭雕栏。翠减细残。翩翩双燕语花间。衔得落花需爱惜,莫放春还。

这首词作与欧阳修的《浪淘沙》(五岭麦秋残)阕韵部相同,而在表达情愁上,欧词属于咏史之作,基调尤为沉痛,词情蕴藉,而许穆堂词则是发抒韶光易逝的惜春之叹,词情相对较浅,不过都具有含蓄耐读的味道,可谓同中有异。

由上可知,所谓词有"晏欧风味"是指许宝善的词作在风格、技法、情调、意蕴,甚至某些用语与晏欧词非常相像。这种可能存在的隐形的接受学习与追和的方式不同。后者明显的标志是韵部的相同或相近。

二、对晏殊、欧阳修词的追和

许宝善词体创作中对晏欧词的接受学习,具有晏欧词风格,更多的是出于《自怡轩词》卷五中有专门追和晏殊与欧阳修之作,其中追和晏殊词5调22首,步追欧阳修者,则追和清初传播史上有一体独绝之称的《渔家傲》词12首。本文各择其一例,以便概见这种前后相续的词作接受风貌。

(一) 追和晏殊词

1. 和《浣溪沙》词。晏殊本调有13首,许宝善追和有11首。如:

桂蕊香浓小苑秋,丁丁银箭促更筹。情人归去眼波留。　　面似芙蓉常爱镜,腰如杨柳不禁愁。忍将心事付东流。

无疑这是以晏殊之《浣溪沙》(阆苑瑶台风露秋)为模范对象的追和仿作,语词的使用也借鉴了其他诗词,如末句"忍将心事付东流"显然是岳飞《小重山》之"欲将心事付瑶琴"的变用。

2. 和《诉衷情》词。晏殊原有 10 首,许氏和词一首:

> 卷帘新画远山眉,人道和时宜。无情夫婿何处,不语泪双垂。　　莺乍啭,好春时,日迟迟。花花柳柳,浅绿深红,窗是相思。

这是追和晏殊之同调首句"露莲双脸远山眉"词,主题上也是刻画闺中人孤独无聊的相思情愁,与晏殊原作近似。

3. 和《采桑子》词。晏殊原有 7 首,该调是晏欧词中常见词调,也是写得最为成功的作品之一。许宝善和词 6 首。试看其一:

> 海棠庭院春光好,燕子来时。手掐(按,应为掐)归期,谩整罗裙弄锦葵。　　鸦鬓报道花开了,细语花枝。故使人悲,嫩紫轻红却为谁。

这是追和晏殊同调之首句为"红英一树春来早"阕。写法主旨与原词高度一致,笔致细微,模仿到位。

4. 和《清平乐》词。该调晏殊有 5 首,其中《清平乐》(金风细细)和(红笺小字)历来脍炙人口,是晏殊该调词中的精品。许宝善追和其中 2 首,其一有云:

> 霜花衰草,雁报秋容老。满迳丹黄风自扫,抛却俗尘多少。　　开怀莫厌深杯,韶光暗里相催。我自烟霞山水,任他歌管楼台。

本词为晏殊《清平乐》(春花秋草)而和。原词叹春花春草,叹人生短暂,所以下阕奉劝及时行乐,表达看穿人生较为通达的处世观念。而许氏和词与之相偕,也是在写景赋情中宣泄那种春伤秋愁,末尾笔调一反委婉之法而变得几分疏隽豪宕——这也是晏殊词中并不多见的现象。

5. 追和《更漏子》词。晏殊有 4 首,其中以首句为"蕣华浓"和"塞鸿高"两首为著。许宝善步韵追和 2 首,中有一首即和"塞鸿高"阕。词云:

> 酒杯深,春意满,晕入芙蓉红浅。才带笑,却颦眉,好花开几时。　　柳腰轻,莺语软,怨杀翠楼檀板。舒素绢,索新词,鸳鸯无别离。

这一首和词在词旨上与原词有所不同。晏殊词表达及时欢乐的老命题,而本和词发抒的是春思春愁,词气颇有几分轻佻和俏皮,尤其是下片,比晏词的直露更为外放,似有几分俚俗的味道。

(二) 追和欧阳修《渔家傲》月令词 12 首

许宝善另有追和欧阳修《渔家傲》月令词 12 首,写法和内容上大概为月令鼓子词所限,未能超越欧词而有所突破,然而为欧词的传承与接受增添了一次机会,进一步扩大了欧词的影响和流传范围,反映出乾隆后期,欧阳修的《渔家傲》鼓子词仍有其生命力。

总之,通过上述列举和介绍,许宝善除了那些专门追和之作词风特色明显,且具有晏欧三家词特质外,那些没有标识追和的小令词也带有南唐北宋晏欧三家词风的色彩,充分反映出许宝善对晏欧三家词的深爱和兴趣,也见出晏欧三家词的流传与接受之一端。蒋敦复说许宝善:“与司寇同时,而不染时贤习气,所以可传。”①文中“司寇”即王述庵昶,曾官按察使,而所谓的“时贤习气”应指雍乾之际词坛盛行的浙派风气,词宗南宋白石和张炎。但是置身其间的许宝善却不为流俗所染而选择北宋晏欧等短调轻歌为学习宗奉的对象,可见清朝中期,词坛不全是浙派的天下,如许宝善之类的词人还是认准北宋词作蕴藉风流、耐人品读的特色加以模仿借鉴。

本 章 小 结

清代乾嘉之际,由于前期政治上的整肃和思想上的钳制,文人的文学创作热度大降,而以抒情为特色的词作更是严重受到挫伤,反映到词学创作和批评理论方面,则追求以声律格调为旨归,以侧耳之声、和平之音为主调,浙西词派恭奉南宋姜张一派即是反映。尽管浙派后人厉鹗、郭麐等人欲以救弊,但词学风会的发展已悄然寻求转向。乾隆后至嘉庆,社会环境动荡不安,文人们面对多难的现实而忧心忡忡,转而在学术上探求“微言大义”,妄图从经学上寻求解决现实的良方,反映到词学领域则促使以读经和解经方法考察词作的常州词派的登台。但本时期就晏欧三家词研究与传承而言,主要有如下几方面值得注意。

一、清代中后期晏欧三家词研究与传承的特点

第一,浙常两派交替影响,在晏欧三家词研究与传承上均得到体现。浙

① ［清］蒋敦复:《芬陀利室词话》,《词话丛编》本,第 3643 页。

派中期传人厉鹗对晏幾道词情有独钟,浙派后劲郭麐则提出了"风流华美"的观点,准确地点出了晏欧词的词情特质,对于晏欧三家词的解读具有重要的启示作用与参考意义。常州词派以比兴寄托观照晏欧三家词,无疑是经学视角下的词学认识,不无偏颇和牵强之处,然而《词选》及《续词选》能够选有晏欧三人词若干,无疑又对的传承有功。周济论词继承张惠言的衣钵而有所扬弃,他对晏欧词的文学性稍有关注,不专以寄托论词,对张惠言的词学思想有所超越。他提出欧阳修词"本色""当行"和晏殊、欧阳修词"蕴藉深厚,沉着和平"的观点即是对晏欧词词学地位和词作艺术的激赏与认可,所选的20余首晏欧三家词还具有词体传播之价值。作为清代后期词学流派的主将,常州词派在尊体观念上与前期词派最大的不同表现,即是将词作主旨上升至风骚之旨,使词体被抬尊到无以复加的地位,即使对于本色自然的晏欧三家词,他们也一以"兴寄、微言"贯之,表现出异于前期流派的批评观点。然而对于晏欧词之"含蓄蕴藉""寄情声韵""浑朴"之特点又体现着与浙派中后期厉鹗、郭麐等人近似的激赏态度,反映了词派的前后相续中,各自的词学观点并非决然对立,而是兴起当中有继承,反拨之中有共性。

第二,清代中后期,著录过晏欧三家词并具有研究讨论意义的词选(谱)除个别外,基本上无法脱逃浙常词风的影响。在浙常词风交替演进中,特别是随着常州词派势力坐大,一些词选对晏欧三家词的关注、批评还是别有意义。夏秉衡之《清绮轩词选》以"淡雅为宗",反映乾道之间浙派余风仍然存在。夏氏对于晏欧三人情词颇为关注,但对晏幾道词关注相对较少,这或许是夏秉衡主观认识上的原因,抑或是客观环境和条件所致。《蓼园词选》表现出与张惠言《词选》近似的旨趣,论晏欧词也带上了比兴寄托和微言大义的色彩,而特别值得注意的是黄苏以"理趣"观照欧词,这在晏欧词传承与接受史上尚属第一次,既丰富了中国词学理论的内容,也开辟了研究晏欧三家词的新天地。主要出入于浙派的周之琦的《心日斋十六家词录》及《晚香室词录》对晏幾道的偏爱是晏欧三家词传承史上不多见的现象。而本时期的《白香词谱》以婉约情词为作词范式,对欧阳修艳而不俗词的选取体现出作者婉约中正的词学审美追求。至于《历代词腴》秉持浙派宗风,词重姜张,重格律不重情韵,晏幾道词因而被舍弃置外。

第三,本时期瞩目晏欧三家词且值得研究的词话较少,但欧阳修伪词公案得到关注。李调元的《雨村词话》指出晏幾道词有补亡古乐府的蕴藉内涵,这是进一步发挥晏幾道《小山词自序》补亡说的论调,而对欧词句来源的辨析、《珠玉词》翻用成语的用字分析,充分反映了《雨村词话》研究批评晏欧三家词之细微。清代词学对于欧词辨伪公案在本时期有集中体现。其中吴衡昭、陆蓥都持伪作、他作的立场,认为《醉蓬莱》及《望江南》为小人中伤欧阳修所为,没有脱离传统的一般观点。深受常派词学观影响的宋翔凤则从词体抒情特性的视角认可为欧作,并指出"别有寄托",之所以被人诬陷是当时艳词的一般遭遇,从而认为是否为欧作不值得争辩,是一种较为新颖、通达且理性的论词心态。

第四,晏欧词既不是以音律格调见长,又不是以反映社会现实为务,或许受时代所限,本时期清人在词体创作实践中对三家词的接受表现得较为平庸,但仅以许宝善为例亦可管中窥豹见微知著,说明晏欧词对清人的词体创作影响是持续存在的。

二、清代中后期与前期三家词研究与传承的异同

清代中后期的词学发展无疑是建立在前期词学发展的基础之上,反映到晏欧三家词研究与传承方面,即是中后期词学对前期研究成果的继承与创新。

宏观而言,两个时期词都是以词派词群的传播接受作为主要的传承推动方式。然而清前期相关的词派词群数量更多,而到了后期随着清代词学发展的主流稳定,基本上限定于浙常二派之间。这也是为什么清代前期的传承接收状况尤为活跃,递中有变,而中后期相对平庸,属于平涨的让渡阶段。微观而言,两者在以下方面有细微差异。

首先,两个时期的传承接受途径同中有异。其一,清前期和中后期都有词选接受传承的途径,且数量都不少,这是二者的相同之处。两时期都有《词谱》这种特殊的选本传播渠道,但前期是官修的《钦定词谱》,以辨析词调供人研磨为主旨,无论数量规模堪称宏大;而中后期唯有私人撰定的《白香词谱》,选词规模无法比肩前者。从诸多选本所选晏欧词标准来看,两段时期也有细小差别。前期选本是以浙派宗风的态度来观照选辑晏欧小令雅词的,而中后期的选本对晏欧词的选辑是交织着浙常二派词学观点的,二者选择的目的不同,导致所选晏欧词数量和词目也有所差异。其二,相较明代,清前期和中后期都缺乏晏欧词集版本的传承,但中后期尚有欧词全集本《欧阳文忠公集》在乾隆年间的两次修订版①,说明本时期三家词的词集传承主要依赖明代的版本和词选的零散传播。其三,在词体创作传承接受方面,清前期的创作接受局面繁盛,中后期因为词学风尚的变化,尤其是浙派对晏欧词的接受低迷状态造成在实践创作上也疏于学习三家词,不过欧阳修的鼓子词

① 据《欧阳修全集》前言介绍,有关欧阳修的全集本,清中期的乾隆十一年有欧阳安世刻本和四十七年的《四库全书》本。参李逸安点校《欧阳修全集》,中华书局 2001 年版,第 25 页。

《渔家傲》在两个时期都是接受热点。

其次，两个时期在词学批评领域，批评媒介、关注话题、论述侧重上也有异同。其一，两时期都以词派、词群的核心人物的词序作为主要批评渠道，或借助词选点评方式，发表对三家词的议论批评。然相较而言，前期因派别较多，造成影响的声势更大，关注领域更宽，从篇章用语到词作体性及词史地位均有涉及。其二，涉及词学议题有联系和区别。两时期都曾讨论过晏欧词本色正宗问题，其中前期各派除了浙派基本都承认本色当行地位，如云间、广陵诸派等，即使阳羡词派也不否认晏殊、欧阳修的大家地位。而中后期的浙派后劲郭麟给予晏欧词的本色位置，至常派兴盛后才从"兴寄"的视角重新解读晏欧词，揭开晏欧词批评的新篇章。其三，两个时期都从宋词史体派观中分析晏欧词体派属性，但所论同中有异。清前期有三分法、四分法之说，将晏欧词分属本色派、文人词的流派。浙西中后期代表吴锡麟也将宋词分为两派：一派是幽微要眇之音的姜夔、史达祖派，另一派是慷慨激昂之气的苏辛派①。晏欧词基本不纳入法眼。稍晚的凌廷堪论词也分"清空""豪迈"两途，与晏欧词无关。直到浙西后劲郭麟将宋词分四派，把晏欧词置于"风流华美"一派才真正给予了晏欧词重新被认识接受的机会。常派周济论宋词四家，含有体派意味。虽然没有明确晏欧词的地位，但根据其入南宋出北宋的学词径向，晏欧词隐含其间。其四，关于欧阳修艳情词真伪问题。清初的阳羡词派否认欧作一说，捍卫欧阳修一代儒宗的意识较强。至中后期此问题得到多人阐述。其中吴衡照、陆蓥都否认欧作，认为是他人中伤欧阳修所为；而宋翔凤则站在中立的立场，认为该词是"别有寄托"，不必为欧阳修辩解。

再次，三家词内部研究与传承也有差异。清代前期以欧阳修、晏幾道词为主要接受对象，晏殊词在广陵和阳羡词人视域中批评接受地位有所上升。中后期基本上保持这种总体研究态势，只是具体观照领域有所差异。比如周之琦的《清绮轩词选》选晏幾道词最少，而《晚香室词录》欧词却最少，等等。这些差异反映出清代中后期词人对待三家词的具体认识不同，这些不同正揭示出词学传播接受中的多样化。

总之，乾嘉之际的晏欧三家词研究与传承状况表现出新的特点：一则浙西派后人更多地从词之体性特色出发给予晏欧词"风流华美"的论定，相比此前的朱彝尊等着重从词史进程选取评价具有进步意义，更为真切，还原了晏欧词的文学特性。常州词人的寄托说为词体的传承接受开辟了新的阐释可能，被浙西词人一度边缘化的晏欧三家词，因此而有了新的传承命运，而周

---

① 《董琴南楚香山馆词钞·序》，《有正味斋全集》卷八。

济对欧阳修词"当行""本色"的评述进一步奠定了欧词以婉约为主旨风格的地位。二则晏欧三人中,欧阳修和晏幾道词相较得到更多的关注,这在本时期的各种研究与传承途径中有所印证。其中欧阳修词影响最大,晏殊词影响最小,而晏幾道词因各人的词学观点不同而经历或冷或热的双重接受态度。

第四章 晚近晏欧三家词研究
与传承的多元和新变

　　清代道咸以后,社会步入了更加多灾多难的衰世末期,也是一个社会观念、学术创作新旧交替的特殊时期,而清代词学历经乾嘉以来的平庸又迎来了末期的多元与繁盛。以王鹏运为首的晚近词学四大家无疑是这个时期的杰出代表,他们的词学创作和研究特色常常被当作常州词派的推衍,是中国传统词学发展的最后一抹光彩,他们的业绩贡献往往又被称为传统词学的"总结"①,也预示词学新的传承与研究时代即将来临。王国维则是这个时期革故鼎新之际现代词学研究的第一人。所以,本时期以晏欧三家词为对象的词学研究,基本上就在此两大派别间展开,包括谭献与陈廷焯。本文所谓的"晚近"是为了与历史上所谓近现代对接,相当于通常所说的"晚清民初"或"清末民初",因为正处由古代向近代的过渡时期,因此概称"晚近"。时间起止大致对应道光二十九年——王鹏运出生——1920 年前后(四大家谢世的平均年份),约七十年。

　　晚近学人对待前代的词学成果尤其是宋代词人的成果,尤重苏、辛一派和周、吴一派。这与晚近的社会环境息息相关。当时动乱的社会现实迫使知识分子又开始面临民族危机、生存危机甚至文化危机。晚近形势的变化促使词人士子产生分化,一部分人以绵薄之力大声疾呼,促使晚清词学继续推尊苏辛词成为可能,另外一方面也使得部分士人以沉痛之心暂时忘却世俗潜心学术研究,从而使得晚清词学着眼于词作"本体意义的探讨"②,这也成为当时词论的一重大趋势。周济提出"问途碧山,历梦窗、稼轩以还清真之浑化"(《宋四家词选目录序论》)的学词门径,真正完成了词学理论的建构和词学系统的规范,此后的词学家论词治词几乎没有离开周邦彦和吴文英,尤其吴梦窗之词获得了极大关注,成了此后宋词传承与研究中的一大巨星。

　　20 世纪前后约 30 年,正是中国词学由晚清传统的治学方法向新式的现代研究方式酝酿转型时期。这个时期的晏欧三家词传播与研究随着词学事

---

①　如朱惠国认为晚近词学四大家的成就是对传统词学的"总结",朱惠国:《中国近世词学思想研究》,第 251 页。

②　参皮述平:《晚清词学的思想与方法》,第 19—52 页。

业的兴盛虽没有成为热点,但也走向多元与新变。有关晏欧词的传承与评论既带有清末旧有的研究色彩,又有一些新的理论观点和研究式样。在批评和传承上:一方面以晚清四大家为首,依照传统惯性以词话论词,并勤于刊刻有关词籍词书,一些学人仍然坚守对晏欧词的追和模仿;一方面以王国维为代表的新式学人,融合西方引进的文艺理论观照传统词学,一些印刷刊物也增添了新的传播方式,促使晏欧三家词的研究与传承进入多元而新变的时代。

第一节　常州词派后劲对晏欧三家词的解析定位

常州词派虽然历经周济的努力已经建构了自具特色的词学体系,但常派势力在晚近时期进一步推扬则有赖谭献和陈廷焯两人。他们的努力,也促使晏欧三家词的研究与传承出现了新的面貌。

一、柔厚之旨:常派后劲谭献析二晏词

谭献是清代末期常州词派主将之一,他进一步发扬了周济等人的词学理论,并对晏欧词尤其是二晏词多有解读和评判,是常州词派末期讨论宋词的折光和反映。

(一)谭献之"折中柔厚"词学观

谭献(1830—1901)是晚清的今文学家,他的词学成就主要有《复堂词》三卷,《箧中词》六卷、续四卷,以及不多见的《复堂类集·文诗词》本。另辑《复堂词录》十卷,惜乎不见刊印。谭献的学术思想主要见诸今人整理的《复堂日记》全本①,以及徐珂据谭献《词辨评》等文献整理汇编成的《复堂词话》。

谭献对于常派的词学理论有着自觉的继承和发扬意识,正如其言:"予欲撰《箧中词》以衍张铭轲、周介存之学。"②以常派传人自居,其心昭然。对于周济的词学贡献,谭献承袭多于创新。他在论周济的《词辨》跋中曾说:"予固心知周氏之意,而持论小异。大抵周氏所谓变,亦予所谓正也,而折衷柔厚则同。"③对周济的论词旨意熟稔于心,但他与周济在词体的正变问题上看法相左,而"折衷柔厚则同",强调在词体的"柔厚"问题上可达成共识。周济《词辨》原书两卷,一卷以温庭筠为正,一卷以李煜为代表的词人为变。周

---

① 参[清]谭献:《复堂日记》,范旭仑、牟晓朋整理,河北教育出版社2001年版。
② [清]谭献:《复堂日记》卷三,第72页。
③ [清]谭献:《复堂词话》,《词话丛编》本,第3988—3989页。

济区分的根据是推衍张惠言的主张,强调微言大义有兴寄,认为温庭筠的闺房艳情词是别有所托,具有难以叙说的言外之意,所谓"假言闺房,托志忠国"是也;而李煜之词开启了士大夫抒情言志的新主题,对宋词的影响深远。谭献则认为李煜这种我心写我口式的真性情才是词之正体,相反那种代言式的词作因为显得做作而属于变体。当然,谭献对于词学的正变问题并非有意与周济唱反调。事实上,周济的正变论已经超越了此前的词体排位认识,他只是出于维护自己的理论需要而做出的功利性判断,二者并没有轩轾之别。另外,谭献由于个人爱好委婉曲折的真性情表达,因而以李煜为正,温庭筠为变。不过谭献论词只分正变,不含尊卑,有点类似于清初王士禛"第当分正变,不当分优劣"的正变论。对于词作的不即不离、折衷柔厚,谭献与周济的看法颇为一致,以致"折衷柔厚"成了谭献发展常州词派词学理论而广为后世论说的一个贡献。那么什么是柔厚? 对晏欧词有何影响? 有必要探讨一二。

(二) "柔厚"观下的二晏词评

谭献评晏几道词《临江仙》(梦后楼台高锁)一阕云:"名句千古,不能有二。所谓柔厚在此。"①文中"名句",指该词"落花人独立,微雨燕双飞"两句。徐珂辑录的《谭评〈词辨〉》对此文有较详细的记载:"'落花'两句,名句千古,不能有二。末两句,正以见其柔厚。"②谭献称誉"落花"两句,其实正与他的词学认识相关。作为常州词学的传人,谭献同样热衷于"比兴寄托"。尽管他对于那些表现真性情的词作有好感,但也是在表达方式上的曲宛有致的基础上,而不是诸如辛派末流一味地空疏叫嚣。可见这个"柔厚"离不开含蓄蕴藉的特色。谭献论词也主张雅而有兴寄,如其《笙月词叙》:

> 笺《玉溪水调》百篇,笙月一卷,抑何玲珑,其声激昂善变,与夫采诗入乐无诏,伶人按谱填词岂云小技。子夜读曲之变,劳人思妇之遗,致兼情文雅,备比兴,世有作者,前无古人,庶尚友。夫风骚乃吐音于令慢,腻志闺帏之内,应求尊俎之间,刻画微物以夸多,雕琢曼辞以取悦,宏达大雅盖无取焉。王子之词,储体于絜,结想斯远,文外独绝。③

---

① 《词话丛编》本,第 3990 页。
② 转引王双启编著:《晏几道词新释辑评》,第 19 页。按,尹志腾点校的《清人选评词集三种》本《谭评〈词辨〉》无"末两句"的说法,而是在"记得小蘋初见"等画圈的 6 句旁边加注云:"可谓柔厚在此。"参齐鲁书社 1988 年版,第 151—152 页
③ [清]谭献:《复堂类集·文四》,《丛书集成》续编本,第 141 册,第 462 页。

文中崇文雅比兴之意,兼推风骚之旨,其意明了。谭献对于那些只图描摹物事,靠辞藻惑人之作也无好感。谭献追求的是"结想斯远"的意蕴美,即具有深厚的情韵,文字之外能达到余音绕梁的艺术效果。这也是"柔厚"应具有的含义。作为恋情追忆词,"落花"两句提供了一个想象空间,给人以无穷的回味。谭献看出其间的情韵,觉得富有幽思远想,耐人品评。至于末两句的"柔厚"之评,笔者以为这不是小山词的独享,谭献于诸多的场合对此有所评骘,而其含意除了具有"兴寄"的一面,还包括上述因素在内。

谭献曾经在读《绝妙好词笺》时认为,"南宋人词,情语不如景语,而融法使才,高者亦有合于柔厚之旨"①。即指出南宋人的词在情景描写方面往往写情之语不如写景之语,然而那些讲究词法辅之以才情,写得水平高的"亦有合于柔厚之旨"。可见谭献批评南宋某些词作情景相离,无法达成浑成一致的境界,认为"柔厚"之词必须寓景语于情语之中,所谓情景交融,相得益彰,才为词家上乘。因此这个"柔厚"的含义与周济的"浑厚"之说几近一致,是关乎诗词文与质的另一种阐释。所谓"柔"者,依笔者的理解即指外在形式和表现方式的柔婉曲折,它应该是与生硬之法相对的,注重的是潜在地将情景事融化于一词之中,如盐入水,互渗无迹;所谓"厚"者,当然强调突出内涵的深厚蕴藉而不是浮华浅薄,套用现代人的说法即是有沉甸甸的质感。谭献《箧中词》云:"予初事倚声,颇以频伽名隽,乐于风咏。继而微窥柔厚之旨,乃觉频伽之薄。又以词尚深涩,而频伽滑矣,后来辨之。"②以郭麐词之"薄"对"柔厚",以"滑"对"深涩",是故"柔厚"除了"浑厚"的一面外,还具有"深涩"的特色,也即词作情感内涵不容易读破,仿佛诗家三昧,须禅家渐悟方能有获。那么谭献认为什么样的作品才会达到"柔厚"之旨呢? 当然是那些关乎社稷民生,关乎儒家读书人所强调的"修齐治平"之事的文学读本,便具"柔厚"效果。他说:"阅《乐府诗集》,南朝兵争奢乱,尝与《吴歌》《西曲》识其忧生念乱之微言,故于小乐府论其直接十五《国风》。"③这种与社会现实直接对接的文学作品,上薄风骚,下接庶民,无论是关乎重大的政治时事还是专注个人的牢骚哀怨,均可于隐约微言之中曲折发泄,此之谓有柔厚之意者。说白了,谭献以"柔厚"论词还是属于儒家诗教观的词学表现:"柔厚衷于诗教。"④确乎如此。

谭献评价晏幾道词正是他的兴寄柔厚论词之说的反映。"当时明月在,

---

① [清]谭献:《复堂日记》卷二,第47页。
② 《词话丛编》本,第4009页。
③ [清]谭献:《复堂日记》卷三,第75页。
④ [清]谭献辑:《箧中词·续卷四》论陈沣之《摸鱼儿》词评,见《续修四库全书》影印本,集部1733册,第49页。

曾照彩云归"者,小山对于歌妓小蘋的思念之情也于此末两句得到诱发,当然这种诱发属于一种内在的美学张力,它只能通过读者反复品味句子的内涵才可达成。明月还是那轮明月,然而心仪的对象却不在了,依稀记得的只是那月光下曾经闪光的黑发①。这种美妙而伤感的情景确有使人流连往返欲罢不能的意味。对于个人的真情实感,只要不是直白式的表达,谭献还是深以为赏的,就如小山此词。不过,谭献评骘以"柔厚"当然还特别欣赏这两句的艺术手法——化用李白之《宫中行乐词》"只恐歌舞散,化作彩云飞"诗句,不仅使本词句的意义超越了对歌妓的怀念伤感而上升至好景难得、欢乐易逝的人类共同主题。这样词句的意义空间得到扩张,内涵随之也愈为丰富,包孕其间的审美意味亦尤为悠远。

谭献还将晏殊词《踏莎行》(小径红稀)一阕评为"刺词"②。精简的二字正见出他承常州词派意内言外、兴有微意的论词眼光。晏殊本词均见于张惠言《词选》及周济《宋四家词选》,常州词派将这首词视为晏殊词代表作之一。谭献对本词的认识没有超越张、周二人,他的词学观念受常州词派前期词学思想熏染至深。

谭献和周济本质上都是经学家、学问家。他们以学问家的根柢和思维考察词学,自然希望这些小词同样包含大世界、大意义。但词的传统是写情,词的本色是柔婉传情,加上篇幅的有限,促使它不可能与现实世界宏大主题紧密相连。于是传统儒术推行的"微言大义""寄托说"便自然而然地被他们移植到词体,一方面赋予词体关乎历史关乎现实的主题,从而抬高了词体品味和地位;另一方面也推动了"尊体"运动的进步。谭献的"柔厚有旨"与周济的"兴寄"本质上是相通的,都是为提高词体内涵而不遗余力,是晚近词学尊体运动的结果,使得词作不仅可以抒情,也可以像诗歌一样言志,可以载史,改变既往词言情、诗言志的传统旧说。就这层意义上讲,词体写作发展到他们手上已经真正脱离了"注重文字工巧,造语密丽的方向,而朝着展示个体生命价值、学问涵养的目标"③前进。正如晚清沈祥龙《论词随笔》所谓:"词导源于诗,诗言志,词亦贵乎言志。"④这种词学价值追求,成为常州词派后期词体创作目标和评词论词的批评宗旨,直到晚近四大家达到鼎盛状态。因此,谭献以"柔厚"观照二晏词作,不过是这种词学认识的反映,客观上也丰富了二晏词作的接受内涵,扩大了传播的范围。

---

① 关于"彩云"的释义,本文从王双启之说"头发",而非"云朵"。参《晏幾道词新释辑评》,第14页。
② [清]谭献:《复堂词话》,《词话丛编》本,第3990页。
③ 皮述平:《晚清词学的思想与方法》,学苑出版社2004年版,第125页。
④ 《词话丛编》本,第4047页。

二、褒贬皆有,前后不一:陈廷焯的晏欧三家词研究

陈廷焯(1853—1892)是常派后期的得力干将,是晚近词坛颇有影响的一个词家,他对晏欧三家词的考察要比谭献深刻、广泛得多,影响也更为深远。

陈廷焯和其他晚清词学家一样,早年受浙派词学影响,推尊朱彝尊词学思想,后改推谭献的论词之法,终成鼓吹常派宗风的一代巨匠,影响卓著。陈廷焯的主要词学贡献,笔者认同朱惠国先生所谓有二:"一是对常州词派的理论作了阶段性的总结,二是初步打开了常州学派对常州词派的牢笼,使常州词派由学人词派开始向词人词派转化。"①换言之,从词学队伍角度论之,陈廷焯使词学创作与研究开始摆脱经学家作词论词的束缚而重新回归到词人填词谈词的状态,这对于词学自身的发展态势而言,是一波三折之后的回归。陈廷焯的词学研究成就,基本上见其不同时期的词学著作。前期有《云韶集》二十六卷及《词坛丛话》凡 106 则,后期有《词则》四集二十卷和《白雨斋词话》十卷。另有《白雨斋词存》(存词 46 首)等文学著作 4 种存世②。陈廷焯作为清末词坛浙常转换之际的主要健将,考察他对晏欧三家词的批评接受态度,不仅可见北宋前期词坛大家之流衍状况,而且对于细微体察陈廷焯词学思想和晚清词坛风尚亦具有一定的代表性。本文有关陈廷焯的晏欧三家词研究以前面 4 种为参照。

(一) 规模前辈,益以才思:《云韶集》《词坛丛话》论晏欧三家词

《云韶集》③成书于同治十三年左右,是陈廷焯结集完成的一部大型词选,体现了他早期的选词和论词思想。《词话丛编》收录的《词坛丛话》则是《云韶集》附识的前面部分,亦代表陈廷焯前期的词学理论和识见。陈廷焯早年论词出入浙派,推尊南宋雅词。其《云韶集》序云:"南宋至鄱阳白石出,竹屋、梅溪、梦窗、草窗、西麓、竹山、碧山、玉田诸家,起而羽翼,出风入雅,词至是蔑以加矣。"④对于词选的编定,明确以朱彝尊《词综》为选取标准和主要取词范畴:"竹垞辑《词作》一书,洗花间、草堂之陋,一以雅正为宗,千载后古乐不致泯没者,皆先生力也。余选此集(《云韶集》),屏邪抚雅,大旨亦不敢外先生。"⑤另加以《历代诗余》及《明词综》《国朝诗余》《四库全书提要》等典

---

① 朱惠国:《中国近世词学思想研究》,第 151 页。
② 参彭玉平:《白雨斋词话导读·前言》,见陈廷焯撰:《白雨斋词话》,彭玉平导读本。
③ 《云韶集》二十六卷,未刊,今参《中国韵文学刊》2010 年第 3、4 期,2011 年第 1、2 期刊载的孙克强及杨传庆点校整理本。
④ [清]陈廷焯:《云韶集·序》,载《中国韵文学刊》2010 年第 3 期,第 45 页。
⑤ [清]陈廷焯编选:《云韶集》卷十五,《中国韵文学刊》2011 年第 1 期,第 34 页。

籍为取词范围,厘为 26 卷,跨唐宋金元明清六朝,取词 3434 首,一切以"雅正为宗"①,选词规模远甚《词综》和《钦定词谱》,彰显陈廷焯欲以选词改变《花间》《草堂》的流风陋习的决心。与《词综》不同的是,《云韶集》不仅选词,而且附有诸多的词论词评,其理论研究价值也是前者所不可比的。这些少则三五字,多则十余言的评点和 106 则《词坛丛话》互为表里,共同构建了陈廷焯早期的词学思想和批评理论,也是考察历代词人于晚清词家研究与传承的重要文献。为了便于比较论述,本文将其分而论之。

1.《云韶集》之宋词选格局与晏欧三家词选评

《云韶集》26 卷,宋词选主要有 9 卷(卷二至卷十),外加卷二四、二五部分补宋人宋词,共有两宋词家 310 人(含无名氏),词作 959 首,人均约 3 首,其中选词 10 首以上的有(依原顺序排列):欧阳修 16 首,晏几道 20 首,张先 14 首,柳永 14 首,苏轼 18 首,秦观 15 首,贺铸 22 首,毛滂 10 首,周紫芝 10 首,周邦彦 30 首,吕渭老 10 首,朱敦儒 13 首,辛弃疾 45 首,程垓 13 首,姜夔 23 首,陆游 15 首,刘过 10 首,高观国 16 首,史达祖 17 首,吴文英 33 首,蒋捷 19 首,陈允平 18 首,周密 38 首,石孝友 12 首,王沂孙 24 首,张炎 35 首。另外女词人代表李清照也选有 11 首。从南北宋词的分布数据看,北宋选词 15 首以上的有 6 人,南宋有 11 家,且 30 首以上的除了北宋周邦彦,其余均属南宋词人,而音律派词家尤多,体现了陈廷焯沿袭浙派前期以尊南宋雅词为宗旨的选词、论词思想。北宋名家词中,陈廷焯独尊贺铸和周邦彦,南宋名家中除了辛稼轩以 45 首独占鳌头外(存词数量也最多),吴文英、周密及张炎较多,姜夔因其总数量不多,选有 23 首,其比例亦甚高,反映陈廷焯承袭浙派词学思想的一面:共尊姜张②。这种分布格局大致与《云韶集》论宋词总序相一致。序云:

> 宋人之词如唐人之诗,五色藻缋,八音和鸣,前无古人,后无来者,一代之盛,虽曰人力,亦天运攸关也。北宋晏、欧、王、范诸家,规模前辈,益以才思。……自方回出,独辟机杼,尽掩古人。自美成出开阖动荡,骨格清高,如羲之之书,伯玉之诗,永宜独步千古。词至北宋,亦云盛矣,犹然未极其变也。南宋而后,稼轩如健鹘摩天,为词坛第一开辟手。刘、陆两家效之,虽非正格,而飞扬跋扈直欲推到古今。于是鄱阳姜白石出,炼骨炼格,炼字炼句,归于醇雅,而词品至是乃有大宗。史、高出而和之,张、吴、赵、蒋、周、陈、王、石诸家师之。自张叔夏出,斟酌古今,词品愈纯,大

---

① [清]陈廷焯:《云韶集·序》,载《中国韵文学刊》2010 年第 3 期,第 45 页。
② 《云韶集》的选词模式与各家取词比例和《词综》几近相仿。

致亦不外白石词体。词自南宋正如诗至盛唐,呜呼,至矣! 北宋词极其
高,南宋词极其变,两宋作者断以清真、白石为宗。①

《序》中陈廷焯指出,北宋词为宋词之高境,以美成词为最高峰;南宋词的特
点在于变,而其嬗变则肇始于白石;美成为北宋词极高词艺的总结者,而姜夔
则是南宋雅词的开拓者。可见《云韶集》以"雅正为宗",以南宋"姜张"为标
杆,俨然浙派传人。

《云韶集》选辑欧阳修词 16 首、晏幾道词 20 首、晏殊词 8 首(详参附录十
四),代表陈廷焯前期对晏欧三家词的批评态度。对于晏殊、欧阳修词,陈廷
焯继承前贤看法,认可他们在北宋的先驱地位,并指出北宋晏殊、欧阳修、王
安石及范仲淹诸家"规模前辈,益以才思"②,意即晏、欧与王安石、范仲淹一
道,以模拟前辈为主,加以个人的才思怡情,对《花间》、南唐词风略有变革和
创获。陈廷焯的认识准确地道出了北宋诸大家词的渊源所在,反映出清末学
人对于宋词的传承接受有了更接近词史的认识。

"规模前辈,益以才思"是陈廷焯早期对晏欧等人词的总体概述和基本
认识,揭示陈氏评词论词遵循宋词发展基本道路的理路和识见。当然,《云
韶集》对于晏欧三家词的研究更多地体现在选词及点评上。概而观之,这种
研究与批评侧重两大部分:一方面,阐明晏欧词的艺术渊源及其对后世词作
的传承与影响;另一方面,集中对晏欧三家词的批评与欣赏方面。

(1)阐述晏欧词的艺术渊源及其传承与影响

《云韶集》首先指明唐五代十国词是晏、欧词的渊源所在,尤其是司空
图、韩偓、李煜和冯延巳词对晏、欧影响甚巨。如评司空图《酒泉子》(买得
杏花)一词批云:"遣词命意是六一公之祖也。"③司空图是晚唐诗人、文学批
评家,这首《酒泉子》是他在《全唐五代词》正编中仅存的一首全词。词云:
"买得杏花,十载归来方始坼。假山西畔药阑东,满枝红。   旋开旋落旋
成空,白发多情人更惜。黄昏把酒祝东风,且从容。"④该词借花对景伤情,感
慨之中有几许疏宕之气。这种遣字构意之法,对欧阳修作词影响较深。如欧
阳修之《玉楼春》(残春一夜狂风雨)诸阕,花飞花落,对景伤情,抑郁之中流
露的疏狂之气,写作命意与司空词近似。陈廷焯指出司空图的《酒泉子》对
欧阳修词的影响是合乎实际的。不仅如此,《云韶集》还认为南唐君臣词也

① [清]陈廷焯编选:《云韶集》卷二,《中国韵文学刊》2010 年第 3 期,第 50 页。
② 同上。
③ 《云韶集》卷一,《中国韵文学刊》2010 年第 3 期,第 46 页。
④ 详参曾昭岷、曹济平、王兆鹏、刘尊明编著:《全唐五代词》正编卷一,中华书局 1999 年版,第
176 页。

是晏欧词的艺术来源。陈廷焯云:"五代之词,犹初唐之诗也。李后主情词凄婉,独步一时。……自冯正中出,始极词人之工,上接飞卿,下开欧晏,五代词人断推巨擘。"①作为一代亡国之君,李煜词作大部分是抒写自己的忧患感怀,主题上已经超越了花间词人"花前月下""闺房深阁"的诗酒流连的香艳生活,而转向抒写士大夫个人的人生际遇和真情实感。晏欧词继承这个特色,进一步向士大夫情志深度开掘。相较而言,另一个南唐词人冯延巳对晏欧词的影响更深。对此陈廷焯也有论述。他首先指出冯延巳"始极词人之工",对于冯词的艺术成就有着明确的认识。他进而指出冯延巳可堪为"五代词人断推巨擘",不仅词艺高超而且在词作传承中发挥重要的作用:"上接飞卿,下开欧晏。"②后主李煜和冯延巳等南唐君臣的最大词学贡献就在于进一步拓宽了词体的抒情主题,改变了词体的表达功能,使词从传统的"遣宾与兴""聊佐清欢"的娱乐文学转向迈进"抒情文学演进的历程"③,启示了宋词发展的新方向。晏殊和欧阳修词代表宋词的先驱,无法绕开这种演进的新词风,从中吸取了诸多有益的艺术素养,使他们的词体创作在《花间》色彩的基础上掺进了许多人个化的人生感喟,与之同时加速了由唐五代"歌者的词"向宋代"文人的词"的雅化过程。当然,晏、欧词的雅化或许更多地与学习冯延巳词有关。冯延巳词与温庭筠词近似的不少,然而他的词真正有价值之处不在于这种绮错婉媚的艳体词身上,而是表现为这种词体小道注入了更多的身世之感及社会内容,扩展了词体的审美空间,提升了词体的意蕴内涵,这就是王国维所谓"冯正中词虽不失五代风格,而堂庑特大,开北宋一代风气。与中主、后主词皆在花间范围之外"④。晏、欧词,尤其是欧阳修后期的诸多词作,明显不同于前期的词作,无论是词作主体意识的增强,还是外在风格的和婉雅丽,无不与个人情感密切相关。晏、欧词由过去的侧艳之作向精致婉雅的让渡,关键即是冯延巳词的渐趋熏陶。《云韶集》认为冯延巳词好比王维的诗歌:"字字和雅,晏、欧之祖也。"⑤兴象玲珑、字句工整的冯延巳词确实犹如王维之诗,在这种特质的辉映濡染之下的晏、欧词,也变得珠滚玉圆,字句和谐。因此,抛开词意不论,仅就遣字设色、造境构型的艺术特色而言,冯延巳也称得上晏殊和欧阳修词的始祖。

为了证实这种感悟式的印象,《云韶集》还指出了不少词例,说明李煜、冯延巳词对晏、欧词的影响。如评李煜词《相见欢》(林花谢了春红)云:"后

---

① [清]陈廷焯编选:《云韶集》卷一,《中国韵文学刊》2010年第3期,第47页。
② 同上。
③ 刘扬忠:《唐宋词流派史》,第88页。
④ 王国维:《人间词话》卷上,第10页。
⑤ [清]陈廷焯编选:《云韶集》卷一,第49页。

主词,凄艳出飞卿之右,晏、欧之祖也。"《清平乐》(别来春半)评云:"欧阳公'离愁渐远渐无穷,迢迢不断如春水',从此脱胎。"①李煜前期的"凄艳"词风当然受温庭筠词风影响,这种艺术素养又传承至晏、欧词,使得晏、欧某些词沾染了凄绝冷艳的色彩。如《云韶集》所选的晏殊词《玉楼春》(绿杨芳草长亭路)、《蝶恋花》(槛菊愁烟兰泣露)等;欧阳修《踏莎行》(候馆梅残)、《夜行船》(满眼东风飞絮)等,无不以凄绝冷艳著称,平凡之中,沉着蕴藉。李煜的《清平乐》是他的一首名作,而末句"离恨恰如春草,更行更远还生"刻画愁绪非常形象且特别,将中国古代诗词中的愁绪描绘推进到新的意境,历来受人称赞。如夏承焘先生评云:"春草遍地都是,用它形容愁恨之多。行人到了哪里,哪里有春草,好像离愁也跟到哪里,是说无法排遣愁恨,触目春光,都是愁绪。"②而欧阳修《踏莎行》(候馆梅残)一阕上片之"离愁"两句,亦运用了比喻手法,将抽象的离愁喻以形象化的迢迢春水,不仅使词句更具画面感,而且还加深了意蕴内涵的丰富性。显然欧词的写法受到李词的启发,正如陈廷焯所谓,欧词用比喻写愁,其灵感实源于李煜本词。此后陈廷焯又指出欧词两句较之李后主"二语更绵远有致"③,那又是他对欧词艺术的进一步认识。《云韶集》从传承与接受的视角,指出欧阳修词多得南唐风味,这个艺术风味的重要渊源除了李煜,另一个则是冯延巳。如评冯延巳《蝶恋花》(六曲阑干偎碧树)曰:"秀雅工丽,是欧公之祖。"④以笔者的见识,冯词是一首普通的写景抒情之作,写的是春日清明之景,述的是对景伤春之愁。主题别无新鲜,但笔法轻灵婉转,语言清新秀丽,意境含蓄蕴藉,可堪一读。欧阳修的不少词章深受这种小词技法的影响,比如《蝶恋花》(画阁归来春又晚)及《蝶恋花》(尝爱西湖春色早)诸阕,语调轻盈,笔法婉柔,用语含蓄,描物画景之中总是透露淡淡的春愁。

　　《云韶集》不仅论述了晏、欧词对前代词学的接受,而且还适当地揭示了它们对后世词学的传承与影响状况。据笔者统计,《云韶集》中除了对晏、欧词本身的评点议论,另外在论叙其他词时有 61 处涉及晏、欧,跨宋金明清四代,其中论清代词时涉及最多,达 37 处,其次宋代有 18 处。在评论其他人的词时涉及的晏、欧词品评,是陈廷焯将其他词与晏欧词比较得出的个人感悟和看法。然而这种结果客观上揭示了晏欧词对他人词作的影响,换用文学传播的术语即是陈廷焯认为晏欧词作为一种既定的词学范式或词学资源,往

---

①　[清]陈廷焯编选:《云韶集》卷一,第 47 页。

②　夏承焘:《唐宋词欣赏·南唐词》,北京出版社 2002 年版,第 51 页。

③　[清]陈廷焯编选:《词则·大雅集》卷二,第 44—45 页。

④　《云韶集》卷一,《中国韵文学刊》2010 年第 3 期,第 49 页。本词调《全唐五代词》作《鹊踏枝》,第 656 页。

往成为后世学习接受传承的对象。这种接受与一般的追和词不同,它是隐性的、潜在的接受,主要表现为风格、主题、用字句法与晏欧词有诸多的相似情状。陈廷焯对晏欧词影响的这种特殊评点,包含三个方面。

第一,揭示晏欧词的艺术风格对宋金元明清词的影响。晏欧三家词的特点,细微之处各有不同,但仍有一些相近的风格特征,如都以小令词为胜场,都以婉约为主要词情特色等。无论是《珠玉词》的风流华美,还是《六一词》的温润秀洁并偶带疏荡之气,以及小山词的秀气天然、工整谐婉而情真意切,这些词风元素均或多或少地渗透于后世文人的词章中。虽然,元明以后,晏欧词不是词坛学习研讨的主流,不过作为一种词学历史文化资源,它们早已融化于倚声填词者的词作之中。陈廷焯的研究贡献即找出后世词作潜在的规步晏欧词的风格痕迹和渊源所在。如评北宋贺铸词:"词至方回,悲壮风流,抑扬顿挫,兼晏欧秦柳之长,备苏黄辛陆之体,一时尽掩古人。"①贺铸固然是北宋词坛的一大名家,因得天独厚的历史原因,他完全有机会学习北宋前中期的众家之长。不过客观而论,贺铸词学贡献绝对还不至于"尽掩古人"而远超柳苏和周邦彦并列。陈廷焯口出此论,只是一家之说,不必详究。作为一个后学者,贺铸完全可能如陈廷焯所谓集众家之长而变得悲壮风流,其中"风流"之色恐怕正是学习晏欧等词长处的结果。龙榆生先生评贺铸为词"词语意清新,用心甚苦,又能出以奇崛之笔,实兼'豪放'、'婉约'二派之长"②。其中"婉约"之长即是指以晏欧秦柳为代表的北宋婉约词之特色。再如赵鼎《点绛唇》(香冷金炉)一词,《云韶集》卷四评云:"凄艳似飞卿,雅丽似元献。"赵鼎为中兴名相,所撰小词却颇有《花间》南唐遗风。如本词上片几句"香冷金炉,梦回鸳帐余香嫩",描摹闺阁物事用笔细腻,词情凄艳,笔似温庭筠;下片几句"清明近。杏花吹尽。薄暮东风紧"用字工整,温润秀雅,风格几近晏同叔③。《云韶集》中以婉丽秀雅之色点评后世人词与晏欧词之关系的例子较多。诸如陈允平《清平乐》(凤城春浅)一词,卷八评云"婉丽似元献";对于清代梁清标《棠村词》一词,卷十四则说"风流秀丽,犹胜叔原";评清周纶《鹰垂词》一词,还是与二晏之"雅"分不开,称其"风流雅秀,直逼叔原";等等,可见二晏风流散见于后世词章中并非虚言。

第二,指明晏欧词的情韵在后世词章中的回响。这种影响重在表现晏欧词的思想情韵与后世词作的密切关系,某些作品甚至堪称晏欧词风的隔世回

---

① 《云韶集》卷三,引《中国韵文学刊》2010 年第 3 期,第 54 页。
② 龙榆生选:《唐五代宋词选》,引吴熊和主编:《唐宋词汇评·两宋卷》,浙江教育出版社 2004 年版,第 754 页。
③ 赵鼎全词见《全宋词》第 2 册,第 1222 页。

响。如评南宋词人刘镇："叔安词韵味深婉，得欧阳永叔之遗。"①《全宋词》
收两首刘镇词②。根据文中名字，此刘镇当指南宋嘉泰二年(1202)进士刘
镇，字叔安，学者称随如先生，《全宋词》收其词 26 首，附存目词 3 首。有永叔
词情韵深婉遗貌的词作主要指刘镇的《蝶恋花》《浣溪沙》《清平乐》《阮郎
归》《玉楼春》和《踏莎行》诸阕③。再如评明陈子龙(1608—1647)《青玉案》
(海棠枝上流莺啭)词认为："仿佛有永叔遗风，情词凄艳。"④陈子龙为明末
云间词派的宗主，论词力主纯情自然的元音，推重南唐北宋之婉约词。《全
明词》收其词 79 首，率多描摹春景发抒春感及闺思闺怨，词情委婉艳丽，颇有
北宋前期词风情。他的这首《青玉案·春思》(海棠枝上流莺啭)词⑤，从词
调及个别用语形式观察，颇似贺铸《青玉案》(凌波不过横塘路)。上片写景，
下片抒情，相思之意，凄绝之情，弥漫厚重。直观而言，笔者觉得与其说貌似
欧阳修，毋宁说近似贺铸更确切。不过贺铸的词作风情本来就与晏欧词存在
源流的关系，因此说得欧词遗风，也为允见。再者如评清代女词人沈纕有
《蝶恋花》(百五韶光余几许)云"凄婉之词，最耐人玩味"，值得品读鉴赏，可
谓"情词兼胜，晏欧之遗也"⑥。按，沈纕，江苏长洲人，工词兼善骈文，著有
《翡翠庼诗集》及文集，词有《浣纱词》一卷，词作 23 首。被陈廷焯誉为有"晏
欧之遗"的这首《蝶恋花》是其《浣纱词》集中的第一首。原题作《春暮》⑦。
该词与晏殊之同调《蝶恋花》(帘幕风轻双语燕)、(梨叶初红蝉韵歇)和欧阳
修之《蝶恋花》(腊雪初销梅蕊绽)、(海燕归来双画栋)、(面旋落花风荡漾)
等诸名阕，无论是抒情方式还是句法结构均非常接近、逼似。谓之得晏欧遗
神，当为确评。

　　第三，指出后世词中对晏欧三家词字词、句法的吸取与借鉴。晏欧词之
所以耐人品读，情韵蕴藉，自具特色，还与其字、词及句法的选择相关。如喜
用一些风花雪月及燕子等相关的短语组成意象，用语轻灵漂浮，句法灵活，情
景点染，交错谐婉，结构较为紧凑，甚有层深感等。这种特质也被后世词家所
吸取消化，而在方法借鉴上体现为两种形式：化用晏欧词成句，以及字词句法
的吸取妙用。如评赵长卿《菩萨蛮》(隔江一带春山好)："愈凄艳愈婉约。

---

① 《云韶集》卷六，《中国韵文学刊》2010 年第 3 期，第 69 页。
② 另一刘镇为南宋绍兴十八年(1148)进士，字子山，号方叔，存词《贺新郎》及《天香》两首，参
　　《全宋词》第 2 册，第 1754—1755 页。
③ 参《全宋词》第 4 册，第 3162—3168 页。
④ 《云韶集》卷十三，《中国韵文学刊》2010 年第 4 期，第 65 页。
⑤ 饶宗颐初纂，张璋总纂：《全明词》第 4 册，第 1914 页。
⑥ 《云韶集》卷二十三，《中国韵文学刊》2011 年第 2 期，第 85 页。
⑦ 关于沈纕及其词作均参清徐乃昌辑：《小檀栾室汇刻闺秀词》第 6 集，光绪二十一年至二十
　　二年(1895—1896)刻本。

'芳草'是从欧公脱胎。"①赵词②写游子、暮春的景与情,词景凄艳,词情沉痛,而"芳草外斜阳"句意指斜日西坠,没入芳草,暗示黄昏已近,正是离人归家时分。从词句结构分析,这与欧词《采桑子》(何人解赏西湖好)中"芳草斜晖"相近,唯独将4字句扩展为5字句。陈廷焯所谓"脱胎"不为虚言。类似的还有如清代姜辰英《蝶恋花》(浪逐韶光朝复暮)一词,陈氏指出:"'梦魂又向花间去'句从小山'又踏杨花过谢桥'化出。情词凄绝。"③化用接受特征显明,论例精确,足见晏幾道名句之魅力及影响。《云韶集》还指出某些字词的用法和欧词有同工同曲之妙。卷五评邓肃《长相思》(一重溪)云:"善于写景。欧公'绿杨楼外出秋千',妙在'出'字。此'出'字从上'迷'字生出惊喜之状来,正复不减欧公。"④邓词之"出"字句为"溪转山回路欲迷。朱阑出翠微"⑤。此"出"字将静态的"朱阑画栋"变得带有动感,撞入人的眼帘,丛丛翠绿之中突现一处雕梁画堂,给人一种惊奇灵动的美感,在艺术上与欧词《浣溪沙》"绿杨楼外出秋千"之"出"字之用确实能达到相同的审美效果。此外,《云韶集》还着眼后世词作的整体句法,认为某些句法源自晏欧词。如卷六评赵彦端《虞美人》(断蝉高柳斜阳处)云:"句法秀丽,得永叔之遗。"赵彦端本词⑥全篇在前物后人、前静后动的结构句法的安排下,刻画出春日女子的闲愁无聊。这种句法结构方式正是欧阳修闺怨词惯用的手段。譬如他的同调之作《虞美人》(炉香昼永龙烟白)也是如此结构句法,上片描景,下片写人,并在动静相协的结合中完成全词的情景构建,而于末句"故生芳草碧连云。怨王孙"才点出女子相思的主题。《云韶集》对于欧阳修词的句法遗泽多有披露。再如评元人汪斌《蝶恋花》(芳草天涯犹未歇)一词,他这样说道:"句法字法得六一真传。"如此等等,不一而足。

(2) 晏欧三家词的批评与欣赏

《云韶集》中的晏欧三家词研究,很大一部分是对技法艺术、词情特色的评点与赏析。陈廷焯的评点思路和评判特点主要表现为如下几方面。

第一,抓住晏欧词的起句(起笔)进行言简意赅的总结评判。写作中,文章的第一段往往是全文的关键之处,或提出问题,或提纲挈领地亮明宗旨所在,这种写法一般是全文的文心,可以借此蠡测作者意图。诗词中的第一句往往也是全文的诗眼或词眼,在某种程度上决定或影响全词的风格基调或情

---

①　《云韶集》卷四,《中国韵文学刊》2010 年第 3 期,第 61 页。

②　参《全宋词》第 3 册,第 2351 页。

③　《云韶集》卷十七,《中国韵文学刊》2011 年第 1 期,第 41 页。

④　《云韶集》卷五,《中国韵文学刊》2010 年第 3 期,第 61 页。

⑤　邓肃本词《全宋词》词调作《长相思令》,参第 2 册,第 1439 页。

⑥　《全宋词》第 3 册,第 1892 页。

感特色。陈廷焯评点晏欧词，往往喜欢如此，从起句或起笔出发，发表自己赏词的第一印象。

如对于晏殊《清平乐》(红笺小字)，《云韶集》卷二评云："起笔深情绮语，我读之低徊不尽。"为什么有如此感受？依笔者的理解，该词的起笔"红笺小字，说尽平生意"句，仅前 4 个字就包含了诸多的个人情绪，引人兴味。析而分之，"红笺"具备冲击视域的颜色，作为极为醒目热烈的朱红颜色，其色泽之夺目，恐诸色相形失色。在实际生活和文学意象中，"红笺"又是一种特殊的信笺，用绢纸作底，以朱丝栏格之为行，往往作为男女通写情书之用。古代的情爱诗词中，"红笺"的出现不乏其例。如韩偓《偶见》诗末两句云："小叠红笺书恨字，与奴方便寄卿卿。"①杜安世《踏莎行》(夜雨朝晴)："红笺写尽寄无因，想伊不信人成病。"②向滈《青玉案》(别时拉泪花无语)："红笺不寄相思句。"③等等。"小字"则一般暗含作者心思之细腻温柔，承载着一片相思的柔情蜜意或思乡的真挚情感。李商隐《妓席》诗云："劝君书小字，慎莫唤官奴。"④宋词中的"小字"意象更多地与爱情相关。如向子諲《鹧鸪天》(斗帐欢盟不计年)："可无小字寄芳笺。""红笺""小字"在诗词中同时出现，所具有的情感冲击和艺术魅力可以想见，连宋代为文一味崇高尊古而不善言情的王安石在其《谒金门》(春又老)下片亦云："红笺寄与添烦恼。……醉后几行书字小。泪痕都揾了。"⑤看到"红笺小字"，以儒学家面目自居的王安石也不免泪痕沾襟，足见"红笺小字"在文人心中的意蕴及艺术张力。这种现象颇值玩味。在长期的文化流传与沉积中，"红笺小字"已经不是简单地具指事物，而成了相思情愁的象征意象，被赋予美妙的爱情甚或温馨的亲情。或许正是这种诗词传统文化意象的积淀，让陈廷焯这位读书人一看到晏词"红笺小字，说尽平生意"的叙述语句，便激发了潜藏在他内心深处的这种文化认知。何况本词起笔及后续的语句代表大晏词作的一贯风格和魅力：流转、清新和蕴藉，以至于陈廷焯阅后不由发出"深情绮语，低徊不尽"的感叹。陈廷焯评词善于抓住词的起笔起句特色，或许是将其当作一条重要的诗词阅读鉴赏的途径和步骤。譬如评晏殊《踏莎行》(碧海无波)云"起三句凭空结撰，妙甚"；对《蝶恋花》(槛菊愁烟兰泣露)一词，他认为"起笔凄绝"等⑥。必须说明的是，陈廷焯的这种批评之法当然不限于针对晏殊词。如评柳永《安

---

① 《全唐诗》卷六八三，第 78 首。
② 《全宋词》第 1 册，第 222 页。
③ 《全宋词》第 3 册，第 1965 页。
④ 《全唐诗》卷五三九，第 81 首。
⑤ 《全宋词》第 1 册，第 268 页。
⑥ 两则同参《云韶集》卷二，《中国韵文学刊》2010 年第 3 期，第 50 页。

公子》(远岸收残雨)一词,卷二又说:"起笔有力,不第写景工秀也。"同卷评贺铸词《青玉案》(凌波不过横塘路)一词,他云:"起笔飘逸,是贺公本色。"评程垓《凤栖梧》(游客钱塘江上住)一词,卷五说:"起笔劲直,最有骨力。"等等。

第二,多以"凄"字品评晏欧情词的伤感特色。"凄"字本是汉语言中的一个普通的形容字,与其搭配的常见词语除了"凄凉"外,尚有"凄清""凄冷""凄惨"等等。《云韶集》宋词研究与评判中,"凄"字头的词语主要表现为"凄绝""凄楚""凄艳""凄秀"和"凄断"5种形式。这种用"凄"字词语批评诗词风格体性的方式是以往的诗学或词学专论中少见的,即使在晚唐司空图的《二十四诗品》或清代郭麐的《词品》中也找不到这样的品评标准①。因此用"凄"字连带其他字组成一个短语并系统地用之于词学理论中,恐怕是陈廷焯论词范畴的一个特色。

"凄绝""凄楚""凄艳""凄秀"和"凄断",5个词语,大同小异,都有冷清、伤悲的意思,含义非常接近,个别轻重、偏指程度的细微之处稍有不同。巧的是,陈廷焯用之品评晏欧词,5组词语三人没有重复,感叹用语丰富之余,也得佩服陈氏读词论词之细心、洞察力之精微细幽。或许这微小的差别正是晏欧词三人词情词风的差异所在。

陈廷焯评晏殊《玉楼春》(绿杨芳草长亭路)一词云:"字字凄秀。低徊反复,言有尽而意无穷。"(《云韶集》卷二)"凄秀"者,凄清秀美。这样一个文学性强的形容词便演变成了文学批评中的术语。正因为"凄",所以有点伤感,而"清"又使这种伤感不显得浓重,而是淡淡的忧伤。除此,还不足以形容,在凄清忧伤的同时又略带一种秀美之气,这当然得益作者应用的词语较为清丽,具有温柔秀气之美感。晏殊这首作品长期以来受人欢迎,叙写的是相思离愁,表达出来却是清词丽句,不同于花间词人的浓墨重彩。明李攀龙《草堂诗余隽》评云:"春景春情,句句逼真。"②景真情真都是建立在这样的字句的选择和安排之上。除了句子的秀美还有情感的伤悲,这种认识当然是和词作语句意蕴的表达及主题密切相关。因此,全词给人以凄美而伤感的审美触觉,美在字句,伤在情韵。陈廷焯的感悟具有普遍性,代表着大部分读者的阅读感受。

而晏殊的另外一首《蝶恋花》(槛菊愁烟兰泣露),或因其凄凉伤感的程

---

① 郭麐《词品》之十二品参江顺诒辑:《词学集成》卷八《郭频伽词品十二则》,《词话丛编》本,第3295—3296页。
② 转引吴熊和:《唐宋词汇评·两宋卷》第1册,第163页。

度有所加深,陈廷焯谓之:"起笔凄绝。"①文学作品中,"凄绝"一般指凄厉绝望,意指一种非常凄凉或伤悲的情绪状态,如秦观《长相思》(铁瓮城高)有句"念凄绝秦弦,感深荆赋"②。在陈廷焯笔下,这种形象化的文学表达转换成文学批评中的一个审美概念:凄秀绝世。"秀"在其中,说明这种美学体验还是与清秀之词句的着笔休戚相关。《云韶集》评林逋《点绛唇》(金谷年年)一词说:"凄秀绝世,读之神往,那不魂销。"③凄绝之美,可令人魂飞魄消,比之让人仅留恋不尽的"凄秀",其所蕴涵的美学意味和张力要深厚得多。就晏殊词而言,陈廷焯体悟的是其开头句"槛菊愁烟兰泣露",所谓的"凄绝",不仅凄秀而且绝世,散发出来的美感特质和词学意境能达到这种至高程度的文学作品世间不多见,是谓绝境。陈氏之论固有夸张,毕竟还是基于对晏殊艳情词的审美解读,不为空高之谈。大晏这首词的得失之处不在于主题是否新颖,其最大的艺术魅力在于其造语设境与雅丽而含思隽永的语句运用,将一段普通的爱情相思写得令人百读不厌,神驰心往。譬如陈廷焯对于起句的"凄绝"之论,即是建立在晏殊善于营造一个凄美的艺术环境之上。因此,陈廷焯的"凄绝"之叹,不仅是对晏殊本词首句艺术手段的赞美,而且是通阅全词之后的整体审美印象。他抓住了词眼,抓住了词心,算是慧眼识珠的由衷之言。

《云韶集》中,以"凄秀绝世"点评的词作不限于晏欧词,如卷二评梅尧臣《苏幕遮》(露堤平):"写魂绘影,凄秀绝世。"评柳永《卜算子慢》(江枫渐老):"凄秀绝世。淋漓沉痛,满纸是泪。"等等。

对于欧阳修词(及托名欧阳修),陈廷焯给予的点评是"凄楚"和"凄断"。从修饰伤感的程度言,"凄楚"约略介于前述的"凄绝""凄秀"之间,表达普通的凄凉悲楚之义,而"凄断"则与"凄绝"同义,毕竟"断""绝"字义几乎等同。如晏幾道《浣溪沙》词有句云"雨花凄断不堪听",即指雨滴断断续续地敲击着花瓣声令人难以忍受,但陈廷焯将之引用到词学审美批评,算是自有的发明。作为一个美学概念,笔者认为二者反映的审美判断内涵是一致的,故本文不予置评。

陈廷焯评欧阳修《浪淘沙》(今日北池游)④一词云:"字字凄楚,字字痛快。"评《夜行船》(满眼东风飞絮)则又论云:"笔致楚凄,亦只是常情常意,却

---

①　两则同参《云韶集》卷二,《中国韵文学刊》2010 年第 3 期,第 50 页。后 1 首词调,《全宋词》作《鹊踏枝》。
②　《全宋词》第 1 册,第 589 页。按,又作贺铸词。
③　同注①。
④　参《全宋词》第 1 册,第 180 页。

写得如许浓至。"①"凄楚"与"楚凄"意思一样,并无二义。前一则,陈廷焯用来评价《浪淘沙》字句的情感色彩"字字凄楚",则字字都带着悲凉伤感。全词在貌似歌酒风流中浸渍的是词人深深的悲哀——或叹年光老去身体衰微,或叹光阴流逝有志不获,或叹年华不再人事蹉跎,种种悲情寄寓在这种貌似风流的湖光山色和歌妓声色之中,笔致疏宕之中隐含的是词人沉重的人生况味。如果联系欧阳修的人生经历再咀嚼本词,那么对陈廷焯的"字字凄楚"感受或更为认同。据邱少华先生串讲,本词写于欧阳修因范仲淹新政失败而牵连被贬滁州之时,因此结合这个背景,词作描写的流连风光和歌酒风流不过是借以"暗示政治上的失意,事业的无成",并"以流利的轻松的语言,写出了苦涩的滋味"②。

相对于晏殊之凄绝、欧阳修之凄楚,陈廷焯认为晏几道小山词与之略有不同而最为"凄艳"。如评晏几道《清平乐》(留人不住)词,卷二云:"凄艳纤绵,读者伤神。""凄艳"的情感色彩和语词的冲击力当然和凄绝、凄楚之类不同,它的特色之处在于凄中有艳,悲凉伤感之中却见冷艳之逼光,这种情致与浓艳、华丽之景致不同。对于小晏这首词,其凄凉悲慨之色不必叠床架屋再议,那么艳丽之色从何而来?当然源自词句的设色铺彩。上片之中的"兰舟""碧涛春水",下片之"杨柳青青""锦书""画楼"等语词,均带上华美浏亮的外壳,刻画出人物活动的场景,烘托全词的伤感悲叹的意境,这或许是所谓"以乐景写哀,更见其哀"的手法吧,令读者尤为之批评激赏。

《云韶集》对于晏欧词的评点除了上述明显的断语之外,还在其他方面尤其是对于晏欧词渗透情韵的这一特质多有关注。如晏殊词《踏莎行》(碧海无波)词,卷二评云:"深情苦调,妙在不伤。"评《踏莎行》(小径红稀),同卷批云:"只写景而情自到。"评欧词《蝶恋花》(小院深深门掩亚)云:"情生文,文生情,令读者魂移骨化。"③评晏几道词《六幺令》(绿阴春尽)云:"深情雅韵,令我情移,令我骨醉。"评《蝶恋花》(喜鹊桥成催凤驾)云:"情致楚楚。"评《破阵子》(柳下笔歌醒不记):"字字酸楚,大有艳情。"④等等。此外,对于小山词的清词丽句也别有识赏。其评《两同心》(楚香春晚)云:"遣词必工,清词丽句,为元人诸曲之祖。"⑤不仅对小山本词的用语特色看得分明,而且还

---

① 《云韶集》卷二,《中国韵文学刊》2010 年第 3 期,第 51 页。
② 邱少华编著:《欧阳修词新释辑评》,第 200 页。
③ 同注①。
④ 关于晏几道《破阵子》,首句"柳下笔歌醒不记"记载恐有误。《全宋词》及《全唐五代词》不见有如此首句词。笔者疑为晏几道《破阵子》(柳下笙歌庭院)及《蝶恋花》(醉别西楼醒不记)两词首句的误混。这个错误不知是陈廷焯编辑之误还后来整理者之误。参《云韶集》卷二,第 52 页。
⑤ 《云韶集》卷二,《中国韵文学刊》2010 年第 3 期,第 52 页。

指出了对元曲词句的影响,可谓的见。厉鹗曾服膺小山词"清词丽句必为邻"的特点,早期的陈廷焯显然也深以为赏。他直接援引厉鹗的评语加之于小山的《蝶恋花》(碧玉高楼临水住)词上便是明证。再者,评《鹧鸪天》(彩袖殷勤捧玉钟)云:"清丽绝世。"评《蝶恋花》(醉后西楼)云:"清绝,丽绝,亦复冷绝。"如此等等。

《云韶集》对晏欧三家情词的关注,充分揭示陈廷焯前期词学思想尽管以浙派尚雅正音律为标,但不能无视原本以抒情性见长的词体属性,对浙派词学崇奉有一定的超越性。

2.《词坛丛话》的晏欧三家词观与《云韶集》的离合

与《云韶集》产生于同时的《词坛丛话》,其总体的词学倾向与前者一致,是对《云韶集》选词、释词理论和原则的进一步认识和总结说明。106 则词论中,有关清代个人词论独占 50 则,凸显陈廷焯以论国朝词人为主的词学径向;对于宋代词人词学的评骘当然成了另一个重头戏,足有 31 则,这与《云韶集》取词比例大致相当:"以两宋为宗,而国朝诸公,实足与两宋相埒,故所选独多。"①对于其选词标准,《词坛丛话》明确指出:"是集所选,一以雅正为宗。纯正者十之四五,刚健者十之二三,工丽者十之一二。"②纯正者、刚健者、工丽者各有所取,既表明了取词宗风,又体现了陈廷焯不以门户为限较宽的论词视域。另一则词话又云:"是集所选艳词,皆以婉雅为宗。"③是对前述"一以雅正为宗"的补述和所选艳词的解释。其流风渊源,是浙派词学宗尚遗风。不过,陈廷焯虽然推衍浙派,但对两宋的看法不以浙派为限,认为各有所优。他说:"论词者以北宋为最。竹垞独推南宋,洵独得之境,后人往往宗其说。然平心而论,风格之高,断推北宋。且要言不烦,以少胜多,南宋诸家,或未之闻焉。……北宋间有俚词,间有尤语。南宋则一归纯正,此北宋不及南宋处。"④以"风格"而论,北宋词当然要高于南宋,但是若以词味道"纯雅端正"而言,则"此北宋不及南宋处"。因此,在此认识基础上提出"两宋词不可偏废"的主张,于"古今五家词"⑤中,北宋以贺方回、周美成为代表,南宋以姜白石为骨干附及史达祖、张炎,表现出融合南北宋词风通达的词学观,是对浙派词学主张的进一步修正和迈进。

在这种词学理论看法一致的背景之下,陈廷焯对于晏欧三家词的看法是否和《云韶集》词选词评一致呢? 或者是否又有新的认知呢? 笔者考察认

---

① [清]陈廷焯:《词坛丛话》,《词话丛编》本,第 3742 页。
② 同上书,第 3739 页。
③ 同上书,第 3741 页。
④ 同上书,第 3720 页。
⑤ 同上书,第 3720 页。

为,《词坛丛话》和《云韶集》词选词评理论主张一脉相承,具体涉及晏欧三家词的评论时,前者至少在评论对象、批评态度和用语上与后者相较还是有所偏离,而对于晏幾道的评判则基本保持耦合一致的态度。

(1)《词坛丛话》没有对晏殊词作整体结论。《云韶集》选词词评主要是对词人词作的单独、专门的评点,而《词坛丛话》则是陈廷焯对词人词作的总体印象。通观《词坛丛话》专论宋词人的 31 则评语,其中涉及晏欧词的只有 3 则,其中欧词 1 则,小晏词 2 则,对于晏殊词不置一评。这种论述格局与前述的晏殊词选词评状况落差巨大。《云韶集》词选卷二评殊词云:"元献词风神婉约,骨格自高,不流俗秽,与延巳相伯仲也。"如此高调称扬殊词却在《词坛丛话》不置一评,其情形与欧阳修和晏幾道词大为不同。如何解释这种现象? 陈廷焯论词抬尊冯延巳,《云韶集》词选评卷二中指出冯词为"五代之冠",而陈氏夸耀殊词与冯延巳词同列主要是从"骨格"这一角度着眼,而不是整体上对晏殊词成就的盖棺论定。《词坛丛话》第 4 则指出"终五代之际,当以冯正中为巨擘",推冯词至五代之冠的地步;而第 5 则认为"风格之高,断推北宋",是从词作自然风格的角度将北宋词推到至高地步。殊词属于北宋词元勋之一,当然也适用本论断。因此陈廷焯将殊词和冯词并置而论是从词作最高创作地位这一侧面来类比的,不过冯词是从整体成就上而论,而晏殊词侧重骨格这一方面。换言之,若从宏观整体成就或独具匠心个性而言,陈廷焯或认为晏殊词尚不具备再次引他注意的地步,至于《云韶集》选入不少晏殊词作,应主要为词学发展脉络和词学影响作计——晏殊词虽不关键,但在词史上不能缺席。这种看法无疑是对宋词发展史的参悟。

(2)《词坛丛话》对欧词抱有贬低的批评态度。检阅《云韶集》所选 16 首欧词评语,无一有贬损之语,《词坛丛话》则不同。第一,他指出欧阳修词为"飞卿之流亚"[1],道出了欧词之源,但认为欧词不如温词,似有偏颇之处。第二,批评欧词"家数近小,未尽脱五代风气"[2]。如何看待陈廷焯这种论调呢?

陈廷焯批判欧词的矛头所向主要是针对言情词。从情词角度上分析,《词坛丛话》肯定温飞卿词的先锋地位,"风流秀曼,实为五代两宋导其先路"[3],而《云韶集》词选评也高度认可温词写情的特色,认为"飞卿词以情胜,以韵胜,最悦人目"[4]。温飞卿之后的晏殊、欧阳修正处宋代建立前期,彼

---

① [清]陈廷焯:《词坛丛话》,《词话丛编》本,第 3721 页。
② 同上。
③ 《词话丛编》本,第 3719 页。
④ 《云韶集》卷一,第 46 页。

时词坛盛行的是晚唐五代温韦之类的香软艳情词,而宋代特色的词风尚在酝酿之中。另外,晏、欧二人虽祖为江西,离南唐未远,但是南唐的二主一臣士大夫词风由于缺乏编选刊刻如《花间集》那样的选本流传,以致影响流传范围有限。当晏、欧词学南唐时,或许已是中晚年之后的事。所以早期的欧词当以学晚唐、《花间》情词为主。这些词作涉及对象以女性为主,抒写主题不脱闺思情愁,描写场景大多集中闺阁绣楼,所谓"飞卿之流亚也""家数尽小"均当指此言。毋庸讳言,陈氏的看法不乏合理的成分。但是,陈廷焯这种批评指责的看法还是片面的,是未能整体把握欧氏情词特色和成就的一面之词。以女性或艳情词而言,温庭筠固然是高手,晏、欧词也并非全然是温韦西蜀花间情词的翻版。他们的同类之作还是有所超越和发展香闺美艳之词的。比如晏殊之《破阵子》(昨日眼探春消息)阕,已经将笔触伸向描绘农村女性的欢乐场景,这对于《花间》的主题明显是一个突破。而欧阳修诸多的女性词,尽管是多以男子的视角观照填词,但词风基本卸除花间的香艳而变为清雅。至于受南唐词风影响而抒文人士大夫个体情志的词作更是另当别论。晏、欧对西蜀南唐词的变革与超越,已成为词界共识。必须提醒的是,陈廷焯对欧词的不满和批判为后期的《白雨斋词话》中大肆鞭挞欧词提供先声,这是历代治词者缺少注意的现象。虽如此,陈廷焯还指出欧阳修的香艳之作"亦非尽后人伪作"①,具备一定的辩证思想,较为公允可取,体现出陈廷焯超越了前人一味否定等俗论,眼光可贵。

(3) 对晏幾道词一以贯之抱激赏态度。《云韶集》词选中以小晏词数量最多并多赞语,体现出陈廷焯对其词的激赏。《词坛丛话》继续保持了这种爱赏批评态度。《词坛丛话》对于黄庭坚给予晏幾道"四痴"的说法或有兴趣。陈廷焯复述了黄庭坚的论说,并进一步作了阐扬。他说:"叔原之为人,正有异于流俗,不第以绮语称矣。"②此话准确地道出了晏小山词的词胜处。晏幾道善写情词,但一扫晚唐五代绮丽词风而变为清丽自然。《云韶集》中对小山词的清词丽句多有评点赏识。晏小山词以情词为胜,不在对象,也不在场景,更不靠华闺词藻,而是靠真心真情打动人心。陈廷焯认为小山词以"韵胜"而别于清真、白石"自成大家"③,此"韵胜"即情韵,揭示了晏幾道词的不同凡响之处。笔者认为,仅以写情词高超而论,北宋定然超越南宋,如秦观、贺铸皆有抒情之作,而晏幾道以其天真痴绝之气尤为佼佼者,南宋而下,或惟纳兰性德一人尚可称之。

---

① [清]陈廷焯:《词坛丛话》,《词话丛编》本,第 3721 页。
② 同上书,第 3722 页。
③ 同上书,第 3724 页。

综上,《词坛丛话》和《云韶集》词选评关于晏欧词的评判之所以有所偏差疏离,一则因为二者观照视角有异,前者侧重从词史地位、词作个性作宏观论定;后者主要从词作语言技法等细微角度赏析。二则是陈氏个人对于晏、欧情词特质鉴赏分析把握不够而得出的误差所致。当然,对于小晏词的称扬却是二者耦合之处,反映陈廷焯对小晏词别有会心。

总之,《云韶集》和《词坛丛话》对于晏欧词给予了较多的关注和评点,在此二著中不仅选有数量不等的作品而且富有个性的点评和赏析。早期的陈廷焯从浙派崇雅的词学宗尚出发,认为晏欧三家词"规模前辈,益以才思",对《花间》、南唐词风略有变革和创获。不仅如此,陈廷焯还指出了晏欧词在后世的传承影响,并对三家词多有激赏和批评,其中大部分是值得肯定的,而某些细微处的体味更是他人不可道的,由此可见陈氏真正是从文学批评角度选词评词。这一点对于浙常转换之际的词坛尤为可贵。不过客观而论,有关欧词的某些不满看法不乏片面之处,或可作为后期《白雨斋词话》否定评判欧词之先声,理应小心对待。

(二) 大雅闲情,已落下乘:《词则》《白雨斋词话》评晏欧三家词

根据陈廷焯的自序,知《词则》问世于光绪十六年(1890)五月[1],而《白雨斋词话》则又于第二年十二月成书[2],时距《云韶集》《词坛丛话》完成时间约有十六七年之久。光绪十八年陈廷焯即已谢世,因此这两部词学书籍可谓陈廷焯的绝世之作,代表他后期的词学思想。

光绪十六年,常州词派已从崭露头角发展到蔚为大观。这个时期的词坛风尚可通过一些词史发展脉络略窥一斑。道光十年张琦重刻张惠言《词选》行世,董毅《续词选》刊行;道光十七年,戈载的《宋七家词选》刊行;道光十二年,周济的《宋四家词选》成书;道光二十七年,潘曾玮刊刻周济《宋四家词选》行世;同治十二年,潘祖荫刊印周济《宋四家词选》并作序;光绪四年,谭献编选《箧中词》并序、手批周济《词辨》;光绪八年,谭献《复堂词录序》成,《箧中词》刊行;光绪十三年,冯煦的《宋六十一家词选》刊行,等等[3]。不难发现,常派势力大大发展,几乎无一大家不受其影响熏染。置身其中的陈廷焯当然也未能脱逃。《云韶集》编选完后十余年,他的学词倾向和论词宗风

---

① ［清］陈廷焯:《词则·总序》,见陈廷焯编选:《词则》,上海古籍出版社 1984 年影印清抄本。
② ［清］陈廷焯:《白雨斋词话·自序》,彭玉平导读本,第 4 页。
③ 以上数则词史发展事件参孙克强:《清代词学》附录二《清代词学年表》,中国社会科学出版社 2004 年版,第 432—439 页。

已有所转移。据屈兴国先生云:"《词则》的编选,始于清光绪六年。"①至光绪十六年编迄,前前后后耗时十年,贯穿的词学理论由早前的尊浙派而改推常派。这十年的人生历练和学词经历,不仅使陈廷焯论词带有常派视角,对于张惠言《词选》的弊端也是了然于胸:"卓哉!皋文《词选》一编,宗风赖以不灭,可说独具只眼矣,惜篇幅狭隘,不足以见诸贤之面目,而去取未当者十亦有二三。夫风会既衰,不必无一篇无偶合,而求诸古作者,又不少靡曼之词,衡鉴不精,贻误匪浅。"②这亦是促使陈廷焯编选《词则》的一个动因。翌年又撰成《白雨斋词话》数卷,在序中对张惠言的选词之功过作了总结,认为张氏词选"不得已为矫枉过正之举",因此短处不可避免:"规模虽隘,门墙自高。"基于此,他提出新撰《词则》的用意在于"本诸风骚,正其性情",而该选的标准是"温厚以为体,沉郁以为用"③。序中接续张惠言词学理论的意图分明,论词以温厚沉郁为主,转变了早年论词以随朱彝尊推姜张雅词的词学识见。

在这种词学背景下再看看陈廷焯对于晏欧三家词又是如何研究评价的。

1.《词则》与晏欧三家词选基本状况

《词则》共 24 卷,厘为 4 部分,其中的宋词部分为:《大雅集》卷二至卷四,共计 47 人,词作 298 首;《放歌集》卷一至卷二,计 52 家,词作 142 首;《别调集》卷一至卷二共计 81 家,词作 207 首;《闲情集》卷一至卷二共计 55 家,词作 148 首。4 集合并共选 235 人次(含重复),词作 795 首。

晏欧三家词共选有 64 首(实际 62 首),分别位于《大雅》《别调》和《闲情》3 集,唯独《放歌集》无一首(详参附录十五)。究其因,大概是陈廷焯认为晏欧词不适合此集收取标准。《词则·总序》云,"爰取纵横排戛、感激豪宕者"为《放歌集》。温润和雅的晏欧词确实不符合这种特质,故也不是选录的对象。另外,三人中,晏殊词不见收录于《别调集》中。这是因为该集录选原则为"清圆柔脆、争奇斗窍者"④,具体包含三类:一为苏辛派追随者,为词较为猛浪,或流于叫嚣或疏狂之类,如张孝祥之《念奴娇》(风帆更起)。二为姜派末流,徒具词藻格律,争奇斗艳者。三为模山范水之作的咏物词,似有所托而不知所兴寄者,注重词艺之工巧者⑤。晏殊词因为"风神婉约,骨格自

---

① 屈兴国:《〈词则〉与〈白雨斋词话〉的关系》,《词学》第 5 辑,华东师范大学出版社 1986 年版。
② [清]陈廷焯:《词则·总序》。
③ [清]陈廷焯:《白雨斋词话·自序》。
④ [清]陈廷焯:《词则·总序》。
⑤ [清]陈廷焯:《词则·别调集序》,见陈廷焯编选:《词则》,第 531 页。

高,不流俗秽"①,显然不符合此三者的入选要求,而入录《大雅》和《闲情》二集,算是认祖归宗。

如果将陈廷焯早先的《云韶集》选词和十余年后的《词则》选词加以对比,便会发现,晏欧三家词的数量由过去的44首一变为62首,增加了18首。这对于《词则》总体规模约略小于《云韶集》的总数量一千余首(2360/3434)的基础上来说,晏欧三人词数量不降反升,足见陈廷焯对它们的重视。概而论之,晏殊和欧阳修数量未变,而晏小山一人独增添18首,反映后期陈廷焯对晏几道词的认可与欣赏有增无减。从选目角度分析,晏殊词是《云韶集》所选晏词的全部翻版,一首未变;欧阳修有13首相同,晏几道则有19首与《云韶集》重复,有19首不同于前者。这些数据说明,陈廷焯虽然于后期改变了论词学词理论,并对《云韶集》选词进行了修正和删订,不过对于晏欧三家词而言,晏殊、欧阳修选词基本未变,一仍其旧,惟增添了小山词的选词数量,体现对小晏词的独有兴味。那么《词则》究竟是如何看待和评析这些词作呢?

2.《词则》对晏欧三家词的批评

相比《云韶集》,《词则》的选词面貌基本未变,但选词、评词、论词的理由和观点却悄然发生了改变。正如前述《云韶集》本以朱彝尊的"醇雅"为选词宗旨,"以竹垞太史《词综》为准,一洗《花间》《草堂》之习"②。十余年后,整个词学环境和词学风尚发生了巨大的变革:浙派退出了统治词坛的地位,而常派词风正炙手可热。词学风会的转移促使后期陈廷焯的词学理论和认识亦发生变化。《词则》及《白雨斋词话》的论词腔调和词学识见已异乎前期的《词坛丛话》和《云韶集》而逐渐带上常州词派论词的色彩——这在《白雨斋词话》中表现得尤为明显。这种变化,有学者提出"已经由对风格美的取重转向为对情性美的追求"③。对性情美的追求并非是陈廷焯后期词学认识改变的主要方面。早年的《云韶集》中即有对晏欧等词人词情韵的认同与赞美。旨求词作的真性情是陈廷焯一贯的论词主张,只不过后期重视的程度要大。他后期的词作理论转向的根本着眼处乃在表述上将本是词体发抒的真性情与"沉郁"相连,并上升为风骚之旨,这就预示着他入毂常派的词学倾向。比如后期的陈廷焯认为"作词之法,首贵沉郁"④,其要义即是"本诸风骚,归于忠厚"⑤。而《大雅集》的编选即是以"沉郁"为选取标准并作为词作

①　[清]陈廷焯编选:《云韶集》卷二,《中国韵文学刊》2010年第3期,第50页。
②　[清]陈廷焯:《云韶集·序》,载《中国韵文学刊》2010年第3期,第45页。
③　参皮述平:《晚清词学的思想与方法》,学苑出版社2003年版,第178页。
④　[清]陈廷焯:《白雨斋词话》卷一,彭玉平导读本,第6页。
⑤　[清]陈廷焯:《词则·大雅集序》,见陈廷焯编选:《词则》,第7页。

的最高典范①。那么陈廷焯这个"沉郁"词学思想对晏欧三家词有何影响呢？与常派"诗骚比兴"有没有细微差异？

（1）以缠绵沉郁论晏欧三家词

《词则·大雅集》序言中虽然提出了以"沉郁"为评判入选标准，但没有对其特征作论述。这在《白雨斋词话》中有所补述。其云："所谓沉郁者，意在笔先，神余言外……欲露不露，反复缠绵，终不许一语道破。"②认为词作力求含蓄蕴藉，具有言外之旨则可为沉郁；在表达方式上讲究反复缠绵而切忌一语道破，以达耐人咀嚼品读的审美效果。在《词则》之晏欧词评中，陈廷焯好用"缠绵"一词来表达他这种力求沉郁的审美倾向。如他评晏殊之《蝶恋花》（槛菊愁烟兰泣露）云："缠绵悱恻，雅近正中。"③此词《云韶集》中，陈廷焯欣赏的是其"语有情味而音节雅正"及其表达效果之"低徊欲绝"④。如果细心辨析，可以发现两者的关注点实质是同一的。缠绵悱恻则具情味，"低徊"往复也正与"缠绵"相连。而冯延巳词，被陈氏誉为"极沉郁之致，穷顿挫之妙，缠绵忠厚"⑤，婉雅之作，自不待言。陈廷焯指出晏殊词雅近正中，正道出了晏殊词的渊源和特色。再诸如《词则·别调集》卷一评欧阳修《蝶恋花》（帘幕风轻双语燕）一词说："情有所郁，凄婉沉至。"评《蝶恋花》（越女采莲秋水畔）一词，认为："与元献作同一缠绵而语更婉雅。"⑥评晏几道《浪淘沙》（小绿间长红）一词，亦云："缠绵悱恻。"⑦所谓的"缠绵"就是词作要达到的委婉动听、和谐悦耳的境界或具有意味含蓄、耐人品评的情感内涵，有时也指代为达到这种审美境界所采用的往复循环的艺术手法。"缠绵"一般和"往复"或"低徊"等词相连。陈廷焯认为缠绵往复之词往往能使词具有沉郁之特质，因此他论定小山词《长相思》（长相思）为小山集中别调并指出此词："缠绵往复，姿态有余。"⑧小山本词正使用了重叠反复的"相思"之词，使原本一首质朴真率、带有民间歌曲特色的小令在反复咏叹中也显得颇有韵味。稍后编迄的《白雨斋词话》再次印证了陈廷焯对本词的看法。他说此词："此亦小山集中别调，与其年赠别杨枝之作，笔墨相近。"⑨所谓的"笔墨相近"指

① 李睿：《从〈云韶集〉和〈词则〉看陈廷焯词学思想的演进》，载《中国韵文学刊》2005 年第 3 期。

② ［清］陈廷焯：《白雨斋词话》卷一，彭玉平导读本，第 8 页。

③ ［清］陈廷焯编选：《词则·大雅集》卷二，第 43 页。

④ 《云韶集》卷二，《中国韵文学刊》2010 年第 3 期，第 50 页。

⑤ ［清］陈廷焯：《白雨斋词话》卷一，第 11 页。

⑥ ［清］陈廷焯编选：《词则·闲情集》卷一，第 877 页。

⑦ ［清］陈廷焯编选：《词则·别调集》卷一，第 579 页。

⑧ ［清］陈廷焯编选：《词则·闲情集》卷一，第 880 页。

⑨ ［清］陈廷焯：《白雨斋词话》卷九，第 213 页。

晏幾道本词和清初陈维崧的《长相思·赠别杨枝》写法相近,后者也连续反复重现"金厄"和"杨枝"两个意象,渲染意绪缠绵的别离之情①。

从以上论述看,陈廷焯没有直接使用"沉郁"一词品评晏欧三家词,不过多处采用了与"沉郁"密切相关的"缠绵"来加以表态。"沉郁"作为陈廷焯提出的一个词学审美概念,它的内涵还"含有风格、手法等因素"②。"缠绵"一词的往复使用,正是词作艺术手法和主体情感丰富的表现,以之论晏欧词见出陈廷焯"沉郁"词论的侧重方面,即强调词作的抒情主体功能。另外,从前述晏欧三家词分布的词集看,《大雅集》《别调集》及《闲情集》各有之,说明陈廷焯词学认识中的"缠绵"沉郁之作并非限于偏向"祖祢"儒家诗教的"大雅"词,只要情有所感、含蓄缠绵之意,无论风格,均可入"缠绵沉郁"之列。必须辨析明白的是,就体现词家性情而言,陈廷焯提出的"沉郁"内旨表面上与常派论词如张惠言"忠厚"、谭献"柔厚"说相对接,实际上还是与常派观点有别。陈廷焯强调的"是身世际遇之苦而引发的情感上的强烈冲动,是一种自然而深切的情感体验"③。因此,陈廷焯论词虽然受常派宗风以儒家诗教解词的影响,但更看重的是风骚诗词的抒情性,即文学特性而非它的社会教化功能。他所说的"沉郁""本诸风骚,归于忠厚",仅在概念表述上与常派相连,实质取诗骚之主体抒情性而非其中的"微言大义"。这反映了陈廷焯论词注重词学的审美情感,是对词体艺术批评的回归,在一定程度上是对常派以经学解词的超越,揭示出后期的陈廷焯虽有靠近常派论词的倾向,但又表现出自己独特的个性。

(2)语言艺术技法的欣赏

《词则》对晏欧三家词研究的另一个重点即是对语言艺术技法的推崇。陈廷焯论词也讲究兴有所寄,沉郁温厚。然纵览40余处晏欧词点评,没有发现有关"兴寄"之说的阐释,也没有什么故弄玄虚的微言大义的附会。这一点无疑是有别于张惠言、周济等人的晏欧词观。《词则》字里行间闪现的多是对晏欧词真性情、真情感的品读和感悟,对晏欧词艺术技法的欣赏和批阅。这些感受和认知是他前期词学识见的继承和推扬。《词则》中大部分评语属于这种情况,其中约有30余处是对前期晏欧词词学认识的继承。譬如评晏殊《浣溪沙》(一曲新词酒一杯)"有一刻千金之感",评欧阳修之《少年游》(阑干十二独凭春)"将'忆王孙'三字插在'疏雨黄昏'之后,笔力既横",等

---

① [清]陈维崧的《长相思》全词参《全清词·顺康卷》第7册,第3885页。
② 朱惠国:《中国近世词学思想研究》,第140页。
③ 李睿:《从〈云韶集〉和〈词则〉看陈廷焯词学思想的演进》,载《中国韵文学刊》2005年第3期。

等,几乎是《云韶集》中的原句①。值得留意的是那些未曾出现过的词作和评语,陈廷焯多从技法和艺术情感发论,尤其以小晏词例为多。如评晏幾道《临江仙》(身外闲愁空满):"浅处皆深。"评欧阳修《夜行船》(满眼东风无絮):"情景兼到。"②都是从艺术技法上对晏欧词的推许。《闲情集》卷一中对晏幾道词艺的欣赏与激评则更多:

> 《点绛唇》(妆席离逢):情景兼写,景生于情。
> 《点绛唇》(明日征鞭):流连往复,情味自永。
> 《点绛唇》(花信来时):淋漓沉至。
> 《更漏子》(柳丝长):情余言外,不必用香泽字面。
> 《更漏子》(露华高):曰昨日日去年,宛雅哀怨。
> 《玉楼春》(采莲时候慵歌舞):绵蛮有致。
> 《满庭芳》(南苑吹花):柔情蜜意。
> 《鹧鸪天》(陌上濛濛残絮飞):笔意亦俊爽亦婉约。
> 《蝶恋花》(卷絮风头寒欲尽):婉转幽怨。③
> ……

不仅如此,《词则》还对晏幾道词的艺术定位及词史影响作了一定的探索和论述——这也是与早先只专注于词艺本身不同的新现象。《闲情集》评小晏《清商怨》(庭花香信尚浅)云:"梦生于情。'依旧'二字中一波三折。艳词至小山,全以情胜。后人好作淫亵语,又小山之罪人也。"④"一波三折"是词作一唱三叹、往复循环的艺术表达,以此可以加深思想情感的厚度,增强沉郁蕴藉感。这是一首思妇词,由于小山的艺术巧用,将闺中女人欲寄信又迟疑不定的心态揭露得真实丰富。而陈廷焯所谓"依旧"二字中隐藏的"一波三折",是词人有意构建描写女子"春梦难见,相思厚重"的一个片段,它全因"梦觉春衾,江南依旧远"两句生发。因为距离太远,所以想也是白想(无法会面),觉醒之后,一切依旧。因此,读者可以据此想象阁中女子对心上人想见又难见的矛盾彷徨的微妙心态,潜藏的美学意味委婉含蓄,曲折蕴藉。当然,陈廷焯于此还指出小山这种善写女性心理的高超手法固然为他的情词艺术奠定了成功阶梯,同时也给一些时人或后人提供了写作参照的范本。然

---

① 分别参[清]陈廷焯编选:《云韶集》卷二,《中国韵文学刊》2010年第3期,第50页、第51页;《词则·大雅集》卷二,第42页,第45页。
② 分别参《词则·大雅集》卷二,第47页;《词则·别调集》卷一,第576页。
③ 以上诸阕参《词则·闲情集》卷一,第880—886页。
④ [清]陈廷焯编选:《词则·闲情集》卷一,第880页。

而这些人由于缺乏如小山一样的艺术天赋，又没有如他一样的真性情和生活感受，因此最终的结果是空学皮毛而流为淫词亵语，破坏了艳词的情韵美而成了被人笑话的对象——这恐怕是晏幾道未曾料到、也是最不愿看到的现象。陈廷焯还分析了晏幾道艳情词胜的原因是"出语必雅""无不闲雅"，所以"北宋艳词自以小山为冠"，即使柳耆卿和秦观亦无法比及，而后世的闺情词大多"失之淫冶"，并认为这是唐五代北宋词"独为近古"的一个表现①。

陈廷焯的词学理论以"沉郁"说为著，后世论之多以《白雨斋词话》为例。其实作为一个品评词体的概念，在他早期的词论中就已经出现。据检视发现，"沉郁"一语最早出现在《云韶集》评晁补之词中："无咎词沉郁顿挫，几欲与秦七、黄九并驱。"②此外在点评赵鼎臣、周邦彦、辛弃疾、陆游等南北宋词时均有着笔。而同时的《词坛丛话》却乏见载，可见早年的陈廷焯并未有意识地将其当成一个词学理论范畴来评判历代词作，仅以一个感悟式词汇寄寓自己的直觉审美体验。后期的词学著作中，据笔者对《词则》4 集的点评检阅，陈廷焯的"沉郁"说也没有得到较大范围的倡导，只在《大雅集》及《放歌集》中散见踪影，如评温庭筠《菩萨蛮》(宝函钿雀金鹧鸪)眉批"沉郁"③。评周邦彦之《齐天乐》(绿芜凋尽台城路)云："苍凉沉郁，开白石碧山一派。"④评陆游《渔家傲》(山村水馆参差路)云："数语于放浪之中见沉郁。自是高境。"⑤如此等等。《词则》4 集依其词学见解和理论而言，大部分是《云韶集》和《词坛丛话》的延续，除了选词数目有所增删和某些词作附语带有常派印记外，在论词倾向和点评重心上差别并不大。譬如讨论的晏欧词，词目相同的评语几近雷同。于是，是否可以这样推测，后期完成的大型词选《词则》实质是前期词学思想的延续。或许正如他当初编迄《云韶集》曾言选词止于道光初年，"而道光已(以)后诸名家，俟续集再当补入"⑥。《词则》的结集无疑就是这个续集补录的选本，虽然编选时已经身处常派宗风炽烈的背景之下，而从其内容和点评观点看，恐怕它还不能真正代表陈廷焯后期转变的词学理论——这一点恐怕是今世论者忽略而少有留心注意之处⑦。

---

① 详参《词则·闲情集》评晏幾道词《蝶恋花》(庭院碧苔红叶遍)及《浣溪沙》(翠阁朱阑倚处危)，第 887 页、第 889 页。
② 《云韶集》卷三，《中国韵文学刊》2010 年第 3 期，第 54 页。
③ 《词则·大雅集》卷一，第 20 页。
④ 《词则·大雅集》卷二，第 69 页。
⑤ 《词则·放歌集》卷二，第 341 页。
⑥ [清]陈廷焯：《词坛丛话》，《词话丛编》本，第 3743 页。
⑦ 比如李睿认为《云韶集》和《词则》既代表了陈廷焯前后期不同的观点，但又互相渗透。参其《从〈云韶集〉和〈词则〉看陈廷焯词学思想的演进》。可见，陈廷焯的词学观是渐变式，《词则》大部分看法是对《云韶集》的接续，与《白雨斋词话》有所不同。

　　陈廷焯词学思想和理论真正发生变革的可见于《白雨斋词话》一书。这本理论著作不仅系统地提出了"沉郁"的概念、内涵和表现方式，还对以往的一些词学理论和识见提出了富有新意甚或带有颠覆性的批评和论见，对晏欧三家词的认识和态度也是如此。

　　3. 已落下乘：《白雨斋词话》对晏欧三家词评判态度的转变

　　陈廷焯词论向常派的真正转变是以《白雨斋词话》的撰写结集为标志。不同于《词则》的选取原则，《白雨斋词话》自序阐明了论词主张，继承张惠言的论词宗旨：以风骚为本，以性情为正，"温厚以为体，沉郁以为用"①。这个时期的陈廷焯自视为张惠言的门徒，对此前推尊的《词综》"作了整体上的否定"②，继而表现对张氏《词选》的恭奉不遗余力，认为此选"可称精当"，并指出其凝聚的选词识见远超《词综》10 倍，由此高度肯定了张惠言《词选》的地位："古今选本，以此为最。"③这番表现暗示陈廷焯由前期对浙派词学理论的宗奉转至后期向常派的服膺、推崇。《白雨斋词话》卷九中还进一步指明本词话的目标是探本、广才、合律："求之《词选》，以探其本；博之《词综》，以广其才；按之《词律》，以合其法。词之道几近于是。"④这个"本"即"风骚"之本。然而陈廷焯认为达到这种至上目标的词选尚未出现，"第求诸词选，尚不足臻无上妙谛"，所以有必要重新编选，以便"推诸《风》《骚》，以尽精义"⑤。这就是后期编选《词则》一书的动因。可见，陈廷焯虽然有意取向常州家法，但对张惠言的《词选》弊端还是了然于胸。比如他指责该选取词视野过于狭窄，同时存在收词失当的情况，认为其中诸如欧阳修《临江仙》和王雱《眼儿媚》及李知几《临江仙》三阕"公然列入，令人不解"⑥。姑且不论《词选》是否失当，而据笔者检阅比对《词选》和《词则》欧词目录，发现欧阳修之《临江仙》（柳外轻雷池上雨）一阕两选本同时入录。这不觉令人生惑：一边指责别人选词失当，一边自己又同样选取之，尽管各自取词的真实意图或许并非一致，然而客观上还是给读者制造出一种自相矛盾的嫌疑。《白雨斋词话》中，陈廷焯对晏欧三家词的评价和认识与其此前的晏欧词评也存在诸多的相异之处。如何评判这种现象，是关乎晏欧三家词在研究与流传过程中的影响和定位的问题，也是关乎评价认识陈廷焯词学思想的问题，因此有必要加以清理和认识。

---

①　[清]陈廷焯：《白雨斋词话·自序》，见陈廷焯著：《白雨斋词话》，第 4 页。
②　彭玉平：《选本批评与词学观念》，载《汕头大学学报》2005 年第 5 期。
③　[清]陈廷焯：《白雨斋词话》卷一，第 7 页。
④　[清]陈廷焯：《白雨斋词话》卷九，第 210 页。
⑤　同上，第 210—211 页。
⑥　同注③。

（1）晏殊、欧阳修词已落下乘

陈廷焯曾认为清初词人作词有两种弊端：一为模拟南宋词，取其貌遗其真，雅而不韵。另外一个则是针对清初专门学习模仿北宋小令词，特别是效仿晏、欧之艳情词的现象，他指出："遂以为晏欧复生，不知晏欧已落下乘。取法乎下，弊将何极？况并不如晏欧耶？"①陈廷焯认为这种人学习晏欧词专取其短，弊端自然丛生，更何况"并不如晏欧耶？"意即晏欧词本身已落下乘，学习他的短处无疑更是等而下之，法不足取。尽管他论述的重心偏在晏殊、欧阳修"艳词"这个节点上，然而他对晏欧词的价值、贡献和地位的评判充满轻视的态度昭然若揭。晏欧的小令情词果然如此低劣无可取吗？十数年前的《云韶集》指出晏殊词"风神婉约，骨格自高"，欧阳修"永叔词乐而不淫"②，称誉之意自然而出。十数年后，陈廷焯对晏欧词的认识态度发生了巨大的变化，这在《白雨斋词话》一书中还是较为多见。如卷十有云："晏欧继温韦之后，面目未改，神理全非。"③认为晏欧词出自温韦却"神理全非"等而下之，贬斥之意显明。陈廷焯指出晏欧词属下等，是从艳情词角度发端的，并基于此对晏欧词多有批评：

> 北宋词，沿五代之旧，才力较工，古意渐远。晏、欧著名一时，然并无甚强人意处，即以艳体论，亦非高境。
>
> 晏、欧词，雅近正中，然貌合神离，所失甚远。盖正中意余于词，体用兼备，不当作艳词读。若晏、欧，不过极力为艳词耳，尚安足重！
>
> 文忠思路甚隽，而元献较婉雅。后人谓艳词，好作纤巧语者，是又晏、欧之罪人也。④

第一则材料中，如果所谓"古意"是指上古风骚的话，那么说晏欧词无"强人意处"还是符合事实的。问题是，作为晏欧词直接源头的晚唐五代词又何曾"古意正浓"？北宋前期，学词的两大源头无非是一《花间》，一南唐，有人认为花间词人背离了"'兴观群怨'的诗歌传统"，而展现"'词为艳科'的主题内涵"，从而构建了以"艳情词"为主体的中国词史的"本色论"⑤。这个花间词风对北宋前期的词坛影响甚巨，基本决定了有宋一代婉约词风的走向；而另一股南唐词风则是加强了宋词的主体抒情性，促使宋词士大夫化、文人化

① ［清］陈廷焯：《白雨斋词话》卷一，第6页。
② ［清］陈廷焯编选：《云韶集》卷二，《中国韵文学刊》2010年第3期，第50页、第51页。
③ ［清］陈廷焯：《白雨斋词话》卷十，第244页。
④ 以上3则同参《白雨斋词话》卷一，第12—13页。
⑤ 参徐安琪：《唐五代北宋词学思想史论》，第47—59页。

程度加强。如果单从艳情词角度而言,晏欧词也着笔女性情愁和容貌肌肤,但基本减少或摆脱了花间词人专写闺阁绣饰和女性姿态的俗艳之风,用语的文人化色彩也明显。倘若陈廷焯所指的艳词"高境"是指描写男女外貌动作恰到好处、刻画心理含而不露、用语委婉含蓄方为"高境"的话,那么晏欧情词的整体风貌倒要比花间诸人略高一筹。当然不否认晏欧词中有些作品确实最易引起批评指诟,如欧阳修之《盐角儿》(增之太长)、《宴瑶池》(恋眼哝心终未改)等出语多为随意粗糙,与雅词有所相离。不过平心而论,晏欧词以文人雅化为显著特色,即使同是艳词,率多也是艳而不俗,与花间诸人的大量书写还是有区隔的。陈廷焯是抓住晏欧词中这些平庸粗率之作并加以放大观察才有此论,并不尽客观、合理。

第二则材料仍然指出晏欧极力为艳词,与冯延巳词相差甚远。《云韶集》中,陈廷焯对冯词评价甚高,誉为"五代之冠","字字和雅,晏欧之祖"①。即使后期的《词则》选冯词亦达32首,远超晏殊、欧阳修入选总和(25首),其间《大雅集》独选13首,等同于晏欧三家同集的入选总数,足见陈廷焯对冯词的看重。同为士大夫词,作为晏欧先辈的冯延巳,其词史贡献在于对花间词的超越,词作主题上升至身世之感和家国之痛,给词作审美境界增添了一种凄美感伤和沉着蕴藉的色彩。而有冯词遗风的晏欧词其实也有如此特色的,在抒情主题的开拓、情致的深婉度上有所发扬。先师刘扬忠先生曾说晏欧二人词同出于冯延巳,但在时代、社会环境及个人经历、才情的不同背景下,晏欧二人词并非是冯词的简单重复,而是在某些方面各有所超越而成就了晏欧雅词派别。如晏殊"以带有北宋时代特征的上层士大夫意识去改造艳体小词,用它来表现承平无事社会里文人官僚闲适的生活,做到写富贵气象而不流于鄙俗,写男女艳情而不流于纤佻"②,而欧阳修词既有继承冯词"情深婉曲"的一面,也有自我掘新"疏宕清旷"③的一面——这是冯词所缺乏的质性,恰是欧词的词史贡献之处。陈廷焯谓"貌合神离,所失甚远"无疑是带有贬斥晏欧词的意图。事实上,词学发展之所以能够薪火相传,生命不息,面目各异,花样繁多,正是赖于这种出于前轨而又不亦步亦趋的词学发展推力所助的结果,而文学史的发展之所以历千年而不衰,能够不断革故鼎新、推陈出新也是得益于无数的后世作家对前贤成就的不断学习、推扬与超越。因此陈廷焯所谓的冯延巳词之"失"正是晏、欧词之"得"和自成体格的关键之处,是对冯词的发扬和超越,是值得肯定的词学现象。另外,晏欧二人也没有专力

① [清]陈廷焯编选:《云韶集》卷一,《中国韵文学刊》2010年第3期,第49页。
② 刘扬忠:《唐宋词流派史》,第154页。
③ 同上书,第160页。

写艳词。以晏殊词论,据唐红卫统计,带有情词色彩的相思离别词只 50 首左右①,不足晏殊词的一半,何况艳词仅是情词的一种。既如此,何足称为"极力艳词"?即使艳词亦非昔日之艳词,已经做了诸多的改良而带有北宋前期文人雅化的色彩。至于第三则谓后人学晏欧艳情词不成而流为纤巧之语应另当别论,陈廷焯将一切怪罪于晏欧,是否有"欲加之罪何患无辞"之嫌呢。

(2)晏幾道不敌温韦

《白雨斋词话》对晏殊、欧阳修词的评价不仅推翻了先前的赞誉而持贬斥态度,对宗风同源的晏幾道词也没有什么好评。比如卷九指出:"晏元献、欧阳文忠皆工词,而皆出小山下;专精之诣,故应让渠独步。然小山虽工词,而卒不能比肩温韦,方驾正中者,以情溢词外,未能意蕴言中也。故悦人甚易,而复古则不足。"②陈廷焯认为晏殊和欧阳修虽然都善于写词,不过以"精""工"而论均不如晏幾道,但是晏幾道工于填词,终究不能比肩温庭筠和韦庄而抗衡冯延巳。陈廷焯认为晏幾道词之所以无法与温庭筠、韦庄及冯延巳词相比肩,原因在于他的词"情溢词外,未能意蕴言中也。"因此,陈氏指出晏幾道词要取得别人赏心悦目容易"而复古则不足"。这几句话的意思在于一个简单的推理:晏殊、欧阳修词不如晏幾道词,而晏幾道词又不如温韦及冯延巳词,暗含结论:晏欧三家词均不如温、韦及冯词。

《云韶集》中,陈廷焯曾认为晏小山词"风流自赏,极顿挫起伏之妙","丽而有骨,以绮语见长"③,深刻地道出了晏幾道词的特性和优势所在。或许正因为这种魅力,陈廷焯特别欣赏小晏词,在《词则》中将其词作数量由《云韶集》的 20 首增加到 38 首,远甚晏殊和欧阳修。小山词本以善言情而著称,然而本段中陈廷焯却无视这些特色而一味认为"情溢词外,未能意蕴言中",批评其情发词外,意蕴不够含蓄,所以落至人后。不仅如此,他还认为在词之正与变问题上,晏幾道和李煜词一样"皆非词中正声"④。小山词虽"不属正声"却无法阻挡文人对他的喜爱,陈廷焯面对这种略显矛盾的传承现象,他的看法是:"以其情胜也。情不深而为词,虽雅不韵,何足感人?"⑤也即陈廷焯认可晏幾道词以情见长的特色,然而他认为词作如果情浅缺少韵味,那么即使雅正也无法具备感动人心的艺术魅力。必须注意的是,陈廷焯说晏幾道词"情胜"并非褒奖小山词情深意厚写得上乘,恰恰相反,他认为小山词仅仅是因为情多显露而容易被人直觉感受到,所以这样的情词不够深厚,缺乏内

① 　唐红卫:《二晏研究》,南开大学出版社 2010 年版,第 105 页。
② 　[清]陈廷焯:《白雨斋词话》卷九,第 230 页。
③ 　[清]陈廷焯编选:《云韶集》卷二,《中国韵文学刊》2010 年第 3 期,第 52 页。
④ 　同注②。
⑤ 　同注②。

在的韵味,"虽雅不韵,何足感人?"即使属于雅词也缺少撼动人心的内在力量。所以他说小山词"悦人甚易",受人喜欢,但"复古不足",不耐人咀嚼品味,缺少令人回味无穷的内涵。陈廷焯能揭示小山词真正受欢迎的原因在于"以情感人"还是较为客观的。然而,陈廷焯认为雅词情深固然可感,不过如果缺少韵味还是美中不足。陈廷焯正是从韵味的角度否认晏幾道词为"正声"或"上乘",这种看法也有一定的合理性。

情与韵,在中国古代诗学批评中属于彼此联系又略有差异的审美概念。依笔者的认识,"情韵"是优秀的诗词必备的美学构成要素,有情促使人心受到触动,喜怒哀乐则由情而发;有韵才会令人咀嚼不尽,回味再三。相对而言,情的效果主要流露在外,而韵的味道潜藏于里,如里外兼得,则情意缠绵,情味无穷。以晏幾道词而言,以情动人固是胜人处,但是这个"情"是建立在小山词独有的"韵"味之上。王灼所谓晏幾道"秀气胜韵,得之天然"①,反映到词体审美境界上则是"淡语皆有味,浅语皆有致"②。因此,从此角度看,陈廷焯批评晏幾道词"不韵"还是有失公允。尽管如此,相较此前对小晏词的褒奖和激赏,《白雨斋词话》中,陈廷焯无视晏幾道词情真、情多的优势而斥责其词韵薄,还是反映出他对晏幾道词评价态度的转向。

(3)晏欧三家词属于"词中次乘"

《白雨斋词话》对晏欧三家词的评价较低还表现在对词的分类上。陈廷焯据文与质的关系将词分为5大类,其中表里俱佳而文质适中者,有如温庭筠、秦观、周邦彦、黄公度和姜夔等人词,这些是"词中之上乘";第二类则是质过于文者,诸如韦庄、冯延巳、张先、苏轼、贺铸、辛弃疾和清代的张惠言等人词,亦是"词中之上乘";而晏欧三家词与李煜、牛峤、柳永、陈维崧、朱彝尊、厉鹗、蒋敦复等十数人词则属于"文过于质"的第三类"次乘";至于第四类"下乘"为"有文无质",最末一类则质文具无。③上乘中,第一、二类尽管略有差异,但陈廷焯推尊温韦、冯延巳、贺铸、周邦彦及南宋辛稼轩、姜张一脉以及清之张惠言意图明显,是其融合浙派和常派词学思想的表现。陈廷焯将晏欧三家词置于温韦及冯词之下,是其前述理论的延续,而将浙派领袖朱彝尊及厉鹗等亦归于三等"次乘",无疑是其出浙入常词学思想转型的体现。稍加观察这5类的分等标准,不难发现陈廷焯对"质"的重视远甚于"文"。换言之,如果按照通常的理解,文质之关系等同于"形式与内容"的关系,那么,陈廷焯轻艺术形式,重思想内容,对于词体思想情感的过分倚重还是显

---

① [宋]王灼:《碧鸡漫志》卷二。
② [清]冯煦:《宋六十一家词选·例言》。
③ [清]陈廷焯:《白雨斋词话》卷十,第248页。

见的。

（4）欧公无此手笔

陈廷焯对晏欧词的鄙薄之态还表现在于对待《蝶恋花》（庭院深深深几许）一词的归属权问题上。他否定《词选》中引用的李清照认为是欧阳修词的说法，而认同《词综》著录为冯延巳词的做法，并且强调指出，"且细味此阕，与上三章笔墨，的是一色，欧公无此手笔"①。陈廷焯对于这首词的作者，早在其《云韶集》中已判然。《云韶集》卷一选冯延巳《蝶恋花》4 阕，其中包含此词，且对艺术构思甚为欣赏，云"绝世至文"；而欧阳修名下仅选《蝶恋花》其余两首②。笔者无意与陈廷焯争辩该词的归属权，只是从他的语气中，明显可以感受到对欧阳修撰词能力的轻视。"欧公无此手笔"，通俗的话就是认为欧阳修不具备这么优秀的文笔，写不出这样的好词，因而也据此认定非欧阳修所作。一首作品的归属权当然主要依据文献考证判断而不是凭个人阅读感觉，何况欧阳修词本就取法冯延巳词不少，二者相近的地方太多。今天争辩这个答案似乎已经毫无意义，然而陈廷焯的推理方式并不可取，其间透露出对欧词的贬斥态度还是分明可感的。

（5）贬低晏欧三家词的原因

综合对比分析陈廷焯前后期的晏欧词评判，发现《白雨斋词话》对晏欧词的批判和不满日渐甚多，其缘由主要有二。

第一，对欧阳修词的不满是早期《词坛丛话》中的延续。前一节已论，在《词坛丛话》中陈廷焯已经流露出对欧阳修词的不满，认为欧阳修词只不过"飞卿之流亚""气数尽小"，无法与韦温词同列，后期《白雨斋词话》不过是继续保持了这种批判倾向。

第二，晏欧词整体上遭到贬低更重要的还是因为后期的陈廷焯词学思想的变异。前期的陈廷焯总体上还是对晏欧词赞赏多于批判，这种姿态一直延续到后期的《词则》仍然对晏欧词艺术情感称赏有加，而在《白雨斋词话》中，陈廷焯由对欧词的不满发展至对整体晏欧词全面贬损的地步，批判、批评之声不绝于耳，"晏欧词已落下乘"是他的基本看法。同一个研究主体，同一个研究对象，所给的研究批评之结论为什么会有如此地泾渭之别呢？归根结底还是与陈廷焯后期的词学思想和理论有关。

《云韶集》编迄完后的十余年，陈廷焯词学思想基本上已经完成了脱浙

---

① ［清］陈廷焯：《白雨斋词话》卷一，第 11 页。评语中所谓"上三章"指《词综》中所录冯延巳名下的其他 3 首《蝶恋花》词。参《词综》卷三，第 58—59 页。《词则》中也有类似的评语。参《词则·大雅集》卷一"冯延巳"名下，第 127 页。
② ［清］陈廷焯编选：《云韶集》卷一、卷二，《中国韵文学刊》2010 年第 3 期，第 49 页、第 51 页。

入常的转型,选词论词俨然已是常派中人,这从《词则》中对朱彝尊及厉鹗词的批评可见一斑。陈廷焯指出朱彝尊词"非词中正声",原因是"措词温雅而未达渊微"①,而浙派中人厉鹗"亦属别调",缘由是"色泽甚饶而沉厚之味终不足也"②。一言以蔽之,朱、厉等浙派中人之词无一人具备深厚之本,因而非正声之体。后期的陈廷焯论词重"沉郁顿挫"和"深厚",所以对于宋代词人最重周、秦、姜、张及王沂孙,认为他们或以理法胜,或以骨韵胜,或以意境胜,"皆负绝世才,而又以沉郁出之"③,明显带有常派论词腔调。《词则》对晏欧词的看法还缺少常派论词的色彩,在陈廷焯数年的编选过程中,随着时间的推移和常派宗风的加剧,他的词学思想也在慢慢地发生转移,而晏欧词选编在前,受常派风气浸染不深,故他对晏欧词的批评态度多是《云韶集》的延续,并残存以浙派论词为主的印记。正如前述,稍后一年编迄的《白雨斋词话》是他常派词学思想转型成熟的代表,不仅论词重深厚沉郁,而且还主张寄寓言外之意。这可以从《白雨斋词话》中考索陈廷焯对晏欧词评判态度发生转变的因由。

《白雨斋词话》认为"词则以温厚和平为本,而措语即以沉郁顿挫为正"④。冯正中词极具"沉郁顿挫"而"缠绵忠厚"⑤。譬如陈廷焯论冯词《蝶恋花》(谁道闲情抛弃久)一阕云:"沉着痛快之极,然却是从沉郁顿挫来。"⑥对于冯延巳词的评价还是较高,其根本原因在于符合其论词之"沉郁"和"忠厚"标准,而对出于冯词之后的晏欧词,他认为恰恰是缺乏冯词这种特点,因而位于冯词之下的"下乘"。除了"沉郁"侧重语言音节方面的抑扬抗坠之特质外,"忠厚"显然是与张惠言之"兴寄"、谭献之"柔厚"含意近似,一方面强调词作的思想和情感的深度性,特别是希望能上接风骚之旨,寄寓重大的社会生活事件或政治寓意,具有儒家诗教的功能;另一方面也要求表现这种思想情感性的艺术手法以含蓄蕴藉为主,最忌浅薄直露。因此他一再强调"作词贵于怨郁中见忠厚"⑦,反对出语过于轻薄的艳情之作,希望能像《词选》一般"扫靡曼之浮音,接风骚之真脉"⑧——后期的陈廷焯认为晏欧三家词是不符合这些论词宗旨和词学理论的。晏欧三家词同出于冯延巳及花间温韦诸人,然而他们更多的是继承了冯词的直抒士大夫意气的作法而缺少冯词般家

---

① ［清］陈廷焯编选:《词则·大雅集》卷五,第204—205页。
② 同上书,第219页。
③ ［清］陈廷焯:《白雨斋词话》卷八,第180页。
④ 《词话丛编》本,第3967页。
⑤ ［清］陈廷焯:《白雨斋词话》卷一,第11页。
⑥ ［清］陈廷焯:《白雨斋词话》卷八,第205页。
⑦ ［清］陈廷焯:《白雨斋词话》卷四,第96页。
⑧ ［清］陈廷焯:《白雨斋词话》卷五,第113页。

国身世之恨，因此陈廷焯觉得缺少深厚的底蕴而无法达到词情悲抑、造语蕴藉的审美境界。小山词有"乐府补亡"的意图，实际上也是以一己之愁怀为主体，极少关涉社会时事，况且晏欧三人写得最为成功的还是他们的情词，风格以清丽婉转为主，语句以平淡浅近为多，与"沉抑悲郁"有距离，又何况个别篇什语涉淫亵，这正是常派要清扫的对象。如陈廷焯指出："北宋晏小山工于言情，出元献文忠之右，然不免思涉于邪，有失风人之旨。"①这一句话或许就是后期的陈廷焯之所以评价晏欧词不高的关键。即使陈廷焯认同三人以艳词取胜，亦认为"情溢词外，未能意蕴言中"，与其"沉郁深厚"之旨相顽颉。对于晏欧情词，陈廷焯的说法当然有一定的片面性，对此，前面已经有所论定。

当然，如果从常州词派内部词学理论的发展演变来看，陈廷焯对晏欧词的否定预示常派内部发生裂变，尤其是关涉《蝶恋花》一词的否定判断完全是对张惠言、周济认同欧词的反动，反映出两种不同的词学识见。因为周济曾从人品与文品和"兴寄"的角度认为"非欧公不能作"②，而陈廷焯是从前后数篇《蝶恋花》一致的艺术性得出"欧公无此手笔"的相反结论，有意与周济划清界限的意味不言自明。这个事例客观上揭示了常州词派内部的词学理论已经产生分歧，反映陈廷焯词学思想入常却不囿于常派，保持一种理性、自我的心态。

4.《白雨斋词话》对晏欧三家词的正面评价

客观而言，陈廷焯《白雨斋词话》并非一味地贬低晏欧三家词，对于某些方面的影响还是能够加以肯定。

陈廷焯对晏欧词多有批判之态，然而牵涉到词史地位或影响时，他还是无法抹杀他们的存在和贡献。比如论及唐宋名家体派时，将晏欧三家词附属于冯正中体③，虽然对晏欧仍然认识不清而没有将他们单独归为一派，大体还是合乎词史发展现实的。他打算辑录古今29家词选（附42家）而选取北宋7家词时，其中就包括欧阳修（附晏殊）、晏几道两家，与张先、苏轼、秦观、贺铸、周邦彦同列④。

陈廷焯认为晏欧情词不入大雅之堂，而对于他们的成功之处还是别有欣赏。如他评晏几道《临江仙》（梦后楼台高锁）"去年春恨"等几句时说："既娴婉、又沉着，当时更无敌手。"⑤如此等等。陈廷焯对于雅词的去取较为谨

---

① ［清］陈廷焯：《白雨斋词话》卷一，第13页。
② ［清］周济：《宋四家词选目录序论》，第2页。
③ ［清］陈廷焯：《白雨斋词话》卷十，第240页。
④ 同上书，第243页。
⑤ 同上书，第13页。

严,对于艳语之词一律批评,即使是他推崇的秦观、周邦彦也不例外。比如他认为秦观和周邦彦诚然是词坛领袖,因为词涉艳语而带有俚俗色彩,"故《大雅》一席,终让碧山"①。所以晏欧入取《大雅集》者甚少,大部入列《闲情集》,有 42 首,约占整个《词则》晏欧词的 70%,尤以小晏为最,达 30 首。陈廷焯认为艳情词虽属下乘,然而也不易作好。他提出了可作艳情词的根本道路,那就是只有"根柢于风骚,涵泳于温韦",则"以之作艳体亦为(无)不可"②。也即如果以风骚为本,以韦温为范,那么亦可以作艳情词。在此认识上,陈廷焯对于晏欧三家的某些风流蕴藉之小令艳词还是深以为赏。比如他评晏幾道《临江仙》"落花"两句及末两句、欧阳修之《蝶恋花》(越女采莲秋水畔)"照影"两句以及晏殊《破阵子》(燕子来时新社)中数句,"均不失为风流酸楚"③。这些认识反映了后期陈廷焯对晏欧词整体上评价不高之外尚具有一定的包容性和客观性。

此外,《白雨斋词话》中,陈廷焯不仅以常派做法直面晏欧词进行批评论说,而且针对清初金圣叹的欧阳修艳情词评也表达了自己的批判意见。④

由上可知,从《云韶集》到《白雨斋词话》,陈廷焯针对晏欧三家词的词学认识发生了重大的变化,甚或出现一种前后矛盾、评判抵牾的结果。前期的陈廷焯赞誉有加,而后期的他基本对晏欧词一损再损;不仅如此,即使在同期的《白雨斋词话》中也留下前后不一的矛盾评价,反映随着后期词学思想的变化和对晏欧词的认识转移,陈廷焯一方面不认可晏欧情词的特色和地位,一方面又对其用语独到之处深以为赏,心态复杂矛盾。

第二节　学人之词学:四大家对晏欧三家词的传承推动

清末四大家:王鹏运(约 1848—1904)、郑文焯(1856—1918)、朱祖谋(1857—1931)、况周颐(1859—1926),从生活年代看,都是跨世纪之人,也是对乱世动荡最有体味的一代。他们历经了新旧岁月的变迁、人事沉浮的迁移,除了王鹏运甫入新世纪即谢世外,其余三人均活到 20 世纪二三十年代。从词学流派言,王鹏运、况周颐为广西临桂(今桂林市)人,因此清末四大家又被称为"临桂词派"⑤;从治词身份而言,他们又被认为是"学人之词",如

---

① [清]陈廷焯:《白雨斋词话》卷二,第 42 页。
② [清]陈廷焯:《白雨斋词话》卷六,第 151 页。笔者联系上下文,认为句中"为"当作"无"。参《词话丛编》本《白雨斋词话》卷五,第 3885 页。
③ [清]陈廷焯:《白雨斋词话》卷六,第 145—147 页。
④ 谢桃坊:《中国词学史》,巴蜀书社 2002 年版,第 236 页。
⑤ 参莫立民:《近代词史》,人民文学出版社 2010 年版,第 521 页。

郭绍虞先生谓清词自常州词派而后风气一变,"实则关键所在,不外由才人之词与词人之词一变而为学人之词而已"①,这个学人之词无疑尤指晚近四大家;从词学渊源角度看,清末词学四大家又被称为常州词派的接响,如龙榆生先生认为他们都是沿着张惠言、周济的词学道路"而发扬光大"②。严迪昌先生则直云:"其实桂派的词学观,渊源仍在'常州词派',是'常派'的余波的一脉。"③作为常派嗣响,清末词学四大家与晏欧三家词的关系并不多,只是在他们的总体词学成就中偶尔也涉及它们的传播与研究,其中,况周颐对晏几道别有赏见,王、朱二人重在有关词集的校勘与选辑,郑、况二人则着力于词论词评。四大家的研究成果代表晏欧三家词研究与传承在晚近传统视野中的终结。

一、王、朱的晏欧三家词集校勘和词评

王鹏运、朱孝臧二人在词籍校勘上着力尤多,贡献亦大。他们发扬了乾嘉朴学钻研考证古籍文献之精神,并取得了令人瞩目的成就。龙榆生先生说:"自鹏运以大词人,从事于此,而后词家有校勘之学,而后词集有可读之本。至彊村先生,益务恢弘,以成词学史上最伟大之《彊村丛书》。"④评论可谓精当。

(一) 王鹏运的晏欧三家词校勘与评论

王鹏运治词,向称精审。然而他对晏欧三家词着意极少,其用功甚力的《四印斋所刻词》⑤唯有校勘《精选名贤词话草堂诗余》2 卷与晏欧三人相关(详参附录十六)。

王校本《草堂诗余》原题录晏欧三家词 19 首,实际存数 22 首(晏几道 5首、晏殊 4 首、欧阳修 13 首)。据书中排列不难发现,就晏欧三家词创作产权而言,王校本并没有甄别改正晏欧词原本面貌多少,除了《蝶恋花》(欲减罗衣寒未去)一首,明本《草堂诗余》作赵德麟(令畤),而王氏出校注"别本作晏几道"一语算是为晏几道著作权争得了说法外,其余诸作并没有精心校勘作者归属,以至于有 5 首《全宋词》认可为晏欧词而被当成其他人之作。此外,

---

① 郭绍虞:《中国文学批评史》下卷,百花文艺出版社 1999 年版,2001 年第 3 次印刷,第 562页。
② 龙榆生:《彊村先生旧藏半塘老人丙丁戊己稿跋》,见张正吾等编:《王鹏运研究资料》,漓江出版社 1996 年版,第 256 页。
③ 严迪昌:《清词流派述要》,引王步高编:《金元明清词鉴赏辞典》附录,南京大学出版社 1989年版,第 1388 页。
④ 龙榆生:《清季四大词人》,引《龙榆生词学论文集》,上海古籍出版社 1997 年版,第 490 页。
⑤ [清]王鹏运辑:《四印斋所刻词》,上海古籍出版社 1989 年版。

尚有两首《全宋词》认定为其他人之词而被误作欧阳修词。笔者比照《四部丛刊》影印明嘉靖《增修笺注妙选群英草堂诗余》本,发现误作他人之词的5首晏欧三人词中有4首是该本作无名氏之词。由此可见,有关《草堂诗余》本的个别晏欧三人词的归属权在承传中无法甄别而至讹误,王鹏运对此也未能避免。

另外,王鹏运尚有一段不为多见的评价北宋词人之文,其间亦涉及欧阳修和小晏词。他说:

> 北宋人词,如潘逍遥(阆)之超逸,宋子京(祁)之华贵,欧阳文忠(修)之骚雅,柳屯田(永)之广博,晏小山(幾道)之疏俊,秦太虚(观)之婉约,张子野(先)之流丽,黄文节(庭坚)之隽上,贺方回(铸)之醇肆,皆可抚拟得其仿佛。惟苏文忠(轼)之清雄,敻乎轶尘绝迹,令人无从步趋。①

文中提出欧阳修之"骚雅"和晏幾道之"疏俊"的说法,此外还认为张先"流丽"、贺铸"醇肆"、潘阆"超逸"、苏轼"清雄"、柳永"广博"、秦观"婉约"等9人各有论及评定。

王鹏运的词学主张出于常州词派而有所变革。他评词的标准是"深微浑雄独情多",即主张立意深远而意义重大、气象沉雄而浑厚、情感真挚而自然之作;他评词的理念是倡导作者的情深意满需借由委婉含蓄的形式、自然浑成的语句来表现沉雄的气韵②。苏、辛词传统上被作为豪放词一体,然而王鹏运尊苏词"清雄"却因"轶尘绝迹,令人无从步趋",所以相较而言尤推辛词,认为苏词超高绝迹无所适从,可远观而不可并深入。显然王鹏运的论词主张受周济之四家出入说影响至深。相较而言,王氏对于欧阳修、晏幾道词作的艺术特质也具有自己的认识。晏幾道词之"疏俊"已是久远的评定,而认为欧阳修词之"骚雅"却是清代"骚雅"论词标准的显现,在欧词评论史中并不多见。

作为北宋前期小令词的开路先锋,欧阳修之词向来以"风流闲雅""温润秀洁"而著名,即使以论雅词自命的曾慥亦谓之"词章幼眇,世所矜式"(《乐府雅词引》),因此,欧词被称"雅"是先贤的体认。前述陈廷焯《云韶集》也认晏欧词"和雅"而选入较多,然而谓之为"骚雅"或许是王鹏运自有的发明。词之"骚雅"论者,起于南宋词论,南渡初期鲷阳居士发其端,明确提出"韫骚

---

① 〔清〕王鹏运:《词林考鉴》稿本苏轼条下引,见《龙榆生词学论文集》,第441页。
② 卓清芬:《清末四大家词学及词作研究》,台湾大学出版委员会2003年版,第52页。

雅之趣"①的论词要求。此后张炎将儒家诗教观与之融汇,并纳入到音律词派审美参照的范畴。清代词论中,"骚雅"作为一个审美范畴"多被用于评论姜夔及张炎等南宋中后期词人"②。清代中后期,无论浙派还是常派都喜以"骚雅"评词,不过二者轻重不一。常州派以"骚雅"论词,还是围绕"比兴寄托""意内言外"之风旨,直到末期才渐有松懈,由"风骚"之义转移到突出"词之美感力量与作者的性情学养的重要性"③,也即贴近文学的本身要义,这是常州词派词学批评的一大进步。如郑文焯:"夫文者,情之华也,意者,魄之宰也。故意高则以文显之,艰深者多涩;文荣则以意贯之,涂附者多庸。又笔欲其曲,虽放不粗;语欲其新,实费而隐。前辈谓无理之理,无体之体,犹隔一尘。唐五代及两宋词人,皆文章尔雅,硕宿耆英;虽理学大儒,亦工为之;可征词体固尊,非近世所鄙为淫曲篪弄者可同日而语也。"④郑文焯的本意旨在批评晚清末期为词空有架子实质空虚的不良风气,然而从此角度正可见出清代末期常派嗣响明显是重视词的表情达意和文气贯通。同为常派嗣响的王鹏运论词亦以"骚雅"和"重、拙、大"为准的,不过其评价标准和范畴内涵发生了变化而转移至关切词作情感意旨之深厚、表达方式之蕴藉流畅。正如卓清芬先生说,这种"拙、重、大"其实无关内容而与用笔和寄予的情感联系紧密,其中重视情感之真切自然和花间之浑成审美便是其间的一大主旨⑤。另外,王鹏运论词反对淫艳词并不排斥情词(况周颐《玉梅后词序》),只要表达的情感是真性情,即使直抒胸臆也觉得质朴深厚含蓄不尽。因此,在上述这种词学认识背景之下,以"风流华美"而著称的欧阳修词也成了王鹏运论词"骚雅"的范畴之内。

另外,如果单纯从创作接受的角度看王鹏运对晏欧词的传承,今《半塘定稿》中尚有 3 首《玉楼春》和小山韵词,这是王鹏运论词重情在实践创作的一个反映,也是直接和晏欧词体发生关系的证明。(详参本章创作接受一节)

(二) 朱祖谋的小山词校勘及晏欧三家词选

朱祖谋的词籍校勘之力主要见于姜白石之《白石道人歌曲校记》和《梦窗词集》及汇刻唐宋金元词之《彊村丛书》,而有关词论散见于龙沐勋辑的

---

① ［宋］鲖阳居士:《复雅歌词序略》,见祝穆《新编古今事文类聚》,引吴熊和:《唐宋词通论》,浙江古籍出版社 1985 年版,第 304 页。
② 参尚慧萍:《"骚雅"词学观对清代词论的影响》,载《人民论坛·学术前沿》2010 年第 17 期。
③ 同上。
④ ［清］郑文焯:《郑大鹤先生论词手简》,叶恭绰辑,《历代词话续编》本上册,第 38 页。
⑤ 参卓清芬:《清末四大家词学及词作研究》,第 62—64 页。

《彊村老人评词》寥寥数则和其他文献之中的吉光片羽。

　　1.《小山词》校勘例说。以宋人而言,朱氏学词论词首推周、吴兼取东坡①而与晏欧词无关;汇刻之《彊村丛书》于校勘之学获誉甚多,其中校勘宋人词籍 120 家②,而晏欧三人仅有校勘晏幾道《小山词》③。该本前附黄山谷和晏幾道序各一则,目录收词调 50 个,词作 242 首,与《全宋词》小山词有近 20 首的差异,不过对比前述王鹏运校之《草堂诗余》本,还是有所精进。比如王校本误作张先之《菩萨蛮》(哀筝一弄湘江曲)一词,朱本已经归回到晏幾道名下④。那么,朱本的《小山词》校勘究竟有何成就? 不妨从其《小山词校记》以窥之。根据朱氏自云,知其所用底本为"赵氏星凤阁藏明钞本",而主要以毛氏汲古阁本校。他说:"斠正八十余字,其伪文之显见者,皆以毛本校录。"⑤据笔者检录校记,这斠正之 80 余字分布于 24 调 33 首词作之中。换言之,《彊村丛书》本《小山词》的校勘主要是比勘文字异同,校讹补脱,或提出疑问,以便去伪存真,尽可能为后世留下一个较为精善的词集版本。《小山词》的校勘特色,可归纳为如下数种,并各拣取一端,以窥其校勘之成就。

　　第一,以毛本或他本校异同。如《临江仙》(身外闲愁空满):"'常稀',原本'稀'作'移',从毛晋刻本。"这一类是朱氏校勘小山词最多最常见的方式,约有 25 首词作涉及于此。

　　第二,根据前后文意校正错讹字。如《南乡子》(画鸭懒熏香)末句:"'更是',按'更'字疑'便'误。"类似的共 3 处。

　　第三,修正句子间字词的前后次序。如《愁倚阑令》(凭江阁):"'草绿花红',原本'绿红'二字互误,从《历代诗余》。"《虞美人》(小梅枝上东君信):"'陇头游子',原本作'游子陇头',从毛本。"

　　第四,校补脱字。如《两同心》(楚香春晚):"'闲随',原本'闲'字脱,从《花草粹编》。"类似的共 3 处。

　　经过以上四道程序的校正勘定,《小山词》的词籍版本质量又在前人的基础上大有增进,为后来的唐圭璋先生编纂《全宋词》扫除了不少障碍。

　　2.《宋词三百首》与晏欧三家词选。朱祖谋出于整理国故和保存乡土文献的需要还编辑收录了诸多的词集选本,尤以当代词录或地域性词录为著,如《国朝湖州词录》等。不过相较而言,其编选之《宋词三百首》(以下简称

---

　　① 卓清芬:《清末四大家词学及词作研究》,第 64 页。
　　② 参王湘华:《晚清民国词籍校勘研究》统计表,岳麓书社 2012 年版,第 221—225 页。
　　③ [清]朱祖谋辑校:《彊村丛书》第 1 册,广陵书社 2005 年版。
　　④ [清]朱祖谋辑校:《小山词》,见《彊村丛书》第 1 册,第 184 页。
　　⑤ [清]朱祖谋辑校:《彊村丛书》第 1 册,第 199 页。

《三百首》)在唐圭璋先生笺注后更广闻风行,影响至今,正可看成朱氏推衍词学主张,传播词学观念的实践体现。根据是本选录晏欧词,可一窥朱氏对于晏欧三家词的传承之功及其评价态度。

据王兆鹏先生介绍,朱氏《三百首》全稿几易其稿,在唐笺注本之前约有3稿。每一次的增删修订几乎都涉及晏欧词的传承。

朱氏初编稿本:选宋词人86家,词作312首。其中补录6首,含晏殊《清平乐》及晏幾道《木兰花》(秋千院落),共2首。

1924年刻本(据国家图书馆藏目录):相比初编稿本,删去词作21首,晏殊《蝶恋花》(帘幕轻风)亦在删去之列,另增补9首(含陆游3首、姜夔4首等),共选词人88家,词作300首。

重编稿本:在刻本上增补11首,删去28首,含晏殊1首、欧阳修《临江仙》(柳外轻雷)等6首①。以1924年刻本为基础,绘出此三个版本中的晏欧词变化简表,可参本书附录十七。

1924年刻《三百首》中入录晏殊词10首,欧阳修词9首,晏幾道词21首,总计40首,晏欧词三人以约3%的入选作家数量比例,而词作数却占全编近14%,入选率相对较高。不过从著作权看,有3首误作他人而后笔者据《全宋词》补入,也有2首误收他人之作②,反映朱氏尽管精于校勘,在晏欧词作者归属权问题上,也有遗漏处。比如小山词《菩萨蛮》(哀筝一弄湘江曲)一阕误作张先词,只待后来《彊村丛书》本《小山词》中才确定为晏幾道所有。

整体而言,前8名12人中,晏幾道位列第三,晏殊第七,欧阳修第八,而全《三百首》中吴文英以24首居第一位,周邦彦以23首紧随其后,姜夔有16首列第四,柳永13首居第五,苏轼、贺铸、辛弃疾3人并列第六,各有12首,秦观、史达祖和欧阳修同列第八,各录词9首。周、吴二人超出20首而体现朱氏作为常派后人遵从"入梦窗而还清真之浑化"的学词论词路径。其余南北宋诸家也几近获得了相似的地位,又体现了朱氏平衡看待南北宋词的观念,而晏欧三家词也借此得到朱氏的选辑和传播,尤其是在20世纪30年代

---

① 参王兆鹏:《〈宋词三百首〉版本源流考》,载《湖北师范学院学报》2006年第1期。按,张晖、沙先一将"1924年刻本"称为"初刻本",30年代初版的"稿本重编"称为"重编本",此后未版的称之为"三编本",详见《清词的传承与开拓》,上海古籍出版社2008年版,第218—219页。加上初编稿本,共4个版本。

② 曾有人为了说明朱祖谋《宋词三百首》文献之可靠云"全书仅两处作者与作品'张冠李戴'的失误"恐是失察之论。笔者据1948年再版仍然发现误收于张先名下的《生查子》(含羞整翠鬟)和《菩萨蛮》(哀筝一弄湘江曲)两首以及误收于赵令畤名下的《蝶恋花》(卷絮风头寒欲尽)一阕。详参该本,第18、14、132页。

唐圭璋先生笺注本问世后①，获得更多人的关注与流播。朱氏首选之举，功不可没。

附录十七表中的增删情况反映朱氏对晏欧三家词的编排不是一蹴而就，而是包含一个动态变化的过程。那么朱氏为什么要举 40 首的晏欧词入录区区三百首词选中？又为什么要对之进行增删呢？要回答这个问题，有必要了解朱氏《三百首》隐含的选词思想和有关词学理论。

朱彊村的入室弟子龙沐勋的一段话或是一个切入口。他曾说朱祖谋晚年编辑这个《三百首》相对而言"于张、周二选所标举外，复参己意，稍扬东坡而抑辛、王，益以柳耆卿、晏小山、贺方回冀以救止庵之偏失"②。朱祖谋以学梦窗词和校梦窗词集为力，被王鹏运称为"六百年来，真得髓者"③，兼取东坡词，他曾为《东坡乐府》编年笺注即可明证。增补柳永、晏几道和贺铸词，这一点从词学原动力分析，如龙氏所谓是对救补张、周二人词选之不足的自觉反应。前文已论，常州词派的奠基人张、周二人选词甚严，然因门径过于狭窄而遭人诟病。其选几乎不关乎苏词，于辛词却颇有推尊，被周济评为宋四家之一。约略同时期的黄苏的《蓼园词选》，虽然总体倾向与常派无异，但选词视域和规模明显要宽于张、周二人之选，其中周邦彦选词最多，苏词也以 18 首居第二位，而辛词选有 7 首，除却姜、张、吴、王几家（因取材《草堂诗余》所限），南北宋其余诸家一一有所照应，晏欧三家词也被选取 15 首之多，因此相较张、周所选，"内涵更深广、见解更圆通、包容更全面"④。遗憾的是，这部视野较为宏通的词选未能流行而长期隐晦，直到况周颐发现才开始引起世人的注意。现代学人已经论述朱祖谋编选《三百首》时常与况氏相与论析，而《蓼园词选》作为况周颐学词入门的读本⑤，其寓含的选词思想和词学识见很有可能影响到况氏参与朱氏选编的《三百首》一书⑥。从此点言，晏欧三家词受到朱氏的关照也有可能与《蓼园词选》的选词范畴存在某种关联。据笔者比对二家所取晏欧三家词，黄选 15 首中有 10 首为朱氏继承再选，因此很难说这其间不存在某种前后相承的关系。当然更重要的是，同历代大部分以选词标举风尚的词选一样，这些晏欧三家词的删订选取最终还是因为符合朱氏当时的词学审美与选词标准。那么，《三百首》中朱氏的取词旨求和宗尚为

---

① 据唐圭璋先生自述，其《宋词三百首笺》首版于 1934 年的上海神州国光出版社，见唐圭璋：《梦桐词》附录《自传及著作简述》，江苏古籍出版社 1987 年版，第 134 页。
② 龙榆生：《论常州词派》，见《龙榆生词学论文集》，第 440 页。
③ 冒广生：《小山吾亭词话》卷二引，《冒鹤亭词曲论文集》上册，冒怀辛整理，上海古籍出版社 1992 年版，第 25 页。
④ 张宏生：《清代词学的建构》，第 221 页。
⑤ ［清］况周颐：《蕙风词话·广蕙风词话》，孙克强辑考，第 449 页。
⑥ 参沙先一：《朱祖谋〈宋词三百首〉三论》，载《河南大学学报》（社科版）2010 年第 3 期。

何呢？

况周颐之序已经明确指出该作追求"体格、神致"而达"浑成"之境①，而所谓"体格、神致"而达"浑成"者，笔者以为是朱、况论词对"重、拙、大"的另一个角度的阐释。如况周颐谓："重者，沉著之谓。在气格，不在字句"；"情真理足，笔力能包举之。纯任自然，不假锤炼，则沉著二字之诠释也"②。为词重视用笔之气格神韵饱满自然，可谓"重"。至于"拙"，强调词作自然，不做作，不雕琢而免于显得浮滑轻薄。况氏为词求真率自然但也反对直率外露，认为粗嚣刻露即是不拙的一种表现。他说："昔贤朴厚醇至之作，由性情学养中出，何至蹈直率之失。若错认真率为直率，则尤大不可耳。"③所谓"大"者则指况氏序言的"浑成"之境，笔者认同卓清芬先生所说用笔上的"浑成朴厚"，情感上的"一往情深，尽其在我"④。

因此，在上述论词背景和取词宗尚之下，朱氏《三百首》才对音律谐婉、自然和雅与真性情之词较为看重。那么有关晏欧三家词的增删编定是否合乎这一指导思想呢？

张晖为了考察《三百首》词作与前代词选的承传关系，曾以1924年初刻本为例，选取宋代最有代表性的5种词选和清代浙常二派最有影响力的4种词选加以排列成表⑤，比对分析。据此表发现，除却误收之作，晏殊之11首词中，有2首被《宋四家词选》所录，1首为张氏《词选》所录，4首为《词综》所取，2首取自《花庵词选》等；欧阳修9首词中被这9种词选所录的数量更多，其中包含《宋四家词选》或《词选》《续词选》在内的5种词选所取的就有3调：《采桑子》《踏莎行》和《蝶恋花》；晏几道词，《花庵词选》录有4首，《词综》录有6首，《宋四家词选》录有5首等。没有被上述诸家选取过的有：晏殊《浣溪沙》2首、《木兰花》2首；晏几道《鹧鸪天》《生查子》《玉楼春》《阮郎归》各一首，共5首⑥。欧阳修所有入选之作都是前人淘选过的，足见欧词传播影响尤为深广。而换言之，34首（不含误收词7首）晏欧三家词中有25首词是历代词选中的过客或常客，无论何种风格流派的词选均加以认可，可见它们是晏欧词中的经典之作，也是最能代表晏欧词总体上温润和雅、清丽隽爽的词风之作。它们大多是出色之情词，但真情实性，自然浑成，因此符合当

---

① 参[清]况周颐：《宋词三百首·序》，见[清]朱祖谋辑：《宋词三百首》，唐圭璋笺，上海神州国光社1948年10月再版。
② [清]况周颐：《蕙风词话》卷一，《词话丛编》本，第4406页、第4410页。
③ 同上书，第4407页。
④ 卓清芬：《清末四大家词学及词作研究》，第99页。
⑤ 这9种词选参沙先一、张晖：《清词的传承与开拓》，第221页。
⑥ 同上书，第234—239页。

时朱氏选词之旨意。这一点还可从朱氏独有的圈点形式窥其端倪。据检阅，晏欧 30 余首词均有彊村圈阅处，反映被朱氏所评点或激赏的某种可能。比如晏殊之《浣溪沙》(一曲新词酒一杯)，圈阅处为"无可奈何"两句，或称许其意境之妙，或赞许语句形式之工，或是暗示此词颇有渊源出处；《清平乐》阕圈阅"红笺小字"整个上片。这是一首令出浙入常的陈廷焯也为之倾倒的词作。陈氏曾言："起笔深情绮语，我读之低徊不尽。"①而朱氏对欧阳修《采桑子》(群芳过后西湖好)的圈点或是另外一番深意——词作下片："笙歌散尽游人去，始觉春空。垂下帘栊。双燕归来细雨中。"如果从词语的组合形式上看，第一句圈点的文字应该是"笙歌""散尽""游人去"，然而朱氏截头去尾，只在"歌散尽游人"5 字圈阅，是否暗示这几个字词是文中之眼呢？从文意分析，作者似乎要呈现喧哗之后的寂寥感，所以才有下文的"始觉春空"——先著批评这 4 个字"用极不妥"②；而陈廷焯却认为"四字猛省"③。显然，先著之批评"语拙"并非况氏所谓的"自然真率"而是指用语不当，"用极不妥"。先著的这种批评是有失水准的偏颇之见，并不符合宋人好用"春"字替人事的文化传统与习惯，而陈廷焯的评语或许是朱氏所要表达的意思。他圈点"觉春空"3 字的意图似可看成这 3 字给人带来的突兀与震撼感：繁华不在，游人散尽，让习惯了热闹、春机勃发的人顿时陷入一种空无的迷茫。至于圈点"栊"字是否指出这一个细节描写处又别见风景——双燕归来细雨中，又是一幅何等曼妙安闲的图景！如此等等，不一而足。

　　此外，也必须注意到，晏欧词在其删改重编中也有小规模的变化。1924 年刻本增补《清平乐》(金风细细)一首，删去原稿本晏殊《蝶恋花》(帘幕风轻双语燕)一阕；30 年代出版的重编本中又删去《踏莎行》(碧海无波)等 6 首，此后基本没有变动。朱氏为什么要一而再地增删这些词作呢？反映怎样的词学识见和变化？张晖曾论《三百首》罢黜苏词名作《念奴娇·赤壁怀古》时指出朱氏可能的增删思路：一是删去豪放词作，二是删去情感过露之作④。循此理路，试以晏几道《鹧鸪天》和《生查子》两首被删之作为例，看看是否也与此相关。

　　《鹧鸪天》(醉拍春衫惜旧香)⑤是一首离妇相思词，是小晏惯写的情词之一种。王双启释之云："首句细密，次句悲怆，三、四两句，淡远悠长。"⑥情

---

① [清]陈廷焯：《云韶集》卷二，《中国韵文学刊》2010 年第 3 期，第 50 页。
② [清]先著、程洪辑：《词洁》卷一，刘崇德、徐文武点校本，第 19 页。
③ 《词则·别调集》卷一，第 575 页。
④ 沙先一、张晖：《清词的传承与开拓》，第 229 页。
⑤ 参《全宋词》第 1 册，第 291 页。
⑥ 王双启编著：《晏幾道词新释辑评》，第 59 页。

感虽然沉着,但写法未免较为直露——这是一贯主张以"拙"去尖新浮华和
过分外露的晚清四大家所反对的。如果抛开这一句,小晏这首词总体上词风
还是疏宕清丽,词情较为真挚。不知道朱氏删之是否因为有情感外露之嫌?
至于另一首《生查子》除了最末两句"无处说相思,背面秋千下"较为含蓄外,
大部分句子都是采取直面叙述的语气,将女子思念美少男的心绪一发无
隐——恐怕这也是触犯选词的大忌。由此推知,重编后的《三百首》似更在
意于词作用笔的隐秀和词情发露的蕴藉。如同时删去的聂冠卿《多丽》、萧
泰来之《霜天晓月》、李清照之《如梦令》(昨夜雨疏风骤)等,或因过于疏宕豪
放,或因词情较为直率发露。当然也不排除为平衡南北宋之数量地位,如与
之同时被补录的词有辛弃疾 1 首,姜夔 2 首,吴文英 2 首,周密、蒋捷、张炎、
王沂孙等各 1 首,均是南宋之作,且基本上都音律谐婉,词情相对收敛和
隐幽。

　　总之,朱祖谋以词学校勘著称,尤以研治吴文英《梦窗词》而名。他所著
的《彊村丛书》本《小山词》给后人提供了较为精湛的晏几道词的传承版本。
而《宋词三百首》一编即使他享誉词学界,选本本身之目的"'度人'为本,而
兼崇体制"①,经过近百十年的笺注传播基本达到,40 首晏欧三家词也借此得
到世人的瞩目留意。彊村老人评词论词稀见,之所以给人一种深深的隐晦
感,即在于缺少文字言说,只好结合其他有关评点,寻绎其圈点的文字中潜在
的可能的词学理念和深意。有关的晏欧三家词增删意图也只能从中寻觅、推
测、领悟。

二、况、郑的晏欧三家词评

　　晚清四大家都热衷于词籍校勘,不过相较而言,郑文焯和况蕙风的词学
成就多见诸词学理论的建构和阐扬。郑、况对于晏欧三家词的关注,大致亦
如下。

(一) 郑叔问的学词径向与晏欧三家词研究

　　大鹤论词主张"体尚清空,语必妥溜"②,而"清空"又重于"骨气",形成
了独具特色的"清空寄托"词学理论③,对于白石、清真之词有种天然的好感。
他曾说作词"入手即爱白石骚雅",10 年之后,才"悟清真之高妙",此后上溯

---

　　① 龙榆生:《选词标准论》,《龙榆生词学论文集》,第 92 页。
　　② 林枚仪:《晚清四大家在词学上的贡献》引,《词学》第 9 辑,华东师范大学出版社 1992 年版,
　　　 第 163 页。
　　③ 杨传庆:《郑文焯词及其词学研究》,南开大学出版社 2013 年版,第 443 页。

向花间、宋词学习小令词艺,面目颇似五代张泌,然而"哀艳不数小晏风流也"①。郑文焯将他的学词经历和路径作了简短的回顾,即由姜夔——周邦彦——北宋——花间,循此学词径向不难看出大鹤由南宋入,返北宋出,继而入西蜀花间词,理路与周济提倡的学词路径高度一致,体现出晚近词人学词大都身染常派的色彩。郑氏还认为《花间》之哀艳凄婉与小晏之风流还是有所区别的。不仅如此,对于欧阳修词也持欣赏态度。如在论夏敬观词时说道:"昨载诵高制,并见和闻雁之作,骨气清雄,深入六一翁三昧,非寻常词客所证声闻果也。"②能够提出"六一翁三昧"的说法,至少是了解欧词特色的。可惜郑氏自成体系的论词理论确实少见,而有关晏欧词的论说更是凤毛麟角。今传有晏欧词宋版识语两则:《六一词跋》和《小山词跋》③,对流传可见的欧阳修和晏几道词集本作了一些简短的勾勒和芟夷,或有助于词籍的识别和鉴定,理论研究意义不大。另外据龙榆生回忆郑叔问欲编辑《宋十二家词选》,选小令词五家,其中就包括晏欧三家词④。可见,大鹤对于晏欧三家词的地位和影响是抱称扬认可的态度。

(二) 况周颐的词学理论与晏欧三家词批评

晚清词学四大家之中,况周颐更以词学批评见长。词学理论上,况周颐也是倾向晚清流行的"重拙大"词论,而在对待南北宋词学范式上,与其他三大词人几乎一致,均倾向于南宋之词。比如王鹏运爱学王沂孙、郑叔问钦慕姜夔、况周颐欣赏史达祖,而朱祖谋则更醉心于吴文英⑤。况周颐论词以推尊南宋词人为根本,除了史达祖,尤其以吴文英为重点关注对象,因此多重南宋词而少推北宋词。晚清词家总体上都有调和南北宋词之胸襟与气度,打破浙派和常派分而宗之的畛域,但这并不意味着况周颐平衡对待南北宋词。孙纬城先生曾据《蕙风词话》卷二统计,以李清照为界,况氏评价了 17 位北宋词人,而南宋则有 65 位,其中北宋又只论及晏几道、苏轼、秦观、贺铸和李清照等,晏殊、欧阳修、张先等不在评价之列⑥。这种现象不禁令人质疑:况周颐是否对北宋词抱有成见?尤其对晏殊、欧阳修等这些北宋名公巨匠。蕙风曾指出:"北宋人手高眼低。其自为词诚复乎弗可及,其余它人词。凡所盛称,

---

① 龙沐勋辑:《郑大鹤先生论词手简》,《历代词话续编》本上册,第 41 页。
② 《大鹤山人论词遗札·与夏映庵书》,《词话丛编》本,第 4341 页。
③ 详参[清]郑文焯:《大鹤山人词话附录》,龙沐勋辑,《词话丛编》本,第 4337、4338 页。
④ 《忍寒炉零拾》,参《词学季刊》第 1 卷 2 号。
⑤ 参[清]张尔田:《彊村遗书·序》,见朱祖谋:《彊村遗书》第 9 册,上海古籍出版社 1989 年版。
⑥ 孙纬城:《千年词史待平章:晚清三大词话研究》,安徽大学出版社 2010 年版,第 71 页。

率非其至者。"①即认为显名于外的词人实际词作水平并非上乘。那么为什么会有这种认识？况氏接下解析说："北宋词人声华藉甚者，十九讵公大僚。讵公大僚之所赏识，至不足恃，词其小焉者。"②认为那些所谓的词坛大家其实都是借政治声誉而抬高词坛地位的，而词作不过是他们成就的最小者而已，所以即使论及北宋词作高境者，况氏宁愿选择名不见经传的韩维："词境以深静为至。韩持国《胡捣练令》……境至静矣。"③况氏的看法应该有其合理的一面，不过笼统地认为北宋名公之作均是非至者，又稍显偏颇。或许源于此，况周颐对北宋名家词首推晏幾道词，而晏殊、欧阳修极少言指，并影响他在两宋词之间最终选择南宋词为热衷追求之目标。但是在这样一种对北宋词无好感的背景之下，况周颐还是能正视宋代小令词的成就并推尊北宋，尤其是晏欧三家词。据龙沐勋记载，况氏原本欲辑《石芝西勘宋十二家词选》（未成书），其中收小令词 5 家，包含晏殊之《珠玉词》、欧阳修之《六一词》、晏幾道之《小山词》词集④，可见况周颐对于晏欧小令词的成就和地位还是持认可态度的，至少在北宋小令词词史上，认为晏欧三家词是绕不开的一部分。这一点与前述的郑大鹤有点类似。

总体而言，况周颐对晏欧三家词直接评判的言论不多，而晏幾道相对得到更多的关注。

1. 对晏殊、欧阳修词的评判。况周颐对于晏殊和欧阳修词评价不多，但总算有所瞩目。概而言之，主要体现如下。

其一，大晏词情特色与其品性之差别。况氏认为词品与人品不一定存在对应的关系，欲纠正以往有以品性道德评价词体创作得失和影响词作传承的现象。他列举的第一个例子正是晏殊。他说晏殊"赋性刚峻，而词语特婉丽……词固不可概人也"⑤。中国古代知人论世的文艺观和西方所谓的"风格即人"的学说尽管是批评和考虑文人作品的一个重要标准，然而也有其局限性，尤其是当作品的风格气度与为人处世的品格并非一致时，依照这个标准去衡量评审作品所得出的结果恐与事实的本性大有偏离。况氏列举的晏殊之为人和其词风即是反差极大的一个例证。以人品和文品的对照评判作家作品的优劣好恶，这是儒家文艺审美观的传统做法。就晏欧词而论，前述章节多有涉及，如阳羡词派的徐喈凤曾强调先人品而后文品，提出"作词者最宜猛醒"的告诫。况周颐对此有所继承发展，基本能用辩证的眼光去分析

---

① ［清］况周颐：《蕙风词话》卷一，《词话丛编》本，第 4418 页。
② 同上书，第 4419 页。
③ ［清］况周颐：《蕙风词话》卷二，《词话丛编》本，第 4425 页。
④ ［清］况周颐：《忍寒庐拾零》，龙沐勋辑收，见《词学季刊》第 1 卷第 2 号，1933 年 8 月版。
⑤ ［清］况周颐：《蕙风词话》卷一，《词话丛编》本，第 4420—4421 页。

评判词学现象,而不拘泥于文章与道德之间的关系,这是传统词学背景下孕育的一种较为宏通的新视野。

其二,考证欧阳修词作归属,客观看待欧阳修因词受诬之事。《蕙风词话》卷四中有对欧阳修之《生查子·元夕》误入朱淑真集而加以详细的考论,并对世传欧阳修《望江南》(江南柳)一阕有亵词的倾向认为不足信而加以辨析。他认为《生查子》一词,《四库提要》辩之已详,而欧阳修文集也已经载录,再加上南宋曾慥之《乐府雅词》、明《花草粹编》等词选均作欧阳修词,因此,他认为此词"为欧词明甚"①。徐釚《词苑丛谈》卷十记载,世人纷传欧阳修《望江南》一调有亵童盗甥之意,而钱穆父借机讥笑欧阳修"正是学簌钱时也",徐釚对之表示"此不足信"②。况周颐也认为这极可能是后人衍宋高宗之作来诬陷欧阳修,此词应为伪作。而钱勰(穆父)所谓欧阳修"自白之表"也极可能是"造作之有",他认为欧阳修文集中,"未必有此表也"③。对于欧《望江南》(江南柳)一词是否伪托,自宋至清纷争不息,各出己见,莫衷一是。况周颐针对此事,从假设欧证清白之表为伪作的角度,推测此词为欧阳修作也存在伪托的可能。不过欧阳修文集已经收录这个自白表,表明此表并非他人伪作,如此一来,很难用以反证钱穆父笑话是伪托的可能。尽管如此,况氏的思考逻辑还是值得称许的,至少站在较为客观的立场看待此事,虽然也隐约含有赞同徐釚的看法而维护欧阳修的清白意图。

2. 对晏几道的情有独钟。况周颐对于晏殊和欧阳修着笔极少,而对于家道中落立身不污的晏几道却给予了较多的关注,或许这与他对北宋晏欧等重要台阁词人词较为轻视而对那些身位不高、名声不显的词人较为看重的词学观相关。概而言之,约有如下数端。

其一,指出金元人有排演小山词事为曲的现象。《蕙风词话》卷一论及金元人制曲喜用宋人词句,甚至排演宋人词事为曲,其中《曲录》杂剧部即有晏几道"晏叔原风月[鹧鸪天]"之目④。

其二,对小山词《阮郎归》一阕的独到品味,推尊小山词之独造处。《蕙风词话》认为晏几道《阮郎归》(天边金掌露成霜)一阕"沉着厚重",进而指出"小晏神仙中人,重以名父之贻,贤师友相与沉瀣,其独造处,岂凡夫肉眼所能见及"⑤。

小山原词为《阮郎归》(天边金掌露成霜),况周颐不仅指出其具备神仙

---

① [清]况周颐:《蕙风词话》卷四,《词话丛编》本,第4494—4496页。
② [清]徐釚:《词苑丛谈》卷十,唐圭璋校注,上海古籍出版社1981年版,第323—324页。
③ [清]况周颐:《蕙风词话》卷四,《词话丛编》本,第4499—4500页。
④ [清]况周颐:《蕙风词话》卷一,《词话丛编》本,第4419页。
⑤ [清]况周颐:《蕙风词话》卷二,《词话丛编》本,第4426页。

般独造处，而且对于该词"绿杯"两句极为欣赏，他说"意已厚矣"。况周颐论词深厚凝重。此"绿杯"两句表面上发抒小晏"随俗应景、赴宴度节"①，尤把他乡当故乡的心态，实质是在轻松惬意之中深藏小晏情不得已的处世感慨。落魄潦倒的晏幾道由于生性耿介不肯阿世，后半辈子基本上和屈指可数的朋友作词听曲"浮沉酒中"（《小山词自序》），聊以度日，所以每当佳节来临，更觉得有必要趁机纵情欢娱，一扫往昔的抑郁愁闷。而这种节日性暂时的歌酒欢乐生活使他不由得联想到曾经给他带来美好回忆的故乡——江西临川的世俗风情，所谓"人情似故乡"者，殆如是。然而，当酒醒之后，梦醒之后，一切的生活照旧，个中的滋味和失落感惟有事中人才能真切感受。况氏揭开小晏词表面的娱情直抵他内心的悲切，以乐景写哀更觉其悲，是以沉着柔厚之旨，或出于此。晏幾道的这种欢歌悲情在下片得到继承发扬。况氏评云："'殷勤理旧狂'，五字三层意。'狂'者，所谓一肚皮不合时宜，发见于外者也。狂已旧矣，而理之，而殷勤理之，其狂若有甚不得已者。"②出身华胄而沉沦下僚，洁身自好而保持个性的晏幾道是很难融进世俗的潮流之中的，因此每当意绪勃发之时也难免一改清歌婉丽的神态而一泄"天将离恨恼疏狂"（《鹧鸪天》）。小山之狂确实是迫不得已，纵使"旧狂"亦不能加以掩埋，不避人嫌，不结权贵，永持一颗纯真之心面对复杂多变的世态人情，这或许是他处事的出发点和保持自我的信念。然而这样的处世态度注定其人生是悲凉的，正如况氏释小山词云："'欲将沉醉换悲凉'，是上句注脚。'清歌莫断肠'，仍含不尽之意。"③这两句其实也是全词的词心，词作基调由上片的欢歌旧狂一变为断肠悲凉，的确令人感叹神伤。况周颐曾就词体的词心感慨"吾听风雨吾览江山，常觉风雨江山外有万不得已者。此万不得已者，即词心也"④。亦即提出"此万不得已者"的著名观点，认为词作主体情感的发抒受之于外界环境的各种逼迫："常觉风雨之外有万不得已者。"况周颐认为小山情词之所以具有强大的艺术感染力和时空穿透力，很大程度上得益于这种"万不得已之词心"的灌注投入，使词作变得沉着厚重而有境界。况氏云："此词沉著厚重，得此结句，便觉竟体空灵。"⑤确为允见。

况周颐既重视小山词之真挚词心，也推重小山与世俗隔绝的独立人格，认为小山词的真正高妙处凡人难以概见。为此他批评那些过分赞赏小山艳情词诸如"梦魂惯得无拘管，又逐扬花过谢桥"的人不能真正理解晏幾道、解

---

① 王双启编著：《晏幾道词新释辑评》，第 168 页。
② ［清］况周颐：《蕙风词话》卷二，《词话丛编》本，第 4426 页。
③ 同上。
④ ［清］况周颐：《蕙风词话》卷一，《词话丛编》本，第 4411 页。
⑤ 同注②。

读小山词,也不能真正评价小山词之至高境界,"以是为至,乌足与论《小山词》耶"①。

其三,有感小山词自序,认为晏幾道词不依父名亦能传重。况周颐云:"晏叔原词自序曰:'始时沈十二廉叔、陈十君龙(或作宠),家有莲、鸿、蘋、云,清讴娱客。'廉叔、君龙殆亦风雅之士,竟无篇阕流传,并其名亦不可考。宋兴百年已还,凡著名之词人,十九《宋史》有传,或附见父若兄传。大抵黄阁钜公,乌衣华胄。即名位稍逊者,亦不获二三焉。当时词称极盛,乃至青楼之妙姬,秋坟之灵鬼,亦有名章俊语,载之囊籍,流为美谈。万不至章甫缝掖之士,尺板斗食者流,独无含咀宫商、规抚秦柳者。矧天子右文,群公操雅,提倡甚非无人,而卒无补于湮没不彰,何耶。"②晏幾道词自序中曾提及与之日常往来的"沈十二廉叔""陈十君龙(或作宠)",况周颐则指出这些与小山有诗词往来的风雅之士竟无篇什流传甚为遗憾。况周颐认为宋代作为一个词的国度,词学最丰盛的时段,那些曾撰写过华美词章的作者远不止这些史书有载者,然而可惜的是绝大部分卒默无闻,来不及留下半首小词便湮灭于寂寂历史长河中。况周颐对于号称词学黄金时代的宋词有着深邃的历史洞察力,他认为当今所传的大词人,不过是借助史籍的见载而留名,并非全是依靠自身作品的真正的艺术魅力占据词坛地位,相反有大批真正具备"名章俊语"的词作者却因为名不见经传而湮灭消逝。为此他深感困惑并为之打抱不平。为了消解这种郁结之气,他从清初顾贞观"燠凉之态,浸淫而入于风雅"③的感叹中找到了共鸣,为此,他意绪难平而感喟道:"唯是自古迄今,不知埋没几许好词。而其传者,或反不如不传者之可传。是则重可惜耳!"④自古以来人情世故,世态炎凉,不意这股风气也渐染诗词风雅之中,让人尤为感怆。况氏认为,北宋词人的隐与彰,都是与这种趋炎附势、世态炎凉的风气有关。钜公名卿,地位高有身份者,文因身显,获得较高的荣誉和流传;沉沦下僚名位不彰者,其文则隐而不显以致湮灭无闻。为了进一步论证这种印象,他再次以晏幾道为例:"即如叔原,其才庶几跨灶,其名殆犹恃父以传。"⑤意即像晏小山这样本来富有才情之人,他的声誉和词章的流传都有依靠其父晏殊的一面,相比诸多的有才情者,晏幾道还算是幸运,无论是因父名而显还是其他缘由,至少他的词章得到流传认可,而其他爱好词章并写有小词者却未能流传,这既是他们本人的不幸,也是宋词的悲哀。况氏认为这些未能至显

---

① [清]况周颐:《蕙风词话》卷二,《词话丛编》本,第 4426 页。
② 同上书,第 4425 页。
③ 同上。
④ 同上。
⑤ 同上。

或流传者,他们的词学成就或远甚于当今某些所谓的大家名手,他们的词作本应该更好地得到传承与发扬。况周颐为这些无名者和不传者深感悲哀和痛惜,揭示出他对前代宋词遗产既具有主观情感的一面又抱客观评说的独特看法和心态。

况周颐为什么对这些无名者有如此甚深的感慨和情感,或许与他的身世经历有关。据孙纬城先生介绍,况周颐一生坎坷多舛,中年以后即浪迹江湖,其间又经过一系列的家国事变(妾亡丧子、戊戌、庚子事变、辛亥革命等),最终以前清逐臣遗老而离世①,颠沛流离,神伤悲苦。因此况氏对于那些诸如小山般有才却处人生逆境者、功业无成者、屈居下僚者,皆因其人生际遇同自己类似而抱一腔同情共鸣之心,这或许也是影响并造成他论词重寄托、重情感的一个内驱力。

此外,况周颐有《历代词人考略》一书,是况氏又一部大型词话类专书。该书除了收辑与每个词人有关的词话、词评,还编有词人小传和按语,是况周颐词学理论和思想的重要补充②,对于研究晏欧三家词的流传、品评也不乏帮助。该书对晏殊、欧阳修、晏幾道三人的籍贯行实和有关词作之词话掌故、词评和词作考证略有征引论述,有关欧词伪说考证和小晏词序的感慨可参前述《蕙风词话》③。总之,《历代词人考略》在一定的程度上推动了晏欧三家词作的传播与研究,同时亦有助于提高后人对三人词作的真伪认识和作品鉴赏。

另外必须说明的是,晚近四大家还以词学创作实践承传晏欧词作。比如王鹏运、况周颐、朱祖谋均有词体追和晏欧词作,相关内容详参后续章节。

除了晚清四大家,晚近涉及过晏欧三家词并有一定影响的词家还有陈锐。1908 年—1911 年,他连续在《国粹学报》第 55 期、第 65 期、第 82 期发表《裒碧斋词话》,对晏欧三家词有所评点论析;丁绍仪等利用《国学月刊》杂志发表自己对词人的看法,这应该是一种新的传播形式;吴昌绶和陶缃合辑刻的《景刊宋金元明本词》就包括吉州本《欧阳文忠公近体乐府》三卷、《宋本醉翁琴趣外篇》六卷,前者存欧词 192 首,后者有词 203 首④。他们这些人从时间跨度看,其词学研究活动都沿袭到 20 世纪初期,然而从研究方法和学术性质上看,一般将其归之于晚清词学研究一脉。他们所做的一些晏欧词集校勘和点评,在当时或许也有"复古保学以保国"⑤的功利目的,客观上却

---

① 孙纬城:《千年词史待平章:晚清三大词话研究》,第 35 页。
② 孙克强:《况周颐〈历代词人考略〉的文献和理论价值》,载《河南大学学报》2010 年第 3 期。
③ 况周颐:《历代词人考略》卷七、卷九、卷十二,吴兴刘氏嘉业堂抄本。
④ 上海古籍出版社 1989 年版。
⑤ 曹辛华:《20 世纪中国古代文学研究史·词学卷》,第 44—46 页。

为 20 世纪晏欧三家词传承与研究的现代化进程扫清了道路,打下了基础。

第三节　王国维《人间词话》对晏欧 三家词的论述与批评转型

20 世纪前后,随着国门洞开和东西方文化艺术交流的增多,词学研究观念、词学研究手段和传播方法也在不断更新。在这个新旧交替期间,传统词学研究开始走向现代转型的道路。这个转型的直接结果是“唐五代词北宋词与苏辛一派词的被推崇”①。作为北宋词的一部分,晏欧三家词的传承与研究也相对有所涉及,其中最主要的是得益于王国维。他所著的《人间词话》中多次援引晏欧三家词来和他的文艺观、词学观相互发明,从而使得晏欧三家词在新世纪开端之际得到新的阐释和传承。王国维的词学观念和研究实绩意味着晏欧三家词真正进入了现代词学研究的道路。

王国维的词学理论主要有《人间词话》一书。1908 年—1909 年年间,王国维在《国粹学报》刊发《人间词话》64 则,此后有续作补遗,开始运用西方文艺理论和中国古代文论相结合的视角观照中国近千年的词学传统,提出了有名的“境界说”以及“优美”“壮美”等系列审美范畴,给传统的中国古代文学研究吹来了新鲜的空气,尤其是贯穿其间的西方文艺美学的理论与方法无疑给数千年的词学研究路径和研究策略找到了新的方向。

学界对《人间词话》研究甚多,对王国维点评晏欧三家词的经典话语也有所知晓和引用。然而近一个世纪以来,《人间词话》对晏欧三家词究竟持什么观念? 内在词学认识有何差异? 反映王国维怎样的词学品格? 这些疑问,现有的研究明显不足以回答。本文对此做一番通盘考察,试图对这些问题有所回应和阐释。

一、《人间词话》对晏欧三家词的批评简计

王国维《人间词话》是以唐五代北宋词为参照、评价中心,这就使晏欧三家词也幸运地成为其阐发词学义理、证明词学观念的重要组成部分和评价对象。据笔者检索徐调孚校注的《人间词话》,是书分上下两卷(111 则),外加补遗 1 卷(25 则),共收录词话 136 则,其中言及晏欧三家词的大约有 27 则。若以评价对象细分,单独论及欧阳修词者有 17 则,晏殊词者 3 则,晏幾道者 2 则;群体并论中关于晏殊、欧阳修两人词者 2 则,有关晏欧三人词者 1

---

① 张璟:《苏词接受史研究》,第 293 页。

则,有关欧阳修、晏幾道者 1 则,有关二晏父子者 1 则。欧阳修词被评价次数遥遥领先于二晏父子词,体现出王国维对欧词的特别钟爱和激赏。从涉及词作对象分析,欧阳修有 17 则评语牵涉单首词作 7 首,其余 10 则是作为整体比较、总结而被加以评论;晏殊有 3 则均是同一首《蝶恋花》词从不同的角度而被加以品评批评,可谓凭此一曲胜出;晏幾道有 2 则也是作为整体的印象被纳入考评。那么王国维针对这三个不同对象的不同词作所做的评论,究竟要表达何种词学理论或词学见解呢? 不妨从以下几方面进行分析评判。

二、对晏欧三家词的个体品评

所谓"个体品评"是相对"群体批评"而言,即单独评价三家词中的某一家,不是放在二人或以上的群体中批评。总体而言,王国维认为晏欧三家词各有千秋,并且区别对待。

(一) 王国维对欧阳修词的激赏

1. 欧词《蝶恋花》有"有我之境"。王国维《人间词话》的核心思想是提出了"境界"说的词学主张和理论范畴,因此要评析理解欧词是否具"有我之境",首先有必要了解"境界"一词的含义。近百年来,无数的学人对这一词的含义阐述了无数的看法和理解,这也使得王国维"境界"一词的接受本身丰富了 20 世纪以来的词学接受史的内容,成了一道独特的风景。那么"境界"一词究竟何意? 祖保泉先生认为:境界等同于意境,都强调艺术创作中的形象思维问题①。祖氏的结论是基于王国维文中"意境"和"境界"同时使用的现实,但叶嘉莹先生对这种"意境""境界"混为一谈的说法持反对的态度。她认为"境界"和"意境"必有不同之处②。那么二者有何区别? 叶先生从注重人的感觉经验这一特质出发,认为"境界"的有无全依赖人的主观感受作用,大凡还没有经过人的感受而自动出现不能认定为"境界"③。叶先生意指一切外在的景物或内在的感情必须是真切之感受,否则如果是因袭模仿或虚情假意矫揉造作都不得称之为"有境界"。而施议对先生则从"境界"一词的来源及其与诗学批评的关系指出,王国维的"境界"来源于诗家的境界,即包含物境、情境、意境三界,其中强调"言已尽而意无穷"是"境界"之本④。合而观之,"境界"一词的范畴至少包含两个方面:一是情、景、意三者的协调

---

① 祖保泉编著:《王国维词解说》,安徽教育出版社 2006 年版,第 26 页。
② 叶嘉莹:《王国维及其文学批评》,第 177 页。
③ 同上书,第 180 页。
④ 施议对译注:《人间词话译注》,岳麓书社出版社 2003 年版,第 4 页。

统一。一首作品必须情景相协而意境浑成,才可谓之"有境界";二是必须具备主观之真切能动感受,且这种真切感受能用自然的语言表达而出,具备鲜明而含蓄蕴藉的审美效果。王国维将"高格"和"名句"当成有境界的条件之一,并认为"五代北宋之词所以独绝者在此"①。推尊五代北宋词之意溢于言表。在此前提下,王氏提出了"造境""写境""有我之境""无我之境"等系列概念,"欲为中国诗词标示出一种新的批评基准及理论"②。那么何为"有我之境"? 又何为"无我之境"? 王国维没有给出具体的定义,但他在《人间词话》的列举例词后给予了阐释,这也是广为人知的两句:"有我之境,以我观物,故物皆著我之色彩。无我之境,以物观物,故不知何者为我,何者为物。"③可见王国维对于"有我之境"强调个人主体的介入,也即突出人对于自然之物的主观感受,套用一个美学概念是类似"人化的自然",一切外在的景物不再是自然的景物而是经过主体意识的投射感染之后的自然之物,因此才会有"以我观物,故物皆著我之色彩"的感受。叶嘉莹先生将"有我""无我"的关系判断取决于"物""我"之间是否有对立冲突的关系,为理解这组概念提供了新的思路④。笔者以为"有我之境"之主体自我的介入不一定就等同于"对立冲突",就像现在倡导人与自然的和谐一样,二者亦可以相得益彰。不过"无我之境"绝对是不存在"对立冲突"的,这一点应无异议。观王氏对"无我之境"的阐释确实颇如"庄生梦蝶"一般达到物我两忘的境地,因此有学人干脆说"无我之境"应该称为"无我无物之境"⑤。明乎此"境界"及"有、无我境界"的基本看法,再来分析王国维以此作为最高审美判断标准下所列举的晏欧例词。

　　王国维指出欧阳修《蝶恋花》(庭院深深)"泪眼"两句和秦观《踏莎行》"可堪"两句为"有我之境也"。对于欧词两句的解析,接受史上各有不同。以清代为例,清初的金圣叹认为花为无情之物:"'问花',待得花有情;'花不语',怨得花无谓。"⑥而后句他也认为"人自去远,与庭院何与? 人自不归,与春何与?"⑦这两句本因怨女将满腹的迟暮哀愁托之于残花败红的默默无语,借以宣泄自我无言的辛酸与年华不再的伤感。从修辞技巧言,现代人谓之"拟人"手法;从描写视角看,属于侧面烘托。问花何能无情? 只因女主人公

① 王国维:《人间词话》卷上,第1页。
② 叶嘉莹:《王国维及其文学批评》,第175页。
③ 王国维:《人间词话》卷上,第2页。
④ 叶嘉莹:《王国维及其文学批评》,第191—193页。
⑤ 孙纬城:《千年词史待平章:晚清三大词话研究》,第239页。
⑥ [清]金圣叹:《唱经堂批欧阳永叔词十二首》,《金圣叹全集》第4册,江苏古籍出版社1985年版。
⑦ 同上。

将同样遭受风雨摧折的花当成自己的化身,所以才会移情于花,这花当然也打上了人的印记,何能无情? 然而金圣叹作为明末清初最有才情和思想的文艺批评家,却不懂得这种古诗词中常见的艺术表现手段,而一味地求实,说出一些文艺审美的外行话,的确令人疑惑和不解。相反,同时代的毛先舒倒能从文学鉴赏的审美视角指出这两句层深而浑成的结构特质:"人愈伤心,花愈恼人,语愈浅,而意愈入,又绝无刻画费力之迹,谓非层深而浑成耶。"①在这些前人认识的基础上,王国维根据自己的文艺思想和"境界"说的词学理论,针对本词又提出"有我之境"的批评和看法,为文学批评与接受增添了新的理论概念和诠释视角。那么此两句和秦观词句为什么被称之为"有我之境"? 前面已述,"有我之境"是强调主体情感的介入,使外在之物附带上我之思想意识,用叶嘉莹先生的解析是人我之间具有对立冲突的关系。"泪眼问花"句首先是人将花当成一个可以倾诉的对象而全然不是日常理解的毫无言说可能的植物,人的主动性介入,甚至含有强制性的意义,而"花不语"则是这种介入性的后果,同样是属于以我之意识贯之于花。假如说,前4字是希望把花当成人来看待的话,后3个字显然是已经把花当成人了,而下句的"乱红飞过秋千去"在貌似写景的外表下浸润着主体深深的情感:暮春三月,雨横风狂像秋风秋雨愁煞人,将娇艳的春花春景等一切美好的景物通通扫荡摧折,于是落红遍地,花絮漫天,有情之春花便迫不得已惨淡宣告生命的结束。句中"花不语"何曾不是人不语的物化? "乱红飞过"又何曾不是象征人如花般的青春年华无情流逝永不回头? 这种场景描写,这样的内蕴转述正是"饱蘸着作家情感,充溢着作家个性,理想主义色泽浓冽的'境界'"②,同时也暗示一种心有所役的心理状态:主体的情感已无复平静,随景物的变迁而心旌动摇。王国维说"'有我之境',于由动之静时得之"③,正含此意。至于秦观之两句呈现的境界与欧词大同小异,物我的描写中凸显出主体的人的情绪。

2. 阐述欧阳修词的接受与被接受现象。《人间词话》论述欧词的接受问题主要着眼对冯延巳词的继承与接受,这也是词史公认的词学现象与结果。而欧词的被接受则是言及朱彝尊对欧阳修和晏殊词的接受。《人间词话》中王国维用了较多的篇幅评价欧词对冯词的承接关系。如卷上第21则云:"欧九《浣溪沙》词:'绿杨楼外出秋千',晁补之谓:只一'出'字,便后人所不能道。余谓此本于正中《上行杯》词:'柳外秋千出画墙',但欧语尤工耳。"针对

---

① ［清］王友华:《古今词论》引,《词话丛编》本,第608页。

② 莫立民:《近代词史》,第501页。

③ 王国维:《人间词话》卷上,第3页。

欧阳修《浣溪沙》词中"绿杨楼外出秋千"句，宋人晁补之认为这个"出"字用
法及其绝妙，使后人无法再说，而王国维则认为此种用法是仿造冯延巳的
《上行杯》词"柳外秋千出画墙"一句，"但欧语尤工耳"。晁补之从遣词用语
的角度指出了"出"字的匠心独用，至少能够从艺术审美的维度把握个中的
非凡之处。然而究竟为什么一个"出"字具有如此巨大的影响力，即此垄断
了后世作者欲说却无法说出的艺术境界，晁氏未能指明。中国古代文论往往
重视直觉的感悟而缺乏理性的分析和逻辑的推理，这既是传统文艺学的优
势，也是它的短处。晁氏固然悟性高超，能够体味到别人感受不到的艺术闪
光处，然而只是点出了"出"字之美的主观感受而未能指明所以然，未免遗
憾。依笔者的理解，"出"字之妙，一是打破了原先较为单调凝重而宁静的画
面，使全句画面增添了无穷的动态美感和欣赏乐趣。二是"出"字的使用造
成了视觉的紧张，制造了轻微的审美冲突，获得了"生气蓬勃的审美感受"①。
王国维则首先认为欧词本句出于冯延巳词《上行杯》（据《全唐五代词》，调当
作《偷声木兰花》）"柳外"句。而据笔者调阅，欧词"绿杨楼外出秋千"一句
从创作语源上极可能是化用王维《寒食城东即事》诗"秋千竞出垂杨里"句，
正如吴曾《能改斋漫录》卷八所谓"欧公用'出'字，盖本此"②。那么王国维
为什么把"出"字用法的初始权归之于冯延巳呢？依王国维对古代文学之谙
习功底，断不可能出现失考而胡乱戴帽子的做法，唯有一种解释，那就是王国
维要强调欧词对冯延巳词的传承，或者反过来说，王国维为了突出冯词对北
宋词的影响，才做出这样的判断。考之本则前后数条词话，都是围绕冯延巳
词立论评判。比如他认为冯延巳词"开北宋一代风气"（卷上第19则）；此后
的第22则也是批评冯延巳《玉楼春》词对欧词创作的影响："冯正中《玉楼春》
词，'芳菲次第长相续，自是情多无处足。尊前百计得春归，莫为伤春眉黛
促。'永叔一生似专学此种。"当然，从艺术上言，王国维无疑认同晁补之的评
价，不过他又补充认为欧词比冯词更为工巧到位。"绿杨楼外出秋千"和"柳
外秋千出画墙"，"出"字之用究竟何者为工，恐怕难以一较高下。这两句从
摹写景物看，几无二致，稍异者，欧词给人有侧重"楼显墙隐"的审美效果，而
冯词则带突出"墙显楼隐"的鉴赏印象，二者的前后承袭关系明显，惟细微之
处的阅读感受稍异。因此，王氏意指欧词语本于冯词也是有道理的，从语汇
与场景描写的视角道出了欧词对冯词的接受与改造。

　　另外，卷下第20则阐述欧词在清代的传播与接受状况。他列举的例子

---

① 邱少华编著：《欧阳修词新释辑评》，第214页。
② 宋南渡词人吴开所著《优古堂诗话》亦有著录，分别参《宋金元词话全编》上册，第506页、
　第209页。

是朱祖谋对晏殊及欧阳修词的接受。对此创作实践中的学习晏欧词,放在下一节单独讨论。

3. 论欧阳修词之品格、意蕴非凡。王国维对于欧阳修词的批评还表现对欧词气格、意蕴的激赏。他认为:"永叔、少游虽作艳语,终有品格。"(卷上第 32 则)①这个"品格"一词所指,既可以论人,亦可以论词。何谓有"品格"? 王氏曾说:"有境界自成高格。"(卷上第 1 则)如果评价一个人有"境界"的话,那么这个词的含义相当于指人有高尚的操守和人格。对于欧阳修词,王国维并不反对他的艳情词,因为王氏看重词中人自然真情的流露。他指出词章能抒写真景、真情、真感即"谓之有境界"②,而欧阳修相当一部分情词即是这种真性情的表现。另外,王国维也强调"词之雅郑,在神不在貌"(卷上第 32 则),进一步为他的"终有品格"论断提供理论根据。欧阳修词"疏隽开子瞻,深婉开少游"(冯煦语)。在情词的迤逦深婉度上,秦观之词正导源于欧词,二者言情体物,穷极其变,推动了艳情小令词艺术向深度发展。因此,以王国维论境界含义而言,二者之词亦可入"有境界自成高格"之列。再者,从人的品格角度看,欧阳修虽作情词,终究是为人方刚,立朝有大节,这是史志有载,不容置疑,因此,"终有品格"之说也是有据可证,恰如其分。王国维对欧阳修的艳情词能够一分为二,辩证看待,某种程度是对前贤的超越。王国维为了进一步强化欧阳修和秦观词的这种特性,与北宋另一个也写有情词的周邦彦相比,认为"方之美成,便有淑女与倡伎之别"③。一为淑女一为娼妓,差别显明。王国维对欧秦与周之情词的评价判然天壤,或许因为欧秦词出语自然如淑女素面朝天不做作,词情自然卒发不矫情;而美成词巧构音律与词藻如娼妓涂脂抹粉露风骚,为情不真率④。

王国维对欧阳修词境品格的称赏还表现在推崇欧词有沉着之致,格高不可及。如评《蝶恋花》(面旋落花风荡漾)阕:"字字沉响,殊不可及。"(补遗第 17 则);《玉楼春》"人生"两句和"直须"两句:"于豪放之中有沉着之致,所以尤高。"⑤前一首相比欧词语调清新明快之作,该词却略显凝重沉痛。从其大量征用"重""深""寒""愁""病""惆怅""空""寂寞"等词便可概见其词情之深,蕴藉之厚。王氏认为这些词作"字字沉响",凝聚着主人公的春愁春怨,

---

① 王国维:《人间词话》卷上,第 19 页。
② 同上书,第 3 页。
③ 同上书,第 19 页。
④ 王国维《人间词话》对周邦彦词虽多有批评之语,如卷上第 33 则,但总体上还是嘉许颇多,如卷上第 36 则、卷下第 38 则、补遗第 10 则等。而王国维所做的《清真先生遗事》更是体现对周邦彦的独爱。
⑤ 王国维:《人间词话》卷上,第 17 页。

这种感情基调深沉之致,在欧词中并不多见。而另一首则是针对欧词名作《玉楼春》(尊前拟把归期说)而发。相对前一首发抒他人之情,本词一般当作词人写自身离宴之事,抒自我情怀之作。全词感情真切,情意缱绻,惆怅之中略显几分洒脱。尤其是"人生"两句和"直须"两句更能体现这种风貌。邱少华先生解释说:"遣词造句,既有白诗的畅达峻爽,又有杜诗的沉著。"①这种疏峻、沉着的特色正与王国维评语意思相近。至于为什么"沉着之致"就显得颇为高明,施议对先生的诠释或许较为肯綮。他说:"第一,善于透过现象看本质,将离别伤春情绪,即'恨'说得尤为深刻。"②"此恨不关风与月"实际是反说,"将人的主观情感——'情痴'及'恨'表现得十分深重,即沉着"③。末两句"明明因为离别而充满了'恨',偏偏说到洛城看花,尽兴游玩,似乎很旷达,很不在意,即很豪放,实质心中的'恨'仍很沉重。尤其是'直须'与'始共',说得越是绝决,怨恨情绪则更加沉重。所以,王氏说,以为比人高出一筹"④。王国维论欧词沉着之说,与前述的陈廷焯说欧词沉郁蕴藉的看法颇为近似,二者的看法之相近或许反映出常州词派的某些词学思想的流衍印痕。欧秦小令词对情词意格的开掘,北宋除了晏幾道词可以相埒,其余寥寥,几可乏人,因此王氏又说:"美成深远之致不及欧秦。"(卷上第33则)对欧阳修情词韵致的艺术魅力颇为赞赏。

4. 注重欧阳修词的篇章、句法和语言,认同欧词"有篇有句"。王国维对欧词的论析还着眼于篇章结构和句法问题。如卷下第38则云:"有篇有句,唯李后主降宋后之作,及永叔、子瞻、少游、美成、稼轩数人而已。"⑤在句篇问题上,王国维颇为赞赏欧阳修等北宋名家词及南宋辛弃疾数人词。另外,他还认为唐五代的词属于"有句而无篇",而南宋大多数的词属于"有篇而无句"⑥。那么王国维究竟是从什么角度称赞欧阳修等人的词有句有篇,又根据什么来批判唐五代词和南宋词只偏向其一而不能两全,无法与北宋名家词相媲美?《人间词话》中,王国维并没有明确地谈到何谓有句,何谓有篇。根据一般的常识理解,这个"篇"与"句"重在篇章结构的理解上。王国维曾说有境界自成高格,自有名句,使得"句"又与"境界"沟通起来。唐五代北宋词有境界,那么自有名句,即有句,讲究词句的内在情韵和自然流畅的用词用语。但是唐五代词,作为词体发展的初始阶段,作者很在意单个句子和字词

---

① 邱少华编著:《欧阳修词新释辑评》,第110页。
② 施议对译注:《人间词话译注》,第48页。
③ 同上书,第48—49页。
④ 同上。
⑤ 王国维:《人间词话》卷下,第64页。
⑥ 同上。

所包含的意蕴是否丰富,是否能以少胜多,以少总多,偏重字词句子所蕴藏的可以发散出去的审美魅力,即句外之意,韵外之致,至于全篇之内的整体性的句法结构还来不及花费心思去经营构建,所以唐五代北宋名家之词很少讲究篇内的法度,但基本都有经典名句流传。如温庭筠之"江上柳如烟,雁飞残月天"(《菩萨蛮》)、韦庄之"春水碧于天,画船听雨眠"(《菩萨蛮》)、冯延巳之"独立小桥风满袖"(《鹊踏枝》)及几首《蝶恋花》等均有脍炙人口的名句,而南宋词这样的词句很少见。南宋词人无论是醇雅派还是格律派,都十分在意篇内的句法意度,尤其是注重字面上的炼字炼句,而对于句子的情韵意境拓展不够,逊色北宋诸多。而王国维非常欣赏这种富有韵外之致的意境,即使格高的姜白石词也因为情韵意境表现不够而令人遗憾:"惜不于意境上用力,故觉无言外之味,弦外之响,终不能与于第一流之作者也。"[1]由此可知,王国维论南宋词有篇无句是有着理论上的前后承接和相互照应。借此对篇句的认识,再看王国维对北宋名家词有篇有句的理解。北宋词上承唐五代,下接南宋词,刚好处在中间,多少附带二者的特征。从篇句的变化看,北宋词发展了五代词"有句"的特点而扬弃了它"无篇"的不足,一变为有句有篇:前期诸如欧阳永叔、苏轼、秦观等重"句"兼"篇",而周邦彦则重"篇"兼及"句",总体上既情意真切含蓄不尽又重视篇内用字之工巧和上下结构之协调,因此"有篇有句"。需要说明的是,由于王国维对篇句的定义没有相对明晰的理论,他只是从自己的感性认识出发,加上前述的境界与意境的阐述,尔后总结得出这种有关唐五代南北宋词篇句的论断,严格而言,只能是一个相对的说法,不可照搬于每一位词学家。

王国维对欧词句法的肯定还体现在与其他人词的比较阐释之中。比如他曾援引清代贺裳的一段话,大意是说姜夔极为欣赏史达祖《双双燕》一词的句子是"柳昏花暝"而不是"软语商量",而贺裳认为姜夔这种取舍颇似项羽学兵法之恨,王国维却认同白石的说法而反对贺说。他云:"'然柳昏花暝',自是欧秦辈句法,前后有画工化工之殊。吾从白石,不能附和黄公矣。"[2]尽管本词话的中心意思是判定史达祖两个词句的优劣,然而王国维批评立论的根据是欧阳修和秦观的句法,故客观上还是肯定了欧阳修的句法之妙。他们所论的焦点词句出自史达祖之《双双燕》,其原句云"还相雕梁藻井,又软语、商量不定"和"红楼归晚,看足柳昏花暝"[3],分别位于该调的前后片。王氏所谓的"画工化工"之殊,有点类似于"造境"与"写境"之别,大概意

---

① 王国维:《人间词话》卷上,第28页。
② 王国维:《人间词话》卷下,第57页。
③ 史达祖全词参《全宋词》第4册,第2992页。

指前者之景物描摹是来源于对自然的有意雕刻和修饰,如"雕梁藻井""软语商量"等,人为加工痕迹显著;而后者不是镜子式地机械反映和重复,而是"妙造自然",或"出于自然而高于自然",即化工巧为自然,能达到浑化境地,所以为高妙之至。王国维非常欣赏这种既写实景又超乎现实的诗词构造法。他说:"大诗人所造之境必合乎自然,所写之境亦必邻于理想故也。"①造、写境的区别是非常微妙的,而王氏所述的画工与化工,相较而言,二者似乎有笔力、功力之别。"画工"刻意为之,"化工"却是超越前者而达到人工与自然的神意妙和,审美意蕴尤为深厚。那么"柳昏花暝"又有何妙造自然的"写境"艺术? 如果单从构词手法分析,"柳昏花暝"与"软语商量"并无高下之别,后者还带有拟人的手法,而前者只不过写出了花柳的黯淡之色,暗示经过风雨的洗礼摧折。那么王国维为什么还说前者有"化工"之境? 或许他在意此句的真正原因即在于"柳昏花暝"所具的"化工"或"写境"还别有意蕴和境界。

史达祖这首《双双燕·咏燕》一般被当作南宋咏物词的典范之作。它的经典意义不在于多用白描的手法把燕子归春的生活习性写得惟妙惟肖,而是以物写人,以燕子的飘然轻快对比闺中怨女的愁闷和苦恼,进而寄寓重大的家国时事——讽喻南宋小朝廷沉湎于半壁江山的安乐窝而不思中原父老有泪如倾的现实。句中的"软语商量"除了有写实的一面,还应用拟人的手法,使得本句更富生活气息,约略属于王氏所称的"造境";而下片之"红楼归晚,看足柳昏花暝",也有自然的一面,但又不限于现实的描绘——其间的"柳昏花暝"又何曾不可暗喻南宋政权的昏天黑地呢? 因具弦外之音韵外之致,可谓"写境"。南宋词人善于以咏物来咏时势,并借以寄寓自己的感伤心理。史达祖的这一首即是如此。同样生活于动乱时代的王国维对这种隐约难言的痛楚有切身感受。另外在章句上,"红楼"照应上片之"帝幕中间"——这是燕子"旧巢"的所在地,"柳昏花暝"4字又恰巧照应过片词"芳径",这样前后呼应,巧妙自然,刻画得水乳交融,无痕无迹。因此王国维正是从上述这种别有匠心的艺术构思出发称赏本词并支持姜白石,而这种营造之法恰恰又是北宋欧阳修和秦观词法之所擅长处,尽管后者的"写境"之中缺少这么深致的社会背景。

5. 辩证看待欧氏艳情词。前已论,王国维对于艳情词并不反对,但要求情感必须真切自然而富有韵致,此外还特别指出语言上不能有亵邪之倾向。为此他提出以欧词和范仲淹词为例。他说:"艳词可作,唯万不可作儇薄语",否则"其人之凉薄无行,跃然纸墨间"②。"儇薄语"者,可谓轻薄油滑之

---

① 王国维:《人间词话》卷上,第1页。
② 王国维:《人间词话》卷下,第64页。

语,王国维认为柳永和康伯可词含有此等言语,因而读之有"凉薄无行"的感觉。或许为了对比,句末他提出:"视永叔、希文小词何如耶?"①言下之意,欧范之艳情词语端辞正,不涉"僄薄语",读之不会有其人无行的味道。王国维的认识是较为合理的。抛开范词不论,欧阳修词中,除了极个别所谓"毁谤"之说的词作,其余基本不存在语涉淫亵的色彩而表现得典雅端庄,即使一般的俗词出语也有分寸。

此外,《人间词话》中王国维还对张惠言以微言大义解析欧阳修《蝶恋花》词的做法表示反对。他说:"永叔《蝶恋花》、子瞻《卜算子》,皆兴到之作,有何命意? 皆被皋文深文罗织。"(卷下第 23 则)王国维能够从复归文学的角度观赏词作,摆脱曾经笼罩弥漫词坛百十年的常州词派的比附寄托解词说的影响,体现了他词学认识的一大进步。王氏认可欧词、喜欢欧词,他曾托名樊志厚说北宋词人:"喜永叔、子瞻、少游、美成。"②表现对欧词的无比兴趣和喜爱。他对欧词的意境之高妙非常服膺,认为自古至今词以意境胜出者"莫若欧阳公",而自作的词亦与欧、秦相近③,自许颇高(关于此,本文后续章节另有论述)。

(二) 王国维对晏殊《蝶恋花》"昨夜西风凋碧树"3 句的不同认识

"昨夜西风凋碧树"3 句是晏殊《蝶恋花》经典句子。王国维对此也有自己的认识和解读。

1. 认为意同《诗经·蒹葭》具"风人之致",但格调较为悲壮。《人间词话》曾说,《诗经·蒹葭》最得"风人深致",而晏殊之《蝶恋花》"昨夜西风凋碧树"3 句"意颇近之。但一洒落一悲壮耳"④。所谓"风人深致"是指儒家认为诗经倡导的"兴观群怨"的实践与审美理想。以《蒹葭》诗作旨意而言,则是全诗贯穿一种对理想、信念的执着追求锲而不舍的精神。王国维认为晏殊之《蝶恋花》也具有这种旨意,不过在风格上二者还是有所区隔。《蒹葭》是用一个浪漫主义的爱情故事来展示这种执着与坚持,所以显得较为浪漫洒脱。而晏殊词句也抒写一段艰苦而缠绵的爱情,但侧重的是其间的相思离别之情,尤其是下片"昨夜"引领的 5 句,将这种对情人的不舍追寻、渴望感情沟通的纠结心态写得彻人心肺,令人沉吟不尽。风格基调上,相对《蒹葭》之洒脱疏旷,的确要为沉着悲壮。

---

① 王国维:《人间词话》卷下,第 64 页。
② 王国维:《人间词话》补遗,第 81 页。
③ 同上书,第 83 页。
④ 王国维:《人间词话》卷上,第 14 页。

2. 指出《蝶恋花》"昨夜"3 句是"诗人之忧生"。王国维首先列举《诗经·小雅·节南山》一诗"我瞻四方,蹙蹙靡所骋"两句,认为这是"诗人之忧生也",然后又谓"昨夜"3 句"似之"①。"忧生"或"忧世"是中国古代诗歌的传统抒情主题,也是儒家诗教精神的体现。"达则兼济天下,穷则独善其身",诗歌中的"忧生"与"忧世"即是这种理想与追求的诗学再现。王国维对于诗歌中的"忧生"似较为倾重。他曾举例《古诗十九首》"生年不满百"及"服食求神仙"两首云:"写情如此,方为不隔。"②而这两首之所以引人共鸣深思即在于其感叹生命无常和人生之艰辛短暂,亦由此引发部分士人产生寻求感官欢乐和人生享受的生活价值取向。王国维所取的《节南山》一诗本是描写控诉强权,反抗暴政的主题③,属于"忧世"之作,然而节选的第 7 章"我瞻四方,蹙蹙靡所骋"数句刻画的是主人公歧路惶惶,不知何处是安身之所的忧虑,当然属于"忧生"之叹。这种悲情感怆,王国维觉得类似于"昨夜西风凋碧树"数句,都含有对前途的苦苦寻觅和追寻不到人生的归依而产生的茫然无措与困惑,这无疑侧重的还是个体生命的着落及人生指向,因而亦属于"忧生"的范畴。

3. 王国维还根据其"境界"说,认为本词句属于大事业、大学问三种境界之"第一境也"(卷上第 26 则)。这是前人早已评说烂熟的一条,本书不予赘言。

由上述 3 点观之,晏殊的同一首词作,因王国维评价所持的立场或角度不同而做出 3 种不同的诠释和解读。然而,这 3 种相异的读解得出的 3 种批评结论,其间似乎有一个由浅到深、由生活本真到抽象理论的演进接受过程。第 1 种认识基本上是以对爱情的追寻为核心,演绎出一段刻骨铭心、不达目的不罢休的悲壮情节;第 2 种认识已经超越了生活本真的爱情传说而上升至诗学传统主题的"忧生"之嗟,带有儒家诗教的性质;第 3 种则将这种坚持不懈的精神内核进一步推而广之,使之成为人生事业、学问有所成的三大境界之一,已经冲破了普通的单一命题的认识范畴而变革为指导生活进取事业必然的首要的普遍原则或第一阶梯。

(三) 未足抗衡淮海的小山词

王国维对小山词具体作品的批评和关注极少,体现出异于常州词派的倾向。王国维总体上认为晏几道词不如秦观词。认为小山词不足以当"淡语

---

① 王国维:《人间词话》卷上,第 15 页。
② 同上书,第 27 页。
③ 王秀梅译注:《诗经》,中华书局 2006 年版,第 271 页。

皆有味,浅语皆有致"之评,其地位介于秦观和张先、贺铸之间。冯煦曾认为晏幾道和秦观这两个古今伤心之人,"其淡语皆有味,浅语皆有致"①。王国维则不认同这种说法,认为得唯有秦观词可配,而晏幾道词不足当。他说晏幾道情词略胜张先、贺铸,但"未足抗衡淮海"(卷上第28则)。在情词的开掘度上,晏幾道要胜于其父辈。其词之所以能够在北宋后期仍占有一席之地,根本的缘由是因为他将小令词的抒情写意发挥至北宋极致,对情词的艺术拓展卓有贡献。另一个以满腔赤诚填词的秦观,也是"情余于词"②真切意满而为人注目。张炎认为秦观词:"体制淡雅,气骨不衰。清丽中不断意脉,咀嚼无滓,久而知味。"③可见秦观词用语以淡雅为主,清词丽句中蕴藉深远,浅淡皆有味。观之晏幾道词,贵胄出身的他由来有一种洁身自好不染尘俗之气,其词与其人一样,聪俊典雅,贵异而以韵胜。晚清陈廷焯尽管对欧阳修、晏殊词颇有微词,但对晏幾道词的某些特色还是不得不叹服:"措词婉妙,则一时独步。"④可见小山和秦观词都以情词为擅,然而用语上,少游善于由深入浅,故淡语皆有味;小山擅长以婉妙之词抒写曲折玲珑的意趣,靠情韵胜场,当然这个情韵也是建立在自然浅近的语言上,因此一般认为二家语言实质无多大差异。但是《人间词话》中,王国维对于秦观之词评价颇多也甚高,而对于晏幾道的议论极少,且始终置小山词于秦词之下,或许见出王国维对秦词的偏爱而对小山词的偏见。吴世昌先生对此指出:"以小山不足比淮海,静安非知小山者。"⑤施议对先生则说,"王国维只看到小山所谓'矜贵有余'的一面,而忽视'其痴亦自绝人'的另一面"⑥,议论于是不无偏颇。此论是有一定的道理的。

三、群体比较视域中论晏欧三家词

《人间词话》中,王国维除了对单个晏欧词人颇多批评,也有将两人或三人连在一起加以品评的现象。或从意境,或从写作特质,或为张扬自己词学主张等视域,在与其他人的词作比较品评视域中概见晏欧词之得失。

(一)认为其友沈昕伯的《蝶恋花》一词颇似晏氏父子词,不像南宋词风

卷下第34则王国维说:"余友沈昕伯(纮)自巴黎寄余《蝶恋花》一阕云:

---

① [清]冯煦:《蒿庵论词》,《词话丛编》本,第3587页。
② [清]陈廷焯:《白雨斋词话》卷一,彭玉平导读本,第15页。
③ [宋]张炎:《词源》卷下,《词话丛编》本,第267页。
④ [清]陈廷焯:《白雨斋词话》卷一,彭玉平导读本,第13页。
⑤ 吴世昌:《词林新话》卷二,北京出版社2000年版,第135页。
⑥ 施议对译注:《人间词话译注》,第50页。

'帘外东风随燕到……（词略）'此词当在晏氏父子间，南宋人不能道也。"①
沈昕伯的《蝶恋花》一词依笔者看来无非是书写自己旅居海外的一段春愁。
上片以写景为主兼有抒情，点出"春怨"的主题。下片重在抒情，庭院笙歌中
点出自己的淡淡哀愁。上下片呼应，结构较为严谨。词风自然朴素，情意闲
婉真切，有点类似二晏情词风格，但在词作意境上不如二晏词般空灵蕴藉。
施议对先生评注云："作风、境界可以追步二晏，但这种情绪与作风并非北宋
人所独有，南宋词中也不是无有此等篇什。王国维所说不免带有偏见。"②整
篇《人间词话》中王国维贯彻的一个重要观点即是尊唐五代北宋词，对于南
宋词评骘极少亦多抱贬斥态度。或许因为此种先入为主的看法使他一意认
为写景抒情之作南宋不如北宋。如果统而言之，南宋人不可道、做不出，那显
然是过于绝对且偏颇。

（二）与唐诗相较，认可欧阳修词之地位，对晏幾道词地位评价不高

《补遗》第 10 则中，王国维专意推尊周邦彦词，认为北宋欧阳修、苏轼、
秦观及黄庭坚尽管词体水平高，但均不如清真词之精工博大。为此，他从唐
诗宋词比较的角度，推苏轼为李白、周邦彦为杜甫，而对于晏欧诸家，他说：
"欧秦似摩诘，耆卿似乐天，方回、叔原则大历十子之流。"③北宋诸名家词人，
总体上，王国维主要认可欧阳修和苏东坡及秦观、周邦彦四家，而对于贺铸、
小晏评价不高。本则词话中，东坡比太白，强调天然才气，难以模仿；欧阳修
和秦观词则譬之王维，殆三人均善于描情写境；然而另外两个也擅长抒写小
令词情怀的晏幾道和贺铸却被等同于"大历十才子"。就创作方式而言，蒋
寅先生说大历才子"注重写实，擅长白描，工于形似之言，写情细腻深刻，写景
生动逼真，言情体物均富有表现力和感染力，但气象不够恢宏，边幅稍嫌狭
窄"④。可谓优缺点兼具。大历十才子的诗风创作特点基本不出这几个方
面。仅从言情写景角度看，贺铸、小晏词和十才子的某些诗风特点类似，富有
感染力，耐人咀嚼与品味。不过以影响和地位而言，大历十才子诗歌已是唐
诗的落幕，影响有限，地位不高，这一点对于北宋善写小令词的晏幾道而言，
恐失之不公，反映出王国维骨子里对小晏词嘉许不高的观念。

（三）以意境论，晏欧三人中欧阳修以意胜词，晏殊、晏幾道稍逊

《人间词乙稿序》中，王国维再次强调意境的作用，认为一个作家的文学

---

① 王国维：《人间词话》卷下，第 61 页。
② 施议对译注：《人间词话译注》，第 158 页。
③ 王国维：《人间词话》补遗，第 75 页。
④ 蒋寅：《大历诗人研究·导论》，《大历诗人研究》，中华书局 1995 年版。

作品是否工致"亦视其意境之有无与其深浅而已"①。在这种观点指导下,王国维指出,"珠玉所以逊六一,小山所以愧淮海者,意境异也"。也即认为晏殊词不如欧阳修词,而晏几道词又不如秦观词,关键都是意境差异所致。但究竟有何差异,他没有展开论述。

此外,王国维还多处表现对晏殊、欧阳修词的好感,且是以周邦彦为对立面而论。比如他在给周济《词辨》眉批中说:"宋喜同叔、永叔、子瞻、少游而不喜美成。"②之所以对欧阳修、晏殊等人抱有好感,是因为他们作词"虽不作态,而一笑百媚生",相反周邦彦"多作态,故不成大家气象"。③ 对此现象,王国维认为是"天才与人力之别"(补遗第 23 则)。晏欧词以自然为真,周邦彦词以刻画为本。王国维虽然肯定周词的集大成式词史地位(词中老杜),但对于他作词好描摹物态还是有所批评,认为这是人力雕琢,与晏殊、欧阳修词之天然秀气有本质区别。王氏的看法还是较为客观的,认清了二者词的写作特色。正因如此,《人间词话》中对晏欧词多有肯定和褒扬。

四、晏欧三家词评判分异原因略说

王国维对于北宋晏欧等词人尽管有种天然的亲近感,并在总体上给予了高度评价,然而个体之间的看法和态度却不一致,甚或差异巨大。如对晏欧三家词,王国维称颂欧阳修词格高有意境,晏殊词稍次,而对于小晏词基本上不满。那么为什么会有如此差异呢? 笔者结合王氏有关理论和其他前辈时贤看法稍加总结。

《人间词话》的核心理论是"境界说",王国维观照南北宋词,论词重北宋轻南宋也是以此为基准。同样地,衡量北宋个人词作水平成就高低,也是以此为标尺的。王国维激赏推重欧阳修词也是基于这样的词学理念和审美评判标准,一则认为欧词具备"境界"之特色,如前述《蝶恋花》之"有我之境",相比同时代其他词人可当"格高""意厚"之代表,符合他的词学审美要求。王国维主张以真性情阅世,强调"以自然之真情入词","以我观物,故物皆着我之色彩",祈望"观山则情满于山,观海则情溢于海",认为文学作品是一种自我真情流露的结果,所以王国维对于词作拘泥格律词藻和无病呻吟虚情假意之作基本持鄙弃态度。欧阳修虽然以余力为词,但非常重视词作情感和韵味。王国维所谓欧词"有沉着之致"即指欧词这种貌似自然之笔却耐读颇有

---

① 王国维:《人间词话·补遗》,第 82 页。
② 同上书,第 87 页。
③ 同上书,第 86 页。

意味的特色,如《玉楼春》"人生自是有情痴,此恨不关风与月"等句,颇令人流连遐想。王国维把欧阳修这种既有真情流露又具绕梁三日余响不绝令人耐读之作当成"有意境"者——这是欧词最能打动他的原因。

反观二晏词作,尽管王国维说过"宋喜同叔"之语,但殊词由于作者本身缺乏像欧阳修那样的历练人生和苦难仕途,以至于词作内容相对显得贫乏,尤其是缺少感动人心的真性情。在王国维看来晏殊雍容悠闲的太平生活使得他的词表面珠圆玉润,内里缺少人性美人情美,尤其缺少唤醒人心感染人心的力量,在"意境"与"格高"上自然无法与欧词媲美,反映在词作评论上,王国维推崇的北宋词家基本上将晏殊排除在外,如其云"词之最工者,实推后主、正中、永叔、少游、美成"(卷下第 37 则);"余北宋喜永叔、子瞻、少游、美成"(补遗第 17 则),等等。

王国维评价晏幾道词作成就较低,大部分是与秦观比较而言。从"意境"言,王国维认可秦观要长于小山。他说:小山词"矜贵有余,可方驾子野、方回,未足抗衡淮海也"(卷上第 28 则)。言下之意,小山词相较柳永、贺铸含蓄矜持有余,但其矜贵之韵味和深度还是不若秦观词。晏幾道和秦观词均以情擅长,常派后劲陈廷焯也批评小晏词"情溢词外,未能意蕴言中也"①。换用王国维的话来说小晏词尽管用情真心,但情发词外,意蕴不够深厚,所以从王国维"意境之有无与其深浅"②标准来看,他与陈廷焯批评观点接近类似,都认为小晏词情真有余而含蓄不够,属于意境浅者一类,称不得上乘之作,故评价颇低,但陈氏没有提炼运用"意境"这一范畴概念来论说。

王国维扬秦观抑小晏词的可能原因,或许与其审美偏差有关,有意放大小晏词意蕴不足之缺点而忽略其情真意切之自然优势,从而多次将秦观词抬尊到与高格的欧词并列。如"美成深远之致不及欧秦"(卷上第 33 则)、"诗词兼擅如永叔、少游者"(卷下第 3 则)、"宋词比唐诗,欧秦似摩诘"(补遗第 10 则),等等,如此高论之下,小晏词自然成了评判的垫脚石。持这种解读观点的主要有前述的吴世昌及其子弟施议对先生,笔者亦认同。

总之,王国维是清末民初第一个专力研讨过晏欧词的大家。他的《人间词话》中利用新式的"境界"系列理论阐释解读晏欧三家词,揭示晏欧词的研究进入了新的历史局面,对于 20 世纪以来的词学发展与晏欧词研究具重大影响和深远意义。

---

① [清]陈廷焯:《白雨斋词话》卷九,第 230 页。
② 王国维:《人间词话·补遗》,第 82 页。

第四节　晚近其他词选与晏欧三家词选评

清末民初,时局动荡不安,新旧交替之际传统词学迎来了结获期,而有关晏欧三家词研究的词选词话相对进入了繁盛时期。本节择词选要者述之。

一、诗源而多委:《词轨》之晏欧三家词选评

《词轨》辑录者杨希闵(1809—1885),字铁佣,号卧云,又号息齐。江西新城(今江西黎川县)人。清代学者、诗人、著名年谱作家,著有《十五家年谱丛书》等著述数十种。词学著作主要有《痛饮词》(同治元年福州刻本),及《词轨》8卷,补录6卷,有清同治二年抄本传世。

(一)《词轨》之选词格局及与晏欧三家词之关系

长久以来,杨希闵及其《词轨》湮灭无闻,少有人论及和研究,其实该选不同于一般的词选,而相当于一部汇词选、词论和词评于一体的著作,因此近年有论者干脆称其为"词论性词选"①。该词选在体例上因袭周济《宋四家词选》,分正附编两种8卷,按年代顺序录取唐五代至清词家51人,词作730首。补录6卷,增补历代词人260家词作422首,其中尤多南宋词与清词。②前8卷中,唐五代词人俱入卷一、二正选,宋词卷三以晏殊20首(实际23首)、晏幾道53首(实际54首)为正选开始,附之以张先16首、柳永6首;卷四以欧阳修44首(实际38首)、苏轼40首、黄庭坚25首为正,王安石7首为附;卷五秦观41首、贺铸28首,周邦彦仅以16首为附;卷六以姜夔29首、辛弃疾25首入正选,附之以史达祖、吴文英、王沂孙、蒋捷、周密及元人张翥6家。卷七、卷八为明清词选,其中清代朱彝尊、陈维崧入附选,张惠言、周之琦及项鸿祚为卷八正选③。

1.《词轨》选词特征

(1)权重唐五代及北宋词意图较为明显。入录20首以上的除了明清二代5位词人,唐五代北宋有15人之多,而录词35首以上者依次为晏幾道、欧阳修及苏轼、秦观,全属北宋词人。

(2)具有常州词派的宗风影响。浙派尊奉的周姜一路录词较少,即使有

---

① 赵晓辉:《从词选批评的角度看杨希闵的〈词轨〉》,载《兰州大学学报》2010年第3期。
② 王兆鹏:《词学史料学》,第366页。
③ 可参赵尊岳:《词集提要·词轨》,载《词学季刊》第1卷第2号,1933年8月,第81—82页。数据略有出入。

北宋词学总结者、开南宋音律一派的周邦彦仅选 16 首;南宋诸人除了雅正一格的姜夔所选较多外,其余均在 10 首左右。

(3) 苏辛词所选较多。这也是《词轨》不同于周之琦《词录》之处,体现超越浙常两派的词学宗风。张惠言之《词选》录苏辛词 10 首,董毅之《续词选》补录苏辛词 5 首,周济之《宋四家词选》则以辛弃疾 23 首为四家之一,仅选苏轼词 3 首附之,而《词轨》一书共选苏辛词 65 首,超过了前述常派苏辛词选的总和。其中苏词独有 40 首,似含有力矫常派偏重辛词黜落苏词的弊端而表现的一种意欲调和的倾向,甚至含有拔高苏词驾于辛词之上的选词观念。

2. 《词轨》的体派观念

对于《词轨》各家选词的这种格局,可以从杨希闵序言中涉及的体派观念窥其大端。他从词史渊源流变的角度阐述了自己的流派见解。其论云:"吾谓词家当从汉魏六朝乐府入,而以温、韦为宗,二晏、秦、贺为嫡裔。欧、苏、黄则如光武崛起,别为世庙,如此则有祖有祢,而后乃有祖有孙。"①杨希闵在词史的宗派上,以六朝为源,以温韦为宗,将晏氏父子和秦观、贺铸看成西蜀花间词的嫡传,较为符合词史演变的事实。对于欧阳修词,他则一改以往晏欧并称的说法,而置之于苏黄同列,认为他们三人的词犹如汉光武中兴,别为一家。从词风而言,欧、苏、秦、黄的确与晏、秦、贺有所区别,然而从渊源而论,四者也与二晏同宗,尤其是欧阳修词,西蜀南唐均是他们的词风源头。杨氏将欧阳修词划为苏黄同列,是注意到欧阳修词对后人的传播影响,但没有论及欧词的承上是与二晏一致这一点。至于南宋姜夔一派,杨希闵的批评态度明显,认为姜张一派"伐材近而创意浅,雕琢文句以自饰,心力瘁于词,词外无事在,而词卒亦不高胜也"②。因此,杨希闵的序言即是他词学流派发展史的识见,也是他选词论词的总纲领。

晏欧三人词的具体词史位置略有差异,总体而言,均居北宋词学史的重要地位。在这种总体词学观念和背景支配之下,再具体看看《词轨》对晏欧三家词的选取和评词见解。

(二) 诗源而多委:《词轨》与晏欧三家词选评

1. 《词轨》总论与晏欧三家词论

先看看《词轨》的晏欧三家词选状况(详参附录十八)。

晏殊词 23 首、晏几道词 55 首、欧阳修词 37 首,晏欧三家词共选 115 首,

---

① [清]杨希闵:《词轨·序》,见杨希闵辑:《词轨》,清同治二年(1863)抄本。
② 同上。

占前 8 卷 51 家词人 730 首词作中的 16%，足见晏欧三家词在《词轨》中的分量。杨希闵已在序言中解释了晏欧词的所处地位，认为二晏上接温韦，为词之正宗，欧阳修出南唐而立别宗，三者共同组成宋词的发展先锋而对后世影响深远。在《总论》中，杨希闵进一步提出"诗源而词委"的观点，并指出"温、韦、二晏、秦、贺皆能诗，欧、苏、黄尤卓卓"①。他根据词为诗歌之余的理论，认为"源不远，委何能长"，言下之意只有善写诗歌才能善写词，在此基础上，他指出晏殊父子和欧阳修等人因为皆能诗，故其词源远流长，作词自有来处，能吸收诗歌的丰富意蕴而自具特色。相反对于周邦彦、张炎之流，他认为"藉词蓄身，他文输一无可见，有委无源，故绣缋字句，排比长调以自饰"②。杨希闵认为这些专注于音律的词人其词虽然写得委曲绵长，然而由于缺乏诗文的积淀基础，最终只能依凭长调慢词和华丽的词藻来掩饰内容情韵的不足。一般认为词体创作是音乐文学，但是当音乐性弱化，文字成为构成词体的主要部分。一个善写诗文的人学词填词和一个没有什么诗文素养的人填词，其所作词，在形式上可能无异，然从词体情感韵度或者包含的意蕴厚度而言，前者无疑要优胜。二晏和欧阳修三人，前二者今天徒以词学为著，然而历史上，晏殊为宋初西昆派后期重要成员。刘攽《中山诗话》曾认为"祥符、天禧中，杨大年、晏元献、刘子仪以文章立朝，为诗皆宗尚李义山，号'西昆体'"③。宋人吴渊云："昆体出，渐归雅顺，犹事组织，则杨晏为之倡。"④而晏殊"文章擅天下，尤善为诗"⑤。至于欧阳修更是北宋中期诗文运动的主盟者。晏幾道由于文献散佚的原因，今人只见其小词流传，想必身出晏殊家庭，诗文水平定然不会差到哪里去。杨希闵从文学创作的角度，特别是结合诗词创作的这种特殊关系，认为晏欧等人的词体创作之所以具有"诗源而词委"的特性是与其丰厚的文学素养——尤其是诗歌创作为基础的，这种看法较为符合词体创作现实。"夫文章本于性情，济以学问，二者交至，下笔遣词，自有天放。"⑥真正的作词高手是以文学的综合素养为前提，所谓"积学以贮宝，沿坡而讨源"，词体创作要避免仅获声律格调皮相，就必须如杨希闵所说如二晏、欧、苏、黄等，以性情学问为根柢，唯如此才能纵笔自然情韵深厚而非矫揉造作徒有词藻。

---

① ［清］杨希闵:《词轨·总论》。
② 同上。
③ ［宋］刘攽:《中山诗话》,《历代诗话》本,第 287 页。
④ ［宋］吴渊:《鹤山文集序》,《全宋文》334 册,上海辞书出版社 2006 年版,第 24 页。
⑤ ［宋］欧阳修:《六一诗话》,《历代诗话》本,第 269 页。
⑥ ［清］杨希闵:《词轨·总论》。

2.《词轨》分卷中的晏欧三家词评

（1）晏殊为宋词开山领袖，晏几道自成大家。卷三题识中杨希闵引用前人资料对他们父子二人的有关生平作了介绍，意欲知人论世。他首先援引《四库全书提要》云晏殊"赋性刚峻而词特婉丽"之说，初步介绍《珠玉词》之总体印象。其次，又借用刘攽《中山诗话》评晏殊词出自冯延巳之论，暗示晏殊词渊源有自，词情并有特色。再次，杨希闵先借用友人陈广夫评晏殊"立朝了无建明而处诸公之上。家国盛世，每有此一种人……虽无用亦不可少"之说，然后认为"合二论观之，《珠玉词》真面见矣"①。在给出词作之前，杨希闵引用这些评说是在告诉读者诸君有关《珠玉词》的特点，尽管没有明说究竟何"真面"可见，然而由其征用《四库提要》和《中山诗话》之论可见晏词特质的端倪，而友人的评说则是在强调《珠玉词》的风格特色还与作者所处的时代背景和生活环境密切相关。杨希闵花了较多的篇幅介绍晏殊的为人处事和性格特征，比如晏殊的奉律守节、清贫自守和秉性刚俊，这些特点无疑是影响和造成晏词清丽的重要因素。该卷对于晏几道没有过多的援引评论，只是摘用了黄庭坚的小山词序和晏几道自序。对于后者，杨希闵感慨云："其序甚有佳致，其词亦以南部诸贤为宗，而才华富丽不为所缚，故又自成一家。"②杨氏虽然将二晏并论，而又有见地地指出小山词实质与乃父并非一致，其词出"南部诸贤"使他的词作深深地烙上了个人身世经历及其命运的印记，加之才华横溢，将小令词调的抒情功能发挥极致，因而可别于晏殊而自成一家。

（2）认同友人评欧阳修的观点。《词轨》卷四题识对欧阳修词的评论介绍，其逻辑思路与评二晏一致，都是先移用前人评语，而后再评价前人之说，以之作为自己的看法。必须说明的是，题识总论中杨希闵多处引用朋友陈广夫的词论来评欧阳修词，当然表示他对朋友观点的认同，可以作为杨氏论词的一个参照。

本卷中杨希闵首先援引罗泌为欧阳修词集所作的《近体乐府序》（应为跋语）说"公性至刚而与物有情，盖曾致意于诗，为之本义，温柔敦厚深矣"③。欧阳修《诗本义》一篇被人誉为"在诗经学史上有着疑古革新的开创性意义"④，他对诗骚的理解与诠注基本贯穿于《诗本义》一文之中，存诗900余篇又是贯彻风骚精神的具体实践。以诗学理论论词也是杨希闵《词轨》的一个

---

① ［清］杨希闵辑：《词轨》卷三《题识》。
② 以上所引均见《词轨》卷三《题识》。
③ ［清］杨希闵辑：《词轨》卷四《题识》。
④ 唐海艳：《欧阳修〈诗本义〉研究综述》，载《齐齐哈尔大学学报》（哲社版）2010年第6期。

特色。他之所以将欧阳修词别为一卷放在引领苏黄的宋词宗主地位,或是因为欧阳修诗学精神丰富,其温柔敦厚之旨发而为溢,则为小歌词,诗源而词委在欧词身上得到深刻体现。

其次,对于欧阳修的伪词现象,杨希闵先引用《西清诗话》和《词苑》两则文献关于浮艳相混者为他人伪作之说,他进而指出:“合诸说观之,词失其考甚夥,然劣者可辨,混入冯延巳及二晏淮海者,难辨。今虽细为核,实恐仍(难将)相混必裁出,今从某本以从之。”①杨希闵结合前人的有关辨析考证成果,实事求是地指出欧阳修词优劣、真伪难考者实在太多,至于何者可以校考、何者难以辨伪,他又提出了自己的见解,那就是“鄙亵之语往往而是”的“劣者”可以考辨,而对于混入冯延巳及二晏、秦观词集中的相混之词难辨。杨氏之语,细微察之,似仍抱为欧词辩护的态度,不过对于欧词相混者难考之说的确也合乎实情,即使后来居功甚伟的唐圭璋先生,其《全宋词》晏欧词集中也难以确认每一首均为作者唯有。杨希闵为了尽可能地给读者提供一个较好的欧词版本,不惜费心参资前人版本,一一加以对校核实,虽如此悉心严谨,不免仍有遗憾之处。《词轨》欧词中就有 6 首今人仍认为非欧阳修所作即是证明②。

其三,对欧阳修词总体的认识,杨希闵认同其友陈广夫的说法。他论述道:“吾友陈广敷(夫)云词中六一是金碧山水,子瞻是淡墨烟云。金碧山水非富丽之为,尚正,贵其妍妙耳。”③欧词与苏轼词也有前后传承关系,但二者特色并非一致,这也是词界公认。陈广夫比之一为水彩画的“金碧山水”,一为写意画的“淡墨烟云”,大致是不错的。他从绘画的视角对欧苏词的特征作了概括,这种概括所得出的总体印象和简洁定位是较为准确的。欧词如“金碧山水”者,依笔者的理解,包含两方面,即“金碧”与“山水”,前者言指其词之妍丽,后者则突出欧词之清俊,因此对于欧阳修词不能以“富艳精工”来评判,正如陈氏谓“金碧山水非富丽之为”。欧词最为可贵的特色不在于满堂金玉和富丽堂皇,最具有词史意义的在于“山水”,即既具委曲迤逦温柔多情的一面,也具有清刚之气潜藏于内的一面,因此“尚正”,不是花间词派那种雕金镂玉式的艳丽词风可比。杨希闵为了表示对朋友词论的认同与赞赏又引用了陈广夫论词的例证。他评欧阳修《渔家傲》词云:“一幅绝妙冬闺图,王仇画所不到,全是解悟笔墨,此解悟是菩萨知觉。持校少游《满庭芳》、

---

① ［清］杨希闵辑:《词轨》卷四《题识》。
② 参本书附录十八备注。
③ 同注①。

贺方回《浣溪沙》便知彼落色界天中。"①"王仇"为何人？资料不详，姑且不论。今本欧阳修词集中，有《渔家傲》十二月鼓子词 24 首，据文中"冬闺"二字和"王仇画"句意，知其与冬天和女子闺房有关，且词作描写具有画面感，那么以此推测这首《渔家傲》极可能指首句为"十月小春梅蕊绽"一阕。而秦观的《满庭芳》无疑是指其闻名遐迩的名篇"山抹微云"，贺铸则是《浣溪沙》（贺词作《负心期》）一首②。这 3 首词作之所以被陈广夫拿来做比较是基于三者存在的共同性。首先，它们都描写了冬季物候的变化和意象；其次，三词都具有较强烈的色彩感和空间画面感，这也是为什么要说"王仇画所不到"的前提。陈氏为什么认为欧词全是解悟笔墨？先看看欧阳修本词的主体内容："十月小春梅蕊绽。红炉画合新装遍。锦帐美人贪睡暖。羞起晚。玉壶一夜冰渐满。　楼上四垂帘不卷。天寒山色偏宜远。风急雁行吹字断。红日短。江天雪意云撩乱。"③该词主要写了十月的物候变化：红梅初开、红炉斜倚、楼阁生新、锦帐玉壶、红日江天、白雪彤云；从外到里，又从里到外，从地上到天空，从自然之景到人工着色，这诸多的方位描写和色彩交杂错综，共同组合成一幅十月初冬季节的五色画面。从色彩布景角度看，秦词和贺词的确逊色几分，明汪氏编辑的《诗余画谱》就收录以欧阳修本词意境为主体的版画一幅④，或亦可证明欧词的确具有画面的构成性。本词景象丰富，视野开阔，然而画中的人物活动和词作旨趣究竟要表达什么确实不那么明朗易解。难道这么多的色彩铺排就为描写闺中美妇慵懒无聊的冬日生活？显然不是。陈氏所谓的"解悟笔墨"是以禅学的思维来解读本词。诗词的意境有时确实如禅，最忌直接参破而重个人的直觉体悟，陈广夫认为这种体悟是要靠菩萨般的灵心秀性方能知觉。欧阳修本词也需要这种佛家参禅的方式去把握和体认，才能解读其真正的意图。或许在五色斑斓、水冷山寒、风高燕行以及江天雪云的物候变迁中预示着"冬天的脚步是一阵阵的走近了"⑤，然而西哲却云"冬天来了，春天还会远吗？"这种潜藏其间难以说破的旨趣，对冬去春来的大自然变迁的参悟或许就是欧阳修十月份鼓子词所要表达的核心意趣和词作思想。杨希闵对于友人这种认识深以为赏，他说："陈评微妙之旨，一隅可以三反也。"陈广夫这种以观画角度和理禅方式观照欧阳修词的

---

① 题识中本还有一首例证，评《阮郎归》词云："眷属（恋？按，原文不清）四时，太平字句间了无感怨，然其音节仍不免令人回肠引思，盖六一公虽富贵人杰，一生多难，其发也不期然而然。声音之道与政通。信哉！"笔者据文句意，此首《阮郎归》词恐指首句"东风吹水日衔山"一阕。今作冯延巳词，故不论。
② 贺铸之《浣溪沙》全词参《全宋词》第 1 册，第 653 页。
③ 欧词参《全宋词》第 1 册，第 175 页。
④ 参[明]汪氏编：《诗余画谱》，张宏宇整理，河南大学出版社 2004 年版，第 86 页。
⑤ 邱少华编著：《欧阳修词新释辑评》，第 158 页。

研究做法具有一定的创见性,特别是前者,给欧阳修词研究吹进一股新鲜的空气。

3.《词轨》对晏欧三家词的圈阅和评点

杨希闵《词轨》除了有系统地在序言、总论和题识中论述词史的发展流程和总体特色,还采用圈阅与评点相结合的方式,微观评述和研究词作,这也是此前有关词选少见的选词、评词、研词现象。在具体表现上,杨氏采用传统的圈阅和加注点评方式,将自己认为的精彩处或警句加以圈记,或于词末缀上词作考证和直觉的审美体验。据笔者统计,晏殊 23 首词中被圈阅处不下 15 首,加注评 3 处;晏幾道有 31 首词被圈阅,9 处加评;欧阳修词圈阅处也有 20 余处,加评 7 处。根据圈评的性质和侧重,可以分为两大类:一则考证出处和辨析,一则艺术审美与鉴赏。

(1) 晏欧词出处考证和辨析。晏欧词近 20 处加注评中,属于考析类的约有 5 处。细而论之,这几个加注按研究对象又分两种:其一考证词作归属;其二辨析词句渊源及影响。前者如晏殊词《浣溪沙》(一曲新词酒一杯),圈阅"无可奈何"两句,词末按云:"向误入南唐中主词。"圈阅是因为编者极为欣赏这两个名句,而本词在流传过程中曾被误录为中主李璟及晏幾道词。再如考析欧阳修词《生查子》(含羞整翠鬟):"此词一刻张子野词。今从曾端伯《乐府雅词》。"《草堂诗余》和彊村本均将本词收入张子野词,唐圭璋先生已经考证这是错误的①。而曾慥《乐府雅词》收欧阳修词 83 首,其中《生查子》两首,一则为本词②。对于词作者的归属判断,还有一首即是关于《蝶恋花》(庭院深深深几许)一阕。杨希闵圈阅"庭院深深"两句及"门掩黄昏,无计留春住"句,暗示对此几句的关注。词末评语,他先指出张皋文《词选》说此词亦见冯延巳集,李易安词序则以为欧阳修作,李去欧未远,必非无据,而"国朝竹垞《词综》入冯延巳,《花庵词选》仍入六一。《汲古阁》本《六一词》亦有之"。将本词断为欧阳修词,同时也如实地指出其他选本是冯延巳和欧阳修词集互见的现象。其二,对于某些词句的出处和流传影响,杨希闵也尽可能地予以揭示。譬如晏殊《踏莎行》(细草愁烟)一阕,他圈阅"月高深院静无人,穿帘海燕双飞去"两句,按云:"'穿帘'句六一《蝶恋花》词正袭用之。"杨希闵还指出晏幾道《浣溪沙》(家近旗亭酒易酤)"换头两句用韩翃句"。晏词换头句为"户外绿杨春系马,妆前红烛夜呼卢",而韩翃《赠李翼》诗后二句:"门外碧潭春洗马,楼前红烛夜迎人。"③比而较之,晏词句与韩诗尾句显然存

①　唐圭璋:《宋词四考·互见考》,江苏文艺出版社 2009 年版,第 232 页。
②　[宋]曾慥选:《乐府雅词》卷上,唐圭璋等点校;《唐宋人选唐宋词》上册,第 322 页。
③　参《全唐诗》第 8 册,第 2757 页。

在某种亲近关系,不过其源头或并非出自韩诗。《全唐诗》中排列位于韩诗之前的第 27 卷佚名的《杂曲歌辞·水调歌第三》即与韩诗类同,很可能是韩诗对杂曲歌词稍加变异而成为己作,而晏词也有可能直接从杂曲歌词中获得灵感,因此把此两句的发明权如果冠名于韩翃或有些不公,只能说晏词句和韩诗句有共同的渊源或才为客观合理。

(2) 晏欧三家词艺术审美与鉴赏。杨希闵还对加了圈阅的词进行审美与鉴赏。具体而言,亦可分两种情形。其一,直接对圈阅词句发表自己的鉴赏感受;其二,借用他人的评判表达自己的审美认同。

晏殊《更漏子》(塞鸿高)词,杨希闵圈阅"须尽醉,莫推辞,人生多别离"3句,他说:"磅礴痛快,与稼轩率直者大别。"①晏殊词一般以圆融平静、安雅舒徐风格为见长,词意蕴藉,极少有畅快淋漓、直面宣泄的语词和情感表露。像这首《更漏子》的书写方式和情感发落较为少见。为了能够更加直观地感受,不妨将全词逐录如次:

> 塞鸿高,仙露满。秋入银河清浅。逢好客,且开眉。盛年能几时。　宝筝调,罗袖软。拍碎画堂檀板。须尽醉,莫推辞。人生多别离。②

晏殊原词上片以秋季的来临代指时光荏苒,中间两句暗指要与客须尽欢,"莫使金樽空对月",句末显然是上片词眼,突出及时行乐的主旨。下片紧承这个词意,在歌舞酒筵中尽情享受,以致主人公一而再地奉劝"须尽醉,莫推辞",为什么? 因为"人生多别离"。晏殊位极人臣,生活优游,然而"多情自古伤离别",谁也无法逃避现实的悲欢离合,所以一旦相逢要尽情欢醉。全词节奏感强,直抒胸臆,绝大部分语言浅显,句意明白,把酒言欢之中透露主人公的洒脱与豪气。上下片结尾均略显几分沉着与痛彻,使这种直露式风格略有回护而不至于显得粗浅。这种直而有曲、"磅礴痛快"式的抒情之作在晏殊词中并不多见,相较辛稼轩英雄词中的那些"锋颖太露"③的词章,晏殊本词亦有所不同。

再如欧阳修《浪淘沙》(五岭麦秋残)一阕:圈阅"可惜天教生远处,不近长安"及末两句"只有红尘无驿使,满眼骊山"。然后他说:"上二首惜别,此

---

① ［清］杨希闵辑:《词轨》卷三。
② 晏殊词参《全宋词》第 1 册,第 114 页。
③ ［清］周济:《介存斋论词杂著》,《词话丛编》本,第 1633 页。

首咏荔麦,非一时作,然皆意味深长也。"①欧词中有5首《浪淘沙》,其中首句
"五岭麦秋残"属第3首,那么前2首则分别指首句为"把酒祝东风"和"花外
倒金翘"两阕。此两首正如杨希闵所谓都是写有关别离的所想所感。欧阳
修"五岭麦秋残"一阕是欧词中少见的咏史之作。全词暗嵌杜牧《过华清宫
绝句》(长安回望绣成堆)的诗意,在平淡的语句叙述中蕴藏一股足以撼动人
心的力量。上片前3句描写荔枝生长地及其色貌,不过重心在于杨希闵所圈
阅的2句,也即上片末两句:"可惜天教生远处,不近长安。"表面上惋惜荔枝
生长偏远之处,离京城遥远,实际暗指京中当朝为了一饱美人口腹之欲不惜
劳民伤财,长途征运荔枝。下片概写马嵬坡事变,一代贵妃杨玉环落了个香
消玉殒的下场,杨氏家族随即遭到覆亡。然而更可悲的是,历史往往重演,这
才是更值得警醒和痛心的。末尾两句"只有红尘无驿使,满眼骊山"点出了
这首词的主旨:杨贵妃的悲剧已经成了历史,然而历史的悲剧却没有结束,征
用荔枝的驿使不在,红尘依旧,放眼大地,满眼骊山,到处弦歌不断,歌舞升
平。欧阳修是一个史学家,曾撰写过《五代史》和《新唐书》,对于历史的兴亡
变迁有着深刻的理解。他曾在《五代史·伶官传序》感慨:"忧劳可以兴国,
逸豫可以亡身。"本词则借咏史的方式针砭时弊,揭示这个道理,可谓用心良
苦。张宗橚《词林纪事》援引林宾王《荔子杂志》云:"诗余荔子之咏,作者既
少,遂无擅长。独欧阳公《浪淘沙》一首,稍存感慨悲凉耳。"②欧阳修这几篇
《浪淘沙》都写得"意味深长",但前二者都是关于人伦别离之情,唯此篇主题
写历史兴亡之感,相较而言,尤为兴味悠长。杨希闵的感慨并非浮光掠影,而
是读出了这几首词的意蕴所在。

　　晏幾道《生查子》(轻匀两脸花),杨希闵圈阅"无计奈情何,且醉金杯酒"
两句,此两句也正是该词的词眼和引人深思之处,写出了歌女的无尽悲慨和
无奈痛楚。杨希闵云:"录此等,只是真真使扑不破。"③李清照说:"此情无计
可消除,才下眉头,却上心头。"(《一剪梅》)晏幾道笔下的此歌女也感怆"无
计可奈",欲借酒浇愁,岂知借酒浇愁愁更愁。杨希闵所谓"真真使扑不破"
更强调这种简单的做法和通俗的道理。另外,或许还含有为歌女的悲欢命运
而叹。晏幾道《生查子》(关山魂梦长),杨希闵圈阅"两鬓可怜青,只为相思
老"句及"真个别离难,不似相逢好"。按云:"逼撑得不容不说,妙妙,直而巧
曲。"④晏词本写游子思乡的普通主题,但写法上尚有可议之处。上片述游子

　　①　[清]杨希闵辑:《词轨》卷四。
　　②　[清]张宗橚辑:《词林纪事》卷四,第96页。
　　③　[清]杨希闵辑:《词轨》卷三。
　　④　同上。

在外的飘零艰辛,以致原本"可怜青青"的双鬓渐染华霜;下片以梦境凸显对家乡亲人的思念和渴望。上下两片,一实一虚,虚实之间,挚情溢纸。晏小山是写情高手,一般含蓄而蕴藉,意味而情长。然而杨希闵圈阅句却是如实写就,近于白话,其情势或许正如杨氏所说"逼撑得不容不说",可见思乡之情的浓挚深厚和蕴涵的穿透力,亦见小山为了展现这种不同寻常的情谊,不惜打破一贯缠绵的叙事抒情方式而以直笔书之,难怪杨希闵对此连说"妙妙"。

对于晏欧三家词的审美判断,杨希闵除了直接点评之外,还借助他人的言语表达自己的批评感受。如《鹧鸪天》(小令尊前见玉箫),圈阅"梦魂"两句,先引《脞说》言伊川"闻人诵末二语意亦赏之",尔后他说:"知情至者自动人。"[1]这两句是晏几道此词的名句,历来备受称赏。一向庄严布道的理学家程颐也曾称赏其"鬼语"(《邵氏闻见后录》卷十九),可见此两句之艺术魅力。杨希闵阅后亦认为人鬼情未了,其情之真之切,无需刻意为之,即可感动人心。再如评《临江仙》(梦后楼台高锁)一阕,他圈阅"落花"两句及"当时明月在,曾照彩云归"句,引杨诚斋评"落花"两句云"可谓好色而不淫"。对于此两处,清代的谭献根据常州词派家法颇为赞赏,认为"名句千古,不能有二。末两句,正以见其柔厚"[2]。杨万里是针对当时词人用情滥发几近于靡的弊端而论,认为晏几道情词才算真正的色而不淫,情而不艳,雅而不俗,并列举本词为证[3]。杨希闵援及之,当然表示对该评的认同。对于欧阳修《朝中措》(平山阑槛倚晴空)词,杨希闵圈阅"行乐"两句,先引用陆游《老学庵笔记》载"'水流天地外,山色有无中。'王维诗也",然后又说:"公但以词句施于《平山堂》为宜,词不自为工。"[4]可见,杨希闵对于欧阳修化用唐诗入词是极为赞赏的,认为此两句的景物描写与平山堂周边的环境极其融洽,所以以之入词,正相契合,不自为工。

以上从艺术鉴赏的角度阐述了杨希闵对晏欧三家词的研究与感受。类似的例子还有几处,如:

　　评晏几道词:《生查子》(一分残酒霞),按云:"末句急词谓更无别人可恨也";《蝶恋花》(卷絮风头寒欲尽),陈广夫云:"风流婉约。"[5]
　　评欧阳修词:《采桑子》(轻舟短棹西湖好)"此颖州西湖也。公知颖州日民物恬熙,如此兹可知其政也。词亦既和且平";《浪淘沙》(花外倒

---

[1]　[清]杨希闵辑:《词轨》卷三。
[2]　[清]周济选:《词辨》,谭献评,见[清]黄苏、周济等选评:《清人选评词集三种》,第151页。
[3]　原文可参[宋]杨万里:《诚斋诗话》,《历代诗话续编》本,第139页。
[4]　[清]杨希闵辑:《词轨》卷四。
[5]　[清]杨希闵辑:《词轨》卷三。

金翘),圈阅"此地年时曾一醉,还是春朝";《渔家傲》(十月小春梅蕊绽),圈阅"天寒山色偏宜远"句及"江天雪意云撩乱。"评云:"陈广夫云'羞'字应作'朝'。又云前半乃遇本事,后半是意兴佳至。"①

　　总之,杨希闵作为一个生活于常州词派兴盛之际的文史学家,他的论词倾向未免沾染常派宗风,此正如赵尊岳先生说"间或发明意内言外之旨"②。不过他又能超越常派,不为周济等人论词所限。取词权重唐五代北宋,以温韦为学词最高境界,以二晏为词之正宗,而欧阳修和苏轼、黄庭坚为婉约词派突起异军,对于南宋的辛弃疾也给予了较多的关注,而对周邦彦以下的南宋音律一派表现较为轻视的态度,论词径向迥异于《宋四家词选》,体现杨希闵自己独特的词学审美观念。《词轨》一书对晏欧三家词则所重尤多,无论数量、比重还是评论,见出杨希闵对他们这批北宋词人大家的关注和兴趣,是研讨晏欧三家词批评与研究不可忽视的重要参资对象。

二、《宋六十一家词选》对晏欧三家词的传承

　　《宋六十一家词选》十二卷,晚近词学家冯煦辑录。冯煦(1843—1927),字梦华,号蒿庵,晚称蒿隐公,江苏金坛人。冯煦被现代论者评为"清季常派著名词家"③,著有《蒿庵类稿》,主要的词学贡献有《蒿庵词》(亦名《蒙香室词》)二卷④,《蒿庵论词》一卷,以及词选《宋六十一家词选》十二卷。

　　冯煦根据毛晋的《宋名家词》删订精选为《宋六十一家词选》12卷,并据《词律》《词综》校改,间作笺注。词选以入录吴文英词136首、周邦彦63首、史达祖49首、姜白石50首等分居前列。苏辛词被选也较多,各有71首和35首;晏欧三家词则分布于:卷一选晏殊《珠玉词》20首、欧阳修《六一词》32首,卷二收晏几道《小山词》87首。⑤ 如果仅以数量而言,吴文英一人单独成1卷,以136首居冠,晏几道居第二,苏轼第三,周邦彦、姜白石分别为前四、前五位。从内部风格流派分析,周史姜吴四大家为选词重点,辛稼轩一派则处下位,有俗词倾向的柳永和黄庭坚入录比例也较小,反映冯煦以周姜雅词一脉为取词重点的词学思想。晏欧词衡之毛晋本,晏欧三家词共删去词作410首,存词仅占原书的四分之一,可见冯氏选本规模之简及去取之严。选录的139首词大都为晏欧词中经典名篇,亦大致符合冯煦对各自词情特色的评

① [清]杨希闵辑:《词轨》卷四。
② 赵尊岳:《词集提要·词轨》,《词学季刊》第1卷第2号,1933年8月,第81页。
③ 莫立民:《近代词史》,人民文学出版社2010年版,第142页。
④ 《清名家词》第10册,收词123首。多为长调,亦有短章如《浣溪沙》者十数阕。
⑤ [清]冯煦辑:《宋六十一家词选》,清宣统二年(1910)扫叶山房石印本。

论:如晏殊词之和婉明丽、欧阳修词之深婉疏隽、小山词之真挚平淡,一一展示,别具风味。如晏殊之《浣溪沙》(一曲新词酒一杯)等 4 首、《踏莎行》(细草愁烟)等 3 首、《蝶恋花》(帘幕风轻双语燕)等 3 首,欧阳修之 10 首《采桑子》及《踏莎行》(候馆梅残)、《玉楼春》(别后不知君远近)等 5 首及《浣溪沙》(堤上游人逐画船)等 2 首,晏幾道之《临江仙》(梦后楼台高锁)等 3 首、《蝶恋花》(醉后西楼醒不记)等 8 首、《鹧鸪天》(彩袖殷勤捧玉钟)等 6 首。从上面这些入选词例不难发现,对于晏欧词,冯煦基本选其流行度较大的小令词作品,这本是晏欧词词艺最为深到和成功之作。

冯煦的词选是与其词学理论相互发明的,本文下节将要涉及。总之冯煦删订编选之《宋六十一家词选·晏欧三家词选》进一步促进了晏欧三家词的流传和词作经典化,入选数量居前二的小山词尤见编者对小山的厚爱,这些对于后世晏欧三家词的批评和接受具有重要而深远的意义。

三、《微云榭词选》与欧阳修、晏幾道词选

《微云榭词选》,樊增祥辑选。樊增祥(1846—1931),湖北恩施人。著有《樊山集》二十八卷,续集二十八卷,有词集《五十麝斋词赓》,后收入《樊山全集》。樊增祥自言谭献等为其师①,因此他的文学思想和批评理论恐受清末常派思想的影响。《微云榭词选》五卷,有光绪三十四年望江诵清阁聚珍本。这是一个关乎唐宋金元各代的词选。据其"词选姓氏"介绍,全选 5 卷,其中卷一收唐词 4 家 6 首、五代词 17 家 57 首,卷二、卷三、卷四、卷五收宋词人114 家,词作 353 首;另卷五有金元词人 8 家 16 首,共计 143 家,词作 432首②。从选词倾向看,王兆鹏先生认为"选词偏主南宋,选录尤多者依次为姜夔、吴文英、王沂孙、史达祖等,而于苏轼词,竟一首未选,显系浙派遗风"③。笔者据国图残本检阅,北宋选词 10 首以上的惟有秦观 14 首,误收 1 首,实际13 首,周邦彦 18 首;南宋王沂孙 20 首,张炎 29 首;其余诸家 1—5 首不等,鲜有 10 首以上者。选词权重南宋音律一派意识明显,确与浙派论词宗风类似。

樊著《词选》中,晏欧三家只选取欧阳修和晏幾道词 11 首,分布在卷二。篇目详下:

欧阳修 3 首:《采桑子》(群芳过后西湖好)、《少年游》(栏干十二独凭

---

① 参[清]余诚格:《樊山集·序》,见樊增祥撰:《樊山集》,《续修四库全书》影印本,集部 1574册。

② 今国家图书馆藏《微云榭词选》为残本,仅存 3 册,其中 1、2 册为词选,第 3 册为词选姓氏及各卷词集校勘。卷三和卷四具体内容均不见,含南宋向子諲至赵与仁共 81 人及词作不存。

③ 王兆鹏:《词学史料学》,第 367 页。

春)、《浣溪沙》(青杏园林煮酒香)。①

晏幾道8首:《生查子》(金鞭美少年)、《清平乐》(么弦写意)、《玉楼春》(秋千院落重帘幕)、《点绛唇》(明日征鞭)、《蝶恋花》(醉别西楼醒不记)、《六幺令》(绿阴春尽)、《碧牡丹》(翠袖疏纨扇)、《菩萨蛮》(哀筝一弄湘江曲)。②

《微云榭词选》取北宋词人28家词作81首,其中5首以上的有张先5首,晏幾道8首,秦观13首,周邦彦18首;南宋词人86家词作272首,张炎以29首领先全选,无论从选词对象还是数量,均反映该选以沿周邦彦一派之南宋姜张派为主的取词倾向,表现出与浙西词派宗风相一致的词学思想和观念。晏幾道以8首而居北宋词人第三位,又多少见出樊增祥对小山词的关注和认可,体现与黄承勋迥然有异的词学认识。樊增祥曾认为该选是有意对张皋文《宛陵词选》的补充,"意在补宛陵之阙遗",对于词作"已见《词选》者不录,录其未收者"③。可见该词选有意与张惠言《词选》互为补充,以温柔婉丽之词为中心,至于有铿锵豪放疏宕之语者几乎一并杀伐,这或许是不收豪放词代表苏词的因由。从欧晏词篇目看,樊增祥之选无一首与张惠言《词选》同,契合补遗之意。张氏词选尚取苏词4首,辛词6首,而根据樊氏《微云榭词选》已知不收苏词的信息,估计辛词极可能也一首不选或数量极少,全选极大地抬高或扩大了南宋姜张一派的词学地位和影响。这个词选事例再次说明即使到了晚近光绪年间,常派宗风仍然不是一统江山,占据词坛的每一个角落,浙派的词学观念和论词、选词倾向仍然具有流衍的阵地和传承的空间。

四、《艺蘅馆词选》的晏欧词批评传播

《艺蘅馆词选》是晚近梁令娴(1893—1966)的选词成果,也是晚近罕有的女性编撰的一部词选。该选共分5卷,收唐五代(甲卷)、南北宋(乙丙卷)、明清及近代(丁卷)以及补遗(戊卷)共计词作676首。初版于1908年④。该本除了选词,有的也附有自撰或援引短评及校勘。从其选阵和评语看,以周济《宋四家词选》为主要取录对象,较多地带上常派比兴寄托的论词色彩。北宋词位于该选乙卷,其中录晏殊词6首:《踏莎行》(碧海无波)、《踏莎行》(小径红稀)、《破阵子》(燕子来时新社)、《清平乐》(红笺小字)、《清平

---

① 《浣溪沙》(青杏园林煮酒香)一词原选列秦观名下,据《全宋词》补。
② 《菩萨蛮》(哀筝一弄湘江曲)一词原选列陈师道名下,据《全宋词》补。
③ [清]樊增祥:《微云榭词选·序》,见樊增祥辑:《微云榭词选》,清光绪三十四年望江诵清阁聚珍本。
④ 据广东人民出版社1980年版刘逸生点校《前言》。

乐》(金风细细)、《蝶恋花》(槛菊愁烟兰泣露);标录欧阳修11首,实际8首:《采桑子》(群芳过后西湖好)、《踏莎行》(候馆梅残)、《蝶恋花》(庭院深深深几许)、《临江仙》(柳外轻雷池上雨)、《浣溪沙》(堤上游人逐画船)、《越溪春》(三月三日寒食日)、《夜行船》(满眼东风飞絮)、《少年游》(阑干十二独凭春);晏幾道8首:《临江仙》(梦后楼台高锁)、《采桑子》(秋千散后朦胧月)、《碧牡丹》(翠袖疏纨扇)、《破阵子》(柳下笙歌庭院)、《六幺令》(绿阴春尽)(雪残风信)、《清平乐》(留人不住)、《蝶恋花》(醉别西楼醒不记)。

该选词后有的附有词评和按语,体现常派论词特色,是考察晏欧三家词批评与传播的一个媒介。如晏殊《踏莎行》(小径红稀)后附张皋文评语1则:"此词亦有所兴,其欧阳公《蝶恋花》之流乎。"①而对于《蝶恋花》(庭院深深深几许)则附有按语:"以上四阕,一作冯延巳。盖冯词多与欧词混也。周止庵云:'数词缠绵忠笃,其文甚明,非欧公不能作。延巳小人,纵欲伪为君子,以惑其主,岂能有此致性语乎。'"词后并附张皋文评语一则:"庭院深深,闺中邃远也。"②

由上可知,《艺蘅馆词选》由于选者梁令娴崇奉的词学思想是常州词派,因而选词论词重寄托,多与张慧言、周济类似。在这种特色背景之下,晏欧三家词22首符合她的选词观念,词选的勘定汇编无疑加速了三家词在晚近的流传与批评进程。

第五节　晚近其他词话论晏欧三家词

主要生活于19世纪中叶以后的晚近时代,对晏欧三家词有过评判且影响大者主要有谢章铤(1820—1903)、冯煦(1842—1926)、胡薇元(1850—1920)、沈增植(1851—1922)、张德瀛(1861—?)等。他们的论词倾向基本出入于浙派和常派,尤以受后者的影响为主。以下结合他们各自的词学识见,阐述他们对待晏欧三家词的批评态度和传承贡献。

一、词之正宗:谢章铤《赌棋山庄》对欧、晏词的认定

谢章铤(1820—1903)③,字枚如,福建长乐人,是清代晚期少见的既有词学创作又有理论见解的词论家。主要著作有《赌棋山庄所著书》25种④、《酒

---

① 《艺蘅馆词选》乙卷,第38页。
② 同上书,第43页。
③ 谢章铤的卒年说法各异,本文从袁志成、周治满撰:《谢章铤简谱》,载《中国韵文学刊》2006年第4期。
④ 参《续修四库全书》集部1545册,影印清光绪刻本。

边词》八卷,收长调393首①,《赌棋山庄词话》十二卷、续编五卷②。谢章铤的词学理论除了见诸汇集的词话外,还散见于词集序跋中,有《肖岩婆梭词序》等8篇。

主要生活于鸦片战争之后的谢章铤自创词以"豪放是其本色"③为特征,亦多悲慨抑郁之情,而论词深受常派词学思想影响,重"质"不废"情",既赞成常派"兴寄"之法以补浙派末流空疏之弊,又主张词体本身应具抒发情志之功能,当然这个"情"与淫词亵语所谓的"艳情"是格格不入的④。谢章铤对于委婉曲致的晏欧词评骘很少,不过总体上还是肯定欧晏词之本色正宗地位。光绪十年始刊行的《赌棋山庄词话》17卷本⑤语涉晏欧词处,或可一窥这种观点。

谢章铤对于晏欧词的评论恐怕先见于其著录的"词话中警语"。其有曰:"小调不学花间,则当学欧、晏、秦、黄,总以不尽为佳。"⑥这段话的原句出自前述的清初邹祗谟的《远志斋词衷》。其云:"余常与文友论词,谓小调不学花间,则当学欧、晏、秦、黄。《花间》绮琢处,于诗为靡。而于词则如古锦纹理,自有黯然异色。欧、晏蕴藉,秦、黄生动,一唱三叹,总以不尽为佳。"⑦这是邹祗谟学词论词以南唐北宋为标的个人观点,也是清初词人推崇北宋词风的表现。谢章铤著录于其词话中,至少表示他对该观点的赏识或认可。

对晏欧词影响评价意义甚大的是谢章铤于南北宋词的看法一文中指出晏欧词之正宗地位。其云:"北宋多工短调,南宋多工长调。北宋多工软语,南宋多工硬语。然二者便至,终非全才。欧阳、晏、秦,北宋之正宗也。柳耆卿失之滥,黄鲁直失之伧。白石、高、史,南宋之正宗也。吴梦窗失之涩,蒋竹山失之流。若苏辛自立一宗,不当侪于诸家派别之中。"⑧谢章铤对南北宋词的看法是正确的,见出了二者的优劣所在,客观而公允,体现了晚清词论已经超越了先前的南北宋之争的狭小视域而渐趋理性与通达。对于晏欧词,谢氏认为与秦观一道共同组成了北宋的正宗,与姜夔、高冠国、史达祖形成的南宋正宗派分镳并辔,这种看法远远超越了陈廷焯后期的认识,大大提升了晏欧词的词史地位。陈廷焯《白雨斋词话》中将晏欧词与柳永词并列,作为次于张先、苏轼、贺铸等人的"下乘"。而谢章铤词话显然有异于陈廷焯的识见,

① 参《续修四库全书》集部1727册,影印光绪十五年刻《赌棋山庄所著书》本。
② 参《续修四库全书》集部1735册,影印光绪十年陈宝琛南昌史廨刻《赌棋山庄全集》本。
③ [清]冒广生:《小三吾亭词话》卷四,《词话丛编》本,第4718页。
④ 可参朱惠国:《中国近世词学思想研究》相关论述,第177—179页。
⑤ 《谢章铤简谱》,第114页。
⑥ [清]谢章铤:《赌棋山庄词话》卷一,《词话丛编》本,第3323页。
⑦ 《词话丛编》本,第651页。
⑧ [清]谢章铤:《赌棋山庄词话》卷十二,《词话丛编》本,第3470页。

认为多艳语的柳永词不能代表北宋词的正宗而与晏欧同列,出晏欧而变风气的苏轼词也不能同于晏欧词,应另立一派,与辛稼轩同等,这一派或为变体。所以如果从流派的角度分析,谢章铤无疑认为宋词可以一分为三,与其认为宋词有三派"曰婉丽,曰豪宕,曰醇雅"①相对应,其中南北宋各有一正宗,而婉丽的晏欧词则借此获得了与姜张醇雅词、苏辛豪宕流派同等的地位,这是在晚近重兴寄、主厚重的词学背景下晏欧词的价值地位第一次被推升到前沿位置。

谢章铤对晏欧三家词作的具体感受没有专门的讨论之语,可以从其他有关词序中依稀钩稽出他对晏欧词当行特色的认识和评价。如《叶辰溪我闻室词叙》有言:"词渊源三百篇,萌芽古乐府,成体于唐,盛于宋,衰于元明,复昌于国朝。温李正始之音也,晏秦当行之技也,稼轩出始用气,白石出始立格。呜呼!词虽小道,难言矣。与诗同志而竞诗焉,则亢;与曲同音而竞曲焉,则狎。其文绮靡,其情柔曼。其称物近而讬兴远且微,骤聆之,若惝恍缠绵不自持,而敦挚不得已之思隐焉,是则所谓意内言外者欤。"②对于词史的发展脉络,谢章铤将词体渊源上溯风骚的说法是常派有关尊体论词的色彩映现,这应该是从词体承担的情志角度出发之论,而不是从一种文体的角度得出的观点,否则落入明人为尊词体而过分夸大了词体产生渊源的窠臼,是不合理的。对于唐五代宋词的发展特点也基本合乎词史发展,认为小晏词和秦观词属于本色当行,这种说法与前述的晏欧词之"正宗"的称谓是一致的,不过没有展开具体说明和表述,或仅是对历史说法的传承,亦代表谢章铤对晏欧词特色和地位的认可。

在另一篇词序中,谢章铤对于友人作词参资晏秦等人的做法表示由衷的感喟。他说:"吾闽赵宋之世,词人甲海内,自柳耆卿、王实甫以下,不下数十家。考其遗制,大抵以流宕为自喜。今二君独以温尉、李主为质志,而骖靳于晏、秦、张、周之间。选言既工,用意尤极于缠绵,想其酒阑灯灺,占座分题,琴声乍歇,炉香徐温,一字之浅深,一句之进退,把臂而起,必有相视而笑,莫逆于心者。呜呼!令余神往矣。"③"王实甫"乃元代剧作家,句中之谓当为作者笔误或刊误。宋代占籍福建一地的词人确实众多,影响深远。据唐圭璋先生统计不下 110 人④,而谢章铤对于乡邦之学又践行推扬,情结深重⑤。"流

---

① [清]谢章铤:《赌棋山庄词话》卷九,《词话丛编》本,第 3443 页。

② [清]谢章铤:《赌棋山庄所著书·文集》卷一,《续修四库全书》本,集部 1545 册,第 258 页。

③ [清]谢章铤:《双邻词钞·序》,《赌棋山庄所著书·文集》卷二,《续修四库全书》本,第 264 页。

④ 唐圭璋:《宋词四考·两宋词人占籍考》,第 8 页。

⑤ 可参袁志成:《谢章铤词学中的乡邦情结》一文,《玉林师范学院学报》2006 年第 6 期。

宕"一般指词疏隽畅快,不拘约束,宋词中以苏辛一派为典型,而闽词人中如张元幹、刘克庄基本为苏辛词派之拥趸。而到了晚清时节,对苏辛词风的效仿模仿、议论评点日趋激烈,明显烙上了时代的印记。谢章铤于闽地组织的"聚红词社",其"宗法半在苏辛"①便是一典型案例。正因为如此,所以对于朋友的宗法温李、晏秦等人的不同流俗的做法感到有些新鲜诧异,然而也觉得别有风味而神往。晏欧的某些小令情词与温李词风为一脉,选言造句颇为工整而情致缠绵,婉曲不尽,甚为可歌。而谢章铤作词、论词以博大闳深、意欲悲抑的长调为主,对于活色生香的晏欧小令词也有心向往之的时候,这从他对出晏、欧、秦、黄词的《双邻词钞》的评语中可以概见。或许因为时代的骤变促使他已经无法安坐诵读和研制这种短歌小调,他需要的是有气魄、有分量的词作,"以抒其抑扬抗坠驵宕不尽之思"②,不过对于友人为词取资晏欧等人还是表达了自己的欣赏态度。

　　谢章铤还从词之正变角度立论,认为宋词中晏秦词自然高于姜史和苏辛一派。他先指出词自从失却了词谱脱离了音乐性之后,"既不能歌则徒文也,亦求尽乎,为文之道而已矣"③。宋词既有可歌者,也有不可歌者,不可歌者即成了文人案牍的纯文词创作。谢章铤认为这种文字创作和平时的诗文创作无异,均应贯穿为文之道。在此背景之下,他又提出有关词史发展的见解:"词之兴也,大抵由于尊前惜别、花底谈心,情事率多,褒近数传,而后俯仰激昂,时有寄托,然而其量未尽也。故赵宋一代,作者苏辛之派不及姜史,姜史之派不及晏秦,此固正变之推未穷,而亦以填词为小道,若其量只宜如此者。"④此文中,谢章铤提出一个新的词学认识范畴即"词量"说,这个"量"应该具有"容量、分量"之义,它的内涵与陈廷焯的"沉郁"、谭献的"柔厚"说具有较为一致的含义,强调词作具有丰富的现实内容或情感⑤,容量颇丰,分量厚重,与其"敢拈大题目、出大意义"⑥的论说旨意相表里。谢氏指出宋代的词学认识多集中推尊花前月下的柔声慢调,而俯仰激昂之苏辛词作为变调又缺少现实关注,故缺乏应有的影响。正是在这个认识基础上,他才认为宋代晏秦高于姜史,而姜史又高于苏辛派。晏欧、秦词以上接晚唐五代为近,多为情词,词情蕴藉,格调柔婉,正如前述,谢章铤一直将其当成词之正宗和当行

---

① [清]丁绍仪:《听秋声馆词话》卷十九,《词话丛编》本,第2816页。
② [清]刘存仁:《赌棋山庄词话·序》,《词话丛编》本,第3309页。
③ [清]谢章铤:《与黄子寿论词书》,《赌棋山庄所著书·文集》卷五,《续修四库全书》本,集部1545册,第318页。
④ 同上。
⑤ 这个"词量"说,刘荣平认为其指向是与撰写重大历史时事相关,以便更好展现历史。参其《谢章铤词学思想新论》一文,引《厦门大学学报》(社科版)2010年第5期。
⑥ [清]谢章铤:《赌棋山庄词话》卷八,《词话丛编》本,第3423页。

本色看待,姜张一派虽位于南宋之正宗一派,毕竟时间、气格与晏秦多有疏离,至于苏辛尤为出格,在谢氏眼中已属宋词另派别格。清代的词体正变论中,苏辛属变体亦是词坛共识。谢章铤认为宋代之所以将晏秦词地位抬置较高而苏辛词列于姜史之后,除了深受词体正变论之影响外还与词之谓小道末技的认识息息相关,所谓"虽小却好,虽好却小"。苏辛词长调无法满足这种"要眇宜修"的词体美学风旨,而从词所具有的气量、容量和份量而言,苏辛词的"词量"也有限,有其直面现实的一面,而缺乏耐读的审美韵味,不足以涵思隽永,是以,从此点而言,苏辛词排位于末是与其本身特性相关。

谢章铤从自身的词学认识和背景出发,对于晏秦词和苏辛词的历史定位的认识基本符合词史发展事实,认识较为客观公允。虽然他的出发点是因为现实词坛缺乏意义更大、情感更为厚重的词作,而应大力推扬苏辛词风,提高苏辛词地位,加大词作的现实精神,从而从既往的词史钩稽中寻找振兴发扬的历史依据。

二、西江词派:冯煦对晏欧三家词的传承推动

晚清词论家冯煦不仅选录关注过晏欧三家词,而且在其词论中也多次评论过晏欧词,尤其是从词史地位与地域视角上提出了"西江词派"的重要命题,颇具研究价值。

冯煦词作取向"在清真、梦窗,门径甚正,心思甚邃,得涩意,惟由涩笔……单调小令,上不侵诗,下不堕曲,高情远韵,少许胜多,残唐北宋后成罕格"[1]。为词既有沿周吴路子注重词作之深邃迤逦的一面,也具吴文英之艰涩难懂的弊病。他的小令词"高情远韵,少许胜多",颇有北宋前期晏欧词的思致。如《浣溪沙》:"点点归帆望不齐。乱鸦啼后暝烟低。酒阑时节更凄迷。　一片空波萍乍暖、二分残月柳初梯。莫将幽梦过淮西。"又"一抹西风未夕晖。轻烟远树正依依。旧游荒了钓人矶。　燕子风微桃叶瘦。鱼儿水长获牙肥。晚春争得不思归。"[2]与晏欧之同调(一向年光有限身)、(玉椀冰寒滴露华)、(湖上朱桥响画轮)诸阕写作手法及审美意蕴何其神似!

冯煦论词没有提出新鲜的理论概念,"大抵推衍常州词派之旨,而又有所变化折衷"[3],承袭常州词派的论词理论并稍微有所扬弃,但他对南北宋词不抱常派门户之见,论词眼界较为达观。冯煦对于晏欧词亦各有一段评说,

---

① [清]谭献:《复堂日记·己卯》,引《复堂词话》,《词话丛编》本,第4000页。莫立民引本条作《复堂日记·乙卯》,且"心思深邃"作"心思甚邃",恐误。参《近代词史》,第142页。

② [清]冯煦:《蒿庵词》,《清名家词》本,第14—15页。

③ 黄霖:《中国文学批评通史·近代卷》,王运熙、顾易生主编,第293页。

被后世引为评价晏欧词的经典名论而广为流传。首先,《蒿庵论词》中认为晏殊词同其他北宋初期词家一样,得以在南唐二主与冯延巳词风之先而成就"北宋倚声家初祖"之地位。他说:

> 晏同叔去五代未远,馨烈所扇,得之最先,故左宫右徵,和婉而明丽,为北宋倚声家初祖。刘攽《中山诗话》谓'元献喜冯延巳歌词,其所自作,亦不减延巳'。信然。①

冯煦所论包含四层意义:其一,指出晏殊词出唐五代,尤其深受冯延巳词影响;其二,晏殊词略为可歌,合乎音律,词风以和婉明丽为特质;其三,晏殊词是北宋前期词作学习效仿的先驱;其四,认可刘攽所谓晏殊词与冯延巳词不相上下的论说。从词学渊源到词作特色与地位,冯煦此论包含着丰富的词学传承与接受思想,概见了晏殊对宋代词史发展的作用与影响意义,成为后世评说晏殊词史贡献的不刊之论。

　　另外,冯煦不仅指出晏殊和欧阳修以高官大臣的身份精心作词,而且还从地域文学的角度,率先提出北宋"西江词派"的观点,并对欧阳修词的词情特色和传承影响作了概述②。冯煦提出的"西江词派"是基于地域和词体艺术的相近性而言,这一点对于晏殊与欧阳修及晚辈的晏幾道应无异议,它与厉鹗所谓的"岂知词派有江西"是基于同一种认可理念。所不同者,一为北宋,一为宋末,且词风迥异。对于冯煦提出的以晏殊、欧阳修为核心的江西词派,业师刘扬忠先生从现代文学流派认定的角度出发,对此有过精辟的论述。他说这"并非是一个严格意义上的文学流派。这一批词人当时并未自觉地结盟,未曾打出什么旗号,也没有明确地提出什么创作主张。但他们的作品确确实实地共同趋向南唐词风,代表着北宋前期士大夫雅词的主流方向。……因此,可以把这个词人群体视为一个虽非自觉组合、但却有共同的艺术倾向并代表着一种文化势力的准流派"③。冯煦当然还指出了欧阳修词超逸于晏殊词之处——深致过之,深刻地道出了欧阳修词的特质之一,即欧词更注重词情词境的深度开掘而不停留于表面的吟风弄月,刘熙载《艺概》所谓冯延巳词"晏同叔得其俊,欧阳永叔得其深"④即是其意。此外,冯煦还指出了欧词对后世苏轼、秦观词的影响并对于欧词高超的艺术性表示由衷的

---

① [清]冯煦:《蒿庵论词》,《词话丛编》本,第3585页。
② 同上。
③ 刘扬忠:《唐宋词流派史》,第147—148页。
④ [清]刘熙载:《词概》,《词话丛编》本,第3689页。

钦佩,认为其地位影响不在其散文之下。当然客观而言,欧阳修对宋词开拓与创新的贡献是不及他对宋代散文的开掘与影响之意义的,冯氏之说未免有夸张之处。

对于晏幾道小山词,冯煦也能做出恰如其分的评价。比如他认为晏幾道和秦观都是前代少见的伤心词人,他们的词作语言往往浅近平淡,然而均有意韵和情致,为此他认可明毛子晋对于晏殊和晏幾道父子追陪南唐二主词的说法①。这既是冯煦对晏幾道词情言语特色的肯定,也是对晏氏父子词的共同推崇。

作为一个常州派词人,冯煦并没有从寄托或微言大义的角度批判评价晏欧三家词,而是从其艺术特质和词坛影响的实际状况,指出晏欧词的文学风貌和传承价值,这是殊为可贵的。冯煦的评定和论说影响了此后论者对晏欧三家词的研究与探讨,尤其是与其《宋六十一家词选·晏欧三家词选》相互发明,进一步促进了清代晏欧三家词的词坛影响。

可以说,晏欧词的大家地位经过清初云间、西陵、广陵甚至阳羡词人的认可,至浙西词派前中期的冷落转晚期郭麐的重新审视发掘,它的词学特色、词学影响与地位逐渐得到清代大多数词人的认识和肯定。时至常州词派后晏欧三家词更是获得新生,进入清代研究批评接受的多元繁盛时期。然而它的体派特征和词学史上的传承与影响地位的真正确立是在晚近冯煦手中才得以完成。

三、考定和辨析:沈增植词话论欧词

晚清同光体重要诗人沈增植(1851—1922)有词集多种,词学界一般将其归之于“学人之词”②。张尔田谓之“托兴于一事一物之微,而烛照数计,乃在千里之外”③。论词也主张意内言外,“夙习”张皋文、董晋卿之说④,无可避免地深受常州词派影响。

沈增植的词学主张主要见于唐圭璋先生辑录的《菌阁琐谈》21则,并附录《海日楼丛钞》16则等。《丛钞》为沈增植读书杂记,含辑录他人论词之语,亦可当作沈氏认可之语。钱仲联先生曾将沈增植读书笔记汇编为一书,名曰《海日楼札丛》八卷及《海日楼题跋》⑤,内容包含了上述沈氏之词学论语,可充当沈增植词学思想的集散地。本文有关晏欧词学研究与批评即参此本。

---

① 参《词话丛编》本,第3587页。
② 钱仲联:《沈增植集校注·诗词·前言》,中华书局2001年版,第6页。
③ [清]张尔田:《曼陀罗词痕·序言》,引《沈增植集校注》,第1495页。
④ [清]沈增植:《曼陀罗词痕·自序》,引《沈增植集校注》,第1497页。
⑤ 参钱仲联辑录:《海日楼札丛·外一种》,中华书局上海编辑所1962年版。

　　沈增植对于前人的宋词论颇有自己的发明。譬如汪莘《方壶诗余》中曾云："词何必淫,亦顾寓意何如耳。"进而提出宋词三家亦即宋词三变关键人物:苏轼、朱希真和辛稼轩。沈增植则认为汪莘有意标榜涉笔诗余者,略同江西诗派,而姜白石则诗词俱与化同。对于清后期声誉鹊起的吴文英、史达祖诸人一派,宋人已经指出这些人一意醉心于音律,"于格韵则卑靡",后赖周密、张炎、王沂孙诸人存续而发扬,"振起江湖哀响"。时至清代戈载、周济等人又大力推举吴文英,而对于南唐北宋诸词家又排斥,使得吴文英几乎成了词家杜、韩,声气大振,几成词坛盟主。沈增植认为这种词学认识和现象是有失公允的,他说:"若以宋人之论折衷之,梦窗不得为不工,或尚非雅词胜谛乎?"①吴文英不以雅词胜出而仅以词工为著,这种识见是同时代的许多词家所无法相比的,也直接启发了后世词人对吴文英词的反思与重新评价。

　　沈增植对于晏欧词的研究与评判主要体现于词集文献的考订和对欧个别词作的评点。

　　沈增植指出南宋周必大词集与欧阳修词集同名。他有云:"欧阳文忠词名《近体乐府》,周益公词亦名《近体乐府》,慕门(蔺)之意欤?两公同籍吉州,同谥文忠,事业文章,后先有耀。益公集编次之法,亦全用欧集例也。"②南宋周必大对于同籍的欧阳修文集有过整理,他的词集之所以取名《近体乐府》的确是深受欧阳修《近体乐府》影响。周必大一生以乡贤欧阳修为追随效法对象,平时致力于推尊欧阳修的道德文章和功业,论著中对欧阳修评判甚多,是欧阳修跨时空的知音与共鸣者③。而后来周必大之子周纶编定乃父文集《周益国公全集二百卷》时,殆因"以家尝刻《六一集》,故编次一遵其凡例"④。现存《四库全书》周必大《文忠集》本200卷末尾部分的《近体乐府》,据《四库全书总目提要》云是明毛晋《宋六十名家词》摘录本,"其可数者自丁亥至庚寅,大约不出四岁中所作,疑当周纶编次全集时,已掇拾于散佚之余,非其完本矣"⑤,存词仅12首,当非完本。从词集题名及所处全集位置体例看,沈增植所谓当是。

　　沈增植还怀疑欧阳修《琴趣外篇》即为久已失传的《平山集》类。欧阳修的词集版本宋代曾有四大体系:《平山集》、《百家词》本《六一词》、全集本《近

　　① 本段大部参沈增植:《菌阁琐谈》附录《海日楼丛钞》,《词话丛编》本,第3613页;又参沈增植:《海日楼札丛》卷七,第289页。
　　② 钱仲联辑录:《海日楼札丛》卷三,第143—144页,又参《菌阁琐谈》,《词话丛编》本,第3610页。唐本"慕门之意欤"一语中"门"作"蔺"。
　　③ 可参黄惠运:《周必大论欧阳修》一文,引刘德清、欧阳明亮编:《欧阳修研究》,上海学林出版社2008年版。
　　④ 《四库全书·文忠集提要》,文渊阁《四库全书》集部4。
　　⑤ [清]永瑢主编:《四库全书总目提要》卷二○○,中华书局1965年版。

体乐府》及《琴趣外篇》,在流传的过程中前两种现已散佚失存,后二者又真伪杂陈,令后人难以一一确辨。南宋罗泌跋《近体乐府》云欧阳修:"有《平山集》盛传于世,曾慥《乐府雅词》不尽收也。"①对此现象,沈增植说:"今之六卷《琴趣外篇》,疑即《平山集》之类。欧集校语,于《平山》、《琴趣》,略无征引,不知何故。"②欧之《琴趣外篇》乃南宋刻本,而《平山集》为北宋刻本,根据罗泌校语可以推测罗氏曾以《平山集》本参校《近体乐府》,而其词作风貌亦不乏"甚浮艳者"③;六卷本的《醉翁琴趣外篇》,也是"所谓鄙亵之语,往往而是"④,这与罗泌所参之《平山集》约同。另外从其校注出处对照,发现除了某些校语与《琴趣外篇》本同外,尚有相异者⑤,可见罗泌所参校本至少有二。而长沙书坊《百家词》本是南宋嘉定年间(1208—1224)刻本,这个时候罗泌(1131—1189)已经作古数十年,不可能参校,因此这个校语与《琴趣外篇》相异者只能是《平山集》本。综上,罗泌参校的欧阳修词本只能是《平山集》和《琴趣外篇》,其间的校语比比皆是,并非如沈增植所谓"略无征引"。

沈增植还考证指出《醉翁琴趣外篇》与黄庭坚《山谷琴趣外篇》多有俗词者,认为欧词殆伪作。他说:"醉翁《琴趣》,颇多通俗俚语,故往往与《乐章》相混。山谷俚语,欧公先之矣。《琴趣》中若《醉蓬莱》《看花回》《蝶恋花》《咏枕儿》《惜芳时》《阮郎归》《愁春郎》《滴滴金》《卜算子》第一首、《好女儿令》《南乡子》《盐角儿》《忆秦娥》《玉楼春》《夜行船》,皆摹写刻挚,不避亵猥。与山谷词之《望远行》《千秋岁》《江城子》《两同心》诸作不异。所用俗字,如《渔家傲》之'今朝斗觉凋零煞''花气酒香相厮酿',《宴桃源》之'都为风流煞',《减字木兰花》之'拨头惚利',《玉楼春》之'艳冶风情天与措',《迎春乐》之'人前爱把眼儿札',《宴瑶池》之'恋眼哝心',《渔家傲》之'低难奔',亦与山谷之用'蹉''屄'俗字不殊。殆所谓小人谬作,托为公词,所谓浅近之词刘辉伪作者,厕其间欤?《名臣录》谓刘煇作《醉蓬莱》《望江南》以诬修,今故在《琴趣》中,集中尽去此等词是也。《琴趣》中于山谷诨词皆汰不录,而醉翁伪作一无所汰,为不可解耳。"⑥沈增植认为山谷俚俗词,欧阳修词

---

① 《景宋吉州本欧阳文忠公近体乐府》卷三,《景刊宋金元明本词》,上海古籍出版社1989年版,第42页。
② 《海日楼札丛》卷三,第144页;又《词话丛编》本,第3610页。
③ 《景宋吉州本欧阳文忠公近体乐府》卷三,第42—43页。
④ [宋]吴师道:《吴礼部诗话》,《宋金元词话全编》下册,第2093页。
⑤ 如《蝶恋花》(遥夜亭皋闲信步)下片之"李"校云"一作杏",这正与《琴趣外篇》本字句同;而另一句"谁上"之"上"校语云"一作在",而《琴趣外篇》本同原句,可见这个"一作在"另有他本。参《醉翁琴趣外篇》,引《景刊宋金元明本词》,第52页。另附:尽管本词现认为非欧词而多作李煜词,但并不影响罗泌所采用的参校词集版本的论定。
⑥ [清]沈增植:《海日楼札丛》卷七,第286—287页;又参《词话丛编》本,第3610—3611页。

或为之先,而《琴趣外篇》中诸如《醉蓬莱》等十数首词"摹写刻挚,不避亵猥",且用俗词亦与黄庭坚词同。不过在如何认识这些词的归属问题上,沈增植沿袭前人论说,基本认可乃"小人谬作,讬为公词",因此主张《醉翁琴趣外篇》集中应删汰。但是,沈增植又觉得一事不解,也即黄庭坚的俗词艳词,其《琴趣外篇》基本不存,而欧阳修《外篇》反而留存,让人觉得这个"小人谬作"的结论似为不够确凿取信。据王兆鹏先生检索统计,罗泌校本欧阳修《近体乐府》存词 192 首,今传《醉翁琴趣外篇》本收词 203 首,两者相同者125 首,余者后人疑有伪作①。而唐先生之《全宋词》本据《近体乐府》和《琴趣外篇》增删,收词 242 首,包括了大部分《琴趣外篇》中相异与《近体乐府》的艳情词。当今欧阳修词收录集注最为新颖的《欧阳修词新释辑评》一书又据唐本稍加编定,集评欧词 240 首,于此可见,对于欧阳修词集中所谓的俗词艳词"后人伪讬"之说,现代人基本上不全认同。沈增植对此也表示怀疑,而文中他所提出的十数首有问题的作品,恐大部还是欧阳修本人所作,不应有疑。

　　除了对欧阳修词进行考辨性评判,沈增植还对欧词的艺术特色有过点评。譬如他说:"欧公词好用厮字,《渔家傲》之'花气酒香皆厮酿'、'莲子与人长厮类'、'谁厮惹',皆是也。山谷亦好用此字。"②欧阳修的部分词有用口语化的俗词倾向,这种现象一方面是宋元以来民间俗文化的影响结果,另一方面也是欧阳修为词情通俗畅达、化雅为俗的有意为之。至于后来者山谷的俗词用语,很难说不受这位词学前辈的用词影响。此外,沈增植还殊为可贵地对欧阳修《玉楼春》一词有过真正的文学鉴赏和体味。他说:"《醉翁琴趣》《玉楼春·印眉》词,细腻曲折,纪实而有风味,此情状他词罕见,惟《乐章集·洞仙歌》'爱印了双眉,索人重画',足相印耳。"③欧阳修本词不过是他众多的女子相思词的一首,题旨别无新颖,然而艺术构思和情致抒发却颇可值一论。全词上片言痴女子和泪自画肖像,下片云自画啼装之原因,上下两片间凝结着女子对情人的相思情愁,而在写法上似用第一人称的叙写方式,将这种不常见的相思纾解方式以工笔钩染而出,真可谓沈增植所说"细腻曲折,纪实而有风味"。当然在具体技法上与柳永之《洞仙歌》的确都袭用张敞画眉之熟典,而表达之情谊又别于柳词④。

　　沈增植曾认为"五代之词促数,北宋词盛时啴缓,皆缘燕乐音节蜕变而

---

① 王兆鹏:《词学史料学》,第 167—168 页。
② [清]沈增植:《海日楼札丛》卷七,第 287 页;又参《词话丛编》本,第 3611 页。
③ 同前。按,欧阳修本词参《全宋词》第 1 册,第 199 页。
④ 柳永《洞仙歌》词参《全宋词》第 1 册,第 62 页。个别字有出入。

然。即其词可悬想其缠拍……庆历以前词情,可以追想"①。这主要是从词之乐调节拍论述五代、北宋词之区别,而所谓"啴缓""悬想缠拍"和"追想"者,大意言其词节拍舒回低缓,有似余音绕梁,词情蕴藉缠绵,颇有含思隽永之味道。处在北宋初期的晏欧词,大体也合符这种音乐曲调和词情特色的。遗憾的是,沈增植的词论中对晏欧词,尤其是晏氏父子词,除了手批《词笺》关于"词有入说部则佳"一条语涉小山词外②,其余实在太少,以至于无法想象评价他对于玲珑曲巧的小晏词究竟是怎样的鉴赏和批评态度。

四、晚近其他词话对晏欧三家词的批评

晚近留意过晏欧词且与谭献、谢章铤生活年代相近而约略稍后的词论家尚有胡薇元、张德瀛等人,他们基本上以词话撰著为理论批评武器,对历代词人词作发表自己的见解和看法,其中涉及包含对晏欧三家词的研究与品评。

(一) 胡薇元《岁寒居词话》论晏欧三家词

胡薇元(1850—1920?),字孝博,号诗舲,别号玉津居士,晚年又自号跛翁。大兴(今北京)人,祖籍山阴(今浙江绍兴),光绪三年进士③。

《岁寒居词话》是胡薇元的词学理论与思想的集成,共 39 则,以论宋代词人词作作为主,涉及南北宋词人 28 家,间及评议清初词人。朱崇才谓其所论"多承续前人,亦间有精彩之处"④。笔者以为即使拾人牙慧,也是表示对该观点的认可和接受。胡薇元庚申(1920)自序云:"辨缘情造端、意内言外之正变源流,盖亦有深造自得,非寻常移宫换羽者之所知矣。跛翁之论词,大旨盖如是。"⑤可见他的词学观点重情偏意而不专注于词的格调音律,能够出于自论,不拘浙常,算是晚近的一位论词通达之人。胡薇元论宋词多是就词集拾遗前人之总体观感或纪事而很少有细微的评议,如《岁寒居词话》第 1 则讨论晏氏父子词,他说:"晏元献殊《珠玉词》。集中《浣溪沙·春恨》:'无可奈何花落去,似曾相识燕归来',本公七言律中腹联,一入词,即成妙句,在诗中即不为工。此诗词之别,学者须于此参之,则他词亦可由此会悟矣。公幼子幾道叔原《小山词》,山谷序之,谓其合者高堂(唐)洛神之流,下者亦不减

---

① [清]沈增植:《海日楼札丛》卷七,第 286 页。

② 详参《菌阁琐谈》附录二《手批词话三种》,《词话丛编》本,第 3623 页。

③ 参高赓恩:《胡玉津先生家传》,引胡薇元:《玉津阁丛书甲集》第一种《三州学录》,光绪民初年间刊印。

④ 朱崇才:《词话史》,第 305 页。

⑤ [清]胡薇元:《岁寒居词话·序》,《玉津阁丛书甲集》本第 12 种;又参《词话丛编》本,第 4023 页。

桃叶团扇,颇为推挹。郑侠下狱,从其家搜得叔原词,裕陵称之,遂得释。"①
对于晏殊这两个名句在诗词之中的审美效果差别,《四库全书总目·珠玉词
提要》已经指出"乃殊示张寺丞王校勘七言律中腹联……今复填入词内,岂
自爱其造语之工,故不嫌复用耶?"②而置于诗词之中具有的审美差距,清初
王士禛也曾讨论,本书前章已经有论列。因此从原创性角度而言,胡薇元只
不过重拾别人的话语再加以自己的理解注释,真正的新思想略微欠缺,不过
并不抹杀他对晏欧词关注的这个历史事实。而有关小山词的叙述几近于词
坛纪事,转述黄庭坚序语,且也没有提供新的材料,作为学术研究自然是谈
不上的,权当为一种传承关注历史,本章仅题而表之。

《岁寒居词话》认可欧阳修《六一词》"工绝",同时也附和部分前人的认
识,将《醉蓬莱》《望江南》诸词作为他人诽谤之词,并说其"浅俗语、污蔑佻薄
之词,固可一望而知也。他日刊公集者,吾愿为之湔洗,以还旧观"③。胡薇
元对于欧阳修"伪词"的态度完全秉承前人肯定的看法,缺乏自我独立性思
考,这一点倒不如前述的沈曾植——沈氏还能持怀疑的态度,不过胡氏不仅
表示认可"伪词"的说法,甚至还提出要重编欧词,删汰夹在其中的轻佻污蔑
之词,以还欧词本来面貌的决心,足见胡薇元为捍卫欧词已失却独立思考、辩
证分析的头绪而仅剩从众的心态。

(二) 对二晏词多有肯定的《词徵》

《词徵》作者张德瀛(1861—?),光绪十七年举人,广东人。有《耕烟词》
五卷,民国十八年(1929)刻《阁丛书本》本,词学理论著作《词徵》六卷④。张
德瀛的论词思想主要有三:推尊常派、注重品节、重视音韵谱律及论述的系统
性⑤,表现出晚近词学思想交融互摄的复杂性。《词徵》对晏欧词着笔不多,
依稀可见对北宋初期词学的批评态度。作为一个有机会吸取历代词学思想
的晚近词学家,他的晏欧词看法在某些方面异于以往的词论,值得评析。

1. 推举晏殊词为北宋五大家之一。《词徵》认为晏殊、苏轼、周邦彦、秦
观及晁无咎"北宋惟五子可称大家",并对他们的词情特色各有简括,如"同
叔之词温润,东坡之词轩骁,美成之词精邃,少游之词幽艳,无咎之词雄

---

① [清]胡薇元:《岁寒居词话》,《玉津阁丛书甲集》本;又参《词话丛编》本,第4027页。
② 《四库全书总目提要》集部,第40册,《词曲类一》,第41页。
③ [清]胡薇元:《岁寒居词话》,《玉津阁丛书甲集》本;又参《词话丛编》本,第4028页。
④ 参朱德慈:《近代词人考录》,中国社会科学出版社2004年版,第164页。
⑤ 参谢永芳:《张德瀛词学思想的基本脉络及其阐释特点》,载《黄冈师院学报》2010年第
1期。

邈"①。此论中对北宋五家的词作特色算是把握精当,然而升晁无咎降柳永或许出于对词人品节的推许,因为柳永长久以来被作为一个文人"无行"的代表,这是张德瀛所鄙薄的主因。至于只字不提欧阳修和晏幾道词,或许认为二者与晏殊词几近一路,无需单独推出。这样的认识诚然有道理,却漠视了欧阳修和晏幾道词的个性,未能理解欧阳修、小山词超越晏殊词之处,尤其是抹杀了欧词的词史革新地位,因而此论有所偏颇。总之,笔者以为张德瀛较为准确地指出了晏殊等五人的词情特质,然而以之为"惟五子可称大家",个别词家似乎缺少了论定的依据,亦不符合后世一般对北宋词史的认识定位,因而不具说服力,姑且算是一家之言。

2. 指出欧阳修词对后学创作的影响,提出"小山体"说法。《词徵》指出辛弃疾《生查子》(去年燕子来)"仿欧阳永叔'去年元夜时'词格"②。欧本词是传颂名作《生查子·元夕》,而辛弃疾之词亦是同体的《生查子》③。从词体格式和层次结构言,辛词是对欧原词的模仿,词情旨意也极近一致。不仅如此,张德瀛还提出"小山体"的说法,并认为学习小山体不能为过,为此他举例云:"孙松坪《浣溪沙》云:……是学小山体而过者。"④对晏幾道词体的学习效法,北宋的晁无咎或许为较早的一批,然而他也没有明确提出"小山体"或"小晏体"的说法。张德瀛于此指出"小山体"这一称法,也没有阐释其具体内涵,但无外乎指晏幾道词之体制结构及内在的主题情感。晏小山因其天韵才高,故能使北宋中后期的小令词依然独放光彩,这是他人不可比及的。张德瀛基于此批评孙松坪学其貌而遗其神,终落画虎不成反类犬之笑料。

《词徵》对于晏欧词的批评理论不多,但其凝聚透视出来的词学观点具有一定的创新和研究意义。

晚近词话家"大多出入于北、南两宋,徘徊于浙西、常州之间,其理论观点不出浙西、常州藩篱"⑤,然而具体涉及晏欧三家词评论,不少词家的认识还是与浙、常二派观点有所不同且有超越。如上述谢章铤、冯煦、胡薇元、张德瀛等人的词话即是。

---

① [清]张德瀛:《词徵》卷五,《词话丛编》本,第4153页。
② 同上书,第4161页。
③ 详参《全宋词》第3册,第2486页。
④ [清]张德瀛:《词徵》卷六,《词话丛编》本,第4187页。
⑤ 朱崇才:《词话史》,第297页。

第六节　晚近创作上对晏欧三家词的接受传承

晚近词坛在常州词派理论笼罩之下各驰纷呈,词体创作上各流派风格、审美情趣竞相展开,抉幽发微。在这种多元的词学创作状态下,部分词家因时运风会和个人感受选择了晏欧词作为模仿追和的对象,为晚近的晏欧三家词传承添上了最后一抹光彩。

一、王鹏运、况周颐等人对晏欧词作的连句和韵与袭取接受

晚近四大家王鹏运、况周颐、朱彊村等人除了研究批评晏欧三家词作,还以词体创作实践传承接受。

（一）王鹏运、况周颐对二晏词作的连句和韵

在追和模仿晏欧三家词中,还有一种较为少见的方式,既不像前述的追和一首几首或拟仿一体,而是追和步韵某前人整体词集。如此大规模地步韵追和前代词集,有清一代并不常见。这种现象主要体现于晚近张祥龄、王鹏运、况周颐三人连句和韵或如赵尊岳父女俩单独追和《珠玉词》与《小山词》集,由此可见况氏等对大小晏词的另一种接受态度,亦见二晏父子词于晚近的流播承传状况。他们的追和词集名《和珠玉词》与《和小山词》。

对于连句和韵交相唱酬的形式,诗歌中多有出现,如欧阳修诗集中就有《冬夕小斋连句寄梅圣俞》《剑连句》《鹤连句》等多篇①。词中连句,况周颐认为初学最适宜:"初学作词,最宜连句、和韵。始作,取办而已,毋存藏拙嗜胜之见。久之,灵源日濬,机括日熟,名章俊语纷交,衡有进益于不自觉者矣。手生重理弹唱者亦然。离群索居,日对古人,研精覃思,宁无心得,未若取径乎此之捷而适也。"②可见,况周颐是很赞成词中连句的,认为有益精进学词。当然作为晚近的词坛老宿,况氏和王鹏运等人的连句追和晏殊词,显然并非出于初学的简单目的。

对于他们三人连句追和晏殊《珠玉词》之背景,冯煦有序云:"或曰:词衰世之作也……慢为衰世之作,殆有征邪,小令则不然……至宋晏元献、欧阳永叔,则承平公辅也……为小令以自摅……几几有难为言者,然所指则然非世

---

① 参《欧阳修全集》卷五十四,第772—773页。
② [清]况周颐:《蕙风词话》卷一,《词话丛编》本,第4415页。

之衰否,有以主张之也。"①冯煦的这番说法其实是儒家诗教中"声音之通世
道"的词学认识版,不过对于"词为衰世之作"提出了自己的看法。冯煦认为
王鹏运等三人追和晏元献词即是属于"有以主张"的情况,这种看法恰如
其分。

王鹏运的序则对于当时的追和场景作了部分的描述。有云:

> 龙集执徐之岁,夔笙至自吴中为言,客吴时与文君叔问、张君子苾
> 和词联句之乐,且时时敦促继作,懒慢为遣也。今年六月暑雨方盛,子苾
> 介夔笙访余四印斋,出目视近作,则与叔问联句和《小山词》也。子苾往
> 复循诵,音节琅琅,与雨声相断续,遂约尽和《珠玉词》,顾子苾行且有日,
> 乃毕,力为之阅,五日而卒。业得词一百三十八首,当赓唱叠和,促迫勿遽。
> 握管就短,几疾书汗雨下不止。座客旁睨且笑,而余三人者,不惟望暑且
> 若忘饥渴者,然是何也。子苾濒行,谋酬金付厕氏词之工拙不足道一时文
> 字之乐,则良有足纪者,重累梨枣,为有说笑矣。刻成寄子苾,吴中傥为叔
> 问诵之,其亦回首京华,夜窗风雨否耶,亦信夔笙向者之言不我欺也。

文中所记"文叔问"即郑叔问文焯。据孙克强先生介绍,郑文焯由于祖上有
功,编入正白旗汉军籍,后循旗俗,以名为姓,故有"文叔问""文小坡"之称②。
另一个张君子苾即张祥龄(1853—1903),字子苾,一字子苼,四川汉州人。有
《半箧秋词》一卷、续一卷等③。王鹏运序中对张祥龄、郑叔问及自己连句追
和《珠玉词》的发奋投入场景作了精辟的描绘,尤其是三人冒着酷暑挥汗如
雨的追和创作情景令人印象深刻。

《和珠玉词》两序之外,先有况周颐《集珠玉词句》词两首:
其一《浣溪沙》:

> 一曲新词酒一杯,小屏闲放画帘垂。劝君莫惜缕金衣。　　只有
> 醉吟宽别恨,且留双泪说相思。旧欢前事入颦眉。

前4句分别辑自晏殊词《浣溪沙》(一曲新词酒一杯)、《浣溪沙》(宿酒才
醒)、《酒泉子》(春色初来)、《浣溪沙》(只有醉吟),后两句来自《浣溪沙》(淡

---

① [清]冯煦:《和珠玉词·序》,见[清]张祥龄、王鹏运、况周颐撰:《和珠玉词》(与赵尊岳《和
小山词》合刊本),民国年间惜阴堂刻本。
② 郑文焯:《大鹤山人词话》,孙克强、杨传庆辑校,南开大学出版社2009年版,第2页。
③ 参见朱德慈:《近代词人考录》,第146页。

淡梳妆)。

其二《临江仙》:

一霎秋风惊画扇,那堪飞绿纷纷。无情有意且休论。楼高目断,依约驻马行云。　谁把钿筝移玉柱,不辞遍唱阳春。等闲离别易销魂。红笺小字,留赠意中人。

此首第 1 句辑自《蝶恋花》(一霎秋风惊画扇);第 2 句源自《凤衔杯》(柳条花额),《全宋词》版作"更那堪飞绿纷纷";第 4 句辑自《木兰花》(东风昨夜回梁苑),但《全宋词》版作"有情无意";第五句取自《撼庭秋》(别来音信);第 6 句取自《少年游》(谢家庭槛晓无尘),原句为"依约驻行云";第 7 句来自《蝶恋花》(六曲阑干偎碧树),今《全唐五代词》作冯延巳词;第 8 句来自《山亭柳》(家在西秦);第 9 句源于《浣溪沙》(一向年光有限身);第 10 句则为《清平乐》首句;第 11 句则是源于《少年游》(重阳过后)。

以上两首词句涉及晏殊原词 15 首,由其所集晏殊词句可以见出况周颐集句取词的方式有两种:一是吸取晏殊成句充入新词句中,这是上述两首词中句子的绝大多数构成方式;一是对晏殊词字有所删减后再吸取,如第 2 首第 6 句之"依约驻马行云",原句本为 5 字句"依约驻行云",集句时为了符合《少年游》的曲调句式,增添 1 字变为 6 字格。况周颐为什么要集殊词句为新词,这或许与他们以连句形式追和晏殊词的动机渊源同一。下文再述。

这次追和《珠玉词》的目录以扬州晏氏家刻本为准,然而晏端书之《珠玉词钞》总共抄词 137 首①,此本和词王鹏运序云 138 首,经检视惟多一首《蝶恋花》。那么三人和词的面貌怎样,表达怎样的情感,有何词学与社会背景?不妨试析之。

在连句次序上,三人多以张祥龄和首句,王鹏运随后,况周颐殿后,每首每人追和晏殊词 2—4 句。先看和《浣溪沙》:

换取银蟾入酒杯。莫将灯火上楼台(芯)。最难天末故人回。　花影隔帘疏复密(幼)。春光如水去难来,江南梦回莫低徊(夔)。

这是一首追和晏殊名作《浣溪沙》(一曲新词酒一杯)词。连句形式是一

––––––––––––

① 参清光绪十一年晏方琦扬州重刻本。国家图书馆藏。

人两句。全词似拟女性口吻，既表达对过往时光的追忆，又含有对故土江山的留恋。张祥龄两句意指宁愿明月清风与共饮而不愿灯火璀璨相辉照，烘托一种清幽冷静之氛围，表达主人公远离喧嚣寻求安谧的心理。写法上，第1句采取唐人诗句常用的方式如李白《对酒醉题屈突明府厅》诗"风落吴江雪，纷纷入酒杯"，杜荀鹤《赠友人罢举赴辟命》"好景采抛诗句里，别愁驱入酒杯中"等，而第2句化用白居易《宴散》之"笙歌归院落，灯火下楼台"两句，不过所指意象不一。白诗强调喧嚣热闹之后的平静，而张句则是突出不用灯火而举杯邀明月的冷幽清静。王鹏运两句，前句暗示对离人未归的寂寞担忧，后一句作为下片首句属于描写闺房装饰，为后述的主要内容奠定了基础：与女性相关。况周颐的两句即是承接王鹏运之句，发抒光阴不复、江山梦回的隐约伤感的情愫。

　　相较晏殊原词，这首连句和韵词除了韵脚的一致，在词体情感方面也与原作类似，都在描景画境中表达一种低低的哀愁。所不同的是，晏殊原词的愁思写得较为平淡隐晦，而本连句词的情感表露相对直观而低沉，为光阴为年华而叹，为故土江山风景不殊而叹。

　　三人的连句和词往往抒写春情春怨，其格调情致较为悲抑愁闷。如和《清平乐》：

> 征鸿南去，莫道销魂处（夔）。薄命应同花上露，一霎光阴难住（苾）。　　归云底事匆匆，多应怨写丝桐（幼）。一样华堂圆月，问谁独占东风（夔）。

　　这是追和晏词之《清平乐》（春来秋去）阕，本为抒写秋日里的怀旧愁情，主题并不新颖，然而在写法上值得一书的是该词没有采用通常的描景写情，平行进展，而是"直接描写主人公的心理情态和意识流动，以凸现其忆旧怀人的惆怅情怀"①。张祥龄他们这首连句和韵词在写法上也袭取了晏殊原作，直面抒情，少有风景点染，表现主人公感叹生命短暂、好景难留的怅惘。

　　像这种表达伤春悲秋的淡淡骚怨似乎是他们连句和韵词的普遍主题。再如和《诉衷情》：

> 斜阳烟柳几丝青，花气弄阴晴（苾）。昼长眠起无赖，抛弹打流莺（幼）。　　新酿薄，峭寒轻，醉难成（夔）。飘残絮雪，散尽花风，未了春

---

① 刘扬忠编著：《晏殊词新释辑评》，第49页。

情(苾)。

这首追和晏殊之《诉衷情》(东风杨柳欲青青)阕,相较前几首,感情基调似略有回扬,不显得那么低沉哀怨,如上片在点染初春景色的同时写出了主人公白天百无聊赖的慵倦情景;而下片相对集中抒写这种莫可名状的春愁春怨,直抵人物内心深处。

张祥龄他们善于以细腻的笔触描绘主人公淡淡的愁绪,有的词作上下片的风格存在差异,比如和《玉楼春》:

> 秋光几日来吴苑,楼上相思穿柳线(苾)。将舒桂叶小如眉,未吐芙蓉娇胜面(夒)。　知音枉托筝中雁,寄恨难凭钗上燕(幼)。闲云也莫不禁秋,一例人天悲聚散(夒)。

这是追和晏殊名作《木兰花》(东风昨夜回梁苑)阕①。晏殊的不少小词善于书写春日的节序景致,有的作品在貌似通达的语气中表现冲破阴霾,寻求欢乐的感喟。比如本词末句"有情无意且休论,莫向酒杯容易散"即是。而张祥龄他们这首追和词与晏殊原词还是有所不同。主题上,晏词主要为春日节序应景而作,而连句词则是发抒秋日相思痛苦之情,尤其是下片,那种知音难觅、幽恨难释、天各一方的愁苦可谓一泄无余,令人易动恻隐之心。

通过以上的例句分析,可以得出如下结论:第一,张祥龄等人的连句和词以表达主人公的忧郁愁苦为主,与晏殊原词有着诸多的近似性;第二,在风格上,显得比晏殊原词更为低沉,语言较为流畅,除个别词作外,词情较为蕴藉含蓄,不乏映现步追晏殊词风貌。

(二) 连句和韵《珠玉词》的原因探析

晚近张祥龄、王鹏运等三人为什么选取《珠玉词》作为连句追和的对象?这应该与他们的词学认识和对晏氏《珠玉词》的认同以及晚近社会现实有关。作为清末的词学家,他们都不可避免地深受常州词派论词重词外之旨、有寄托的影响,他们总是把词学的发展与社会生活紧密相连。在此种词风熏染之下,张祥龄认为文章受时运变化的影响:"文章风气,如四序迁移,莫知为而为,故谓之运。"因此对于词史的发展,他以四季来比附:"南唐二主、冯延巳之属,固为词家宗主,然是勾萌,枝叶未备。小山、耆卿,而春矣。清真、白

---

① 参《全宋词》第 1 册,第 121 页。

石,而夏矣。梦窗、碧山,已秋矣。至白云,万宝告成,无可推徙,元故以曲继之。此天运之终也。"①认为南唐李煜、李璟二主和冯延巳是词家宗主,也是词体的初萌时分,晏几道及柳永为春季,历周邦彦及姜夔为夏季,最后至张炎则是"万宝告成,无可推徙",作为词学天运的终结。张祥龄从四季时运变化转移的角度分析词史进展,他提出南唐二主一臣词被称为词之萌发状态,这种看法如果从整个词史的发生进程评判,显然有所偏颇;不过如果从文人词的发展历史看,这三人可谓宋词的先声,因为晏殊、欧阳修等宋代文人词的先驱即是承传南唐二主一臣词的衣钵,如近人吴梅所谓"承十国之遗者,为晏、欧"②。张祥龄于此中没有直接点名晏殊、欧阳修词,仅是将小晏词放在词的春季阶段,可能认为小晏和柳永词作为北宋承接南唐词风的代表,其词多少没有偏离南唐词好写声情并能借词寓含身世、抒发隐约之情的传统。然而,小晏词的最直接渊源正是他的父辈晏殊和欧阳修词。

张祥龄从天行有常、四季有变、物有盛衰的时运角度分析词史的发展变化,具有一定的合理性,然而将张炎当作"万宝告成"——词学创作的终结代表则是没有认识到词体自身发展的内部规律性和承传变异性。明清以来的词学创作总体上在宋词的圈子里打转,然而有关词体的主题内容和词作境界,因为社会现实生活的变化,还是对宋词有所革新发展而呈现出现新的气象③,因此张氏此论具有一定的片面性和局限性。

另外,张祥龄的词论中还有两点值得留意。第一,主张词作隐含一定的现实意义,词情发抒符合风骚中和之美,同时又反对穿凿附会解读词作。第二,推崇和雅蕴藉,自然流畅,反对雕琢、艰涩与浅薄④。

晏殊词尽管缺少宏大的社会现实内容,然而词作中也不乏一些难言之情,这种特殊的难以言说的心绪和情感多寄载于委婉含蓄、平淡自然的语句中,从而使得词作主题更值得品评咀嚼,因此风流华美的晏殊词是符合张祥龄上述论词标准的,也最为可能深得欣赏。

(三) 王鹏运对小山词的追和

至于王鹏运、况周颐,作为清末四大家之二,本文前述篇章中已经就他们对晏欧的评析和校勘研究做过论述,尤其是况周颐对晏氏父子词颇多好评。而王鹏运除却参与三人连句追和《珠玉词》外,《半塘定稿》中尚有3首

---

① [清]张祥龄:《词论》,《词话丛编》本,第4212页。
② 吴梅:《词学通论》,复旦大学出版社2005年版,第50页。
③ 如张宏生先生认为只有清词才真正破除了唐宋以来"诗庄词媚"的旧说,使得词作主题境界更为丰富开阔,见其《清代词学的建构·导言》。
④ [清]张祥龄:《词论》,《词话丛编》本,第4213页。

和晏幾道的《玉楼春·和小山韵》词：

> 落花风紧红成阵，睡重不知春远近。筝弦声涩镇慵调，燕语情多休借问。　　屏山苦隔天涯信，咫尺关河千万恨。楼前芳草远连天，望眼不随芳草尽。

> 闲云何止催春晚，遮断望京楼上眼。犀帘有隙漏香多，鲛帕无情盛泪满。　　柔肠已遂鹍弦断，风外栏杆凭不煖。归来十九醉如泥，禁得良宵更漏短。

> 不辞沉醉东风里，笑解金鱼能值几？四条弦语煖于烟，一桁帘痕清似水。　　醉调银甲寒侵指，只有翠尊知客意。酒云红晕衬微涡，解向歌尘凝处起。①

其中第 1 首首句为"落花风紧红成阵"，追和晏幾道词《木兰花》（风帘向晓寒成阵）一词，第 2 首"闲云何止催春晚"追和《木兰花》（初心已恨花期晚），第 3 首"不辞沉醉东风里"一阕和韵《玉楼春》（一尊相遇春风里）。

晏幾道的原词都是巧借自然人事的插入抒写个人的某种缱绻情愫。如第 1 首写盼春迎春的矛盾心情。上片写从"梅边""柳处"寻春，下片则重在描摹春早春迟似都带有怨愁，而这种情绪实际上是词人自我内心隐约细微的春愁春恨的发露。王鹏运的和词除了音韵格律的模仿外，还基本上承袭了晏词的风格情调，尽管在抒写主题上并非完全对应。王作第 1 首也写春愁，但是抒写相思之愁。景情互渗互融是它的主要特色。上片抓住落红、慵睡、筝弦、燕语四种物态写出人物的无聊慵懒，而下片的视域变得较为宽阔，由上片的室内转向天涯海角、万里关山，而后又回到近处楼前无尽的芳草，所有这些铺垫都是为一个"愁"字张目，好比贺铸的"一川烟草，满城风絮，梅子黄时雨"，尽情地抒写愁之多之深。

晏幾道原词第 2 首亦是写男女相思情愁，突出"别后相思长在眼"这个词旨。而王鹏运的和作虽然也是写相思愁绪，然而似乎超越一般的男女情思而更带有隐约深邃的政治意蕴或社会含义。首 2 句"闲云何止催春晚，遮断望京楼上眼"颇有"西北望长安，可怜无数山"（辛弃疾《菩萨蛮》）的感叹，只不过王氏词中以"闲云"替代"关山"，认为浮云的存在不仅使得春天来得特别晚，也遮断了探望京城的视野，从而使之显得更迷茫缥缈遥不可及，情至于衷，泪满香帕。词人究竟在张望京城的什么呢？没有明说。下片则更加尽情

---

① ［清］王鹏运：《半塘定稿》卷二，《续修四库全书》影印本，集部 1727 册，第 400—401 页。

地发抒这种因无法遥见而生怅惘、痛苦和肝肠柔断的心绪,最后只能借酒浇愁愁更愁。

可以肯定的是,作为清末的一代词人,王鹏运的追和词无疑不是简单地复制晏幾道词情词貌,也不是简单地写景咏物,而是带有某种更深一层的寄托。如果说第 1 首这种不甚言明的意绪还显得非常隐晦外,那么第 2 首寄寓的情感和主旨已经有所清晰。王鹏运主要生活于多事之秋的晚清时节,而且晚年曾离开京城流寓南京,最后竟客死于吴地。清末的世衰时变使得他的词作多半带上了这种时代特征而显得抑郁而愁闷。朱彊村《半塘定稿序》有云:"其遇厄穷,其才未竟厥施,故郁伊不聊之概,一于词陶写之。"①可见词作在王鹏运笔下并非一种赏玩之物,而是自我心胸抑郁不平之意绪的发落和承载体,好比辛稼轩词"果何意于歌词哉,直陶写之句耳"(范开《稼轩词序》)。光绪甲辰冬十月,钟德祥所作的序对这种别有幽恨又有细论:"今再读其遗词,幼眇而沉郁,义隐而指远,膈臆而若有,不可于明言,盖斯人胸中别有事在,而荦然不能行其志也。"②因此,借助这些词学背景认识,解读上述追和晏幾道词,可以说庚子事变前后社会变化的冲击和王鹏运个人经历的坎坷起伏铸成了他的词必然寓以家国沉沦之感,而晏氏词虽然以情词著称,然而在晚近词学认识中,其词"若入李氏、晏氏父子手中,则不期厚而自厚,此种当于神味别之"③。前述常州词派谭献也认为晏欧词出冯正中词,亦具有柔厚之旨,情深意切之下潜藏着幽约难言之情,属于赵尊岳所谓"外极秾艳而内实沉痛者"④的一类。晚清张祥龄、王鹏运及况周颐三人的词学思想总体上都是深受常州词派词学理论影响,作词论词重视蕴藉风流含蓄不尽,甚至有微言大义,因此,晏氏父子词成了晚清王鹏运、况周颐等人的重点追和对象。

(四) 况周颐对晏欧词的袭取接受

除了步韵追和,况周颐词中还直接袭取晏欧词作句法与风格情韵。王国维说:"蕙风词小令似叔原。"(卷下第 44 则)据卓清芬先生考述,况周颐本有词集 10 种,民国十四年(1925)自删定编为《蕙风词》2 卷,世界书局有惜阴堂丛书影印本⑤。笔者据《续修四库全书》影印本检视,在其 125 首词中约有小令词数十首,其中尤以《减字木兰花》、《减字浣溪沙》(16 首)、《菩萨蛮》《鹧

---

① [清]朱彊村:《半塘定稿·序》,见王鹏运撰:《半塘定稿》,《续修四库全书》影印本,第 380 页。
② [清]钟德祥:《半塘定稿·序》。《续修四库全书》影印本,第 380 页。
③ [清]蒋敦复:《芬陀利室词话》卷三,《词话丛编》本,第 3671 页。
④ 赵尊岳:《填词丛话》卷三,《词学》第 4 辑,华东师范大学出版社 1986 年版,第 80 页。
⑤ 参卓清芬:《清末四大家词学及词作研究》,第 221—222 页。

鹧天》《蝶恋花》等调为多。细琢其词情风格,即婉约玲珑,用语自然,情感真挚。徐珂《近词丛话》曾记载况周颐自述学词"所作多性灵语"①,句中的"性灵语"即多见于这些小令词,约略与北宋晏欧词近似。赵尊岳说况周颐初学词:"以颖悟好为侧艳语。"②赵尊岳先生对于其师学南唐北宋艳词多有叙述,其中一首《蝶恋花》(柳外轻寒花外雨)③,他说:"直逼宋贤。"④不妨以之为例,概见况词与北宋词之承传面貌。

先分析其语句对前贤的承袭。第1句"柳外轻寒花外雨"来自欧阳修《临江仙》"柳外轻雷池上雨",第2句"断送春归"脱胎于欧阳修词《玉楼春》(残春一夜狂风雨)前4句,"无凭据"源自晏几道《蝶恋花》"终了无凭据"句。下片"往事"首句化用欧阳修《蝶恋花》"海燕双来归画栋"及"帘幕风轻双语燕"句,"辛苦和春住"来自欧词《蝶恋花》"无计留春住","梦里"句与欧词《蝶恋花》"惟有绿杨芳草路"近似,"梦回"句与欧词《蝶恋花》"依依梦里无寻处"句非常近似。足见,况周颐小令词的字面与北宋词关系密切,尤其是与晏欧词。当然从主题深度看,况氏词或许带有宏大的寄托寓意。卓清芬先生认为词中的残春、风雨等意象都是清末民初现实的象征,揭示满清王朝被雨打风吹去之后词人内心的那种眷念而又茫然、惆怅的复杂心绪⑤。这种小令词因时代的巨变而染上了政治的色彩,是晚清词中多见的现象。

《蕙风词》中还有不少《鹧鸪天》词,其格调情致与小晏类似,轻快之中不乏沉着。如《鹧鸪天》(苦恨花枝照酒杯),该词曾被钱仲联先生作为"哀悼词"而入选《清词三百首》⑥。明快清隽之中,伤春怨春之情溢于言表,而沉浸寄托其间的恐又是时事巨变、江山易代的沉痛之感。赵尊岳先生曾认为况周颐:"艳词多有理解,故为至情至真之意。"⑦其实无论真写个体爱情之作还是其他有所寄寓的情词,真切真挚是况氏小令词的显著特色,这一点与晏几道情词颇为一致。如果对照阅读晏几道之《鹧鸪天》(一醉醒来春又残)等诸阕,尤能体悟到这种内在词风的相似性。再如晏几道名作《临江仙》(梦后楼台高锁),而况氏也有《临江仙》(杨柳楼台花世界)等多首⑧,他们都将自己的满腔真心、赤心一寄于狭小的词体之中,沉痛而伤感,令人不胜感慨。

由上,王国维说况氏小令词风颇近晏几道词,或许是说近似于以晏几道

---

① [清]徐珂:《近词丛话》,《历代词话续编》本,第191页。
② 赵尊岳:《蕙风词史》,《词学季刊》第1卷第4号,1934年4月版,第69页。
③ 参况周颐:《蕙风词》下卷,《续修四库全书》影印本,集部1727册,第498页。
④ 赵尊岳:《蕙风词史》,第80页。
⑤ 参卓清芬:《清末四大家词学及词作研究》,第243—244页。
⑥ 钱仲联选:《清词三百首》,岳麓书社1992年版,第370页。
⑦ 赵尊岳:《蕙风词史》,第87—88页。
⑧ [清]况周颐:《蕙风词》下卷,第499页。

小令词为代表的北宋小令词,那么赵尊岳笔下的"宋贤"不是单指晏幾道一人,至少包括晏殊和欧阳修在内,这样的表述或更为具体而切合实际。

二、有晏欧词风的朱彊村词

晚近四大家中不仅王、况二人在词学创作中直接追步二晏词,朱祖谋彊村之词也有学晏欧词的痕迹。这在王国维《人间词话》中有所揭示。

王国维说:"彊村学梦窗而情味较梦窗反胜。盖有临川、庐陵之高华,而济以白石之疏越者。学人之词,斯为极则。然古人自然神妙处,尚未见及。"①朱彊村治梦窗词、学梦窗词出力尤多,晚岁方学苏词以济梦窗之密。他的3卷本《彊村语业》词,率多是南宋词风格,而词学吴文英更有出蓝之胜。比如王国维予以肯定的人情韵味,的确比梦窗词深厚华丽而疏隽清爽。什么原因导致的呢?王氏从词风构成的渊源推测认为情味高远华丽是模范晏殊和欧阳修词的结果,而疏隽动宕则出于姜夔词。王国维的评论是较为客观的,符合词史的基本面貌。朱彊村词学晏殊、欧阳修词,这主要体现在一些小令和中调上。比如《蝶恋花》(一院东风莺对语):"一院东风莺对语,中年酒光,不定阴晴雨。红萼盈盈谁是主,珠帘锦帐新歌舞。 人事音尘关百虑,坠絮飞丝,都是愁来路。泪眼留春春似许,江湖满地漂花絮。"②从韵脚到词情模拟因袭欧词《蝶恋花》(庭院深深深几许)痕迹明显。尽管如此类似,王国维还是觉得学人之词的彊村词"然古人自然神妙处,尚未见及"③。王氏论词强调真性情的流露和自然浑成之高境,反对因袭模拟,为文造境,所以认为朱彊村词某些仿前人处虽词艺高超,终无法与古人相比。

无论如何,王国维指出朱氏有学晏殊、欧阳修词这一事实。比如朱祖谋有5首《采桑子·湖上逭暑日课小词仿六一》,词题鲜明地告知仿拟欧阳修《采桑子》而作。其词首句分别为:"人言泛月西湖好""三潭月上西湖好""看山觅句西湖好""佛香仙呗西湖好""闲鸥最识西湖好"等④,可作例证。

三、模范晏欧词的王国维词

王国维指出他人有学晏欧词风的现象,其实他自己何尝不是。王氏不仅在理论上推重晏欧词,而且在写法上也多吸收、借鉴和模拟晏殊、欧阳修词。

① 王国维:《人间词话》卷下,第53页。
② [清]朱祖谋:《彊村词剩稿》卷二,《续修四库全书》影印本,集部1727册,第608页。
③ 同注①。
④ [清]朱祖谋:《彊村词剩稿》卷二,第603—604页。

创作上,王国维也是以北宋词人词作为标杆,尤其是大量吸取借鉴颇富美感特质的小令词艺术,使之成为他词体创作的重要源泉。今存王国维词约有115 首①,其间几乎全是小令词,如《浣溪沙》22 首、《蝶恋花》25 首等,可见王国维对于北宋令词的钟爱。在对前人的学习与追摹中,晏欧词自然是入其法眼的,只是此一时彼一时,除了某些艺术痕迹外,难以坐实见出对晏欧词的承袭证据。当然,艺术的传承本来就包含化有形于无形,是无须坐实的。正如王国维自云:"静安之词,大抵意深于欧,境次于秦。"(补遗第 18 则)言语之间,不乏自矜,俨然将欧、秦词引为同调。周策纵说王国维:"其词之风格,恢宏郁邑,则最近于冯延巳。而其所写,要皆出于己观,故能有独立之生命。"②与冯延巳词相近自然也与晏欧词风有着近似性,但王国维更多的是借助北宋小令词的艺术来表现自己的文艺哲学观和生活感触,与晏欧词还是有所不同,因此即使学得最像,也仅是模拟取法,毕竟他的时代已经不是北宋那个时期,也缺乏小令词创作传播的艺术氛围与环境。朱庸斋曾说王国维力图模拟唐五代、北宋,但总是欠缺,颇为费力,因此他认为"用力过重,终欠自然"③。为了证实这一点,朱氏还列举了王国维《蝶恋花》(百尺朱楼临大道)一词。

朱氏指出的这首《蝶恋花》词,在语词、句法上多是承袭南唐北宋词而来,其间包括晏欧词句。今人雷绍锋曾对此有过详尽的剖析,比如"百尺朱楼"句承袭晏殊《迎春乐》"当此际,青楼大道";又《蝶恋花》"百尺朱楼闲倚遍";而"楼外轻雷"句则直接来源于欧阳修《临江仙》"柳外轻雷池上雨"句,如此等等,明显都是对前人词句的直接取用④。现代学人从遣词造句手法上指出王词与欧词多有耦合之处,这也证明王国维是有意引欧阳修为知音,以欧词为师法对象的⑤。是故,抬高欧词即是褒扬自我。

总之,王国维化用前人词句的艺术技巧不如清初的纳兰性德,后者能将前人词句的要素消解于自己的创作需求之中,使二者词句浑然一体,几乎看不出化用承袭的印记,而王国维袭取之作人工斧凿痕迹明显。

四、赵尊岳父女对二晏词作的追和

对二晏词作的大规模追和,除了上述三人连句或单和外,近代词人赵尊

---

① 安易:《王国维词新释辑评·前言》,见叶嘉莹,安易编著:《王国维词新释辑评》,中国书店2006 年版。
② 引叶嘉莹、安易编著:《王国维词新释辑评·附录》,第 516 页。
③ 朱庸斋:《分春馆词话》卷三,见刘梦芙编校:《近现代词话丛编》,第 434 页。
④ 转引叶嘉莹、安易编著:《王国维词新释辑评》,第 346 页。
⑤ 欧阳明亮:《王国维对欧阳修词的解读及其词学意义》,载《2014 绵阳欧阳修国际学术研讨会论文集》。

岳及其女公子赵文琦继承王鹏运等三人追和二晏词的做法，分别有 1 卷《和小山词》《和珠玉词》，这也是二晏词接受与传承史上值得一书的事。赵尊岳师出况周颐，其《和小山词》完成于 1923 年，赵文琦追和《珠玉词》则更晚，因此从时间上看，不属于本文讨论之范畴，仅略作介绍，以窥二晏词在清末民初的流传及影响。

赵氏对二晏词非常推崇：

> 不必言情而自足于情。一字一句，落落大方，能得天籁，斯即为词中之圣境。珠玉是矣。由珠玉而少加砻治，使智慧偶然流露，以益见声色者，小山是矣。珠玉如浑金璞玉，小山加以潢治而仍不伤于琢，此晏氏父子可贵处也。①

赵尊岳认为晏殊词如天籁之音，为词中圣境，这与清代词人谓之正体且为元音接响的说法是一脉相承的，而称之为词中"圣境"也与王国维以高境界论晏词相仿佛。至于晏幾道词，赵氏认为"智慧流露"，"益见声色"，富于声情却无刁柔造作之病，正中晏幾道词之本色。

在另一处，赵尊岳再次对晏殊词的浑成之美给予了重大评判："宋词以晏、秦、周、柳、苏、吴、姜、张为八大家……晏词智慧流露而重大有余，实为浑金璞玉之音。"②

赵氏屡次提及的"智慧"依笔者的理解，大概为二晏词中体现出来的隐含个人身世处境的哲人之思或生命之慨。赵尊岳对于晏幾道词之"补乐府之亡"更有兴趣，在当时"海宇虽不靖，东南尚翛然在事外，壶觞几于无日不尽其乐。家园五亩，花事特盛。千红万紫，间清欢雅。故一托之词，遍和小山，亦差为得起身世耳"③。

赵尊岳《和小山词》前有况周颐序，从追和前人词的角度，况氏认为仅仅取其外在的章法和技巧则是构词拘限，不能认为是真正领会了原词内蕴，只有身世与之类似才可能达到神与气皆相通。基于此，他认为小山词诞生 800 年来，真正的知音者寥寥无几，而赵尊岳"叔雍琼思内湛，玮执旁流。得《惜香》之缠绵，方《饮水》华贵。……同声相应，有自来矣"④。赵氏《和小山词》的目录取自汲古阁本，选调 50 个，和词 254 首，韵律上与晏词每一首一一对

---

① 赵尊岳：《填词丛话》卷三，《词学》第 4 辑，华东师范大学出版社 1986 年版，第 81 页。
② 赵尊岳：《填词丛话》卷四，《词学》第 5 辑，华东师范大学出版社 1986 年版，第 215 页。
③ 赵尊岳：《珍重阁词集·自序》，见赵尊岳、赵文琦：《和小山词　和珠玉词》（合订本），上海古籍出版社 2004 年版，第 156 页。
④ [清]况周颐：《和小山词·序》。

应。词之精气神与小山词也多有相通。

如和《临江仙》第一首：

> 凭遍曲阑十二，碧城犹记相逢。莲房坠粉又秋风。画媚眉浅翠，醉薄靥轻红。　　淡月疏帘遥夜，清光乞与君同。谁知雁字解书空。云崖无限限，依约梦魂中。

其女赵文琦之《和珠玉词》，卢冀野题词云："昔年读尊君《和小山词》，今得见此卷，于是同叔父子并有继响，为不寂寥矣。"①全卷和晏殊词 38 调，词作 131 首。如《点绛唇》：

> 月影移墙，娇痴不解分离意。画筵初起。一串歌尘缀。　　彩袖轻盈，禁得风侵袂。青萍起。玉箫声里。约略遥山翠。

由于不属于本文讨论时间范围之列，只能点到为止。

由上可见，晚近在词体创作上对晏欧三家词的学习追和是特殊时代的产物，是清人对晏欧词沉着蕴藉风格特色再认识的结果。他们将国运衰落身世飘零的苦楚一一寄寓于追和词作上，使得晏欧三家词的内在情韵特质在传统词学终结之际，散发出最后一抹迷人的光芒。

本 章 小 结

晚近是中国传统词学散发出最后一抹光彩的特殊时期，也是现代词学酝酿建立的初始阶段。在这个新旧交替、革故鼎新的非常时期，作为宋词史中的一群体，晏欧三家词同样借由晚近学人的批评理论、词籍校勘和实践创作参与到了词学发展的潮流当中。

一、晚近晏欧三家词研究与传承小结

第一，晚近词学的发展以常州词派宗风为中心，或为派中后劲，或受宗风影响，但浙派的影响没有完全断绝。而以王国维为代表的学人以现代词学视野的烛照，预示传统词学的终结，新词学的开始。无论什么派别的词学批评均涉及晏欧三家词，使得有关研究与传承呈现出多元色彩。

---

① 卢冀野：《和珠玉词·题词》，见赵尊岳、赵文琦：《和小山词　和珠玉词》（合订本）。

常州词派本以比兴寄托观照晏欧三家词,而常派后人谭献以"柔厚"的词学理论批评晏欧词,强调其间渗透的个体骚怨之情,故他对晏幾道词颇多关注。

陈廷焯本身为晚近著名的词学理论家,词学著作亦多,他不同于其他晚近文人论词多带有经学家的眼光,而是多以文学的角度审视词体,作词论词,使晚近词学由学人之词重新回归到词人之词,在中国词学发展史上具有重要的影响和意义。另外,陈廷焯的词学思想和论词理论出浙入常的变化转型轨迹较为明显。他前期的词学著作《云韶集》和《词坛丛话》中的核心选词、论词思想几为浙派代言,对于晏欧三家词评价欣赏亦多。而后期的词学思想和论词理论由于受到常派熏渍,所著《词则》和《白雨斋词话》论词开始偏重沉郁之气和忠厚之旨,尤其是《白雨斋词话》对于以清丽自然、语意浅近的晏欧三家词颇不以为然,列为词中次乘,评价态度由早期的褒多于贬明显转为贬多于褒,持论有失偏颇和苛刻。这是本文目前讨论过的对晏欧三家词研究评论态度明显发生变化的唯一的词论家,理应值得重视和探讨。

晚近词学四大家对宋词的承传态度异于前述大家,尽管为词论词沿袭常派的衣钵,然而眼界、胸襟已经超越了常派热衷南北宋词分歧和词之正变问题的畛域。他们对于以北宋晏欧三人词为核心的小令词也有所留意瞩目,这在词集校勘和理论批评均有所表现。王鹏运校刻了40余首晏欧词并提出了欧词"骚雅"、晏幾道词"疏隽"的观点,是对晏欧词研究的继承与总结;朱祖谋《宋词三百首》对晏欧三家词的增订删选,为20世纪的传承研究提供了批评范本和传播资料;况周颐从"重""拙""大"出发,对晏幾道词的独有品味与解读,尤其是提出"万不得已"的"词心说"使他成了小山词数百年后的知音,也为后世词学的诠释打下了可资借鉴的理论基石。此外晚近词人对晏殊、欧阳修词的考校欣赏,扩大了晏欧词的流传范围,促进了其词研究的进程,而一些词人开始尝试应用近代传媒传承研究晏欧三家词,预示着传统词学研究时代的结束,新的研究时代已经来临。

新学开端之际,《人间词话》作为一部有系统的新理论的词话著作,对北宋词的偏重促成王国维对晏欧三家词有较多的论述和批评。相较而言,欧阳修词尤其得到他的喜好和抬尊,二晏词作涉及不多,而小晏词的词史地位和词作特色并没有得到他的认可,评价较低,基本处于不太受重视的研究视域中。另外,也必须注意到,除却评价晏殊词,王国维喜欢以秦观与欧阳修和晏幾道词比较评判,并且明确指出永叔和秦观属于"诗词兼擅者"和"词之最工者"(卷下第3则和第37则),而对于小晏词之意境则认为"愧淮海者"(补遗第18则),由此可见王国维有扬秦抑晏之心。无论如何,王国维对晏欧三家词的批判寄寓了他的主要词学观,他的点评则进一步促进了晏欧三家词的经典化进程,尽管在表述形式上还是采用传统的兴会点评方式,内里却是闪烁着新颖的视角理论,尤其是以"境界说"为核心理论评判晏欧词,正见出 20 世纪初新旧交替的词学传承与研究之嬗变痕迹,标志着晏欧三家词的接受与批评也开始摆脱传统词学研究范畴而进入现代词学研究的序列。

第二,晚近词选数量众多,并且"古词选本的比重加大"①。这些选本与词坛的尊古复古倾向相号召,共同反映晚近词人欲以总结传统词学的倾向。芸芸众选中,除却陈廷焯《云韶集》《词则》等,其他涉及晏欧三家词且具研究价值的词选并不多,有的却极具研究意义。杨希闵的《词轨》是清代最重要的一部对晏欧三家词进行过大规模评论的词选,无论是文献考证还是艺术鉴赏,甚至理论批评,《词轨》对晏欧三家词全方位的研究与批判使它成为晚近晏欧三家词传承与批判最为华丽的词选篇章,而带有浙派印记的《微云榭词选》和具常派意识的《艺蘅馆词选》对三家词的选录或考释,反映在晚近常派宗风主流之下,晏欧三家词具有顽强的生存发展空间和被传播接受的艺术魅力。

第三,晚近的词话批评中,对晏欧三家词的研究及批评赋予了更多的理论色彩,有些观点和看法超越了浙常二派的理论藩篱而具有自我特色,也标志着清代末期词话的发展已经超越了收辑整理的简单目的而走向理论化、系统化。除却谭献、陈廷焯、四大家和王国维等前述专节论及的词话,其余词话对晏欧三家词的研究颇具补充价值,有的甚或具有理论革新意义。如谢章铤《赌棋山庄词话》认可欧阳修、秦观的正宗地位,并认为超越了姜张一派;冯煦《蒿庵论词》的"西江词派"之说开后世从地域的视角观照晏欧词的先河;而张德瀛之《词徵》则推举晏殊为北宋五大家之一,并率先提出"小山体"称法,对于抬尊晏欧词词坛地位,廓清小山词体独有特色不无帮助与启迪意义,等等。

第四,晚近的词体创作重新进入了繁荣时期,晏欧三家词也借此进入也不少学人的眼帘,被他们选择成为交流情感、发抒志趣、切磋词艺、提高技能的对象。王鹏运、况周颐、张祥龄等人的连句追和二晏词属于特殊背景之下的词学活动,他们更多的是借助二晏词作体式交流家国之难的情感。此外,王国维及朱彊村均有吸取借鉴晏欧三家词的做法,反映时至晚近,婉约玲珑的晏欧词仍然是诸多学人学习效法的榜样。

---

① 李睿:《清代词选研究》,第 250 页。

二、晚近与清中后期三家词研究与传承的异同

嘉道以后的晚近时期,晏欧三家词的研究与传承状况在清中后期的过渡
基础上进入多元与接获时期,标志着传统词学视野中三家词研究与传承的结
束,又是现代词学视野中研究的开始。相较清中后期研究状况,晚近的三家
词研究也是继承当中有创新,二者互有异同。

宏观而言,晚近与清代中后期三家词研究与传承的进程仍然依靠词派词
群的主要推动力量,但这股力量的成分并非一样。清代中后期词派力量的成
员主要以浙派后期和常派前期为主,前者中的治词者多数由普通文人或词人
组成,考察词作多从文学本分出发;后者多属于经学家,并且开了以学问家治
词的大路径,影响到晚近时期的治词者,论述词作多从经学家的视角。晚近
的词学推动者主要也是深受常派论词治词的影响,从学派理论看应属于常州
词派的后劲或接向者,大多属于学问家治词。但与清代中后期的学问家治词
又有区别,至少在看待南北宋词议题上更显得通达、全面。

具体而论,两者在以下诸方面互有异同。

首先,晚近与清代中后期在传承路径、形式、规模有同有异。其一,词选
仍然是两个时期三家词的重要传播文本,但中后期的词选主要以交织着浙常
两派的观点选辑、传播晏欧词,晚近的词选虽然不乏常派意识的影子,但没有
明显的词派意识,反映晚近词选家视野的开阔和词学理论渐趋互融调和——
这是中后期词选所缺乏的特点。另外,晚近的词选成就要比中后期词选成就
大,影响更为深远,主要见于《词轨》和《宋词三百首》。《词轨》规模大,选词
数量多,涉及词人也多,晏欧三家词被选一百余首,这是中后期词选无法匹敌
的数量。另外《词轨》对三家词的研究与批评的词学理论意义也超越中后期
词选。《宋词三百首》的选辑影响更是中后期的词选无法比拟的,一直持续
至今,成了普通读者、普通家庭阅读传播宋词的首要书籍。尽管如此,中后期
还在词谱上有所增益即《白香词谱》,这是晚近所缺乏的传承途径。其二,有
关三家词的词集传播方面,中后期三家词词集版本的传承校勘非常匮乏,仅
有欧词的全集本和吴昌绶、陶湘辑编的《景宋吉州欧阳文忠公近体乐府》三
卷本及《景宋本醉翁琴趣外篇》六卷本得以刊刻,而晚近时期四大家的专业
校勘,使得三家词也有精校本。如王鹏运的《精选名贤词话草堂诗余》精校
本涉及晏欧词19首、朱祖谋的《小山词》校勘本,为晏欧词的传承和甄别校勘
打下了基础。其三,词体创作都是两个时期对三家词接受传播的途径之一,
但接受规模和对象有差异。中后期的创作接受三家词规模小,且主要以晏殊

和欧词为对象,以追和为形式。晚近时期重新兴起了效仿三家词的潮流,无论晏殊、欧阳修还是晏幾道词,均成为学习创作的接受对象,不仅规模大,且学习形式多样。这个时期有一般的追和风格、技法、语言、情韵(如王国维),还有此前未曾出现的多人连句和韵形式,并且以全本词集为连句追和对象,如王鹏运、况周颐等人的《和珠玉词》《和小山词》,以及赵尊岳父女对二晏词集的追和。在主要学习接受的词作上,中后期以欧词鼓子词《渔家傲》和《朝中措》为主的角色变化成二晏词,尤其是小晏词成为重点接受对象。此外,两时期创作上效法晏欧词的原因也同中有异。对晏欧词作的艺术手法和词情特色的欣赏是两者共有的基本原因,但晚近对二晏父子词的连句和韵还与创作者的身世际遇息息相关,尤其是对晏幾道的身世遭遇感同身受,从而以追和词章的形式发抒共鸣之音。

其次,晚近与中后期在三家词有关的词学批评领域,如批评媒介形式、审视视角、关注的词学问题和涉及的议题热点上同中有异。其一,两时期仍然以各种词选、词话和词集序跋为主要批评模式,然而晚近因为进入到传统词学的结获期和现代词学的开端期,因此相关批评成果要多,涉及的领域要宽,看待问题更深更全面。基本上关乎中国传统词学的所有领域,造成的影响和声势等等,也是中后期阶段无法比拟的。如晚近时期,开始有印刷出版的刊物杂志发表文章来批评三家词的模式。其二,晚近和中后期都涉及晏欧三家词的体性、地位问题,认识上二者既有联系,也有区别。中后期的浙派中期词人吴锡麟秉承南宋词为正宗的理论,以“清雅”为宗,将北宋婉丽的晏欧词排除在正宗之外,直到郭麐才开始重视词作情韵,对三家词的本色地位予以认定,尤其是小晏词深得其欣赏。继浙派而起的常派前期张惠言、周济等人,以经学视角考察三家词,对晏欧词蕴藉深厚的特色有清楚的了解,以“寄托”和“微言大义”解读晏欧词,使得三家词重新回到词坛前沿。晚近时期,晏欧词的体性特色和词坛地位进一步得到认可。常派后期代表谭献以“柔厚”观词,在他的正变论中没有涉及晏欧词,但从他高度肯定小晏词为“柔厚”可推测晏幾道词应属于正宗地位。而此后的陈廷焯以“沉郁”论词,对于晏欧词基本上持批判态度。这种尴尬局面延续到晚近四大家才有所好转,尤其是二晏词作受到他们的关注。此后杨希闵认可晏殊为宋词开山领袖,晏幾道自成大家,欧阳修为苏黄派领袖,三家词地位均有上升。而谢章铤高度认可欧阳修和晏幾道词为北宋词之正宗地位,直至冯煦不仅认识到晏欧词的渊源特色还从词作体性和地域的角度提出“西江词派”的说法,真正完成了辨析传统视域中晏欧词的词史影响和地位的任务。近代以后,王国维以境界论词,认定晏殊、欧阳修词"有境界,自成高格",尽管小晏词的地位没有得到他的认可,但总体上,晏欧三家词以高姿态进入到现代词学研究的序列。其三,两个时期都关注到宋词史中三家词的体派问题,但也是同中有异。中后期浙西词派的郭麐从风格特色出发提出宋词四派说,晏欧词属于"风流华美"派。常派前驱周济提出以南北宋四大家为学词径向,视同分派,晏欧词附属于由南入北的清真派。晚近以来的谢章铤论宋词分为三宗,晏欧词属于北宋之正宗派。陈廷焯将唐宋词分十四体,晏欧三家词附属于冯延巳体。清人将晏欧词纳入不同体派,这是各自观照宋词史风格流派的角度和现实创作需要不同,体现了清人对词学史的认识愈加精细化和多元化。其四,两个时期都关注欧阳修艳情词问题,所批评的态度有异同。中后期的代表词家除了宋翔凤持论中立,认为不必辩外,其余吴衡照、陆鎣等认为是伪词,不是欧阳修所作。晚近以来,不少词家继续就此问题发表看法,其中胡薇元和沈曾植认为是伪作,小人所为,持论与前述吴衡照等同,了无新意。杨希闵对于欧阳修的这些词作不做真伪评判,而是指出欧词真伪杂陈难以辨清的传播史事,态度较为暧昧,也不妨为一家之说。陈廷焯则认可部分言情词为欧词,但又指出个别艳情词当为欧阳修年少时出于"托物寄情,无端寄慨"作,"必非实有其事"。可见陈廷焯的观点与宋翔凤类似,指出没必要对之坐实而论辩。而晚近四大家之一的况周颐则是有条件地提出伪作的可能,即欧阳修是否有自证,体现学问家的怀疑精神,不轻易相信或盲从他人观点的可贵习惯。

再次,三家词内部研究的差异。晚近时节,总体上,三家词得到前所未有的研究传承,然细而析之,三者各自的批评接受关注度还是有差异。常派后劲谭献主要关注二晏词作的雅而兴寄,陈廷焯则对三家词都有研讨,前期高度评价晏欧词,认为蕴藉风流,后期又否定了三家词,体现出他评价晏欧词的矛盾性。晚近四大家以二晏词作研究批评为主,欧词相对冷落。王国维则高度肯定晏殊、欧阳修词作,对于小晏词抱有贬低态度。杨希闵平衡对待三家词,而《微云榭词选》选欧词、小晏词,不收晏殊词,《宋六十一家词选》以收晏几道词为最多,《词徵》对二晏词多有肯定。至于创作上,二晏词成为吸收借鉴的主要对象。

总之,晚近晏欧三家词研究与传承的特点:第一,有关晏欧三家词的理论批评色彩浓郁。相比清代前中期,无论是词选还是词话,晚近的晏欧词研究理论性加强,简单的词句鉴赏和存史性词选退而居次,这主要表现在陈廷焯、杨希闵、谢章铤、冯煦、张德瀛以及王国维等数人的批评与传承上。第二,晚近的词学家注重对晏欧词进行校勘,如四大家便是杰出代表,为后世三家词籍的传承提供了文献基础。第三,从三家词内部研究与传承状况看,总体而言,晏欧三家词的地位与影响进一步得到晚近词人的推崇,尽管后起的陈廷焯一度贬低晏欧词的大家地位,但无法阻挡晚近词坛整体上的推动趋势;欧阳修和晏幾道依然是晚近词家评论的中心,晏殊稍逊,其中,晏幾道词因有身世"寄托"之感尤其得到晚近词人的青睐。

第五章　清代晏欧三家词的传承
地位与经典影响

　　晏欧三家词研究与传承历经二百七十余年后行将结束。回头总结这段词学史上号称"中兴"时期的晏欧三家词传承,令人不由感叹,有着近千年研究与传承史的晏欧三家词在清代也获得了较多的机会参与到词学的建构体系中。尽管它们的声音不甚嘹亮,它们的身影大多数时候也很模糊,它们甚至只是被清人作为词学背景来论述考察有关前代词体与词学现象。相较北宋其他大词家如柳永、苏轼及周邦彦,甚至李清照的词,晏欧三家词未能与它们一起享受到更多的关注和批评、接受传播的机会,甚或一定程度上比之南宋姜、张、吴也兴叹莫及。然而就像历史的发展不是由少数几个精英分子主宰的一样,词学发生史也是如此。它是由众多的大大小小为词体创作、研究、传承付出过心血的文人创造而成。一部清代词史不仅是一部流派史,更是一部学习前人构建清代自身体系的历史。晏欧三人在清代的词学复古追寻中无法成为热衷的对象,但不可否认他们是前代俊彦,是曾经为宋词学的发展做过努力开创和承传的大家名家,同时也是被历代词家学习、批评、借鉴与膜拜的对象。晏欧三家词的存在同样为清代词学的构建做出过不可忽略的贡献,许多词学议题绕不开三家词,对清词的创作和词学发展产生一定的影响和意义。

　　本章通过有关《词选》《词话》的统计数据,对晏欧三家词在清代的传承地位与经典影响作一管窥式陈述与总结。

第一节　由清代词选选录数据看晏欧三家词的传承与影响

　　本书为了讨论晏欧三家词在清代的词学传承与批评状况,曾选取较有代表性或有特色的20余种词选(谱)加以考察论证。这些不同词选(谱)根据它们在词史中发挥的主要作用,大致可分三类:一是被词学流派当成理论阵地,张扬本派词学主张,以批评为主,如朱彝尊等人编辑的《词综》;二是主要以选调存史之用的词选(谱),如《历代诗余》等;三是出于个人爱好与兴趣加以编辑收录的词选,主要起传播与鉴赏批评之用,如杨希闵之《词轨》等。根据这三类词选著录晏欧三家词的有关信息(详参表6),管窥他们各自在清代的词学发展中所处的位置及其影响。

由表6可知,总体而言,晏幾道词入选次数最多,达516次,占其存词数约为1.98(516/260)个百分比,仍为第一;欧阳修居第二,有336次,与存词比为1.4(336/240),居第三;晏殊为末,222次,与存词比仅为1.61(222/138),居第二。可见,如果以入选次数为准,晏幾道词名列晏欧三家词中的第一位,晏殊最末,欧阳修居其中。这个数据尽管未能反映他们各自对词体的开创贡献,但可以体现它们在清代的流传接受状况之一端。以词选入录次数为例,晏幾道词似更能引起注意。以涉及词选种数而言,晏殊18种,欧阳修20种,晏幾道19种。种数的多寡与传播影响的广度和可能的被接受之机会关系密切。从此点论,欧词更为词选家注意,其词传播面较广,稍有优势。晏殊仍居最末。再者,如果从每种平均入选词首数(次数)衡量,那么如表中所示,晏殊平均12.3首,欧阳修16.8首,晏幾道27.2首,小山词仍然位居第一,晏殊居尾。综合而言,统计数字说明,以入录传承论,晏幾道词被人传承和赏析的机会可能最多,而欧阳修词则传承广度最大,晏殊居三者之末,基本体现三者对词坛的影响事实。当然传承及其影响除了与数量有关外,还与词籍的版本形式有关。一般而言,刊印本流传范围更广,被人批评接受的机会也多;相反,抄本则传承速度和范围都极有限。表中所列的21种词选,周之琦之《晚香室词录》,杨希闵之《词轨》,《云韶集》《词则》有清一代只有抄本传世,一定程度上会影响到词体的传播。

表6　清代词选与晏欧三家词选数量统计表

词人数量 / 词选	古今词选	词综	词洁	历代诗余	钦定词谱	古今词选	清绮轩词选	蓼园词选	词选续编	宋四家词选	历代词腴	心日斋词选	晚香室词录	词轨	微云榭词选	云韶集	词则	白香词谱	四印斋校刻本草堂诗余	艺蘅馆词选	宋词三百首	总计	平均入选
晏殊	3	7	7	95	26	1	7	4	4	4	1		4	23		8	8		4	6	10	222	12.3
欧阳修	7	22	12	127	21	6	11	7	3	6	5		2	37	3	16	16	5	13	8	9	336	16.8
晏幾道	2	25	22	184	24	5	3	4	1	10		46	36	54	8	20	38		5	8	21	516	27.2
总计	12	54	41	406	71	12	21	15	8	20	6	46	42	114	11	44	62	5	22	22	40	1074	

说明:两种《古今词选》,从左到右,第1种为陆次云之《见山亭古今词选》,第6种为沈时栋之《古今词选》。

从词选批评与传播的角度分析,总数量上,《历代诗余》作为官方的选词活动结果,其取词规模有优势,也是辑录三家词最多的词选总集,达406首,其中晏欧词三人中以小晏词入选最多,达184首,占其存词总数的71%;杨希

闵的《词轨》选词 114 首,居第二;《钦定词谱》收有 71 首晏欧词,居第三。这
3 种词选中,晏幾道词入选数都是最多,而欧阳修除了《词谱》居末外,均处第
二的位置。如果与他们的存词数量相比,其值大致与其选取数量比例相近。
《历代诗余》和《词谱》都具有皇家官方色彩,客观上都具备选体备调以存人
之目的。相较晏幾道,晏殊、欧阳修的词创调成就要大,这使前者无法逾越,
而小晏词在词情深婉及似有所托的咏叹中亦多次获得常派或后世受常派影
响的词人的广泛关注和诠释。

　　从词选成书大致时间分析,陆次云等编录的《见山亭古今词选》是清初
较早的一部通代词选。此选以追奉周邦彦为宗,倡导诗骚之旨,选取晏欧词
只有 12 首,其中欧阳修词最多,看重的是欧词之雅。稍后的《词综》《词洁》
宗风类似,倡导雅洁为上,而晏幾道词首次在数量上超过了欧阳修词,反映小
晏词得到的关注度始有上升,词作被传播的机会也增多,影响开始扩大。沈
时栋之《古今词选》和夏秉衡的《清绮轩词选》,属于康乾时期成书的词选,后
者据说在乾嘉间盛行一时,"与《白香词谱》同为乾嘉间学词者之津梁"①,然
而三选(含《白香词谱》)所取晏欧词的数量都非常少。《蓼园词选》至《宋四
家词选》的问世,是嘉道年间词学风尚的自然反映,无论是主观还是客观上,
折射和反映常州词派主张的"比兴寄托"与"微言大义"的论词思想。由于本
身录词的规模有限和论词之主张与晏欧词实际体现出来的词情特色不相一
致,因此被入选传承的数量也较少。《历代词腴》和《心日斋十六家词录》两
选问世时间相距不远,然而以晏欧词而言,选词取向几乎迥异。前者选取晏
殊、欧阳修二人词,惟留晏幾道词一首不选,后者则专取小晏词,其余二人则
视而不见,这种前后相续,选词对象互补的状况是相当少见的,让人怀疑周之
琦有意和黄承勋《历代词腴》对阵。不过,从传承规模和倾向上看,《历代词
腴》似以浙派风尚为标,选取唐宋元明四代之词仅一百余首,而后者也明显
带有浙西词风的色彩,力主风雅,取唐宋金元 16 家词 394 首,人均近 9 首,晏
幾道以 46 首独占鳌头,是全选中最多者。不仅如此,周之琦的另一本词选
《晚香室词录》中尽管增添了晏殊和欧阳修词,也仅仅 6 首,而晏幾道词有 36
首之多,为三人中被入选数量最多的一位,可见周之琦对于晏幾道之小令词
情有独钟,认可小山词风流闲雅之艺术地位。杨希闵之《词轨》选取晏欧词
多,这是与他认可晏欧词之正宗地位有关,惜乎其选未能刊印仅以抄本传世,
流传和影响大打折扣。《白香词谱》或许真正重在词谱格律不在选词,对于
二晏一词未取,欧阳修也仅存 5 首,但由于前述的流行度大,还是促使欧词得

---

① 舍之:《历代词选集叙录》之二十七《清绮轩历朝词选》,《词学》第 5 辑,华东师范大学出版
社 1986 年版。

到一定范围的传播。此后的《艺蘅馆词选》及《宋词三百首》，选取的晏欧词较多，体现出来的取词观念还是属于清末民初的传统词学阶段，然而其影响和流传基本是民国之后的事，尤其是后者影响了词学研究的现代化进程。

　　总之，从词选的综合角度审视晏欧词的批评与传承，欧阳修和晏幾道词的影响与传播几乎相当，二者受到的关注度远甚于晏殊。或许可以说，先驱者晏殊的词史意义重点在于发挥词学传承的初祖作用，而后来者欧阳修和晏幾道的词学影响重在为他人提供了更多的可资学习参考的词作范本，更为后世所接受、认可。

第二节　从《词话丛编》著录窥晏欧三家词于传统词论中之地位

　　当把研究眼光不限清代而追溯考察整个传统词史阶段的晏欧三家词传承和影响时，唐圭璋先生之《词话丛编》无疑提供了一个极其具有参考价值的考查检索工具。依据《词话丛编》统计涉及晏欧三人与宋代其他词家的词话种数和出现的频率，可以用来衡量考查他们在传统词论中之地位——特别是在清代词学传承与批评中之影响地位。

　　依笔者的理解，一个词人在《词话丛编》中出现的概率越大，牵涉的词话种类越多，表明他(作品)所受到的关注度亦多，而"公众对作品的关注越高，作品的知名度就越高、影响力就越大"①。宋代词人在词话中受到的关注度越高，自然也相对说明他及其词作的影响也越大，甚或可以说对词史的发展和贡献也越大。据此可以利用词人在《词话丛编》出现的频率来考察该书对词人的关注度及研究的用处，借此亦可推知词人对词史发展的意义及影响。为了比较和探讨，笔者选取宋代在历代词作研究、接受综合排名靠前的十个其他词家作参照对比，计算他们在《词话丛编》中出现的频率次数，以便借此推测考察他们的词体创作在后世研究评价中的分量。据王兆鹏先生统计，宋代综合排名靠前的十大词人是辛弃疾、苏轼、周邦彦、姜夔、秦观、柳永、欧阳修、吴文英、李清照和晏幾道，而晏殊排在第17位，黄庭坚列第13位②。根据《词话丛编》提供的标题和李复波先生编写的《词话丛编索引》③一书，检索这12位宋词名家的出现频率及其对应的词话种数，结果列表如下：

① 王兆鹏：《唐诗排行榜·前言》，见王兆鹏等：《唐诗排行榜》，中华书局2011年版。
② 王兆鹏：《唐宋词史论》，人民文学出版社2000年版，第93页。
③ 李复波编：《词话丛编索引》，中华书局1991年版。

表 7　《词话丛编》宋词 12 名家各段著录统计表

种数及 频次 词人	宋代		金元明		清代		民初①		总计		平均频次 （种数/ 频次）	排名
晏殊	3	8	2	2	19	81	3	18	27	109	4.04	12
欧阳修	6	19	4	16	26	163	7	32	43	230	5.35	11
晏幾道	3	9	2	3	16	130	6	20	27	162	6	10
柳永	7	16	2	13	27	273	7	53	43	302	7.02	8
苏轼	9	52	4	39	32	512	7	55	52	658	12.65	1
黄庭坚	5	30	3	15	20	243	5	11	33	299	9.06	5
秦观	3	22	3	20	25	297	6	37	37	376	10.16	4
周邦彦	4	18	3	15	26	310	8	91	41	434	10.59	3
李清照	2	4	1	7	18	128	2	17	23	156	6.78	9
辛弃疾	4	11	5	15	31	313	8	59	48	394	8.21	7
姜夔	2	10	2	12	28	359	6	72	38	452	11.89	2
吴文英	2	7	2	10	18	179	9	77	31	273	8.81	6

　　根据上表,按出现频次和涉及词话种数排列,前十大词人在《词话丛编》中的位置与前述综合排名的顺序略有不同。85 种词话中,出现频率最高的是苏轼,以其 52 种词话记载数和 658 次出场数高居榜首,足以反映苏词在后世的评议与流播中,处于中心地位的状况;南宋词人姜夔则以 38 种 452 次居第二,涉及的词话数目和频次远逊于苏轼,也是相对热门的词人;北宋大晟府词人领袖的周邦彦紧随其后,以 41 种 434 次概见率居第 3;综合排名第 1 的辛弃疾于《词话丛编》中的总频次居第 4,平均频次则列第 7;其余则秦观、柳永、黄庭坚等次列其后,有"自是花中第一流"之称的千古女词人李清照总频次排第 11。

　　晏欧三家词人中,若以涉及词话种数论,85 种词话中只有 27 种涉及晏殊及其词,仅高于宋词史上半路杀出的李清照(23 种),居倒数第 2。如果以出现总频率言,晏殊总共 109 次,还不如女流之辈的李清照(156 次),位于最末,即使以平均频次论,也居最后。可见晏殊词在古代的流传范围、影响幅度都极其有限,反映这位北宋词学先锋的尴尬命运。欧阳修有 43 种词话点评或提及过他,情形约同柳永,亦即约一半的词话谈及欧阳修及其词,不过出现的总频率只有 230 次,与柳永相差 70 次,位列第 9,可以说相较晏殊,欧词得

————————

① "清代"和"民初"的断限依据唐先生的作者时代标准,凡标有"清"的属于清代,没有标注的词人实为清末民初,姑作"民初",以示区分;其词话以徐珂的《近词丛话》为始。

到更多议论和流传。当然无论是誉是谤，至少要比无人评议、关注要强。晏几道对应的词话有 27 种，和其父相仿，出现 162 次，仅略多于晏殊和李清照，排第 10。这个较少的频率次数和词话种数除了与其词本身有关，或许还与小山为人的一贯低调有关。

若果纵向考察各个历史时期晏欧词牵涉的分布数据，可以看到三人词作的批评与传承的动态变化过程。宋代是晏欧词的诞生时期也是研究品评与传播接受的最初期。欧阳修词无论是涉及词话种数，还是出现频率都位于三人前首。这种态势一直保持到整个清末民初，仅仅是相关的词话种数增减和频率有所变化，但无法改变欧阳修词被批评议论甚或研究的机会处于核心有利地位的词话格局，反映从词话、词学理论层面上看，欧阳修词的影响居首位，体现欧词在传统的词学接受者视野中处重要地位。即使横向比较其他宋代词人同时期的数据，这个结论仍然成立。譬如宋代，欧词出现频率的数据排在苏词、秦观、黄庭坚词之后，名列第 4 位；到了金元明三代，欧词也有 4 种19 次的频率将黄庭坚、周邦彦等词人甩在身后，居前列；到了清代，晏欧词基本边缘化了，而欧阳修词仍有 26 种词话涉及，仅少于北宋之柳永、苏轼和南宋之辛弃疾、姜夔，而比其他词家要多，居第 5 位，只是同时期的传播次数却下降而退居第 9 位。这是因为吴文英、周邦彦、黄庭坚和秦观的影响力大幅度上升，尤其是吴文英简直呈现井喷式状态，由前期的无论词话种数还是出现次数每在数量 10 之内飙升至清代的 18 种 179 次，并最终超越了欧词的出现次数。二晏父子于宋金元明相差无几，都处于相对影响较低的水平，未能与欧词相比。但是清代小晏词被接触议论的机会大幅度上升，最终超越其父而居晏欧三家词的第 2 位。明初以来，有关小晏词的词话种数首次多于晏殊，预示新生代的晏几道词具有被评判、接受的发展潜力。

总体而论，上表显示，从涉及词话种数和出现频次数而言，晏欧三家词均属"少数民族"，其情形不仅不如其他八大家，甚至连黄庭坚都不如，后者尚且有 33 种词话和 299 次出场频率。因此可以推测，晏殊尽管身为宋词元老，然而，由于其词承前有余而开拓不足，因而对于宋词发展演变的词史意义较小，他在表中的落寞位置即亦可证之。同源于西蜀南唐词风的欧阳修词，则相对有所开拓，所谓"疏隽开子瞻，深婉开少游"就足以说明其词于宋词发展流变的传承和影响意义。而晏几道词可以说是北宋词后期的一个另类，拘守于小令情词的套路，与同时期长调慢词的云蒸蔚起之背景相比显得有点突兀而孑立，然而能把情词发展到极致水平也使他获得了后世诸多的认可与褒扬。

第三节　历史的定位:由清代词选看晏欧三家词的经典化

一、关于词作经典化

　　从抽样统计的角度,蠡测了晏欧词在清代词学运动中所处地位与影响之状况,那么具体到每一首词作的流传与接受面貌又是怎样呢? 这关系到词作承传的经典化问题。通常所谓的经典,无非言指文学作品诞生以来经过历史上各朝各代的淘洗而保存流传下来的那一部分,并且它的思想性或艺术性经过无数人的解读阐释仍然散发出无穷的魅力,可谓经久不衰。通常接触的唐诗宋词名篇大多数都是属于这一类的文学经典之作,但是文学经典不是固定的,而是有一个生成发展的过程。"经典的形成和确立,既具有过程性,又具有时代性和变异性。"①文学经典之所以具有过程性,就在于它的时代性和变异性,也即一般而言文学经典具有相对性,因历史时空的不同会影响经典的生成和选择。另外,经典的生成还是一个动态变化的过程。以晏欧词为例,《全宋词》所能收录的600余首作品绝对不是历史的原貌,因此,相较那些没有流传而散佚湮灭的作品,这些词作经过了千年历史的选择传承而被保留下来,本身亦可为幸运、代表之作。然而由于时代环境的变化,能够保存下来只是文学经典的一个先决条件,并非一定都是经典,它的经典价值与意义还需历经后世的认可接受或重新发掘并确立,因此从此意义上讲,每一个历史片段都是经典的生成过程,而每一个过程都有它的经典作品,真正自从产生以来即成为历朝历代经典名篇的绝对是少数。

二、清代词选与晏欧三家词的经典化

　　晏欧三家词,历经宋金元明的传递,不少作品已经完成了经典的建构过程,如欧阳修的《蝶恋花》(庭院深深深几许)、晏幾道的《临江仙》(梦后楼台高锁),在明代诸多的选本中都有它的存在。当然明人审美风尚之下的经典之作并不一定适合清代人的审美趣味,因此清代继承前代的晏欧词经典还需要经得起再次的品评、批评与推敲认可。清代晏欧词的传承无疑是晏欧词进一步走向经典化道路的一个重要阶段,尤其是相对于离它不远的当代来说,清人对晏欧词的选择和经典化确立,是影响当今认定晏欧词作经典的重要因素和参考条件。在这个过程中,清代的晏欧词选又无疑是这个经典化过程中的一个重要步骤。那么清代人选择了哪些晏欧三家具体词作呢? 为了考察

---

① 王兆鹏:《宋词经典的建构》,载《古典文学知识》2011年第1期。

这一问题,不妨再次选择本文涉及的 17 种清代词选,将有关晏欧三家词的选录信息加以统计如下,参表 8。

（一）清代词选晏欧三家词篇名统计信息

表 8　清代词选与晏欧三家词选篇名统计表

作者	词作	古今词选	词综	词洁	古今词选	清绮轩词选	蓼园词选	词选续词选	宋四家词选	心日斋词录	晚香室词录	词轨	微云榭词选	云韶集	词则	历代词腴	艺蘅馆词选	宋词三百首	总计
晏殊	浣溪沙(一曲新词)	●			●	●	●	●			●	●		●	●	●		●	11
	浣溪沙(小阁重帘)											●							1
	浣溪沙(宿酒才醒)											●							1
	浣溪沙(玉椀冰寒)							●				●							2
	浣溪沙(一向年光)											●						●	2
	诉衷情(芙蓉金菊)										●								1
	更漏子(塞鸿高)											●							1
	清平乐(红笺小字)		●									●		●	●		●	●	6
	清平乐(金风细细)		●	●		●			●			●		●	●				7
	清平乐(春花秋草)											●							1
	相思儿令（昨日探春）		●						●										2
	红窗听(记得香闺)										●								1
	玉楼春(绿杨芳草)	●		●		●						●		●	●			●	7
	玉楼春(池塘水绿)											●						●	2
	玉楼春(玉楼珠阁)											●							1
	玉楼春(珠帘半下)											●							1
	玉楼春(燕鸿过后)											●						●	2
	玉楼春(东风昨夜)											●							1
	踏莎行(细草愁烟)			●															1
	踏莎行(祖席离歌)															●		●	2
	踏莎行(碧海无波)		●	●								●		●	●			●	7
	踏莎行(细草愁烟)											●							1
	踏莎行(小径红稀)		●	●		●	●	●	●			●		●	●			●	11
	蝶恋花(槛菊愁烟)			●		●						●		●	●	●		●	7
	蝶恋花(帘幕风轻)			●			●												2
	破阵子(燕子来时)	●	●						●		●			●	●	●			7
	渔家傲(越女采莲)						●							●	●				3
	采桑子(时光只解)			●								●							2
	采桑子(樱桃谢了)											●							1
	采桑子(梧桐昨夜)											●							1
	滴滴金(梅花漏泄)					●													1

（续表）

作者	词作	古今词选	词综	词洁	古今词选	清绮轩词选	蓼园词选	词选续词选	宋四家词选	心日斋词录	晚香室词录	词轨	微云榭词选	云韶集	词则	历代词腴	艺蘅馆词选	宋词三百首	总计
欧阳修	摸鱼儿(卷绣帘梧)		●																1
	采桑子(轻舟短棹)		●	●								●							3
	采桑子(群芳过后)		●	●					●			●	●	●	●		●	●	9
	采桑子(春深雨过)											●							1
	采桑子(画船载酒)											●							1
	采桑子(何人解赏)											●							1
	采桑子(清明上巳)											●							1
	采桑子(荷花开后)											●							1
	采桑子(天容水色)											●							1
	采桑子(残霞夕照)											●							1
	采桑子(平生为爱)											●							1
	采桑子(画楼钟动)											●							1
	采桑子(十年一别)											●							1
	采桑子(十年前是)											●							1
	踏莎行(候馆梅残)	●	●	●			●	●	●			●		●	●		●	●	11
	蝶恋花(越女采莲)	●	●						●										5
	蝶恋花(庭院深深)	●	●	●		●	●	●	●							●	●		11
	蝶恋花(海燕双飞)				●														1
	蝶恋花(小院深深)		●											●	●				3
	蝶恋花(帘幕风轻)														●				1
	蝶恋花(画阁归来)														●				1
	玉楼春(春山敛黛)		●																1
	玉楼春(湖边柳外)		●											●	●				3
	玉楼春(西湖南北)		●																1
	玉楼春(别后不知)																	●	1
	虞美人影(莺愁燕苦)		●																1
	浪淘沙(把酒祝东风)		●	●										●	●			●	7
	浪淘沙(今日北池游)		●			●								●					3
	浪淘沙(五岭麦秋残)	●										●							2
	浪淘沙(帘外五更风)			●												●			2
	浪淘沙(花外倒金翅)											●							1

（续表）

作者	词作	古今词选	词综	词洁	古今词选	清绮轩词选	蓼园词选	词选续词选	宋四家词选	心日斋词录	晚香室词录	词轨	微云榭词选	云韶集	词则	历代词腴	艺蘅馆词选	宋词三百首	总计
欧阳修	浣溪沙(堤上游人)		●	●			●						●	●			●	●	7
	浣溪沙(漠漠轻寒)				●														1
	浣溪沙(湖上朱桥)	●		●	●	●	●					●		●		●			8
	浣溪沙(云曳香锦)						●												1
	浣溪沙(青杏园林)						●							●	●				3
	浣溪沙(红粉佳人)		●										●						2
	浣溪沙(雨过残红)						●												1
	浣溪沙(叶底青青)											●							1
	越溪春(三月十三)		●														●		2
	夜行船(满眼东风)		●											●	●		●		4
	少年游(阑干十二)	●	●					●	●			●	●	●	●		●		9
	南歌子(凤髻金泥)	●	●	●	●	●						●		●	●				8
	临江仙(柳外轻雷)	●	●	●				●	●			●		●	●		●		9
	临江仙(记得金銮)	●																	1
	清商怨(关河愁思)	●																	1
	阮郎归(刘郎何日)	●																	1
	朝中措(平山阑槛)	●		●		●	●					●							5
	南乡子(雨后斜阳)			●															1
	减字木兰花(楼台向晓)				●							●							2
	减字木兰花(留春不住)											●							1
	减字木兰花(伤怀离抱)											●							1
	诉衷情(清晨帘幕)						●							●	●			●	4
	珠帘卷(珠帘卷)					●				●									2
	洞天春(莺啼绿树)					●													1
	忆汉月(红艳几枝)					●													1
	归自谣(何处笛)											●							1
	归自谣(春滟滟)											●							1
	归自谣(寒水碧)											●							1
	生查子(去年元夜)											●							1
	生查子(含羞整翠)											●						●	2
	鹧鸪天(学画宫眉)											●							1
	长相思(深花枝)													●	●				2
	千秋岁(柳花飞尽)															●			1

（续表）

作者	词作	古今词选	词综	词洁	古今词选	清绮轩词选	蓼园词选	词选续词选	宋四家词选	心日斋词录	晚香室词录	词轨	微云榭词选	云韶集	词则	历代词腴	艺蘅馆词选	宋词三百首	总计
欧阳修	洛阳春（红纱未晓）														●				1
	渔家傲（十月小春）											●							1
	长相思（蘋满溪）											●							1
晏几道	临江仙（梦后楼台）	●	●	●			●	●	●			●		●	●		●	●	11
	临江仙（斗草阶前）			●															1
	临江仙（长爱碧栏）									●		●							2
	临江仙（淡水三年）									●		●			●				3
	临江仙（身外闲愁）														●				1
	清商怨（庭花香信）		●											●	●				3
	点绛唇（明日征鞭）		●										●	●	●				4
	点绛唇（妆席相逢）		●						●					●	●				4
	点绛唇（花信来时）														●				1
	虞美人（闲敧玉镫）		●	●															2
	虞美人（曲阑干外）									●	●	●						●	4
	虞美人（疏梅月下）									●	●	●							3
	虞美人（玉箫吹遍）									●	●	●							3
	虞美人（湿红笺纸）														●				1
	生查子（金鞍美少年）	●	●			●			●			●	●	●	●			●	9
	生查子（轻匀两脸花）											●							1
	生查子（关山魂梦长）											●						●	2
	生查子（坠雨已辞云）											●							1
	生查子（一分残酒霞）											●							1
	生查子（轻轻制舞衣）											●							1
	生查子（红尘陌上游）											●							1
	生查子（长恨涉江遥）											●							1
	采桑子（秋千散后）		●						●			●		●			●		5
	采桑子（前欢几处）			●						●	●	●							4
	采桑子（高吟烂醉）											●							1
	六幺令（绿阴春尽）		●	●					●				●	●	●		●	●	8

（续表）

作者	词作	古今词选	词综	词洁	古今词选	清绮轩词选	蓼园词选	词选续词选	宋四家词选	心日斋词录	晚香室词录	词轨	微云榭词选	云韶集	词则	历代词腴	艺蘅馆词选	宋词三百首	总计
晏幾道	六幺令(雪残风信)		●	●					●	●	●						●		6
	清平乐(留人不住)		●	●					●			●			●	●	●	●	8
	清平乐(春云绿处)		●																1
	清平乐(波纹碧皱)		●	●															2
	清平乐(幺弦写意)		●	●										●					3
	清平乐(西池烟草)														●				1
	玉楼春(秋千院落)		●	●			●		●			●	●	●	●			●	9
	玉楼春(采莲时候)		●											●	●				3
	玉楼春(离鸾照罢)														●				1
	玉楼春(风帘向晓)									●	●	●							3
	玉楼春(当年信道)											●							1
	玉楼春(东风又作)																	●	1
	浪淘沙(小绿间长红)		●							●	●		●	●	●				6
	碧牡丹(翠袖疏纨)		●										●				●		3
	蝶恋花(碧玉高楼)		●								●				●			●	4
	蝶恋花(喜鹊桥成)		●							●	●	●			●			●	6
	蝶恋花(庭院碧苔)			●			●								●			●	4
	蝶恋花(醉别西楼)		●	●					●	●	●	●	●		●		●	●	10
	蝶恋花(卷絮风头)											●			●			●	3
	蝶恋花(欲减罗衣)											●			●			●	3
	蝶恋花(碧草池塘)														●				1
	蝶恋花(梦入江南)																	●	1
	破阵子(柳下笙歌)		●							●	●		●	●			●		6
	菩萨蛮(哀筝一弄)		●	●										●				●	4
	菩萨蛮(来时杨柳)			●															1
	菩萨蛮(江南未雪)									●	●	●							3
	更漏子(露华高)			●											●				2
	更漏子(槛花稀)		●	●						●					●				4
	更漏子(柳丝长)		●	●						●	●	●			●	●			7
	更漏子(柳间眠)									●	●								2
	两同心(楚香春晚)		●												●	●			3
	浣溪沙(午醉西桥)	●			●					●	●	●							5
	浣溪沙(团扇初随)									●	●	●			●				4
	浣溪沙(已拆秋千)									●	●	●							3
	浣溪沙(翠阁朱阑)									●	●	●			●				4
	浣溪沙(二月风和)									●	●								2

（续表）

作者	词作	古今词选	词综	词洁	古今词选	清绮轩词选	蓼园词选	词选续词选	宋四家词选	心日斋词录	晚香室词录	词轨	微云榭词选	云韶集	词则	历代词胲	艺蘅馆词选	宋词三百首	总计
	浣溪沙（家近旗亭）					●				●		●							3
	浣溪沙（床上银屏）														●				1
	浣溪沙（楼上灯深）														●				1
	减字木兰花（长亭晚送）			●						●	●	●							4
	鹧鸪天（彩袖殷勤）			●	●	●	●			●	●	●		●	●			●	10
	鹧鸪天（一醉醒来）									●	●	●							3
	鹧鸪天（小玉楼中）									●	●	●							3
	鹧鸪天（题破香笺）									●	●	●							3
	鹧鸪天（小令尊前）									●	●	●			●				4
	鹧鸪天（晓日迎长）									●	●	●							3
	鹧鸪天（楚女腰肢）									●	●	●							3
	鹧鸪天（醉拍春衫）									●	●	●						●	4
	鹧鸪天（当日佳期）									●	●	●							3
	鹧鸪天（陌上濛濛）														●				1
	鹧鸪天（绿橘梢头）														●				1
	鹧鸪天（十里楼台）												●						1
晏幾道	洞仙歌（春残雨过）									●	●								2
	满庭芳（南苑吹花）										●				●			●	3
	南乡子（绿水带春）			●															1
	南乡子（新月又如）			●															1
	南乡子（花落未须）									●		●							2
	行香子（晚绿寒江）			●															1
	少年游（离多最是）	●			●														2
	梁州令（莫唱阳光）						●												1
	依愁兰令（凭江阁）									●		●							2
	碧牡丹（翠袖疏纨）								●										1
	阮郎归（粉痕闲印）									●	●	●							3
	阮郎归（来时红日）									●	●	●							3
	阮郎归（旧香残粉）									●	●	●						●	4
	阮郎归（晚妆长趁）									●	●	●							3
	阮郎归（天边金掌）																	●	1
	庆春时（倚天楼殿）									●									1
	留春令（画屏天畔）									●	●							●	3
	思远人（红叶黄花）									●					●			●	3
	浪淘沙（高树对横）											●							1
	好女儿（绿遍西池）									●	●								2

（续表）

作者	词作	古今词选	词综	词洁	古今词选	清绮轩词选	蓼园词选	词选续词选	宋四家词选	心日斋词录	晚香室词录	词轨	微云榭词选	云韶集	词则	历代词胲	艺蘅馆词选	宋词三百首	总计
晏幾道	好女儿(酌酒殷勤)									●	●								2
	泛情波摘遍(催花雨小)									●	●								2
	长相思(长相思)													●	●				2
	御街行(街南绿树)																	●	1

以上 17 种词选能代表清代词选中的晏欧三家词选的大致状况，下面有关的统计数据所揭示的细节问题更具有一定的代表性和说服力。

（二）清代词选对晏欧三家词经典化的助推

1. 晏殊词选与经典名篇。由图表 5-3 可知，晏殊入选词作共计 31 首，占其存词比约为 22.5%（31/138），共计入选次数 96 次，其中入录 5 种词选以上的作品有 8 首：

《浣溪沙》(一曲新词)：11 种　　《踏莎行》(小径红稀)：11 种
《蝶恋花》(槛菊愁烟)：7 种　　《清平乐》(金风细细)：7 种
《玉楼春》(绿杨芳草)：7 种　　《踏莎行》(碧海无波)：7 种
《破阵子》(燕子来时)：7 种　　《清平乐》(红笺小字)：6 种

以上数据说明，晏殊词在清代的词选传承中，约有四分之一的作品在 17 种词选中被选录，总计达 96 次，这部分作品诚然可以作为晏欧词中的较有特色或名篇之作，而其中选录 5 种以上的词作 8 首，它们本身就是前代流行经典或最为有可能成为经典。数据揭示，这些经典或最有机会成为经典的作品如《浣溪沙》(一曲新词)、《踏莎行》(小径红稀)、《蝶恋花》(槛菊愁烟)等都是晏殊词中情感、诗意结合得较好的篇名，几乎都是历代所欣赏和接受的作品。如《浣溪沙》(一曲新词)和《玉楼春》(绿杨芳草)早在南宋的《草堂诗余》就榜上有名，此后基本为历代词选和词家所认可，因此这两首可以说是晏殊词中经典之作的代表。这也再次证明前面所述的道理：在词学传承与接受中，词作本身的特色和艺术水平高低是决定或影响词作接受传承的重要因素。

2. 欧阳修词选与经典名篇。图表 5-3 显示入录的欧阳修词共计 67 首，占其存词比约为 27.9%（67/240），总计入选次数 169 次，其中入录 5 种词选以上的作品有 11 首：

《踏莎行》（候馆梅残）:11 种　　　《蝶恋花》（庭院深深）:11 种

《采桑子》（群芳过后）:9 种　　　《少年游》（阑干十二）:9 种

《临江仙》（柳外轻雷）:9 种　　　《浣溪沙》（湖上朱桥）:8 种

《南歌子》（凤髻金泥）:8 种　　　《浪淘沙》（把酒祝东风）:7 种

《浣溪沙》（堤上游人）:7 种　　　《蝶恋花》（越女采莲）:5 种

《朝中措》（平山阑槛）:5 种

　　数据说明，欧阳修有近三分之一的作品被清人纳入到各种选本当中，总计载录次数 169 次，平均每一首被传承次数 2.5 次。上述 5 次以上的作品无疑是清代词选传承欧词中的精品和经典。如排名前三的《蝶恋花》（庭院深深）、《浣溪沙》（群芳过后）等几首曾慥的《乐府雅词》即已著录；《踏莎行》（候馆梅残）等诸首都是南宋《草堂诗余》的欧阳修词选组成部分。可见，从词作选本观察，欧阳修这些词早就开始了经典化进程，历代的词选基本都能见到它们的身影。上述表中的清代词选，欧词经典《踏莎行》一阕除了《清绮轩词选》等 6 种外，其余诸本都选入，为这首春情之作的经典化制造了更多的传承机会。清初广为追和的《朝中措》一调也有 5 种词选入录。从分布的时间范围看，除了《蓼园词选》和《词轨》属于清代后期之外，其余 3 种都是清代前期力主风雅之词学背景下的词选，带上了浙派论词的色彩，而欧阳修词因为情致真挚、风格疏宕而被诸选家选辑入录，终成一阕经典。

　　3. 晏幾道词选与经典名篇。图表 5-3 还显示晏幾道有 102 首词作入选清代各选本，约占其存词的 39.2%（102/260），共计选录次数 303 次，平均每首选入次数约 3 次，其中入录 5 种词选以上的作品有 14 首：

《临江仙》（梦后楼台）:11 种　　《鹧鸪天》（彩袖殷勤）:10 种

《蝶恋花》（醉别西楼）:10 种　　《玉楼春》（秋千院落）:9 种

《生查子》（金鞍美少年）:9 种　　《六幺令》（绿阴春尽）:8 种

《清平乐》（留人不住）:8 种　　　《更漏子》（柳丝长）:7 种

《蝶恋花》（喜鹊桥成）:6 种　　　《六幺令》（雪残风信）:6 种

《浪淘沙》（小绿间长红）:6 种　　《破阵子》（柳下笙歌）:6 种

《浣溪沙》（午醉西桥）:5 种　　　《采桑子》（秋千散后）:5 种

由上述简单排列可知,今天所谓的晏几道词经典名作《临江仙》和《鹧鸪天》两首,在清代词选中名列前茅,可见清代词选为该词的成名和经典化起了铺路搭桥的作用,而上溯清前词选,这些名篇也是声名在先。如《鹧鸪天》和《生查子》《玉楼春》3 词最早出现在南宋《草堂诗余》;《蝶恋花》(醉别西楼)出现在《花庵词选》(卷三);《临江仙》(梦后楼台)的首次露面是在晚于《花庵词选》成书的《阳春白雪》,但从其选词次数看,已经超越早期的诸阕。这种现象表明在文学作品的传承与经典化过程中,最先被著录传承的不一定是最为经典之作,而被后世反复传承选录的经典之作其起始传承时间往往较早。如被黄大舆《梅苑》著录的《蝶恋花》(千叶早梅夸百媚)词已在清人的绝大多数词选中不见踪影。以上述晏几道词名篇看来,成为清代词选"红人"的词作基本上都有早期入选宋人词选的历史。这种现象也揭示出,经典名篇的形成是一个前后不断被选录、批评和欣赏的逐渐积累过程,这个过程中接受与传承者由于主客观的原因影响到被传承词作的选择和关注命运,因此经典之作是这两方面综合考量的结果。

4. 由清代词选看晏欧三家词传承与经典化的差异。前面已论,词选除了具有批评功能,还具有传播功能,这个传播正是清代词选加速促进晏欧词经典化的重要途径。那么,在清代词选中,晏欧三家词内部的传承与经典化构成有何差异呢? 为了解决这个问题,可以选取一些测评指标,并根据据各指标的数值差异分析考察晏欧词在传承与经典化道路中存在的问题和影响。首先明白各指标的作用:

其一,选调总数:词作的传承与词调的传承密切相关,一般而言,从选调数量可以查考作者的用调成就和被接受的冷热程度,另外,词调数甚或决定传承词作数量。

其二,代表词调词作(数):这项指标可以观察哪些调类哪些词作传承机会更多,与作者的创作存在何种关系。

其三,选词总数:这个指标直接反映作者的被传承词作数,体现可能经典化的词作具体面貌。一般而言,数值越大,表示影响和成为经典的机会也越大。

其四,入选比:参考此数值可以衡量作者整体词作的质量高低和影响价值。一般而言,入选比越高,反映作者词体创作对词学影响和贡献也越大,同时说明词作成为经典的可能性也加大。

其五,经典词作数:对于晏欧三家词,将上述入选 5 次以上的词作称为经典之作,那么这个数值的多少揭示词作者具体经典作品之数量,反映后世对其词的热衷与关注度大小。

其六,入选总次数:这个指标反映总体的影响程度或者影响范围的大小,数值越大说明被接受传承概率也大,对公众影响也越大,成为经典作品的可能性相对也较大。

根据上述测评指标,将有关数据输入汇总成表如下:

表9　清代词选晏欧三家词选内部差异对比统计表

作者	选调总数	代表词调词作	选词总数	入选比	经典词作数	入选总次数
晏殊	13	《浣溪沙》和《玉楼春》	31	22.5%	8	96
欧阳修	31	《采桑子》和《蝶恋花》	67	27.9%	11	169
晏幾道	35	《鹧鸪天》和《生查子》	102	39.2%	14	303

由图表9不难发现,以上述6项参考指标衡量考查,除了"代表词调词作"无法一较高下外,其余5项指标中晏幾道均是排名第一,尤其是对于传承与经典化考察极具核心参考价值的"入选比"和"经典词作数",晏小山也是遥遥领先,而欧阳修、晏殊分列其次,充分揭示清代词选中小晏词在晏欧三家中最受人关注、选择和批评,因此促成经典的词作机会也最大,数量自然也最多,而晏殊词相对造成的影响范围和效果小,因而各项指标数值处于最末。这与前述两节的结论大致吻合。但是如果换一种评测视角,或许这个结论略有不同。单纯从经典词作数看,晏殊处于最末,欧阳修其次。如果把这个结果与其存词数量相比,会发现晏殊的经典化词作比约为5.8%(8/138),小晏约为5.4%(14/260),而欧阳修却只有4.6%(11/240)。换言之,从词作经典化的覆盖比例看,晏殊最大,欧阳修最小,晏幾道居中。词作经典化比越大表示作品为后世接受认可为优秀名篇的概率也越大,影响也大。诸如在唐诗承传史上,初唐的张若虚以《春江花月夜》孤篇独绝横贯文学史而为世人所欣赏敬仰,他的经典化比即是百分百。

再看看"选调总数"和"代表词调词作"两项指标所隐藏的问题。前文已论,晏殊和欧阳修作为西蜀南唐词风的传承者,他们的创调数量和贡献超越了晏幾道。然而就清代词选这个角度分析,晏殊的创调贡献并没有得到体现和传承。他只有13调被各类词选关注传播,约为其存调的一半左右(13/34)。而后者欧阳修拥有31调被词选加以选择传递,大部分词调(31/37)都有相关词作被传承接受,属于三人中调类传承比最大的一个。晏幾道也有35调被词选吸收选取,这个比例(35/53)小于欧阳修而居三人之中。因此,从词调传承的角度观察,欧阳修无疑是相对最成功的一个。词调类型决定词作体制形式,所以以词调的传承机会多,反映欧阳修的词调成就为后世认可并鉴赏模仿创作的机会也更多,表明清人在词体意识与选择上还是较为倾向于欧阳修。当然调与词作字句文本是一事的两面,彼此不能分割,在后世的传播接受中,两方面的因素都会影响词体的传承。

在代表词调词作问题上,通过统计发现一个有意思的问题,也即欧阳修和晏殊用调相同的有 8 个,分别是:《浣溪沙》《诉衷情》《更漏子》《玉楼春》《踏莎行》《蝶恋花》《采桑子》和《摸鱼儿》;晏幾道与晏殊词调相同的也有 8 个:《浣溪沙》《更漏子》《玉楼春》《蝶恋花》《破阵子》《采桑子》《虞美人》;三者相同有 5 个调。这种现象仅从词调揭示了晏欧词内部前后相续的趋同性。这些词调词作其实也是晏欧词中词艺水平最为精到并为世人广泛认知的代表,晏欧词中的经典词作基本上出于这些词调。不过每个人最有成就有特色的词调词作方面,三人又同中有异。比如晏殊的代表作是《浣溪沙》和《玉楼春》,分别有 5 首和 6 首之多,属于词选中最多的一类;欧阳修之《采桑子》和《蝶恋花》,分别有 13 首和 6 首;晏幾道之《鷓鸪天》和《生查子》,分别有 12 首和 8 首。

词作的经典化是一个持续变化发展的过程,它总是与词体的传承密不可分,而清代词选则为晏欧三家词的接受和词作经典化提供了重要的传承途径。

本 章 小 结

清代晏欧三家词的研究与传承是传统词学研究的一个方面,也是中国古典词学晏欧三家词学术史上最为宏伟的一页。从词选、词话的视角,选择一些统计数据可以用来概括总结它们的影响与地位,并窥测晏欧三家词作经典化的意义。数据表明,作为千年词学传承史的一段,清代的晏欧三家词在词话批评中并不占有优势,相较其他北宋大家,如柳永、苏轼及秦观和周邦彦,有关晏欧三家词的话题相对较少,从而引起注意的机会也少,这种状态在一定的程度上影响到晏欧三家词的传承。这种局面应是由清代的总体词学风尚和词坛格局影响带来的结果,与晏欧三家词词艺没有必然的关系。三人中,后出转精的晏幾道和词坛开辟者的欧阳修词几乎获得了等量的传承机会,而有关晏殊词的评判传承与其词作主题特色一样:雍容平和,没有大的起色。从词选传承角度分析,晏幾道词获取入录的机会最多,而欧阳修居第二,晏殊再次。各种词选从不同的选词视野对晏欧词均有所取,其中《词谱》《历代诗余》的收辑存体之用为后世其他词选选词打开方便之门,而《词综》一出则开始了清初大规模追求雅词的风尚,对于清前期的词选思想影响深远。此后常派的词选登台，也对晏欧词略有所取，而晚清不少的词选如《词轨》等对晏欧词的取用体现了调和浙常二派的论词趋势，表达了较为宏通的词学识见。清代的晏欧三家词选还为晏欧词的经典化起了助推作用，从而又大大加快了晏欧三家词作被传承接受和认可的机会。总之，相关统计数据说明，晏欧三家词不是清代词学研讨的中心，但它们对于清代词学的生成发展之意义和影响不容忽视，也无可替代。

总　　结

　　站在千年晏欧三家词研究与传承史角度看,正如导论所述欧阳修和晏幾道都是宋词人十大家之一,晏殊稍落后也处在第13的位置,足以说明晏欧三家词在整个词学发展史和研究史的地位和影响,他们够得上大家、名家的称号。

一、宋金元明,各有特色,共同为清代三家词的研究与传承打下了基础

　　从中国传统词学学术史进程来看,两宋无疑是晏欧三家词研究与传承的初始时期。北宋是接受传承的开端时期。词学唱酬和歌姬传播以及少量的词集编刊是主要的传承形式和途径,有关零碎的词话鉴赏评点则是主要的批评方式,关注的重心是词作地位、影响、词品人品、句子技法等领域。南宋则是研究与传承的发展时期。词体音乐属性的逐渐消亡,使得词作的传承主要依靠文本的方式、追和创作的途径。词选的涌现极大地增加了批评特色与传承范围,而专门性词话其理论性质有所增强,又为三家词研究增加了理论色彩,关注的中心在词作整体成就与影响,以及名句出处和鉴赏。此外词籍刊刻和校勘水平提升,为研究与传承提供文献基础;创作学习中拟仿追和现象也有发展,极大地提高了晏欧三家词的生命力与传播力。

　　宋代对三家词的研究与传承的早期基本上处于自发状态,各自依据自己与三家的关系以及对词的理解和爱好相应进行接受传承。北宋和南宋前期,词作的传播尚有歌妓传唱与文本传播并存的现象,南宋后期基本上依靠文本、追和拟仿两途。李清照《词论》之后的词学批评才有了专门的理论体系,而有关的词学讨论,如诗词之辩、雅俗之争、本色之说才渐成气候,到了南宋则以崇雅主格律为大势,晏欧词在雅俗并存以雅为主的大环境中逐渐被人关注、选辑评品,从而推向新的研究前沿。

　　金元词学总体成果偏少,且词主苏辛,使其成为三家词研究与传承的消沉时期,但赵文用儒家功用诗教观评判晏殊、欧阳修词亦有可观,并一直影响到清代词人的批评接受。历经金元的短暂沉寂,明代又迎来三家词研究与传承的复苏机会,有关的词籍丛刻、词选、词谱的大批量增加,以及词体追和的繁盛促使明代的研究与传承局面呈现繁荣景象。明人接过宋人的话题并推

陈出新,关切重心由简单的风格、技法的激赏更集中扩展到词体特性(风雅—艳俗,抒情—言志)、词体风格(温婉—疏朗俊爽)、影响地位(正宗—变体)等诸方面的评论。明人虽然没有悉心整理前代词学遗产,缺乏有系统的理论主张,但一些学人的思考为清人的词学理论系统的建构提供了理论范畴和基础,尤其是关于词作的雅俗与正变问题。晏殊、欧阳修为词坛大家,小晏情词别有风味,此三家一直被清代主流词坛所认可接受。

宋金元明四代,有关三家词的研究与传承为清代的研究提供了文献资料和接受途径,如各种词选、词谱、词话著作以及词集文本,为清代的三家词进一步研究打下了文献基础。另一方面,前四代的研究成果也为清代的进一步研究提供了批评话题和开掘空间。如关于三家词体性认识问题、雅俗问题、影响地位问题以及欧阳修艳词真伪问题等等。

二、清代三阶段,曲折演进,在词学体系的建构中完成了传统词学的最后任务,并孕育了新的研究与传承的发展方向

清人的晏欧三家词研究与传承一方面承袭宋金元明诸代词论、观点和词集选本,一方面又结合本朝词学发展提出了一些新的见解和看法,将三家词研究与传承局面推向新的阶段。作为断代观照史,在整个清代的词学热潮中晏欧三家词相对地不处于传承探讨的中心。然而无法改变和必须正视的是,在清代词学多元发展的大背景下,在清代词学体系的构建过程中,晏欧三家词自是不可缺位。有些词人或从本派词学创作发展与理论演绎的角度,或从词学演进流变的历史进程,或纯粹出于个人兴趣与爱好,无论何种目的,能在清代词学的复古风尚中直接将目光锁定于小令情词胜人的晏欧三家词,从多个方面总结论述晏欧三家词的词体特色,检讨晏欧三家词的词史地位,评估晏欧三家词对词学发展演变的贡献与影响,学习吸取晏欧三家词的词风和词艺技巧,等等。因此毫不夸张地说,晏欧三家词自始至终参与清代词学的发展,清代词学的理论建构、词集传播与实践创作史从来就没有离开晏欧三家词。

(一)清前期(明末清初—雍正),宗风递变中略有兴盛

云间词人为克服明代词体创作衰敝和托体不尊的状况,要求词体重新回到自然、主情韵的"元音"范围。在此背景下,重新认识和评定自然真性情的晏欧小令词地位,从词史进程角度提出"宋词七家"之说,而欧阳修、晏幾道居其二的观点显示了晏欧词对于云间词人的理论宣扬和创作宗风的影响与作用,乃至影响后世的评价。受云间影响,广陵词群领袖王士禛从体派观念

出发认可晏欧词属于"文人词",这是对晏欧词的准确定位,而邹祗谟"小调当学欧晏"的论说则是对晏欧词词体特色的肯定,无疑对当时的词学识见产生了一定的冲击和影响。以苏辛风为宗旨的阳羡词派也无法抹杀晏殊、欧阳修词的开拓领先地位。浙派前期以倡导南宋醇雅格律词为职志,晏欧三家词相较进入清冷的接受局面。然而从先驱朱彝尊词学创作到《词综》的编选都能对晏欧雅词有所取舍,表明晏欧三家词仍然是浙派不能舍弃的词家。浙派风潮崛起后,清代前期词坛基本为其牢笼,一些词选也体现这种以"雅词"为号召的倾向,因而晏欧三家词的入选与批评无疑也打上了这种时代印记。如具有官方背景的《历代诗余》和《词谱》,它们对晏欧词做出了"风华典丽"的认定,揭示了清代前期词学的走向必以复古追雅为趋势。此后《见山亭古今词选》之"风雅婉丽"、《词洁》之"雅洁"和"存体"意识,等等,都是这股风潮的表现。在清词实践创作与传承中,一些人正努力地以"追和与模仿"的形式积极学习前人的成果,而晏欧三家词也成为不可缺少的借鉴范本,尤其是追和模仿欧阳修之《朝中措》和《渔家傲》鼓子词成了清初词体创作中的一道独特的文化风景。康雍年间的王时翔以诗社为基础大规模地吸取晏欧词等北宋词体艺术,这无疑也是晏欧词在创作上对后世影响的直接体现。此外,有晏氏词风的熊文举词、学晏欧得神理的纳兰性德词,等等事例说明清代前期的词学创作中,晏欧三家词也受到诸多时人的青睐与接受。总体上,三家词以不同面貌参与到前期的词学构建中。

清代前期的词学发展史实充分说明,在各类词学风尚中,晏欧三家词一直参与词史的演进。在词学流派的交替演变中,晏欧词或充当宋词大家,或为小令情词的学习对象,或充当词之正(变)体、正(变)宗,或为雅词,或被选编、校勘。一言而蔽之,清代前期是晏欧三家词研究与传承的旧识变新知的特殊时期。

(二) 清中后期(乾隆—道光前期),浙常词风中的平庸让渡

乾道之间,由于政治整肃和社会较为安定,清代词学总体呈现衰退之像,有关晏欧三家词研究与传承也相对进入了平庸时期。然而在浙常主导的词坛风会中,晏欧三家词依然参与了词史的发展。浙派中期巨匠厉鹗因晏幾道词"补亡、兴寄"的特点而给予了特别的钟爱,使得小山"清歌"有种他乡遇故知的久违感觉。而厉鹗重视词作"兴寄"的主张也潜伏常州词派论词倾向。浙派对"雅"和"格律"的过度重视终于导致常派的崛起。常派前期论词主张上承风骚,对接现实,赋予词体现实功能,为抬尊词体不遗余力,于是以"微言大义""兴寄"论起。常派开山祖师张惠言从微言大义的视角见出晏欧词中

的沉着之旨,使得原本闲雅淡婉的晏欧词也披上了儒家诗教的外衣,迎来新的解读传承命运。此后周济发扬张氏论词旨意,以"寄托"说为批评武器,以词选为实践理论主张的阵地,指出晏殊、欧阳修词"空灵蕴藉"而"无寄托"的特性,晏幾道词"乐府补亡"而具"有寄托"的特征,进一步将三家词由浙派的低落状态解救出来推向前沿。而《宋四家词选》及"问途碧山,历梦窗、稼轩,以还清真之浑化"理论的出台,预示常州词派学词论词理论系统的构建完成。晏欧三家词虽然没有真正从理论体系上占据风头,但词之"当行""正声"特色和地位还是获得了周济的肯定,并在谱系中被安排在清真之列,算是成为常派词学谱系中隐含的、不可缺少的一环节。本时期有关词选(谱)以及词论不多,但充分发挥了文学选本的批评功能,同时又促进了晏欧三家词的传承与接受,体现浙常交替的词风背景。如《清绮轩词选》以"淡雅为宗",对晏欧三家词多有取舍和评论,体现浙派的痕迹;黄苏的《蓼园词选》与张惠言、周济诸人的论词主张不谋而合,使得晏欧小令词不堪承受以经义解词的重任,于是有关的词选里只留下为数不多的影子,而古老的词学又仿佛回归到经学的老路,同时也引起了常州词派内外的变异,直接影响到陈廷焯对词体的认识。

由上可见,在清代中后期词学以浙常词风交替演进为主体的生态中,晏欧三家词研究与传承状态失却了先前的热闹而进入缓慢平庸发展的时期。但这个时期,晏幾道词得到诸多的认识,词坛影响相较得到提升。

(三) 晚近时期(道光后期—1920 年前后),多元与繁荣,由传统走向现代

道光后期,国是日非,社会矛盾迭出,清政府内外交困,最终走向穷途末路。"国家不幸诗家幸。"晚近词学却获得了爆发性进展,有关晏欧三家词研究与传承也进入了新旧交替、传统与现代淬火的多元时期。晚近传统词学批评以常派词学的流衍发展为主色和底色,其他词学主张在夹缝之中也有微弱声响。谭献以"柔厚"说发弘了周济的"寄托"说,但在词作正变问题上又开始纠正周济专意"寄托"为正体的歧路,转向词作的真性情,"蕴藉风流,是为柔厚",于是晏欧词"本色""当行"的一面得到肯定,尤其是具"骚怨"色彩的小晏词作又一次得到热心观照。由浙入常的陈廷焯论词才真正认识到常派以经学思想解读词作的做法,貌似崇古实质是剥离文学的特性,因而不利于词学的开展,于是欲使词学批评重新回归到文学批评的旧路。但是"规模前辈,益以才思"与"大雅闲情,已落下乘"的对阵,前期称赏与后期排斥的交错,使得晏欧三家词的接受传承在陈廷焯视域中遭遇戏剧性的命运。陈廷焯后期对晏欧三家词作的贬低非议,尤其是对欧阳修撰写《蝶恋花》数词的能

力的贬斥,宣告他的词学观开始摆脱张惠言词说的影响,预示常派内部的分裂。至若晚近四大家对晏欧三家词的考证辨析与阐释,附带上了传统词学研究的底色。冯煦词论对三家词渊源流变的认识,尤其是"西江词派"说的阐述,使得晏欧三家词的群派范畴在传统词学研究与传承的视域中真正构建完成。此后,王国维则运用新理论"境界",把他对晏殊、欧阳修词的厚爱与推扬做了令人耳目一新的定义,其影响波及近现代晏欧词的研究与传承,预示现代词学研究的来临,但他对小晏词评价不高,主张与陈廷焯相近。

这时期的词选词话也较多,内容上有纠合浙常二派词风的词作,又有超越之外的作品,体现晚近传统词学的大融合大结穴的时代特点。杨希闵《词轨》从选词数量分析有凸显常派的意识,权重南唐北宋词,但从选人角度看,周、姜不避,尤其是大量增选苏词,含有矫正常派树辛词黜苏词的弊端而意图调和的倾向。借此词选,晏欧三家词的传承批评面貌大有改观。"诗源而词委",从创作角度指出了晏欧词作蕴藉深厚的根源。杨希闵借助词选对晏欧三家词之地位与影响进行了多方面的考察和论述,使得晏欧三家词在清代的词选传承与批评中迎来了最后一次辉煌。而朱祖谋《宋词三百首》一出,相关的晏欧词作又进入了千家万户的视野中。其他词选或宗风浙派,或主常派,对晏欧三家词各有所取。另外,本时期词体创作上出现一种新的现象:王鹏运、况周颐及张祥龄等人在国运衰落、人命偃蹇的特殊年代,以连句追和二晏父子词的特殊形式,寄寓他们克难时期的心里隐痛,从而使得二晏词又成了他们释放胸中块垒的精神依靠。这种做法还影响此后的赵尊岳父女。赵氏发扬他的师者况周颐等人的风格,追和二晏全集词作,他们父女俩堪称二晏词作的异代知音,为二晏父子词的接受传播写下了浓重的一笔。

此外,20世纪初,随着书籍报刊的大量增加,晏欧三家词研究与传承迎来了新的传播形式,成为现代词学研究与传承的重要手段和标志之一。

总之,清人在宋金元明四代基础上,以词派词群为主要推动力量,以词选、词谱、词集校勘和版本流传,以及创作实践为主要传承途径,以词话、序跋和词选、点评为主要理论批评武器,充分吸取借鉴前人研究经验,批评传承唐宋词作遗产,阐述词史渊源流变,尤其是在研究词体特性、词之体派和正变、影响地位以及词学创作诸问题的基础上,构建了"入梦窗,由清真之浑化"的独具特色的学词论词谱系,使得传统词学的发展达到历史的结获时期,并预示新的发展方向。在此过程中,晏欧三家词与苏、辛、姜、张、周、吴等人的词一样被作为学习与研究对象而参与到清代词学的进程之中,其中欧阳修及其词参与度最高,研究传承的机会也最多,关涉词学进展最为密切,其次为晏几道词,最次为晏殊词。因时代变化和词学风会的转移影响,晏欧三家词研究与传承的局面有复苏,有平庸过渡,有多元繁荣等等诸种起复变迁现象。然而总体而论,清代三家词研究是清代词学发展的一个不可或缺的组成部分,对于完善清代词学谱系,丰富清代词学内容具有不可替代的作用,还直接影响了 20 世纪以来的词学发展进程。

参 考 文 献

（成书性质属于"撰"或"著"者，免标注）

一、古代典籍

（一）抄本

[清]周之琦辑：《晚香室词录》，清抄本。国家图书馆藏。

[清]杨希闵辑：《词轨》，清同治二年(1863)抄本。国家图书馆藏。

（二）刻本

[明]顾从敬编：《类编草堂诗余》，明嘉靖二十九(1550)年刻本。国家图书馆藏。

[明]张綖编：《诗余图谱》六卷，补遗六卷，明万历二十七年(1599)谢天瑞刻本。国家图书馆藏。

[明]程明善编：《啸余谱·诗余》，明万历四十七年(1619)编迄，怀荫堂汇刻《明词汇刊》本。

[清]陆次云辑，章曰永、韩诠参订：《见山亭古今词选》，清康熙十四年(1675)见山亭刻本。

[清]沈时栋辑，尤侗、朱彝尊参订：《古今词选》，清康熙五十五年(1716)沈氏瘦吟楼刻本。

[清]许宝善：《自怡轩词》，清乾隆五十八年(1793)刻本。国家图书馆藏。

[清]周之琦辑：《心日斋十六家词录》，清道光二十四年(1844)刻本。国家图书馆藏。

[清]黄承勋辑：《历代词腴》，清光绪乙酉(1885)五月梓黛山楼藏板重刻本。国家图书馆藏。

[清]徐乃昌辑：《小檀栾室汇刻闺秀词》，清光绪二十一年至二十二年(1895—1896)刻本。国家图书馆藏。

[清]张祥龄、王鹏运、况周颐：《和珠玉词》(《和小山词》合刊)，民国年间惜阴堂刻本。

（三）石、铅印本

[清]潘际云：《清芬堂集》，清嘉庆二十年(1815)刊本。国家图书馆藏。

[清]樊增祥辑:《微云榭词选》,清光绪三十四年(1908)望江涌清阁聚珍铅印本。国家图书馆藏。

[清]冯煦辑:《宋六十一家词选》,清宣统二年(1910)扫叶山房石印本。

（四）影印本

[明]《增修笺注妙选草堂诗余》,《四部丛刊》初编本影印明嘉靖末年安肃荆聚校刊本。

[明]吴讷:《唐宋名贤百家词》,天津古籍出版社1989年影印本。

[明]毛晋编:《宋名家词》,《四库全书存目丛书》,集部422册毛氏汲古阁刻本,齐鲁书社1996年版。

[明]徐师曾编:《文体明辨·诗余》,《四库全书存目丛书》,集部312册影印万历建阳泥活字本。

[明]周瑛《词学筌蹄》,《续修四库全书》,集部1735册影印清抄本,上海古籍出版社2002年版(下同)。

[清]王士禛,邹祗谟辑:《倚声初集》,《续修四库全书》,集部1729册影印清顺治十七年(1660)刻本。

[清]崔华,张万寿纂修:(康熙)《扬州府志》,《四库全书存目丛书》,史部215册影印清康熙刻本,齐鲁书社1996年版。

[清]王时翔:《小山文稿》,《四库全书存目丛书》,集部275册影印清乾隆十一年(1746)王氏泾东草堂刻本,齐鲁书社1997年版。

[清]吴锡麟:《有正味斋骈体文》,《续修四库全书》,集部1468—1469册影印清嘉庆十三年(1808)增修本。

[清]谭献辑:《箧中词》,《续修四库全书》,集部1733册影印清光绪八年(1882)刻本。

[清]樊增祥:《樊山集》,《续修四库全书》,集部1574册影印请光绪十九年(1893)渭南县署刻本。

[清]王鹏运:《半塘定稿》,《续修四库全书》,集部1727册影印清光绪三十二年(1906)刻本。

[清]谢章铤:《赌棋山庄所著书·文集》,《续修四库全书》,集部1545册影印清光绪刻本。

[清]况周颐:《蕙风词》,《续修四库全书》,集部1727册影印民国惜阴堂刻丛书本。

[清]朱祖谋:《彊村词剩稿》,《续修四库全书》,集部1727册影印民国彊村遗书本。

[明]毛晋编辑:《宋六十名家词》,上海古籍出版社1989年影印版。

[清]汪懋麟:《百尺梧桐阁集》,上海古籍出版社1980年影印清康熙刻本。

[清]《钦定词谱》,中国书店1983年影印清康熙五十四年(1715)内府刻本。

[清]万树编著:《词律》,上海古籍出版社1984年影印清光绪二年(1876)刻本。

[清]陈廷焯编选:《词则》,上海古籍出版社1984年影印清手抄本。

[清]沈辰垣等编：《历代诗余》，上海书店出版社 1985 年影印清康熙四十六年（1707）刻本。

[清]况周颐：《历代词人考略》，全国图书馆文献复制缩微中心 2003 年影印吴兴刘氏嘉业堂抄本。

（五）排印、点校整理本（出版时间为序）

[清]永瑢等编纂：《四库全书总目提要》，(上海)商务印书馆 1935 年排印版。

[清]朱祖谋辑：《宋词三百首》，唐圭璋笺，上海神州国光社 1948 年 10 月再版。

[清]周济编：《宋四家词选》，(上海)古典文学出版社 1958 年版。

[清]朱彝尊、汪森编纂：《词综》，李庆甲点校，上海古籍出版社 1978 年版。

[清]舒梦兰辑：《白香词谱笺》，谢朝徵笺，柳淇校订，广东人民出版社 1981 年版。

[清]何文焕辑：《历代诗话》，中华书局 1981 年版。

[清]舒梦兰辑：《白香词谱笺》，谢朝徵笺，顾学颉校订，中华书局 1982 年版。

[清]张宗橚辑：《词林纪事》，成都古籍书店 1982 年版。

[清]金圣叹：《金圣叹全集》(贯华堂选批唐才子诗等六种)，江苏古籍出版社 1985 年版。

[清]黄苏、周济等选评：《清人选评词集三种》，尹志腾点校，齐鲁书社 1988 年版。

[清]王鹏运：《四印斋所刻词》，上海古籍出版社 1989 年版。

[清]钱仪吉：《碑传集》，靳斯标点，中华书局 1993 年版。

[清]谭献：《复堂类集》，《丛书集成续编》，第 141 册，上海书店 1994 年版。

[明]陈子龙等：《云间三子新诗合稿》，陈立校点，辽宁教育出版社 2000 年版。

[明]程敏政：《天机馀锦》，王兆鹏校点，辽宁教育出版社 2000 年版。

[明]卓人月选辑，徐士俊参评：《古今词统》，谷辉之校点，辽宁教育出版社 2000 年版。

[宋]欧阳修：《欧阳修全集》，李逸安点校，中华书局 2001 年版。

[清]谭献：《复堂日记》，范旭仑、牟晓朋整理，河北教育出版社 2001 年版。

[清]舒梦兰辑：《白香词谱笺》，谢朝徵笺，丁如明评订，上海古籍出版社 2001 年。

[清]况周颐：《蕙风词话　广蕙风词话》，孙克强辑考，中州古籍出版社 2003 年版。

[明]汪氏编：《诗余画谱》，张宏宇整理，河南大学出版社 2004 年版。

[清]朱祖谋辑校：《彊村丛书》，广陵书社 2005 年版。

[明]杨慎辑，[清]张惠言等录：《词林万选·词选·附续词选》合订本，刘崇德、徐文武点校，河北大学出版社 2006 年版，2010 年第 2 次印刷。

[清]谭献辑：《清词一千首：箧中词》，罗仲鼎等点校，西泠印社 2007 年版。

[清]先著、程洪辑：《词洁》，刘崇德、徐文武点校，河北大学出版社 2007 年版，2010 年第 2 次印刷。

[清]陈廷焯：《白雨斋词话》，彭玉平导读，上海古籍出版社 2009 年版，2011 年第 2 次印刷。

[清]王国维:《人间词话》,徐调孚校注,中华书局 2009 年版,2010 年第 4 次印刷。

[清]郑文焯:《大鹤山人词话》,孙克强、杨传庆辑校,南开大学出版社 2009 年版。

[清]陈廷焯:《云韶集》,孙克强、杨传庆点校整理,《中国韵文学刊》2010 年第 3、4 期,2011 年第 1、2 期。

二、现代编著

(一) 一般编著(总集、丛编、选集、纪事会评、诗话、词话、年谱、工具书)

傅璇琮等主编:《全宋诗》,北京大学出版社 1998 年版。

曾昭岷、曹济平、王兆鹏、刘尊明编著:《全唐五代词》,中华书局 1999 年版。

唐圭璋编辑,王仲闻参订,孔凡礼补辑:《全宋词》,中华书局 1999 年版。

饶宗颐初纂,张璋总纂:《全明词》,中华书局 2004 年版。

周明初、叶晔编纂:《全明词补编》,浙江大学出版社 2007 年版。

程千帆等编纂:《全清词·顺康卷》,中华书局 2002 年版。

张宏生主编:《全清词·顺康卷补编》,南京大学出版社 2008 年版。

梁令娴编:《艺蘅馆词选》,刘逸生点校,广东人民出版社 1981 年版。

陈乃乾辑:《清名家词》,上海书店 1982 年版。

钱仲联选:《清词三百首》,岳麓书社 1992 年版。

唐圭璋等校点:《唐宋人选唐宋词》,上海古籍出版社 2004 年版。

赵尊岳、赵文琦:《和小山词　和珠玉词》(合订本),上海古籍出版社 2004 年版。

丁福保辑:《历代诗话续编》,中华书局 1983 年版。

唐圭璋编纂:《词话丛编》,中华书局 1986 年版。

尤振中主编:《清词纪事会评》,黄山书社 1995 年版。

孙克强编著:《唐宋词人词话》,河南文艺出版社 1999 年版。

吴世昌:《词林新话》(增订本),吴令华辑注,施议对校,北京出版社 2000 年版。

吴熊和主编:《唐宋词汇评·两宋卷》,浙江教育出版社 2004 年版。

张璋等编纂:《历代词话续编》,(郑州)大象出版社 2005 年版。

邓子勉编:《宋金元词话全编》,凤凰出版社 2008 年版。

刘梦芙校:《近现代词话丛编》,黄山书社 2009 年版。

朱崇才编纂:《词话丛编续编》,人民文学出版社 2010 年版。

邓子勉编:《明词话全编》,凤凰出版社 2012 年版。

夏承焘:《唐宋词人年谱》,古典文学出版社 1955 年版,1957 年第 3 次印刷本。

张慧剑编著:《明清江苏文人年表》,上海古籍出版社 1986 年版。

朱德慈:《近代词人考录》,中国社会科学出版社 2004 年版。

江庆柏编著:《清代人物生卒年表》,人民文学出版社 2005 年版。

唐圭璋:《宋词四考》,江苏文艺出版社 2009 年版。

张正吾等编:《王鹏运研究资料》,漓江出版社 1996 年版。

王兆鹏:《词学史料学》,中华书局 2004 年版。

杜海华编:《二十世纪全国报刊词学论文索引》,北京图书馆 2007 年版。

(二) 理论著作(词学理论、选评与学术史、非词学理论著作)

宛敏灏:《二晏及其词》,商务印书馆 1935 年版。

夏承焘:《月轮山词论集》,中华书局 1979 年版。

唐圭璋:《唐宋词简释》,上海古籍出版社 1981 年版。

詹安泰:《詹安泰词学论稿》,汤擎民整理,广东人民出版社 1984 年版。

俞陛云:《唐五代两宋词选释》,上海古籍出版社 1985 年版。

吴熊和:《唐宋词通论》,浙江古籍出版社 1985 年版。

唐圭璋:《词学论丛》,上海古籍出版社 1986 年版。

杨海明:《唐宋词史》,江苏古籍出版社 1987 年版。

谭志峰:《王鹏运及其词》,漓江出版社 1991 年版。

冒广生:《冒鹤亭词曲论文集》,冒怀辛整理,上海古籍出版社 1992 年版。

叶嘉莹、缪钺:《灵谿词说》,上海古籍出版社 1987 年版。

龙榆生:《龙榆生词学论文集》,上海古籍出版社 1997 年版。

张宏生:《清代词学的建构》,江苏古籍出版社 1998 年版。

谢桃坊:《宋词辨》,上海古籍出版社 1999 年版。

郭绍虞:《中国文学批评史》下卷,百花文艺出版社 1999 年版。

蔡镇楚:《宋词文化学研究》,湖南人民出版社 1999 年版。

王兆鹏:《唐宋词史论》,人民文学出版社 2000 年版。

钱鸿瑛等著:《唐宋词:本体意识的高扬与深化》,广西师范大学出版社 2000 年版。

严迪昌:《清词史》,江苏古籍出版社 2001 年 7 月第 2 版。

邱少华编著:《欧阳修词新释辑评》,中国书店出版社 2001 年版,2010 年第 2 次印刷。

张秉戌编著:《纳兰性德词新释辑评》,中国书店出版社 2001 年版,2007 年第 3 次印刷。

陶尔夫、诸葛忆兵:《北宋词史》,黑龙江教育出版社 2002 年版。

谢桃坊:《中国词学史》,巴蜀书社 2002 年版。

丁放:《金元词学研究》,中国社会科学出版社 2002 年版。

施议对译注:《人间词话译注》,岳麓书社出版社 2003 年版。

刘扬忠编著:《晏殊词新释辑评》,中国书店出版社 2003 年版,2007 年第 2 次印刷。

卓清芬:《清末四大家词学及词作研究》,台湾大学出版委员会 2003 年版。

皮述平:《晚清词学的思想与方法》,学苑出版社 2003 年版。

杨伯岭:《晚清民初词学思想建构》,安徽大学出版社 2004 年版。

吴梅:《词学通论》,复旦大学出版社 2005 年版。

方智范等:《中国古典词学理论史》,华东师范大学出版社 2005 年版。

朱惠国:《中国近世词学思想研究》,上海古籍出版社 2005 年版。

陈水云:《清代词学发展史论》,学苑出版社 2005 年版。

于翠玲:《朱彝尊〈词综〉研究》,中华书局 2006 年版。

许伯卿:《宋词题材研究》,中华书局 2007 年版。

李毅:《金代词人群体研究》,首都师范大学出版社 2008 年版。

任德魁:《词文献研究》,南开大学出版社 2010 年版。

张若兰:《明代中后期词坛研究》,中国社会科学出版社 2010 年版。

丁放、甘松、曹秀兰:《宋元明词选研究》,商务印书馆 2012 年版。

王湘华:《晚清民国词籍校勘研究》,岳麓书社 2012 年版。

张仲谋:《明代词学通论》,中华书局 2013 年版。

陶子贞:《明代词选研究》,台北秀威资讯科技股份有限公司 2003 年版。

朱丽霞:《清代辛稼轩接受史》,齐鲁书社 2005 年版。

李剑亮:《宋词诠释学论稿》,人民文学出版社 2006 年版。

莫立民:《晚清词研究》,中国社会科学出版社 2006 年版。

曹辛华、张幼良:《中国词学研究》,福建人民出版社 2006 年版。

曹辛华:《二十世纪中国古代文学研究史·词学卷》,上海东方出版中心 2006 年版。

刘靖渊、崔海正:《北宋词研究史稿》,齐鲁书社 2006 年版。

朱崇才:《词话史》,中华书局 2006 年版。

祖保泉:《王国维词解说》,安徽教育出版社 2006 年版。

叶嘉莹、安易编著:《王国维词新释辑评》,中国书店 2006 年版。

刘永济:《唐五代两宋词简析 微睇说词》(合订本),中华书局 2007 年版。

刘扬忠:《唐宋词流派史》,中国社会科学出版社 2007 年版。

王双启编著:《晏幾道词新释辑评》,中国书店出版社 2007 年版。

徐安琪:《唐五代北宋词学思想史论》,人民文学出版社 2007 年版。

宁萱:《几番魂梦与君同:小山词中的爱欲生死》,(北京)同心出版社 2007 年版。

叶嘉莹:《王国维及其文学批评》,北京大学出版社 2008 年版。

孙克强:《清代词学批评史论》,上海古籍出版社 2008 年版。

木斋:《宋词体演变史》,中华书局 2008 年版。

邓子勉:《宋金元词籍文献研究》,上海古籍出版社 2008 年版。

沙先一、张晖:《清词的传承与开拓》,上海古籍出版社 2008 年版。

江合友:《明清词谱史》,上海古籍出版社 2008 年版。

闵丰:《清初清词选本考论》,上海古籍出版社 2008 年版。

曾大兴:《词学的星空——20 世纪词学名家传》,河北人民出版社 2009 年版。

肖朋:《群体的选择——唐宋人词选与词人群通论》,凤凰出版社 2009 年版。

张璟:《苏词接受史研究》,光明日报出版社 2009 年版。

孙虹:《北宋词风嬗变与文学思潮》,上海古籍出版社 2009 年版。

孙纬城:《千年词史待平章:晚清三大词话研究》,安徽大学出版社 2010 年版。

陈水云:《唐宋词在明末清初的传播与接受》,中国社会科学出版社 2010 年版。

莫立民:《近代词史》,人民文学出版社 2010 年版。

谭新红:《宋词的传播方式研究》,武汉大学出版社 2010 年版。

唐红卫:《二晏研究》,南开大学出版社 2010 年版。

欧明俊:《词学思辨录》,人民出版社 2011 年版。

刘双琴:《六一词接受史研究》,中山大学出版社 2011 年版。

李睿:《清代词选研究》,安徽大学出版社 2011 年版。

万柳:《清代词社研究》,中州古籍出版社 2011 年版。

杨传庆:《郑文焯词及词学研究》,南开大学出版社 2013 年版。

凌天松:《明编词总集丛刻述评》,上海古籍出版社 2014 年版。

岳珍:《明代词学批评史》,社会科学文献出版社 2014 年版。

王娟:《况周颐词学文献研究》,广西师范大学出版社 2015 年版。

严迪昌:《阳羡词派研究》,齐鲁书社 1993 年版。

朱德慈:《常州词派通论》,中华书局 2006 年版。

刘永刚:《云间派文学研究》,中华书局 2008 年版。

黄志浩:《常州词派研究》,中国社会科学出版社 2008 年版。

李丹:《顺康之际广陵词坛研究》,上海古籍出版社 2009 年版。

吴宏一、叶庆炳编:《清代文学批评资料汇编》,(台北)成文出版社 1979 年版。

朱立元:《接受美学》,上海人民出版社 1989 年版。

邬国平、王镇远:《清代文学批评史》,上海古籍出版社 1995 年版。

黄霖:《中国文学批评通史·近代卷》,王运锡、顾易生主编,上海古籍出版社 1996 年版。

葛兆光:《中国思想史导论》,复旦大学出版社 2001 年版。

吴海、曾子儒主编:《江西文学史》,江西人民出版社 2005 年版。

邬国平:《中国古代接受文学与理论》,黑龙江人民出版社 2005 年版。

蒋寅:《大历诗人研究》,中华书局 1995 年版。

王水照:《苏轼研究》,河北教育出版社 1999 年版。

蒋寅:《王渔洋与康熙诗坛》,中国社会科学出版社 2001 年版。

陈维昭:《清代文人心态史》,河北教育出版社 2001 年版。

邹云湖:《中国选本研究》,上海三联书店 2002 年版。

刘德清:《欧阳修纪年录》,上海古籍出版社 2007 年版。

许秋碧:《欧阳修著述考》,《古典文献研究缉刊》第 6 编第 3 册,(台北)花木兰文化出版社 2008 年版。

郁玉英:《宋词经典的生成及嬗变》,中国社会科学出版社 2016 年版。

三、主要学位论文

查紫阳:《晚清民国词社研究》,南京大学 2005 年博士学位论文,未刊稿。

李睿:《清代词选研究》,华东师范大学 2006 年博士学位论文,《中国知网》版。

史华娜:《接受视野下的追和词研究》,南京师范大学 2009 年博士学位论文,《中国知网》版。

王卿敏：《〈小山词〉的接受史》，华东师范大学 2006 年硕士学位论文，《中国知网》版。

曾春英：《欧阳修词接受史研究》，南昌大学 2010 年硕士学位论文，《中国知网》版。

四、重要期刊论文

赵尊岳：《词集提要·词轨》，《词学季刊》第 1 卷第 2 号，上海民智书局 1933 年 8 月版。

赵尊岳：《蕙风词史》，《词学季刊》第 1 卷第 4 号，上海民智书局 1934 年 4 月版。

舍之：《历代词选集叙录》之二十五《古今词选》，《词学》第 4 辑，华东师范大学出版社 1986 年版。

赵尊岳：《填词丛话》卷三，《词学》第 4 辑，华东师范大学出版社 1986 年版。

赵尊岳：《填词丛话》卷四，《词学》第 5 辑，华东师范大学出版社 1986 年版。

舍之：《历代词选集叙录》之二十七《清绮轩历朝词选》，《词学》第 5 辑，华东师范大学出版社 1986 年版。

屈兴国：《〈词则〉与〈白雨斋词话〉的关系》，《词学》第 5 辑，华东师范大学出版社 1986 年版。

赵尊岳：《〈珠玉词〉选评》，《词学》第 7 辑，华东师范大学出版社 1989 年版。

林枚仪：《论晚清四大家在词学上的贡献》，《词学》第 9 辑，华东师范大学出版社 1992 年版。

张宏生：《〈词选〉和〈蓼园词选〉的性质、显晦及其相关诸问题》，《南京大学学报》（哲社版）1995 第 1 期。

于天池：《论宋代鼓子词》，《海南师范学院学报》（社科版）1999 年第 4 期。

〔日〕清水茂：《〈钦定词谱〉解题》，《清水茂汉学论集》，中华书局 2003 年版。

彭玉平：《选本批评与词学观念》，《汕头大学学报》2005 年第 5 期。

李睿：《从〈云韶集〉和〈词则〉看陈廷焯词学思想的演进》，《中国韵文学刊》2005 年第 3 期。

王兆鹏：《〈宋词三百首〉版本源流考》，《湖北师范学院学报》（哲学社会科学版）2006 年 1 期。

王伟勇：《两宋词人仿拟典范作品析论》，《人文与创意学术研讨会论文集》，（台北）里仁书局 2008 年版。

刘庆云，蔡厚示：《从〈白香词谱〉透视舒梦兰的词学观念》一文所附几种词谱、词律正体"对照表"，《文学遗产》2009 年第 3 期。

谢永芳：《张德瀛词学思想的基本脉络及其阐释特点》，《黄冈师范学院学报》2010 年第 1 期。

赵晓辉：《从词选批评的角度看杨希闵的〈词轨〉》，《兰州大学学报》2010 年第 3 期。

尚慧萍：《"骚雅"词学观对清代词论的影响》，《人民论坛·学术前沿》2010 年第 17 期。

附　　录

一、《词综》（上海古籍出版社 1978 年版）与晏欧三家词选统计表

词人	卷次	词调·词题	首句	页码	备注
晏殊	卷四	破阵子	燕子来时新社	69	
	卷四	清平乐	金风细细	69	
	卷四	清平乐	红笺小字	69	
	卷四	踏莎行	碧海无波	70	
	卷四	踏莎行	小径红稀	70	
	卷四	蝶恋花	槛菊愁烟兰泣露	70	
	卷四	相思儿令	昨日探春消息	71	
欧阳修	卷四	摸鱼儿	卷绣帘梧桐院落	79	
	卷四	清商怨	关河愁思望处满	70	原作晏殊词，据《全宋词》补
	卷四	采桑子	轻舟短棹西湖好	79	
	卷四	采桑子	群芳过后西湖好	80	
	卷四	踏莎行	候馆梅残	80	
	卷四	蝶恋花	越女采莲秋水畔	80	
	卷四	蝶恋花	小院深深门掩乍	80	《全宋词》首句末字作"亚"
	卷四	玉楼春	春山敛黛低歌扇	81	
	卷四	玉楼春	湖边柳外楼高处	81	
	卷四	玉楼春	西湖南北烟波阔	81	
	卷四	虞美人影	莺愁燕苦春归去	81	
	卷四	浪淘沙	把酒祝东风	82	
	卷四	浪淘沙	今日北池游	82	
	卷四	浣溪沙	堤上游人逐画船	82	
	卷四	浣溪沙	红粉佳人白玉杯	83	
	卷四	越溪春	三月十三寒食日	83	
	卷四	夜行船	满眼东风飞絮	83	
	卷四	少年游	阑干十二独凭春	83	
	卷四	南歌子	凤髻金泥带	84	
	卷四	临江仙	柳外轻雷池上雨	84	
	卷四	临江仙	记得金銮同唱第	84	
	卷四	青玉案	一年春事都来几	85	《全宋词》作无名氏

（续表）

词人	卷次	词调·词题	首句	页码	备注
晏幾道	卷五	临江仙	梦后楼台高锁	89	
	卷五	清商怨	庭花香信尚浅	89	
	卷五	点绛唇	明日征鞭	90	
	卷五	点绛唇	妆席相逢	90	
	卷五	虞美人	闲敲玉镫隋堤路	90	
	卷五	生查子	金鞍美少年	90	《全宋词》作"金鞭"
	卷五	采桑子	秋千散后朦胧月	91	
	卷五	六幺令	绿阴春尽	91	
	卷五	六幺令	雪残风信	91	
	卷五	清平乐	留人不住	92	
	卷五	清平乐	春云绿处	92	
	卷五	清平乐	波纹碧皱	92	
	卷五	清平乐	幺弦写意	92	
	卷五	玉楼春	秋千院落重帘幕	93	
	卷五	玉楼春	采莲时候慵歌舞	93	
	卷五	浪淘沙	小绿间长红	93	
	卷五	碧牡丹	翠袖疏纨扇	93	
	卷五	蝶恋花	碧玉高楼临水住	94	
	卷五	蝶恋花	喜鹊桥成催凤驾	94	
	卷五	蝶恋花	醉别西楼醒不记	94	
	卷五	破阵子	柳下笙歌庭院	95	
	卷六	菩萨蛮	哀筝一弄湘江曲		原作陈师道,据《全宋词》补
	卷三十四	更漏子	槛花稀	783	
	卷三十四	更漏子	柳丝长	784	
	卷三十四	两同心	楚香春晚	784	

二、《历代诗余》（上海书店 1985 影印本）晏欧三家词选统计表

词人	卷次	词调·词题	首句	页码	备注
晏殊	二	如梦令	楼外残阳红满	31	《全宋词》作秦观
	六	浣溪沙	一曲新词酒一杯	81	
	六	浣溪沙	红蓼花香夹岸稠	81	
	六	浣溪沙	小阁重帘有燕过	81	
	六	浣溪沙	宿酒才醒厌玉卮	81	
	六	浣溪沙	杨柳阴中驻彩旌	81	
	七	清商怨又一体	关河愁思望处满	115	《全宋词》作欧阳修词
	十	诉衷情	东风杨柳欲青青	151	第一体
	十	诉衷情	芙蓉金菊斗馨香	151	
	十	诉衷情	青梅煮酒斗时新	152	

（续表）

词人	卷次	词调·词题	首句	页码	备注
	十一	更漏子	春色初来	171	《全宋词》作《酒泉子》
	十一	更漏子	三月暖风	171	《全宋词》作《酒泉子》
	十二	望仙门	紫薇枝上露华浓	184	第一体
	十二	望仙门	玉壶清漏起微凉	184	
	十二	望仙门	玉池波浪碧如鳞	184	
	十三	清平乐	春来秋去	191	
	十三	清平乐	红笺小字	191	
	十三	清平乐	金风细细	191	
	十五	更漏子	簟华浓	216	
	十五	更漏子	雪藏梅	217	
	十六	喜迁莺又一体	风转蕙	240	
	十六	喜迁莺又一体	歌敛黛	240	
	十六	喜迁莺又一体	烛飘花	240	
	十六	喜迁莺又一体	曙河低	240	
	十七	相思儿令	昨日探春消息	244	独一体
	十七	秋蕊香	梅蕊雪残香瘦	253	第一体
	十七	秋蕊香	向晓雪花呈瑞	254	
	十九	胡捣练	小桃花与早梅花	274	独一体
	十九	撼庭秋	别来音信千里	276	
晏殊	二十	滴滴金	梅花漏泄春消息	299	
	二十二	望汉月	千缕万条勘结	320	第一体
	二十二	少年游	芙蓉花发去年枝	324	
	二十二	少年游	谢家庭槛晓无尘	324	
	二十三	少年游又一体	重阳过后	332	
	二十三	少年游又一体	霜华满树	332	
	二十三	燕归梁又一体	双燕归飞绕画堂	334	
	二十三	燕归梁又一体	金鸭香炉起瑞烟	334	
	二十三	雨中花	剪翠妆红欲就	336	独一体
	二十五	红窗听	淡薄梳妆轻结束	361	
	二十五	红窗听	记得香闺临别语	361	
	二十五	迎春乐又一体	长安紫陌春归早	363	
	二十九	睿恩新	芙蓉一朵霜秋色	420	
	二十九	睿恩新	红丝一曲伴阶砌	420	
	二十九	玉楼人	去年寻处曾持酒	423	《全宋词》作无名氏词
	二十九	忆人人	密传春信	424	《全宋词》作无名氏词
	二十九	忆人人	前村满雪	424	《全宋词》作无名氏词
	三十一	玉楼春	东风昨夜回梁苑	446	《全宋词》作《木兰花》
	三十一	玉楼春	绿杨芳草长亭路	446	
	三十一	玉楼春	帘旌浪卷金泥凤	446	《全宋词》作《木兰花》

（续表）

词人	卷次	词调·词题	首句	页码	备注
晏殊	三十一	玉楼春	池塘水绿风微暖	447	《全宋词》作《木兰花》
	三十一	玉楼春	玉楼珠阁黄金锁	447	《全宋词》作《木兰花》，"黄"作"横"。
	三十一	玉楼春	珠帘半下香销印	447	《全宋词》调作《木兰花》
	三十一	玉楼春	紫薇朱槿繁开后	447	《全宋词》作《木兰花》
	三十一	玉楼春	春葱指甲轻拢捻	447	《全宋词》作《木兰花》
	三十一	玉楼春	红绦约束琼肌稳	447	《全宋词》作《木兰花》
	三十四	凤衔杯	青蘋昨夜秋风起	485	独一体
	三十四	凤衔杯又一体	留花不住怨花飞	485	
	三十四	凤衔杯又一体	柳条花颣恼青春	485	
	三十六	踏莎行	细草愁烟	511	第二体
	三十六	踏莎行	祖席离歌	511	
	三十六	踏莎行	碧海无波	511	
	三十六	踏莎行	绿树归莺	511	《全宋词》"归"作"啼"
	三十六	踏莎行	小径红稀	511	
	三十九	蝶恋花	一霎秋风惊画扇	551	
	三十九	蝶恋花	紫菊初生朱槿坠	551	
	三十九	蝶恋花	南雁依稀回侧阵	551	
	三十九	蝶恋花	槛菊愁烟兰泣露	551	《全宋词》调作《鹊踏枝》
	三十九	蝶恋花	帘幕风轻双语燕	551	
	三十九	蝶恋花	紫府群仙名籍秘	551	《全宋词》作鹊踏枝
	四十一	玉堂春	帝城春暖	577	第一体
	四十一	玉堂春	后园春早	577	
	四十一	玉堂春	斗城池管	577	
	四十一	十拍子	燕子来时新社	582	《全宋词》调作《破阵子》，下同
	四十一	十拍子	海上蟠桃易熟	582	
	四十一	十拍子	燕子欲归时节	582	
	四十一	十拍子	忆得去年今日	582	
	四十一	十拍子	湖上西风斜日	582	
	四十二	渔家傲	画角声中昏又晓	588	第一体
	四十二	渔家傲	荷叶荷花相间斗	588	
	四十二	渔家傲	荷叶初开犹半卷	588	
	四十二	渔家傲	杨柳风前香百步	588	
	四十二	渔家傲	叶下鹨鹕眠未稳	589	
	四十二	渔家傲	罨画溪边停彩舫	589	
	四十二	渔家傲	宿蕊斗攒金粉闹	589	
	四十二	渔家傲	脸傅朝霞衣剪翠	589	
	四十二	渔家傲	越女采莲江北岸	589	

（续表）

词人	卷次	词调·词题	首句	页码	备注
晏殊	四十二	渔家傲	粉面啼红腰束素	589	
	四十二	渔家傲	幽鹭慢来窥品格	589	
	四十二	渔家傲	楚国细腰元自瘦	589	
	四十二	渔家傲	嫩绿勘裁红欲绽	589	
	四十三	瑞鹧鸪又一体	月娥红泪泣朝云	605	第一体
	四十三	瑞鹧鸪又一体	江南残腊欲归时	605	
	四十五	殢人娇又一体	二月春风	638	第一体
	四十五	殢人娇又一体	玉树微凉	638	
	四十五	殢人娇又一体	一叶秋高	638	
	四十五	小桃红	玉宇秋风至	640	第一体,《全宋词》调作《连理枝》
	四十五	小桃红	绿树莺声老	640	
	四十八	长生乐	玉露金风月正圆	676	
	五十	拂霓裳	喜秋成	707	独一体
	五十	拂霓裳	笑秋天	707	《全宋词》作《乐秋天》
欧阳修	二	归自谣	春滟滟	36	第二体,《全宋词》今不存
	三	长相思	蘋满溪	42	第六体
	三	长相思	花似伊	43	第七体
	三	太平时	白雪梨花红粉桃	50	第一体,词调又名《贺圣朝影》
	四	生查子	竟日画堂欢	55	《全宋词》今不存
	四	生查子	含羞整翠鬟	55	
	六	浣溪沙	湖上朱桥响画轮	81	
	六	浣溪沙	红粉佳人白玉杯	82	
	六	浣溪沙	二月春光厌落梅	82	《全宋词》作晏幾道词,"光"作"花"。
	六	浣溪沙	堤上游人逐画船	82	
	六	浣溪沙	云曳香绵彩柱高	82	
	八	减字木兰花	楼台向晓	116	第一体
	十	采桑子	轻舟短棹西湖好	147	
	十	采桑子	春深雨过西湖好	147	
	十	采桑子	画船载洒西湖好	147	
	十	采桑子	群芳过后西湖好	147	
	十	采桑子	何人解赏西湖好	147	
	十	采桑子	清明上巳西湖好	147	
	十	采桑子	荷花开后西湖好	147	
	十	采桑子	天容水色西湖好	147	
	十	采桑子	残霞夕照西湖好	147	

（续表）

词人	卷次	词调·词题	首句	页码	备注
欧阳修	十一	诉衷情又一体	清晨帘幕卷轻霜	170	
	十三	清平乐	小庭春老	191	
	十六	阮郎归	刘郎何日是来期	230	《全宋词》"期"作"时"
	十六	阮郎归	落花浮水树临池	230	
	十七	珠帘卷	珠帘卷	243	独一体，《全宋词》调作《圣无忧》
	十七	圣无忧	世路风波险	244	独一体
	十七	朝中措	平山阑槛倚晴空	245	第一体
	十七	朝中措	暮山环翠绕层阑	245	《全宋词》作李之仪词
	十九	洞天春	莺啼绿树声早	274	独一体
	十九	桃源忆故人	梅梢弄粉香犹嫩	277	第一体
	十九	洛阳春	红纱未晓黄鹂语	284	独一体
	二十	滴滴金	梅花漏泄春消息	298	
	二十二	望汉月又一体	红艳几枝轻袅	320	《全宋词》调作《忆汉月》
	二十二	少年游	玉壶冰莹兽炉灰	324	
	二十三	少年游又一体	去年秋晚此园中	332	第一体，51字
	二十三	少年游又一体	肉红圆样浅心黄	332	
	二十三	少年游又一体	阑干十二独凭春	333	
	二十三	雨中花又一体	千古都门行路	338	调又名《夜行船》
	二十三	梁州令又一体	翠树芳条飐	339	
	二十四	南歌子	凤髻金泥带	346	
	二十五	望江南又一体	江南蝶	366	
	二十五	南乡子	翠密红繁	370	
	二十五	南乡子	雨后斜阳	370	
	二十六	浪淘沙	把酒祝东风	381	
	二十六	浪淘沙	花外倒金翘	381	
	二十六	浪淘沙	万恨共绵绵	381	
	二十九	夜行船	满眼东风飞絮	421	
	二十九	鹊桥仙	月波清霁	424	第一体
	三十一	玉楼春	春迟日媚烟光好	447	
	三十一	玉楼春	西亭饮散清歌阕	447	
	三十一	玉楼春	春山敛黛低歌扇	447	
	三十一	玉楼春	尊前拟把归期说	448	
	三十一	玉楼春	洛阳正值芳菲节	448	
	三十一	玉楼春	残春一枝狂风雨	448	
	三十一	玉楼春	常忆洛阳风景媚	448	
	三十一	玉楼春	别后不知君远近	448	
	三十一	玉楼春	西湖南北烟波阔	448	
	三十一	玉楼春	燕鸿过后春归去	448	

词人	卷次	词调·词题	首句	页码	备注
欧阳修	三十一	玉楼春	蝶飞芳草花飞露	448	
	三十一	玉楼春	檀槽碎响金丝拨	448	
	三十一	玉楼春	金花盏面红烟透	448	
	三十一	玉楼春	黄金弄色轻于粉	448	
	三十一	玉楼春	沉沉庭院莺吟弄	449	
	三十一	玉楼春	去时梅萼初凝粉	449	
	三十一	玉楼春	酒美春浓花世界	449	
	三十一	玉楼春	湖边柳外楼高处	449	
	三十一	玉楼春	南苑粉蝶能无数	449	
	三十一	玉楼春	江南三月春光老	449	
	三十一	玉楼春	东风本是开花信	449	
	三十一	玉楼春	阴阴树色笼晴昼	449	
	三十一	玉楼春	芙蓉斗晕胭脂浅	449	
	三十二	瑞鹧鸪	楚王台上一神仙	466	非欧词,唐吴融律诗
	三十四	夜行船又一体	忆昔西都欢纵	484	
	三十五	临江仙又一体	记得金銮同唱第	504	
	三十五	临江仙又一体	柳外轻雷池上雨	504	
	三十六	踏莎行	候馆梅残	511	
	三十七	虞美人又一体	炉香昼永龙烟白	526	
	三十九	蝶恋花	帘幕东风寒料峭	552	
	三十九	蝶恋花	庭院深深深几许	552	《全宋词》作冯延巳词,今从邱本。
	三十九	蝶恋花	腊雪初销梅蕊绽	552	
	三十九	蝶恋花	海燕双来归画栋	552	
	三十九	蝶恋花	面旋落花风荡漾	552	
	三十九	蝶恋花	永日环堤乘彩舫	552	
	三十九	蝶恋花	越女采莲秋水畔	552	
	三十九	蝶恋花	水浸秋天风皱浪	552	
	三十九	蝶恋花	梨叶初红蝉韵歇	552	
	三十九	蝶恋花	翠苑红芳晴满目	552	
	三十九	蝶恋花	小院深深门掩亚	553	
	三十九	蝶恋花	欲过清明烟雨细	553	
	三十九	蝶恋花	画阁归来春又晚	553	
	三十九	蝶恋花	曾爱西湖春色早	553	
	四十一	定风波	把酒花前欲问他	579	
	四十一	定风波	把酒花前欲问伊	579	
	四十一	定风波	把酒花前欲问公	579	
	四十一	定风波	把酒花前欲问君	579	
	四十一	定风波	过尽韶华不可添	579	

词人	卷次	词调·词题	首句	页码	备注
欧阳修	四十一	定风波	对酒追欢莫负春	579	
	四十二	渔家傲	一派潺湲流碧涨	589	
	四十二	渔家傲	四纪才名天下重	590	
	四十二	渔家傲	红粉墙头花几树	590	
	四十二	渔家傲	妾本钱塘苏小妹	590	
	四十二	渔家傲	花底忽闻敲两桨	590	
	四十二	渔家傲	叶有清风花有露	590	"清风"《全宋词》作"清香"
	四十二	渔家傲	荷叶田田青照水	590	
	四十二	渔家傲	粉蕊丹青描不得	590	
	四十二	渔家傲	喜鹊填河仙浪浅	590	
	四十二	渔家傲	乞巧楼头云幔卷	590	
	四十二	渔家傲	别恨长长欢计短	590	
	四十二	渔家傲	九日欢游何处好	590	
	四十二	渔家傲	青女霜前催得绽	591	
	四十二	渔家傲	露裛娇黄风摆翠	591	
	四十二	渔家傲	对酒当歌劳客劝	591	
	四十二	渔家傲	正月斗杓初转势	591	
	四十二	渔家傲	二月春耕昌杏密	591	
	四十二	渔家傲	三月清明天婉娩	591	
	四十二	渔家傲	四月园林春去后	591	
	四十二	渔家傲	五月榴花妖艳烘	591	
	四十二	渔家傲	六月炎天时霎雨	591	
	四十二	渔家傲	七月新秋风露早	591	
	四十二	渔家傲	八月秋高风历乱	591	
	四十二	渔家傲	九月霜秋秋已尽	592	
	四十二	渔家傲	十月小春梅蕊绽	592	
	四十二	渔家傲	子月新阳排寿宴	592	"子月"《全宋词》作"十一月"
	四十二	渔家傲	腊月严凝天地闭	592	"腊月"《全宋词》作"十二月"
	四十四	行香子又一体	舞雪歌云	620	《全宋词》作张先
	四十五	青玉案又一体	一年春事都来几	636	第一体,《全宋词》作无名氏词
	四十七	千秋岁又一体	数声鶗鴂	660	第一体,《全宋词》作张先词
	四十八	越溪春又一体	三月十三寒食日	681	
	四十九	一丛花	伤春怀远几时穷	694	第一体,《全宋词》作张先词,调名作《一丛花令》,"伤春"作"伤高"。

（续表）

词人	卷次	词调·词题	首句	页码	备注
欧阳修	五十一	蓦山溪	新正初破	711	第一体
	七十一	御带花	青春何处风光好	972	独一体
	八十三	梁州令又一体	翠树芳条飔	1101	与前重复
	九十一	摸鱼儿又一体	卷绣帘梧桐院落	1186	独一体，114—116 字
晏幾道	四	生查子	金鞍美少年	55	《全宋词》作"金鞭"
	四	生查子	轻轻制舞衣	55	
	四	生查子	红尘陌上游	55	
	四	生查子	长恨涉江遥	55	
	四	生查子	春从何处归	55	
	五	点绛唇	明日征鞭	67	第五体
	五	点绛唇	妆席相逢	67	
	五	点绛唇	花信来时	68	
	五	点绛唇	湖上西风	68	
	六	浣溪沙	卧鸭池头小苑开	82	
	六	浣溪沙	二月风和到碧城	82	
	六	浣溪沙	白纻春衫杨柳鞭	82	《全宋词》作"绖"，当为"绤。"
	六	浣溪沙	已拆秋千不奈闲	82	
	六	浣溪沙	团扇初随碧簟收	82	
	六	浣溪沙	唱得红梅字字香	82	
	六	浣溪沙	小杏春声雪浪仙	83	
	六	浣溪沙	浦口莲香夜不收	83	
	六	浣溪沙	铜虎分符领外台	83	
	六	浣溪沙	翠阁朱阑倚处危	83	
	六	浣溪沙	午醉西桥夕未醒	83	
	六	浣溪沙	家近旗亭酒易沽	83	"沽"《全宋词》作"酤"
	八	清商怨	庭花香信尚浅	109	第一体
	八	愁倚阑令	凭江阁	110	原注"春光好又一体"
	八	减字木兰花	长亭晚送	116	第二体
	八	减字木兰花	留春不住	116	
	九	菩萨蛮	来时杨柳东桥路	131	
	九	菩萨蛮	春风未放花心吐	131	
	九	菩萨蛮	娇香淡染胭脂雪	131	
	九	菩萨蛮	香莲烛下匀丹雪	131	
	九	菩萨蛮	哀筝一弄湘江曲	131	
	九	菩萨蛮	江南未雪梅花白	131	
	十	采桑子	白莲池上当时月	147	
	十	采桑子	前欢几处笙歌地	147	
	十	采桑子	无端恼破桃源梦	148	

（续表）

词人	卷次	词调·词题	首句	页码	备注
	十	采桑子	年时此夕东城见	148	
	十	采桑子	西楼月下当时见	148	
	十	采桑子	湘妃浦口莲开尽	148	
	十	采桑子	红窗碧玉新名旧	148	
	十	诉衷情	凭觞静忆去年秋	152	
	十	诉衷情	长因蕙草记罗裙	152	
	十	诉衷情	小楼风韵最妖娆	152	首二字《全宋词》作"小梅"
	十一	忆闷令	取次临鸾匀画浅	152	独一体
	十三	清平乐	千花百草	191	
	十三	清平乐	留人不住	191	
	十三	清平乐	烟轻雨小	192	
	十三	清平乐	春云绿处	192	
	十三	清平乐	波纹碧皱	192	
	十三	清平乐	幺弦写意	192	
	十三	清平乐	双纹彩袖	192	
	十三	清平乐	莲开欲遍	192	
	十五	更漏子	槛花稀	217	
	十五	更漏子	柳丝长	217	
晏几道	十五	更漏子	柳间眠	217	
	十五	更漏子	露华高	217	
	十六	阮郎归	粉痕闲印玉尖纤	230	
	十六	阮郎归	来时红日弄窗纱	230	
	十六	阮郎归	旧香残粉似当初	230	
	十六	阮郎归	天边金掌露成霜	230	
	十六	阮郎归	晚妆长趁景阳春	231	
	十六	喜迁莺又一体	莲叶雨	239	《全宋词》调作《燕归来》
	十七	望仙楼	小春花信日边来	243	独一体
	十七	秋蕊香	词苑清阴欲就	254	第二体
	十七	秋蕊香	歌彻郎君秋草	254	
	十八	武陵春	绿蕙红兰芳信歇	260	第一体
	十八	武陵春	烟柳长堤知几曲	260	
	十九	庆春时	倚天楼殿	273	独一体
	十九	庆春时	梅梢已有	273	
	十九	喜团圆	危楼静锁	274	
	十九	凤孤飞	一曲画楼钟动	284	第一体
	二十一	西江月	愁黛颦成月浅	301	
	二十一	西江月	南苑垂鞭路冷	301	
	二十二	留春令	画屏天畔	317	

词人	卷次	词调·词题	首句	页码	备注
	二十二	留春令	采莲舟上	317	
	二十二	留春令	海棠风横	317	
	二十二	梁州令	莫唱阳关曲	321	
	二十三	少年游又一体	西楼别后	332	
	二十三	少年游又一体	雕梁燕去	333	
	二十三	思远人	红叶黄花秋意晚	336	独一体
	二十三	探春令又一体	绿杨枝上晓莺啼	337	独一体,《全宋词》作无名氏词
	二十三	少年游又一体	绿勾栏畔	337	
	二十三	少年游又一体	西溪丹杏	337	
	二十三	少年游又一体	离多最是	337	
	二十六	浪淘沙	高阁对横塘	381	
	二十六	浪淘沙	丽曲醉思仙	381	
	二十六	浪淘沙	小绿间长红	381	
	二十六	浪淘沙	翠幕绮筵张	381	
晏幾道	二十七	鹧鸪天	碧藕花开水殿凉	392	
	二十七	鹧鸪天	彩袖殷勤捧玉钟	392	
	二十七	鹧鸪天	一醉醒来春又残	392	
	二十七	鹧鸪天	梅蕊新妆桂叶眉	392	
	二十七	鹧鸪天	守得莲开结伴游	392	
	二十七	鹧鸪天	当日佳期鹊误传	392	
	二十七	鹧鸪天	题破小笺小研红	392	
	二十七	鹧鸪天	轻颖尊前酒满衣	392	
	二十七	鹧鸪天	醉拍春衫惜旧香	393	
	二十七	鹧鸪天	楚女腰肢越女腮	393	
	二十七	鹧鸪天	十里楼台倚翠微	393	
	二十七	鹧鸪天	陌上濛濛残絮飞	393	
	二十七	鹧鸪天	晓日迎长岁岁同	393	
	二十七	鹧鸪天	小玉楼中月上时	393	
	二十七	鹧鸪天	手捻香笺忆小莲	393	
	二十七	鹧鸪天	九日悲秋不到心	393	
	二十七	鹧鸪天	绿橘枝头几点春	393	
	二十七	鹧鸪天	小令尊前见玉箫	393	
	三十	虞美人	闲敲玉镫隋堤路	433	
	三十	虞美人	飞花自有牵情地	433	末三字,《全宋词》作"牵情处"
	三十	虞美人	曲阑干外天如水	433	
	三十	虞美人	疏梅月下歌金缕	433	
	三十	虞美人	玉箫吹遍烟花路	433	

（续表）

词人	卷次	词调·词题	首句	页码	备注
晏幾道	三十	虞美人	秋风不似春风好	433	"春风"，《全宋词》作"春光"
	三十	虞美人	湿红笺纸回文字	433	
	三十	虞美人	一弦弹尽仙韶乐	433	
	三十一	玉楼春	秋千院落重帘幕	449	调《全宋词》作《木兰花》
	三十一	玉楼春	小颦若解愁春暮	449	
	三十一	玉楼春	小莲未解论心素	450	
	三十一	玉楼春	风帘向晓寒成阵	450	
	三十一	玉楼春	念奴初唱离亭宴	450	
	三十一	玉楼春	玉真能唱朱帘静	450	
	三十一	玉楼春	阿茸十五腰肢好	450	
	三十一	玉楼春	琼酥酒面风吹醒	450	
	三十一	玉楼春	青娥学得秦娥似	450	
	三十一	玉楼春	旗亭西畔朝云住	450	
	三十一	玉楼春	离鸾照罢尘生镜	450	
	三十一	玉楼春	初心已恨花期晚	450	
	三十一	玉楼春	东风又作无情计	450	
	三十一	玉楼春	雕鞍好为莺花住	451	
	三十一	玉楼春	斑骓路与阳台近	451	
	三十一	玉楼春	当年信道情无价	451	
	三十一	玉楼春	采莲时候慵歌舞	451	
	三十一	玉楼春	清风拂柳冰初绽	451	
	三十一	玉楼春	红绡学舞腰肢软	451	
	三十三	南乡子	渌水带春潮	470	《全宋词》"春"作"青"
	三十三	南乡子	小蕊爱春风	470	《全宋词》"爱"作"受"
	三十三	南乡子	花落未须悲	470	
	三十三	南乡子	新月又如眉	471	
	三十四	一斛珠	满街斜月	487	《全宋词》调作《醉落魄》，下同
	三十四	一斛珠	鸾孤月缺	487	
	三十四	一斛珠	天教命薄	488	
	三十四	一斛珠	休休莫莫	488	
	三十五	临江仙又一体	斗草阶前初见	506	
	三十五	临江仙又一体	身外闲愁空满	506	《全宋词》又见晁补之
	三十五	临江仙又一体	淡水三年欢意	506	
	三十五	临江仙又一体	浅浅余寒春半	506	
	三十五	临江仙又一体	长爱碧阑干影	506	
	三十五	临江仙又一体	旖旎仙花解语	506	
	三十五	临江仙又一体	梦后楼台高锁	506	

（续表）

词人	卷次	词调·词题	首句	页码	备注
晏幾道	三十六	踏莎行	柳上烟归	511	
	三十六	踏莎行	宿雨收尘	511	
	三十六	踏莎行	绿径穿花	512	
	三十六	踏莎行	雪尽寒轻	512	
	三十九	蝶恋花	卷絮风头寒欲尽	553	
	三十九	蝶恋花	初捻霜纨生怅望	553	
	三十九	蝶恋花	庭院碧苔红叶遍	553	
	三十九	蝶恋花	喜鹊桥成催凤驾	553	
	三十九	蝶恋花	碧草池塘春又晚	553	
	三十九	蝶恋花	梦入江南烟水路	553	
	三十九	蝶恋花	醉别西楼醒不记	553	
	三十九	蝶恋花	千叶早梅夸百媚	554	
	三十九	蝶恋花	金剪刀头芳意动	554	
	三十九	蝶恋花	笑艳秋莲生绿浦	554	
	三十九	蝶恋花	碧落秋风吹玉树	554	
	三十九	蝶恋花	碧玉高楼临水住	554	
	三十九	蝶恋花	黄菊开时伤聚散	554	
	四十一	十拍子	柳下笙歌庭院	583	《全宋词》作《破阵子》
	四十一	临江仙又一体	东野忘来无丽句	585	
	四十一	好女儿	绿遍西池	586	
	四十一	好女儿	酌酒殷勤	586	
	四十四	行香子	晚绿寒江	616	第一体，"江"《全宋词》作"红"。
	四十五	解佩令又一体	玉阶秋感	633	
	四十五	两同心又一体	楚香春晚	637	第一体
	四十五	归田乐又一体	试把花期数	638	
	四十七	于飞乐	晓日当帘	661	第一体，"晓"《全宋词》作"晚"。
	四十七	风入松又一体	柳阴庭院杏梢墙	668	第一体
	四十七	风入松又一体	心心念念忆相逢	668	
	四十八	何满子	对镜偷匀玉筯	672	
	四十八	何满子	绿绮琴中心事	672	
	四十八	碧牡丹	翠袖疏纨扇	674	独一体
	四十八	御街行	年光正似花梢露	677	第一体
	四十八	御街行	街南绿树春饶絮	677	
	五十二	洞仙歌又一体	江南腊尽	726	《全宋词》作苏轼词
	五十二	洞仙歌又一体	春残雨过	726	
	五十五	满江红又一体	七十人稀	765	第一体，《全宋词》作萧泰来词

（续表）

词人	卷次	词调·词题	首句	页码	备注
晏几道	五十七	六幺令	绿阴春尽	790	第一体
	五十七	六幺令	雪残风信	790	
	五十七	六幺令	日高春睡	790	
	六十	满庭芳又一体	南苑吹花	830	
	八十三	泛青波摘遍	催花雨小	1103	
	八十四	真珠髻	重重山外	1118	《全宋词》作无名氏词

三、《钦定词谱》(中国书店 1983 年影印本)所选晏欧三家词谱统计表

词人	卷次	词调	首句	页码	备注
晏殊	四(41—43 字)	清商怨	关河愁思望处满	277	
	五(44—46 字)	诉衷情令	青梅煮酒斗时新	296	
	六(46—47 字)	望仙门	玉池波浪碧如鳞	357	
	六	相思儿令	昨日探春消息	391	
	七(48—49 字)	秋蕊香	梅蕊雪残香瘦	429	
	七	胡捣练	夜来江上见寒梅	425	
	七	撼庭秋	别来音信千里	430	
	七	滴滴金	梅花漏泄春消息	518	
	九	燕归梁	双燕归飞绕画堂	583	
	九	雨中花令	剪翠妆红欲就	587	
	九	迎春乐	长安紫陌春归早	603	
	十(52—54 字)	红窗听	淡薄梳妆轻结束	650	
	十一	睿恩新	芙蓉一朵霜秋色	750	
	十二(55—57 字)	凤衔杯	青蘋昨夜秋风起	797	
	十二	凤衔杯	柳条花颣恼青春	799	
	十三(58—61 字)	踏莎行	细草愁烟	851	
	十三	玉堂春	斗城池馆	907	
	十四(62—66 字)	破阵子	海上蟠桃易熟	925	
	十四	渔家傲	画鼓声中昏又晓	931	
	十五	殢人娇	二月春风	1030	
	十七	长生乐	玉露金风月正圆	1133	
	十七	长生乐	阆苑神仙平地见	1134	
	十八(76—79 字)	山亭柳	家住西秦	1215	
	十九(80—83 字)	拂霓裳	乐秋天	1269	
	十九	拂霓裳	喜秋成	1270	
欧阳修	一(14—28 字)	忆江南	江南蝶	41	
	一	南乡子	翠密红繁	52	
	二(29—36 字)	归自谣	春滟滟	131	
	二	长相思	蘋满溪	144	

（续表）

词人	卷次	词调	首句	页码	备注
欧阳修	五	诉衷情令	清晨帘幕卷轻霜	297	
	五	减字木兰花	歌檀敛袂	299	
	五	一落索	红纱未晓黄鹂语	311	
	六	珠帘卷	珠帘卷	404	
	七	桃源忆故人（一名虞美人）	梅梢弄粉香犹嫩	428	
	七	朝中措	平山阑槛倚晴空	436	
	七	洞天春	莺啼绿树声早	440	
	八（50字）	少年游	芙蓉花发去年枝	505	现作晏殊词
	八	忆汉月	红艳几枝轻袅	520	
	八	梁州令	翠树芳条飐	536	
	九	雨中花令	千古都门行路	589	
	十一	芳草渡	梧桐落蓼花秋	751	第一体，现作冯延巳词
	十一	夜行船	忆昔西都欢纵	756	
	十二	鹊桥仙	月波清霁	801	
	十六	千秋岁	数声鹈鴂	1070	
	十七	越溪春	三月十三寒食日	1132	
	十九	蓦山溪	新正初破	1283	
	二十八（100字）	御带花	青春何处风光好	1905	
	三十六（113—125字）	摸鱼儿	卷绣帘梧桐秋叶落	2591	
晏幾道	三（36—40字）	春光好	花阴月	182	《全宋词》调作《愁倚兰令》
	五	忆闷令	取次临鸾	322	
	五	好女儿	绿遍西池	325	
	七	胡捣练	小春花信日边来	426	《全宋词》调作《望仙楼》
	七	庆春时	倚天楼殿	440	
	七	喜团圆	危楼静锁	447	
	七	凤孤飞	一曲画楼钟动	474	
	八	少年游	绿勾栏畔	511	
	八	少年游	西楼别后	514	
	八	留春令	画屏天畔	530	
	八	梁州令	莫唱阳关曲	531	
	八	归田乐引	试把花期数	540	
	九（50—52字）	探春令	绿杨枝上晓莺啼	578	
	九	思远人	红叶黄花秋意晚	613	
	十	临江仙	东野亡来无丽句	670	

（续表）

词人	卷次	词调	首句	页码	备注
晏几道	十一	鹧鸪天	彩袖殷勤捧玉钟	767	
	十五（66—68字）	解佩令	玉阶秋感	980	
	十六（68—72字）	两同心	伫立东风	1043	
	十六	于飞乐	晓日当帘	1088	
	十七（73—75字）	碧牡丹	翠袖疏纨扇	1113	
	十七	风入松	柳荫庭院杏梢墙	1117	
	二十（83字）	洞仙歌	春残雨过	1332	
	二十四（95—96字）	满庭芳	南苑吹花	1606	
	三十四（105—108字）	泛清波摘遍	催花雨小	2418	

四、《见山亭古今词选》（康熙十四年刻本）与晏欧三家词选统计表

词人	卷次	词调·词题	首句	页码	备注
晏殊	卷四	破阵子	燕子来时新社	69	
	卷四	清平乐	金风细细	69	
	卷四	清平乐	红笺小字	69	
	卷四	踏莎行	碧海无波	70	
	卷四	踏莎行	小径红稀	70	
	卷四	蝶恋花	槛菊愁烟兰泣露	70	
	卷四	相思儿令	昨日探春消息	71	
欧阳修	卷四	摸鱼儿	卷绣帘梧桐院落	79	
	卷四	清商怨	关河愁思望处满	70	原作晏殊词，据《全宋词》补
	卷四	采桑子	轻舟短棹西湖好	79	
	卷四	采桑子	群芳过后西湖好	80	
	卷四	踏莎行	候馆梅残	80	
	卷四	蝶恋花	越女采莲秋水畔	80	
	卷四	蝶恋花	小院深深门掩乍	80	《全宋词》首句末字作"亚"
	卷四	玉楼春	春山敛黛低歌扇	81	
	卷四	玉楼春	湖边柳外楼高处	81	
	卷四	玉楼春	西湖南北烟波阔	81	
	卷四	虞美人影	莺愁燕苦春归去	81	
	卷四	浪淘沙	把酒祝东风	82	
	卷四	浪淘沙	今日北池游	82	
	卷四	浣溪沙	堤上游人逐画船	82	
	卷四	浣溪沙	红粉佳人白玉杯	83	
	卷四	越溪春	三月十三寒食日	83	
	卷四	夜行船	满眼东风飞絮	83	

（续表）

词人	卷次	词调·词题	首句	页码	备注
欧阳修	卷四	少年游	阑干十二独凭春	83	
	卷四	南歌子	凤髻金泥带	84	
	卷四	临江仙	柳外轻雷池上雨	84	
	卷四	临江仙	记得金銮同唱第	84	
	卷四	青玉案	一年春事都来几	85	《全宋词》作无名氏
晏幾道	卷五	临江仙	梦后楼台高锁	89	
	卷五	清商怨	庭花香信尚浅	89	
	卷五	点绛唇	明日征鞭	90	
	卷五	点绛唇	妆席相逢	90	
	卷五	虞美人	闲敲玉镫隋堤路	90	
	卷五	生查子	金鞍美少年	90	《全宋词》作"金鞭"
	卷五	采桑子	秋千散后朦胧月	91	
	卷五	六幺令	绿阴春尽	91	
	卷五	六幺令	雪残风信	91	
	卷五	清平乐	留人不住	92	
	卷五	清平乐	春云绿处	92	
	卷五	清平乐	波纹碧皱	92	
	卷五	清平乐	幺弦写意	92	
	卷五	玉楼春	秋千院落重帘幕	93	
	卷五	玉楼春	采莲时候慵歌舞	93	
	卷五	浪淘沙	小绿间长红	93	
	卷五	碧牡丹	翠袖疏纨扇	93	
	卷五	蝶恋花	碧玉高楼临水住	94	
	卷五	蝶恋花	喜鹊桥成催凤驾	94	
	卷五	蝶恋花	醉别西楼醒不记	94	
	卷五	破阵子	柳下笙歌庭院	95	
	卷六	菩萨蛮	哀筝一弄湘江曲		原作陈师道，据《全宋词》补
	卷三十四	更漏子	槛花稀	783	
	卷三十四	更漏子	柳丝长	784	
	卷三十四	两同心	楚香春晚	784	

五、《词洁》(河北大学出版社 2007 年点校版) 与晏欧三家词选统计表

词人	卷次	词调	首句	有无评语	页码	备注
晏殊	一	采桑子	时光只解催人老	无	19	第一体
	一	清平乐	金风细细	有	28	第一体
	二	玉楼春	绿杨芳草长亭路	无	65	第一体
	二	踏莎行	细草愁烟	无	68	第一体
	二	踏莎行	小径红稀	无	68	
	二	踏莎行	碧海无波	无	68	
	二	蝶恋花	帘幕风轻双语燕	无	78	第一体

（续表）

词人	卷次	词调	首句	有无评语	页码	备注
欧阳修	一	浣溪沙	堤上游人逐画船	无	10	第一体
	一	浣溪沙	湖上朱桥响画轮	无	10	
	一	采桑子	轻舟短棹西湖好	无	19	
	一	采桑子	群芳过后西湖好	有	19	
	一	朝中措	平山阑槛倚晴空	无	39	第一体
	二	少年游	栏干十二独凭春	有	44	第一体
	二	南歌子	凤髻金泥带	有	51	第一体，误作《南乡子》
	二	浪淘沙	把酒祝东风	无	54	第一体
	二	南乡子	雨后斜阳	无	60	
	二	踏莎行	候馆梅残	无	69	
	二	临江仙	池外轻雷池上雨	无	73	第一体
	二	蝶恋花	庭院深深深几许	无	78	
	二	青玉案	一年春事都来几	无	86	《全宋词》作无名氏
晏幾道	一	生查子	金鞍美少年	无	7	第一体，《全宋词》作"金鞭"
	一	减字木兰花	长亭晚送	有	16	
	一	采桑子	前欢几处笙歌地	无	20	
	一	菩萨蛮	来时杨柳东桥路	无	21	第一体
	一	菩萨蛮	哀筝一弄湘江曲	无	21	原题陈师道，据《全宋词》改
	一	清平乐	留人不住	无	29	
	一	清平乐	波纹碧皱	无	29	
	一	清平乐	幺弦写意	无	29	
	一	更漏子	柳丝长	无	35	第一体
	一	更漏子	露华高	无	35	
	一	更漏子	柳间眠	无	35	
	二	鹧鸪天	彩袖殷勤捧玉钟	无	55	第一体
	二	虞美人	闲敲玉镫隋堤路	无	57	
	二	南乡子	渌水带青潮	有	60	
	二	南乡子	新月又如眉	有	60	
	二	玉楼春	秋千院落重帘幕	无	65	
	二	临江仙	梦后楼台高锁	无	73	
	二	蝶恋花	醉别西楼醒不记	有	79	
	二	蝶恋花	庭院碧苔红叶遍	无	80	
	二	行香子	晚绿寒江	无	86	
	三	六幺令	绿阴春尽	无	110	第一体
	三	六幺令	雪残风信	无	111	

六、《古今词选》(康熙五十五年刻本)晏欧三家词统计表

词人	卷次	词调·词题	首句	备注
晏殊	卷一	浣溪沙·春恨	一曲新词酒一杯	该调以薛绍(粉上依稀有泪痕)为首例
欧阳修	卷一	浣溪沙·春游	湖上朱桥响画轮	
	卷一	浣溪沙·春思	漠漠轻寒上小楼	
	卷一	减字木兰花	楼台向晓	本词调以王安国(画桥流水)为首例
	卷二	南歌子	凤髻金泥带	本调以毛熙震(远山愁黛)为首例
	卷二	浪淘沙·闺情	帘外五更风	本调以李煜(帘外雨潺潺)为首例
	卷三	瑞鹧鸪	楚王台上一神仙	唐吴融律诗
	卷四	蝶恋花·春情	海燕双飞归画栋	本调以冯延巳词为首例
晏幾道	卷一	浣溪沙·远归	午醉西桥夕未醒	
	卷二	少年游	离多最是	本调以柳永词为首例
	卷三	鹧鸪天·佳会	彩袖殷勤捧玉钟	本调以辛弃疾(枕簟溪堂冷欲秋)为首例
	卷三	临江仙	斗草阶前初见	本调以晁补之(绿暗汀洲三月暮)为首例
	卷三	临江仙·忆旧	梦后楼台高锁	

七、《词林纪事》(成都古籍书店 1982 年版)晏欧三家词纪事统计表

词人	卷次	词调	首句	引用文献	有无按语	页码	备注
晏殊	卷三	浣溪沙	一曲新词酒一杯	复斋漫录	有	74	
		玉楼春	池塘水绿风微暖	贡父诗话	有	74	《全宋词》作《木兰花》
		玉楼春	绿杨芳草长亭路	宾退录	有	75	
欧阳修	卷四	朝中措	平山堂	扬州府志、避暑录话词苑丛谈老学庵笔记词苑	无	92	
		踏莎行	候馆梅残	王阮亭语	无	93	
		蝶恋花	庭院深深	词苑、词品南部新书	有	93	《全宋词》作冯延巳词,今从邱本

（续表）

词人	卷次	词调	首句	引用文献	有无按语	页码	备注
欧阳修		渔家傲	五月榴花妖艳烘	六一词跋	有	94	
		玉楼春	西湖南北烟波阔	碧鸡漫志、墨庄漫录	有	94	
		临江仙	柳外轻雷池上雨	野客丛书尧山堂外纪	有	95	
		浪淘沙	五岭麦秋残	荔枝杂志	无	96	
		浣溪沙	堤上游人逐画船	侯鲭录能改斋漫录	无	96	
		少年游	阑干十二独凭春	能改斋漫录	有	97	
晏幾道	卷六	临江仙	梦后楼台高锁	小山词跋	有	161	
		鹧鸪天	彩袖殷勤捧玉钟	晁补之评雪浪斋日记野客丛书苕溪渔隐丛话刘攽诗话	无	162	
		鹧鸪天	小令尊前见玉箫	引程叔彻关于程颐的激赏	无	162	
		鹧鸪天	碧藕花开水殿凉	黄昇词话	无	163	
		浣溪沙	家近旗亭酒易酤	能改斋漫录	有	163	

八、清代顺康时期晏欧三家词被追和仿拟统计表

（全＝《全清词·顺康卷》，补＝《补编》）

晏欧词人姓名	被追和仿拟清词	清词作者	页码 全	页码 补	备注
晏殊	《清商怨·依晏殊体》（征帆才挂肠欲断）	仲恒	4782		误。当为欧阳修体
	《红窗睡·用珠玉词韵》（不信檐铃真解语）	钱芳标	7651		
	《采桑子·晏元献》（生平宰相神仙客）	焦袁熹	10579		词评
	《玉堂春·用珠玉词韵》（画楼烟暖）	焦袁熹	10599		
	《蝶恋花·和晏同叔》（啼碎春光莺与燕）	蔡文雄	11792		
	《玉楼春·春景，和晏同叔韵》（去年花下寻春路）	侯嘉璠		2293	
欧阳修	《朝中措·平山堂同阮亭，次欧公原韵》（千山晴色绘秋空）	程康庄	244		
	《朝中措·步平山堂韵》（邗江东望满秋空）	刘壮国	536		

（续表）

晏欧词人姓名	被追和仿拟清词	清词作者	页码		备注
			全	补	
欧阳修	《朝中措·平山堂,和欧阳公》(画楼秋色映遥空)	吴绮	1715		
	《朝中措·平山堂怀古,和欧阳公原韵》(平山人昔对晴空)	孙枝蔚	2137		
	《朝中措·平山堂,次欧阳文忠原韵》(烽烟钟磬总成空)	金镇	3145		
	《朝中措·题张真人鹤归亭,用欧公韵》(当年虚靖已凌空)	董元恺	3251		
	《朝中措·平山堂续词,有序》(扬州平山堂)	毛奇龄	3725		
	《朝中措·平山堂怀古,用欧公原韵》(我来吊古伴隋宫)	陈维崧	3914		
	《朝中措·题平山堂,和文忠公原韵》(天开眼界立虚空)	蒋楛	5155		
	《朝中措·甲辰过扬州平山堂,追和欧阳文忠公韵》(江南江北碧天空)	彭桂	6036		
	《朝中措·平山堂小集,和欧阳文忠公韵》(一天云气散遥空)	杜首昌	6329		
	《朝中措·平山堂,和欧公原韵》(平山堂外又东风)	王士禛	6556		
	《朝中措·将修复平山堂,和欧公原韵》(平山旧迹已成空)	汪懋麟	7713		
	《朝中措·平山堂,和欧公韵》(文中堂构几时空)	汪耀麟		1181	
	《朝中措·平山堂,用文忠原韵》(十年旅梦付长空)	臧眉锡	7751		
	《朝中措·除夕,用欧公平山堂韵》(万家烟火彻高空)	孔毓埏	8851		
	《朝中措·秋日登平山堂,步六一居士原韵》(碧天如洗草连空)	郑熙绩	9424		
	《朝中措·平山堂,和欧公韵》(平山堂上已成空)	朱经	10783		
	《朝中措·平山堂,和欧阳文忠原韵》(栖灵山寺倚云空)	宗观		268	
	《朝中措·平山堂,和欧公韵》(三山缥缈接天空)	桑豸		275	
	《朝中措·平山堂》(平皋雁去草连空)	曹尔堪		318	

（续表）

晏欧词人姓名	被追和仿拟清词	清词作者	页码		备注
			全	补	
欧阳修	《朝中措·六一泉》（乳泉清影欲涵空）	吴绮		452	
	《朝中措·平山堂,和欧公韵》（平山月映玉泉空）	华衮		565	
	《朝中措·平山堂,和欧公原韵》（诸山杳霭罩长空）	黄阳生		1287	
	《朝中措·平山堂,和欧公原韵》（江南山色远连空）	黄泰来		1287	
	《越溪春·登漫郎痷亭,用欧公韵》（春色剩来三五日）	甘国基		1574	
	《临江仙·用欧阳永叔夏景韵》（谁遣封姨吹画槛）	龚鼎孳	1120		
	《临江仙·湖上晓行,用欧阳永叔韵》（薄雾冥蒙残月敛）	梁允植	7063		
	《献衷心·旅思,仿欧体》（听荒鸡频唱）	陆瑶林	1199		
	《献衷心·旅思,仿欧体》（闻邻鸡齐唱）	姚大祯		2436	
	《木兰花令·乙亥中秋京邸怀旧,戊戌中秋客维扬,次六一居士韵》	曹尔堪	1310		
	《木兰花令·秋暮旅怀,再用前韵》（马蹄踏遍平山阔）	曹尔堪	1310		
	《木兰花令·金鱼池,三用前韵》（虬松碧瓦云边阔）	曹尔堪	1310		
	《木兰花令·寄松之,四用前韵》（回头吴楚风烟阔）	曹尔堪	1310		
	《减字木兰花·晓景,用六一居士韵》（玉楼初晓）	周廷谔	11632		
	《梁州令·榴花,用六一居士韵》（绿叶芳蕤）	周廷谔	11632		
	《木兰花·杜鹃,用六一居士韵》（红稀绿暗春将老）	周廷谔	11639		
	《梁州令·胥江夜泊,用欧阳永叔韵》（岸柳衰条飐）	徐喈凤	3093		
	《梁州令·石榴,追和庐陵原韵》（露重云英飐）	宋俊	5977		
	《梁州令·荷花,次欧阳公榴花韵》（翠盖迎风飐）	尤珍	8513		

（续表）

晏欧词人姓名	被追和仿拟清词	清词作者	页码 全	补	备注
欧阳修	《采桑子·用欧阳文忠公西湖韵,寄子昭二兄,并写归怀之意》	杜漺	3147		
	《采桑子》(连朝醉醺西轩好)	杜漺	1347		
	《采桑子》(小楼镇日风光好)	杜漺	1347		
	《采桑子》(草堂新搆粗疏好)	杜漺	1348		
	《采桑子》(春游共道南村好)	杜漺	1348		
	《采桑子》(潆蒲东畔河村好)	杜漺	1348		
	《采桑子》(闲游城角琳宫好)	杜漺	1348		
	《采桑子》(倦游唯识南斋好)	杜漺	1348		
	《渔家傲·青墩月令,和欧阳公鼓子词》	董元恺	3281—3282		组词12首
	《渔家傲·乡园十二月田家词》	丁炜	6232—6234		组词12首
	《渔家傲·田家乐,十二月词》	毛际可	6417—6420		组词12首
	《蝶恋花·十二月鼓子词》	曹贞吉	6480—6483		组词12首
	《渔家傲·十二月莼鲛词》	钱芳标	7642—7644		组词12首
	《渔家傲·十二月闺词》	周稚廉	8984—8987		组词12首
	《渔家傲·十二月鼓子词》	林企忠	9785—9787		组词12首
	《渔家傲》十二首	窦遴奇	603—604		组词12首
	《玉楼春·和欧阳永叔韵》(唧杯仰视青天阔)	章士麒	4562		
	《清商怨·和欧公韵》(银牀梧叶落渐满)	王士禄	4724		
	《清商怨·和晏公韵》(昏鸦无数平林满)	方炳	5785		原误。实为追和欧词
	《洛阳春·寒夜同王惟夏、叶九来、李武曾、饮家华隐兄寓斋,用六一居士韵》(霜浓烟瓦寒鸦语)	徐釚	6803		
	《浣溪沙·秋千,用六一居士韵》(墙里架随墙外高)	周廷谔	11627		
	《蝶恋花·和欧阳永叔》(鹦乞新晴鸠不许)	蔡文熊	11792		

晏欧词人姓名	被追和仿拟清词	清词作者	页码 全	补	备注
欧阳修	《浪淘沙·次欧阳公》(二十四番风)	林时跃		165	
	《阮郎归·春景,和欧阳永叔韵》(春泥微雨送春时)	侯嘉璠		2292	
	《采桑子·欧阳永叔》(君看先辈欧阳子)	焦袁熹	10580		
	《采桑子·欧阳,亡友张翰林昺为余言《江南柳》一词当是欧公所作,钱氏私憾之言,则不足置辨也》(风流罪过空中语)	焦袁熹	10580		
晏幾道	《御街行,郊步,用晏小山韵》(东风阵阵吹飞絮)	王庭	287		
	《生查子,老叹,用晏小山韵》(尝因愁叹多)	王庭	287		
	《生查子,老叹,用晏小山韵》(去时云已多)	王庭	287		
	《生查子·戏效小晏体》(影伴青鸾怯)	邹祗谟	3035		
	《六幺令·和小晏春情》(春心无锁)	彭孙贻	1075		
	《六幺令·次晏叔原韵》(隔帘疏雨)	沈谦	2011		
	《六幺令·秋闺,用晏叔原春情韵》(菊花黄到)	董儒龙	8584		
	《六幺令·和晏幾道春情韵》(一番春到)	张荣	10269		
	《探春令·闺情,用晏叔原韵》(琐窗黄鸟)	梁清标	2256		
	《思远人·本意,和宋晏小山韵》	邹祗谟	2999		
	《思远人·得闺信,和晏小山韵》(劈开双鲤粘台信)	董元恺	3256		
	《思远人·和晏小山词》(绿池烟冷残霞锁)	陈玉璂	7770		
	《思远人·寄黄仲通文学,用宋晏小山韵》	释大权		389	
	《秋蕊香·当垆,和晏叔原韵》(小阁绿荫遮就)	丁澎	3161		
	《玉楼春·小春,步晏叔原韵》(寒鸦绕树飞成阵)	仲恒	4837		

（续表）

晏欧词人姓名	被追和仿拟清词	清词作者	页码全	页码补	备注
晏幾道	《泛清波摘遍 ·帆影,用晏小山韵》（水浜香小）	钱芳标	7598		
	《夜游宫·狎客周生,出故人寄妓手书,偶用晏小山韵,檃括其意》	钱芳标	7654		
	《长相思·效小山体》（长相思）	焦袁熹	10570		
	《采桑子·晏叔原》（小山更觉篇篇好）	焦袁熹	10579		词评
	《少年游·和叔原词》（金飞玉走）	朱经	10783		
	《蝶恋花·用小山韵》（照影清漪香隔浦）	盛禾	10960		
	《鹧鸪天·题晏小山杨花谢桥图,用原调原韵》	王岱		220	
	《留春令·次小山韵,其四、五云;'红豆新翻送春词,好捡个、留春令'》（十分春色）	顾陈垿		2053	
	《归自谣·玉山道中,同小山用阳春词韵》（牛背笛）	顾陈垿		2058	

九、《宋四家词选》（上海古典文学出版社 1958 年版）与晏欧三家词选

附属词人	领袖	词调	首句	有无眉批	页码	备注
晏殊	周邦彦	清平乐	金风细细		14	
		踏莎行	小径红稀		15	
		蝶恋花	槛菊愁烟兰泣露		15	
		相思儿令	昨日探春消息		15	
欧阳修	周邦彦	采桑子	群芳过后西湖好		16	
		踏莎行	候馆梅残		16	
		蝶恋花	越女采莲秋水畔		16	
		蝶恋花	六曲阑干偎碧树		16	《全唐五代词》作冯延巳
		蝶恋花	谁道闲情抛弃久		16	《全唐五代词》作冯延巳
		蝶恋花	几日行云何处去		16	《全唐五代词》作冯延巳,调《鹊踏枝》
		蝶恋花	庭院深深深几许	有	17	
		少年游	阑干十二独凭春		17	
		临江仙	柳外轻雷池上雨		17	

（续表）

附属词人	领袖	词调	首句	有无眉批	页码	备注
晏幾道	周邦彦	临江仙	梦后楼台高锁		17	
		点绛唇	妆席相逢		18	
		生查子	金鞍美少年		18	《全宋词》作"金鞭"
		采桑子	秋千散后朦胧月		18	
		六幺令	雪残风信		18	
		六幺令	绿阴春尽		18	
		清平乐	留人不住	有	19	
		木兰花	秋千院落重帘幕		19	
		碧牡丹	翠袖疏纨扇		19	
		蝶恋花	醉别西楼醒不记		19	

十、《清绮轩词选》（乾隆十六年刻本）晏欧三家词选统计表

词人	调类	卷次	词调·词题	首句	备注
晏殊	小令	卷三	浣溪沙·春恨	一曲新词酒一杯	韦庄（夜夜相思）为第一体
	小令	卷四	清平乐	金风细细	毛熙震之（春光欲）为第一体
	小令	卷五	滴滴金·送别	梅花漏泄春消息	
	小令	卷六	玉楼春·春恨	绿杨芳草长亭路	
	小令	卷六	踏莎行·春思	小径红稀	
	中调	卷七	蝶恋花·秋闺	槛菊愁烟兰泣露	
	中调	卷七	渔家傲·采莲	越女采莲江北岸	谢逸之（秋水无痕清见底）为第一体
欧阳修	小令	卷三	浣溪沙·春游	湖上朱桥响画轮	
	小令	卷三	浣溪沙·秋千	云曳香绵彩柱高	
	小令	卷三	浣溪沙·春半	青杏园林煮酒香	
	小令	卷四	诉衷情·画眉	清晨帘幕卷轻霜	
	小令	卷五	珠帘卷	珠帘卷	独一体，《全宋词》作《圣无忧》
《圣无忧》	小令	卷五	朝中措	平山阑槛倚晴空	独一体
	小令	卷五	洞天春	莺啼绿树声早	
	小令	卷五	忆汉月·花下	红艳几枝轻袅	
	小令	卷六	凤蝶令·美人	凤髻金泥带	《全宋词》作《南歌子》
	小令	卷六	浪淘沙·欢饮	今日北池游	第一体为李煜之（帘外雨潺潺）
	中调	卷七	蝶恋花·春晚	庭院深深深几许	冯延巳之（六曲阑干偎碧树）第一体
晏幾道	小令	卷三	浣溪沙·春晏	家近旗亭酒易酤	
	小令	卷六	梁州令·送别	莫唱阳关曲	
	小令	卷六	鹧鸪天·佳会	彩袖殷勤捧玉钟	

十一、《蓼园词选》(齐鲁书社 1988 年版)晏欧三家词统计表

词人	调类	词牌·词题	首句	有无点评	页码	备注
晏幾道	小令	生查子·春恨	金鞍美少年	有	8	"金鞍"《全宋词》作"金鞭"
	小令	鹧鸪天·咏酒	彩袖殷勤捧玉钟	有	37	
	小令	玉楼春·离别	秋千院落重帘幕	有	41	《全宋词》作《木兰花》
	中调	蝶恋花·深秋	庭院碧苔红叶遍	有	54	
欧阳修	小令	浣溪沙·春游	湖上朱桥响画轮	有	11	
	小令	浣溪沙·春怀	雨过残红湿未飞	有	12	
	小令	浣溪沙·咏酒	堤上游人逐画船	有	14	
	小令	阮郎归·春景	南园春半踏青时	有	25	《全唐五代词》作冯延巳《醉桃源》
	小令	浪淘沙·怀旧	把酒祝东风	有	28	
	小令	朝中措·平山堂	平山阑槛倚晴空	有	29	
	小令	踏莎行·离别	候馆梅残	有	48	
	中调	蝶恋花·春暮	庭院深深深几许	有	54	
	中调	青玉案	一年春事都来几	有	62	《全宋词》作无名氏词
晏殊	小令	浣溪沙	一曲新词酒一杯		13	
	小令	玉楼春·春景	绿杨芳草长亭路		39	
	小令	踏莎行·春闺	小径红稀	有	48	
	中调	蝶恋花·春暮	帘幕风轻双语燕	有	53	

十二、《心日斋十六家词录》(道光二十四年刻本)与晏幾道词统计表

词调	首句	备注
浣溪沙	团扇初随碧簟收	
	已拆秋千不耐闲	
	翠阁朱阑倚处危	
	午醉西桥夕未醒	
	二月风和到碧城	
	家近旗亭酒易酤	
愁倚阑令	凭江阁	
减字木兰花	长亭晚送	
菩萨蛮	江南未雪梅花白	
丑奴儿	前欢几处笙歌地	《全宋词》作《采桑子》

词调	首句	备注
更漏子	槛花稀	
	柳间眠	
	柳丝长	
阮郎归	粉痕闲印玉尖纤	
	来时红日弄窗纱	
	旧香残粉似当初	
	晚妆长趁景阳钟	
庆春时	倚天楼殿	
留春令	画屏天畔	
思远人	红叶黄花秋意晚	
浪淘沙	小绿间长红	
鹧鸪天	一醉醒来春又残	
	小玉楼中月上时	
	题破香笺小砑红	
	小令尊前见玉箫	
	晓日迎长岁岁同	
	当日佳期鹊误传	
	楚女腰肢越女腮	
	醉拍春衫惜旧香	
	彩袖殷勤捧玉钟	
虞美人	曲阑干外天如水	
	疏梅月下歌金缕	
	玉箫吹遍烟花路	
玉楼春	风帘向晓寒成阵	
南乡子	花落未须悲	
临江仙	梦后楼台高锁	
	长爱碧栏杆影	
	淡水三年欢意	
蝶恋花	醉别西楼醒不记	
	喜鹊桥成催凤驾	
破阵子	柳下笙歌庭院	
好女儿	绿遍西池	
	酌酒殷勤	
洞仙歌	春残雨过	
六幺令	雪残风信	
泛情波摘遍	催花雨小	

十三、《晚香室词录》(国图藏清抄本)与晏欧三家词录统计表

词人	词牌	首句	备注
晏殊	浣溪沙	一曲新词酒一杯	
	诉衷情	金菊对芙蓉	
	红窗听	记得香闺临别语	
	十拍子	燕子来时新社	《全宋词》作《破阵子》
欧阳修	少年游	阑干十二独凭春	
	珠帘卷	珠帘卷	《全宋词》作《圣无忧》
晏幾道	浣溪沙	午醉西桥夕未醒	●
	浣溪沙	已拆秋千不耐闲	●
	浣溪沙	团扇初随碧簟收	●
	浣溪沙	翠阁朱阑倚处危	●
	减字木兰花	长亭晚送	●
	菩萨蛮	江南未雪梅先白	●
	采桑子(原注:即丑奴儿)	前欢几处笙歌地	●
	更漏子	柳丝(絮)长	●
	阮郎归	粉痕闲印玉尖纤	●
	阮郎归	来时红日弄窗纱	●
	阮郎归	旧香残粉似当初	●
	阮郎归	晚妆长趁景阳钟	●
	留春令	画屏天畔	●
	浪淘沙	小绿间长红	●
	鹧鸪天	彩袖殷勤捧玉钟	●
	鹧鸪天	一醉醒来春又残	●
	鹧鸪天	当日佳期鹊误传	●
	鹧鸪天	题破香笺小砑红	●
	鹧鸪天	醉拍春衫惜旧香	●
	鹧鸪天	楚女腰支(肢)越女腮	●
	鹧鸪天	小令尊前见玉箫	●
	鹧鸪天	晓日迎长岁岁同	●
	鹧鸪天	小玉楼中月上时	●
	虞美人	曲阑干外天如水	●
	虞美人	疏梅月下歌金缕	●
	虞美人	玉箫吹遍烟花路	●
	玉楼春	风帘向晓寒成阵	●
	泛情波摘遍	催花雨小	●
	破阵子	柳下笙歌庭院	●
	好女儿	绿遍西池	●
	好女儿	酌酒殷勤	●
	洞仙歌	春残雨过	●

（续表）

词人	词牌	首句	备注
晏幾道	蝶恋花	碧玉高楼临水住	●
	蝶恋花	喜鹊桥成催凤驾	●
	六幺令	雪残风信	●
	满庭芳	南苑吹花	

说明:"●"表示选词与《心日斋十六家词录》相同词目。

十四、《云韶集》(孙克强、杨传庆整理版)与晏欧三家词选统计表

词人	卷次	词调	首句	期数页码	备注
晏殊	二	破阵子	燕子来时新社	2010(3),P50	
	二	清平乐	红笺小字	2010(3),P50	
	二	浣溪沙	一曲新词酒一杯	2010(3),P50	
	二	玉楼春	绿杨芳草长亭路	2010(3),P50	
	二	踏莎行	碧海无波	2010(3),P50	
	二	踏莎行	小径红稀	2010(3),P50	
	二	蝶恋花	槛菊愁烟兰泣露	2010(3),P50	
	二	渔家傲	越女采莲江北畔	2010(3),P50	
欧阳修	二	长相思	深花枝	2010(3),P51	
	二	采桑子	群芳过后西湖好	2010(3),P51	
	二	踏莎行	候馆梅残	2010(3),P51	
	二	蝶恋花	越女采莲秋水畔	2010(3),P51	
	二	蝶恋花	小院深深门掩亚	2010(3),P51	
	二	玉楼春	湖边柳外楼高处	2010(3),P51	
	二	浪淘沙	把酒祝东风	2010(3),P51	
	二	浪淘沙	今日北池游	2010(3),P51	
	二	浣溪沙	堤上游人逐画船	2010(3),P51	
	二	浣溪沙	湖上朱桥响画轮	2010(3),P51	
	二	浣溪沙	香靥凝羞一笑开	2010(3),P51	《全宋词》作秦观
	二	诉衷情	清晨帘幕卷轻霜	2010(3),P51	
	二	夜行船	满眼东风飞絮	2010(3),P51	
	二	少年游	阑干十二独凭春	2010(3),P51	
	二	南歌子	凤髻金泥带	2010(3),P51	
	二	临江仙	柳外轻雷池上雨	2010(3),P51	
	二	青玉案	一年春事都来几	2010(3),P51	《全宋词》作无名氏
	二四	浣溪沙	红粉佳人白玉杯	2011(2),P86	补词

词人	卷次	词调	首句	期数页码	备注
晏幾道	二	长相思	长相思	2010（3），P52	
	二	临江仙	梦后楼台高锁	2010（3），P52	
	二	生查子	金鞍美少年	2010（3），P52	《全宋词》作"金鞭"
	二	采桑子	秋千散后朦胧月	2010（3），P52	
	二	点绛唇	妆席离逢	2010（3），P52	
	二	六幺令	绿阴春尽	2010（3），P52	
	二	更漏子	柳丝长	2010（3），P52	
	二	两同心	楚乡春晚	2010（3），P52	
	二	清平乐	留人不住	2010（3），P52	
	二	鹧鸪天	彩袖殷勤捧玉钟	2010（3），P52	
	二	玉楼春	秋千院落重帘幕	2010（3），P52	
	二	浪淘沙	小绿间长红	2010（3），P52	
	二	蝶恋花	碧玉高楼临水住	2010（3），P52	
	二	蝶恋花	喜鹊桥成催凤驾	2010（3），P52	
	二	蝶恋花	醉后西楼醒不记	2010（3），P52	
	二	破阵子	柳下笙歌	2010（3），P52	
	二四	清商怨	庭花香信尚浅	2011（2），P86	补词
	二四	点绛唇	明日征鞭	2011（2），P86	补词
	二四	玉楼春	采莲时候慵歌舞	2011（2），P86	补词
	二四	蝶恋花	庭院碧苔红叶遍	2011（2），P86	补词

十五、《词则》（上海古籍出版社1984年影清抄本）与晏欧三家词选

词人	集名	卷次	词调	首句	页码	与《云韶集》同者
晏殊	大雅	二	浣溪沙	一曲新词酒一杯	42	同
	大雅	二	踏莎行	小径红稀	42	同
	大雅	二	蝶恋花	槛菊愁烟兰泣露	42	同
	闲情	一	破阵子	燕子来时新社	873	同
	闲情	一	清平乐	红笺小字	873	同
	闲情	一	玉楼春	绿杨芳草长亭路	874	同
	闲情	一	踏莎行	碧海无波	874	同
	闲情	一	渔家傲·采莲	越女采莲江北畔	874	同
欧阳修	大雅	二	踏莎行	候馆梅残	44	同
	大雅	二	玉楼春	湖边柳外楼高处	45	同
	大雅	二	少年游	阑干十二独凭春	45	同
	大雅	二	蝶恋花	画阁归来春又晚	46	
	大雅	二	蝶恋花	小院深深门掩亚	46	同
	别调	一	蝶恋花	帘幕风轻双语燕	575	
	别调	一	采桑子	群芳过后西湖好	575	同

（续表）

词人	集名	卷次	词调	首句	页码	与《云韶集》同者
欧阳修	别调	一	浪淘沙	把酒祝东风	575	同
	别调	一	浣溪沙	堤上游人逐画船	576	同
	别调	一	夜行船	满眼东风飞絮	576	同
	闲情	一	长相思	深花枝	876	同
	闲情	一	蝶恋花	越女采莲秋水畔	877	同
	闲情	一	浣溪沙	香靥凝羞一笑开	877	《全宋词》作秦观
	闲情	一	诉衷情·画眉	清晨帘幕卷轻霜	877	同
	闲情	一	南歌子	凤髻金泥带	878	同
	闲情	一	临江仙	柳外轻雷池上雨	878	同
	闲情	一	洛阳春	红纱未晓黄鹂语	878	
晏幾道	大雅	二	临江仙	梦后楼台高锁	47	同
	大雅	二	临江仙	身外闲愁空满	47	
	大雅	二	临江仙	淡水三年欢意	48	
	大雅	二	蝶恋花	醉别西楼醒不记	48	同
	大雅	二	蝶恋花	欲减罗衣寒未去	48	同
	别调	一	清平乐	留人不住	578	同
	别调	一	清平乐	西池烟草	578	
	别调	一	浪淘沙	小绿间长红	579	同
	闲情	一	长相思	长相思	879	同
	闲情	一	清商怨	庭花香信尚浅	880	同
	闲情	一	点绛唇	妆席离逢	880	同，《全宋词》作"相逢"
	闲情	一	点绛唇	明日征鞭	880	同
	闲情	一	点绛唇	花信来时	881	
	闲情	一	生查子	金鞍美少年	881	同，《全宋词》作"金鞭"
	闲情	一	更漏子	柳丝长	881	同
	闲情	一	更漏子	露华高	881	
	闲情	一	玉楼春	秋千院落重帘幕	882	
	闲情	一	玉楼春	采莲时候慵歌舞	882	同
	闲情	一	玉楼春	离鸾照罢尘生镜	883	
	闲情	一	两同心	楚乡春晚	883	同
	闲情	一	六幺令	绿阴春尽	883	同
	闲情	一	满庭芳	南苑吹花	884	
	闲情	一	思远人	红叶黄花秋意晚	884	
	闲情	一	虞美人	湿红笺纸回文字	885	
	闲情	一	鹧鸪天	彩袖殷勤捧玉钟	885	同
	闲情	一	鹧鸪天	小令尊前见玉箫	885	
	闲情	一	鹧鸪天	陌上濛濛残絮飞	885	
	闲情	一	鹧鸪天	绿橘梢头几点春	885	
	闲情	一	蝶恋花	卷絮风头寒欲尽	886	

（续表）

词人	集名	卷次	词调	首句	页码	与《云韶集》同者
晏幾道	闲情	一	蝶恋花	庭院碧苔红叶遍	887	同
	闲情	一	蝶恋花	碧玉高楼临水住	887	同
	闲情	一	蝶恋花	碧草池塘春又晚	887	
	闲情	一	蝶恋花	喜鹊桥成催凤驾	888	同
	闲情	一	浣溪沙	床上银屏几点山	888	
	闲情	一	浣溪沙	楼上灯深欲闭门	888	
	闲情	一	浣溪沙	团扇初随碧簟收	889	
	闲情	一	浣溪沙	翠阁朱阑倚处危	889	
	闲情	一	破阵子	柳下笙歌庭院	889	同

十六、《四印斋所刻词》（上海古籍出版社 1989 年版）晏欧三家词总计表

词人	词牌	首句	页码	备注
欧阳修	浣溪沙	湖上朱桥响画轮	561	
	蝶恋花	海燕双飞归画栋	562	误作俞克成词。《全宋词》作"海燕双来归画栋"
	阮郎归	南园春半踏青时	564	现作冯延巳词
	青玉案	一年春事都来几	565	《全宋词》作无名氏词
	浣溪沙	青杏园林煮酒香	566	误作秦观词，又作晏殊词
	桃源忆故人	碧纱影弄东风晓	570	误作秦观词
	蝶恋花	庭院深深深几许	572	
	临江仙	池外轻楼池上雨	578	《全宋词》作"柳外轻雷池上雨"
	渔家傲	十月小春梅蕊绽	583	
	蝶恋花	欲减罗衣寒未去	590	原作赵令畤词，王鹏运按"别本作晏幾道"。今《全宋词》两从。
	玉楼春	妖冶风情天与措	603	按，本词后有笺注。
	踏莎行	候馆梅残	610	
	浪淘沙	把酒祝东风	611	
	浣溪沙	堤上游人逐画船	614	
	生查子	含羞整翠鬟	615	误作张先词
晏殊	如梦令	楼外残阳红满	563	
	蝶恋花	帘幕风轻双语燕	565	
	玉楼春	绿杨芳草长亭路	572	
	浣溪沙	一曲新词酒一杯	566	原误刻为晏幾道词，补
晏幾道	生查子	金鞍美少年	571	《全宋词》作"金鞭"
	蝶恋花	庭院碧苔红叶遍	582	
	玉楼春	秋千院落重帘幕	608	
	鹧鸪天	彩袖殷勤捧玉钟	614	
	菩萨蛮	哀筝一弄湘江曲	615	

十七、《宋词三百首》(1924 年刻本为准) 不同版本晏欧三家词统计表

词作及性质/版本 作者	初编稿本	1924 年刻本	重编稿本	备注
晏殊	√	《浣溪沙》(一曲新词酒一杯)	√	
	√	《浣溪沙》(一向年光有限身)	√	
	√	《清平乐》(红笺小字)	√	
	补录《清平乐》(金风细细)	《清平乐》(金风细细)		
	√	《木兰花》(燕鸿过后莺归去)	√	
	√	《木兰花》(池塘水绿风微暖)	√	
	√	《玉楼春》(绿杨芳草长亭路)	√	
	√	《踏莎行》(祖席离歌)	√	
	√	《踏莎行》(小径红稀)	√	
	√	《踏莎行》(碧海无波)	删去	
	√	《蝶恋花》(六曲阑干偎碧树)	√	现作冯延巳词
	《蝶恋花》(帘幕风轻双语燕)	删去	删去	
欧阳修	√	《采桑子》(群芳过后西湖好)	√	
	√	《诉衷情》(清晨帘幕卷轻霜)	√	
	√	《踏莎行》(候馆梅残)	√	
	√	《蝶恋花》(庭院深深深几许)	√	
	√	《蝶恋花》(谁道闲情抛弃久)	√	现作冯延巳词
	√	《蝶恋花》(几日行云何处去)	√	现作冯延巳词
	√	《玉楼春》(别后不知君远近)	√	
	√	《临江仙》(柳外轻雷池上雨)	删去	
	√	《浣溪沙》(堤上游人逐画船)	删去	
	√	《浪淘沙》(把酒祝东风)	√	
	√	《青玉案》(一年春事都来几)	√	现作无名氏词
	√	《生查子》(含羞整翠鬟)	张先名下删去	原误作张先词
晏幾道	√	《临江仙》(梦后楼台高锁)	√	
	√	《蝶恋花》(梦入江南烟水路)	√	
	√	《蝶恋花》(醉别西楼醒不记)	√	
	√	《鹧鸪天》(彩袖殷勤捧玉钟)	√	
	√	《鹧鸪天》(醉拍春衫惜旧香)	删去	
	√	《生查子》(金鞭美少年)	删去	
	√	《生查子》(关山魂梦长)	√	
	√	《玉楼春》(东风又作无情计)	√	
	√	《木兰花》(秋千院落重帘幕)	√	

（续表）

版本 词作及 性质 作者	初编稿本	1924 年刻本	重编 稿本	备注
晏幾道	√	《清平乐》(留人不住)	√	
	√	《阮郎归》(旧香残粉似当初)	√	
	√	《阮郎归》(天边金掌露成霜)	√	
	√	《六幺令》(绿阴春尽)	√	
	√	《御街行》(街南绿树春饶絮)	√	
	√	《虞美人》(曲栏杆外天如水)	√	
	√	《留春令》(画屏天畔)	√	
	√	《思远人》(红叶黄花秋意晚)	√	
	√	《满庭芳》(南苑吹花)	删去	
	√	《菩萨蛮》(哀筝一弄湘江曲)	√	误作张先词
	√	《蝶恋花》(卷絮风头寒欲尽)	√	误作赵令畤词
	√	《蝶恋花》(欲减罗衣寒未去)	√	又作赵令畤词

说明："√"表示与 1924 年刻本相同者词作。"三编本"因与"重编本"晏欧词无异，故不出示。

十八、《词轨》(国图藏清抄本)中晏欧三家词选统计表

词人	卷次	词牌	首句	点评	备注
晏殊	三·宋词一	浣溪沙	一曲新词酒一杯	√	
	三·宋词一	浣溪沙	小阁重帘有燕过		
	三·宋词一	浣溪沙	宿酒才醒厌玉卮		
	三·宋词一	浣溪沙	一向年光有限身		
	三·宋词一	浣溪沙	玉椀冰寒滴露华		
	三·宋词一	采桑子	樱桃谢了梨花发		
	三·宋词一	采桑子	时光只解催人老		
	三·宋词一	采桑子	梧桐昨夜西风急		
	三·宋词一	清平乐	春花秋草		
	三·宋词一	清平乐	金风细细		
	三·宋词一	清平乐	红笺小字		
	三·宋词一	更漏子	塞鸿高	√	
	三·宋词一	玉楼春	东风昨夜回梁苑		原注,此词一刻六一
	三·宋词一	玉楼春	燕鸿过后莺归去		
	三·宋词一	玉楼春	池塘水绿风微暖		原注,此词一刻六一
	三·宋词一	玉楼春	玉楼珠阁横金锁		
	三·宋词一	玉楼春	珠帘半下香消印		
	三·宋词一	踏莎行	细草愁烟	√	
	三·宋词一	踏莎行	祖席离歌		

词人	卷次	词牌	首句	点评	备注
晏殊	三·宋词一	踏莎行	碧海无波		
	三·宋词一	踏莎行	小径红稀		
	三·宋词一	蝶恋花	帘幕风轻双语燕		
	三·宋词一	蝶恋花	槛菊愁烟兰泣露		
晏幾道	三·宋词一	生查子	金鞍美少年		《全宋词》作"金鞭"
	三·宋词一	生查子	轻匀两脸花	√	
	三·宋词一	生查子	关山魂梦长	√	
	三·宋词一	生查子	坠雨已辞云		
	三·宋词一	生查子	一分残酒霞	√	
	三·宋词一	生查子	轻轻制舞衣		
	三·宋词一	生查子	红尘陌上游		
	三·宋词一	生查子	长恨涉江谣		
	三·宋词一	浣溪沙	二月和风到碧城		
	三·宋词一	浣溪沙	家近旗亭酒易酤	√	
	三·宋词一	浣溪沙	午醉西桥夕未醒		
	三·宋词一	浣溪沙	已拆秋千不耐闲		
	三·宋词一	浣溪沙	团扇初随碧簟收		
	三·宋词一	浣溪沙	翠阁朱阑倚处危		
	三·宋词一	愁倚阑令	凭江阁		
	三·宋词一	减字木兰花	长亭晚送		
	三·宋词一	菩萨蛮	江南未雪梅先白		
	三·宋词一	采桑子	高吟烂醉淮西月		原注：即《丑奴儿》
	三·宋词一	采桑子	前欢几处笙歌地		
	三·宋词一	采桑子	秋千散后朦胧月		
	三·宋词一	清平乐	留人不住		
	三·宋词一	更漏子	槛花稀		
	三·宋词一	更漏子	柳丝长		
	三·宋词一	更漏子	柳间眠		
	三·宋词一	阮郎归	粉痕纤印玉尖纤		
	三·宋词一	阮郎归	来时红日弄窗纱		
	三·宋词一	阮郎归	旧香残粉似当初		
	三·宋词一	阮郎归	晚妆长趁景阳钟		
	三·宋词一	浪淘沙	高树对横塘		
	三·宋词一	浪淘沙	小绿间长红		
	三·宋词一	鹧鸪天	彩袖殷勤捧玉钟		
	三·宋词一	鹧鸪天	一醉醒来春又残		
	三·宋词一	鹧鸪天	当日佳期鹊误传		
	三·宋词一	鹧鸪天	题破香笺小砑红		
	三·宋词一	鹧鸪天	醉拍春衫惜旧香		

（续表）

词人	卷次	词牌	首句	点评	备注
晏幾道	三·宋词一	鹧鸪天	楚女腰支（肢）越女腮		
	三·宋词一	鹧鸪天	小令尊前见玉箫	√	
	三·宋词一	鹧鸪天	十里楼台倚翠微		
	三·宋词一	鹧鸪天	晓日迎长岁岁同		
	三·宋词一	鹧鸪天	小玉楼中月上时		
	三·宋词一	虞美人	曲阑干外天如水		
	三·宋词一	虞美人	疏梅月下歌金缕		
	三·宋词一	虞美人	玉箫吹遍烟花路		
	三·宋词一	玉楼春	秋千院落重帘幕		
	三·宋词一	玉楼春	风帘向晚寒成阵		"晚"《全宋词》作"晓"
	三·宋词一	玉楼春	当年信道情无价	√	
	三·宋词一	南乡子	花落未须悲		
	三·宋词一	临江仙	梦后楼台高锁	√	
	三·宋词一	临江仙	长爱碧阑干影		
	三·宋词一	临江仙	淡水三年欢意		
	三·宋词一	蝶恋花	卷絮风头寒欲尽		
	三·宋词一	蝶恋花	喜鹊桥成催凤驾		
	三·宋词一	蝶恋花	醉别西楼醒不记		
	三·宋词一	蝶恋花	欲减罗衣寒未去	√	
欧阳修	四·宋词二	归自谣	何处笛		
	四·宋词二	归自谣	春滟滟		
	四·宋词二	归自谣	寒水碧		
	四·宋词二	长相思	蘋满溪		
	四·宋词二	生查子	去年元夜时		
	四·宋词二	生查子	含羞整翠鬟		
	四·宋词二	浣溪沙	堤上游人逐画船		
	四·宋词二	浣溪沙	湖上朱桥响画轮		
	四·宋词二	浣溪沙	叶底青青杏子垂		
	四·宋词二	浣溪沙	青杏园林煮酒香		
	四·宋词二	减字木兰花	留春不住		
	四·宋词二	减字木兰花	伤离怀抱		应作"伤怀离抱"
	四·宋词二	减字木兰花	楼台向晓		
	四·宋词二	采桑子	轻舟短棹西湖好	√	
	四·宋词二	采桑子	春深雨过西湖好		
	四·宋词二	采桑子	画船载酒西湖好		
	四·宋词二	采桑子	群芳过后西湖好		
	四·宋词二	采桑子	何人解赏西湖好		
	四·宋词二	采桑子	清明上巳西湖好		

（续表）

词人	卷次	词牌	首句	点评	备注
欧阳修	四·宋词二	采桑子	荷花开后西湖好		
	四·宋词二	采桑子	天容水色西湖好		
	四·宋词二	采桑子	残霞夕照西湖好		
	四·宋词二	采桑子	平生为爱西湖好		
	四·宋词二	采桑子	画楼钟动君休唱		
	四·宋词二	采桑子	十年一别流光速		
	四·宋词二	采桑子	十年前是尊前客		
	四·宋词二	更漏子	风带寒		《全宋词》注冯延巳
	四·宋词二	阮郎归	东风吹水日衔山		《全唐五代词》作冯延巳
	四·宋词二	阮郎归	角声吹断陇梅枝		《全唐五代词》作冯延巳
	四·宋词二	朝中措	平山阑槛倚晴空	√	
	四·宋词二	少年游	阑干十二独凭春	√	
	四·宋词二	南歌子	凤髻金泥带		
	四·宋词二	浪淘沙	把酒祝东风		
	四·宋词二	浪淘沙	花外倒金翘		
	四·宋词二	浪淘沙	五岭麦秋残	√	
	四·宋词二	鹧鸪天	学画宫眉细细长		
	四·宋词二	踏莎行	候馆梅残		
	四·宋词二	临江仙	柳外轻雷池上雨	√	
	四·宋词二	蝶恋花	庭院深深深几许	√	
	四·宋词二	蝶恋花	六曲阑干偎碧树		《全唐五代词》作冯延巳
	四·宋词二	蝶恋花	谁道闲情抛弃久		《全唐五代词》作冯延巳
	四·宋词二	蝶恋花	几日行云何处去		《全唐五代词》作冯延巳，调《鹊踏枝》
	四·宋词二	渔家傲	十月小春梅蕊绽	√	
	四·宋词二	青玉案	一年春事都来几		《全宋词》作无名氏

出 版 后 记

本书是在我的博士学位论文基础上修改整理而成,原题《清代晏欧词研究与传承论稿》,2012年6月1日答辩,获得专家的肯定和认可。2014年12月,文稿获得国家社科基金后期资助立项。如今一晃又四年,而离我博士毕业也已六年有余,这部倾注我心力最多的稿子历经多年的摔打修补,终于到了可以出版的时候。

2009年9月,我来到了中国社科院研究生院,幸运地成了刘扬忠先生的一名学生,攻读词学专业博士学位。北京作为首善之都,是一座流动包容的城市,也是文化和信息资源丰富的城市,那时的我非常庆幸有机会近距离感受她、认识她,纵然注定是匆匆过客,依然对之充满向往。我的导师刘先生为人敦厚,治学严谨,学识渊博,可惜自己悟性有限,所学为其万一。因为原工作单位希望我作本土文人研究,而我的学术背景在宋代词学,所以怀着对乡贤的推重,打算以北宋江西词派作为毕业论文选题对象,在当时接受史较为风行的学术背景下,也想就这个江西词派的流传影响发表自己的一些看法。选题看上去挑战性不大,但要真正写好却不易。怎么办呢,一度为此犹豫彷徨过许多时日。后来我想,文化也罢,文学亦罢,都离不开传承与接受这一途径。而研究这种传承历史则成了后世的我们义不容辞的责任与义务,从而又使研究本身构成了历史进一步丰富了历史。文学的传播研究中,我认为本土学人的推重是弘扬先辈学术业绩,推进古典文学研究步伐的重要力量。即以历史文化名人而言,每一地域都有自己的历史先贤,这些历史人物在当时均有一定的影响,他们所遗存下来的优秀的道德文章即是一批有助于当今精神文明建设的宝贵财富,因此研究他们,发掘他们的文学价值与精神影响是每一个从事古典文学研究者的使命,尤其是对先贤故里后学而言,更是一项责无旁贷的艰巨任务。

刘先生听我汇报设想后,也很赞同这一做法。他当年撰写的《唐宋词流派史》对此即有过研究,但他侧重于这个流派的构成及其词学特色,而该词派的流衍和后世影响则不属于该书的主体讨论范围。不过,考虑到叙述方式和研究内容,刘先生建议将"江西词派"改成"晏欧词",这样研究对象更加明确。因此我选择这个题目算是承袭刘先生数年前瞩目过的论题,不过不同的是,我着眼于晏欧这个北宋江西词派的动态考察,把他们放在清代这一个特殊的历史时空来分析讨论他们词作的传承影响及意义。

2010 年秋论文开题报告,又听取了胡明先生、刘跃进先生、蒋寅先生、李玫先生的建议;2011 年 3 月完成了论文初稿,又经刘先生批阅审查后做了修改;2012 年 4 月征得刘先生的同意,提交外请专家评阅;两个月后答辩通过。

2012 年 7 月,我博士毕业后回到了井冈山大学人文学院工作,教学之余,不忘对毕业论文继续修改打磨,此后一些片段在期刊上先后发表。

2014 年上半年,学科领导号召大家出版著作,而错过国家社科基金项目年度申报机会的我决定将博士论文付之出版,博导刘先生也热情洋溢地草拟了褒奖序言。就在准备联系出版事宜之际,8 月份中旬暑假,偶然听到还可以申报国家社科基金后期资助项目的信息。那时的我将信将疑举棋未定,一则不知道如何操作申报,因为井冈山大学还没有为此发过申报通知,也没有申报成功的先例;二则截止 8 月底交申请书的时间也快到了。怎么办? 不申报,觉得对不住自己的稿子,可能丧失一个高规格评选出版的机会;申报又无例可循无人可依。一番思想斗争后,我决定申报。所幸 2014 年 12 月文稿获得国家社科基金规划办批准立项,5 位匿名评委亦提出不少修改意见。

2015 年冬,我将修改好的文稿提请结项。遵照匿名专家建议,将原题目中的"晏欧词"命名为"晏欧三家词",以示研究对象定位更加准确清晰。2016 年 5 月,又遵照规划办指定的出版单位北京大学出版社匿名资深编辑的反馈建议作了修改;10 月,经过国家社科基金规划办和出版社双批匿名评委的终审,最后同意结项和出版。两年后的 2018 年 8 月,收到出版社审核校对稿,意味着文稿终于到了公开出版的时节。

回首过往,若从 2010 年论文选题到如今 2018 年出版,整整花费了 9 年,期间的艰辛与痛苦,喜悦和快乐,一言难以为尽!

小书付梓在即,首先感谢我的博导——先师刘扬忠先生,从选题到成稿,其间凝结刘先生的诸多心血,而这聊聊数十万字,离先生的写作初衷和要求还有不少距离。如今阅读他早在 2014 年帮我写就的序言,不由思绪万千。非常遗憾地是,再也没有机会聆听他的批评与教诲了。愿此书能作为一份薄奠,谢祭天国里的刘先生。

文稿的促成,还要感谢原武汉大学现中南民族大学的王兆鹏先生,他是我当年访学的指导老师。2008 年秋,应教育部青年骨干教师访学计划,我踏进了武汉大学,成为仰慕已久的王老师的学生。直到今天,王老师对我依然指导有加,去年暑期还特地抽空帮我撰写序言,寄寓了诸多的鞭策与鼓励。王老师的这份关心让我终身感念!

在博士论文和课题完成过程中，我还得到蒋寅先生、尚永亮先生、诸葛忆兵先生、张鸣先生、傅刚先生、张国星先生、朱惠国先生、朱万曙先生、王琦珍先生、夏汉宁先生、张剑先生、孙少华先生、欧明俊先生与匿名评委专家和叶烨、闵丰、许博、明亮、黎清诸博士以及好友刘新文研究员等的指导和帮助，在此一并致以深深的谢意！

感谢我的硕导沈家庄先生以及广西师大其他老师。在论文撰写和文章发表过程中，还得到诸多同学、同门和其他学者、编辑的指点与帮助，在此一并致以诚挚的谢意！

责任编辑徐迈和蒲南溪老师也为本书的出版付出了心血，衷心地谢谢她们！

感谢井冈山大学人文学院原院长刘德清教授一路的关爱与指导，感谢井冈山大学党委书记彭涉晗同志和校长曾建平教授以及其他领导和同事对我的工作帮助与生活关怀！

最后感谢我的家人和亲友长久以来的默默关注和理解支持，尤其是内子郭瑾女士付出最多，贡献最大。

最后，谨以此书献给所有曾经给予我关心与厚爱的人！

顾宝林

原写于 2012 年 4 月良乡辛瓜地研院 2115 室

再修改于 2018 年 11 月 9 日庐陵—吉安寓所